JN135716

我らが少女A

髙村薫

毎日新聞出版

我らが少女A

亡き多田和博氏へ

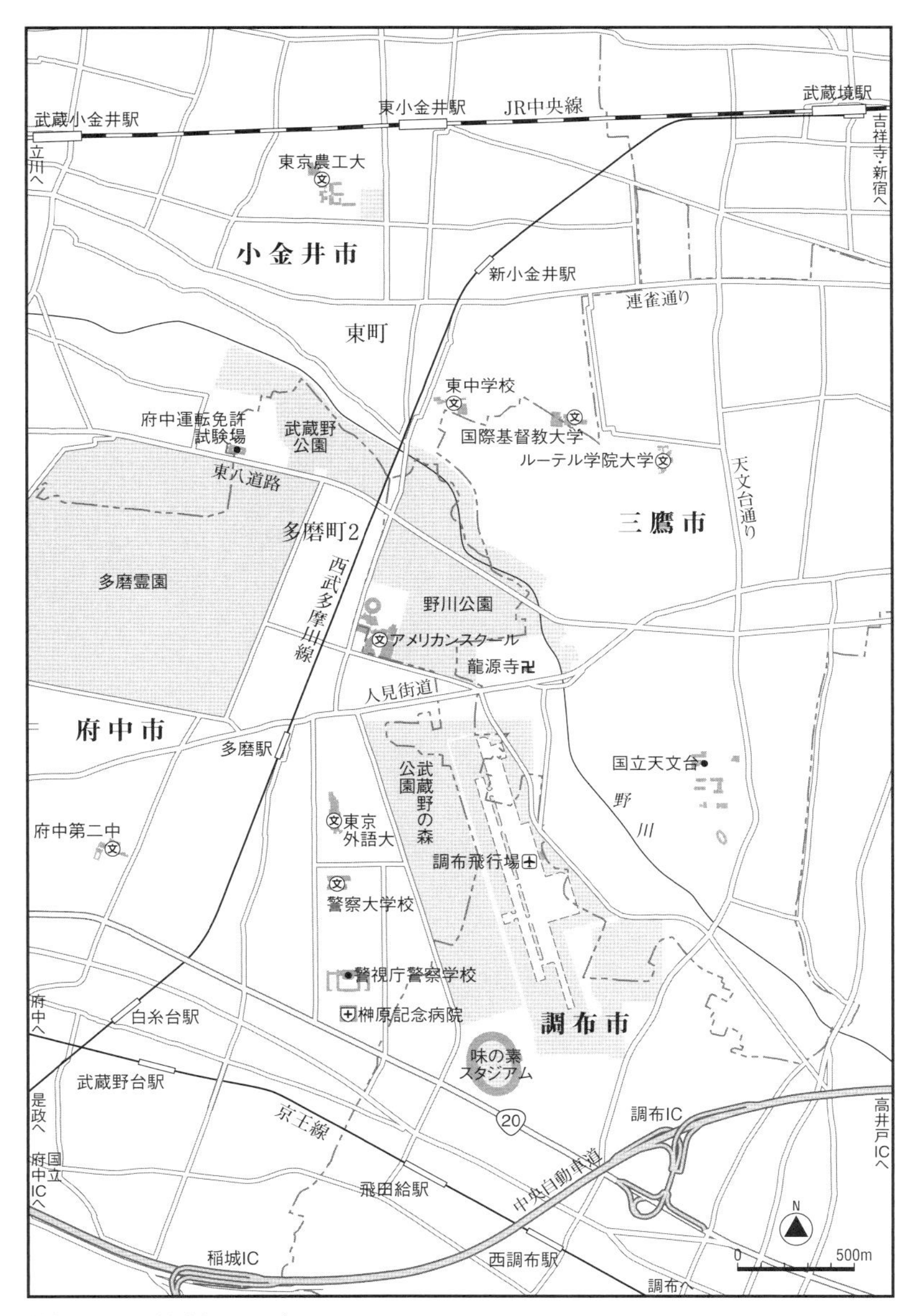
武蔵小金井駅
東小金井駅
JR中央線
武蔵境駅
立川へ
吉祥寺・新宿へ
東京農工大
小金井市
新小金井駅
連雀通り
東町
東中学校
国際基督教大学
ルーテル学院大学
府中運転免許試験場
武蔵野公園
東八道路
天文台通り
三鷹市
多磨町2
西武多摩川線
多磨霊園
野川公園
アメリカンスクール
龍源寺
人見街道
府中市
多磨駅
武蔵野の森公園
国立天文台
野川
府中第二中
東京外語大
調布飛行場
警察大学校
警視庁警察学校
府中へ
白糸台駅
榊原記念病院
調布市
味の素スタジアム
武蔵野台駅
是政へ
20
京王線
調布IC
高井戸ICへ
府中国立ICへ
中央自動車道
飛田給駅
N
0
500m
稲城IC
西調布駅
調布へ

野川公園周辺の地図

主な登場人物（2017年）

合田雄一郎　警察大学校教授
小野雄太　西武多摩川線多磨駅駅員
佐倉真弓　主婦（旧姓　栂野）
浅井　忍　小野、朱美の同窓生
栂野節子　真弓の祖母　元中学校美術教師（故人）
栂野雪子　真弓の母　看護師
栂野孝一　真弓の父　公務員（故人）
上田朱美　小野、真弓、忍の友人
上田亜沙子　朱美の母
浅井隆夫　忍の父　元警察官
野上優子　小野の恋人
加納祐介　東京高等裁判所判事

1

早春のそこには、見渡す限り黒々と起こされた黒ぼく土の畑地と、新芽にはまだ遠い灰白色の雑木林と、人影のない戸建て住宅の混じり合う平坦な風景が広がる。高度成長期から半世紀、武蔵野の人も暮らしもずいぶん都市化したが、なかにはちょっとした交通の便の悪さや、市街化を阻む種々の事情でそれほど宅地開発が進まなかった地域もある。そこはそういう地域の一つで、人も家も高齢化したかつての新興住宅地では、昼間もほとんど生活の物音はない。

青みのない冬草の土堤を、四両編成の電車が走る。早朝と深夜を除き、平日も休日も、上り下りともに十二分間隔で行き来し、途中、いくつかのハケ（河岸段丘の崖）を横切っている小さな鉄橋では、風切り音を渺渺（びょうびょう）と野っぱらへ響かせる。

電車は、六、七年前まではあか抜けしない丸っこい黄色い車両、それ以前はさらに無骨な赤とベージュの車両だった。いまは白い新一〇一系になっているが、この西武多摩川線に回ってくるのは東京都西部から埼玉県南西部を走るほかの路線で使い古された車両と決まっている。路線は多摩川の砂利を運んでいた百年前のままの単線で、JR中央線に乗り入れている始発駅の武蔵境から終点の是政（これまさ）まで六駅、全長は八キロと短い。しかも西武鉄道のほかの路線との接続がないため、路線の延伸はたびたび話題になるが、一向に具体化する様子はない。

それでも、沿線には広大な多磨霊園や運転免許試験場があり、競艇場があり、調布飛行場があり、近年は味の素スタジアムの開業や、東京外語大や心臓専門病院や警察大学校などの移転もあった。おかげでいまのところ路線の営業係数の悪化は食い止められており、電車は今日ものどかに走り続ける。間もなく四月になれば野川公園や武蔵野公園の桜が咲き、春の虫のように学生たちが湧き出し、競艇も子どもたちのスポーツもシーズンを迎える。

ほら、すぐ近くの調布飛行場を離陸した小型機が、線路に沿って建ち並ぶ車返線の門型鉄塔の上を、斜めに横切ってゆく。風向きによって離陸する方角が変わるそれは、近隣の住民たちの風向計のようなものだ。滑走路の南側から北へ飛び立った今朝は、北風。

多磨駅のホームでは若い駅員が一人、眼を細めてその薄青の空を仰ぐ。ニキビ痕のある頬に光が降る。

あれは新島行きの便か——?

午前五時三十八分の武蔵境行き始発から三時間以上もホームに立っていると、夜勤明けの駅員の脳内では規則的に出入りする電車の刻む時計と、伊豆諸島への定期航路の小型機の刻むそれが溶け出して混じり合い、いま何時なのか一瞬分からなくなることがある。離陸と着陸のたびに駅の上を横切ってゆく小型機を仰ぐのはほとんど条件反射だから、それで弛緩した脳内時計が元通りになるわけでもなく、駅員はあまり意味のない自問自答をしばらく続ける。

それから駅員は、いましがた八時四十分の武蔵境行きの電車が出ていったことを思いだし、ならば小型機は四十五分発の神津島行きだったかと思い直したが、そうなると今度は、その前の三十分発の新島行きに今朝は気づかなかったのだと思い至って、べつに考え事をしていたわけでもないのにと、たいして深い意味はないため息をつく。

駅員は名を小野雄太といい、現業の駅係員になって三年になる。初めに練馬駅管区の富士見台駅で二年勤務した後、多摩川線多磨駅に配属された。同期はみな今春までに車掌の登用試験を受けたが、小野はひとり、右眼に角膜ヘルペスが出来て点眼薬が手放せなくなり、視力も下がって、車掌への道はほぼ閉ざされてしまった。それでも勤め先としては安定しているので、このまま駅係員で定年まで勤めるか、それとも転職するか。決めるなら早いほうがよいのは分かっているが、昔からそんなに目端の利くほうでもないし、年金暮らしの親を説得する自信もないし、ほかにやりたいことがあるわけでもない。そういう性分だから、本心をいえば駅員という職業は自分向きだと思っているところもある。

一つしかない改札の外で、駅前の商店主らが動きだす。右から左から三々五々地元の人びとが現れ、おはよう、おはよう、冷えるねえ、窓口のなかの助役と交わす声が立つ。ＩＣカード乗車券が簡易改札機を通る音、店舗の錆びたシャッターが上がる音、ビニールテントやゴムマットをバタバタはたく音、改札を通ってゆく利用客のズック靴や革靴の音。それらの朝の物音に誘われて、小野は日差しのあふれるホームから改札のほうへ首を回す。急に日陰に入った網膜がチカチカする。

九時半の引き継ぎまで、あと四十分ほどある。

駅も町の人びとも、いつもの朝の時間を刻み続ける。改札の外は、駅前といっても幅員四メートルの道路が通っているだけで、バス乗り場などは地下通路を渡った反対側にある。昭和の初めに多磨墓地への墓参のために旅客用の駅が一つ新たにつくられたとき、それほど民家が立て込んでいたはずもないのに、どういう事情でこんなに狭隘（きょうあい）な駅前になったのか、先輩の誰に聞いても正確なところは分からない。

道路をはさんだ真向かいの雑居ビルでは、果物屋とその奥の和菓子屋と花屋が墓参のお供えを売り、ほかには八百屋、たばこ屋、酒屋、缶詰や袋菓子が目立つ程度の食料品店がある。二階には居酒屋とスナックが入っているが、若いホステスがいるような店ではない。小野が駅に配属されたときには、北隣のコンビニエンスストアがすでに出来ていたので、年季の入ったそれらの店ではたまにみかんを買ったり、大福餅を買ったりするぐらいだが、子どものころ、親に連れられて墓参に行ったついでに駅前のごちゃごちゃした商店のどれかで、アイスクリームを買ってもらった記憶がある。駅名がいまの「多磨」ではなく、「多磨墓地前」だったころの話だ。

果物屋の女将が店先の台にりんごやみかんのカゴを並べ始める。昨日あたりからまた少しごろごろし始めた右眼にいちごの赤が刺さり、小野はポケットのなかの点眼薬を手探りする。果物屋の大将のほうは、路地を掃く箒（ほうき）の手を止めて、駅の窓口から出てきた助役の佐藤といつもの世間話だ。大将、昨日はどうだったの？　いやぁ、だめだった。六日の渥美卓郎にはやられちゃったしなあ。ああ、あれは凄かったねえ。昨日が最終日だった競艇の何やら杯で、三日前に出た万舟券の二四目のドジョウ狙いか、大将は昨日もレースに行ったようだ。一方、助役は競艇をしないが、こまめにスポーツ紙で情報を仕入れて、誰とでも調子よく話を合わせる。裏表のない人だが、ああいうタイプは案外、人間一般に無関心なのではないだろうか。

雑居ビルの外階段に、昨日は遅くまで店を開けていたらしい二階のスナックの女将が現れ、白くむくんだ顔でタバコに火をつける。長居したのは、しばらく顔を見せていなかった贔屓(ひいき)客だろうか。それ以上興味も続かず、小野はホームに眼を戻して、間もなく電車が入ってくるはずの是政方面の線路を見る。その眼の網膜に、場内信号機が明るい緑の穴を穿(うが)つ。

小野は、生まれたのも育ったのも沿線の小金井市東町四丁目だ。サラリーマンの父親が八〇年代に買った三十坪の庭付き一戸建て住宅に、いまも両親と暮らす。最寄り駅は多摩川線の新小金井だが、生活の利便性はどうしてもＪＲの東小金井のほうに軍配が上がるため、西武鉄道に入るまで多摩川線にはほとんど縁がなかった。

思い返してみると、休みなく市街地が拡大し続けているＪＲの沿線に比べて、こちらは武蔵境を除けば、九〇年代の初めにはもう時計が止まっていたような記憶がある。米軍住宅などがあった多磨駅東側の関東村跡地に東京外大や警察大学校、心臓専門病院などが移転してくるまで、畑地と雑木林と、競艇場と墓地と運転免許試験場と飛行場しかなかった沿線の土地は、バブル期にもそれほど魅力的ではなかったのかもしれない。それなりに線路脇の畑の多くは住宅地に変わったものの、町として十分に成熟する前に住民の老いや景気停滞に蝕まれて色褪せ、いまでは閑静というより廃園の静けさだ。しかし、そういう土地の空気を小野は嫌いではない。せわしない生活臭が抜けた家並みは卑近な欲望を寄せつけないし、何より空が広い。

おはよう！　顔馴染みの小母さんが改札を通ってゆく。何をしている女性か知らないが、週日は毎朝同じ時刻に駅に現れ、同じ是政行きの電車に乗る。続いてまた一人、おはよう！　競艇場前駅の近くで貸金業を営んでいるらしい男の小脇のポーチは、今日も札束で膨らんでいる。毎朝の時計代わりの人びとが構内踏切を渡って反対側のホームへ上がってゆく後方で、間もなく電車が来ることを知らせる踏切の警報機が鳴り始める。

あまり甲高くはないカンカン、カンカンという音は、駅や踏切にいる人びとの内耳の奥の脳を直に叩き、くぐもった意識を溶かし出しながら、五十五秒ほど続く。三十五秒過ぎに電車の音が混じり始め、四十五秒過ぎに電車が踏切を通過して駅に入ってゆき、ひと呼吸置いてから、ふっと音は消える。

八時四十七分の是政行きが反対側のホームに停車し、ドアが開く。いっせいに外大生たちの話し声、笑い声があふれだし、小さな駅が沸き立つ。それだけでわずかに気分が春めき、小野は改札口で背筋を伸ばす。駅には自動改札がないのだ。いつの間にか助役の佐藤も、さっきの私語などなかったような顔をして隣に立っている。

電車を降りた外大の学生や勤め人が、構内踏切を渡って出口へ流れてくる。ＩＣカード乗車券が普及したいまでは、駅員が手で切符を受け取るのは一電車に数人いるか、いないかだ。さほど景気がいいわけでもないのに、キセルや運賃不足なども少ない。おはようございます、おはようござい

ます、おはようございます。眼の前を通りすぎる人びとの横顔に、しばし自動音声サービスになって声をかけ続ける間、今日もたぶん何も起こらないだろうやわらかな空気が、小野の喉元へ軽い生あくびを運んでくる。

改札を出た乗客の大半はすぐに左に折れ、自由地下通路を通って反対側のロータリーにあるバス停、あるいはその先にある外大のキャンパスへ向かう。外大の先にはこれも広大な警察大学校と警察学校の敷地が広がっているが、そこで学ぶ警察官たちは寮生活なので、金曜夜と日曜夜以外は駅に姿を見せることはない。教官のほうは逆に週末を除く朝夕に駅を利用するが、みな朝は早く、大半が七時台の電車だ。

もちろん、日によって時間がずれることもある。たったいまも、顔を知っている刑事が今朝は外大生に混じって八時台の電車で現れ、小野の立つ改札を通っていった。小野はひときわ姿勢のよいその長身を見送り、何かあったのだろうかと訝ってみたが、土台、思い当たるようなことは一つもなく、代わりにあの人はいつごろから教官をしているのだろうと当てもなく考えている。

小野が高校一年のとき、地元の小金井市立東中学の美術教師だった人が野川公園で殺される事件があり、小野たち教え子が参列した葬儀には捜査員も数名来ていた。そのときの一人で、小野たち卒業生が殺された先生について捜査員からあれこれ尋ねられたとき、後ろで黙って聞いていた人だが、向こうは成人して駅員となった小野には気づいていない。小野のほうも、その人の名前はもちろん、警察大学校の教官なのか、それとも警察学校のほうのそれなのかも知らない。

実は、当時の捜査員がもう一人、いまは東京都公園協会の契約職員になって多磨霊園に勤めてお

り、毎朝八時前後の電車で現れるのだが、こちらは当人も小野も互いに相手を知らない。その人物は毎朝改札を出た後、自由地下通路のある左には折れず、駅前の雑居ビルをそのまま通り抜けてゆくので、たぶんその先にある霊園か石材店に勤めている人だと小野は見当をつけている。もともと多磨霊園のためにつくられた駅だし、周辺にある事業所も、大半が墓作りや墓石販売の会社だからだ。しかしそれらも、墓参の時期以外はほとんど開店休業に近い。

2

警察大学校の正門前で、警備会社のガードマンがあっという顔をする。合田雄一郎は軽い会釈をして勤務先のそこをそのまま通りすぎ、さらに隣の警察学校の前も通りすぎて、いまは隣接する榊原記念病院四階の入院病棟にいる。

まあ、ここだとおまえも近くにいるし——。十畳ほどの広さの個室のベッドの上で、照れ隠しの言い訳をする男は、古い友人の東京高裁判事で、合田とは違って戸籍にバツ印もない独り身を続けている。名前を加納祐介という、その男が昨夜の遅い時刻に久しぶりに電話をかけてきて、なにやら霊安室にいるような声の響きだと耳をすませたとたん、ちょっと入院しているんだ、ときた。

はあ？　思わず大きな声が出た。

すると向こうも、あらかじめそういう反応を予想して構えていたのだというふうに続けて曰く、たまたま同級生の医者がいるからこの病院にしたんだが、おまえ、心臓サルコイドーシスって知っているか？　どうやらそれらしいよ、先週、高裁の廊下で倒れて救急車の世話になって、不整脈だとか言われて精密検査をしたら、そのサルコイドーシスだということになって――と早口に事の次第を説明し、たいしたことはないんだが――と結んでみせる。

日々煩雑な行政訴訟の裁判資料に埋もれて暮らし、読むだけで骨の折れる精密な判決文を書く男が、自分の身体のこととなると順序も結論も要を得ない、ぐちゃぐちゃの説明になる。だいいち、心臓サルコイドーシスは心臓に肉芽腫ができる原因不明の難病のはずで、高度の不整脈を伴う場合はペースメーカーなどの埋め込みが必要になる。数年前まで医療過誤事案を扱っていたこともある刑事の常識に照らせば、けっして「たいしたことはない」ことはない。当面はステロイド剤で症状は治まるだろうが、先々のことを思うと、自分のほうの心臓がじわり締めつけられるのを感じて、すぐには返す言葉もなかった。

そうだ、これは大学に入ってすぐ、母親が癌だと病院で告げられたときの、四十年近くも昔のあの心臓の感じだ、と思う。近しい人間の病や死はつねに唐突で、何度経験してもけっして慣れるということがない。今回もまた、平穏な年月がこうして途切れて初めて、人間には最期があることに思い至る自分のバカさ加減に悄然としながら、合田は久々に会った旧友の顔に見入る。

加納は不本意そうに口を尖らせる。できるだけ運動はしているし、健康診断で心電図の異常もなかったのに、不整脈なんて誰が想像する。歩いていて何かだるいなあと思ったら意識が遠のいて、

気がついたら救急車のなかだった。ああ、やっと東京に戻ってきて、地方巡りの後れを挽回すると
きだと思っていたら、これで一敗地に塗(まみ)れたなあ――。

公僕の誇りと、虎の尾を踏まない慎重さと、日和見と忖度と見て見ぬふりで裁判官の熾烈な出世競争を生き抜いてきた男も、さすがに動転しているのかもしれない。いまはあえて下世話な雑談をしていたいらしい友人の、左手手首の内側には真新しい絆創膏が貼ってある。検査のために心臓カテーテルを入れて心筋の生検をしたのなら、サルコイドーシスの診断は確定なのかもしれない。

それで、どのぐらいの徐脈なんだ？　こちらから尋ねると、低いときは毎分四〇ぐらい、という返事だ。やはりペースメーカーの埋め込みが必要らしい。

それはちょっと落ち込むなあ。合田は同情し、心臓だからなあ、加納もやっと少し我に返ったというふうに真顔でうなだれる。昔から身だしなみのいい男が、白昼のパジャマ姿一つですっかり病人風情になっているのを目の当たりにすると、さすがに茶化す気も起こらないが、近ごろは白のほうが目立つようになった頭頂で、寝かしつけるのを忘れられた髪が数本枯れすすきになっているのが、なんだか可笑(おか)しいような、寂しいようなだ。

おまえの警大のほうはどうだ？　今度は加納のほうが尋ねてくる。時間がありすぎて余計なことばかり考える、と答える。たとえば？　そうだなあ、おまえに貸したままの『色道十二番』とか。

どちらも還暦まで三年という年齢になり、相談したいことは多々あるが、いつものように足腰のちょっとした痛みや日常の停滞感や惰性などに阻まれて、いっこうに実のある話にならない。しかも、一時期は合田が相手の妹を妻にしていた関係で、互いにいまも身内感覚が抜けず、当たり障り

のない世間話で間を持たせるような気づかいもしない。

そういえば、明日で東日本大震災から六年だなあ。早いなあ――。ところで何か欲しいものはある？　そうだなあ、新しい心臓を一つ。

もう若くはない二人の男の沈黙の上で、すぐ近くの調布飛行場を離陸した小型機のゆるい爆音が南の空へ伸びてゆく。晴れた日のそれは警大の教室にも響いてきて眠気を誘うのだが、そういえば午後の講義のテーマは何だっただろうか――。


やわらかに脳髄を叩く警報機の音がある。近づいてくる電車の鉄輪の轟音がそれを呑み込み、九時二十三分の是政行きがホームに入ってくる。二十八分にもう一本、武蔵境行きが入ったら、夜勤明けの引き継ぎになる。小野は改札口に立ち、今度もたぶん三枚もないだろう手渡しの乗車券に備える。

授業がない春休みの間、多磨駅に降り立つ外大生たちは図書館へでも行くのか、それともサークル活動があるのか。いずれにしろ、在学生の数が四千人に満たない規模だから、ふだんの朝夕でもマンモス私学の最寄り駅のような学生の大移動にはならない。学期中の多いときで、一電車あたり七、八十人ぐらいだ。男子も女子もとくに派手でも地味でもなく、偏差値六〇以上の都立高校に見られるような無難な感じがする。ときに羽を伸ばすことはあっても、基本的にはみな勉強が第一で、代返などありそうもない。

おはようございます、おはようございます、おはようございます。小野の自動音声テープの声が三々五々学生たちの耳をなでてゆき、それが途切れたころには、向かいの花屋の主人が道路を渡ってくる。おはよう！　改札の小野に声をかけ、そのまま窓口のなかの助役と、十七日だけど——と相談を始める。

彼岸の入りの十七日から、例年どおり駅の臨時窓口の横に墓参用の仏花売り場を設えるのだ。昨日の引き継ぎの際、それを含めた今月のイベントと勤務シフトの確認があった。十八日から二十三日はボートレース多摩川の男女ダブル優勝戦が墓参の人出と重なり、二日空けた二十六日からは澤乃井カップが野川近辺の花見客と重なるため、その期間は駅係員の増員に合わせて、小野も臨時シフトになる。もっとも事故でもない限り特別に忙しくなるわけではなく、手当の増減もない。

あ、しまった——。優子の誕生日プレゼントをまだ決めていない。今年もアガットとか、4℃とか——？　雑誌で見ただけの、どれがどれだか分からないブレスレットやネックレスたちと、信金に勤める女友だちの顔が浮かんでは消える。昔からプレゼントを選ぶのも渡すのも苦手だ。サンタクロースの靴下のようだといいのに。

高くなってゆく日差しの下で上りの場内信号機の赤色が飛びかけており、小野は点眼薬を差し直す。今日はアルカスでゲームをして帰ろう、と思いたつ。

小野は一カ月前に二十七歳になった。二十四時間の勤務を終えて日勤の同僚と交代し、ユニクロのチノパンとジャンパーに着替えて多磨駅のホームに立ったときにはもう、そのへんの学生、もしくはコンビニエンスストアのアルバイト店員といった風体になり、乗客になり、透明人間になっている。

そうして週に一、二回は府中にあるゲームセンターのアルカスで二時間ほど潰し、ラーメンなどを食って帰るのだが、そのときは西武多摩川線を使って多磨から一駅の白糸台駅へ行き、そこから歩いて京王線に乗り換える。多磨で乗るのは、たいてい九時五十九分発の是政行きだ。

武蔵境から来るその電車にはまた二、三十人の外大生が乗ってきて、新たに乗り込む小野たちとすれ違う。そのなかには、ここ数カ月ほどの間に眼に留まるようになった女子大生がいて、小野はときどきその姿を眼で追っていることがある。名前も学年も知らないし、下心があるわけでもないが、小脇に英字紙や洋書を抱えた外大生の女に眼が行くということ自体、自分には配線ミスのような椿事だからか、いまも電車に乗り込むほんの短い間、入れ違いにホームへ歩きだしてゆく女へ眼をやる。

女は、ジーパンにパーカーにスニーカーというラフな恰好が何となくこなれていて、外大生にしてはちょっとモデルっぽい派手さがあるかもしれない。それに今日は、雑誌で見たアガットのシルバーのピアス――。なるほど、実物はあんな感じか。地味な優子には似合わないかな、と思う。

それにしても、こうしてどこかの女子大生一人に繰り返し眼が行くのは、ちょっと懐かしい感じがするせいだ。小野は考えてみるが、知らない女のどこが、どう懐かしいのかは分からない。とまれ、偏差値が五〇に満たない私大を一浪と留年の末に出て駅員をしている男が、冗談にでも声をかけられる相手でないことだけは確かだし、ヒマすぎて脳味噌が溶けだしていると自分を唾棄するころには、速やかに興味も失せてゆく。

いや、そのはずだったが、乗り込んだ電車が動き出して間もなく、胸がわずかに疼くような懐かしさとともに、小野の脳裏にはまた別の顔が一つ浮かんでくる。一昨日もそうだった。あの外大生と同じ、ちょっと派手な感じの顔で、もう少し背が高い、女――。誰だっけ。知っている誰か。いや、気のせいかもしれない。

車窓のガラスで光が跳ねる。少し前までそこに映っていた外大生の残像や、沿線に並ぶ民家の屋根と空の境目が溶けだし、小野の眼と意識を攪拌する。するとほんの数秒、中学校の教室でガラス窓のなかから一人の女生徒を追う自分の眼が甦り、ああ上田朱美だ、いつもちょっと気になっていたやつ――と思う。しかしすぐにまた、いましがた車窓越しに外大生を追っていたときの眼と混じり合ってしまい、こうしていま自分を捉えているのは特定の女なのか、それとも遠目にどこかの女を眺める行為のほうなのか、分からなくなる。

小野の眼の前で車窓の光が一瞬翳り、電車は甲州街道の下をくぐって白糸台駅の場内へ入ってゆく。白糸台には多摩川線の車両基地と運転司令所がある。いまでは転轍機の切り替えはすべてコンピューター制御になっているが、大学で一応電気工学を専攻した小野は、ほんとうは司令所の勤務に就きたかったのだった。角膜ヘルペスを患ってからはもう考えないようにしているが、白糸台駅を見ると、毎回ちょっと思いだす。

しかしそれも数秒のことで、ホームに降りて日差しの下に立つとまた意識は何回転かして、今週アルカスに入っているはずのゲームの新作へ飛び、早々と手に汗を滲ませていたりする。眼に良くないのは分かっているが、最近はスプリンタートレノとか、カローラレビンとか、走り屋の御用達だったらしい昔の車を、ゲームセンターの最新の筐体（きょうたい）で乗り回すのにはまっている。いつも一人でハンドルを握ってゴールのタイムを競うだけで、店内対戦などはしない。余計なことを考えたくないので、昔からストーリーのあるカードゲームやビデオゲームはあまりやらない。

改札を出て、多磨駅よりさらに何もない住宅街の道路を京王線まで歩く。安普請の建売住宅が中途半端に建て替わったり、畑地がいつの間にかハイツになったり駐車場になったりする町の、牛乳販売店やクリーニング店の日焼けしたビニールテントに似た停滞感は、小野の身体に染みついた小金井市東町のそれと同じだ。歩いているといつも、優子と結婚して子どもをつくり、いずれマイホームを買うのだろう自分の人生が、すでにあらかた見えているような感じがしてくる。

ふと、前カゴにスポーツバッグを放り込んだどこかの女子高生のチャリンコとすれ違う。あ、上田朱美——。小野は突然、昔の幼なじみの顔を一つ思い浮かべている。そうか、見ず知らずの外大生が懐かしかったりするのは、あの朱美がいまもこころに引っかかっているということだろうか。しかしそうだとしても、いまの自分にどんな意味がある？　そう考えてみる端から、小野はさらにあやふやな心地になる。

実際、額の裏に浮かんでいる朱美の顔も輪郭がぼやけていて、年恰好すらはっきりしない。家の近所の公園で、早生まれのチビ同士、一緒に遊んでいたころの朱美か。地元の東小学校や東中学校の教室にいた朱美か。偶然、小平西高校でも一緒になったおかげで、ときどき通学の電車で見かけることがあった朱美か。いや、学校にはすぐに来なくなって、俳優養成所へ通うために飲食店でアルバイトをしているという噂を聞いたころ、武蔵小金井の西友の八階にあったゲームコーナーで、腰パンにピアスの男子高校生らとUFOキャッチャーで騒いでいるのを見かけた、あの大人っぽい化粧がちょっとケバかった朱美か。

七年前の成人式のあと、東八道路沿いのデニーズで見かけた十九歳の朱美は、黒ずくめの普段着がかえって人眼を引く鮮やかさで、さすがに女優志望というところだった。スーツ姿の小野を見つけると、雄ちゃん、元気そうだね！　朱美はきさくな笑みをくれ、小野は思わずみぞおちに小さな火が入ったのを感じた。あれはもう幼なじみの朱美ではない、知らない女だったような気もする。

そのデニーズでは朱美の友だちの栂野(とがの)真弓が一緒だったが、こちらは晴れやかな振袖姿で、昔から成績がよかった優等生らしく、ちゃんと早稲田に入っていた。そういえば、真弓の自宅は野川公園のすぐそばにあり、住所が府中市になるため、小金井市東町の朱美とは学区が違っていたが、その二人が友だちだったのは、東中学の美術教師だった真弓の祖母の水彩画教室に朱美が通っていたからだ。そして何の因果か、十二年前に野川公園で殺されたのはまさにその祖母だったのだが、考えてみれば真弓も朱美も自分も、子ども時代にものすごく稀有な体験をして成人したことになる。実の祖母を殺された真弓。中学校の恩師を殺された朱美や自分。いまもどこかに隠れている犯人。それから、そうだ、犯人に間違われて学校をやめたやつ——小野はまた新たな顔を一つ思いだしかけて、ちょっと放心する。

上田朱美か——。いまも俳優の勉強をしているのだろうか。

3

その上田朱美は、数分前に心臓が止まった。自分に死が訪れるとは想像もしておらず、驚愕したり、恐怖を感じたりする間もなかったに違いない。最後の瞬きのあとに瞼を閉じる間もなく見開かれたままになった眼は、木造アパートの畳の上から、その斜め上にある窓を向いて静止している。その視界には、彼女が生きていたときと同じ、淡い色の空を横切る首都高の高架と、豊島清掃工場の純白の巨大な煙突がある。

真新しい死者の傍らでは同居人の男が、足元に横たわった骸（むくろ）を見下ろしている。女は少し前までベッドでスマホをいじりながら、洗い髪を片手のタオルでごしごし拭いていたのに、額やこめかみに散った髪をもう、かき上げようともしない。顔にかかるのを気にして、いつもうるさそうに手で払っていたのに、いったいどうしたというのだ。さっきまで風呂の掃除がどうこうとギャアギャアわめいていたのに、この無言は何だ——。

風呂の掃除？　男は世界の手触りや意味が急速に失われ、身体にかかる重力も消えてしまったのを感じる。自分が呼吸をしている感覚もない。夕暮れが迫るようにして狭まった視野のなかで、床に転がっている女の、散らばった髪の下に黒い血だまりが広がる。

風呂の掃除――？　コンビニにリンスを買いに行ったのはいつだ？

数十秒、あるいは数分の時間をかけて男は浅い肺呼吸をし、数歩後ずさりして右手にぶら下げていたスケートボードを足元に置く。幅八インチのストリート用で、ベンチャーのトラックを付けた総重量二・一キロのそれが女の頭を直撃したことは、とりあえず意識にない。ベッドや壁に飛び散った血痕も、見えてはいるが血だということは分からない。

カップ麺の空き容器の散らかったキッチンで、男は呑み残しのファンタオレンジを呑む。スマホゲームの『ハイドアンドファイア』で未明までマシンガンを撃ちまくっていた体感がわずかに残っている身体に、生ぬるい液体が滲み込み、男は吐く。絵の具のようなオレンジ色がゴミの上に飛び散り、初めて小さな驚きの声が男の喉からあふれる。ゴキブリが一匹、足音も立てずに逃げ出す。空の半分を占領する清掃工場の煙突がそれを見下ろしている。朱美のお気に入りだった煙突は、サンシャイン60とほぼ同じ高さがある。


男は、数千円が入った財布とスマホだけポケットに入れて上池袋二丁目のアパートを出る。すぐ近くの子安稲荷神社に立ち寄って賽銭箱に百円を入れたのは、朱美がいつもそうしていたからで、深い理由はない。

ゴミ溜めに生えた純白の巨大キノコ。朱美がそう言っていた清掃工場の煙突を目指して男は住宅密集地を通り抜ける。首都高の高架下へ出たところで一一〇番通報をし、やってきたパトカーで池袋署へ連行され、昼前には殺人容疑で逮捕された。事件は、その日の夕方には新聞とテレビに一報が出、死者の周辺のＬＩＮＥが沸き立ったが、それはもう男の知るところではない。

男は取調室で、拍子抜けするほど無表情な刑事たちと相対し、上田朱美を殴打した理由を聞かれる。男は奇をてらうつもりなどないが、何をどう答えたらよいのか分からない。非正規で働いていた倉庫会社を年初に雇い止めになったこととか、ヒモに近い暮らしだった負い目とか、生活のすれ違いとか、ささいなことはいくつもあるが、どれも女を殺す理由にはならないし、そもそも殺したいと思ったこと自体、ないのだ。それでもとっさにスケートボードを振り上げるほどカッとなった理由があったはずだ。刑事は言うが、思いだせないものは思いだせない。

結果から言えば、男は確かに朱美を殺してしまったのだが、自分の手足が動いたという実感は依然としてやって来ず、取り返しのつかないことをしたとか、これで自分の人生が終わったといった思いも未だない。いや、思いがあったとしても、もとより感情も言葉も少ない、薄っぺらなゴムのような男の脳味噌に、自分のしたことがどこまで正しく理解できるだろうか。理解するとしたら、自分の手で人を殺した事実がこのまま悪夢にもならずにやり過ごせるというのは、さすがに虫が良すぎるということぐらいだろう。

男は朱美との関係を尋ねられる。ふつうの男女関係、としか答えられない。特別なことは何もない、セックスして、飯を食って、一緒に『モンスターストライク』をして寝るだけの。出会ったきっかけは、Ｚｅｐｐ東京の清水翔太と加藤ミリヤのライブ。朱美はショップの女友だちと一緒に来ていて、ちょっと尖った感じがした。将来の夢は女優とかいうことで、オーディションやワークショップに出ていたこともあるらしいが、こっちはずっと冗談だと思っていた。しかしいま思うと、女優志望というのは本気だったのかもしれない。女優っぽい眼をしていたから。

　男はそう言うが、ほんとうはアパートの床に横たわった朱美を正視できなかったし、いまはもうその眼を具体的に思い浮かべられない。強いて言えば黒目の大きい、吸いついてくるような感じで、じっと見られると居心地が悪くなる眼。演劇も美術も分からない男を軽蔑しているというより、絶望している眼。それが不愉快で、ときどきぶん殴りたくなったが、今朝の朱美がどんな眼をしていたかは思いだせない。ひょっとしたら顔も見ていなかったのかもしれない。女の機嫌が悪かったのは確かだが、昨日もゾルピデムという睡眠薬を呑んでいたから、そのせいかもしれない。朝からビールも呑んでいたし、体調はたぶん最悪だっただろう。朱美がいつから睡眠薬を常用していたのかは知らない。

　二年も同棲していて、相手の不眠や体調の変化に気づかなかったのか？　刑事は言うが、あらためて変化と言われると、余計に分からなくなる。好きな食べ物。好きなブランド。好きな映画。好きな絵。お気に入りのパジャマ。ネイル。何か変化したのだろうか。清掃工場の煙突。パレットタウンの観覧車。宮下公園のスケートパーク。男が遊んでいる間、女はよく公園下のホームレスのビニールシートの家々を飽きず眺めていたが、女優を目指すための人間観察だったのかどうか、男には見当もつかない。

　朱美がアルタのショップ店員をやめて風俗のほうに行ったことは、あとで知った。事前に相談されていたら、たぶん止めていたと思う。いや、よく分からない。彼女のことだから、風俗で男の生態観察をしていたのかもしれないし。

そういう、ちょっと変わったところのある女だった。同棲を始めたころ、朱美が使い古しの絵の具のチューブを一つ見せて、何年か前に武蔵野の野川公園で殺された人が持っていたものだ、その場所に落ちていたから拾った、などと言いだしたことがある。信じられる？　その場所って——つまり死体があったわけ？　おまえ、頭おかしくね？　男は思わず聞き返したが、朱美が何と答えたか思いだせない。もともと野川の事件など聞いたこともなかったし、いくらなんでもあり得ないという気がして、結局、ああまた彼女の創作かと思っただけだった。ときどき嘘かほんとうか分からない話をする女だったから。それにしてもどうせ創作するのなら、もっと楽しい話にすればいいのに。女優志望だから、あんなふうだったのだろうか。

絵の具？　中身が残っていないぺしゃんこの水彩絵の具のチューブ。大きさは七、八センチで、なんか上等そうなやつ。何色だったかは覚えていない。その場で捨てさせたし。

取調室の被疑者の話は、池袋署の刑事たちを驚かせる。話はすぐに、今後の捜査の段取りを確かめにきていた本庁の捜査一課庶務担当管理官に耳打ちされ、ええ？　眼を丸くした管理官は折り返し一課の理事官に電話を入れる。

野川公園の——？　半信半疑の理事官は、今度はコールドケースを扱う特命捜査対策室に電話を入れ、ええ？　事態を告げられた管理官も思わず声を上げる。

その一時間後には、特命班の主任二名が出先から小金井署に向かい、保管されている捜査書類一式をざっとあらためて眉根を寄せ、顔を見合わせる。事件の発生は二〇〇五年暮れ。場所は小金井・三鷹・調布の三市にまたがり、府中市とも接する広大な野川公園内の、野川にかかる柳橋付近の岸辺。被害者は、近所に住む元美術教師の女性。遊歩道で写生中に襲われて岸辺に転落した際、水彩絵の具が周辺に散乱した旨、ひとまず実況見分調書に記録はある。

一方、段ボール四箱分の参考人調書の氏名をあらためるのには一時間かかり、上田朱美の名は、当時の特捜本部が被害者の教え子に片っ端から事情を聴いた約四百人分のメモと、葬儀の会葬者名簿のなかに見つかる。朱美は〇五年に小金井市東町の東中学を卒業しており、〇二年から〇三年にかけて被害者栂野節子は確かに朱美の美術教師だった。また朱美は、被害者が定年後に自宅で開いていた水彩画教室に通っていた、とあった。

とまれ池袋署の一報では、殺人容疑で勾留されている男は、朱美が見せた絵の具をその場で捨てさせたと話しており、現時点では絵の具のメーカーはもちろん、何色の絵の具だったのかも分からない。実況見分調書も、現場にあったハーフパン（固形絵の具）やチューブの数と色は記されているが、紛失したチューブの有無についての記載はない。

また証拠品リストには、採取された指紋のほか、皮膚片や毛髪、フケなどの微物の種類と各々のDNA鑑定結果が記されているが、いずれも持ち主が特定されており、そこに朱美のものは含まれていない。一方、現場で採られた靴痕跡は、地面が凍っていたためいずれも不完全で、被害者と近所の通報者のもの以外は特定に至っていない。仮に池袋署の一報の内容が事実なら、ここに上田朱美の十二年前の靴痕跡が含まれていることになるが、はて――。

当時の事件係は誰だ？　合田？　あいつ、いまは警大だったか――？　一課の理事官や特命係の間で最初に上がったそれらの声には、実のところほとんど意味はない。

この二十年、犯罪と世相の変化に合わせて組織は数年毎に改変され、十二年前に事件を担当した捜査員も、管理官以下、すでに全員が別の係へ異動してしまっている。その上、おしなべて捜査一課というところでは、個々の事件の情報は徹底的に内輪で保秘される。そのため、池袋署管内からもたらされた絵の具の話は、どのみち野川の事件に関わった捜査員たちの耳に届くことはないし、仮に届いたとしても、自分の手を離れた事件に再び首を突っ込むほどヒマな者もいないので、特命班は結局、一から再捜査をすることになる。

かくして特命班の刑事たちは池袋署へ走り、ひとまず事件の概要を聞いて現場写真を見たが、驚いたことに六畳間の血だまりに横たわっていた女は、どちらかと言えば太めの大柄な体型で、事前に聞いていた女優志望云々と印象が違うことに戸惑う。池袋署の刑事も、こっちこそわけが分からないと言いたげな様子で曰く、二年前に被疑者が出会ったころは、もう少し痩せていたらしいですが、何があったんですかね――。

それから、勾留されている当の被疑者に会い、女が持っていたという絵の具の話をもう一度聞いた上で、持参した絵の具メーカー数社のサンプルを見せたが、男の記憶は甦らず、あらためて確認できたのは、女がその場でチューブをゴミ箱に捨てるのを、確かに見たということだけだった。

こうしてその日の夕方には、小金井署の一室を借りて特命班による再捜査が始まったが、ここまで来ると、さすがにもう人の口に戸は立てられない。そう、二十八歳の無職の男が、同棲していた二十七歳の風俗店アルバイトの女を殴り殺した上池袋の事件と、迷宮入りになっていた十二年前の野川の老女殺しの事件がここ武蔵野で混じり合い、そこここから漏れ出して、関係者たちのいくつもの自省や後悔の伏流水に流れ込み始めるのだ。

たとえば日暮れの多磨駅では、蛍光灯の下で合田が電車に乗るのも忘れて立ち尽くしている。どんな事件も、年月とともに関係者の顔の多くはおぼろになってゆくが、かつての同僚でいまは池袋署刑事課の課長代理をしている男が、午後、上池袋で殺された女が野川事件に関わっているかもしれないと知らせてきたとき、上田朱美の名前と顔はすぐに一致し、刑事の心臓──否、一人の男の心臓かもしれない──がひと跳ねした。

当時は十五歳の少女だった朱美が、何かしら言いたげな表情をして、どこからか立ち上がってきたかと思うと、驚いた？　十二年間隠れたふりをしていただけよとささやき、口角をきゅっと上げて微笑んでみせる。否、ほんとうは何か気に入らないことがある不機嫌のサインかもしれない。子どもでも大人でもない異形の生物が、その潤んだ昏い眼に、一瞬舌を刺すような柑橘類の鋭い甘さを湛えてこちらを凝視してくる、その独特の雰囲気のある目鼻立ちや声やしぐさは、どれもこれもいましがた会ったばかりのように鮮やかで、合田はいまも知らぬ間に息を呑む。そうだ、十二年前に被害者栂野節子の葬儀の席で初めて本人を見たときも、自分はこんなふうだったのかもしれない、と思う。こちらが三十年若かったら、間違いなく惚れていただろう、あのときの少女A。

またたとえば小金井市東町では、小野雄太が自宅のテレビの夕方のニュース画面に映しだされた上田朱美の顔に見入っている。高校の集合写真から切り取ったらしい、すまし顔の朱美は記憶のなかで出会うのとは別人のようで、あまり美人ではない。ニュースは朱美が男に殴り殺されたと言っているが、これがあの朱美だという思いはそのへんに宙吊りになったまま、なにがしかの感情のスイッチにも届いていない。キッチンで夕飯の支度をしていた母親が、いつの間にか居間のテレビへ眼をやっており、あの朱美ちゃん――？　ふだんより一オクターブ高い声を上げる。見ればわかるだろ。ふいにイラっとして、小野はテレビに向かって小さく吐き捨てる。

またたとえば、生徒はすでに残っていない東小学校や東中学校の職員室で、古株の教師たちがテレビの前で言葉を失っており、野川公園に隣接する府中市多磨町二丁目の栂野真弓の実家では、世田谷区駒沢の嫁ぎ先にいる真弓のスマホに、母親が大慌てでメールを送っている。

またたとえば、そこからほど近い小金井市東町四丁目へ戻ると、くたびれた二階建てハイツの前で、勤め先から帰ってきた中年女性が一人、外階段で待っていた池袋署の捜査員に声をかけられている。上田朱美さんのお母さんですか？

女性が提げているスーパーマーケットのレジ袋がぶるっと震え、夕飯のおかずに買ってきたメンチカツの油が匂い立つ。

午後九時過ぎ、小野雄太は信金に勤める女友だちの、中野区野方二丁目のハイツの部屋にいる。今日は勘定のトラブルもなく早く仕事がすんだという野上優子が、今晩ご飯つくるからとメールをしてきたとき、小野は自宅のテレビで上田朱美のニュースを観ていたが、それから三時間ほど経ったいまも、テレビは同じニュースを流しており、飽きずにそれを眺め続けている。

繰り返し同じ顔を見すぎたせいか、朱美の昔の顔写真は、夕方よりさらによそよそしい感じがする。小野は、大学で知り合った優子に子どものころの話をしたことはないが、女の第六感は小野と、小野が無意識に見入っているテレビ画面の顔を見比べ、いとも簡単に真相を言い当ててしまう。

雄太さんの知っている人？

家が近所。成人式の日に会ったきりだけど。小野は適当に返し、へえ、そうだったの――優子もあまり乗ってこない。自分たちと同い歳の女性が、同棲していた男に殺された、けっして楽しくはない話だからか。その実、わりにありふれた事件だからか。あるいは写真に写っている被害者の顔が、同性にとってじっと見入るというほどではないからか。優子の関心がいま一つの理由は、たぶんその全部だ。

テーブルにはまだ回鍋肉や豆腐サラダが半分ほど残っている。いつの間にか箸が止まっていたことに気づいて皿に眼を戻すと、優子が微笑む。小野も微笑み返す。小野も優子も、ふだんから言葉は少ないほうだが、とくに何か腹に抱えていることがあるわけではない。二人とも、どちらかといえば感情の閾値は低いほうではなく、いい意味で少し鈍いというだけだ。とは言っても、小野はたったいま、腹のなかでちょっと逡巡している。朱美の顔をさんざん見せられた今夜は、優子とうまくセックスができるだろうか。

しかし、その逡巡もすぐに行方不明になる。優子は、小野との結婚を来年あたりと腹積もりしているが、ソファだけは先に新調する気でいる。白木かウォールナットかといった家具の話を耳の半分で聞きながら、小野はまた少し朱美のことを考える。池袋はよく知らないが、高級住宅地ではないだろうどこかのアパートで無職の男と同棲し、朝早い時間にケンカになって、カッとなった男に殴り殺されたというのが、仕合わせな暮らしだったはずはない。いや、よその男女の内実など分からないが、いずれにしろ朱美は結局、女優にはならなかったのだ。

4

月曜日の早朝のホームで生あくびを嚙み殺す駅員の制帽に、薄蒼い光がかかる。いつもは十分に仮眠を取るのに、上田朱美の顔がテレビに映った先週の金曜日以来、急に混み合うようになったメールやLINEのせいで、眼も頭も休まるひまがない。

インスタグラムでは、テレビに出た高校時代の写真とは別の、中学時代の朱美の写真がやり取りされ、そのいくつかは、小野のスマホにも取り込まれた。夏の白いブラウスを着た髪の短い朱美。運動会のジャージ姿の朱美。見るたびに、こんな顔だちだったという確信はゆらぎ、ときどき甦ってくることのあった記憶は日に日にかたちを失ってゆく。ほかにも朱美が上池袋の風俗店で働いていたとか、同棲していた男はバンクスのキャップを後ろ被りにしているようなスケーター崩れだったとか、そんな軽めの話が武蔵野の空をいそがしく飛び交う。

昨日の午後は、栂野真弓――いや、結婚して姓が変わったはずだ――が是政行きの電車から降りてきて、改札で小野と短い話をした。しばらく見ないうちに真弓はお腹が大きくなっていてびっくりしたが、身重でも美人は美人で、助役の佐藤が窓口からこちらをちらちら見ていたものだった。真弓が帰ってきたのは朱美の母親にお悔やみだけでも伝えに行くためで、小野君はどうする？　と聞かれた。うちのお袋が覗きに行ったんだけど、家は閉まっていて誰もいないみたいだ。小野はそう返しながら、なぜか悲しみの感情がほとんどないことを思い、またもや宙吊りの気分になって、自分は勤務があるからと言葉を濁した。

結局、自分はいろんなことに倦んでいるのだろうか。小野は慰みに考えてみる。朱美のことにしても、たまたま事件の前に偶然思いだしたに過ぎないが、仕事に追われて充実している人間なら、考えてもすぐに忘れてゆくだろう。また、朱美に個人的な感情があったというのなら、涙の一つもこぼしているだろう。そのどれでもない自分は、いろいろなこころの隙間を朱美のニュースで埋めているということなのだろうか。

武蔵境方面の警報機が鳴り出し、遮断機が下りる。カンカン、カンカン柔らかく脳髄を叩く音に誘われて、昨日その踏切を渡っていった栂野真弓の姿を思い浮かべる。そうだ、真弓、あるいはその周辺の何かが自分の奥深くに引っかかっているのだが、何だろう。ふと何かを思いだしかけては分からなくなり、小野の頭はあらぬ方向へ飛んでゆく。それにしても、自分はほんとうに優子と結婚するのだろうか――？

七時台の是政行きに乗ってくる乗客の顔ぶれは、ほぼ決まっている。まだ外大生の姿はなく、警察学校関係者の、スラックスに綿のハーフコートとビジネスバッグという五、六十人の濃い鼠色の塊と、あとは霊園の職員たちだ。睡眠不足の鈍い表情で駅に集まってくる通勤・通学の人びとを含めて、沿線の町はまだ十分に眼が覚めていない。

おはようございます、おはようございます、おはようございます。改札で自動音声装置になる小野の眼の前を、ホームから外へ、外からホームへと乗降客が流れる。警察関係者の集団を改札から送り出すとき、ちょっとした風圧と折り重なる靴音が、いつもは新宿や池袋あたりのターミナル駅に立っているような短い夢想を呼び起こすのだが、今朝思いだしたのはやはり、十二年前のあの東中学の栂野先生の葬儀のときに、日華斎場で見た捜査員の集団だった。耳にイヤホンを入れた大柄な捜査員たちは、人ごみのなかでもすぐにそれと分かる。そこには交番のお巡りさんとは違う、小学校の社会見学で訪ねた国会議事堂と似た空気があり、事件とはふつうの暮らしと絶対に重ならない何ものかだと告げていた。そういえば、あのときは朱美も葬儀に来ていたはずだが、姿は思いだせない。

わずかに肌を粟立たせて警察の男たちを見送ったあと、小野はまたふと朱美の葬儀はやはり日華か、それとも近所の太陽寺かと思い、もし休日だったら顔をだそう、同級生の連中はどうするんだろう、喪服のクリーニングはしてあっただろうか、などと思いめぐらせる。その数秒、改札を出てゆくほかの客には眼が行っておらず、それに気づいたのは、いくつかの小さな出来事が前後して視線の先で起こったからだった。

一つは、顔を知っているあの刑事が、警察の集団からだいぶん遅れて、ひとりスマホを耳にあてて誰かと話をしながら改札を通っていったこと。また一つは、駅前の通りに出たその人が、後ろから追い越していったもう一人の男性に気づいて、急に足を止めたこと。そして、声をかけようとしてスマホの手を一瞬前方へ伸ばし、引っ込めたこと。刑事が声をかけそびれたのは、小野が石材屋か霊園の職員だと見当をつけている乗客の一人だが、そういえばこちらも、ふだんより四本も早い電車だったのだ。

そしてしばらくの間、朝のホームで小野はまた、あれは何だったのだろうと思い巡らせ、時間を忘れる。刑事ともう一人の男は知り合いかもしれない。あるいは、刑事のほうが知っているだけかもしれないが、声をかけようとしたのは、そうする理由があったからだろう。それなのに、声をかけるのを止めたのはなぜか。二人はどんな関係なのか。どこにも着地しない中空の夢想は、田舎駅に立つ駅員の時間をやさしく撫で続ける。その頭上の鉄塔の上を、朝一番の新島行きの小型機が光りながら横切ってゆく。

同じころ、駅前でニアミスした当の二人もまた、どこからかやってきた物思いに囚われながら、それぞれの職場で仕事の準備に取りかかっている。警察大学校の合田は、ロッカールームで制服に着替える手を止めて、駅前で見た男は人違いではないかと何度目かの自問を繰り返している。あらためて思い浮かべようとすると、斜め後ろから見ただけの顔の一部と頭髪の感じだけでは、どこの誰なのか確信がもてなくなってくるが、それではなぜ、あのときとっさに浅井隆夫だと思ったのか、自分でも分からない。強いて理由を挙げるとすれば、やはり野川事件が頭にあるせいだろうし、そこから当時特捜本部にいた浅井の姿が浮かんだのだろうが、もちろん、たんに捜査員の一人だったから思いだしたのではない。事件当日、浅井の息子を警察が別件で引っ張る事態になったことや、その後の家族の様子などがいまもこころに引っかかっている証に違いない。十六歳の子どもを引っ張るなんて、あのときの自分はほんとうに何を考えていたのだろう――。合田は当てもなくのろのろと胸の奥を探り、引き返す。あの浅井がこんなところにいるはずがない。あれは近くの石材店か、霊園に勤めている他人の空似だ。

わざとあいまいな着地をして、合田は物思いを頭から追い払い、一時限目の講義ノートを確認する。捜査実務。別件逮捕での自白調書等が違法とされた判例の考察その2。法律家の煩雑な文章で目詰まりを起こしそうな判例集を開く傍らから、集中力がぱらぱらとこぼれ落ちてゆく。野川事件をお宮入りにしたのは捜査責任者だった自分だが、あの少女Aが本ボシかもしれないというのは、いったいほんとうなのか？　ほんとうだとしたら、自分たちはいったいどこで、何を見落としたというのだ？　あり得ない。何かの間違いではないか。

合田の足は知らぬ間にまたのろのろとなる。教室へ向かう廊下の窓の外に晴れた空が広がる。白と青の小型機が飛び立ってゆく、その空の下で入院している男へと思いが飛び、気分がふさぐのはあいつのせいもある、と自分に言い訳をする。手術は明後日だ。

浅井隆夫はまだ誰も来ていない霊園の管理事務所で制服に着替える。昨夜は何かの拍子に寝つけなくなり、夜明け前に起き出してそのまま家を出てきてしまった。もうすぐ彼岸の入りで、そろそろ園内のしだれ桜も咲き始めるが、管理事務所の仕事がとくに立て込むわけではないし、ふだんより早く出てきた理由は探しても見つからない。とくに考え事をしていた覚えもない以上、たんにぼんやりしていたということだ。

　事務所を出て裏の物置きから用具を取り出し、みたま堂の正面祭壇の清掃をする。蠟燭立ての汚れを拭き、香炉の燃え残りの線香を取り除く。管理事務所では、墓や納骨所の問い合わせや管理料の案内、墓の工事手続きや改葬手続きなどの事務仕事をしているが、合間にはすすんで掃除や見回りもする。その心身には、十二年前まで警察官だった残滓はもうない。いま思えば、警察官になるのも警察官を辞めるのも、呆れるぐらい簡単だった、と思う。

　祭壇を拭き上げ、続いて石畳を掃く。うつむけた額を、先ほど駅前で一人の男性を追い越したときの光景が過る。顔を見たわけではないし、スマホ片手の相手の足が止まりかけたために追い越しただけだったが、一瞬臓腑がかすかにうごめくのを感じた。駅前の雑居ビルの一階通路を通り抜ける前に振り返ってみたとき、男はもういなかったが、気のせいだったか。よもや顔見知りということはあるまい。

　箒を動かし続けるうちにたったいま思い浮かべていた何者かのことは消え失せ、代わりにその脳裏には、父親の誕生日に何も音沙汰がない息子の顔がちらちらし始める。去年、さいたま市内の歯科技工所にやっと腰を落ち着けて本人も精神的に落ち着いたはずだから、仕事が忙しくてうっかりしているだけかもしれない。いや、ひょっとしたら女友だちでも出来たか。

どれと特定はできないくぐもった思いを心身にすまわせたまま、浅井は清掃に精を出す。無心になって動いていると、野川の事件がもとで狂った自分と家族の人生も、月日とともに着地すべきところに着地したという実感がやって来る。ずいぶん遠回りした息子ももう大丈夫だろう。無理をしてでも、歯科技工士の学校へ行かせた甲斐があったというものだ。

低く垂れたその頭の上には、すぐそばの野川公園へと続く早春の薄明るい空があるが、浅井はこの十二年、一度も空を仰いでいない。

その元警察官の息子、浅井忍は朝からさいたま市内の歯科技工所にいる。有機化学系のラボ、もしくは薬局の調剤室に似た感じのする、のっぺりとした明るい部屋に、クラウンの模型をつくる技工机が並ぶ。忍の右隣では同僚たちが指先を石膏で白くしながらトリマーで模型の台を削り、クラウンを被せる歯の部分とそれ以外の部分が分割できるようになっている土台に、専用ドリルで穴を開け、その穴にダウエルピンを植え込んでゆく。その次の工程の忍の机には、分離剤を塗る筆や、石膏の入ったラバーボウルとスパチュラ、模型の土台部分になる石膏を流し込んだ型枠が置いてあるが、そこだけこの十数秒、作業の手が止まっている。技工の出来を左右する模型制作の工程なのに、ときどき作業の流れを平気で無視する。忍にはそんなところがあるが、悪気はないし、怠惰というのでもない。

技工机の下で、忍はスマホのＬＩＮＥを見ている。指先にこびりついた石膏が、液晶画面に薄い汚れの膜をつくる。昨日、全体公開されているタイムラインの投稿で〈上田朱美〉にハッシュタグが付いているのを発見してから、なんとなく投稿を読み続けている。上池袋で殺されたという女の名前と顔は、すぐには一致しなかったが、三々五々追加される書き込みのなかに、「〇五年に野川で殺された元教師の孫のダチ」という一文を見たとき、ああ、あいつか——と思った。いや、正確に言えば、ちょっと心臓が飛び跳ねたかもしれない。いや、それも確かではない。

忍がいまでもたまに思いだすことがあるのは元教師の孫の栂野真弓のほうで、その「ダチ」だった上田朱美は、どういうわけか長い間忘れていた。だから、死んだと聞いてもすぐに感情は動かなかったが、小金井か府中あたりで「野川事件で殺された元教師の孫云々」とLINEに書き込んだやつが、栂野真弓と死んだ上田朱美の名前をランチのセットメニューのように一緒に並べていることに、軽い嫉妬を覚える。いや、何のための嫉妬だろう。それもよく分からない。

液晶画面に見入る眼の奥では、事件前後に野川公園周辺に出没していたらしい変態男と、栂野真弓をストーカーしていた高校生の自分が重なり、入れ替わり、また重なりして、忍はいまも密かに錯乱する。実際、自分がどこかの女子を追いかけていたというのも、まるで他人の話のように感じられる。いや、リタリン（中枢神経刺激剤）のおかげで、いっぱしに十六歳の熱病っぽい感じになっていた時期だったのかもしれないが、ともかく〈上田朱美〉にハッシュタグを付けたのは、あのとき警察に自分をチクったやつかもしれない、と想像は飛ぶ。

おい、仕事中だぞ！

忍は先輩の怒声を浴びておとなしくスマホを閉じるが、その直後、絶叫していいですか？　そう口走って周囲を驚かせる。

5

最初は池袋署の遺体安置室。次に東京大学の法医学教室。そこから葬儀社の一時預かりの冷蔵庫。続いて、日曜日の午後に一つだけ空きがあった青梅の市営火葬場。そうして次々に移ろった末に、上田朱美はガス炉で焼かれて灰になった。死んでから五十四時間だった。骨壺に入った朱美は、いまは母親の亜沙子の手で武蔵境駅南口のビジネスホテルの部屋の、洋服ダンスのなかにこっそり置かれている。

母、亜沙子は金曜の夕方に娘の遺体と対面し、日付が変わるころまで事情を聴かれたあと、武蔵境のインターネットカフェで半日を過ごした。土曜日の夕方になって、大学から遺体が戻ってきたので葬儀社に遺体の引き取りなどの連絡をするよう警察から電話があり、再び池袋署へ向かった。そこで葬儀社の車を待っているとき、娘の事件の捜査員ではない、警視庁の某と名乗る刑事が二人現れて、小金井市東町の自宅に娘の昔の衣類や履物、日記や手紙などは残っているかと尋ねられた。朱美が男に殺されたことと、朱美の昔の私物にどんな関係があるのか分からないまま、何も残っていないと答えた。高校を中退して十八で家を出てゆくとき、朱美はゴミ箱をひっくり返すようにして身の回りのものをばっさり捨てていったからだ。亜沙子がパート代を工面して買ったエアジョーダン。ノース・フェイスのリュック。ファービーの縫いぐるみ。水彩絵の具と筆類。一万円近くしたホルベインの木製の画箱。

それでも、一度家をあらためさせてほしいと刑事たちに言われ、結局、週明け月曜日の午前九時という約束をさせられて、亜沙子は取るものも取りあえず八時前にビジネスホテルを出、西武多摩川線に乗ったところだ。

亜沙子はものすごく疲れている。三日前にハイツの前で池袋署の捜査員に車に乗せられてから、一度も家に戻っていない。勤め先のイトーヨーカドーだけは土曜日の朝に欠勤の連絡をしたが、LINEもメールも見ていない。着替えを取りに帰る気力もなかったから、着たきりスズメで少し臭うかもしれない。金曜に勤め先で買って帰ったメンチカツの、饐(す)えた油の臭いもまだ鼻腔に残っている。あれはどこで捨てたんだっけ。人間とは、どこまでばかばかしい生きものなのだろう。

電車が停まる。開いたドアから何も考えずにホームに降り、亜沙子はアッと思う。駅が違う。駅名標は――多磨。一つ駅を乗り過ごしたということだ。

そう気づいてもなお、亜沙子の頭はゆっくりとしか回らず、そういえばこの駅を見るのは十五、六年ぶりだと場違いな感慨に襲われてホームを眺める。ふだん利用するのはJRだが、娘の事件を気にして近所の眼がない西武多摩川線をあえて使ったら、案の定、降りる駅を間違えた。メンチカツといい、電車の乗り過ごしといい、自分の下らなさに涙が出そうになる。

改札から若い駅員が顔をだし、どうかされましたか？　ホームに一人残った亜沙子に声をかけてくる。ああ、いいえ、駅を間違えただけだから、大丈夫。亜沙子はそう答えてから、駅員の顔に気づいて苦笑いする。ほとんど同時に、駅員のほうも亜沙子に気づき、いかにも不器用な様子で頭を下げる。

雄太君、西武鉄道に入ったってお母さんにお聞きしていたけど、ここにいたのねえ。大丈夫、いろいろあるけれど、小母さんも頑張るから。お母さんによろしくね――何かそういう感じの言葉を思いつくままに並べ、亜沙子はそそくさと改札を通ってそのまま駅を出る。多磨は小金井市東町の最寄り駅ではないが、野川公園の西側を通り抜けてゆけば、すぐにそばに朱美たちが通った東中学があり、東小学校がある。ほぼ地元ではある。

線路沿いの、人けのない生活道路を無心に歩く。ふだん気に留めたこともない車返線の門型鉄塔をまじまじと眺め、ところどころ残された畑地の白菜や大根を眺め、地平線に横たわる武蔵野の雑木林の黒々とした帯を眺める。ブォ――ンという低い唸りが聞こえて空を仰ぐと、手を伸ばせば届きそうな高さを白と青のツートンカラーの小型機が横切ってゆく。眼を細めてそれを見送り、亜沙子はふと、三十年近くも棲んでいる武蔵野の風景に自分と娘は含まれていないのを感じる。

野川公園脇の静かな住宅地は、朱美が昔、絵画教室に通っていた道だ。東中学を過ぎ、中学生の朱美が自転車で走り回っていた東町の生活道路に入る。三日前と同じ町という感じがしない家並みに、急に嘔吐しそうになる。まったく、年頃の娘なんか持つものじゃない。いったい朱美がどうしたというの。どこかの半端男に殺されただけでは足りないというの？　亜沙子は自問してみるが、警察が彼女に再捜査の事情を話すことは、当面ない。

警察大学校の階段教室では、刑事教養部の捜査実務の講義が行われている。課題は、別件逮捕での自白調書等が違法とされた判例の考察。判例は、別件の銃刀法違反で逮捕した被疑者を、本件の殺人被疑事実で取り調べて逮捕・起訴となった事案で、全国各地の警察署から来ている警部昇任者百五十名の聴講生は、自白調書に証拠能力がないとした判決文の要旨を精読し、捜査段階の取り調べの経緯のどこに問題があったのか、教授の合田警視の解説を聴く。

この別件逮捕で最初に考えるべき点は、令状の根拠となった銃刀法違反の被疑事実が、被疑者が日本刀の所持を認めたあとも身柄拘束を続ける正当な理由になり得るか、否かです。裁判所はなり得ないと判断しているのですが、まず令状の疎明資料が問題です。日本刀について、令状にはどう書かれていましたか――？

そうして喋っている間も、合田の脳裏には野川事件が浮かんでは消える。現場では被疑者を別件で引っ張ることはよくあるし、捜査員はみな違法にならないぎりぎりの線で捜査を尽くすが、野川でも微妙なケースがなかったとは言えない。事件当時、被害者の孫娘にストーカー行為をしていた浅井隆夫の息子の別件逮捕がまさにそれだったが、事件前に被害者ともめていたという話もあったことから、合田は本筋の殺しのほうで事情を聴く時間を確保するために、警告や禁止命令などの手順を踏む必要のあるストーカー規制法違反ではなく、住居侵入を被疑事実にして令状を請求したのだった。手続き自体に瑕疵（かし）はなかったが、相手の年齢を考えれば、本来なら説諭だけでひとまず帰宅させるべきケースだったかもしれない。

耳の奥に、こんな逮捕は警察が捜査のために火のないところに立てた煙だと喝破した当時の担当検事の声が甦る。それには合田にも反論はあったが、捜査の都合を優先したツケは、少年事件には検察段階での不起訴や釈放の選択肢はないという厳しい結果になって回ってきた。最後は検事が在宅での家裁送致を決めたが、二日間の拘束で少年と家族が負った有形無形の傷は取り返しがつかない。そういえば、彼はどうしているだろう。もう二十七、八のはずだが――。

その浅井忍は、歯科技工所で父親に宛てて忘れていたメールを打っている。誕生日おめでとう。父親だけは安心させておかなければならない。息子がまだ何者かになると信じているような人をこれ以上失望させても、いいことは何もない。

6

朝晩は霜が降りるほど冷え込んでいた武蔵野も、彼岸の入りとともに空気が温(ぬる)み、続く週末の三連休は急に春の陽気になった。

多磨駅の改札脇には臨時に仏花の売り場が設けられ、電車はふだんとは違う墓参の人びとを運んできて、そのつど改札に立つ小野の手は珍しく紙の乗車券でいっぱいになった。入れ違いにホームを出てゆく是政行きの車両は、これまたふだんとは違う競艇ファンでなおも混み合い、そこには店を抜け出した果物屋の大将も紛れ込んでいたはずだ。また、この時期は、慣れない客が券売機に紙幣を詰まらせたり、つり銭が出てこなかったりするトラブルが付きもので、臨時シフトで入っている駅員がそのつど機械をリセットしに走る傍らでは、助役がいつになく真顔で運賃の勘定に追われる姿が見られた。

連休初日の十八日、小野は運よく夜勤明けになり、優子が信金で手に入れたチケットで久々にFC東京と川崎フロンターレの試合を観に行った。味の素スタジアムは地元というより庭だが、勤務があるのでたまにしか試合を観に行けない。その日は移籍した大久保嘉人の初ゴールとFC東京の完勝に酔い、その勢いで優子には誕生日プレゼントのアガットのイヤリングを渡した。

いまは佐倉姓になっている旧姓栂野真弓は、十九日に多磨霊園へ実家の栂野家の墓参に来たが、間もなく十カ月になる身重の身体のせいで、祖母の事件などは思いだす余裕もなく、数日前まで気になっていた上田朱美の不幸も、すでにほとんどかたちはなかった。

その朱美は、母亜沙子の手で十四日にようやく小金井市東町の実家に戻ってきた。亜沙子は、十五日には勤め先のイトーヨーカドーに復帰し、連休の賑わいに追われながら、娘の墓をどうしようかと思案している。新しく墓を買う余裕はないので、どこかに永代供養の合葬墓を探すしかない。市役所に相談すると、府中か町田あたりには空きのあるところもあるようだが、最低でも五十万以上はかかると聞いて、いまは新たに費用の工面で頭をいっぱいにしている。

墓といえば、多磨霊園の管理事務所も、この時期は納骨堂の問い合わせや改葬の申し込み、墓所への新たな納骨が引きも切らず、元警察官の浅井隆夫はちょっと充実を感じている。一方、その息子忍の連休は、昼夜もないモンスト三昧で、覇者の塔39階攻略目前だ。

一方、小金井署に置かれた野川事件の再捜査本部では、特命班が上田朱美の住んでいた上池袋のアパートと小金井市東町の実家を捜索したが、結局、朱美の昔の靴や日記などの回収は出来ず、遺体は十二年前の一件書類を精査することに費やされた。再捜査といっても当面出来ることは限られており、遺留指紋や微物資料と朱美の指紋とＤＮＡの再照合のほかは、朱美を殺した男と、十二年前の事件関係者にあらためて話を聴いて回ることぐらいになる。

そして、現状はそんなところだと小金井署の刑事課長代理から電話を受けて、合田も昔の捜査メモのファイルを引っ張りだしてみたが、自分でもよく分からない逡巡があり、まだ中身を見るには至っていない。

警大の授業のない連休の二日間のうち、一日は春キャベツの出荷が始まった千葉の知り合いの農家へ収穫作業を手伝いに行って関節痛を悪化させ、一日は府中の榊原記念病院へ加納の見舞いに行った。加納は十五日にペースメーカー埋め込みの手術を受けたところだ。寝たきりではないが、それほど自由に動けるわけでもないのがかえって所在ないようで、抜糸したらすぐに職場へ復帰するつもりで枕元に積み上げた裁判資料を放り出したまま、巷（ちまた）でベストセラーになっている中世史の新書を読んだりしているのは、いかにも仕事一途の男らしくないことだ。

心臓を病んだ身体を養生しながらでは、やはり、仕事もこれまでのようにはゆかない。それだけでも不本意だろうが、そろそろ独り身が不安になってくる歳なのは自分も同じだ。病気になったときは、どうする——？　そんなことを考える傍らでは、加納がわざわざパジャマの前を開いて、触ってみるかと言い、合田はペースメーカーを埋め込んだ友人の胸に手を触れる。鎖骨の下から乳首あたりにかけて、薄い皮膚の下で金属の本体とリード線が微妙な凹凸をつくって盛り上がっているのが、エイリアンみたいだと、つい口に出た。

かくして上田朱美の死から十日、人びとの物思いや記憶の片々は、一旦薄れかけたかに見えた。しかし、連休明けには武蔵野にさしかかった低気圧が冬に逆戻りしたような寒気を運んできて、野川公園一帯を十二年前の冬を思わせる灰色に変え、彼らはまたそれぞれに何事かを思いだすことになる。

三月二十一日、未明から気温が一桁に下がり、夜明けには小糠雨（こぬかあめ）が雑木林と畑とハケの上の家々を音もなく押し包んだ。

野川公園の西端に接している府中市多磨町二丁目の栂野邸では、墓参のついでに里帰りしていた真弓が二階の自分の部屋で眼を覚まし、結露した窓ガラス越しに野川公園の黒ずんだ樹影を見る。昨日まで明るく光っていたケヤキやカシやカシワなどの枝が一日で冬枯れに戻り、一瞬自分がどこにいるのか分からなくなる。それから、ぱんと張った自分のお腹に触れて我に返り、そうだ、今日は駒沢に帰る日だ、亨さんはちゃんと朝ご飯を食べていったかしら――そう気を回した端から、またふと見えない手に引かれるようにして窓へ振り向いている。黒い雨具を着けた男の自転車が走り去る。紫のレインスーツのジョギングの男が、東八道路をまたぐ公園の陸橋を走ってゆく。陸橋の先には祖母が生前、写生に通っていた野川がある。

事件の日は雨ではなかったが、野川公園一帯は冬の霧に包まれ、窓ガラスが一面灰白色だったことを真弓は思いだす。そう、あれはクリスマスの朝だった。母親が階下から早く起きるよう呼んでいて、キッチンに降りてゆくと、朝ご飯は前の晩に食べ残したルコントのガトー・フランボワーズだった。お祖母ちゃんは？　母に尋ねると、写生、と一言返ってきた。

日曜で市役所が休みだった父は、いつものように家族の会話から逃げて食卓で新聞を開き、せっかく気を利かせて買ってきたのに家族にはあまり歓迎されなかった特上のケーキの残りを食べて、さっさと白糸台へゴルフの打ちっ放しに出ていった。それから、看護師の母は休日シフトで小金井の桜町病院へ出勤し、真弓は駿台吉祥寺校の冬期講習へ出かけた。バス乗り場のある東八道路は、車の音も霧に吸い込まれて、水の底のように静かだったのを覚えている。

墓参のときに祖母のことをあえて思いださなかったのはお腹の子の安寧のためだったが、いまも真弓は記憶のほんのとば口で足を止め、そこから先はまた自分の手で埋め戻して踵（きびす）を返す。祖母が殺されたことを思いだしたくないのではない。それよりも、事件のせいで表面化した父と母の不仲や、ささくれ立っていたあのころの自分の心身に触れたくないのだということは、自分でもよく分かっている。祖母の事件さえなければ生涯見ずに済んだだろう自分や父母の、いや人間という生きものの、無知や無責任や慢心や傲慢の数々は、どんなにしても更地に戻すことはできない。

なんて昏い朝――。真弓は気を取り直して髪をゴムで留め、夫に宛ててメールを打つ。今日帰ります。お夕飯、何食べたい？

同じ朝、真弓の母、栂野雪子もまた勝手口を開けてゴミ袋を外へ出しながら、雨に濡れた土と冬草の匂いを嗅ぎ、あの日の朝の色や匂いを忽然と思いだしている。こちらはぎりぎりまで寝ていたいのに、母の節子が写生に出てゆく物音で眼が覚めてしまい、蒲団のなかで無性に苛立ったこと。朝の食卓で、クリスマスのケーキの残りに孝一が露骨にいやな顔をしたこと。

病院に警察から電話がかかってきたときの、自分の気持ち。冬期講習に行っていた真弓に、すぐには事件を知らせなかった理由。あとで、ママは頭おかしいよとなじられた、あのときの娘のきつい眼。公園で母の死体が見つかって半日も経たないのに、葬儀がどうこうと言い出した孝一と怒鳴り合いになったときの、もう何が何だか分からない怒り。いや、それ以上に、実の母が殺されたというのに涙が出なかった、自分という人間の本質への絶望。

どれもこれも正確には正体を言い当てられないまま、いまなお腹の底に沈殿しているのを認め、雪子は孤独を感じる。ママの頭がおかしい？　去年癌で亡くなった孝一に、最後まで温かい気持ちをもてなかったのも、ママがおかしい？　なんて昏い朝——。

同じ朝、東町の小野雄太は顔じゅうに細かい水滴を貼りつけて、出勤のために新小金井駅への道を急ぐ。朝練に向かう東中学の生徒たちのジャージ姿がなければ一瞬冬と見紛う灰色の霧雨の下、小野は数分、十数年前の中学生の身体になっている。スポーツバッグを斜めがけにし、急いで呑んだ牛乳で腹をたぷたぷさせて半分駆けだしながら、眼で近所の上田朱美を探す。見つけたら吉、見つけられなかったら凶。毎朝ひそかに願をかけた。

それから十代の体内時計はまた少し進み、小野は高校生になっている。やはりスポーツバッグを斜めがけにし、無意識に朱美の姿を眼で探しながら、吐く息を白くさせて朝練のために自転車で東小金井駅へ急ぐ。その途中、朱美ではない別人の自転車とすれ違ってハッとする。あれは同じ小平西高の浅井忍だ。自宅は小平のはずだが、学校とは全然方向の違う東町にいて、しかもＪＲとは逆方向の野川公園のほうへ駆けてゆく。どこへ行くんだ、あいつ——。

小野は新小金井駅に着く。多磨へ向かう電車に乗り込みながら、あらためてちょっと自問する。この間から何かしら思いだしかけていたのは、あの浅井のことだろうか、と。そういえば、あいつと東町ですれ違ったあの霧の日に、野川事件が起きたのだっけ。

同じ朝、同じ東町の上田亜沙子も、霧雨の下を東小金井駅へ急いでいる。東小学校や東中学へ登校する子どもたちの群れだけが、モノクロの世界に色がついたように賑やかで、少しこころが浮き立ち、知らぬ間に眼で娘の姿を探している。

朱美は小学生のころからノッポで、集団登校の列では遠目にもすぐに見つかった。たいてい髪はショートカットだったし、男の子がスカートを穿(は)いているように見えないこともなかった。そしてこちらが見ているのに気づくと、わざと変顔をつくって振り向く。こちらが疲れていて気づかないときは、母親を笑わせようとして、向こうからひょっとこの顔をして飛び出してくる。母子家庭の引け目など感じさせないし、誰に似たのか、あっちでもこっちでもおどけてばかりだった。でも、あの中学の美術の先生に絵の才能があると言われたと話してくれたときは、珍しく真顔だった。そういうときの朱美は、眼の光が強すぎて少し怖いほどだったけれど。

亜沙子はいつの間にかひとりでタイムトラベルをし、娘にちゃんとした絵の具と画筆を買ってやろうか、一度世界堂へ連れていってやろうか、などと思いめぐらせている。勉強はだめでも、絵の専門学校に行けば――。もういつだったのかも思いだせないが、確かにそんなことを考えていた自分がいる。そう思いだす端から、亜沙子は急に冷え冷えとなって傘の下から重い空を仰ぐ。そういえば、あの美術の栂野先生が野川で殺されたのも、何かこんな感じの昏い日だったが、あれはクリスマスの朝ではなかったかしら。そう、朱美が前の晩から帰って来なかった朝――。


十二年前のクリスマスの朝、家に帰っていなかった子どもは上田朱美だけではない。多磨霊園の浅井隆夫もまた雨の下でひとり、その日の朝のことを呼び戻している。前の晩から外出したままの忍を待ちながら妻の弘子と二人で朝を迎え、いつになくざわついた心地で勤め先の小金井署へ出勤したこと。午前十時ごろ、弘子から忍が帰ってきたと連絡があってほっとしたが、それから間もなく野川公園に女性の遺棄遺体という一報と、緊急配備の指令が入ったこと。そのあとの嵐の数時間は、浅井の記憶からすとんと抜け落ちている。

そして同じ朝、警大の合田は午前七時二十三分の是政行き電車で多磨駅に降り立つ。改札を出て傘を開き、いつも通る地下通路とは反対方向の野川公園のほうへ歩き出してゆく刑事を、出勤したばかりの小野が〈え？〉という顔で見送る。

合田は野川公園までやって来る。

事件当時は公園の西側に二枚橋ゴミ焼却場の白っぽい建屋と、赤白に塗り分けられた巨大な煙突が二本立っていた。施設の老朽化で間もなく閉鎖されると聞いていたが、いまはそこに更地と空が広がり、周辺の風景は十二年前に見たそれとは少し印象が違う。

もっとも、ひとたび公園に眼を移せば、昔と同じ武蔵野の雑木林と昔のゴルフ場の名残の芝生が、雨の膜に押し包まれて色を失い、低い空の下に横たわる。桜や紅葉の時期でない限り、平日の雨の日、あるいは厳冬期の早朝には、都心の公園とは違う廃園の静けさがある。そして、それはそれでうつくしく、最低気温が零度を下回る冬日の朝などは、野川とその近くの湧水地から湧き出す霧とともに夜明けを迎え、樹影や築山の稜線や東屋などのかすかな墨色の濃淡が薄明るい霧のなかに浮かび上がってくる。十二年前、元美術教師の被害者が好んで写生していたのは、まさにその朝もやの野川の風景だった。

午前八時前、合田は公園の北門から野川沿いに三百メートルほど進んだ柳橋付近の遊歩道に立ってみる。全部で九つある橋のうち、柳橋は北門側から数えて五つ目になる。背後は湧水地のある自然観察園、川の向こう岸には大きな芝生の築山が広がる。

野川の川筋はゆるやかなカーブを描いており、柳橋付近の岸辺から北門の方向を振り返ると、公園のすぐ脇で野川を横切っている西武多摩川線の鉄橋や、あの車返線の門型鉄橋が、大きく茂った川岸の木々にさえぎられて見えなくなるポイントになっているのが分かる。生前の被害者が橋のそばを写生場所に選んだ理由は、まさにそれだったと思われるが、無粋な鉄塔やゴミ焼却場の煙突が消えたそこに広がるのは、空と、一つ手前の水木橋と、岸辺に垂れかかるケヤキやカシやヤナギの樹影と、霧に濡れる草が、薄い青から灰色、群青色へと滲みあう風景だ。当時、捜査員の誰かがターナーの絵のようだと言ったとおり、武蔵野の風景は空と水と、そこから生まれる水蒸気を含んだ空気の光がつくりだしているに違いない。

しかしいま、合田の網膜、あるいは海馬に広がる野川の景色に、ターナーの光はない。一幅の風景画のような景色であれ、ひとたび事件の現場になったが最後、すべてが被害者と加害者によって眺められたものとなり、刑事は是も非もなく彼らの眼に憑依する。

加害者が犯行のために通った順路。その眼に映っていたもの。歩みを進める靴の下の石。土や草の臭気。数分後には被害者となる人物までの距離。その周囲にあるもの。動くもの。静止しているもの——。

合田は数分、十二年前にそこにいた何者かになっているが、それはいま、少女Aであるほかはなかった。Aが現場にいたという証拠は未だないが、犯行時刻や当日の天候、さらには近所の住民たちの公園の利用状況などから再構成したその日の野川の風景のなかに、Aの姿を置いてみる。

十六歳の——いや、早生まれの十五歳だったかもしれない——少女は、被害者の営む水彩画教室の生徒でもあり、被害者が毎朝公園で写生をしていることを知っていたとすれば、計画的に被害者を狙うことはできただろう。その場合、北門の方向を向いて写生をしている被害者の視界から逃れるために、北門や柳橋は使わず、背後の東方向から近づいただろう。自転車で？　あるいは自転車をどこかへ置いて、徒歩で？　夜が明けたばかりの氷点下の冷え込みのなか、吐く息を白くさせながら一歩一歩、被害者の背後へ迫ってゆく少女の姿は、一人前の陰湿な殺人者のようだ。

あるいは、少女は前日のクリスマスイブから当日の午前六時ごろまで、吉祥寺のカラオケ店で夜通し友だちと遊び呆けていたということだったから、公園に立ち寄ったのはただ真っ直ぐ家に戻りたくなかったからかもしれない。そうだとすれば犯行はむしろ突発的なものだったか。少女は西門あるいは北門から公園に入り、野川の遊歩道に出る。一晩カラオケ店で騒いで興奮した身体も、そのころには十分に疲労し、冷えきっていたことだろう。エネルギーがだんだん残り少なくなり、自転車を漕ぐ足が重かったかもしれない。

髪をショートカットにして、身なりも男子のようだった少女Aは、たぶん紺か黒の中綿入りのウィンドブレーカーという恰好をしている。履物はエアジョーダンのスニーカー。フードを被って下を向き、濃霧の底を潜水するようにして進む額に、何らかの負の感情がこもってゆく。前方の岸辺に、写生をする恩師の姿が見える。少女は眼を見開く。その大脳辺縁系で、彼女自身も分からない何かの反応が起きる。自転車のスピードが上がる。あるいは、スピードが落ちる。少女Aはたぶん、一言も発しない。自身の爆発を制御する力は、もう彼女にはない。

7

物語は、いまから十一年と三ヵ月前の、二〇〇五年十二月二十五日日曜日へと遡る。

午前九時四十分ごろ、三鷹市大沢六丁目に住む男性が一人、野川公園を自転車で通り抜けようとしている。男性は毎朝、自宅のすぐ前にある正門から公園に入って大芝生を横切り、東八道路を渡る中之橋を経由して北地区の野川の遊歩道に出たあと、北門からさらに野川沿いに西へ進み、勤め先の小金井自動車学校へ向かう。

野川公園は、隣接する武蔵野公園を併せると六十四万平米、東京ドーム十三・七個分の面積がある。周辺の人口密度のわりには広すぎるため、晴れた日でも朝夕の散歩やジョギングの人影はまばらな点にしかならない。ましてや天気が悪いとさらに人影は減り、男性のように通勤や通学の近道で園内を走り抜ける自転車がたまに見られる程度になる。

その日は、午前八時過ぎまで気温は氷点下に留まり、雲は厚く、男性の行く手は野川から湧き出す一面の霧の海で、柳橋を渡った時点で百五十メートル先の水木橋が見えないほどだった。その柳橋から遊歩道へ出たとき、視界の左側を明るい水色の何かが過り、さらに三メートル進んだところで男性は自転車を止め、振り返った。水色の何かは川岸にあり、その周辺にはさらに青、緑、桃色、オレンジなどの小さなシミが点々としていた。男性が無意識のうちに自転車を止めていたのは、その水色の物体を、柳橋のたもとの遊歩道でほぼ毎日見ていたからだ。

男性は、橋のほうへ三メートル引き返して遊歩道から二メートル下の岸辺を覗き込み、ひっくり返った水色の四輪歩行車と、仰向けに横たわった人間と、その周りに散らばった絵の具などをいま一度確認した。そのとき男性は、それがいつも遊歩道のこの場所で椅子付きの四輪歩行車に腰かけて写生をしていた高齢女性だと、すぐに考えたわけではない。見覚えのある水色の物体に二度、三度眼を凝らし、横たわっているのが人形ではないことを確かめた後、持っていたＰＨＳで一一〇番通報をした。時刻は、午前九時四十六分。

その十分後に新小金井交番の巡査が現場に駆けつけたとき、通報者の男性がひとり自然観察園のフェンスのたもとで嘔吐しており、近くには男性の自転車が一台。ほかには水鳥一羽の影もなかった。

野川は、公園内では場所によって小金井市と調布市に行政区分が細かく分かれており、さらには公園の西と南の外周道路、並びに隣接する武蔵野公園の大半が府中市になる。そのため、一一〇番通報を受けての初動では、武蔵野分駐所の機動捜査隊のほか、三市の警察署からそれぞれＰＣ（パトカー）が集結する事態となった。

午前十時二十分ごろには、最初に到着した小金井署の地域課が現場を保全し、通報者の男性は同署の刑事に住所氏名や遺体発見時の状況などを聴かれた。また、警察車両に驚いた近所の住民が一人また一人、規制線の外に集まってきて、そこから口々に伝えられた情報は通報者の話と一致し、被害者は近所に住む東中学の元美術教師、栂野節子とすぐに判明した。そして、捜査員たちが機捜の指揮で速やかに園内と周辺住宅地の地取りや聞き込みへ走る一方、被害者の家族とも順次連絡が取れていった。

続いて、午前十一時過ぎには、警視庁本部から第三強行犯捜査の担当管理官と殺人犯捜査第五係の係長とデスク主任、現場鑑識一個班、第一強行犯捜査の現場資料班と科学捜査係、地検八王子支部の本部係主任検事らが相次いで臨場した。捜査を率いることになる第五係は合田が係長を務めており、年初からの六本木の外国人殺しの捜査で、片言の英語しか話せないウルグアイ人だのイラン人だの、カメルーン人だのを相手に消耗してきた日々からの転戦だった。

合田が現場に着いたとき、遺体は遊歩道の二メートル下の岸辺でビニールシートがかけられ、遊歩道からそこまでは黄色の歩行帯が敷いてあった。早朝の霧はすでに晴れていたが、冬曇りの武蔵野の空はだだっ広いばかりで、枯れ色の木々と草地の園内もほぼ無人であり、いったいこんなところで地取りや聞き込みの成果が得られるのか、刑事たちの懸念がそこここでひそかな溜め息になって、冬空に吐き出された。

鑑識作業が始まる前に、刑事たちは順にシートの下の女性の遺体とその周辺を見分した。被害者は、六十七歳という年齢相応の皺はあるが、顔は薄化粧が施されており、細部まで気遣いの行き届いた、余裕のある暮らしぶりがうかがえた。身長は百六十センチほどあり、やせ型。仰向きになった顔の左こめかみから側頭部にかけて挫滅創があり、枯れ草の付いたウール地のハーフコートとスカートは捩れたり、めくれたりし、両手にはウールの手袋。コールハーンの革のゼログランドの靴は、片方が脱げていた。

　遺体周辺には、固形やチューブの水彩絵の具と画筆が散らばり、遊歩道から転落したときに吹き飛んだらしいスケッチブックは、野川の水に半分浸かっていた。その傍らには前輪の前ホーク部分に血痕の付着した水色の四輪歩行車。スチール製で、重量は十キロ以上ありそうだった。

　続いて行った死体観察では、左こめかみの挫滅創以外に目立った外傷はなく、顎の死後硬直が進んでいることから、死亡推定時刻はごく早朝、と見られた。このあと始まる鑑識作業では、初めに写真を撮り、遺体の位置の計測をし、遺体や遺留物の指紋と微物の採取、ゲソ痕（靴痕跡）などの採取、周辺の土・草・落ち葉などの採取が並行して行われる。

　一方、合田たち刑事は遊歩道に戻り、当面の大まかな捜査方針と、初回の捜査会議の時間などを話し合った。とりあえずの見立ては殺人。動機は、怨恨・通り魔・強盗目的のいずれもあり得る。ただし、自分で転落した事故の可能性も排除しない。事故と事件の見極めや死因の特定には、再現実験を含めて相当詳しい検証作業が必要になる。そして初動捜査のほうは、まず周辺の監視カメラの確認。ゴミ集積場のペットボトル・空き缶の回収。公園内と周辺の地取り。近隣への聞き込み。新聞配達員の聞き込み。自転車盗の被害届けの確認。事件発生時刻に合わせた動態調査。近隣の不審者情報の集約。手口資料の照会。被害者の鑑と、預貯金を含む生活状況の洗い出し。かかりつけ医の聴取。遺族の事情聴取。司法解剖の手配、などなど。四十万平米の野川公園と周辺の住宅地は、捜査範囲が広大なので、本部には近隣署からできるだけ多くの方面指定捜査員を吸い上げることになる。

刑事たちの、カバーを付けた靴底の下で、細かい砂利混じりの土がジャリ、ジャリと音を立てる。転圧機で締め固められた土が凍ると、靴痕跡や自転車などの車轍痕の採取は難しくなる。遊歩道もしくは岸辺で、犯人が被害者の顔面か頭上に歩行車を振り下ろしたとすれば、重量のあるスチールの塊は犯人の靴底を土にめり込ませたはずだが、十分なゲソ痕は採れるだろうか。鑑識の足跡係は拡大鏡を手に眉間に皺を寄せ、ここは、あそこは、と地面を這い続ける。

一方、遺体の着衣をあらためていた別の鑑識課員が、被害者のコートのポケットにあったという長財布を刑事たちに手渡す。カード数枚と二万五千円の紙幣、数百円の小銭が入ったルイ・ヴィトンの青のエピ。物盗りの線はひとまず薄くなったということかもしれない。

8

ある日突然、悲劇の当事者となった被害者遺族たちはみな、よく似かよっている。あと一センチ水位が上昇したら溺れてしまう水槽のなかで身じろぎもせずに息を殺し、何かの拍子に水面が揺れると、さらに身を固くしてある者は苛立ち、ある者は思いつく限りの悲哀をかき集める。現状から脱出することなど、想像もできない。時間を止めることでかろうじて平静を保ち、少しでも時計が動きだすと、怒りや失意が新たな雪崩れになる。

　被害者栂野節子の同居家族のうち、最初に連絡がついたのは娘の雪子で、勤め先の病院からタクシーで多磨町の自宅に戻ってきた。頭も感情も動いていない放心の顔つきで、急に知らない家になったというふうに自分の家に見入り、小金井署の刑事の状況説明も、簡単な質問も、ほとんど聞こえていない様子だった。今朝は何時に家を出たか。被害者を最後に見たのはいつか。そのときの被害者の様子はどうだったか。最近、被害者の周囲で何か変わったことはなかったか。

　その自宅では、被害者が水彩画教室を開いていた一階リビングに、早々と地裁の令状を取った鑑識が入り、幾つもの画箱やパレットや画筆立て、ロール紙であふれたテーブルや棚をあらため、水彩絵の具の色とメーカーを一つ一つ記録する作業に取りかかる。その一挙手一投足を、私の家で何をしているの、あなたたちは誰、といったふうに雪子の虚ろな眼が追う。

　鑑識課員から矢継ぎ早の質問が飛んできて、雪子を襲う。節子さんが写生で使っていたハーフパンのケースは、いつも十二色入りと決まっていたのか。どの色が入っていたか、分かる人はいるか。現場にはシュミンケのホラダムが八個、ターレンスのレンブラントが三個落ちていたので、一個足りないのだが、十二色入りのケースに十一色しか入れていないこともあるのか。2号チューブの絵の具は白が二種類とグレーと黒、シルバーの五本が落ちていたが、いつも持ち歩いていた色がほかにあるか、分かる人はいるか。

　雪子は蝶番（ちょうつがい）が壊れたように首を横に振り、そんなことはみな母しか知りません！　やっと一声絞り出す。主を失った画材の山は亡霊になり、昨日まで水彩画教室の子どもたちの声があふれていた三十畳のリビングは墓地になって、雪子を呑み込む。シュミンケだのターレンスだの、聞いたこともない何かの名前がおぞましい呪文のように雪子の耳を締め付ける。

続いて、雪子の夫栂野孝一が、日曜日でタクシーが捕まらなかったという言い訳とともに、白糸台のゴルフ練習場から帰宅する。すると雪子は、急に何かが弾けたように家じゅうの雨戸を閉め始め、夫にも手伝うよう声を荒げる。ご近所が見ているのよ、早くして！　夫に対する雪子の口ぶりからは、婿養子である孝一との家庭内の力関係がうかがえるが、それ以上にやはりこの異常事態での動揺がありありだった。

その孝一にも、刑事は義母の朝の様子など簡単な聞き取りをしたが、こちらは実の娘とは違う婿養子の反応の鈍さ、あるいはこの迷惑きわまりない事態に出来るだけ距離を置きたいのだろう用心深さが見られた。

とまれ、その場で確認できたのは、〈夫婦ともに被害者と顔を合わせたのは昨夜八時ごろ、家族でクリスマスケーキを食べたのが最後だったこと〉〈被害者はこの半月あまり、来夏の公募展の準備にかかりきりだった上、ふだんから家族とあまり会話がなかったこと〉〈今朝もいつも通り、夫婦は午前六時半過ぎに被害者が玄関を出てゆく物音を聞いたこと〉〈家族は昼間不在なので正確には分からないが、いつもは昼前に家に戻っていたようだということ〉〈雪子と同じく、水彩絵の具については孝一もまったく不案内であること〉、などに留まった。

雪子も孝一も、当面の一番の気がかりは塾の冬期講習に行っているという高校生の娘真弓のことのようで、娘をどうするか、刑事を前に言い争う場面もあった。結局、孝一がその場で豊島区の自分の実家に連絡を取り、雪子の母親が今朝亡くなった、こちらは取り込んでいるので娘を吉祥寺の塾へ迎えに行って、今晩はそちらで預かってほしい、詳しいことはあとで話す、そう一方的にまくし立てて携帯電話の電源を切る。

で、何か盗られたんでしょうか。

孝一がやっと頭が一回転したというふうに尋ねる。まだ分かりません、刑事は答える。

凶器は何だったんですか。まだ分かりません。

年末だし、葬儀の手配もしなければならないんですが、遺体はいつごろ返していただけるんでしょうか。それも、まだちょっと――。

事件の一報からすでに一時間、被害者はまだ公園に横たわったままであり、その死になおも実感が伴わないなか、遺族たちの不安と悲哀の水位は上がり続ける。

いつになったら母に会えるの！　雪子の叫び声が雨戸を閉めきった昏い家に響く。

被害者栂野節子は、午前十一時前に小金井署の遺体安置室に移され、前後して栂野雪子・孝一夫婦も署に入った。遺体との対面は夫婦ともに十秒ほどで、人間でも物体でもない死者という存在にひどく戸惑った様子だった。四十代前半という年齢からみて、どちらも親兄弟などの死にはまだほとんど遇っていない人びとだったのかもしれない。またそうでなくとも、どんな家族も、ひとたび死で隔てられたが最後、生前の関係性が絶対的に失われることにいくらかは驚愕するもので、この夫婦がとくに変わっていたというのではない。

その後、遺体は速やかに杏林大学の法医学教室へ搬送され、雪子と孝一は各々、あらためて殺人犯捜査第五係の刑事たちに事情を聴かれた。

まず、栂野節子の生い立ち。一九三八年四月、横浜市中区に貿易商の長女として生まれる。家は裕福で、ハイカラに育った。六一年に東京藝大美術学部を卒業、神奈川県立近代美術館の学芸員に就任。六二年武蔵野美大の日本画専攻の講師だった栂野芳一と結婚。六三年に雪子を出産。現住所へ転居し、小金井市立東中学の美術教師になった。九八年に定年退職後、時間講師として二〇〇三年まで同中学で美術を教え続けた。〇三年春、自宅に水彩画教室を開き、毎週土曜日に十人ほどの子どもたちが通ってくる。夫芳一は九〇年病死。

次いで母子関係と現在の家庭環境。自分は一人娘だから厳しく育てられた、と雪子は言う。娘に絵の才能がないと分かると、節子は代わりに進学塾通いをさせ、芳一が毎日娘の送り迎えをした。それでも鳶(とび)が鷹を生むわけもなく、雪子は結局看護専門学校へ進んだ。わざわざ遠い広尾の学校を選んだのは、大学生になれなかった娘を近所の眼にさらしたくない母の気持ちを汲んだからだ。看護師になった雪子は八七年に府中市の市役所職員の孝一と見合い結婚、八九年に真弓が生まれた。雪子もまた娘の教育には熱心で、幼児教室から進学塾、英語教室と、教育費はずいぶん家計の負担になった。母には親の欲望を子どもに押し付けるなと言われ続けたけれども、頑張ってきたおかげで真弓は小金井北高校へ進学し、偏差値は六七、八をキープしている。

そうして家庭の事情を話すうちに、雪子はいつの間にか死体となった母よりも、娘への思い入れを吐露しているが、これも被害者遺族によくある、事件の衝撃からの無意識の逃避であり、刑事たちは黙って雪子の話に耳を傾ける。

栂野雪子は、四十二歳にしては見た目も生き方も若干地味かもしれない。母の節子が公園へ行くためだけに化粧をしていたのに対して、雪子は病院で看護業務に就いているせいか、眉を整えている程度だ。ホスピスのあるカトリック系の病院ということもあるのか、何事も抑制的な感じがし、平生は感情をあまり外に出さない内向的な性格に見える。ときどき痙攣のような瞬きが現れるので、念のため刑事が確認すると、軽いチックがある、子どものころからだという返事だ。

チックは、母も気にはしていたみたいですが、それで自分の教育方針を変えるような人ではなかったですし。私のほうも子どものころから母にたてついたこともなかったし、出来るだけ母の喜ぶようにしたいと思って生きてきました。結局、大学には行かずに看護師になりましたけど、それについては母も最終的に認めていたと思います。いいえ、認めていたというより、あまり関心がなかったのかも。母は根が芸術家ですから。娘の私は、結局母がよく理解できなかったし、仲のいい親子だったとは思いません。母は孝一とも反りが合わなかったですし、家では母は家族というより、同居人という感じでした。でも、母は外ではまあまあ、いい教師ではあったんだと思います。卒業生の年賀状が毎年二、三百枚は来ていたようですし、母も一人一人に返信していましたから——。たぶん、母は家庭人であることが苦手だったのかもしれません。娘の私も、似ているところがありますし。ああでも、いろいろ小さな問題はあっても、うちはふつうの家です。ほんとうにふつうの家です。世間と比べて変わったところなんか、どこにもないです。六十七のお婆さんに、トラブルなんかあるはずがないでしょう。ほんとうにふつうの家です――。

栂野孝一は、市役所の市民部資産税課で固定資産税の調査・評価業務に就いている。四十三歳で課長職にあるので、仕事の能力は平均より若干上なのだろう。しかし見た目は雪子以上にパッとせず、年齢のわりに顔の皺が深く、印象は昏い。おそらく事件のせいばかりではなく、ふだんから一歩退いて矢面に立たないのが習い性になっているのかもしれないが、たんに控えめなのではない、ある種の陰気さを感じさせる眼は、ちょっと刑事たちの注意を引いた。

休日の朝はたいていゴルフの打ちっ放しです。土曜は午前も午後も家に水彩画教室の子どもたちが来ますから、私は府中駅前の映画館へ行くか、パチンコへ行くか。たまに吉祥寺の個室ビデオへ行ったりもします。

孝一は、のっけからそんな話をして、刑事たちを驚かせる。ひとたび家族と切り離されるやいなや、仕事や家庭に倦んだ中年男の本音が出た、というのではない。おそらく孝一にはもともとこうした露悪的なところがあり、隠れた自己顕示欲が絶えず表に出る機会をうかがっている、といったところだろうか。

もちろん、ご家族には内緒ですね？　刑事が確認すると、家内は気づいていたかもしれません、孝一はそう応じて自嘲の笑みを滲ませる。でも、気づいていても何も言いませんよ、家内は。たぶんお義母さんも言わない。あの人は、婿養子の私に関心などなかったですから。七年前にお義母さんの定年退職に合わせて家を建て替えたとき、絵画教室を開けるようなリビングにしてあげたのは、私だったんですがね――。

でも私のほうも芸術は全然分からないし、ふだんから会話もなかったです。娘の教育のことで家内とお義母さんはよくもめていましたが、私が口をはさむ余地はなかったですし。どこの家でも女性のほうが強いと思いますが、私は給料を運ぶ機械のようなものです。娘も難しい年ごろで、このところほとんど口をきいていません。昨日はクリスマスイブでしたから、気を遣ってルコントのケーキを買って帰ったんですが、慣れないことはするものじゃないですね。いまさらクリスマスパーティでもないし、夕飯のあとのデザートには重すぎるとかで、ケーキは娘がほんの少し食べただけでした。結局、今朝のご飯代わりになりましたが、そういえばお義母さんが甘いものは苦手だったのを、いま思いだしましたよ。

そうして、正直といえば正直な家族の内情を並べたあと、でもこれだけは言っておきますが、事件に巻き込まれるようなトラブルは何もありません、うちはふつうの家です、ほんとうにふつうの家です、と繰り返したのは雪子と同じだ。

もっともこれらは、事件発生当日に行われた形式的な聴取に過ぎず、遺族たちが自ら申告する〈ふつうの家〉を、警察がそのまま受け止めることはけっしてない。

9

ねえ、野川で殺人事件があったって。東中学の先生が殺されたんだそうよ。ほら、一昨年まで美術を教えていた女の先生――。人口密度の低い郊外でも、人から人へ、家から家へ事件の一報が広がるのに、そう時間はかからない。事件に登場する野川も、東中学も、そこで教えていた元教師も、あまりに身近すぎてにわかには実感が湧かない一方、時間とともに困惑や居心地の悪さがじわじわと募ってゆき、正午のＮＨＫニュースが事件の一報を伝えたときには、日曜日で家にいた住民のほぼ全員がテレビに見入っていたと思われる。

小金井市東町の小野雄太は、バスケットボール部の朝練を終えて午後一時前に東小金井駅に帰ってきたが、そのとき駅前の駐輪場で顔を合わせた東中学の同窓生から早速事件の話を聞かされる。おまえ、美術の先公の栂野、覚えてるだろ、野川で殺されたって。ええ？　嘘だろ。ほんとだってば。テレビが言ってたし。栂野って、すっげえ年寄りじゃなかった？　マジ、かったるい。ハエが耳元をかすめたほどの実感もわかないまま、だるい身体を引きずって家に帰ると、今度は日曜日で自宅にいた母親が待ち構えていたように、たったいまニュースで流れていたとまくしたてる。栂野って、あの女の先生でしょう？　おまえの美術の担任だった人でしょう？　今朝、野川の岸で見つかったんだって――。

そのとき小野の瞼に浮かんだのは上田朱美の顔で、栂野先生の水彩画教室が開かれるのは土曜日だったはずだ、朱美は昨日先生に会ったんだろうか、などとぼんやり考えることができただけだった。その後も、中学時代の恩師が殺されたという事実を自分のなかに収めることはできず、ゴミ箱がないので捨てられないゴミを、いつまでも手に持っているような感じがし続けるまま、夜にはこっそり自慰をした。

上田朱美の母亜沙子は、勤め先の西友の休憩室で、正午のニュースを観たという同僚から事件の話を聞かされる。しかし、自分もよく知っている娘の恩師が殺されたと言われても、一瞬、よくあるテレビドラマの話と混同したほどで、実感も何もやって来ないまま、ひとまず娘の顔を思い浮かべている。クリスマスイブだった昨夜、朱美はまた吉祥寺あたりにいたのか、朝まで家に帰ってこなかったが、さすがにもう帰っているだろう。遊び疲れて寝ていたら、テレビのニュースは観ていないかもしれない。昨日、水彩画教室で会ったばかりの栂野先生が亡くなったことを、まだ知らないかもしれない。電話をしたほうがいいかしら――。

吉祥寺の予備校では、栂野真弓はいつも教室に入る前に洗面所で括ってあった髪を下ろし、マスカラをして口紅を引く。高校一年の冬期講習など身が入るわけもなく、ときにはサボってプリクラを撮りに行ったりする。冗談でタバコを吸ってみることもある。その予備校の午後のクラスが始まる前、父方の祖父母が迎えに現れて、真弓は事件を知った。

もっとも、祖母が死んだと聞かされても、まずは雑誌のページを一枚めくるような感じでしかなく、日ごろ疎遠な雑司が谷の祖父母の家に来るよう言われても反感しかなかった。いや、不機嫌な態度に出たほんとうの理由は、自分の家族に何が起きたのかとっさに理解できなかった混乱と、口紅やマスカラを祖父母に見られた狼狽の両方だったかもしれない。

それでも、雑司が谷の祖父母の家に着いてから、自分と家族の身辺に起きているなにがしかの異変が、ようやくそろりと迫ってきた。依然として祖母の死そのものは遠いままだったが、祖母のいた多磨町の家のもろもろの音や匂いや気配が一つ、また一つ浮かんできては鼻孔や毛穴をふさぎ、息が苦しくなった。昨夜のクリスマスイブの食卓にバカみたいに鎮座していたルビー色のガトー・フランボワーズと、その向こうにあった祖母の顔。せっかくだけどもうお腹いっぱい。そう言って祖母はさっさと席を立ち、母が尖った眼でちらりとそれを見送る。いつのことと特定できない父と母の諍(いさか)いの声や、祖母と母の言い争う声が居間にこもる。住宅ローンの返済が云々。床や壁の絵の具の汚れが云々。娘の成績が云々。その娘は親の知らない脱線をしながら猫をかぶり、二階の自分の部屋で息を殺す。そうして家族それぞれの薄昏い生理と不満がいくつも層をなして溜まっていた栂野の家に、ひょっとして天罰が下ったのだろうか――?

そういえば、昨日は塾の宿題を言い訳にして水彩画教室もサボったし、一昨日は祖母が他校の男子のことで何か話しかけてきたのに返事もしなかった。いいえ、あれはわたしの気分が最悪だったからだけど、そもそも祖母とはふだんから話題もなかった。だって、生徒や家族の一挙手一投足を物陰でじっと観察しているような人だし、画才のない孫娘より他人の上田朱美にものすごく眼をかけたりするし、家族より一枚の絵のほうが大事な六十七歳なんて、どう付き合えばいいのか分からない。血がつながっていても他人は他人だし、嫌いではないけれど、とくに好きでもない。わたしにはそれだけの人だったと言ったら、薄情すぎるだろうか。

そうして祖母の死という事実を迂回しながら、自己弁護とも自己破壊ともつかない物思いを繰り出す間、なぜか上田朱美の顔が浮かんでは消える。このところ吉祥寺のゲームセンターなどで、ときどき顔を合わせたりするが、学校も違うし、自分の幼なじみというより、祖母のお気に入りだった子。昨夜は一晩じゅうカラオケで騒いでいたはずだが、さすがにもう事件は耳に入っているだろう。大切な絵の先生が事件に遇って、どうしているのだろう。

とくに深い意図もなく、思いつくままに真弓は上田朱美の携帯電話を鳴らす。すると朱美は、ふだんと同じ、小さめの声で「はい」と応じ、相手が真弓だと分かるとほんの一瞬言葉に詰まり、それからやはり小さな声で、いま起きたとこ、と言う。

あ、でも、ニュース観たよ――。真弓ちゃん、大丈夫？　ううん、あんまり大丈夫じゃない。そうだね、先生死んじゃったし――。

少し鼻にかかった朱美の声を聞くと、真弓は急に涙があふれそうになる。何に対しての涙なのか自分で自分を怪しむ傍ら、朱美への軽い嫉妬を思いだして、こんなときになおもよこしまなことを考えている自分が哀れになり、たぶんそういう涙だろう、と思う。

朱美ちゃん、昨日はお教室へ行ったの？　行ったけど、真弓ちゃんがいなかったし、小学生のチビばっかりだったから帰っちゃった。そうか、声かけてくれたらよかったのに。そうだね、昨日、帰らなきゃよかった——。でも、わたしもサボったし。ねえ、先生が死んじゃった。うん。どうしたらいいんだろう——。自分と相手の声が混じり合い、気持ちが混じり合い、いつの間にか、どちらが喋っているのか分からなくなる。そうしてどこにも着地しないやり取りは、長い間を置いて行きつ戻りつし、真弓のこころはちょっと鎮まってゆく。

勤めを終えた上田亜沙子が東町の自宅に帰ってくると、娘がパジャマ姿のままこちらに背を向けて携帯電話で誰かと話している。娘の姿を見るのは昨日の朝以来だが、寝ぐせのついたショートカットの髪を片手でいじりながら、ぼそり、ぼそり、誰かと話し込んでいる姿はいつも通りで、ちょっと拍子抜けする。つけっ放しのテレビも、いつもの『ちびまる子ちゃん』。テーブルには昨日娘のために買ったクリスマスケーキ代わりのショートケーキを、冷蔵庫から出して食べた跡。恐ろしい事件があったことはひとまず置いて、亜沙子はほっとして膝が崩れそうになる。栂野先生が亡くなって朱美がショックを受けていないはずはないけれど、大丈夫、朱美は見かけより芯が強いし、大丈夫。親のほうが冷静でいなければ、と亜沙子は自分をふるい立たせる。

同じころ、すでに闇が降りた野川公園そばの多磨町二丁目の住宅地では、パトロール中の警察官が住人のいない栂野邸の前の路上に置かれた自転車一台を発見する。そのとき塀のなかの庭先で足音がし、おい！　警官が声をかけると、なかから男がひょいと顔を覗かせる。

懐中電灯に照らし出された不審者の顔は十五、六の子どもで、逃げる様子もなく再びひょいと塀を乗り越えて外へ出てくると、白々とした顔で警官に事情を説明し始める。

ぼくはアサイシノブ。住所は小平市鈴木町。小平西高の一年生です。ここに来るたびに、うわ、トロデーン城だと思っちゃう。あ、ドラクエの話です。それで、住んでいるのが呪われしゼシカで、そのゼシカ――じゃなくて、魔女――じゃなくて、そうだった、栂野先生が殺されたって聞いたから、城がどうなっているか気になって来てみただけです。先生には一昨日、真弓さんにつきまとうなって怒られたところだし。真弓さんがどうしているか気になったし。これって、やっぱりストーカーですか？

こうして十六歳の男子高校生は、事件発生当日の不審者第一号になる。

10

夜、小金井署には特捜本部が立ち、本庁の捜査幹部と捜査員、初動捜査に出動した機捜と鑑識課長、近隣の所轄から吸い上げられた捜査員ら、総勢八十余名が顔を揃える。そこではまず、当初の見立てどおり、計画的、突発的、通り魔、怨恨、物盗り、異常者などなど、当面はさまざまな可能性を排除せず、現場周辺の地取りと聞き込み、被害者の人間関係と生活の徹底的な洗い出しを行い、現場の遺留痕と微物資料の解析・照合を急ぐという、捜査の基本が確認される。

続いて、機捜の当番班長から初動で半日現場周辺の住宅を回った結果が報告される。多磨町二丁目のうち、西武多摩川線東側の四十四番から五十六番の、被害者宅を含む約三十世帯、さらに野川公園の南西門に近い多磨町一丁目の、同じく多摩川線東側の約二十世帯に当たった印象では、全体的に高齢化が進んでおり、働き盛りの世代が少ない。氷点下の冷え込みが続く最近は、日曜日でも一歩も外に出ない住民が多く、通勤通学のために隣接する野川公園を自転車で通り抜ける人を除くと、毎朝散歩に行くのは、犬を飼っているか、ジョギングを日課にしている数軒に限られる。そのうち今日の早朝に公園に行った者は三人で、いずれも被害者が写生していた野川には行っておらず、不審者は見ていない。なお、十一月に四件、野川公園の東屋付近で、中年男性による学齢期前の幼女への声かけ事案が発生しており、警察が注意を呼びかけている、などなど。

一方、被害者宅の近隣では、近所付き合いは乏しく、栂野家の評判は可もなく不可もない。被害者がほぼ毎日公園に写生に出かけていたことは、近所ではよく知られている。教師時代から厳格な人柄でも知られ、東中学でのあだ名は〈魔女〉〈サロメ〉などだった。また一昨日の午後二時ごろには、被害者が自宅前で自転車に乗った高校生ぐらいの少年を大声で叱っているのを、向かいの家の住人が見ている。少年は被害者の孫娘につきまとっていたようだが、住人は詳しいことは知らない。

そこで、殺人犯第五係のデスク主任が、少し前に手元に回ってきたメモに眼をやる。《府中署。V（被害者）宅に侵入容疑で現逮。氏名浅井忍。H1年4月9日生。小平市鈴木町》

主任はメモを幹部の机へ滑らせ、合田がそれを見る。

捜査会議はちょっと中断し、合田は被害者宅に侵入した少年の取り調べ状況を確認しに行くよう、五係のサブ主任一人と府中署の捜査員一人に指示する。何であれ、相手が十六歳なら、まずは留置の是非を判断しなければならない。

会議のほうは、証拠品担当による現場資料の説明が始まる。一点ずつ透明保管袋に入れられた証拠品たち。四輪歩行車。ピジョン社製。幅八五〇ミリ、奥行五八〇ミリ、高さ四〇〇ミリ。スチール製。重量一一・二キロ。折り畳み式。発見時にはブレーキがロックされていた。画材①ハーフパン一二色入りケース。②水彩絵の具。シュミンケ・ホラダム八色。ターレンス・レンブラント三色。ターレンスの2号チューブ四色五本。③布製画筆入れ。④ラファエル水彩筆。ラウンド中細・コリンスキーの0号から5号。ラウンド細・コリンスキーの1号・2号・3号・4号・5号・6号・7号・8号・10号・12号。⑤滲み止め液六〇ミリリットル。⑥ホルベインのアルミパレット三〇仕切り。⑦ジャバラ式筆洗。⑧ウォーターフォード水彩紙のスケッチブック、などなど。

八十数名の捜査員たちは一点一点を凝視しながら、明日からの、足を棒にする日々への覚悟を固めてゆく。今年はたぶん大晦日も正月もない。

計画的犯行であれ、突発的犯行であれ、犯人は日ごろから野川公園を利用している者で、おそらく近くにいる。刑事たちの直感は初めからそう告げていたが、そのことを裏付ける証拠や手がかりは、犯人が近くにいるから発見しやすいというものでもない。しかも本件は、通常では事件に遇うはずのない場所で事件が発生し、およそ凶行と結びつかない人物が被害者になった。強いて言うなら、どこかが破れており、よほどの偶然が重なったか、現時点では誰にも見えていない強い動機が隠されているか、どちらかの可能性が高い。もし前者なら、捜査はおそらく難航する。

その間にも、五係のデスク主任のノートパソコンには、府中署にいるという浅井忍なる少年の調べに出向いた部下のメールが入ってくる。《今月中旬からVの孫にストーカー行為。二十三日午後四時ごろ、V宅前でVが忍を叱責。本日午後六時過ぎ、忍は事件を知ってV宅を覗きに来たが、誰もいないので庭に侵入した。目的は不明。※精神通院医療受給者証所持。保護者浅井隆夫。小金井署刑事課勤務／指示乞う》

浅井忍は、右を向き、左を向き、足を揺らし、後ろを振り向き、一分間もじっとしていることができない。受け答えをする間にも話が次々に飛び、気分も上がったり下がったりで捉えどころがないが、本人もいくらかはそれを自覚していて、困っているような、焦っているような感じでもある、というのが刑事たちの第一印象だ。

栂野真弓さんに興味をもったのは——あ、興味はもっていないかも。会いたくなる、というのも違う。だって、女子はみんな同じに見えるし。アルルとフェーリの区別、つく？　ごめん、ぷよの話。あ、でも予備校に行くときの栂野真弓は口紅をつけているんだ。女子は化けるから面倒くさいよ。先々週、吉祥寺で彼女を見かけて、なんとなく一緒のバスに乗ったら、大きな公園のそばまで来てしまって、ここどこって感じ。でも、やったね！　茨に覆われて紫の霞がかかったトロデーン城、発見！　一昨日はさ、あの家の前に立っていたら、足の悪い痩せた魔女——じゃない、彼女のお祖母さんが出てきて、ステッキを振り上げて、あなたの学校はどこ？　すぐに立ち去らないと警察を呼びます、だって。怒鳴られたのはこれで二度目。すごいキィキィ声でさ、呪われしゼシカが口をきいたら、きっとあんな声だ。今回はシャドーも出てきたし。正直に言うと、あれを倒しても上がるのは経験値だけだから、いまいちなんだけど。

これ、取り調べ？　本物の？　へえ、そっか。昨日は、ええと——小平駅の南口のゲーセンで合流した五、六人とドンキへ行って、それからそのうちの一人の家へ行って、新しいぷよぷよフィーバーをやって——家はたぶん東部公園の近く——というか、そろそろエネルギー切れだ。朝、薬呑まなかったし。リタリン20ミリグラム。あんまり効いてないけど、こうして口がきけるだけ上出来だ。でも、『三国志大戦』は漢字が面倒だからいやだって言ったんだ。誰に言ったかって、昨日会った友だちに。この時期、やるならやっぱり、ぷよかポップンだろ。ＡＤＨＤ（注意欠如多動性障害）の脳味噌にはぷよ、さ。オレンジレンジもいいよ。リンダリンダリンダリンダ——って、チャリンコ漕いで、今朝はまたトロデーンに行って。あ、違う。寒かったから途中で引き返したんだ。このところいっぱい忘れ物をしていたし。忘れ物というのは出席日数とか、学校の手紙とか、名探偵コナンの二時間スペシャルとか、いろいろ。あ、親父にもらったクリスマスのケーキ代も——。それから、吉祥寺のラオックスのテレビで夕方のニュースを観て、うわ、あのお祖母さんか、マジかと思ったけど、大丈夫、魔女は復活するから。ともかく、それでまたあの家まで行ったんだけど。何をしに行ったのかな——思いだせないや。何か目的があったんだろうけど、歩きだしたときには忘れているってやつだから。でも、庭に入ったのは、入り口を探すためだよ。トロデーン城はいつもそうしなければならないんだ。

今月だけで補導票十件。深夜徘徊、家出、怠学。少年カードは住居侵入が三件。発達障害が関係しているんですかね――デスク主任が呟く。日本語が通じるだけマシだ、合田は思う。どこまでまとまった話を聞きだせるか分からないが、事件前にたびたび被害者と接点があったのであれば、被害者とその自宅周辺で何か見ている可能性はある。

一、浅井忍の被疑事実は住居侵入とし、今夜逮捕状を請求、執行する。一、現時点で事件との関係は不明。一、送致期限まで留置する。一、至急、指紋・ゲソ痕・ズック底の土等の鑑定を進める。一、明日、保護者と主治医に忍の発達障害の程度等を確認する。一、浅井隆夫は捜査から外す。午後九時、合田は捜査幹部に一斉メールを送る。

小金井署の会議室で待っていた浅井隆夫にも自分で会い、息子の逮捕を短く伝える。過去にも住居侵入を繰り返しているようだし、今回は警官に現場を押さえられたので逮捕になりました。殺された被害者と接点があるとのことですので、留置して事情を聴くことになります。そちらはなるべく早く今後のことを弁護士と相談してください。息子さんの体調については明日の朝、主治医の先生に相談いたしますが、処方薬が必要であればお持ちください。それから、残念ですが今回は捜査本部から外れていただきます。

浅井隆夫は、その数分のことを正確に思いだすことができない。言葉は丁寧だが、いかにも事務的でスキがない合田という本庁の警部。忍を逮捕したと簡単に言ってくれたが、ADHDと分かっていて、逮捕か。いや、野川の事件絡みなら別件逮捕ではないのか。検察に送致されたら、最長二十日間の勾留もあるのではないか。そうなったら、正月は鑑別所か。学校はもう行けないかもしれない。いや、そんなバカなことがあってたまるか——。

携帯電話に何度もメールの着信があり、妻の弘子からだと気づいて我に返ったときは、いつどうやって署を出たのか、浅井は通勤のバイクを押してJRの車両基地の地下道を自宅の方向へ歩いている。弘子はまだ息子の逮捕を知らず、飼い犬がリードを外して逃げたから探しに行くといったメールを仕事中の亭主に送ってくる。そういう弘子も、このところちょっと落ち着いてはいるが、こちらこそ精神障害者保健福祉手帳2級の本家本元だ。いや、弘子だけでなく、久しぶりの特捜本部に舞い上がっていた刑事の自分も、どちらも息子一人の生活すら管理できないダメ親でなくて何だろうか。そう認めると、浅井はこころがどす黒く沈んでゆくのを感じる。

忍への怒りはない。気が向けば人の家に無断で入ったりもするが、盗みなどはしない。人を傷つけたりもしない。たまたま前頭葉の病気を抱えて生まれてしまったが、だからといって可哀想でもないし、不幸でもない。毎日、それなりに懸命に生きているだけだ。

栂野雪子・孝一夫婦は、午後九時過ぎに初日の聴取を終えて小金井署を出、地元の眼を避けてタクシーで吉祥寺駅南口のホテルに逃げ込んだ。しかし、ひとたび警察や近所の眼から逃れるやいなや、あちこちの綻びが破れるべくして破れるのを制止するものはなくなり、夫婦はいよいよ追いつめられている。

諍いに具体的なきっかけなどはなく、仮にあったとしても些細なことだったのは間違いない。たとえば孝一は部屋へ入るなり、ホテル向かいのコンビニエンスストアで買ってきたウィスキーを呑み始め、雪子は自分に背を向けている夫の後ろ姿、薄くなりかけている頭髪、ジャケットの皺、わずかな汗臭さ、ウィスキーの匂い、あるいは存在そのもののすべてが急速に耐えがたくなる。夫の性格、生理、価値観、嗜好、声、食べ方、歩き方などなど、許せるものはもう何一つないという気がする。自分には正看護師の稼ぎがある以上、夫がいなければ生活できないわけではない。しかも、これまでは世間体の重しもあったが、母が殺されるような事件が起きてしまったいまは、それももう関係ない。

今夜はあなたと一つ部屋にいたくない——。雪子は一声絞りだして部屋を飛びだそうとし、孝一の手が猛然とそれを引き戻す。雪子は低く叫び、孝一はとっさに振り上げた手を下ろして二人は離れる。そのとき孝一が見たのはこれ以上醜くはならない、嫌悪に歪んだ妻の顔であり、雪子が見たのは、孝一がときどき見せることのある眼の奥の、薄昏く粘ついた男の感情の噴出口だ。そしてどちらも、相手が腹に抱えている憎悪の正体には触れないまま、その夜もまた運命共同体のように口をつぐみ、綻びはかろうじて繕われる。

ぼくはネットカフェでもどこでも泊まれるから、ぼくが出ていこう。明日はまた九時から事情聴取だから、八時半に駅の南口で落ち合おう。雑司が谷の実家には、真弓を小金井署に送り届けてくれるよう、ぼくから連絡をしておく。孝一は必要な事柄だけを伝え、ウィスキーの袋一つを手に部屋を出る。夫婦の間でドアが閉まる一瞬、彼らの眼は互いに短い火花を散らし、次いで諦めと恐怖に覆われる。二人には、それぞれ思うところがあって墓場までもってゆくつもりでいる或る秘密がある。それがいずれ警察に知られるだろう予感が、彼らを絶望へと追い立てている。

11

事件発生から一日が経ち、武蔵野は十二月二十六日朝を迎える。

事件の捜査は必要な手順を一つ一つ踏みながら粛々と進む。まず、周辺の監視カメラは東八道路のオービス（自動速度違反取締装置）と運転免許試験場、多磨霊園近くの日華斎場と石材店二軒のみだったため、提供を受けた各々の映像の点検は昨日のうちに終了し、今日からは二十五日早朝に映像に映っていた人物や車両を特定する作業が始まる。

現場で採取された微物のDNA鑑定と、指紋や複数の不完全なゲソ痕と車輌痕の照合は、被害者遺族に加えて住居侵入で逮捕された浅井忍が優先され、忍のスニーカーの底から採取した土と、ブリヂストン製アルベルトの自転車のタイヤの土が、事件現場の土、草、枯れ葉のサンプルと一緒に朝一番に、千葉県我孫子市の電力中央研究所へ送られた。

午前八時ごろ、捜査員が出入りする小金井署の玄関には、年配の国選弁護人が寒い寒いと首をすくめながら現れる。弁護人は二十分ほど浅井忍に面会したあと、すでに捜査員の出はらった特捜本部の部屋に顔をだして、ＡＤＨＤの子どもを微罪で勾留するなんて冗談かと思った、すぐに出してやったほうがいいんじゃないの、メディアに知られたら大事（おおごと）だ、などと捜査責任者の合田を脅してゆくが、その顔には、このくそ忙しいときに勘弁してくれよと書いてある。合田はもちろん、釈放はできませんと鼻先で応じる。

同じころ、小平市の国立精神・神経医療研究センターを訪ねた捜査員は忍の主治医に勾留の事情を説明しており、こちらも君ら気は確かかという顔をされたが、まあ処方薬を服用しておれば大丈夫ではないかという返事をもらって、ひとまず胸をなでおろしている。その忍については、本人が初日の聴取で供述した二十四日と二十五日の居場所のウラを取るために捜査員たちが走っており、そこに名前の出た子どもたちも、このあと順次刑事たちの訪問を受けることになる。

ほかに被害者の鑑捜査では、捜査員たちが被害者の日記、年賀状を含む私信類、通帳、日本水彩画会の会報、会員名簿、東中学の職員名簿などの押収に走り、手分けして各々への聞き取りが進められてゆく。また、雪子と孝一への聴取は、いまのところ金銭をめぐる被害者との家庭内トラブルの有無が中心になっているが、二人については近隣住民や職場の同僚への聞き込みもそれとなく行われるだろう。とくに個室ビデオ店を利用することがあると自ら語った栂野孝一については、現時点での警察の心証はあまり良くないと言える。

一方、一人娘の栂野真弓は、午前十時ごろ祖父母に連れられて小金井署に入り、そこで両親と再会したのも束の間、殺人事件の被害者遺族として刑事たちにさまざまなことを聴かれる。刑事たちの眼に映った十六歳の少女は、早熟な優等生の顔と子どもらしい無防備さが入り混じり、それなりに用心深さや頑なさもあるが、もとより狡猾な大人のそれではない。親への反抗心もありがちなもので、ごく平均的な中流家庭に育った平均的な女子高生、というところだ。

まず、被害者である祖母について。曰く、几帳面で正義感が強い。熱心で厳しい教師。いい加減なことが嫌い。そうして、どちらかと言えば通り一遍の言葉を並べたあと、真弓はしばらくうつむいて考え込み、思い出自体がほとんどない、と呟く。いつも絵を描いていたし、一緒に出かけたこともほとんどないし、家族というより同居人だったから、と。でも、だからといって孫娘に冷たかったというのではない。祖母は母には子どもの祝い事を一つもしなかったらしいけれど、孫の自分には最高級の親王飾りの京雛や、七五三の晴れ着を買ってくれたし、成人式の振袖も買ってくれる約束だった。

祖母と父母の関係については、真弓は少し多弁になる。曰く、母は自分の人生を祖母に捧げさせられたと思っていて、祖母とはあまり仲がよくなかった。母は芸術のセンスがないし、祖母は看護師のような肉体労働に興味がない。どちらも性格が違いすぎて、互いにあまり関心がなかったというほうが正確かもしれない。父のほうは、養子を口実にして家族からいつも逃げていた。現実はサザエさんのところのマスオさんのようにはいかない。住宅ローンの返済を、祖母が月々援助していたことが父には精神的負担になっていたのだと思うが、この半年ぐらいはとくに、祖母からこそこそ逃げているようでいやだった。家族なんだから、援助してもらっても堂々としていたらいいのに。

でも、ローンのほかにも両親と祖母の間に何かあったのかもしれない。

父と母の関係。父はもともと母に遠慮している部分があるし、お互いに気を遣って避け合っているから、大きな正面衝突はない。昔から大きな夫婦げんかは見たことがない。でも去年、一度だけ父母がものすごく隠微な諍いをしているのを聞いてしまった。母が父にクラミジアをうつされて、父がどこで誰に病気をもらってきたのか、母が問い詰めていた。その後の話は聞いていないが、ちょっとショックだった。友だちにそのことを話したら、よくある話だと笑うけど、自分は絶対に男子とセックスはしない。

ストーカーをしている男子高校生について。家までついてきたことがあるのは知っている。二、三日前に、祖母が自宅の前で彼を叱りつけたという話をしていた。でも、子どもを叱るのは祖母の職業病だから、あまり真面目に聞かなかった。昨日は、彼が吉祥寺の予備校の前に来ているのを見た。でも、一度も話しかけてきたことはないし、手紙とかもない。アサイシノブという名前は知っている。水彩画教室の友だちの上田朱美という子の、近所の幼なじみの小野雄太という子の知り合い。朱美ちゃんがそう言っていた。ＡＤＨＤで、授業中いつも行方不明になる変わった子で、起きているときはずっとゲームボーイをいじっているんだって。だからストーカーというのは、違うと思う。うちの家の庭に入っていたというのは、ちょっと怖いけど——。

そうして警察に根掘り葉掘り尋ねられるうちに、思いがけない家族の位相を覗き込んだというふうに、真弓はちょっと動揺した様子を見せる。

いったい死んだ祖母がどうしたというのだ。父や母がどうしたというのだ。ただの公務員と看護師で、それほど仲は良くないかもしれないけれども、そんな夫婦はごまんといるではないか。ローンの返済がたいへんなのも、そのことで大人がケンカをするのも、ふつうの話ではないか。いや、ひょっとしたら夫婦仲やローンの返済などは表面的なことで、娘の知らない何かが栂野の家にはあるのだろうか。いや、そういう自分こそ何も知らないというのは嘘で、気づいているのに気づいていないと自分に言い聞かせているのだろうか。しかし、何を？　半年ぐらい前から、父がこそこそ逃げているように見えるようになったのは、おおかた住宅ローンの返済がらみだと勝手に思っていたが、ほんとうは違うのだろうか。昔からあまり明るい人ではなかったが、ひょっとしたら父は浮気でもしている？　あるいは消費者金融に借金がある？　電車で痴漢でもした？　エロビデオを母に見つかった？　あるいは祖母に——。そうだ、浮気をする勇気はなくても、風俗ぐらいなら父は行ったかもしれない。そこでクラミジアをもらったのかもしれない——。

萎縮してうつむいた真弓の頭を駆け巡ったそれらの自問自答の一つひとつは、刑事たちの知るところではない。いろいろ尋ねてすまないね、犯人は必ず見つけるからね、刑事たちは真弓に優しげに声をかける。

そして午後には、浅井忍の友人で小金井市東町在住の高校生小野雄太が、浅井と同じ小平西高校のバスケットボール部の朝練から帰宅後、母親同席のもと捜査員に事情を聴かれる。近所でも学校でも目立たない地味な感じのスポーツ少年は、思いがけない刑事の来訪に終始カチコチだった。

東中学時代の、栂野節子先生の印象について。曰く、自分は写生もデッサンも苦手だったので、美術の授業にも担当教諭にも強い印象はない。授業中ふざけている生徒は教室から追い出された。真面目にやっている生徒には丁寧に教えていたが、どこが巧いのか分からない作品をものすごく褒めたり、よく描けていると思う作品をそんなに褒めなかったりで、美術の世界は中学生には難しいと思った。それでも、自分でも〈3〉がもらえたぐらいだから、通知表の点数は甘いほうだったと思う。人気のある先生だったかどうかは分からない。

同級生の浅井忍について。

浅井君は、二十五日の夜に栂野先生の家でちょっと問題を起こして、いま警察にいるんだが、君は浅井君とは親しいのかな？　刑事は尋ねる。

親しいというほどじゃないです。小野雄太は答える。同じクラスだから話をする程度。自分は部活が忙しいから、登下校の時間も合わないし、浅井の家は小平の鈴木町だから、自宅の方角も違うし。

浅井君がときどき野川公園そばの栂野先生の自宅付近に来ていたのは知っている？

知らないです。先週の金曜日に、浅井が栂野真弓に付きまとっているという話は友だちから聞いたけど――。でも二十五日の朝、東町のうちの近くで、浅井が自転車で公園のほうへ走ってゆくのを見ました。そのときは栂野の話を忘れていて、どこへ行くんだと思った。

見たのは朝の何時ごろ？

七時過ぎぐらい。

浅井君が栂野真弓さんに付きまとっているという話をした友だちの名前は？

上田朱美——。

刑事たちが上田朱美の名前に行き当たるのは二度目だ。初回は今朝、被害者の水彩画教室の生徒たちへの聞き取りをしたとき、名簿にその名前があったのだが、本人は半分家出状態でつかまらなかった。携帯電話も電源を切っているのか、母親が電話をしてもつながらない。

水彩画教室の生徒でもある栂野真弓の話では、事件当日の二十五日夕方に上田朱美に電話をしたとき、前日の二十四日土曜日に朱美は教室にやって来たが、真弓が欠席していたため、絵を描かずに帰ったと真弓に話したということだ。もっとも最後の教室となったその日、出席していた小学生七人は朱美の姿を見ておらず、朱美の母親も娘が教室に出なかったことを知らなかったようなので、事の真偽は本人の話を聞かなければ分からない。

もう一度確認するが、小野君は浅井君がストーカーをしているという話を、二十三日の金曜日に上田さんから聞いたんだね？

部活の帰りに東小金井駅前の駐輪場で聞きました。彼女、いまから吉祥寺へ行くとかで急いでいたから、ちょっと話をしただけです。

浅井君が栂野真弓さんにストーカーをしていると聞いて、君はどう思った？

女の子の趣味がまとも過ぎて、ちょっと笑った。ぷよぷよフィーバーの、どんぐりガエルとか、おに子とかでなくて。

また同じ午後、栂野節子の死因が外傷性脳損傷で確定した。死亡推定時刻は二十五日の午前六時から八時の間。それを受けて特捜本部の合田は早速、被害者が遊歩道から落ちたときの再現実験をデスク主任に指示し、鑑識との調整が始まる。実験用のダミー人形にしてもすぐに用意できるわけではないし、人員も十数人は張りつけなければならない。気は急くが、結果が出るにはしばらくかかることになる。

12

十二月二十七日になる。どんな事件も、発生から三日目で当初の衝撃は多少やわらぎ、関係者を除けば世間の関心は薄れる。とくに野川事件の場合、正月前の気ぜわしい時期であったり、被害者が無名の高齢者一人であったり、猟奇的というほどの犯行ではなかったりしたことで、人びとの暮らしから消え去るスピードは一層速かったと言えるかもしれない。

一方、警察の捜査は未だ走り出したばかりだ。捜査員から上がってくる地取りや聞き込みの報告だけでも、一日でＡ４用紙百枚を超える分量になり、合田はデスク主任とともに逐一それに眼を通してゆく。さらに敷鑑のほうの進捗状況を睨みながら現時点での捜査の過不足を見極め、明日以降の見通しを立てるのだが、実のところ、現時点ですでに予想以上の視界不良ではある。

敷鑑では定石どおりに資料を一つ一つ潰し、人間関係の網目を一つ一つ辿って、謂わば『栂野節子の人生と生活』という名のジグソーパズルを埋めてゆくことになるが、パズル自体はけっして大きくはない。ピースの数もとくに多いわけではないが、事件というパズルである以上、完成に必要なピースのすべてがあらかじめ揃っているわけではない。どの部分のピースが欠けているのか当面は分からず、被害者周辺の誰かが隠し持っているはずの不明なピースを探して網目を辿り、引き返してはまた辿る作業になる。

しかし栂野節子については、学校関係でも水彩画関係でも似たような話が重なり合い、本人が生きていた世界の絶対的な狭さが、視界がなかなか晴れない停滞感につながりがちではあった。それでも、何が突破口になるか分からない以上、捜査員たちはけっして気を抜くことはない。たとえ相手が子どもであっても、だ。

その日の早朝、捜査員たちはようやく上田朱美に会う。前日から吉祥寺のゲームセンターや友人宅を転々とし、自転車でふらりと帰宅したところを、ハイツの下で待っていた刑事たちがつかまえたのだ。そのときの少女のショートカットの髪はまるでハリネズミで、眼の下には寝不足のクマをつくり、濃紺のウィンドブレーカーとジーパンにスニーカーという恰好は、ほとんど男子だった。次いで、落ちくぼんだ眼窩のなかの眼の妖しさには薬物でもやっているのかと刑事たちは思い、二度三度眺め直した末に、やっと十五歳の少女の顔になる。

その上田朱美は、自宅前に現れた刑事たちをいかにもつまらなそうに見やり、清涼剤のタブレットを口に放り込むと、眠たげな大あくびを繰り返した。

昨日、小野雄太君に会ったよ。彼の話では、先週の金曜に東小金井駅前で君に会って、浅井忍君が栂野真弓さんに付きまとっているという話を聞いたということだったが、君はその話を誰から聞いたのかな？　刑事は尋ねる。

真弓ちゃんから。ストーカーみたいに根気のいることが、浅井に出来るわけないけど。

浅井君は、ふだんはどんな感じの子？

会えば分かるよ。この間は小平のゲーセンでゲームの対戦に負けて、ひとりでギャアって叫んで店を飛び出していって、両腕を広げてヒコーキとか言って、駅前を走り回ってた。そういう子。

君は水彩画教室で、栂野先生から浅井君の話を聞いたことはある？

真弓のストーカーがいて、困っているって。名前は聞かなかった。

二十四日は教室に行ったのに帰ってしまったそうだが、栂野先生には会ったの？

会わなかった。会ったらサボれないよ。

どうしてサボったの？

べつに。警察に関係ないでしょ。


そうして捜査員が少女に会った一時間後、合田はデスク主任から回された数件の参考人聴取のデータのなかにあった「上田朱美」の名前を眼に留め、三度目だ、と思う。最初は栂野真弓の供述、次に小野雄太の供述のなかに出てきて、三度目が本人。補導歴多数という但し書を除けば、被害者と遺族の周辺にいる子どもの一人というだけで、とくに眼に留まる理由もなかったはずだが、たまたま気分が緩んでいたのだろうか。合田は数秒ノートパソコンの画面に浮かんだその名前に見入り、どんな少女だろう、と考えている。

もっとも、そのとき捜査本部のテーブルに肘をついて、どこかの名もない少女へと思いを馳せたこと自体、数秒後には合田の意識から流れ落ち、当面はもう呼び戻されることはない。

前後して、合田の手元には我孫子の電中研から浅井忍のスニーカーの底から採取した土の鑑定結果、鑑識からはゲソ痕や自転車のタイヤ痕の照合結果が届いて、隣席のデスク主任と溜め息を交わす。回答はいずれもゼロ。本人の供述どおり、忍は事件現場には行っていないということだ。ちょうど、二十四日から二十五日にかけて小平周辺をうろついていたという供述のウラもほぼ取り終わっていたため、合田はとりあえず担当検事の携帯電話を鳴らして状況を報告する。

担当検事は電話の向こうで苛立っている。別件捜査のためにＡＤＨＤの子どもをわざわざ住居侵入で逮捕したのは、どんな理由をつけても火のないところにあなた方が立てた煙だ。これでもし野川につながるブツでも出てきていたら、それこそ別件逮捕になっていたところです。それに、いま何時だと思っているんですか！　釈放期限の午前八時半まで十五分しかない。すぐに親を呼んで本人を釈放して、書類一式こちらへ送ってください。よろしいですね！

合田には反論がある。いまのところ物証はないが、警察は忍と野川の事件の間にまったく関係がないとは見ていない。ホシは間違いなく被害者栂野節子の近くにいる。忍は犯行には関わっていなくても、節子の周辺で何かを見ている可能性がある。それに、住居侵入時に見たり聞いたりしたことを追及するのは、別件には当たらない、エトセトラ。

いや、別件です。検事は譲らず、合田は、では一旦釈放はするが、親の承諾を得て任意で調べを続けると検事に告げ、電話を切る。犯罪捜査規範や刑訴法に基づく判例も、昨今の人権重視の流れも百も承知だが、捜査の現場はぎりぎりの線で法律とせめぎ合っている。

とまれ、そうして確保した時間で刑事たちが探り当てようとしたのは、浅井忍が見たはずの栂野節子の、最後の生前の表情や声の調子や振る舞いだ。老女は孫娘の脱線を知っていたのか。孫に付きまとうなと少年を叱ったとき、ほかに何か話したことはないのか。老女と相対した数分間の少年の記憶が十回、二十回と掘り返される。


浅井忍は相変わらず右を向いたり、左を向いたり、立ち上がって歩き回ったりだが、その額の奥では刑事たちの問いかけによって喚起された記憶の断片が少しずつつながり、一定の意味をもつこともある。

忍が繰り返し呼び戻す栂野節子の顔は、何やらものすごく不機嫌に凍っている。忍自身の表現を借りると、挙動不審の高校生を咎(とが)める以前に、歯痛でイライラしているような感じ、だ。こちらを睨みつけている眼も、ちょっと泳いでいて、ほんとうは眼の前の男子など眼中にはないのかもしれない。すぐに立ち去らなければ警察を呼ぶという脅しも、口が勝手に回っているだけの、うわのそらな感じがする。それらの印象から、忍は眼の前の老女について、歯が痛い、入れ歯が合わない、大事なヘソクリを落とした、ペットがソファで粗相をした、などと次々に想像をめぐらせ、どれも当たっていそうにないが、とにかく仕合わせな人でなかったのは確かだ、といった結論をだしてみせる。

あ、そうか。あれは、家族の事情というやつを抱えた人の顔か。うちの親と同じ顔。ちなみに、うちの家族の事情はこのぼくですけど。あ、こんなこと説明するまでもないか。うっふっふ。忍はやっと腑に落ちたというふうに刑事たちに笑いかける。

忍はけっして思いつきの話はしていない。とくに不自由はない暮らしぶりの老女を苛立たせていたもの。きわめて小さな生活圏しか持っていなかった老女のごく身近にあったはずの何か。具体的に言い当てることは出来ずとも、忍の眼はきわめて確かだと刑事たちは思う。

事実、事件前に栂野節子の不機嫌が高じていたという話は、昨日までの栂野雪子の供述からも窺える。雪子の弁はこうだ。

母は昔から何事にも一家言ある人ではありましたけど、この秋にはアクリル絵の具が邪道だとか言いだして、水彩画会の会員さんと大ゲンカになったそうで。それが会員さんたちの間で問題になって、理事長が私のところに、何とかしてくれないかと言ってこられたほどですから、よほどのことだったんでしょう。私も、母は認知症の一種の前頭側頭葉変性症かもしれないという思いはありました。この一年あまりで、急に怒りっぽくなりましたから。ＭＲＩで調べればすぐに分かるので、そのうち脳の検査を受けさせようとは思っていたんです。もちろん、あの母がおとなしく病院へ行ってくれるとは思えませんでしたけど。ともかく、母がご近所とトラブルを起こさないか、水彩画教室の生徒さんに当たり散らさないか、いつも心配でした。娘に付きまとっているという男子高校生も、母に怒鳴られてびっくりしたと思いますよ。見た目は上品なお婆さんなのに、いきなり火がついたようにわめき散らすんですから――。

この日本水彩画会の会員の間で起きたトラブルについては、昨日今日で確認済みだが、そこでも節子のヒステリーや易刺激性を物語る話はいくつか出てきている。

　刑事たちは思い浮かべる。栂野節子は、何らかの大いなる不機嫌と、どこかの不良少年――否、ゲームオタクと呼ぶべきか――による孫娘へのストーカー行為に、自制心を失うほど激しく動揺している。少年にステッキを突きつけ、甲高い声で息もつかずにまくし立てる。しかしそれは、昼間不在の親に代わって孫娘を異常者から守ろうとする勇ましい老女というより、触れるのが憚(はばか)られるような何らかの家庭の事情をまとって暴発する孤独な何者かだ。そして、近隣の住民たちはそれぞれの家の窓越しにじっと息を殺すのが、近ごろの習い性になっている。事件の二日前に被害者宅の前で繰り広げられたのはそんな光景だろうか。


　同じころ、別室では栂野孝一も三回目の聴取を受けている。明日二十八日が役所の仕事納めなのでぎりぎりまで仕事を抜けられず、孝一が署に入ったのは午後六時前という時刻だ。同様に、妻の雪子も夕方から勤め先の病院で夜勤に就いており、娘の真弓も早々と冬期講習に戻っているが、気丈というより、被害者遺族の多くはこうして事件のさまざまな余波をかわしてゆくのだ。

　刑事たちは浅井忍と栂野雪子の供述内容を念頭に、事件前の被害者の様子を孝一に尋ねる。

　ふだんから義母とは没交渉だったし、何か変わった様子はなかったかと言われても、私には分かりません。あの人の機嫌が悪いのはいつもでしたから。東中学を辞めた年に、日本水彩画会の理事になるはずだったのに推薦されなかったとか、最近の会の傾向に異議を唱えて会員とケンカしたとかいう話は、雪子から聞きました。

親が住宅ローンの返済のことでもめていたと言うのは、真弓の思い違いです。確かにお義母さんには毎月五万円援助をしてもらっていましたが、一階リビングは水彩画教室のために改築したんだから、援助は当然でしょう。お金のことで雪子とケンカをしたのは、たぶんお義母さんに生活が贅沢すぎると言われたときかな。私の、マルマンの一本二十万のドライバーとか、真弓のプラダのリュックとか、雪子のスパ通いとか。

結局、あの人も孤独だったということでしょうか。美術教師を勤めあげはしたけども、絵では大成しなかったわけだし、娘も孫も思いどおりにはならない。なまじ血がつながっているからこそその不満や失意というやつです。養子の私でも、家族への不満というのは毎日少しずつ降り積もって、いつの間にか固い歯石のようになってこころにへばりついている。でも、石になったらもう怖いものなしです。石は何も感じませんから。

けだるい表情の栂野孝一とテーブルをはさんで聴取は続く。

ところで、娘さんにストーカー行為をしている男子高校生の話はご存じですか？

今月半ばに義母から聞きました。

お義母さんから聞かれたんですか？　確かですか？　刑事は念を押し、孝一は一瞬、何かミスをしたのかもしれないという表情を見せた後、確かですと答える。

では、娘さんにはその話をしましたか？

もちろん、しました。娘の話では、付きまとっていると言っても、家の前でゲームボーイミクロをカシャカシャやっているだけで声もかけてこない変人だということでしたが、とにかく気をつけるよう言いました。

では、娘さんのストーカーのことで奥さんとは話し合われましたか？

家内にストーカーの話を知っているのかと尋ねると、母から聞いている、真弓には防犯ブザーを持たせたという返事でした。結局、家内も娘も、私に相談しても無駄だと思ったということでしょう。まあそんなものです、うちの家族は。

ところで、娘さんが外でときどき喫煙をしていることは、知っておられますか？

え？　タバコですか――。

そのとき孝一が見せた驚愕の表情は、同じことを尋ねたときに雪子が見せたそれと同じだ。何となく予感はしていたのだろう娘の脱線は、自分のこころは石になっていると嘯く男の骨身にも多少は響いたに違いない。

実を言いますと、奥さんは娘さんのストーカーの話を節子さんから聞いたとき、節子さんは孝一さんには話していないと言ったそうです。年寄りが口を出すより、娘のことぐらい夫婦で話し合って何とかしなさいということだったそうで。そういうわけでもう一度伺いますが、あなたはストーカーの話をいつ、誰から聞かれたんですか？

今月半ば、義母から――。

少年本人の話では、最初の付きまといが十日ごろ。お義母さんが初めて少年を注意したのが十七日のようです。

いやしかし、私は確かに義母から聞いた。ほかに誰から聞くんですか――。

すでに当事者の一方が死んでいる以上、義母からストーカーの話を聞いたという栂野孝一の証言の真偽を確かめるすべはない。しかし、仮に義母から聞いたというのが偽証なら、わざわざ孝一が嘘をついた理由も、孝一にストーカーの話をした何者かの存在も、どちらも『栂野節子の人生と生活』の看過できないピースの一つになる。とくに後者は、孝一と真弓周辺の子どもたちの双方に接点をもっている者でなければならない。

こうして事件の鑑捜査は栂野孝一の身辺に広げられ、まずは吉祥寺の個室ビデオ店から手を付けられることになった。孝一が借りていたビデオの種類によっては、近隣の風俗店に聞き込みの範囲を広げることになる。

その日の午後七時、任意の聴取を終えた浅井忍は父親の浅井隆夫に連れられて四十七時間ぶりに府中署を後にした。同日、父親のほうも小金井署に退職願を出し、特捜本部には当然のことながら一瞬、気まずい空気が流れたが、所轄の刑事一人の身上などは、日に日に水嵩を増してゆく事件捜査に蹴散らされ、速やかに忘れ去られるほかはない。

なお、忍については東京地検八王子支部がかたちばかり家裁に事件を送致し、弁護士もかたちばかり不処分を求める意見書を提出したところだ。

13

暮れも押し迫った十二月二十九日、武蔵野は最低気温が氷点下の冷え込みとなった。

日が昇るにつれて空は高く晴れ上がり、ひゅるひゅる音を立てて耳元をかすめてゆく北風に、人びとは首をすくめてコートの襟を立てる。正月まで三日。多磨霊園では早朝から墓掃除の人びとが迎春用の仏花を手に行き交い、野川公園には犬の散歩やジョギングの人影がまばらに散り、西武多摩川線の小さな鉄路は、ふだんよりほんの少し多めの乗客を乗せた電車が、その日も正確に十二分間隔で通りすぎる。

八時半を過ぎると、伊豆諸島への定期航路の小型機が、これもふだんより多い帰省客を乗せてそれらの上を次々に横切ってゆき、晴れやかなプロペラ音が煙のように尾を引いてたなびく。それは多磨霊園の東側に隣接する日華斎場の上にも降り、柔らかく広がっていったが、栂野節子の葬儀に集まってきた人びとの耳には、いまひとつ事の次第が理解できない子どもたちを除いて、ほとんど届かなかったかもしれない。

とくに、会葬者の顔ぶれとその一挙手一投足を観察するために出てきた捜査関係者たちは、耳に入れたイヤホンが四六時中流し続ける警察無線のせいもあって、頭上の小型機に気づいた者はいなかった。四日ぶりに小金井の特捜本部から出てきた合田も、事件発生当日以来の武蔵野の空気に数秒鼻孔をふくらませただけで、十人の捜査員とともに耳目は終始、式場へ吸い込まれてゆく喪服の群れ、あるいは制服姿の中学生や高校生たちに張りつき、その話し声や表情、ちょっとした仕草などの観察に集中した。

会葬者は東中学の教職員と元同僚が若干名、日本水彩画会から若干名、町内会が十数名、あとは中学の教え子たちが百人程度と事前に雪子・孝一夫婦から聞いていたが、事件への関心が働いたのか、午前十一時の開始時刻の十五分前には目視で二百人を超え、百五十人収容の式場の外に人があふれだす事態になって、捜査員たちにちょっと緊張が走ったものだ。

しかし、送られるのが殺人事件の被害者という点を除けば、それはありふれた葬儀ではあった。喪主の栂野雪子の短い挨拶があり、長々とした僧侶の読経があり、何を思うのか各々のこころのうちは分からない人びとが、そろそろと前へ進み出て焼香し、雪子・孝一夫婦と真弓の遺族三人の間で深々としたお辞儀を交わす。まったく不条理な最期ではあるが、享年六十七というそこそこの年齢のおかげで残された人びとの悲哀をことさら誘うことはなく、その意味でも世間の数多の葬儀がそうであるように、すすり泣きや涙などはない、淡々とした時間があっただけだ。

もっとも、よく見れば事件の影がなかったわけではない。たとえば白い花で飾りつけられた祭壇の遺影は、被害者が現役教師だった五十代のころのものと思われたが、まるで免許証写真のような硬い無表情は、女性らしい笑顔の写真を選ぶ余裕すら遺族になかったことの証だ。また、故人を偲ぶというより、事件への下世話な興味からひそひそと話し込む人びとがおり、きょろきょろする者がおり、親に言われて参列しただけなのだろう、友だち同士でこっそりふざけている子どもたちがおり、さらには自分たちのほうが死者のような雪子・孝一夫婦のこわばった顔つきが、これがふつうの死ではないことを告げていた。そして、耳にイヤホンを入れた十人もの捜査員の姿が、それに輪をかけていたのは言うまでもない。

焼香の列に並ぶ者、焼香を終えて席に戻る者、式場をあとにする者が刑事たちの眼の前を行き交う。それらのすべてが『栂野節子の人生と生活』を埋めるパズルのピースではあり、警察の知らない何かを知っている者や、事件に関わっている者が隠れているかもしれない。警察の眼を避ける者や、何事か共謀する眼がひそんでいるかもしれない。たとえば式場の入り口の外にいた合田は、正面の祭壇脇に立っている栂野孝一の眼が誰かを捉えるように動くのを見、少し移動して孝一が誰を見たのかを確認すると、そこには高校生の少女数人がいた。ショートカットでノッポの一人は、ひょっとしたら上田朱美か――？

それから、無線が〈玄関の外に浅井忍〉と告げて急いで玄関のほうへ向かうと、浅井少年が表でひとり眩しげに空を見上げており、小型機が一機飛び去ってゆくところだった。そんなことを、いま十二年ぶりに思いだしている合田がいる。

きっかけをつくったのは、入院中の友人の高裁判事だ。

昔からときどき奇矯な行動に出る加納は、心臓のペースメーカーを埋め込んで七日目に病院を抜け出し、高裁の部総括の奥さんの、御歳九十七になる母親の葬儀に出かけていった。式場が病院から近い日華斎場だったのはまったくの偶然だが、それにしても上司の妻の親の弔事にまで雁首をそろえるヒラメたちの一匹に、友人が本気でなろうとしたはずもない。急な入院で仕事に穴をあけた失点は、厳しい見方をすればもはや完全には挽回不能というほうが正しいし、そうであればわざわざ安静第一の身体を押して、いまさらヒラメになる必要もないからだ。

案の定、加納は〈無事、戻った。予想以上に疲れた〉とメールをよこし、続けて〈日華斎場は、美術教師が殺された野川事件のときにおまえが話していた場所だと思いだしたので、覗きに行ってみた。白と青のドルニエ機が飛んでいるのを見た〉などと書いてきた。

斎場の話をした――？　合田は十二年前に自分が事件の話を友人にしたこと自体を忘れてしまっていたが、並外れて記憶力のいい男が、そうは言っても昔の話を一つ思いだしたからといって、わざわざその現場を見に行ったというのには、違和感を覚えた。何事もマイペースな男ではあるが、まだガーゼも取れていない術後の身体を、大して意味があるとも思えない場所へ運んでみた末に、〈疲れた〉と吐露する。これも、思いがけない病気から来た鬱か。あるいはステロイド投与で身体の不調が強く出ているのか。

あれこれ思いめぐらせた末に、合田は〈帰りに寄る〉と返信し、夕方、あまり顔色のよくない当人に会うと、曰く、これまでゆっくりゆっくり動いていた心臓が、いきなりぴくぴく精勤に動きだしたら、そりゃあ気持ち悪いに決まっているだろう、ということだ。加納は言う。まるで誰かが身体のなかにいるみたいだ、何をしていても落ち着かない。日華と聞いて突然、昔おまえに聞いた事件を思いだしたりする。あのときおまえが見たと言っていた小型機が今日も飛んでいたよ。あの事件はどうなった？

友人の脳内で何かが起きているのだろうか。合田は臓腑に冷たい金属が触れるような不安を覚えながら、俺がおまえに小型機の話をしたって？　何を考えていたんだろうな。言葉を濁し、無理に笑みをつくってみる。

ドルニエ機か――。そういえば事件発生当日も、午前中に野川公園の現場に立ったんだから、伊豆諸島行きの便が頭の上を飛んでいたはずだが、なぜか気づかなかった。それから小金井署に入ってしまって、二十九日の被害者の葬儀で日華斎場に張り込んだんだが、そのときも始めのうちはやはり小型機には気がつかなかった。現場観察はお手のものでも、まったく視界に入ってこないものがあるということだろうな。それで、午前十一時に葬儀が始まってしばらくしてから、関係者の一人が式場の外に現れたという無線が入って、表に出てみたら、その子が空を見上げて立っていて、小型機が飛んでいたんだ。白と青のドルニエが。あ、飛行機――と思った。そのとき初めて調布飛行場がすぐそばにあることを思いだして、不思議な気がした。長く警察にいても、武蔵野方面にはあまり縁がなかったから。

その子？　関係者って子どもか。

被害者の鑑の大半が教え子だったからな。式場も中学生と高校生だらけだった。それでも制服の下にはいろいろな顔が隠れているし、大人顔負けの嘘もつく。虚勢もはるし、予測不能だし、なかなか手ごわかったよ。

そうして話している間に、加納はまたどんな想像をめぐらせたのだろう。最近の話だが、十六歳の子どもにまんまと騙されて観護措置の決定を見送った判事を知っている、などと言う男は、いつもの恬淡とした顔つきに戻っており、なにがしかの異変はこちらの気のせいだったのかもしれないと、合田もわずかに白々とする。

では、捜査線上に上がっていた子どももいたわけか？

いや、そこまでは行かなかった。女優志望のものすごい美少女はいたけど。

へえ、そいつは続きを聞かないわけにいかないなあ。加納はついに笑い出す。

そのうち機会があったらな。それより、退院祝いしてやるから、早く元気になれ。急がないと桜鯛の季節が終わってしまう。

かすかなさざ波を含んだ春の一日はそうして過ぎ、二人の男の頭上では、伊豆諸島からの小型機が一機、また一機、調布に降りてゆく。そのプロペラ音とともに、合田はまた少し十二年前に日華斎場を埋めた人びとの表情や声、立ち居振る舞いのあれこれを呼び戻さずにはいられない。

しかし、在りし日の光景はいつも、平板すぎるほど平板になって甦ってくるものなのかもしれない。四十代半ばといえば、体力的にも能力的にも、もっとも充実していた時期だったはずだが、当時の捜査状況を振り返る視点が五十七歳のそれだからだろうか。細部は一つ一つ鮮明なのに、人も出来事も、そこにあったはずの緊張や興奮が抜け落ちたいまは、どれも水分を失った皮膚のように干からびていて、あまり感興を覚えるようなものではない。

十二年前のその日、合田はデスク主任に本部を任せて斎場へ出てきたのだったが、被害者の葬儀に集まる人間の監視に、自身の加勢が必要だったわけではないし、具体的に気にかかっていたことがあったわけでもなかった。してみれば真相は、これといった見通しが立たないまま鑑捜査と聞き込みと資料分析が一つ一つ続けられる事件捜査そのもの、あるいはそういう捜査本部での時間そのものが、しばし苦痛になっていたという以外にない。どちらかといえば精勤な刑事だったという自負はあるが、あのころは刑事生活二十年にして職務への惰性や倦怠や、こころの緩みが入り込んできているのを感じ、ひそかに焦燥を覚えていた時期だったのかもしれない。

そういう刑事が、それほど複雑怪奇な背景があったはずもない事件のパズル『栂野節子の人生と生活』の何かを見落とした。あるいは見抜けなかった。たとえば後日、栂野孝一の個室ビデオ店通いからこぼれ落ちた一本の藁が、あの日の斎場で見かけた少女たちとつながったのだが、被害者の生活圏からそれほど遠くない貴重なピースだったにもかかわらず、その先で迷路に入り込んでしまった愚鈍な捜査責任者がここにいる。

記憶だけはくっきりしている。被害者の遺影を背にした遺族の端で、孝一の虚ろな眼がふと会葬者たちの一点に留まり、二秒ほど落ち着きなく揺れた後に逸れていった。その眼が捉えたのは私立高校の制服を着た少女が二人と、都立高の制服を着た背の高い少女が一人だったが、退屈げにそっぽを向いていた都立高の一人を除いて、たったいま孝一と眼が合った少女たちは、臆面もない含み笑いをしたところだった。まさに、盛り場で物欲しげな男を誘う少女たちの眼。隣で同じ場面を見ていた捜査員が、その場で耳打ちして言ったのは、あいつら、ワルですよ、だ。

私立高校の少女二人の名前は、リナとかミラとか。自宅にある資料をあらためなければ正確には思いだせない。一方、背の高い都立高の少女は上田朱美だったのだが、そのときはまだそうとは知らなかった。それでも、捜査メモのなかで三回見かけたその名前と、〈百七十センチ近い長身で、ショートカットで、男子のようだ〉と聞いていた本人の容姿がすぐに結びついたのは、自分のなかにそれなりの必然があったということだろう。否、事件には結びつかない、まったくの個人的な感情だということにも気づかないまま、数秒少女に見入った、そのときの自分の心身を、合田はいままた胸苦しく感じる。あの日の斎場での、あの数秒の脱線にあったのは、刑事の自分が大事な何かを見落とし、見失ってゆく一つの過程の始まりだ。

そして、同じ日に突然斎場に現れた浅井忍についても、合田はいまなお何かを見落としたという気がし続ける。忍は一向に定まらない視線をあっちへ投げ、こっちへ投げしながら式場に入ってきたが、焼香の列に並ぶのがいやだったのか、しばらくきょろきょろした後、栂野真弓と眼を合わせることもなく、一分足らずで式場を出ていった。

その直後、外で合田らが呼び止めて話を聞いたときだ。あのお祖母さんのお葬式だから一応来てみたけど、ちっとも悲しくならないから帰るね、などと忍は答えたが、けっしてふざけているのではないその粘着質の眼光を目の当たりにしながら、合田はふいに、未だかたちのない、いわば未来の後悔に襲われたのだった。こいつはやはり栂野節子の周辺で何かを見ているのではないか。沈黙している理由は分からないが、こいつのポケットには『栂野節子の人生と生活』のピースの一つが入っているのではないか。しかし、その直感もまた、結果的には十分に活かされることはなかったのだ。

欠けていたのは想像力か、集中力か。それとも執念か、それらを合わせた自身の捜査能力か。合田はまた少し意気消沈し、あの日初めて気づいた調布飛行場の小型機を思い浮かべる。ああ、こんなに近いのかと軽い驚きをもってそれを仰ぎ見た数秒、どこかにあるのかもしれない別の人生、あるいは四年前にニューヨークの世界貿易センタービルで死んだ元妻のことでも考えていたのだろうか。

14

結局、上田朱美の葬儀はなかった。死に方が死に方だからとか、残された母親一人では負担が大きすぎるとか、未だに警察が訪ねてきているようだとか、近所であれこれ囁かれていた三月二十四日、母親の上田亜沙子から、娘は昨日密葬にしたと東町の町内会に連絡があったのだが、実際には、市内の長昌寺で執り行われたのは二七日(ふたなのか)の中陰法要だった。まったく追善供養をしないわけにもゆかず、かといって通常の葬儀は亜沙子の気力のほうがついてゆかず、結局取って付けたようなかたちになったのだが、亜沙子はもとより自身の宗派も知らず、忌日にも無頓着だった。

こうして残り火が消えるようにして葬送の話は人の口に上らなくなり、小野雄太も、喪服の用意や、駅のシフトの都合で参列できないと言い訳をしなければならない面倒から解放されて、単純にほっとした。その一方で、幼なじみを送れなかった不全感はあったし、この半月というもの、何かしら気分が沈みがちな理由を当てもなく考えながら、今日も多磨駅のホームに立っている。

角膜ヘルペスはまた少し悪化していて、朝は目ヤニで瞼が開かなかった。今年は桜があっという間に開花してしまい、優子が夜桜を観に行く日を早く決めたがっているが、こんな眼ではそれどころでない。午前七時二十二分を指している腕時計と、赤に変わった是政方面の場内信号機を片方の眼に収めながら、小野は物陰で点眼薬を差し直す。薬をポケットに戻し、背筋を伸ばしたところで是政行きの電車がホームに入ってくる。

いつもの警察学校の関係者たちの一群が場内踏切を渡って改札へ流れてくるのを迎える間、記憶の水面近くまで上ってきた泡が一つ、また一つ浮き沈みする。そのとき、顔を知っているあの刑事が小野の眼の前を通り過ぎてゆき、記憶の泡がぱちんと弾ける。あっと眼を見開いたそこに広がっていたのは、十二年前の日華斎場の葬儀風景だ。

ほら、あれ、刑事だろ。耳にイヤホンを入れてるやつら。おまえ、パクられるぞ。一緒に行った東中学の同窓生らが小声でふざけ合う。小野は、すでに自宅で警察に話を聴かれていることを友だちには言っていない。上田朱美を眼で探しながら、そのくせ眼が合わないよう用心する。朱美が気になっていることは、友だちには内緒だ。

十五歳には、恩師の葬儀はほとんど興味本位の覗き見だった、と小野は思う。テレビドラマではない本ものの葬儀を見るのは、小学生のときに祖父が死んで以来だったし、東中学の美術教師だった栂野先生個人にはほとんど何の感情もなかったが、人が死ぬということが、何でもない日々の暮らしに気味の悪い亀裂を生じさせるものだということぐらいは分かり始めていた年頃だった、と。

死者が運んでくる特別な空気に緊張し、喪服の群れに混じる刑事たちの、これも日常にはない異様な威圧感に興奮しながら、小野は祭壇の遺影や僧侶の背中や、遺族たちの姿に眼を見張った。友だちに気づかれないよう、白けた顔をつくってはいたが、見るもの聞くものがみな、どこかのテーマパークに迷い込んだように物珍しかった。たとえば栂野真弓は、青白い顔色のせいで知らない土地から転校してきた悲劇の美少女のように見えたし、両親のことはよく知らないが、どちらも落ちくぼんだ眼窩や灰色の皮膚がほとんど死人のようで、事件のせいであんなふうになったのかと息を呑んだ。もっとも、恩師の死も事件も、どちらも高校一年の小野には表面的な顚末が見えただけだったし、それ以上の何かを考えたという記憶はない。眼をあっちへやり、こっちへやりしながら探していたのが、確かに上田朱美だったという確信もない。

焼香が始まって小野たちも列に並んだとき、浅井だぜ——小平西高の友だちが囁き、振り返ると入り口のほうできょろきょろしている浅井忍と一瞬眼が遇って、心臓がひと跳ねした。事件が起きた日に栂野真弓の自宅の庭に侵入して警察に捕まったやつが、わざわざ真弓の祖母の葬儀にやって来るという事態にびっくりしただけではない。浅井がふだんとは違う眼をしてこちらを凝視したような気がし、ちょっと息が詰まったのだ。

小野はすぐに眼を逸らせたが、そこからはずっと一つのことを考え続けた。自分が警察に浅井のことで事情を聴かれたとき、浅井はすでに逮捕されていたが、事件が起きた十二月二十五日の朝、浅井が野川公園の方向へ自転車で走り去ったのは、栂野真弓へのストーカー行為のためだったのだろうか。もしそうでなかったのなら、自分は浅井がいかにも野川事件に関係しているかのような話を、警察にチクったことになる——。

それは、小野がこの十二年というもの、数十回、数百回と考えてきたことだった。野川事件がいまも未解決になっているということは、あの日の朝、自分が見かけた浅井忍は事件と無関係だったということだが、それでも浅井は警察にしつこく事情を聴かれたに違いない。事件が起こる前、栂野真弓にストーカー行為をしていたのだから、ひょっとしたら犯人扱いされたかもしれない。そのきっかけをつくったのが自分の一言だったこと、それを未だに忘れられずにいることは、小野の小さな秘密だ。

いや、ふだんは忘れているが、鬱っぽい気分の落ち込みがやってくるたびに、記憶の底を浚(さら)えてひっぱり出してくるというのが正しい。そうしてそんな昔の蹉跌(さてつ)が、平板で単調な自分の人生の隠し味になっていることを確認し、またときには停滞や行き詰まりの言い訳にする。学業の不振。受験の失敗。留年。角膜ヘルペス。結婚の逡巡。うまくゆかない折々の人生をそのつど遡れば、あの日の朝、浅井忍を見かけたことと、警察にそれをぺらぺらと喋ってしまったことに行き着くというわけだ。

そこまで思いめぐらせた末に、そうか、上田朱美の葬儀がないと聞いてホッとした理由の一つはそれだろうと、小野はあらためて納得する。葬儀と名の付くものに出ると、いつもあの日の日華斎場にあった緊張や興奮や混沌と、浅井忍の眼を思いだす。それが胸苦しいのだ、と。浅井はいまどうしているだろう。ＡＤＨＤは治ったのだろうか。

小野の物思いをよそに電車は規則正しく行き来して七時台が過ぎ、ホームの上を定期航路の小型機が飛び始めると、小野はようやく我に返って八時半を過ぎたことを眼と耳で自動的に知る。それからしばらくしてホームには六、七十人の少年野球チームや、スポーツバッグを提げた四、五十人の中学生、また別の少年野球やサッカーチームと笑い声のさざ波が吐き出されて、このときばかりは小野の手は切符でいっぱいになる。今日も春休みの公園やグラウンドは満杯だ。

小野君、今日は眼が痛そうだなあ。助役は暗に眼帯をしろと言っている。はあ——。小野は首をすくめて言葉を濁し、そうだ、今日の頭文字Ｄのタイムアタックは赤城コースの下りで行こう、二分三十秒切れるかな、などと思う。


午後五時過ぎの武蔵小金井駅南口では、勤め帰りの栂野雪子が、上田亜沙子とはちあわせになる。雪子はバス停の6番乗り場、亜沙子は0番乗り場と路線が違う上に、帰宅を急ぐ人びとの流れに逆らって立ち止まるのはひどく不自然な状況だったが、そのまま会釈だけですれ違うタイミングも逸して、どちらも仕方なく足を止めた結果だ。

あの人は確かイトーヨーカドーに勤めているはずだが、今日は早番だったのだろうか。軽く訝りながら、雪子のほうがまず、ご無沙汰しております、今日はもうお帰りですかと声をかけ、ええ、まあ——亜沙子はいかにも無理につくったという笑みを見せる。

ほんとうにお久しぶりですね。お宅の真弓さん、お元気でいらっしゃいます？

ええ、まあ、おかげさまで。
娘を亡くした相手を慮（おもんばか）って、雪子はとっさに四月に出産予定だという一言は呑み込んだが、続けて思わず、そういえば朱美さんのお葬式は——と口を滑らせてから、しまったと思う。案の定、亜沙子は顔をこわばらせて、内々に済ませたと言葉を濁し、雪子があわてて話の接ぎ穂をさがすうちに、ではまた、と向こうのほうから先に踵を返して、二人の女は雑踏のなかで別れる。

そして、それぞれの乗り場でバスを待つ間、どちらもあまり会いたくない者に遭遇してしまった間（ま）の悪さに苛立ち、互いに関係はないそれぞれの懸案や不満をさらに増幅させるのだが、たとえば雪子は、上田朱美の葬儀そのものよりも、近くで朱美の葬儀があれば、真弓が帰ってくるだろうという期待があったに過ぎない。真弓の恵まれようときたら、底辺の暮らしに落ちていたらしい朱美とは比べるのも憚られるが、母親の雪子にはそれでも不満は尽きない。自分が勤めている小金井の桜町病院には立派な産婦人科があるし、娘はふつう実家の近くで出産するものなのに、夫のたっての希望だということで、真弓は御大層なことに聖路加国際病院を選んだ。

それだけではない。上田朱美の事件から何日経っても葬儀の話が聞こえてこないので、それとなく電話で真弓に聞いてみると、他人があれこれ詮索することじゃないでしょうと声を荒げる。出産が近い妊婦の精神不安定を差し引いても、真弓はもう佐倉の人間なのだと思うと、口惜しさで歯ぎしりしたくなる。

一方の上田亜沙子は、自分の手にぶら下がっているスーパーのレジ袋を見る。事件が起きた日のメンチカツに懲りてからは、油ものは買わなくなったが、出来合いのパック入りの総菜でも大差はない。値引きシールの付いたそれらは、すっぴんの顔やパーマの取れた髪や埃っぽいパンプスと相まって、ただでさえ目立たない中年女一人を、誰の眼にも留まらない路傍の電柱にしてくれる。いや、そう思っていたら、いきなり栂野雪子に遇ったりするのはご愛敬か。雪子は派手な人ではないけれど、きちんとスーツを着て、レジ袋ではないエコバッグを提げ、ネギや総菜を覗かせたりはしていない。まったく、出来るものなら消えてしまいたかった、と思う。

亜沙子は、ふだんはJRで東小金井まで行って、そこから歩いて帰るが、その日はJRに乗るだけの気力もなく、武蔵小金井のバス乗り場に立った。そのため遇うはずのない雪子に遇ってしまったのだが、おかげでちょっと頭のネジが回り、考えてみたこともある。そう、十二年前の野川事件のとき、被害者遺族になった雪子も旦那さんも、長い間警察の聴取を受け続けたようで、年明けに亜沙子が多磨町の栂野邸へお供えを持参したとき、雪子はまるで自分たちが犯人のような気分になると、疲れた顔で苦笑いしていたのだ、と。

ひとたび事件に巻き込まれたが最後、被害者にも加害者にも警察捜査の網は平等にかかり、その重みで誰もが人生を変形させられ、押しつぶされる。買い物をしていても、歩いていても、バスに乗っていても、見えない壁で世界と隔てられ、これまでふつうに通じていた話が通じなくなり、見えていたものが見えなくなる。事件のあとに見た小型機がそうだったように、何を見ても自分がもうこの世界の一員ではないように感じる。

止めどない思いを連れて、亜沙子は自宅近くの栗山公園でバスを降り、路地を歩きだしたところで、自宅ハイツの前に男が一人立っているのを見る。今日もまた警察かと思ったが、違う。二十メートルほど離れていても、立ち姿一つで二十年前に別れた男だと見て取るやいなや、亜沙子はとっさにバス道へ引き返して走り出している。

そうして、その日は帰る家さえ失って、亜沙子は当てもなく東町を徘徊するはめになり、その姿は近所のセブン-イレブンで小野雄太に目撃される。

考え事をしていたので足が動かず、気づかないふりをするのにも失敗した亜沙子は、つくり笑いをするほかない。また会ったわね。雄太君、今日はお休みだったの？

いやあ、夜勤明けでごろごろしていたら、焼肉のタレを買ってきてって言われて。

お宅は、今夜は焼肉なの、いいわねえ。うちは、朱美のことでまだ警察にあれこれ聴かれていて。家に戻っても鬱陶しいから、寄り道していたの。亜沙子はご近所の青年を引き留めるつもりはなかったし、数秒前までは誰かと口をきく気分でもなかったのに、いまは突然、心もとなさに襲われて、ええと、あのね――雑誌売り場の傍らで小野に話しかけている。あのね、ちょっと聞きたいんだけど、高校生のころ、浜田ミラとか井上リナとかいう名前を聞いたことある？　朱美の友だちだったらしいんだけど。

小野は真顔でちょっと眼をしばたたき、首を横に振る。ぼくは学校であんまり朱美さんと話をすることがなかったし、ぼくがつるんでいたのは男子ばっかりだったし――。

そうよねえ、いまごろ十二年も昔の友だちがどうこうと言われてもねえ。あ、引き留めてごめんなさい。お宅で焼肉のタレを待っていらっしゃるわ、小母さんもちょっと買い物をして帰るから、また今度ね。

いかにも怪訝そうに振り返り、振り返り帰ってゆく青年を見送って、亜沙子は一層の虚脱感に見舞われる。娘の幼なじみを相手につい、警察にいまごろ尋ねられても意味が分からない、娘の交友関係の話をもらしてしまったが、ほんとうに聞いてみたかったことは聞けなかった。警察はいったい朱美の何を調べているのだろう。十二年も前の友人関係が、朱美を殺した男に何の関係があるのか。何度尋ねても、警察は答えてくれないのだけれど、雄太君はどう思う？

亜沙子はさらに二時間を栗山公園で過ごした後、午後十時過ぎに自宅ハイツに戻り、郵便受けに三万円の入った香典袋一封を見つける。名前を記しただけで書き置きもない、元夫の素っ気なさに拍子抜けし、ふと、さっきは逃げなければよかった、と思う。もうこれだけ年月が経てば、会って娘の話をするぐらい、何ということもなかったのに。

そうしてまた一つ寄る辺を失い、亜沙子はしばし、ただ息をしているだけの抜け殻になる。

千鳥ヶ淵でボートとか。ベタなところで上野とか代々木とか。どこも混みそう。目黒川は最近流行りみたい。川沿いのお店、どこか探す？　まだ空いているかな——。

夜桜見物の場所をめぐる優子とのやり取りは、小野の耳から内耳へ、さらにその奥へと続く回路をゆるゆるとさまよい続ける。反対側の耳では、母親がキッチンで焼肉の後片付けをする音と、父親のつけているテレビの音が鳴っており、小野の意識は優子と家族の間を行ったり来たりする。

ねえ、中目黒にユイットっていうビストロがあるんだけど。夜桜がきれいだって。

横綱稀勢の里が鶴竜に敗けて二敗目。無敵かと思ったがなあ、父親が一人呟く。雄太、お風呂は？　キッチンの母親の声が飛び、いま電話中！　小野は一言返す。口を大きく開けると焼肉のゲップが出る。

予約が取れるようなら、ユイットでもいい？

ああいいよ。そう応じながら、〈下町っぽさがおしゃれ〉といった雑誌の特集に出てきそうな、いかにも意識の高そうな若い女性たちやカップルが、潤んだ眼でワイングラスを傾けていそうな店を想像する。優子は後悔することにならないだろうか。

しかしそんな気遣いも、いくらかは自身のうわのそらを埋め合わせるためだったかもしれない。小野の意識にはいま、右の耳と左の耳のほかにもう一つ、コンビニエンスストアで遇った上田朱美の母親の開けた穴があいており、少し前から夜桜よりもそちらのほうに気を取られている。というのも、さっきは思いだせなかった「浜田ミラ」と「井上リナ」の名前をやっと思いだしたからだ。十二年前のあの葬儀の日の、翌日か翌々日の年末ぎりぎりに、また刑事たちが訪ねてきて、玄関先でその名前を挙げた。吉祥寺のロフト周辺にたむろしている女子高生だということで、写真も見せられた。そして、知っているかと聞かれたので、知らないと答えたのだが、ミラとかリナとか、アニメっぽい名前だったので記憶に残ったのかもしれない。

それにしても、当時も二人と事件の関係は分からないままだったが、いまごろまた朱美の母親が警察に同じ名前を聞かされているとは――。朱美が生きていた十二年前と、すでに死んで中陰にいるいまを、ミラとリナがつないでいるとでもいうのだろうか。

15

上田亜沙子も小野雄太も知らないが、特命班の刑事たちは亜沙子と前後して世田谷の佐倉真弓、旧姓栂野真弓を訪ね、「浜田ミラ」と「井上リナ」について聞いている。

野川事件の一件書類を見る限り、被害者栂野節子の鑑のなかで、もっとも後ろ暗い人物は娘婿の栂野孝一だったが、当時十六歳の女子高生浜田ミラと井上リナは、周囲の証言や状況から、事件前の半年にわたって孝一を恐喝していたと見られている。少女たちの言う〈喝上げ〉のネタはいずれも証拠がなく、当事者たちもそろって沈黙したために特定できなかったが、孝一が利用していた個室ビデオ店の店員が少女たちと知り合いだったことから、このビデオ店通いがきっかけになった可能性は高い。

浜田ミラと井上リナは、もともと栂野真弓と吉祥寺のロフトで知り合い、プリクラを撮ったりする仲だったが、二人とも真弓には孝一の件を話しておらず、真弓も二人から父親の話は聞いていないということだった。また、浜田らは上田朱美とも遊び仲間で、一緒にプチ家出を繰り返していたが、朱美は警察に事情を聴かれた際、浜田らは援助交際で知り合った男性を自分の男友だちに強請らせらせているといった話をしている。しかしそれについても、当人たちはいずれも否定し、被害者たちも口をつぐんだため、浜田ミラと井上リナの線は結局、それ以上詰め切れなかった。

そして、当時の特捜本部がそうだったように、特命班もまた見落としがあるとしたらこのあたりだろうと見当をつけて、あらためて浜田ミラと井上リナを洗い直しにかかっている。二人とも現在の所在が分からないため、とりあえず接触できるところから接触しているが、栂野孝一の素行についてそれとなく気づいていた妻の雪子より、娘の真弓を先に訪ねたのにはいくつか理由がある。そもそも、真弓が当時浜田らと頻繁に吉祥寺で遊んでいたことから見て、真弓が浜田らと父孝一の関係を知らなかったという供述をそのまま受け止めにくいことが一つ。当時の供述調書の節々に十六歳の少女の虚実が覗いており、興味を引かれたことが一つ。

もっとも二十七歳になった真弓は、この十二年間に何度も脱皮して少女時代を脱ぎ捨てたのかもしれない。臨月のお腹を突き出し、ふうふう言いながら、昔のことはあまり覚えていないんですけど——にこやかに口を開くのは、当時の捜査員たちが知らない真弓だ。

真弓が銀行員の夫と暮らす駒沢公園そばの瀟洒なマンションは、築年数も浅く、購入時の価格はおそらく八千万を下らなかっただろう。白い壁のモダン・アートと加湿器のスチームがどこか外国映画のようなリビングで、刑事たちは野川事件の再捜査をしていることを真弓に告げ、浜田ミラと井上リナの名前を挙げる。

二人のことは覚えています。私もちょっと脱線していた時代ですし、懐かしいような、懐かしくないような。でも学校も違いましたし、事件のあとは自然に会わなくなりました。

二人がお父さんを強請っていたことが分かったからですか？

それもありますけど、彼女たちの気持ちが私には理解できなくなってしまったのが大きいです。

事件のせいかもしれません。でも、父はもう亡くなりましたし、みな昔の話です。

あなたは、浜田さんたちが吉祥寺で援助交際をしていたことはご存じだったんですか？

二人が、ときどき東口のホテルに行っていたのは知っていました。あのころはそれほど珍しい話でもなかったし、二人は親への復讐だと言っていて、それなら私にも少し分かる、と思いました。私が遊び歩いていたのも、親への反抗でしたから。

二人が、お祖母さんの葬儀に出たことを後日あなたに話したとき、あなたは彼女らに「ハイエナみたい」と言ったと、二人の供述調書にあります。覚えておられますか？

ハイエナ？　いいえ――。

浜田さんたちは、会ったこともない女性の葬儀にわざわざ出た理由を、「ひまだった」「興味本位」と供述しているが、あなたはそうは思わなかった。あなたは二人があちこちで強請りをしていることを踏まえて、「ハイエナみたい」と言ったのではないですか？　現に、年明けには二人が府中市役所の前で孝一さんと話をしているのが目撃されているので、二人が葬儀に出たのは孝一さんへの脅しだった可能性もあります。

ハイエナと言ったかどうかは思いだせませんけど、強請られるようなことをしていた父が悪いんです。いい歳をして、どこかの女の子をホテルに連れ込んでいたのなら自業自得でしょう。

そこで刑事たちはちょっと間を置く。

いま、どこかの女の子と言われましたか？　浜田さんや井上さんではないんですか？

真弓は数秒、刑事の質問の意味が分からなかった、という顔をする。

私は、父がそういうことをしていたという話を刑事さんに聞かされただけですし、私自身はよく知りません。

当時、浜田ミラさんも井上リナさんも、お父さんの買春相手の名前を言いませんでしたが、捜査線上に上がった名前はいくつかありました。それはともかく、あなたが警察で孝一さんの買春の話を聞かされたとき、相手が浜田さんや井上さんだと思わなかったのはなぜですか？

思わなかったのではなくて、何も考えられなかったのだと思います。自分の父がそんなことをしていたと知っただけで、頭が真っ白になったのかもしれない。

では当時の刑事が、どこかの女の子という言い方をしたということでしょうかね。

記憶があいまいですみません。それより、父の買春やミラたちの強請りと、祖母が殺されたことがつながっているんでしょうか？

それはまだ分かりません。

特命班の刑事たちは、かすかな違和感を残してひとまず栂野真弓の聞き取りを終える。浜田ミラと井上リナの援助交際や強請りを知っていた真弓が、父孝一と二人の関係を知らなかったというのはほんとうだろうか。さらには、孝一の買春の相手は確かにミラでもリナでもなく、二人は強請り専門だったらしいことが捜査で判明しているのだが、真弓は初めからそれを知っていて「どこかの女の子」と言ったのではないか。

怖いもの知らずの少女たちは、大人たちを遊び半分で次々に手玉に取りながら、息をするように嘘をつき、黙秘し、ほくそ笑む。人を傷つけ、自らを傷つけながら、それでも圧倒的に優勢な自身の若さにしばらくは酔いしれていられる。十二年前の真弓は、そういう少女たちの一人だったのではないか。父親の恥ずかしい行状を聞いて頭が真っ白になったというのとは、少し違ったのではないか。とはいえ、そういう少女たちのなかでも、傷ついた十代を清算していまや落ち着いた人生を手にした真弓は、ある意味、自身の感情の記憶を改変するのに成功したということであり、記憶があいまいなのはあながち嘘ではないかもしれない。そういう結論をだして、刑事たちは先行きの厳しさをまた少し再確認する。


多磨町の栂野雪子も、十二年ぶりに刑事たちの訪問を受け、死別した夫孝一の話を蒸し返されて大きく動揺する。

あのとき孝一はすべて否定したはずですし、警察は相手の女性を一人も特定できなかったと聞きました。孝一は、浜田とかいう女子高生たちにお金も払っていないし、すべては彼女たちの悪ふざけだったということでした。もちろん、彼女たちに足元を見られるようなことをした孝一が悪いのは分かっていますけど、でも、もう済んだことではありませんか——。

お気持ちは分かりますが、再捜査の焦点は、援助交際や恐喝の事実があったか無かったか、ではありません。少女たちの悪ふざけだったにしろ何にしろ、ご夫婦やご家族の間でこの件がいつ、どんなふうに認識され、どんなふうに諍いになり、どんなふうに収まったかを、お聞きしたいのです。たとえば事件の前年、真弓さんはクラミジアが云々という両親の言い争いを聞いてショックを受けたと話していますが、その件はその後、夫婦間でどういう決着になったんですか。

そんな内輪のことまで、お話ししなければならないんでしょうか――。その件は、男性はそういう間違いをすることもあるだろうということで、私の腹に収めました。いつ、どこで、といった具体的なことは口にするのも嫌だったから、追及しませんでした。

お母さんはその諍いをご存じでしたか。

娘が気づくぐらいですから、母もきっと聞き耳を立てていたでしょう。あの人は絵に専念しているふりをして、家族の会話や足音にいつも耳をすませていましたから。

奥さんは、事件の二、三年前から孝一さんの服の臭いで、個室ビデオ店通いや風俗店通いに気づかれたのでしたね？　それでも、ご主人を問い詰めなかったのはなぜですか。

口にするのもおぞましかったのと、娘や母に知られるのは私のプライドが許さなかったのと、たぶん、この私自身が主人に執着がなかったということかもしれません。まさか、未成年の少女の買春までしているとは、想像もしませんでしたし。

そこですが――。刑事たちはあらためて尋ねる。奥さんは孝一さんの買春について、事件後に警察で聞かされて初めてお知りになったということで間違いないですか？

間違いありません。警察に聞かされるまで知りませんでした、と雪子は頑迷に答える。当時も、そうお答えしたはずです、と。

浜田ミラと井上リナは、二〇〇五年のお盆休みに、桜町病院へあなたを訪ねていった。当時の聴取で、あなたは二人には会っていないと答えておられますが、二人が病院に行ったことは病院関係者の裏付けが取れていますし、二人はあなたに会ったと供述している。もっとも、あなたに会った目的は、孝一さんの奥さんだから、というあいまいなものでしたから、二人は病院には行ったものの、実際にはあなたに会わなかったのかもしれない。だから、いま一度お聞きしているのですが。

私は会っておりません。

そうですか。ともあれ、少女たちがわざわざ桜町病院まで行ったのは、孝一さんの買春のことをあなたに告げるためでしょう。彼女たちは悪ふざけをしていたのではない、本気で孝一さんを強請っていたのです。

そんなことは知りません。私は事件の前に彼女たちに会ったことはないんですから。

では、事件前にご家庭のなかで孝一さんの外での行状が問題になったのは、クラミジアの一件だけだったということですか？

そうです。もちろん、私は昼間うちにおりませんし、夜勤もありますし、知らないことは多々あったと思います。現に、母が真弓の脱線やストーカー被害を知っていたのに、私は知らなかったんですから。

そこで、刑事たちは浜田ミラと井上リナの近くにいたもう一人の少女へと話を振る。

ところで上田朱美さんはご存じですね？

私は数回しか会ったことがありません。真弓からは女優を目指している子だと聞いていました。

確かにちょっと妖しい感じのする男の子みたいな――。母がずいぶん眼にかけていたようですが。真弓さんも当時、祖母が実の孫より上田朱美さんを可愛がっているのが気に入らなかった、と供述しておられます。

母が実の孫よりよその子を可愛がっていたというのは、真弓の思い過ごしだと思います。いましがた母が眼をかけていたと言いましたが、それほど熱心に絵を習いにきていた生徒さんではなかったはずですし――。

雪子は確かに、あまり上田朱美に関心がないようだ。おそらく直接的な関わりもない、と刑事たちは思う。

特命班の刑事たちは、さいたま市の浅井忍のもとにも足を運ぶ。多磨町の栂野家周辺で何かを見ている可能性が高いとして、当時の捜査責任者が執着していた青年だったからだが、事件の前後に栂野真弓にストーカー行為をしたり、自宅まで押しかけて被害者栂野節子に叱責されたりと、不審な行動が目立つ割には、実際にはつかみどころのない供述しかしておらず、当時の捜査員たちの執着の理由は、いまひとつはっきりしない。

二十人以上の技工士を抱える大きな歯科技工所の昼休み、誰も残っていない作業場の技工机に食いかけの菓子パンの袋を置いて、浅井忍はスマホから眼を上げる。

警察？　あ、ついに社長のチャリンコが盗まれたとか。チェッ、違うのか。だったら刑事さんたち、玄関にあったデローザ、見たんだ。あの二百万円のチャリンコ。あれを見るたびに、パッカー車にぶち込んでやりたくなる。それで、何か用？　いま、タイムラインを見ているところなんですけど。先週は上田朱美にハッシュタグが付いていたのに、週が明けたら消えてしまった。ほら、上池袋で殺された人。昔、同じ高校だったんで。

何の感情も見えない顔の下半分で、口だけが滑らかに回り、刑事たちは困惑する。

浅井君、最近はＡＤＨＤのほうは落ち着いているの？

さあ。コンサータ（中枢神経刺激剤）は呑んでますよ。ちなみに市の委託のゴミ収集の求人に応募したら、はねられましたけど。そういうわけで因縁のパッカー車。で、何でしたっけ。

昔、上田朱美さんと一緒にいた浜田ミラとか、井上リナという子を覚えていないかな？

誰っすか、それ。人間？　何かのキャラ？

青年は渡された写真を三秒見つめ、これなら見たことがある、あっさりと言う。

いつ、どこで見たのかな？

最初が、吉祥寺の東口のアトレの前。いや、あのころはロンロンって言ったんだ。その次が吉祥寺のロフトの地下のプリクラ。初めて椙野真弓を見かけたときに、椙野と一緒だった。そのとき、以前ロンロンの前で見たやつらだと気づいたんだけど。それから、あの美術の先生の葬儀会場。十二年前、全部警察に話したけどなあ。あの葬儀のとき、椙野の隣の男性――親父さんだよね、その顔を見て、あ、ロンロンの前であの女子高生らと一緒だった人だ、と思ったこととか。オデヲン座の裏はラブホだし。

忍の記憶力の良さにはかつての捜査員たちも驚いているが、特命班の刑事たちもびっくりする。

住居侵入で逮捕された十二年前の時点で、忍は浜田ミラと井上リナの名前は知らなかったが、会ったことのない女子高生や中年男性の顔を、一度街なかで見かけただけで記憶している。

ただしそれらの記憶は、警察に尋ねられることで呼び出されるに過ぎず、具体的な目的や自身の興味と結びつかない限り、忍にとっては辞書に並んだ文字列と変わらない。尋ねられない限り日の目を見ることはなく、たまたま日の目を見ても、興味がなければ意味や物語をもたないまま放置される、と当時の記録にはある。現に、忍は日華斎場で栂野孝一の姿を見、半年ほど前に吉祥寺の東口で女子高生と一緒だった男だと気づいたほか、その場所がラブホテルに近いことから援助交際という連想までは働かせているが、そこから先は一切の回路が消え失せてしまう。関心がないことには電流が流れないため、自分が眼にしたほかの光景を自分で思いだすことはないのだ。

十二年前の捜査員たちが直面したのも、この記憶の切断だった。当時もいまも、浜田ミラや井上リナについての忍の記憶は、おおむね栂野真弓への関心とセットになっており、たとえば栂野孝一についての記憶も、真弓の父親という以上に上書きされることはないらしいのだが、そうだとしたら、忍が当時栂野邸の周辺で何かを見たはずだという捜査員たちの直感が、ついに実を結ぶことがなかったのもうなずける。

刑事たちは慎重に話題を変える。

ところで、君の知っている上田朱美さんはどんな子だった？

高校にはほとんど来ていなかったから、よく知らないです。吉祥寺とか武蔵小金井で、栂野真弓と一緒にゲームセンターにいるのをよく見かけただけ。日華斎場にもいたかな。

話ぐらいはする仲だったのか？

一回だけ、向こうから話しかけられた。栂野真弓に付きまとうのをやめろって。

いつ、どこで。

二学期の終業式のあと、高校の校門のところで。おまえに関係ないだろって言ったら、回し蹴りを食らった。栂野の友だちだから許すけど、男みたいなやつだ。あ、そうだ。夏発売のドラクエⅪの予告映像に、回し蹴りの得意な女武闘家が出てたっけ。

十二年前も浅井忍の頭はしばしばゲームの世界へ飛んでしまったようだが、いまもドラクエⅪの発売日の発表会が四月十一日にあって、そこでは全体像がかなり見えてくるはずだ、ほんとに待ちきれない、などと眼を輝かす。

ところで君は、上田朱美さんがあの栂野節子さんの水彩画教室に通っていたのは知ってる？

その話は小野雄太から聞いた。上田朱美のダチで、家が彼女の近所の、ちょっと残念なマイケル・ジョーダン。彼女があの家の一階で絵を描いているのは見たことがなかった。

あの家というのは、水彩画教室のあった家だな？

そう。魔女の棲み家。

そういえば、君は栂野節子さんをドラクエⅧの呪われしゼシカだと言っていたな。

十二年前の調書では、栂野邸はドラクエⅧに出てくる茨に覆われたトロデーン城になっている。呪いをかけられ、紫のもやに包まれた死の城では、封印されていた杖を手にした少女ゼシカが、暗黒神ラプソーンの魂に憑依されて青白いモンスターに豹変する。家の外に現れた見ず知らずの少年に向かっていきなりステッキを振り回した栂野節子は、忍少年の眼のなかでは、ゲームに登場するモンスターだったということだ。

刑事に思いがけない水を向けられて、二十七歳になった忍は小さく笑う。いまなら、ドラクエⅩのジュリアンテのほうが似合うかな。それほど強い魔女ではないけど、空しくムチを振り回す姿がなんとなく孤独っぽくて。いや、やっぱりゼシカのほうが迫力あるか。

浅井君、十二年前の捜査員たちは君があの栂野節子さんや、あの家の周辺で事件に結びつくような何かを見たのではないかと考えていた。当時の調書を見ると、事件の前々日、君が栂野真弓さんの帰りを家の前で待っていたら節子さんが出てきてステッキを振り回したこと、その拍子によろめいて君の自転車を倒したこと、向かいの家の夫婦が窓から覗いていたことなど、君はずいぶん細かく話している。どうかな、もう一度あの日のことを一つ一つ思いだしてくれないだろうか――？

刑事たちは身を乗り出し、忍は三秒置いてヒヒッと笑う。

調子に乗るなって言ったら怒ります？ ミラとかリナとか、ぼくに何の関係がある。栂野真弓ももう過去の人だし。いま関心があるのはモンストの〈英雄の書〉だけ。超絶・爆絶クエスト二十五種で、5×5のビンゴ！ あ、そうだ。捜査本部にいた合田っていう刑事さん、元気ですか？

元気だと思うが、何か思い出したことでもあるのか？

何かさあ、かび臭い図書室に坐っている司書って感じ。ぼくと違って、頭の中身が徹底的に整理整頓されていてさ。とにかくあのお祖母さんの機嫌が悪かった理由は、栂野真弓が知っていると思うよ。合田さんにもそう言ったはずだけど。

こうして特命班の刑事たちは浜田ミラ、井上リナの周辺について尋ね回り、三月二十五日夜、報告を受けた上司の管理官が、かつて事件の捜査責任者だった人物のスマートフォンを鳴らす。

ふつうよりちょっと長く呼び出し音が鳴り続け、取り込んでいるのかと思ったら、ようやく〈合田です〉と応じる声がある。戸外を歩いているのかもしれない。

特命対策室の長谷川です。お久しぶりです。

ああ、お久しぶりです。ご家族の皆さんはお元気ですか？

二人は十年前に殺人犯捜査の同じ係にいたことがある。刑事はみな同僚の私生活には干渉しないが、冠婚葬祭だけは例外で、この十年の間に長谷川は娘二人と息子を次々に結婚させた。さらにはその新婚夫婦たちが次々に子宝に恵まれて、そのつど周りはお祝いを包むのが大変だったのだが、そういう出費はあながち無駄にはならない。

合田さん、お聞き及びだと思いますが、上池袋で殺された上田朱美が、野川事件とつながるかもしれません。そこで当時の一件書類をもとに、うちで再捜査を始めていまして、手始めに栂野孝一を強請っていた少女たちについて、関係者の話を聴いて回っているところなんですが、今日はあの浅井忍に会いましたよ。

浅井忍に――。合田はやはり忍が一番気にかかっていたらしい様子で、すかさず畳みかけてくる。

彼はいま、何をしているんですか？　元気にしていますか？

さいたま市の歯科技工所に勤めていますが、うちの若い衆の話ではまあ、相変わらず変わった感じではあるようで。しかし反社会的というわけでもないし、意外に真面目な印象だそうです。それはそうと、事件の前々日に栂野節子が自宅前で忍をストーカー呼ばわりしたときのことや、自宅の庭に侵入したときのことをもう一度話してくれと頼んだときに、その浅井忍が突然、合田さんの名前を口にしたそうで。

へえ、それはまた——。

あくまで彼の弁ですが、事件の直前に栂野節子が不機嫌だった理由は栂野真弓が知っている、合田さんにもそう言ったはずだ——という感じで。

電話の相手が推測したとおり、合田はオリンピック公園に面した駒沢公園通りを歩いている。隣には、今日退院した友人の加納判事がいる。玉川通り近くのちょっといい鮨屋で退院祝いをし、締めはウィスキーだろうと言う友人の口車に乗って、公園のすぐそばに建つ友人のマンションへ向かっている、まさに最中だ。

日本酒が入っているせいで頭があまり働かないのを感じながら、合田は慎重に聞き返す。私の名前はともかく、栂野節子が不機嫌だった理由は真弓が知っているはずだ、と浅井は言ったんですか？

そのようです。覚えておられますか？

当時のノートを調べてみないと確かなことは言えませんが、聞いた覚えはないです。そんな重大なことを聞いていたら、たぶん覚えていると思うが——。

そうですか。こちらももう少し浅井と栂野真弓の周辺を洗い直そうと思っておりますので、鑑をひととおり当たってみたところで、一度お会いできませんか？

事前にお知らせいただければ、私のほうも昔のノートを当たっておきます。

それでは夜分失礼いたしました。

電話を終えたところで、そら、俺の勘が当たった、野川事件がおまえを追いかけてきたと加納が歌うように言い、笑う。きっと、女優志望の美少女がおまえを呼びに来たんだ。どうかもう少し付き合ってくれ、って。

残念ながら、呼びに来たのは浅井忍という男だよ。当時十六で、ゲーマーで、ADHDで、被害者の孫のストーカーで、俺が別件でパクったやつ。恨んでいるというのでもなさそうだが、いまごろ妙なことを言い出すのは、ちょっと気持ちが悪いな。

その男、おまえに何かサインを送ってきているんだろう。一つ間違えると、今度はおまえがストーカーされるぞ。気をつけろよ。

いや、そういう人物ではないのだと言いかけて、合田は結局口にはせずに呑み込む。浅井忍には境界型人格障害のような危うさはなく、悪意もないが、一般人の理解を超えた思考回路で生きている以上、加納の言うとおり、何が起こるか分からないというのが正解ではあるだろう。

ウィスキーはロックでいくか。マンションの階段を上がりながら、加納が楽しげに言う。いや、今夜はストレートだ。合田は応じる。

16

三月最後の週が明け、警察大学校刑事教養部の合田の講義は、証拠法その3、違法収集証拠排除の法則へと進む。違法に収集された証拠物は、その証拠能力を否定されるという刑訴法の基本であり、現場で日々直面する証拠収集手続きの適否について、実例を挙げて説明をしてゆく。

たとえば、こういうケースです。捜査員A・Bは、殺人事件の関係者Xに話を聴こうとしたところ、Xが逃走を図ったためにA・BはXを制圧、応援を呼んでさらにXを説得し、警察署へ任意同行させた。Xには覚せい剤取締法違反の前科があるため、Xの同意の下で採尿した結果、覚せい剤反応は出なかった。しかし、任意で採取した口腔内粘膜をDNA鑑定したところ、殺人事件現場で採取された微物のDNAと一致したため、Xを問い詰めたところ、犯行を自供した――。

さて、ここには違法な刑事手続きがいくつも含まれていますが、それをもって直ちに証拠排除されるわけではない。後日裁判で問われるのはまず、手続き違反の程度、違反の状況、違反の意図の三点です。次いで排除の相当性、すなわち事件の重大さや証拠物の重大さ、違法な手続きと証拠物入手の関連性の程度などですが、解釈の余地があるからこそ、私たち現場は十分に気をつける必要があるのです――。

そういえば野川事件の二年前、最高裁で初めて違法収集証拠排除法則を適用した判決が出て、加納と議論になったのだ――合田は思いだす。違法な逮捕の後に得た証拠だという理由で、その証拠能力をダイレクトに否定した判決は、捜査の現場には素朴に〈?〉だった。そのとき現役判事の加納は、先行する手続きが違法の場合、それに続く証拠収集手続きに違法性が継承されるという従来の考え方が必ずしも葬り去られたわけではないと、屁理屈をあれこれ並べてくれたが、判決への懐疑は消えず、いまも残ったままだ。

その加納は今日から職場復帰して、三分咲きの桜の下を高裁へ登庁し、快気祝いの縮緬小風呂敷を手に、部総括以下への挨拶回りに忙しい。合田も一つ貰った縮緬の小風呂敷は、教科書を包むのにちょうどいい。

では、いま述べた例のなかで違法な手続きを見ていきます。まず、殺人事件の関係者Xです。重要参考人ではない点に注意してください――。そうして教壇に立ちながら、重要参考人ではない関係者たちを追いつめたかつての非情な日々へ、合田の頭は移ろう。

栂野節子の不機嫌の理由は真弓が知っている――。この浅井忍の言葉はどこまでが事実か分からない。しかし仮に浅井が確かにそう考えているとしたら、逮捕当時に浅井が繰り返し述べていた節子の不機嫌はたんなる個人の印象ではなく、節子の周辺に不機嫌の原因となった何らかの事実、もしくは出来事が存在していたことになる。では、それは何だったのだろうか。

特命班は、当時の厖大な調書から、事件前の一ヵ月間に被害者と家族の周りで起きた出来事を抜き出し、仕事、通学、夜勤、外出などの日常生活と併せて並べてみる。そして合田も、自宅で初めて捜査ノートのファイルを開き、特命班とほぼ同じ作業に没頭して時間を忘れる。

主な登場人物は、栂野節子、栂野雪子、栂野孝一、栂野真弓。浅井忍。上田朱美。浜田ミラ。井上リナ。それらの人物毎に、たとえば十二月二十四日の午前零時から翌二十五日の午前零時までの一時間毎の居場所を、ダイヤグラムのような表にする。これを、一日毎に作成する。列車のダイヤグラムの駅に相当するのは、栂野邸、各々の学校、各々の勤め先、吉祥寺の予備校、吉祥寺や武蔵小金井のゲームセンター、吉祥寺のカラオケ店、小金井市東町の路上、白糸台ゴルフセンター、そして野川公園などだ。

すると、たとえば十二月二十四日、栂野家の四人の列車線は午前六時まではいずれも起点駅である栂野邸にある。午前六時に節子が家を出て野川公園に向かったのを皮切りに、午前八時に孝一、雪子がそれぞれゴルフセンター、桜町病院へと出てゆく。

上田朱美は午前九時まで起点駅である東町の自宅におり、午前十時半に栂野邸の水彩画教室まで自転車で行き、すぐにそこを離れて東小金井駅に向かう。主要人物には入っていないが、東小金井駅の駅前駐輪場はバスケットボール部の朝練帰りの小野雄太が、午前十一時過ぎに利用しており、その日も上田朱美と鉢合わせした可能性がある。

また上田朱美は、JRで東小金井から吉祥寺へ移動し、浜田ミラや井上リナと合流してロフトへ向かう。一方、終日外出しなかった栂野真弓の列車線は起点駅の自宅に留まったままであり、ほかのどの列車線とも交差しない。

またたとえば、栂野孝一は午前十一時に白糸台ゴルフセンターからいったん自宅に戻ると、すぐに再び家を出、多磨駅から武蔵境経由で新宿に到着。本人の供述では、午後一時過ぎから新宿文化シネマで『男たちの大和／ＹＡＭＡＴＯ』を観た後、伊勢丹でルコントのガトー・フランボワーズを買って帰路に就いたことになっているが、映画を観たことの裏が取れないため、映画館での約百五十分は破線になっている。

このように、事件の主要な関係者の一日毎の足取りを、分かっている範囲でダイヤグラムにしてみると、一つの事実が見えてくる。被害者栂野節子の生活パターンの変化のなさがそれだ。判で押したように自宅と野川公園の往復に終始し、十二月は買い物にすら一度も行っていない。東中学の退職者や日本水彩画会の会員に当たった限りでは、節子に電話をかけた者はおらず、節子が誰かに電話をかけた記録もない。とすれば、事件前の一カ月間に限っていえば、節子の生活の範囲は文字通り、自宅と野川公園とその往復の数百メートルに限定されていたということだが、それが意味するのは一つ。節子の不機嫌は、その限定された範囲のなかで節子が見たか、聞いたかしたものが原因になったのでなければならない。

ダイヤグラムで言えば、節子が何かを見たり聞いたりするのは、その規則正しい列車線が通るたった二つの駅、すなわち自宅と公園、もしくはその往復に別の人物の列車線が重なるときでなければならない。十二月二十四日では、たとえば雪子が帰宅した午後七時前、孝一が新宿でケーキを買って帰宅した午後七時過ぎなどがそれに当たる。また前日の二十三日では、午後二時前に浅井忍が栂野家に現れたとき、節子との交差が生まれる。

もっとも、各々の供述にもとづいているだけのダイヤグラムには、裏づけを取れない破線が多く含まれており、なかには嘘も含まれているかもしれない。浅井のように、おおむね尋ねられたことしか呼び戻せない人物の場合、新たな駅や列車線が隠れている可能性もあるが、いずれにしろ多磨町の自宅か野川公園で節子と交差した者が鍵となることに変わりはない。そして、そういう人物は実はそれほど多くないのだ。すなわち孫娘をふくむ同居家族。水彩画教室の生徒たち。上田朱美。浅井忍。

刑事たちは考える。多磨町の栂野邸、もしくは野川公園で栂野節子と交差した者を洗い出し、具体的な接触の有無、会話の有無、そのときの状況などを精査すること。ただし、節子と交差した者はすでに分かっている者だけとは限らない。そこにいたのに存在を忘れられている者、何かの理由で姿を隠していた者がいた可能性にも留意すること。

合田はダイヤグラム、特命班は綿密な一覧表を作成した末に、どちらもほぼ同じ結論に達したのは、そのあたりに事件の本筋があることの一つの証ではあるだろう。そこでは、すでに鬼籍に入っている孝一と朱美を含め、名前の挙がっている全員が引き続き捜査対象になる。節子を殺害した犯人ではなくとも、節子の人生の最期の日々に何か大きな不機嫌の種を運んできたという意味で、誰もが『栂野節子の人生と生活』というパズルに欠かせないピースになる。

かくして特命班はさらに関係者への聞き取りを続け、合田は職務の合間にダイヤグラムをさらに詳細に詰めながら、たびたび十二年の月日を遡り、四十五歳の心身に戻って野川事件を覗き込むことになった。

もっとも、すでに相当な年月を経て、発生当時の強い感情が抜けてしまった事件の再捜査は、おしなべてバーチャルなゲームの世界に近くなるのかもしれない。事件の再検討に集中する夜、合田のダイヤグラムはいつの間にかドラクエⅧやⅩの風景が広がる覗き窓になり、多磨町の栂野邸や野川公園はトロデーン城やガートラント城になる。そこに栂野節子、孝一、真弓、上田朱美が、魔女やモンスターたちの姿で現れては消え、消えては現れる。

そして、十二年前に自分が見落としたものを探そうとして当てもなくさまよい、そのうち為すべのない虚しさに陥ると、何やらこんなふうにして、三十五年の現役時代が少しずつ緩みながら終わりを迎えてゆくのだろうかと思い、ダイヤグラムと老眼鏡を置くのだ。


同じ夜、現役時代の終盤の足音を聞いている刑事がいる一方では、現役時代が始まったばかりの小野と優子のカップルがいる。

目黒川の桜並木が眼の前のビストロは、予約したのが遅かったために特等席の窓辺ではない、少し奥まった壁際の席しか取れなかったが、この堅実な、というより不器用な二人には、そんなことは大きな問題ではない。ライトアップされた夜桜さえ、しばらく眺めたあとは背景に退き、なかなか中身の減らないワインのボトルとオードヴルの皿を前に、話し込むのでもなく、黙り込むのでもない二人だけの時間を弄(もてあそ)んでいる。

二人の間がちょっと軋んだのは、優子が十月ごろ、と具体的な挙式の時期を口にしたためだ。小野はとくに構えていたわけではなかったし、相手から期限を切ってくれたことでむしろ肩の荷が下りたというのが本音だったが、それで止まっていた車輪が動きだしたわけでもない。そのため、あとか、うんとか、気の抜けた返事をしてしまい、優子の眼に不満の影がちらちらし始める。

あのね、こんなこと言いたくないけど、あの何とかという幼なじみの人の事件からこのかた、雄太さんの時間が止まっているみたい。

詰問するというのではない、砂を食んだ貝のような、見えない棘を含んだ優子の物言いが、小野の優柔不断や集中力の欠如をかき混ぜ、かすかな不機嫌の泡を発生させる。

まだ半月だろ。事件でも事故でも、人が死ぬのはやっぱり気が重いよ。それに、ここのところ眼の調子も悪いし。

上田朱美さんだっけ。いまも雄太さんのこころのなかに棲んでいる人を追いだせとは言わないけれど、ちょっと嫉妬する。

棲んでない、棲んでない。それより十月に決める？　準備、たいへんだぞ——。

二人はかろうじて破れ目をふさぎ、眼を合わせ、グラスに手を伸ばす。

同じ夜の下には、珍しくアルコールが入り過ぎた男もいる。小金井署の一階受付で、浅井隆夫はかれこれ半時間以上、捜査責任者を出せと声を荒げている。苦労してやっと落ち着いた息子の仕事場に刑事が押しかけてきて、昔の事件を蒸し返すとは何事か。無実の息子の人生をメチャクチャにした責任を取れ。

しかし、当直を含めて署にはもう、当時の事情や浅井を知る者はほとんど残っていないのだ。

酔っ払った浅井隆夫が警官と押し問答をしているころ、小金井市東町のハイツでは、上田亜沙子が近くの公園で手折ってきた小さな桜を一枝、コップに挿している。

今日も帰宅すると刑事が待っており、一時間ほどあれこれ聴いていった。上池袋で朱美を殺した男に何か隠れた事情があるのか、ひょっとしたら共犯者がいたのか、などと思っていたら、実際には刑事たちが担当しているのは野川事件の再捜査で、当時の関係者に事情を聴いて回っているのだという。娘の恩師の不幸にかかわることだから、何とか我慢してはいるが、水彩画教室に通っていただけの十五歳の子どもがいったいどれほどのことを知っていたというのだろう。しかも、刑事たちが繰り返し尋ねてくるのは、当時の朱美の遊び友だちの素行や、朱美と栂野真弓の仲、あるいは朱美と栂野節子の関係など、およそ事件と結びつかないことばかりなのだ。そして今夜はさらに、事件後の朱美の暮らしぶりの変化や、高校を中退した理由、二〇〇八年の春に家を出ていった事情まで聴かれ、さすがに声を荒げてしまった。

いったい、警察は何を知りたいんですか？　勉強も習い事も何も手につかなかった娘が、絵だけは習いに行っていた理由？　子どもが先生になついたらいけないんですか？　朱美の素行がよかったとは言わないけど、人さまに迷惑をかけるようなことは、一度だってしたことはない。栂野のお嬢さんがタバコを吸っていても、うちの朱美は吸わなかった。栂野先生の事件が起きたとき、朱美は十五ですよ！　自分の話を聞いてくれるたった一人の大人だった先生が死んで、ショックで引きこもってしまったときは、娘を地上につないでいる細い糸が切れてしまった気がして、ほんとうに怖かった。そうです、娘はあの事件で変わりましたとも。あれ以降、娘は廃人と女優の仮面を日替わりで付けていたようなものです。ほんとうの顔はのっぺらぼう。家を出てゆくとき、私が必死にやりくりして買ったあの子の宝物が、全部ゴミ袋に入っていた。画箱もエアジョーダンもファービーのぬいぐるみも。

警察は、朱美が野川事件について何か知っているとでも考えているのだろうか。かわいそうに、死んだ朱美はもう何を言われても抗弁できないのに――。いまにも散りそうな桜を手に、亜沙子は泣く。

同じ夜、栂野雪子もまた誰もいない家でひとり、甘い果実風味の缶チューハイを呑んでいる。ダイニングのテーブルには、ほかには何もない。明かりもない。

もともとまったく嗜まなかったアルコールに手を出すようになったのは、孝一が末期の胃癌と分かったころだった。闘病はわずか半年と短く、孝一を看取ったあとは解放感からか、罪悪感からか、ほぼ毎日呑むようになった。と言っても、甘い白ワインや缶チューハイがせいぜいでは、呑むうちには入らないと孝一なら言うだろう。事件の起きた日に警察で事情を聴かれた後、自宅には戻れないので吉祥寺のホテルに部屋を取ったときも、孝一はわざわざコンビニでウィスキーを買い込み、部屋で呑み始めた。その姿には嫌悪を通り越して絶望しか覚えなかったが、いまはそのくたびれた背中を寂しく思いだす。

どこかの女子高生を買春していたバカ。

いいや、今夜の雪子の鬱屈は孝一ではなく、真弓の夫の佐倉亨が運んできたものだった。夕方、亨がわざわざ桜町病院を訪ねてきて曰く、お義母さん、このところ警察が繰り返し、真弓に野川事件のことで話を聴きに来ているのはご存じですか。事件が起きた日には、真弓は朝起きて、バスに乗って予備校へ行っただけだと聞いています。いまごろ警察に事情を聴かれる筋合いはないし、本人も出産の予定日が近いので、ほんとうに困惑しているのですが、いったいどういうことなのか、教えていただけませんか。

にこりともせずに義理の母を問い詰めてくる銀行員のバカ。そんなことを私が知るはずないでしょう。事情なら、小金井署で聞いてちょうだい。そう言って追い返したのは、詰まるところ真弓夫婦への不満のなせる業だったが、それを差し引いても、喫煙といい、ゲームセンターへの出入りといい、不良たちとの交友といい、雪子は実の娘に裏切られた十二年前の衝撃をいまも忘れ去れないでいる。大学へ進学して嘘のように落ち着いたものの、雪子の記憶のなかの真弓は、強いて例えるなら、洗っても完全には落ちないシミが残った白いブラウスだ。

警察もバカではない。真弓は事件について何か知っているのではないだろうか——。アルコールの勢いを借りて、雪子は恐ろしい自問をしてみる。

17

三月の終わり、事件のピースの一つ、井上リナの所在が判明した。高校卒業後に家出してからずっと絶縁していた府中市の実家に、本人が久しぶりに連絡をしてきたためで、特命班は直ちに、本人が働いているという千葉県木更津市の老人保健施設へ足を運ぶ。

十二年前は恐喝の常習犯だった少女が、いまは未婚のまま一児の母になり、ピンク色のエプロンをつけて老人保健施設で介護職員をしている。表向きの社会生活に限ったことかもしれないが、人間の可塑性の大きさには、特命班の刑事たちもちょっと驚かずにはいられない。とくに苦労をしたような様子もなく、二十七歳という歳相応の快活な若さがあり、入所者の介助の動きも澱みがない。それほど給与がいいはずもない介護職だが、腰かけのつもりはないのかもしれない。

休憩時間を待って話を聴く。リナは、古傷は消えませんものねえと言って笑い、刑事の来訪にさほど構えている様子はない。野川事件の再捜査だと告げると、へえ、犯人捕まっていなかったんだ——とつぶやく。そういえば、上田朱美も死んじゃったね、と。

事件当時の調書によれば、リナは生きている栂野節子に会ったことはなく、多磨町の家に行ったこともない。栂野孝一への接触は府中市役所、京王線府中駅、吉祥寺駅東口、吉祥寺ロフトの四カ所。栂野雪子には桜町病院に一度会いに行き、「孝一さんの友だち」と名乗ったが、それ以上の言葉は交わしていない。また真弓には、孝一との関係は内緒だった。

なお調書では否定しているが、実際にはリナたちは一回に二、三万円ずつ、全部で十数万円を孝一から受け取ったということだ。

でも、いま思うと、真弓は父親が私たちにお金を払っているのに気づいていたかも。あの日華斎場のお葬式のあと、私とミラに「ハイエナみたい」と言ってくれた子だし。でも、あの子も父親を嫌っていたみたいだから、どうだってよかったんだろうけど――。リナはこともなげに言い、刑事たちは耳をそばだてる。

リナは、栂野孝一がすでに鬼籍に入っていることを知らない。刑事たちもあえて言わない。リナは、自分も父親に復讐しているつもりだった、と言う。大手商社勤めで、いつも終電で帰宅し、妻がパート先の男と不倫しているのにも気づかない自信過剰人間。娘の夜遊びを知っても怒る勇気もない現実逃避人間。十二年前も同じ話をしており、それが調書に残っている。もっとも、リナの父親にしろ、栂野孝一にしろ、多感で恩知らずな思春期の娘たちの、勝手な思い込みや価値観の餌食になった側面は無きにしも非ずだろう。

栂野真弓さんはいつ、どうやって君たちが父親を強請っていることを知ったのだと思う？

さあ、上田朱美がチクったのかも。朱美は真弓の家に絵を習いに行っていたし、友だちの家族がトラブルになったらいろいろ面倒臭いこともあるだろうし。

朱美さんは、ある種の正義感から真弓さんに話したということですか？

正義感じゃなくて――。周りでトラブルがあると、自分にも火の粉が飛んでくるし、それがいやだったというか――。朱美も援助交際に近いことをしていたしね。二〇〇五年のお盆前、吉祥寺駅の東口でものすごくあわてた様子の朱美に会って、どうしたのって聞いたら、ヤバい人を見ちゃったって。それで私が振り返ったら、横断歩道を渡ってくる孝一さんがいたの。朱美は青い顔をして震えていた。

東口のホテルで、朱美さんと孝一さんが鉢合わせしたということですか？

そうだと思う。孝一さんが朱美に気づいたかどうかは分からないけど。

つまり、朱美さんは、買春をしている男たちを君らがカモにしていることは知っていたが、孝一さんもその一人だとは知らなかった。ところがホテルで孝一さんを見かけて初めてそのことを知った、ということか？　しかし、ヤバいとは思っても、青くなることはないでしょう。朱美さんはなぜそんな反応をしたのだと思う？

さあ、孝一さんが家で真弓に話すかもしれないと思ったのかも。いいえ違う、朱美も真弓も、そんなやわな子じゃなかった――。ごめんなさい、よく分からない。

十二年前は出てこなかった話が一つ転がり出てきて、刑事たちは頭を忙しく働かせる。朱美も孝一もすでにこの世にいない。裏は取れるだろうか。

上田朱美はほんとうに「援助交際に近いこと」をしていたのか。補導歴には〈深夜徘徊〉〈無断外泊〉〈怠学〉〈家出〉は数多く記録されているが、〈不純異性交遊〉や〈売春〉は見当たらない。

出会い系サイトなどを利用して見ず知らずの男性たちに接触していたのが事実なら、補導されないよう慎重に立ち回っていたのだろうが、十二年前の鑑捜査が見逃した核心の一つはこれなのか。

特命班は母親の上田亜沙子を皮切りに、佐倉真弓、栂野雪子、小野雄太、浅井忍、井上リナを含む高校時代の遊び仲間にあらためて話を聴いて回る。それは、彼らにまた新たな疑心暗鬼をもたらした一方、刑事たちには老女の死という事件の中心から逆に遠ざかってゆく日々になったが、周縁に散らばっているピースを一つ残らず拾い集めない限り、『栂野節子の人生と生活』のパズルは完成しない。

まず、予想どおり上田亜沙子は娘の売春行為を言下に否定し、それ以上の詮索は受けつけもしなかった。しかし、当時の朱美の小遣いが携帯電話代を別にして月額五千円だったことを考えると、ひんぱんに深夜徘徊を繰り返し、カラオケやゲームセンターに出入りしていた朱美には、別途なにがしかの収入があったと見なければならない。井上リナの言う「援助交際に近いこと」は、本番なしのデートとか、使用済みの下着を売るといったことで、一回数千円になったというから、これが収入源だった可能性はある。

一方、上田朱美をはじめ、井上リナ、浜田ミラ、栂野真弓を吉祥寺でたびたび見かけていた浅井忍は、朱美の援助交際についてはまったくセンサーの針が振れず、知らない、関係ない、と一蹴して終わりだった。また小野雄太は、いまごろ警察は何を調べているのだという不審感が先に立ったか、心底驚いた様子で、知らない、考えたこともないと繰り返したが、実際その通りではあったのだろう。

上田朱美の遊び仲間の話はさまざまで、下着ぐらいは売っていたかもという者がいる一方では、二千円もしないスポーツブラを着けていた子が援交なんてと一蹴する者がおり、どこかのおっさんとホテルに入るのを見たという者がいるかと思えば、自分から男を誘っておいてホテルで喝上げして、相手が抵抗したら回し蹴りだって聞いた、などと吹聴する者がいた。浅井忍も言っていた、回し蹴りの部分だけは事実かもしれない。

佐倉真弓、旧姓栂野真弓は、かつての仲良しの援助交際について、何事かは知っているという素振りを見せた。

警察は何でも調べ上げてしまうんですねえ。溜め息まじりの一言に続く十数秒の沈黙の間に、真弓は話してもよいこと、隠しておきたいことを急いでふるいにかけたのかもしれない。もっとも、事件から十二年も経ってなお、そうして守ろうとする何かがあるとすれば、それこそが刑事たちの注意を引く。実際には、真弓はその仕分けの途中で自分でもよく分からなくなったのか、そうですねえ、私は直接見たわけではないし――と言を左右し、自分から積極的に話す気はないことを表情で訴えた。

あなたは、お父さんの孝一さんから朱美さんの話を聴いたということはないですか。

刑事の一言に、真弓の眼が一瞬見開かれ、視線はすぐに中空へ逸れてゆく。

ふだんから娘に話しかけてきたこともなかった父が、わざわざ娘にそんな話をしたりはしません。絵を習いにきていた朱美ちゃんの顔ぐらいは知っていたと思いますけど、それだってあやしいぐらい。父の好みは、ちびまる子ちゃんのお姉ちゃんのような、制服の似合うおとなしい感じの子でしたから。朱美ちゃんなんか眼に入っていなかったはずです。

当時、栂野孝一は特捜本部の聴取で、水彩画教室の生徒である上田朱美の顔と名前を知っていると答えている。また、孝一が買春したと目される少女たちは、必ずしも真弓が言うようなタイプではなかったが、刑事たちは黙って聞く。

朱美さんは、カラオケやゲームセンターで遊ぶ金をどうやって調達していたんですか？

ロンロンの化粧室や、近くのホテルで脱いだ下着が一枚五千円。それぐらい、みんなしていました。私はできませんでしたけど。

朱美さんもしていた、ということですか？

本人からそう聞きました。二人で話していたときに。朱美ちゃんは、べつに自慢するふうでもなかったし、楽しそうでもなかった。家庭の事情や学校のことや、お互いいろいろあるから、私は黙って聞いていました。

真弓は最初の仕分けにひとまず成功していたのかもしれない、と刑事たちは思い直す。しかし、真弓が守ろうとしているものは、依然として分からない。かつての親友の名誉か、それとも自分自身の何かの秘密か。

被害者遺族の一人であり、事件当時は高校一年で予備校の冬期講習に出ていた真弓について、特命班の刑事たちは、現時点で上田朱美よりもむしろ不透明な顔を覗かせているように感じる一方、その印象を生み出しているものを、なかなか整理することができない。事件当時、栂野家になにがしかの陰鬱さをもたらしていたのは間違いない栂野孝一の少女買春や、それが引き金になっていたのだろう真弓の反抗と不良行為といった抽象的な括りの話ではなく、もう一段具体的な出来事が、事件前の栂野家の周辺に隠れているのかもしれない。

たとえばその何事かの前では、街で靴底にガムをくっつけてきたようなストーカー浅井忍の出現も、当の真弓や祖母の節子にとってせいぜい厄介な雑事でしかなかった、そういう何事かがあったのではないか。そして、それは栂野節子の大きな不機嫌を生み出し、家庭の薄昏さを増幅させ、何かの拍子に浅井忍の知るところとなったのではないか。節子の不機嫌の原因は真弓が知っているという忍の弁は、なおも具体性を欠いているが、真弓のあいまいさと合わせると、ただの口から出まかせとして一蹴することはできない。

さらにまた、家族の日常の片隅に生起したその何事かは、栂野節子を不機嫌にしただけでなく、水彩絵の具が滲むようにして、節子に可愛がられていた上田朱美にも何らかの影響を及ぼしたかもしれない。いまのところ、大切な絵の先生を手にかけるような理由は朱美の日常のどこにも見当たらない以上、それは外からもたらされる以外になく、もたらされた場所も、朱美が接点をもっていた栂野節子、もしくは真弓以外にない。そして、そういう何かとは、おそらく栂野孝一の少女買春や、それをネタにした井上リナと浜田ミラの恐喝、あるいは吉祥寺で栂野孝一と鉢合わせしてしまった上田朱美自身の不良行為の周辺にあったことだろう。

特命班の刑事たちは、そこまで整理した上で、その先へ歩を進めるための手がかりが現状ではいかにも乏しいのを認め、なるほど、十二年前の捜査もこのあたりで行き詰まったのだとあらためて納得したが、再捜査はここからが真のスタートだ。

18

そして合田もまた、自身で作成した事件前一ヵ月間のダイヤグラムから、被害者栂野節子の生活の規則性と移動範囲の狭さを再確認し、節子の不機嫌の事由は、多磨町の自宅もしくは野川公園で節子と交差した者がもたらしたという結論に達している。

またさらにダイヤグラムを精査すると、上田朱美と栂野真弓が交差するのは、分かっている範囲で多磨町の栂野邸、もしくは吉祥寺のロフトなどのゲームセンターしかないが、その多くが本人たちの供述があるだけで裏を取れないことから破線になっているのが眼を引く。ひるがえって真弓とほかの仲間との交差、あるいは朱美と真弓以外の仲間との交差は、浜田ミラや井上リナなど複数の証言が取れることが多く、ほとんどが実線になっている。さらに、朱美と真弓の交差は、二人が各々のほかの友人たちと交差するよりずっと回数が少なく、十二月は三日、十日、十七日の土曜日の水彩画教室しかない。ちなみに事件前日の二十四日は、朱美は教室まで行ったが、そこに真弓は出てきておらず、二人は交差しなかった。

この二人の交差を見る限り、二人は周囲が考えているほど密接ではなかったということであり、合田はいまさらながらに困惑した。自分たちはいつ、どこで、二人が仲良しの親友だと思い込んだのだろうか。むろん、ひんぱんにゲーセンで会っておれば親密というわけではないが、一般に十五、六の少女たちは学校の外での大半の時間を、親友とのお喋りに費やすものだろう。二人はときどき携帯電話をかけ合ってはいたようだが、どちらも吉祥寺の遊び友だちとひっきりなしに通信していたのとは比べるまでもない。

実際、二人は校区が違うので一度も学校が一緒だったことはない。栂野節子が教師をしていた東中学に朱美が通い、その朱美が節子の水彩画教室に通い始めたことで真弓と出会ったのだから、二人は幼なじみでもない。思春期の少女同士、何に意気投合したか分からないが、少なくとも真弓は絵にも演劇にもあまり関心がない。

はて、どういうことだろうか——。週に一度の水彩画教室と、吉祥寺周辺での徘徊と不良行為でつながった二人の少女は、ほんとうはどんな関係で、互いに相手をどう思っていたのだろうか。合田は、自分たちが基本中の基本を見誤っていたことに愕然となる。

『拝啓

過日は再捜査の状況をお知らせいただき、誠に恐縮に存じました。あれから小生もあらためて当時の捜査の一部始終を見直しておりますが、一つ気づいたことがあります。

それは、上田朱美と栂野真弓の関係です。ご存じのように、二人は週一回の水彩画教室と、吉祥寺での不良仲間との交遊でつながっているだけでなく、被害者栂野節子も朱美に眼をかけていたことから、十代の少女同士にありがちな、姉妹に近い仲良しだという印象を、小生はもっておりました。

しかしながら、それは正しくはなかったかもしれません。現に、事件前の一ヵ月を見れば、二人が直接会ったのは、分かっている限りでは十二月三日、十日、十七日の三回です。単純には言えませんが、これは十代の少女たちの一般的な交友ではないでしょう。

一方で、この二人の少女が被害者にきわめて近いことに変わりはありません。そして、二人が交差する被害者の水彩画教室周辺で、少女たちと物理的に交差し得る関係者がもう一人います。栂野孝一です。もちろん、未だ知られていないXが周辺にいた可能性もありますが、とまれ二人の少女が必ずしも親密ではなかったとしたら、栂野孝一の不品行をめぐる人間関係の風景は、これまで小生が想定していたのとは少し違う様相を呈してくるかもしれません。

僭越ながら私見をお伝えいたしました。捜査の進展をお祈り申し上げます。

敬具

平成二十九年四月吉日

合田雄一郎

長谷川徹様
侍史
』
二人の少女の関係を調べ直すようすすめる元捜査責任者の私信の内容は、特命班管理官の長谷川にとっても、ストライクゾーンではあった。父孝一の不品行の周辺にしばしば見え隠れしているのに、その表情がよく分からない栂野真弓については、確かに上田朱美という補助線を引けばよいのかもしれない。

長谷川は、主任たちに事件当時の真弓と朱美の関係に着目するよう指示し、自らも日を置かずして合田への返信をしたためて、上田朱美が吉祥寺周辺で援助交際に近いことをしていたという新たな事実を伝える。

一方、合田は十二年前の殺人犯五係のデスク主任で、いまは小金井署の刑事課長代理をしている男から電話をもらう。それによれば、先月末の夜に浅井隆夫が署に押しかけてきて、息子がいまごろまた警察に事情を聴かれているのはどういうことだ、担当者を出せ、合田を出せとわめいていったとか。泥酔したあげくの暴言なので、わざわざお知らせするほどのことでもないんですが。元同僚の警部は言い、どうやらこのところ特命班が精力的に動いてくれているようで、と続けて、面白くはないのだろう腹のうちを覗かせる。

ちょっと会おうか。多忙な相手を慮って、合田はその日のうちに自分から小金井へ足を運び、夕刻の乗降客が引きも切らない武蔵小金井駅構内のスターバックスで、出先から戻る途中のかつての同僚の不満を聞く。

あの少女Aがここへ来ていきなり重要参考人だと言われても、正直、キツネにつままれたようですよ。マル害の教え子で、水彩画教室にかよっていて、マル害の孫の真弓と友だちで、ちょっと問題児で、浅井忍とも同級生で——。それ以上の何かがあの子にありましたか？　いまになって新たな事実が出てきたにしても、あくまでマル害の鑑の一人という私たちの当時の見立てに間違いはなかったはずです。それとも、私たちは何か見落としていたんでしょうか。

穏やかでないのは俺も同じだよ。しかし当時、俺たちが考えてみたこともなかったことが一つある。もし、栂野真弓と上田朱美がふつうの仲良しではなかったとしたら——。

ええ——？

自分たちの見立ては間違っていなかったと言ったばかりの、その前提がゆらぐ話だと、現役のベテラン刑事は即座に理解する。その場で絶句し、堰にあいた小さな穴に見入るその顔が一気に硬くなる。

いや、まだ仮定の話だ。あまり楽しい話にはなりそうにないが、再捜査がもう少し進めば何か見えてくるだろう。

合田は半ば自分に言い、かつての同僚と別れて帰路につく。杉並の自宅マンションに帰り、郵便受けに入っていた特命班の長谷川からの返信を開く。しかし、朱美と援助交際が結びついたこと自体にあまり驚きはない。ダイヤグラムの上に、朱美と真弓が吉祥寺で交差したかもしれない幻の列車線が走るのを思い描くうちに、今夜もまた日付が変わっている。

特命班の刑事たちは、上田朱美の中学・高校時代の同級生や担任に範囲を広げて、精力的に聞き取りを進める。どんな少女だったか。どんな友だち付き合いをしていたか。中学と高校で何か変化はあったか。栂野真弓という名前の友だちはいたか。

何か事件が起きると、その周辺ではつねに警察や報道によって被害者や被疑者の昔の顔が呼び起こされることになるが、よほどのことがない限り、あれこれ散漫に思いだされ、語られるそれらはなぜか判で押したような定型になる。やさしい子。明るい子。ちょっと暗い感じの子。礼儀正しく、会えば挨拶をする子。勉強がよく出来た子。スポーツ少年。クラスの人気者、などなど。上田朱美も同様で、中学時代の担任はみな、いい子でしたよと、枕詞のように口を揃えた。

教師たちの印象はこうだ。勉強は苦手だったが、バレーボールは巧かった。二年のときは学校代表で多摩地区の大会にも出た。口数は多いほうではなく、クラスで友たちとつるんで騒ぐこともない、どちらかといえば目立たない生徒だった。母子家庭でもいつも身ぎれいにしていて、荒れた感じはなかった。非行行為はなく、いじめもなかった。

勉強は、出来ないというより、しない。たいがいの子は小さいころから塾通いで勉強の習慣がついているが、朱美にはそういう習慣がなかったのではないか。それでも図書館でわりに本は借りていたようだ。井伏鱒二とか太宰治といった定番から、ハリー・ポッターまで。中学ともなると女子は相当大人びる子もいるが、その意味では朱美はどちらかといえば幼かったかもしれない。特定の男子と付き合っていたということはない。

一方、同級生たちの印象はさらに散漫になる。ひょろっとしていて、ショートカットで、バレーボールが得意だった。写生が上手で、よく先生に褒められていた。あまり笑わない子だったけど、ときどき変顔をしてみんなを笑わせていた。将来の夢は女優とか言って。十八番は当時流行っていたＣＭの、燃焼系〜燃焼系〜アーミノ式〜って歌いながら前方宙返りする、アレ。陽気というよりは、暗くはないという感じ。話が続かないというか、話題がずれるというか、クラスに親しい友だちはいなかったと思う。そもそも、あまり覚えていない。どんな子だったっけ——。

高校時代、朱美の素行は突然悪くなり、誰の眼にも粗暴な非行少女が出現する。しかし同時に、周囲の印象は中学時代にもまして薄くなり、まるで存在ごと濃霧のなかへ吸い込まれていったかのようだ。

教師たちの覚えている朱美は、身も蓋もない姿をしている。学校に来ていたのは一年の一学期まで、二学期からは欠席だらけになり、週に二、三回は警察から補導の連絡が入る札付きだった。たまに登校するのは寝るためで、カバンに化粧道具と避妊具が入っていたこともある。シンナーや刃物が入っていなかったのが、せめてもの救いだ。夜遊びして朝帰りするので、スーパー勤めの母親とはすれ違いが多く、担任が家庭訪問しても、鬱病気味の母親ものれんに腕押しで、学校としては為すすべがなかった。自宅近くの水彩画教室に通っていたのは、学校としては把握していない。結局、三年の冬に退学して、そのあと家を出ていったと聞いている。

同級生たちは、総じて朱美をあまり覚えていない。曰く、なんだか眼の力があって、ちょっと恐いというか、十五や十六の感じではなかった。あまりみんなと口をきかないし、こちらがシカトする以前に、向こうのほうが完全に別世界の生きものだった。地元や学校では、特別に派手だった印象はない。噂では吉祥寺がシマだとか聞いた。学校に友だちはいなかったと思う。水彩画教室に通っていたのは知らないし、ちょっと想像できない。上池袋で殺されたと聞いたときは、へえと思った。なんだか地味すぎる結末だから。

高校一年の夏までに、人生を一変させるような出来事が朱美の身辺に起こったのかもしれないし、そうではないただの精神状態の変化だったのかもしれない。しかし中学でも高校でも、朱美が同級生と親しく交わるタイプでなかったことは共通しており、だとすれば学外での交友関係もおおむね想像がつく。

そして、中高の同窓生三十人あまりに当たった限りでは、地元で栂野真弓と朱美が友だちだったことを知っていたのは、水彩画教室に通っていた小学生とその家族を除くと、小野雄太と浅井忍に限られることも分かった。否、正確には、二人の少女は府中と小金井の二つの市と異なる校区と、属する所得階層と学歴と、野川と東八道路で、初めから幾重にも分断されていたと言うべきだろうか。

19

夜勤明けの私服で多磨駅のホームに出た小野の眼の前を、あの雑誌モデルっぽい外大生が通りすぎる。今日は似たような風情の女友だちが一緒で、笑い声交じりの乾いた話し声が、どこかの風鈴のように軽く鳴り響くのを耳に留めながら、小野はふと〈あの二人はこうではなかった——〉と思う。上田朱美と栂野真弓がどんな感じの友だちだったかと聞かれても、自分にはよく分からないが、少なくともこういう感じではなかった、と。

もっとも、〈こういう感じ〉はそれ以上の言葉にならず、先日刑事たちにあらためて二人について尋ねられたときの、何を尋ねられているのか分からない不全感や困惑だけが、額の熱のように残っている。

そうして数分思い返すうちに、小野は帰宅する前にちょっとアルカスに寄ってゆくつもりだったのを忘れて、是政行きではない武蔵境行きの電車に乗ってしまい、しまったと思ったが、それも新小金井駅で降りたときにはもう頭にない。春の日差ししかない駅前から五分も歩けば東町の自宅だが、小野はそれも頭になく、見えない手に背中を押されるようにして自宅とは逆方向の東中学のほうへ歩きだす。

刑事に尋ねられたときは思いだせなかったことが、記憶の入り口までせり上がってきているのを感じながら、小野の足は野川公園の北側に隣接する東中学へさしかかり、そこから武蔵野公園の方向へ折れて野川沿いのハケの道に出る。草の土手と公園内よりは少し水量のある野川の小川があり、家々は土手から後退していて前方に空が広がる。そうだ、ここだ——と思う。中学二年の夏休み、友だちと野川へザリガニ釣りをしに来たら、土手の上で偶然朱美に会って、そのとき連れ立っていた女子が栂野だった、と。

朱美は綿の短パンと白のTシャツとサンダルの、男子みたいな恰好で自転車を押していた。連れのほうは白いワンピースと白いサンダルで、肩まである髪が黒曜石のように光っていた。この子、美術の栂野先生の孫の真弓ちゃん。家、近いの。朱美は何かそんなことを言い、初めまして、栂野真弓です、その女子は細い声で言ってにっこりした——そんな情景を呼び戻して、小野は思いがけずドキドキする。あのとき、自分がどんな返事をしたのかは思いだせない。

あれは、定年後に時間講師をしていた栂野先生が学校をやめて自宅に水彩画教室を開いた年で、朱美がそこに通い始めたことはあとで聞いた。校区の違う真弓と出会ったのもその教室らしく、初めて二人を見たとき、小野が思い浮かべたのはハイジとクララだった。あるいはスズキと桔梗。メンマとチャーシュー。ふだんは別ものだが、あるシチュエーションの下ではセットになる、そんな印象はその後も変わらなかった記憶がある。

といっても、朱美と真弓が一緒にいるところを見かけたのはほんの数回だ。小野は一つひとつ数えてみる。あの野川の土手で二人にあった夏の、翌年の二月の朱美の誕生日。上田の小母さんが近所の幼なじみを呼んで、武蔵小金井駅南口から近い地元の洋菓子店で、娘の誕生日パーティを開いた、そこに真弓も来ていたが、細かいことは思いだせない。その次に見たのは——中学三年夏の調布の花火大会。偶然、会場近くの京王多摩川駅で二人と鉢合わせした。朱美は相変わらず短パンにサンダルで、真弓は浴衣姿だった。そして次が、野川事件のときの日華斎場。それから——成人式の日のデニーズ。

中学時代以降の記憶が途切れているのは、自分の生活が忙しくなってほとんど周辺を見ていなかったのか、あるいは朱美と真弓の行動範囲が野川公園周辺からどこかへ移動したのか。またあるいは、栂野先生の水彩画教室がなくなって、二人の会う機会が減ったのか。二人にとって地元の男子に毛の生えた程度の存在だっただろう自分には、どれが正解なのかも分からない。二〇〇三年から四年にかけて、二人は確かに友だちだったと自分は思ってきたが、それだって外からは見えない何かがあったのかもしれない。しかし何が――？

そんなことは、半年先に結婚しようという女のこともよく分かっていない男に分かるわけがないと思いながら、それでも小野は初めて二人を見た夏の野川の土手を飽きずに幻視する。中学時代を振り返ると、家と学校と野川と公園ぐらいしかない箱庭の世界で、自分も同級生たちもいまよりずっと自由だったような気がするのだが、実際、朱美や真弓もそうだったのではないだろうか。バレーボールと宙返りが得意な女子が繊細な水彩画を描き、気が向けばワンピースを着た優等生の女子と友だちになる。逆も然り。みんな自由だったのだ。

夜勤明けの小野が野川に立っていた時刻、そこから遠くない多磨町の栂野雪子はまだベッドのなかにいる。夜勤シフトなので午後に家を出ればよいのをいいことに、前の晩は午前九時に目覚ましをセットしたが、それを止めて二度寝し、午前十時前に眼が覚めると、いまはまた三度寝をしようとしている。

孝一が死んで寡婦になり、そのあとすぐに真弓が家を出ていって独り暮らしになったのを機に、雪子の起床は少しずつ遅くなっていった。早起きしてもしなくても、雨戸を閉めた寝室に日差しは届かず、誰かが動く生活の物音もない。もともと早起きは苦手だったが、母親や夫や子どもがいる生活では寝坊など夢のまた夢だった。それがいまはどうだろう、自分の意思一つでどうにでもなる自由は、日々雪子の心身に麻酔をかけ、生活がどんどん弛緩してゆくのを止めるものもない。最近はそこにアルコールも加わり、初めはそれなりにかたちがあったはずの不快や不満の正体が逆に不確かになって、翌朝には二日酔いの頭痛と悪心しか残っていない。

もっとも、依然として現役の看護師でもある雪子の場合、弛緩といっても微々たるもので、寝覚めの悪さの大部分が軽い鬱から来ていることは本人が知っている。自身の鬱が孝一の死と娘の結婚を機に始まり、この一年寛解するどころか、娘の妊娠や、十二年も前の事件の再捜査などをきっかけにして悪化していることも知っている。そして、そういうときはあまり自分を追い込まず、出来るだけリラックスするしかないことも。

雪子は枕に預けた頭を横向きにして、時間の止まった暗がりに見入り、眼を閉じる。浅くゆっくりと呼吸する、その自分の息の、音もなく漏れてゆく先に、三度寝の浅い夢が広がる。孝一が洗面台で勢いよく水を使う音。小さい真弓の子ども用スリッパがパタパタ廊下を走る音。親の仇のような勢いでダイニングテーブルを拭く母がおり、ケトルのお湯が沸騰し、コーヒー豆の匂いが立つ。それで、私はどこにいるのかしら――。眼を細めて自分の姿を探すと、エプロンを着けたまま、幼稚園へ行く娘を片腕に抱きかかえて玄関を飛び出してゆく女がいる。ほら、また遅刻。雪子は夢のなかで小さく笑い、その自分の声に気づいて数秒覚醒し、あんな時代があったなんて――と溜め息をもらす。

雪子はなおもしばらく夢のなかを行き来する。野川公園の蟬の声がどしゃぶりの雨音のようになる夏の午後、中学二年の真弓が白い木綿のアイレットレースのワンピースを着て、居間に立っている。まだ脂肪もついていない腕や脚が初々しい。窓の外には、道路に自転車を置いて真弓を迎えにきた上田朱美がいる。この夏から水彩画教室に通いだした子で、Tシャツと短パンという、男の子のような恰好だ。ねえ、写生に行くんでしょう？　汚れるからジーンズにしたら？　雪子は娘に言う。ほんとうは友だちの服装とつり合いが取れないことを心配したのだが、真弓は頑として首を縦に振らない。朱美ちゃんとはこれでゆくの！　これがいいの！　珍しく強く言い放つと、これから写生ではなく、おとぎの国のお茶会にでも行くような笑顔になって飛び出してゆく。雪子の眼にワンピースの白、耳には玄関ドアが閉まる音と蟬の声の雨だれが残る。あれは何だったのだろうか。なんだか夏の熱病のような——。

しかし、穏やかな夢見心地は長くは続かない。眠りの淵から這い上がるころには、頭痛と胸苦しさがそろりと戻ってきて、生活の消えた家の寂しさが雪子を覚醒させる。

先日来、警察に尋ねられて何度か思いだしてみた通り、真弓と上田朱美が親しく行き来していたのは、せいぜい中学の二年ほどだ、と自分に確認する。高校に入ってからは水彩画教室のある日以外に二人が会っていた様子はなく、それもあの事件で終わりを迎えたあとは、雪子もいつの間にか朱美を忘れたのだが、それは真弓がその名前を口にしなくなったからだった。事件のあと、どちらからともなく距離を置くようになったのだろうか。見ている世界が違うと思い始めたのは、どちらが先だったのだろう——。当てもなくそんな自問をしながら、高校になって急激に大人び、母親の自分の眼にも知らない少女のように見えることがあった真弓の周りを、雪子は腫れものに触れるようにして回り続ける。

遅い朝、上田亜沙子はもう勤め先のイトーヨーカドーにいるが、三階の衣料品売り場で彼女もふと、ワゴンセールのTシャツを畳み直す手を止めている。何の飾りもない白の半袖。サイズはL。朱美が中学生のころ、夏には毎日洗っては畳み、洗っては畳みしていたTシャツの粗い手ざわりが手のひらに甦る。

亜沙子は中学生の朱美に見入る。夏の朝、起きだしてくるときにはもう、汗でしっとり髪を濡らしている。バレーボールの朝練に着てゆくのは体操着。午後、着替えて自転車で飛び出してゆくときは、ユニクロのセールのTシャツと、短パンとサンダル。ときどき首に汗拭きタオル。肩に引っかけたビニールのカバンにはスケッチブックと、ミニ筆洗や携帯筆が付いたサクラクレパスの固形絵の具十二色セットが入っている。武蔵小金井の西友の文具売り場で買った二千円もしない安物だが、急に水彩画教室に通うことになったので、本格的な道具は揃えてやれなかった。

少し前まで、毎日暗くなるまで自転車を乗り回して国分寺崖線沿いに野川を遡ったり、ハケの道周辺の坂道を上ったり下ったりしていた子が、ある日突然スケッチブックを広げて絵を描き始めるというのは、亜沙子にしてもにわかには呑み込めない変化で、嬉しいというよりはどうしたらよいか分からずにオロオロする。スケッチを見せてと言うと、べつに恥ずかしがる様子もなく、ほらと広げてくれた画用紙には、薄紫の空や黄系統のグラデーションで描かれた川や、黒っぽい長い階段があり、風景のように見えなくもないが、亜沙子には全然分からない。

ね、見て。これは秘密の花園へ続くムジナ坂の石段。途中に魔女の隠れ家やダンジョンがあって、私と真弓ちゃんで戦うの。武器はピコピコハンマー──アハハ、嘘だってば！　けらけら笑いだす朱美を眺めながら、亜沙子は仕合わせに浸り、同時にちょっと困惑する。栂野真弓と一緒に写生をしながら、二人でゲームの話や空想へ脱線して、いつもこんなふうに笑い転げているんだろう。わざわざお月謝を払って教室に通わせているのに大丈夫？

それでも、亜沙子はわざわざ銀座三越で買った虎屋の水羊羹を携え、栂野先生の家へ暑中御伺いの挨拶へ行く。土曜日の午前中のクラスが終わるころを見計らって訪ねてゆくと、たまたま栂野雪子がおり、ああ上田さんの──、母から聞いておりますよ、どうぞお上がりくださいな、穏やかな笑みで迎えられた。十人ほどの子どもたちがそれぞれ画用紙を水張りした画板に向き合っているのは、亜沙子のハイツの部屋を三つ四つ合わせたよりさらに広い居間だ。大きなガラス窓とよく茂った観葉植物と庭の緑が何かの雑誌で見たイギリスの古い屋敷の居間のようで、あ、秘密の花園──と亜沙子は思う。

なるほど、自分も子どものころに読んだアメリカの児童文学『秘密の花園』を、朱美もこの部屋で思い浮かべたのかもしれない。いまどきの子だから、ドラクエと重ねて面白がってはいるが、朱美は東町の生活にはない別の世界を、ここで垣間見ているのではないだろうか。亜沙子は思わず想像しているが、しかしそれは亜沙子自身も同様で、久しく触れることもなかった別世界の暮らしの風景に身を固くし、息を殺して眼の前の光景を見つめる。

画用紙に向かう朱美は、母親へ軽く眼をやっただけでよそ見もしない。恰好はいつものTシャツと短パンなのに、知らない女の子がそこにいるかのようだ。白い上っ張り姿の栂野真弓は、話に聞いていたとおりの美人で、こちらは少し集中できないのか、亜沙子のほうをちらちら窺いながら、隣の朱美に何か囁きかける。すると栂野先生が、そこ！　と一声発し、真弓はひょいと首をすくめるのだ。

皆さん、いつも言うとおり、色と色はただ混ぜるのではありません。色と色が皆さんのパレットの上で出会うのですよ。ここに青。ここに黄色があります。青のすみっこと黄色のすみっこを、そうっと出合わせる。筆先をそうっと動かして——、ほら、ここに青、ここに黄色、ここに新しく緑が出来ましたが、さあ、ここで青と緑、黄色と緑の境目をよく見て！　ほんの少し沈んだ青、ほんの少し沈んだ黄色ができているのが分かりますか？　元の青や黄色と違うでしょう？　これが混色の大事なポイントですよ。

学校で会う栂野先生はサロメだの魔女だのと言われているらしいが、子どもたち一人一人の画用紙を覗いて回る眼にはいかにも絵一筋の人らしい光があり、亜沙子は好感をもつ。朱美も同じことを思っているらしい、母親が見たことのないその真剣な横顔を、いままた瞼に呼び戻して亜沙子は放心する。朱美さんは、世界の手触りを感じ取ることができる人です——。何かそういう意味のことを言ってほめてくれた先生の声を脳裏に響かせたまま、亜沙子はそれ以上先へは進まない。

高校へ入って間もないころ、外で朱美に何かが起こったことは分かっている。警察に言われずとも、いくら鈍感な母でもそれぐらいは分かっている。何があったのか尋ねる勇気がなかったのは責められても仕方ないが、尋ねていたら何か変わっていただろうか？

ほら、そうしていつも現実から逃げるのよ、あんたは。亜沙子は自分に呟き、止まっていた手を再び動かしてTシャツの畳み直しに戻る。つくづく溜め息まじりに考える。大人になってゆく心身を自分で引き留めるのは不可能でも、好んで道を踏み外す子どもがどこにいるだろう。親が引き留めなければ、誰が子どもを救いだせるだろう。

中学の卒業文集に、あの子は何て書いていた？　私の夢は女優です。自分ではないいろいろな人間になれる上に、大勢の人を別世界に連れてゆけるからです——。へえ、立派なことを言っちゃって。自分の娘にしては上出来だと心底うれしくなり、卒業式の日にはめったに取らない寿司を取ったっけ。それから高校進学のお祝いをかねて、ホルベインの画箱を贈ったら、朱美はさすがに照れた顔になり、いつもありがとね、小さな声で言った。もっとも、すぐにぬらりひょんの顔真似をして、でれっと両眼尻を下げてみせたりするのが、いかにもあの子らしかったけれど。

栂野先生でなくとも、大人がちょっと親身になって観察していたら、朱美にいろいろな可能性があることは見て取れただろうに。まったく、私というバカこそ救いようがない。昔、知能指数が平均すれすれしかないと言って田舎の中学の担任にバカにされたときより、もっとひどい寂しさが足元から這い上がってきて、亜沙子の心身は音を立てて軋む。いつもここから先へは進むまいとしてきた一線に踏みとどまれず、気がつくと自分の喉から出たとも思えない声が噴き出している。

高校に入ってすぐ、朱美に何があったのだろうか。どこかで恐い目に遭った？　誰かに乱暴された？

男なんて――。いつの日の、どこの誰ともつかない男たちの圧迫感が亜沙子の全身を締めつける。大昔、近所の大人の男に農協の米倉庫の裏に連れ込まれて乱暴された日の、身体の痛みとともにあった裏山の草の臭気や用水路の水音が甦る。誰にも言うなよ。言ったらまたやるぞ。分かったか、バカ女。男が息を切らして吐き捨て、亜沙子は精いっぱい唾を吐き返す。バカ女。男はちょっとたじろいで繰り返し、逃げてゆく。

あのころ朱美の身に何が起きたのか、知っている人はいないだろうか。栂野真弓なら何か知っているだろうか。

20

いまは佐倉の姓となっている真弓は、武蔵野から遠く離れた隅田川沿いにそびえ立つ聖路加国際病院の、三階周産期科の診察室にいる。朝からほぼ十分間隔で規則的な痛みがあり、予定日より一週間早いが、念のため用意してあったスーツケース一つ手に一人でタクシーに乗ってきた。仕事が多忙な夫や過保護で口うるさい義母への連絡は、診察の結果が出てからでいい。夫はともかく、義母がまた顔色を変えそうだというのは承知の上で、自分でそう決めたのだった。亨さんには協力はしてもらうが、子どもを産むのも育てるのも私だ。実の母親に抑圧され続けて、自分の娘と正面から向き合うことをしなかった母のようにはならない。愛情はあっても、結局娘を見失ってしまった朱美のお母さんのようにもならない。鼻孔をふくらませてひとりこころに決める真弓を突き動かしているのは、これからわが子を産み落とす性の孤独と歓びだ。

子宮口はいま二センチですから、そろそろ分娩が始まりそうですよ。これから半日ぐらいかけて全開になってゆきますので、お部屋をご用意しますね。さあ、元気な赤ちゃんを産みましょうね。担当医に言われるまでもなく、真弓にはもう、この間までの不安は残っていない。順調に行けば明日の朝にはこの世に生まれ出てくるだろう赤ちゃんは、女の子だと分かっている。名前も決まっている。早く会いたい、早く声を聞きたい、早くお乳を呑ませたい。

真弓は検査から分娩まで一つの部屋で済ませられる設備の整った個室に入り、そこから夫の亨、義母、そして実家の母に電話をする。


多磨町では、そろそろ夜勤に出かけようとしていた栂野雪子が娘からの電話を受け、思わず時計を見る。午後二時で子宮口が二センチ。初産だから全開になるまで半日ほどかかるととっさに計算する。

私は今日夜勤だからそっちには行けないけど、亨さんもお義母さんも付いていてくださるんでしょう？　大丈夫よね？　そう電話に応じながら、白々する。桜町病院へ入院してくれていたら分娩に立ち会ってやれたのに。天下の聖路加なら検査も分娩も、万一の場合の処置も、何も心配することはないけれども、こっちはよりにもよって、武蔵野から遠路はるばる隅田川の近くまで初孫の顔を見に行かなければならない。

亨さんに、生まれたらすぐ私の携帯に電話をくれるよう、ちゃんと言っておいてね。たかが武蔵野と隅田川の距離なのに、母は実家を出てしまった娘が地球の裏側にいるような感覚でいるのかもしれない。真弓は少しやさしい気持ちになる。当たり前でしょう、ママには一番に知らせるから、大丈夫よ。

母の雑談は続く。あ、それから、こんな大事なときに言うことでもないけど、さっき上田朱美ちゃんのお母さんから電話があってね、ちょっと会えないかと仰るから、明日の夜にでもとお返事したんだけど、お会いするのはまた今度にしていただくわね。明日の夜はもう、あなた、ママになっているもの！

母への電話を終え、かわいそうな上田の小母さん——と思う。大切な娘を失ってまだ一ヵ月なのに、小母さんのところにも警察があれこれ聴きに来ているのだろう。野川事件の再捜査なら、祖母のすぐ近くにいた自分や朱美がいろいろ事情を聴かれるのは仕方ないが、朱美のお母さんが何を知っているというのだろう。真弓を訪ねてくる刑事たちの質問の焦点も、最近は事件前の朱美との交友関係に移っているが、娘を高校に行かせるために働き詰めだった小母さんは、子どもたちのことは何も知らないだろうし、仮に知ったところでほとんど理解できないに違いない。タバコを吸う子ども。売春する子ども。売春させられる子ども。大人を強請る子ども。大人に強請られる子ども。そうした薄昏い修羅場を薄昏い横目でやり過ごす子ども。

真弓はいま、さして構えることもなく述懐し、そのことに自分でもちょっと驚く。少し前まで強い圧迫感になった昔の記憶のあれこれが、いまはそれほどでもない。あと一日足らずで赤ちゃんを産み落とし、それと同時に胎盤や卵膜や臍帯などの付属物を出してしまったあとには、自身の心身も新しくなっているような根も葉もない予感、あるいは願望のせいか。正直に言えば、母親になるという決意の傍らには、自分がほんとうはどういう心根の人間なのか分からない不安や疑念が、いつも寄り添ってきて離れない。最後の最後まで父を嫌悪した娘。その父と夫婦だったという理由で母を軽蔑した娘。ほんとうのことを言えば、好きと嫌いが背中合わせだった上田朱美。朱美とどんな友だちだったか——？　それ以前に、私たちはそもそも友だちだった？

真弓は分娩台の上で夢を見る。陣痛が思ったほど強くならず、陣痛促進剤を投与されてやっと本陣痛が来たときには予定よりだいぶん時間がかかっているという医師の鈍い声が聞こえた。それからぐらりと盛り上がっては沈み込む大波の、果てしない繰り返しのなかで意識が飛んだり戻ったりしていた間、夢とも現実ともつかない人びとが視界を次々に横切り、何事か喋ったり囁いたりするのを眺めながら、奇怪な心地がし続けた。

もう何時間も、ひとり横たわる真弓の周りを取り囲み、覗き込む人びとがいる。広いのか、狭いのかも分からない薄昏い病室には、一つひとつは聞き取れない話し声や衣擦れや足音が渦を巻き、高くなったり低くなったりしているが、誰一人として真弓に語りかけてくるものはない。そこにいるのは誰。あれは誰の声。いま過っていったのはお父さん？　幾重にも真弓を覗き込む人の輪の、わずかな隙間から父はちらりと顔を覗かせ、またすぐに昏い紗に覆われて見えなくなる。かと思うと、入れ替わりにそれを追う短い笑い声が立ち、ミラ？　リナ？　真弓はとっさに呼びかけるが、返事はない。

さあ、そろそろ十センチですよ。あと少し我慢して。大きく息を吸って、吐いて。吸って、吐いて。いきむのはまだ！　我慢して！

昨日、あるいは少し前のことだったかもしれない、昔観たホラー映画が夢に出てきたのは何だったのだろうか。ニューヨークの古いアパートの部屋で、若い女性が不気味な隣人たちに囲まれて一人、悪魔の子を出産する話だったが、いま見ている光景はなんだかそれにそっくりだ。夫の亭を含めて誰もかれも、なぜここにいるのか分からない。分娩には付き添わないでと、あれほど言ったのに。出産は女だけの仕事なのに。みんな、そんなに昏い眼をして何を覗き込んでいるの。いまから大事な赤ちゃんが生まれるのに！

さあ、いまよ。いきんで！　止めて。いきんで！　止めて。大丈夫、楽にして！

視界が歪み、白濁し、また歪む。あ、お祖母ちゃん――。黒々とした人垣の間をかき分けながら、祖母が声を張り上げる。上田朱美さんはいないの？　上田さんは今日もお休み？　真弓、上田さんを見なかった？

朱美がどうしたというの！　真弓は叫ぶ。

そして、真弓は母になる。

21

被害者栂野節子の周辺にいた人間のうち、上田朱美と栂野真弓が周囲の考えていたような仲でなかったという点については、特命班の刑事たちの心証もほぼ固まりつつあった。

木更津の井上リナに続いて所在の判明した浜田ミラをはじめ、事件前後の吉祥寺周辺の元不良行為少年たち、さらには栂野孝一に対する恐喝容疑の絡みで十二年前に捜査線上に上がった周辺の風俗店関係者たちは、いずれも中学時代の朱美には面識がなく、高校一年の夏に荒れ始めた朱美についても「見たことがある」「何となく知っている」程度に留まることが分かった。言い換えれば、朱美は小金井市東町の地元では札付きでも、筋者(すじもの)や不良少年たちの跋扈(ばっこ)する風俗街では未だ新参の、ワル未満だったということだ。

そして、朱美を知っていると答えた者たちは一様に、高校一年夏の時点で朱美と真弓はそれほど親密ではなかったと口を揃えた。たとえば朱美は身体を動かす『太鼓の達人』のようなゲームが好きだが、真弓はゲームセンターではプリクラかクレーンゲームしかしないし、朱美はカラオケに行くが、真弓は行かない。また、真弓は友だちとパルコやロンロンの若者向けのショップを覗いたりもするが、朱美は必ずしも同世代とつるむことはせず、単独行動が多かったらしい。

とまれ、朱美と真弓が何かの理由で親友をやめた二〇〇五年夏以降も、少なくとも小金井市東町の地元や水彩画教室周辺では二人の様子に目立った変化は見られず、親たちが異変を察した様子もなかったが、子どもの観察には長けていた元教師の栂野節子はどうだっただろうか。とくに上田朱美に眼をかけていたという節子なら、朱美と孫娘の関係の変化に気づいたのではないだろうか。

特命班の刑事たちは考えてみる。仮に節子が、教師の性で身近にいる子ども同士の微妙な内面の衝突や軋轢を感じ取っていたとすれば、まずは孫の真弓に、何かあったのかと尋ねただろう。しかし、真弓はおそらく何もないと白を切る。次に節子は、朱美にも何かあったのかとそれとなく尋ねてみるが、朱美もそう簡単に口を割ることはない。その時点で節子には、それ以上踏み込む意思も手段もなかっただろうが、家族へのなにがしかの不信感の周りにまた一つ新たな懸念が加わり、不機嫌が加速したことは考えられる。

かくして特命班の視線は久々に被害者栂野節子に帰着し、事件前の大いなる不機嫌の謎をもう一度眺めてみるに至った。

教職を辞した後、一日の大半を自宅で絵を描いて過ごしながら家族の会話や足音に聞き耳を立てていた孤独な老女は、そもそも家族やその周辺の人びとの、最大にして最強の観察者だったのは間違いない。

たとえば雪子が夫孝一の恥ずべき脱線に気づく以前に、節子は公務員である孝一の行動パターンのわずかな変化、あるいは帰宅時の衣服の匂いや眼の表情などで勘づいていた可能性がある。また雪子は、夫に対する浜田ミラたちの恐喝を警察に告げられるまで知らなかったようだが、節子は同じく孝一の帰宅時の様子や仕事以外での携帯電話の使い方などから、孝一が家族には言えない心配事を抱えていることを察していた可能性もある。

同様に孫の真弓についても、学校から帰宅したときに最初に接することになる節子は、服の臭いや呼気から、早い時点で孫の喫煙に気づいていただろう。優等生にありがちな脱線については、親を介するより、祖母として本人に直接注意するほうが衝撃は小さいと考え、慎重にタイミングを計っていたのかもしれない。その間に上田朱美との関係の変化や、浅井忍のストーカー行為も始まり、節子はとりあえずストーカーの件だけは母親に注意するよう言った。喫煙について言わなかったのは、親に非行を知られることで受ける孫の精神的な打撃を、案じたのかもしれない。

ある家庭において大人や子どもが個々に抱えている問題は、大なり小なりそれぞれの家庭のなかで内に向かって閉じてゆき、何かが起きて初めて世間の知るところとなるが、栂野家もその例に洩れない。浅井忍の証言をそのまま受け取るならば、事件によっていくつもの内なるひび割れが明るみに出る前、家のなかでそれをじっと見つめていることしかできなかった節子の不機嫌を、さらに加速させる何かが起きたと推測できるが、その何かも、まさに家族のこと以外にあり得ない。

ありていに言えば、内に向かって囲い込まれ、閉じ込められてゆく家族の秘密がまだ隠れているということだが、可能性が高いのは孝一か真弓。しかし孝一はすでにこの世におらず、先週女児を出産して母になった真弓にも、しばらく接触はできない。

警察大学校や東京外大が並ぶ朝日町通りに、ケヤキの巨木の枝が分厚い新緑の屋根をかける。その下で、合田は特命班の長谷川管理官と会い、外大まで数分歩いて広々としたキャンパスのベンチで話をする。

では、鍵を握るのは栂野孝一と真弓、と見ておられるわけですか？

そうなります。そして、上田朱美はその両方に接点をもっている。この孝一・真弓・朱美の三者、あるいはそのうちの二者が事件前に栂野節子の耳目の届くところを横切っている――。これがうちの若い衆の見立てです。

特命班の見立てに合田のダイヤグラムとも一致しており、基本的に異存はなかった。しかし問題はそこから先で、長谷川がわざわざ仮住まいの小金井署から出向いてきた理由も同じだった。すなわち、未だ知られていない何かが節子の周辺で起きたことを、直接の関係者と目撃者以外の第三者が証明する方法はないし、その中身を知る方法もない。当人たちに尋ねようにも、生存しているのは真弓しかいない上に、具体的な裏付けがあるわけでもない時点での一般人の聴取には限界もある。またさらに、事件前に栂野家の周辺で起きた何かが、節子殺害の引き金になったという保証もない以上、現状では上田朱美と真弓、あるいは孝一を含めた人間関係から事件に迫るのは、このあたりが限界ではないか――。

それが長谷川の意見であり、合田もひとまず理解はした。しかし、自分の職務ではないものの、潰せるものは完全に潰したかと言えば、必ずしもそうは言えない。真弓。雪子。浅井忍。こちらから外壁を破るのは困難でも、仮に彼ら自身が破れてくれたなら、そこから新たな糸口が開けることもある。一線にいない自分には時間があり、待つことができる。いまはそれが自分の役目だ、とも思う。

昼前の頭上を小型機のゆるい爆音が過ってゆき、合田は無意識に眼で追う。ああ、調布飛行場ですな。長谷川も空を仰ぐ。

事件の日に、関係者たちも聞いていた音です。あの音を聞くと、武蔵野にいるという感じがします。合田は言い、続けて、今後の特命班の捜査の方向を尋ねてみると、ひとまず朱美を殺した男や周辺の女友だちを中心に、武蔵野を離れたあとの朱美の姿を追ってみる、という長谷川の返事だった。

そのとき、合田は自分も大人になった少女Aの顔を知りたいと、一瞬こころが動いたが、否、いましばらくは事件前後の十五歳の少女に張り付いていようと思い直す。

特命班の長谷川と別れ、朝日町通りを戻る。警大をそのまま通り過ぎ、榊原記念病院で加納祐介に会う。加納は、ペースメーカーが不調だと言いながら、裁判の日程が詰まっていて診察を受けに来られず、結局定期検診で心電図を取り直すはめになったらしい。結果次第では機械のセンシング感度の再設定だけではすまないかもしれないというのは穏やかでない。

ロビーで半時間ほど待ち、かろうじて再手術は免れたという表情の加納に会ってほっとする。それでも、心臓にエイリアンを棲まわせている生活が快調のはずもなく、その頰からは肉が落ちて、一目で少し痩せたのが分かる。本人曰く、男の更年期の鬱だというが、最近は体調以上に、仕事と人生のちょっとした迷いが友人を追い込んでいるふしもある。

なあ。司法修習の同期がこの春、広島高裁松江支部に異動になってな、島根原発の運転差し止め訴訟の控訴審を受け持つことになったんだが、そいつがなんとか地裁に差し戻せないか頑張ってみたいって言うんだ。俺と違って家族もいるのに、どこかの家裁に飛ばされるのも覚悟の上だって。いったい何が彼と俺の生き方をここまで分けたんだろう——。

贅沢なことを言ってやがる、と思う。ふだんなら、もう十分に出世した男ならではの無いものねだりだと一蹴してすませるが、今日はケンカをしに来たのではないし、この友人の、歳に似合わない青臭さは嫌いではない、とも思う。まあ、そう言うな。原発差し止めでも何かの当事者訴訟でも、原告にとって重みは一緒だし、判事だけが頼りなんだから。それに、おまえ、いまは心臓のその機械になんとかして慣れるほうが先だ。ステロイド剤を服用していて痩せるなんて、どうかしている。お昼、蕎麦を奢るから付き合えよ。

タクシーを拾い、多磨霊園の正門から人見街道を少し西へ行ったところにある小さな蕎麦屋に入る。多磨駅からは徒歩で十数分の近さのそこは、浅井隆夫の行きつけでもあるのだが、合田は知らない。そうして加納と蕎麦を食い、請われてまたちょっと少女Aの話をする。前方宙返りをしながら例のCMソングを歌う話に、加納は大いに笑う。

22

春の大型連休前、特命班の刑事たちは、朱美殺しの被告人山本晴也を東京拘置所に訪ねる。
上池袋での上田朱美殺しの被疑者供述調書や参考人供述調書を見る限り、晴也は特段の悪意もなければこれといった意志や言い分もなく、影の薄さばかりが際立っている。見た目はいまふうのニューヨークっぽいストリート系だが、五分も一緒にいると、血の巡りの悪さや中身の無さに辟易するというのが晴也の周辺にいた同世代の男女の、ほぼ共通した印象であり、年初に倉庫会社を解雇されたのも、遅刻が多すぎるというのが最大の理由だ。加えて、スケーターやゲーマーとしても二流以下。一言でいえば、クズ。周囲の男女は、そんな男を朱美が食わせていた理由が分からない、と口を揃えている。さらには、確信犯で女を殺せるようなタマではないし、まったく想像ができない、と。しかし、外見ばかりで中身のない表六玉（ひょうろくだま）でも、カッとなって朱美を殴り殺したのは事実だし、自分では理由を説明できなくとも、カッとなったのは晴也以外の誰でもない。

一方、〈独特の引力のある子〉〈大人っぽい翳のある子〉〈立っているだけで存在感のある子〉などと周囲の眼に映っていた二十代の朱美が、いかに周囲には理解しがたくとも、現に二年も晴也と同居していたのも事実ではある。つまり要約してしまえば、どこから見ても不似合いな一組の男女の二年間の同棲生活があり、それがある日、たいした理由もなく発作的に男が女を殺して幕が下りた、それが事件の大筋であり、事件に至る二人の暮らしのほとんど全部だということだが、それでも、大人になった朱美の生前の輪郭をもっともよく知っているのは、やはり晴也だろう。特命班としては、野川事件につながる細い糸の一本でも摑むことができればという思いで、二十八歳の生白い殺人者と相対したのだ。

面会室のアクリル板越しに会った晴也は、首から上だけファッション雑誌から抜け出してきたような、いまふうの短くカットした口髭と顎鬚(あごひげ)でキメており、その顎に軽く手をやりながら、いまだけですよ、刑務所に行ったら出来ないしねと、まずは力のない薄ら笑いをしてみせた。初犯で殺したのが一人なら、十年未満の刑期で済むかもしれないこころの余裕と、それでもときおり甦って来ないはずはない人殺しの感覚の間で揺れながら、ヒマにまかせてするのが髭の手入れとは。内心呆れながら、よく似合っているよ。朱美さんもそういう髭が好きだったのか？　特命班の刑事は口火を切る。

お気に入りの髭を褒められた晴也の警戒心は一気に緩み、口が回りだす。

朱美は基本、顔じゃなかったすね。好きなのは元『そとばこまち』の生瀬勝久とか、元『ワハハ本舗』の吹越満とか。コメディのできる演技派というんですか。だから、俺とは全然重なるところがないというか——。俺は演劇なんか分からないし、映画もほとんど観ないし。ゲームは一緒にやることもあったけど、それだって俺は主にバトル系で、あいつはぷよぷよかドラクエだし。女優志望だから小劇場専門かと思ったら、渋谷のヨシモトに入り浸っていたりで、とにかく変わったやつだったすね。つかこうへいの関係の何とかっていう劇団が北区にあって、そこのオーディションを受けたときも、あいつ、アレをやったって言っていました。燃焼系〜燃焼系〜、アーミノ式〜って歌いながら前方宙返りするやつ。完全にお笑い系ですよね。というか、どこまでマジだったのか、分からないというか――。よく周りに言われましたよ、おまえらみたいなカップル、見たことないって。でも、あまりにも違い過ぎたら摩擦もないわけで、お互いそれがよかったんじゃないですか。あいつはお喋りが好きじゃなかったし、俺も人と話すのは得意じゃないし。飯食って、ときどきセックスして、ゲームして、たまに金があったら渋谷とか行って、それでとくに不満はなかったですね、少なくとも俺は。

刑事は時計の針を巻き戻す。

君が初めて朱美さんに会ったのは、清水翔太と加藤ミリヤのライブだったそうだが、そのころの彼女は一言でいえば、どんな女性だった？

爬虫類――。一緒にいた友だちはＡＫＢみたいなふつうに可愛い子だったけど、朱美は眼が切れ長で、ちょっと恐い感じ。ふつうなら、街ですれ違ってもたぶん声はかけていない。女優っぽいというか、ライブの会場でもあいつの周りだけエアポケットだった。なんだろうな、あんまり喋らないからかな、眼だけで何か言ってくるというか。いま思うと、あいつはそうして透明バリアで一人の世界をつくって、そこにこもっていたのかも。ヨシモトを観てげらげら笑っている顔も、世界との間にアクリル板が一枚はさまっている感じがした。ほら、これみたいに――。晴也は刑事との間にあるアクリル板の仕切りを指ではじいてみせる。

刑事の質問は続く。

十代のころ、朱美さんが地元で水彩画を習っていたのは知っているか？

いや、知らないっす。

好きな絵の話とか、聞いたことはあるか？

絵の話は、聞いた覚えはないっすね。

中学の美術の先生の話を聞いたことは？

美術の先生――？　ないっすね。

栂野先生というんだが、覚えていない？

知らないっす。

では、栂野真弓という名前を聞いたことは？

いや、ないっす。誰ですか、それ。

地元にいたころの友だちだ。

俺もあいつも基本、昔の話はしなかったから。

高校時代、朱美さんが吉祥寺で援助交際に近いことをしていたのは知っているか？

ちらっと聞いたことはあるけど、それっていまどきふつうだし。それより、昔の朱美がどうかしたんすか？

君、警察の取り調べで話しただろう、彼女が持っていた古い絵の具のチューブの話だよ。あの関係で、ちょっと別のヤマが動いてね。

へえ、そうなんだ――。晴也は少し違和感を覚えたようだが、朱美が何かの事件の重要参考人になっているというところまで頭は回らない。

ところで二年前に君らが初めて会ったとき、朱美さんは痩せていたと思うんだが、太り始めたのはいつごろからだ?

半年ぐらい前かな。リフレックスとかいう抗鬱剤を呑むようになってから。寝られないとか言って、医者へ行ったら睡眠薬と一緒にそれを処方されて、それからだったと思う。でも、本人はへらへら笑ってたっすよ。生まれて初めての脂肪のある生活、とか言って。それで、読んでいたのが『脂肪の塊』とかいうフランスの小説。マジで変わってましたよ、あいつ。

彼女が寝られないと言っていたころ、何か具体的に悩んでいた様子はなかったか?

いや、分からないっす――。

ところで君、朱美さんがときどき夢枕に立つんじゃないのか?

いやだなあ、脅さないでくださいよ。朱美にはほんとうに悪いことをしたとは思うけど、正直、みんな夢だったような気がして、俺、実感がないんすよね――。

こんな男に命を絶たれた上田朱美の生前の姿は、なおも薄ぼんやりしている。

特命班の聞き取りは、ショップ店員、劇団員、心療内科の医師、池袋のガールズバーの同僚など、生前の朱美と接触のあった人びとに対して重ねられ、山本晴也に尋ねたのとほぼ同じ質問が繰り返される。

朱美が中高生のころ水彩画を習っていたのは知っているか。絵が好きだという話は聞いたことがあるか。中学時代の美術教師の話は聞いたことがあるか。栂野真弓という友だちの名前は聞いたことがあるか。これらについては、話を聞いた全員が〈否〉と答えた。

一方、高校時代にプチ家出を繰り返し、吉祥寺などで遊んでいたことについては、ほぼ全員が聞いたことがあると答えたが、同時に、いまどきそれがどうしたという反応が大勢を占め、高校時代の朱美の素行自体は、同世代の知り合いたちにたいした印象を残さなかったことが窺えた。

そして、〈ちょっと変わっている〉〈あまり喋らない〉〈お笑いが好き〉という印象は山本晴也のそれと重なる一方、ショップではそこに〈わりに地道〉〈真面目〉が加わり、風俗店では〈それほど熱心ではない〉〈うわのそら〉〈何を考えているか分からない〉といった声や、〈なんか魅力的だった〉〈破滅的なところがあった〉〈客とホテルに行く前に酔いつぶれていた〉といった声が聞かれた。ときには吐くまで呑んで食べて、そのままカウンターで寝てしまうことがあったらしい。そこでついたあだ名が「ダイダラボッチ」で、本人は面白がっていたということだ。

もっとも、ショップやガールズバーなど、二十代の女の子たちの仲間意識や競争心や嫉妬が微妙に交錯している場にあって、朱美の姿は十五歳のころと完全に切断されていただけでなく、同棲している男や職場の仲間や客たちの多くの視線に囲まれながら、その実、ほんとうは誰にも見られていなかったのかもしれない。

それが証拠に、山本晴也を除くと朱美が心療内科で抗鬱剤や睡眠薬を処方されていたことを知っていた者はひとりもいない。当然、何か悩みがありそうに見えたという声や、眠れないようだったという声もなく、半年ほどの間に急に太ったのが薬のせいだったことを知る者もいない。もっとも本人には、それが逆に気楽だったのだろうか。ダイダラボッチと呼ばれてけらけら笑っている上田朱美を、刑事たちは想像することができない。

朱美がオーディションを受けたことがあるという北区の劇団員の評は、さらに厳しいものだった。

テレビのニュースで事件を知ったときに思いだしました。背の高いボーイッシュな子で、眼に力があったかな。何かやってみてと言ったら、いきなり前方宙返りをやったんでびっくりしましたけど、記憶にあるのはそれぐらいかなあ。オーディションを受けにくる子はみな、それなりに本気で俳優を目指しているわけだから、よほど光るものがない限り、その時点で大きな差なんてないですよ。顔の造作とか声とかセンスとかも二の次、三の次です。この世界は、人より一歩でも前に出てなんぼ、声を出してなんぼですから、とにかくしぶとく生きて演技をし続けて、芽が出るのをじっと待てるかどうか。基本、それ以外にないんですよ。だから、声を出す前に死んじゃった子のことを聞かれてもねえ——。

中学の卒業文集に将来の夢は女優と書いた少女は、ここでも精彩がない。オーディションの日、想像していたのとはずいぶん違う小劇場の世界の現実を垣間見た彼女のなかで、舞台への夢は急速に色褪せたのかもしれない。事実、劇団員が言う、人より一歩でも前へ出るようながむしゃらな情熱は、朱美の人生で一度も見えてこない。独特の色使いながら繊細な透明水彩の絵を描いていた朱美は、むしろ情熱とは相性の悪い夢想家だったのではないか。そんな印象が強くなってゆく。

刑事たちは、池袋の心療内科で主治医だった医師にも話を聴いたが、こちらは患者の顔をろくに覚えてもいないひどさだった。

ああ、あの事件の——。なにしろ月に三百人も診るもんですから、なかなか患者さんの顔と名前が一致しませんで。医師はカルテに眼を走らせながら言い訳をし、ああ、ガールズバーで客をビール瓶で殴ったあの子ね、と続ける。なに、呑み過ぎですよ。寝られないと言うから睡眠薬と抗鬱剤を出しておきましたが、軽い不安障害ぐらいはあったかも。アルコールと薬を併用したらだめなのは当たり前ですが、風俗嬢にそれを言ってもね。本格的な問診はやっていないので、これ以上お話しすることはありません。

生前の朱美は町医者にさえ恵まれず、不安にさいなまれたまま、独り底辺を這い続けていたのかもしれない。

23

一枚のスナップ写真が特命班の長谷川から合田のスマホに転送されてくる。

死のおよそ百日前に池袋のガールズバーで撮られたクリスマスパーティのスナップで、ボンデージふうのエナメルのコルセットや、ミニスカポリスの制服を着けた七、八人の女の子と、二十人ほどのサラリーマン客が写っている。バルーンやピロピロ笛や、シャンパンが飛び交う乱痴気騒ぎの後ろのほうに、幽霊のように立っている女がいる。十二年ぶりに見る上田朱美はまだ、仄聞していたほど太ってはいない。ひょっとしたら、わずかに太り始めたころかもしれない。ピンヒールのせいか、百七十センチよりさらに長身に見えるその身体は、柔らかな産毛に覆われた、地下の室の真っ白なウドを思わせる陰気なうつくしさで、ここにはもう、日焼けしたカモシカの脚で自転車を漕いでいた少女はいない。

髪も、昔ほど短くはない。ニューヨーク市警の制帽の、庇の下からこちらを見ている眼は、ぼんやりとして精気がない。肩にしなだれかかっている酔客も、ほかの客も同僚の女の子たちも、カメラを向けている誰かも、彼女の眼にはまったく存在していないのかもしれない、離人症のような空気感だ。

合田は、十二年前の少女Aの記憶が、実はかなりあやふやになっていたことにあらためて気づかされる一方、二十六歳になった少女の、半分死んでいるような薄昏さと、それでも十分に魅力的ではある美貌をどう受け止めればよいのか分からない。少女Aに対するかつての個人的な感情の残滓も、未だに自分のなかに収める場所はない。

もちろん、もしも十二年前に自分たちが少女を検挙していたら、彼女にはまた違った未来が開けていたはずだという後悔はあるが、いま自分のうちに響いているのはそれよりも、ある種の空洞の音だと思う。三十年も独り身だった人生にあいている空洞を、自分は何で埋めている？　そういえば、彼女は恋をしたことはあったのだろうか——？

元捜査責任者がそうしてまた少し少女Aについて思いを新たにしたおかげで、大型連休の前、多磨駅に立つ小野雄太には謎が一つ生まれることになる。

夜勤明けの朝、いつもなら六時五十九分、もしくはその次の七時十一分の是政行き電車から降り立つあの刑事が、突然七時過ぎに駅の東側の、バス乗り場のロータリーに自転車で現れ、警大のある朝日町通りの方向へ通り過ぎていったのだ。それを見かけたのは小野が是政方面のホームを清掃していたときで、柵越しに偶然見えたその男性は自転車の前カゴに書類カバンを入れ、いつものスーツ姿だったことから、とっさに他人の空似か、それとも近くに引っ越したのかと思った。

その後、ひと呼吸置いてから、いましがた見かけた黄緑色の自転車はJRの東小金井や武蔵小金井などに新しくできたレンタサイクルだと思いだし、どういうことなのか見当がつかないまま、小野の頭には疑問符だけが残されたのだ。

そしてその後も、刑事は、週日は朝夕ともに自転車で駅を通り過ぎ、連休に入ると今度はチノパンとスニーカーといった私服になって、黄緑色のレンタサイクルで駅の北側の踏切を通り過ぎて行ったりする。警大も外大も休みに入って人の流れが絶え、ほかにはときおり公園から溢れだしてくるサッカー少年や野球少年たちの歓声しかない多磨駅周辺で、もう若くはない刑事が一人、レンタサイクルで何をしている——？

しかし、小野が想像できなかったのも無理はない。合田自身、自分のしていることの意味を完全に確信していたわけではなく、事件当時に出来なかった現場百遍の真似事をヒマに任せて試みていたに過ぎなかったからだ。

出勤前の早朝に東小金井駅で自転車を借り、上田朱美や小野雄太の地元の東町を走り抜け、東中学の前を通って野川公園の北門へ出る。野川の土手やハケの道を走り、そこから坂上の連雀通りへ上っては再び南下して、二枚橋の坂から線路沿いを多磨駅へ向かったりする。休日には、東町から武蔵小金井へ出てゲームセンターを覗いたり、吉祥寺まで足を延ばしてアトレの東口周辺やゲームセンターを回ってみたりもする。それは初め、事件に対する個人的な不全感に駆られた行動だったが、方々に足を運ぶたびに五十七歳の脳内に新たなシナプスが生まれてゆくのか、捜査員だったころよりはるかに自由に考えをめぐらせている自分が不思議に感じられたりもする。

十二年前、合田たち捜査員が見落としたのは被害者の孫栂野真弓と教え子上田朱美の友人関係の、微妙な側面に留まらない。捜査の網から二人についての基本的な情報が抜け落ちたことによって、生前の被害者を含めた関係者たちの身辺からこぼれ落ちた人間や事物がいくつもあった可能性は、非常に高いと言わざるを得ないのがほんとうのところではあった。現に捜査の過程では、朱美や真弓には浅井忍のほかに異性の影はなかったが、それはそこに焦点を当てていなかったからに過ぎないだろう。年頃の少女たちに意中の彼氏の一人もいなかったはずはなく、恋人同士であれ恋人未満であれ、そのつもりで調べれば一人や二人は名前が挙がってきていたに違いない。

また、朱美と真弓はそれぞれ頻繁にゲームセンターに出入りしていたが、二人とも浅井忍のようにゲーム自体にのめり込んでいた様子はなかった。そうだとすれば、みんなと賑やかに騒いでいたのは仲間外れにされないための演技であったか、援助交際のカモを物色するなど、ゲーム以外に目的があったかだが、それはまた彼女たち自身が下心のある男性たちから物色されていたことも意味する。そうして朱美や真弓は、吉祥寺界隈のゲーセンやショップやホテル街を徘徊しながら、見知らぬ男たちとすれ違い、ときに声をかけたり、かけられたりしていたのかもしれない。

十二年前の捜査では、栂野孝一を強請っていた浜田ミラや井上リナと、その知り合いの風俗店関係者たちに暴力団とのつながりは報告されていないが、男たちのなかには覚醒剤の前科がある者も含まれていた以上、本格的に調べておればその筋の名前が挙がってこなかったとも限らない。少女たちの関知しないところで、彼女たちのすぐ近くを裏社会の人間たちが過っていたかもしれない。

JR東小金井駅から東町四丁目の住宅街、東中学から野川公園、野川の岸辺とハケの道、多磨町の住宅街と線路脇の道、あるいは武蔵小金井や吉祥寺のいくつものゲーセン、ロフトやアトレのショップ、東口のラブホテルなどを繰り返し眺めながら、合田は自分が見落としたものを探し続ける。自転車を漕ぐ足はときに朱美になり、浅井忍になり、小野雄太になり、そのつど見える世界が少しずつ変化する。繁華街を歩く足が真弓になり、ミラやリナになり、朱美になるとき、合田はいつのまにか少女たちの眼に映った世界にいて、ああこんな感じなのかと驚いていたりもする。

少女たちは、ロフトやアトレのショップのガラスの前で自分の髪や衣服をチェックする。そのとき、同じガラスには背後の通路を行き交う客に混じって、こちらを見ている男たちの姿が映っており、男たちが見ているガラスには少女たちの視線が映っている。両者はそうして互いの視線を確認し合い、ＯＫであれば少女たちはさりげなくガラスを離れて振り向き、男たちも一歩踏み出す。ＮＯであれば少女たちはそのまま歩き出す。

合田はそんな光景を目の当たりにしながら、水彩画教室が開かれていたあの栂野邸のリビングの大きなガラス窓を思い浮かべていたりする。たとえば浅井忍は、家の前の道路に自転車を停めて立ち、塀と庭の植え込み越しにリビングのなかで絵を描く栂野真弓と子どもたちを眺める。光線の加減によっては、ガラス窓には表に立つ自分の姿が映り、背後の道路を通る近所の住民の姿や、向かいの家から道端の自分を窺う住民の姿が映っていることもある。言い換えれば、栂野の家の前に立っているだけで、浅井はほぼ三百六十度の視野を手に入れていたことになるが、それは事件の前日、教室までやって来たのにそのまま帰ってしまった上田朱美も同じだ。浅井も朱美も、水彩画教室を外から覗いている間に、見るつもりのなかった何かを見たのかもしれない。

否、つい先走りがちな想像を自制して、合田はあらためて多磨町の静まり返った路地と住宅の風景を眺める。かつて浅井や朱美がそうしていたように、合田は小金井市東町の住宅地を通り抜け、西武多摩川線の土手の下のトンネルをくぐって野川公園へ出てきたのだが、少年少女たちの眼と身体になって自転車を走らせてみると、捜査員のときとは違う印象が押し寄せてきてこころがざわつく。

たとえば東町は、刑事の眼には畑のなかにぽつぽつと戸建て住宅やハイツが建ち始めた七〇年代の、妙に明るい郊外というのにも少し足りない平板な生活風景があるだけだが、そこで生まれ育った十五歳の少女の眼には一日の終わりに自分を迎えてくれる風景だっただろうし、自転車で走り抜ける埃っぽい路地は、すべからく未来へと続くものであったはずだ。そして、土手のトンネルをくぐって野川公園へ出ると、東町とはまったく位相の違う、うつくしい未来がまた一つ現れる。

東町の住宅街から多摩川線を越えて出てきたときに眼の前に広がる野川公園のうつくしさは、十五歳の少女にとって、画家や写真家が写し取る物理的な風景以上に、心理的なものだったと合田は感じる。それは十二年前、合田自身が六本木のネオンの下から野川事件に転戦してきたときに感じたものでもあったが、武蔵野の冬枯れのうつくしさに眼球の裏まで洗われたかのようだった。

加えて朱美の場合、野川公園西側をほんの少し南へ下ると、そこには栂野節子の水彩画教室がある。水彩画を始めたのは芸術への憧れというより、東町の生活圏にはないという理由が一番大きかったのではないだろうか。栂野先生に本気で指導してもらいながら夢中で絵を描いている間、朱美は自分の新たな居場所を感じ、自分の知らない未来の手触りを感じていたに違いない。そのとき、野川公園そばの栂野邸とその周辺の住宅街は、朱美にとって誰にも侵してほしくない特別な場所になっていたはずだ。

また、朱美にとって栂野邸の水彩画教室が特別であったのと同じ意味で、栂野節子にとっても、栂野の家はけっして他人に侵されてはならない〈我が家〉だったことだろう。ところが、娘婿の栂野孝一は吉祥寺周辺で風俗店通いや買春をし、孫の真弓は喫煙やゲームセンター通いをし、その真弓に付きまとう高校生が自宅周辺に現れるに至って、危険で不潔で騒々しい外界と〈我が家〉の境界が破られ、侵されてゆくことになった。そうして、不可侵のはずの家に孝一はクラミジアを持ち込み、真弓は不良行為と嘘を持ち込み、ストーカーまで呼び寄せたのだ。

とまれ、そうして各々にとって唯一無二の大切な世界が汚され、壊れてゆくのを目の当たりにしたときの栂野節子や上田朱美の悲しみはどんなものだったか。合田は東町四丁目から野川公園へ、あるいは野川公園から東町へ、さらに東小金井駅方面へと自転車を走らせながら、いまさらながらに胸を締め付けられる。

凶行の引き金となった具体的な人の出入りや出来事は、いまなお分からないが、栂野節子も孝一も雪子も真弓も、そして朱美も、あのころはそれぞれ最後の安全地帯を失って怯えていたのだ、と合田は確信する。

24

一方、特命班の刑事たちは、十五歳の上田朱美の写真を手に、二〇〇五年当時に吉祥寺界隈で未成年の少女を買春したり、違法ビデオを買ったりして検挙された男たちを訪ね歩く。十二年前の話なんですが、この少女を知りませんか？　この少女を見たことはありませんか？

違法風俗店やホテルなどで突然、自分の手が後ろに回った過去をもつ男たちの職業は、サラリーマン、公務員、無職、自営業とさまざまだが、検挙されて何やら呆然とする者も、魔が差したという者も、違法なのは分かっていて止められない変質者も、警察の前ではおおむねみな、助平な下半身の衝動を抑えられない意思の弱さや、卑劣さに恥じ入る表情だけは浮かべる。犯罪の認識はないまま、反社会的存在のレッテルを貼られた卑屈さに首をすくめ、同時になにがしかの小さな怨嗟を腹のなかに潜ませるのだが、それはたぶん十二年前の栂野孝一の姿でもあったに違いない。

都内在住のそういう男たちを一人、また一人探し当て、失礼ですがと話しかけると、彼らは一様に身構え、顔を引きつらせ、薄ら笑いを浮かべて多弁になるか、いきなり怒り出すか、だ。もう昔の話だ、迷惑だ、帰ってくれ、仕事中だ、家族がいるんだ——。

それでも、刑事が訪ねてきた理由をかろうじて理解した者たちは、持参した写真の少女をしばし眺め、うーんと唸り、全員が覚えていません、見たことないですねと答えたが、おそらく嘘ではなかっただろう。なぜなら刑事たちが面会した十名のうち、写真の少女が三月に上池袋で男に殺された被害者だと気づいた者は、一人もいなかったからだ。

しかし、そうして久々に警察の訪問を受けた男たちのなかには、その内なる性癖を思いがけないかたちで刺激されてそれぞれに興奮し、スナックで、呑み屋で、ツイッターやＬＩＮＥで、尾ひれのついた話や妄想をまき散らした者たちがいたらしい。一日も経たないうちにネット上のＢＢＳには『吉祥寺ＪＫを語ろう』『ギャルたち今昔@吉祥寺』といったスレッドが立ち、刑事たちを嘆息させたものだ。しかしゴミのような書き込みであっても、どこかでじっとそれを覗き込んでいる者がいるかもしれない。その何者かがいま、朱美のことを思いだしているかもしれない。その可能性にかけて、刑事たちは辛抱強くスマホを覗き込む。

一方、大型連休は晴れの日が続いており、警大の教官も勤め人も主婦もそれぞれの休日を過ごしている。

合田は、仕事ばかりでろくにカレンダーも見ていない友人の判事と、久しぶりに高尾山へハイキングに出かけた。加納の希望で大混雑のケーブルカーには乗らず、稲荷山展望台を通って山頂へ向かうコースを、時間をかけてゆっくり登りながら、どちらからともなく退職後の話をした。判事の定年は六十五だが、ひょっとしたら加納はそれを待たずに公務員を辞めるのかもしれない。

一方、合田が民間企業に天下りする気がないのを知っている加納は、近ごろは定年後、どこへ住むつもりかと遠回しに尋ねてくるが、合田の気持ちはまだ定まっていない。もう十年以上も農作業の手伝いをしている野菜農家の仕事を続けるのなら、千葉。猫の額ほどの畑地を譲ってくれるという知り合いの誘いに乗るのなら、琵琶湖の湖北。あるいは、ここへ来て友人の健康という新たな心配事も出てきたことから、このまま都内に残ることも考えないわけではないが、本人には言っていない。

武蔵野にいると、そのへんの畑地の野菜や土を知らぬ間に眺めていることが増えたよ、人の暮らしはやっぱり土地が決めるものなのかもしれないなあ――。あえてそんな迂遠(うえん)な話をする間も、少女Aと水彩画と野川の風景が合田の脳裏をゆるやかに去来する。

その同じ日差しの下では、小野雄太が婚約者の優子と一緒に原宿の東郷記念館の庭にいる。ひょっとしたら五ヵ月後には、自分はこの池の前で、紋付き袴の新郎になって白無垢の優子と並んで立っているかもしれないといった想像は依然として働かないまま、優子に背を押されてここまで連れてこられた。優子曰く、二人が前々から希望していた神前式で、格式と費用のバランスがよいし、特典も多い式場らしい。式場選びから費用まで、優子の選択や差配の仕方はまったく男が口をはさむ余地がない周到さで、未来の伴侶の、予想以上のしっかり者ぶりに気圧(けお)されたり、いっそのこと新郎は自分でなくともロボットのペッパーでいいのではないかといった自嘲に駆られたりだが、奇妙な高揚感もある。新しい生活。新しい時間の流れ方。新しく大事になるもの。二人の血を分けて生まれてくる子ども――。これが仕合わせというやつかとしみじみする傍ら、小野は自分でも出所がよく分からない溜め息をついている。

同じころ、浅井忍は五百キロも離れた大阪にいる。千人以上がエントリーしている対戦型ゲーム『シャドウバース』の予選を見に来たのだ。百二十名ほどが勝ち残った二日目の早朝、夜行バスで大阪に着いたその足で会場の何とかというビルに向かい、ホールに設けられた観覧ブースのパイプ椅子に陣取ってスタンバイする。忍自身、七日に幕張で行われるシャドバフェスにエントリーしているが、一カ月前に新しいカードパックが追加されたおかげで、対戦に必要なデッキの組み立てが心もとなくなり、事前の様子見で足を運んできた。東京でもオンラインでの公認大会はやっているが、ヨシモトの大阪なら常識に捉われないコンセプトや2Ｐｉｃｋのカードの選び方が見られるかもしれないと思いついたことに、大した根拠はない。

ほかのギャラリーに話しかけられないよう、耳にイヤホンを入れてガードし、手にスマホを握りしめ、大型モニターを見続ける。予想どおり、リーダーはネクロマンサーとドラゴンが多い。バトル画面で数秒毎に手札の攻撃力と体力の数字が増減し、カードが並び替わり入れ替わり、盤面を制圧し合うのを何時間も見続ける間、忍の脳裏では自分好みのミッドレンジのデッキを構成するカードの候補がフラッシュのように点滅し続ける。とくに新しいカードパックからは、フォロワーがグリームニル三枚、ヘクター三枚、スペルでゾンビパーティが三枚、いや二枚——。


その父浅井隆夫は、息子が対戦型オンラインゲームにはまっていることは知っている。連休前からLINEに既読が付かないことを不安に感じながら、さいたま市の息子のハイツを覗きに行けないのは、霊園事務所を休めないことが半分、警察のせいでこのところ忍があまりよくない状況に陥っているという親の勘が半分だ。就職が決まった去年春には、これで何もかもリセットされたと思ったが、実際には依然としてわずかな不安はあったし、最近の状況はけっして想定外の事態ではないと認めることで隆夫は動揺を和らげる。

将来のことなど考えなくていい。細々とでも社会生活を送れていたら、それでいい。仕事だけはしないと困るが、あとは機嫌よく生きてくれたら、それでいい。近所の子どもに聞くと、『シャドウバース』とかいうゲームは四百種類ものカードを駆使して戦術を練るらしい。忍の頭脳にぴったりじゃないか、と思う。

真弓は、腕のなかの生後二週間の娘百合の重量と、パンパンに張った自身の乳房の重量と、緩んだお腹の脂肪の三つの重量が世界の八割を占めているような身体感覚に、早くも音を上げそうになっており、窓の外にあふれる五月の光も眼に入らない。

紫外線を避けるカーテンのおかげで部屋が心なしか薄昏いせいだろうか。赤ん坊を刺激しないようテレビもパソコンも音楽スピーカーも点けない、無音に近い環境のせいだろうか。授乳しながら、おむつを替えながら、わけもなく息が詰まり、不安が湧きおこり、感情が嵐になる。私が代わってあげるわ、あなたは少し休みなさい、ほらお乳をもどしているじゃない、百合ちゃん、百合ちゃん、おばあちゃんですよ、義母の声の一つ一つに猛烈に腹が立ち、今朝も赤ん坊を連れて夫婦の寝室に籠城してしまった。それだけではない、連休で久しぶりに家にいる亨も、ヒマさえあればビデオカメラを手にうろうろするばかりで、おしめ替えや沐浴も任せられない無能さには泣きたくなる、いや絶叫したくなる。

こんなことなら百合と二人だけのほうがいい。みんな消えてほしい。娘のあまりの重さに腕が痺れて感覚がなくなっているのにも気づかず、真弓は薄黄色のお猿さんのような娘の顔に見入り、愛おしさと焦燥に交互に押しやられながら、出産によってそれまでの人生が新しく上書きされるというのは嘘だった、と思う。事実、分娩台の上でコマ切れに見ていた気味悪い悪魔の夢も、いまだに甦ってくることがある。これらのいくらかは産婦がみな通り抜けるという産後の鬱だとしても、この先自分はほんとうに母親をやってゆけるのか、いやそれ以上に、その資格があるのだろうかと、自分を追い込むのを止められない。

　五日の午後には、母の雪子が訪ねてきた。他家に嫁いでから会う親とはこういうものなのか、母はその日も全身に野川公園のそばの実家の臭いを染みつけて、庭のツツジが枯れたとか、ご近所の飼い犬が家の前で粗相をしたとか、町内会長が入院したとか、べつに思い出したくもない時代の記憶をあれもこれもと運んできて、真弓は思わず壁の時計へ眼をやっている。いや、上田の小母さんから預かった出産祝いを届けがてらに出てきたというのは、無骨な母の場合、言葉通りの意味だったかもしれない。母は出産の翌日に病院で百合を見ているので、二度目の対面になるが、孫を見る眼がほとんど看護師のそれで、黄疸がだいぶん引いてきたわね、体温は？　うんちは？　と畳みかけてくるのには思わず噴き出しており、真弓はちょっと気持ちが軽くなる。


　片や雪子は雪子で、やはり思うことがある。この生まれたてのおちびさんは、なにしろ初孫だから可愛いに決まってはいるが、その傍らに佐倉亭とその母親が構えていては歓びもそこそこというものだ。いや、娘を嫁に出したときから覚悟はしていたし、それ以上に最近は、自分が子どもや孫とべったりするのが得意ではないことを否定しても仕方がないと思うようにもなった。所詮カエルの子はカエル、死んだ母から受けた血は争えないと思うと、自嘲するしかない。

　それにしても、産後の真弓は神経が立っているし、ほんとうはもう少し時間を置いてから訪ねたかったが、上田亜沙子からの出産祝いもあるし、亜沙子が昨日、わざわざ自宅まで訪ねてきて話していったことが気になって、ついここまで足を運んでしまった。

亜沙子のお祝いは、オーガニックコットン専門店のオーガニカリーのおくるみとスタイで、無理をしてわざわざ新宿の伊勢丹まで買いにいってくれたのがいじらしかった。そう感じたのは真弓も同様らしく、小母さん、忙しいだろうに――と眼をうるませたが、実際のところは、どこまで他人の誠意に思いをはせていたか分からない。というのも、それで亜沙子さんも朱美ちゃんのことが忘れられないようでね、雪子が話しだすと、真弓の表情はたちまち白々として、いまそんな話をしなくてもと、さえぎったからだ。

そうね。ええ、そうするわ。でも、亜沙子さんの気持ちも分かってあげてね。高校一年の一学期に、朱美ちゃんには外で何か辛いことがあったんじゃないかって、亜沙子さんは気にしていらっしゃるの。だから、お友だちだったあなたなら、何か知っているかもしれない、って。

知っていたら話してさしあげるけど、知らないもの。それに私、そんなに朱美ちゃんと親しかったわけではないし。

そういう真弓の口調も表情もとくに剣呑(けんのん)というわけではなく、文字通り〈知らない〉というだけのようだったが、それにしてもあの朱美ちゃんのことなのだから、もう少し親身になってあげてもいいのに、と思う。そう、この子には昔からこういう酷薄なところがある。けっして悪意ではない、無垢からくる鈍感、あるいは少女特有の全能感がつくりだす幼い無慈悲。いいえ、母親になって、これから変わってゆくかもしれないけれど。

上田亜沙子は、一日だけ取れた連休の休みを何に使うという当てもないまま、吉祥寺に出てきている。三十年近く前、駅ビルの商業施設がまだロンロンという名前だったころ、所帯をもつ予定だった男と遊びに来たことがある。男がエレファントカシマシのファンで、元は日活ロマンポルノの上映館だったという場末っぽい劇場へライブを観に行った。ちょっと斜に構えたヴォーカルが唇を尖らせてマイクに絡みつきシャウトする、アングラっぽいメジャーといったタイプのバンドだったが、曲のタイトルなどは覚えていない。それよりも、初めての生の大音量に身体じゅうの細胞が潰れそうで、隣にいる女などそっちのけで身体を揺すり続ける男の、妙にエロチックな感じに身の置きどころがなくなって、早く会場を出たいと思い続けた。そのあと、パルコの近くのジャズ喫茶でまた大音量のレコードと、ジャズやブルースの蘊蓄(うんちく)を聞かされ、あまり呑めないくせに恰好をつけて呑み過ぎた外国ビールで酔っ払った男と、ホテルに行った。ところが男はそのまま寝てしまい、おかげで妊娠しているのがばれずに済んだが、なんという下らない男、そして女。

確か、この辺りだったとおぼろげな記憶を辿ってみたが、ライブを観た元映画館は見つからず、駅へ戻って周辺をうろうろする。一目で十代と分かる少女たちへ自然に眼がゆく。皆、それぞれにお気に入りの服や小物でいまふうにおしゃれを楽しんでいるように見え、そういえばおしゃれ着などもっていなかった朱美はどうしていたのだろう、と思う。

そちら、上田朱美さんのお母さん？　娘さんを補導したので来てください。そうして武蔵野署からは何度呼び出されたかしれないが、考えてみれば、朱美が深夜徘徊などで補導された当の場所へは、一度も行ったことがない。ゲームセンター、カラオケルーム、ビリヤード場、マンガ喫茶、ビデオショップ。警察署で署員に囲まれて坐っていた朱美はたいてい学校の制服のままで、こっちのほうが男性客に受けますんでねと、こともなげに言う署員もいた。売春婦じゃあるまいし。なんだかめいっぱい頑張って着飾った田舎娘のような街だと思いながら、亜沙子はあらためて道行く少女たちを眺める。とうの昔に世界を見限ったという無機質な顔をして警察署のベンチに坐っていた、あの朱美のような少女は一人もいない。

地球上の七十億人のうちの数人、あるいは数十人しか見ていない砂粒のようなBBSのスレッド『吉祥寺JKを語ろう』に、連休中も夜な夜な書き込みを続ける者がおり、それを読む者がいる。とくにひねりもないタイトルの付け方からして現在の年齢が四十代から五十代と分かる男たちの、自己顕示欲と下半身の欲望と、後ろめたさと開き直りが詰め込まれているそこに、特命班は民間人の知り合いを使って小さな餌を仕掛ける。

ハンドルネームはとくに決めず、〈名無しのおじさん〉。本文は〈213：3月に上池袋で殺された女性の顔写真を見て、2005年ごろロンロンやロフトでよく見かけた子だと思ったの、ぼくだけですか？〉。

もともとそれほど勢いのある板ではないが、ぽつぽつと控えめな書き込みがある。
〈214：》213　マジ？〉〈215：3月の記事を確認してみた。記憶にない〉〈216：気分が下がる〉〈226：》213　見たことがありますよ。背の高い子だった？〉〈227：》226　そうそう。髪はショートカット〉〈228：》227　その子とやったの？〉〈229：》227　好みのタイプでした。声をかけられなかったので、逆に記憶に残っているのかも〉〈230：皆さん、いい人ぶっています?〉〈２３１：》２２７　たぶんＡという名前で間違いないと思います。ぼくはスタビで着メロ交換しました。古いですね〉〈２３２：それから?〉〈２３３：下着を買っただけ。レースも何もついていないスポーツブラとボックスショーツ。逆にそそられました〉〈２３４：分かる。妄想全開。〉〈２３５：》２３３　場所はロンロンのトイレ?　そのあとやり逃げしようとして、清掃員に騒がれて逃げ出した男がいましたっけ?〉〈２３６：》２３５　荒らしですか?〉

この手の板に集うのは、きわめて高い確率で同好の士と遭遇する危険を承知の上で、覗き見をやめられないマニアたちだ。とまれ２３１と２３５は、いずれも三月の事件直後にＬＩＮＥを賑わせたのとは違う一人称の体験を書き込んでおり、特命班はひとまずサイト管理者とプロバイダーへ公用照会をして、発信者の住所氏名を特定した。２３１は会社員五十二歳、２３５は柔道整復師四十三歳。どちらも家族がいるので、連休明けを待って勤め先の近くで話を聴くことになる。

25

大型連休が終わり、それぞれの日常が再開されたその日、浅井忍の身辺に起きた一つの小さなトラブルが、さざ波を次々に広げて人びとの足元を洗ってゆくことになった。

それは、忍のスマホのアラームが鳴らなかったことに始まる。忍が目覚めたとき、時刻はすでに午前十時を過ぎていて仕事は完全に遅刻だったが、それでもまずはアラームが鳴らなかった原因の特定に十分以上を費やした。そして設定ミスではないアプリのバグだと結論を出すと、今度はそのまま昨日の幕張のゲーム大会での敗退へと時間が巻き戻ってしまい、着替えもせずにベッドで悶々とした。デッキの構成は悪くなかったのに、どこで手札の入れ替えに失敗した？　2ターン目の竜の託宣、いやドラゴンナイト？　潜伏ロイヤル対策を間違ったのは確かだが——一手一手振り返り始めると、スマホがジャラジャラ鳴りだしたのにもしばらく気づかない。

ようやくスマホに出ると、会社から出勤してこないと電話があったぞ、具合が悪いのかという父の急いた声が聞こえてきた。それには寝坊したとだけ答えて通話を切り、その後なんとか着替えてハイツを出たものの、何も面白いことがない、死ぬほどつまらない、という気分が急激に募っていった。勤め先の歯科技工所に向かう途中、可燃ゴミのパッカー車とすれ違ったのと同時に道端の自転車一台が眼に留まったのは、何かの運命だったに違いない。考える前に手足が動いて忍は自転車をパッカー車に投げ込んでおり、びっくりした作業員が何か叫びだす。

西武多摩川線の多磨駅では、いつものように早朝に電車を降り立って霊園のほうに向かった男が、午前十一時前という時刻に駅に戻ってきて、改札の小野の眼前を通り過ぎ、武蔵境方面のホームに立つ。何か急用が出来て勤め先を早退することになったのだろうか。電車の利用客というだけで名前も知らない人でも、ふだんと違う険しい顔つきにはいやでも眼が留まり、あれこれ想像が走る。

険しい顔といえば、向かいの果物屋の主人が五日のさつき杯優勝戦で大負けしたと助役に耳打ちされたが、男の顔はそれよりはるかに昏い。男が直面しているのは家族の急病か、事故か、あるいは事件か。そうだ、野川の事件のときに突然の知らせを受けた栂野の人びとも、あんなふうな顔をしていたのだろうか。

翌日、浅井隆夫はまんじりともせずに朝を迎える。あなた、ものすごい顔をしている。怯えた声を上げる妻弘子の鈍さに無性に苛立ち、足元にまとわりつく犬にさえ苛立って、朝飯も食わずに家を出た。

昨日は、歯科技工所の経営者の顔を見た瞬間、これはだめだと察し、流れ作業を滞らせるとか、遅刻が多いとか、集団に馴染めないとか、あれこれ並べられた解雇の理由を最後まで聞くまでもなかった。ロッカーの私物——といっても、上履きとエプロンと、ゲーム専門誌の週刊ファミ通が数冊入っていただけだ——を回収して会社をあとにした。その足で大宮署に忍を迎えに行くと、弁償してくれたら告訴はしないと言ってくれている被害者の男性をよそに、本人はなおもスマホに見入っているありさまで、思わず息子の手からスマホをひったくり、いい加減にしろと声を荒げていた。被害者は、警察で忍の発達障害の既往歴などを聞かされていたのかもしれない。ちょっと同情するような苦笑いを浮かべ、片や忍は何が起きているのか、いま一つ理解していないバカ面をさらし、浅井はその両方に傷ついて、ろくに詫びる言葉も出てこずじまいだった。

その後、忍がパッカー車に投げ込んだブリヂストンのクロスバイク代五万円を被害者に弁償し、忍をハイツに連れて帰って事情を聴いてみたが、事ここに至った理由を何度確認しても、スマホのアラームの故障と、その結果の遅刻と、前日のゲーム大会での負け試合の三つしかない。おかげで、反省しようにも反省すべき事柄自体がない事態に、浅井の怒りは行き場を失い、最後は何がと特定できない長年の憤懣（ふんまん）に呑み込まれた恰好だ。

結局、いつもこうなる――。浅井は電車のなかで考え続ける。所詮、酔っぱらって昔の職場に押しかけるような親の子だ。道端の自転車をぶん投げるぐらいのことはしてもおかしくないし、社会の片隅で生きているちっぽけな虫けらに、いちいち目くじらを立てられても困ると世間には言いたかった。幸い、忍はけっして壊れてはないし、すぐに仕事を探すと約束もしてくれた。大丈夫だ。今度もきっと立ち直る――。

本心かどうか自分でも分からない結論を出して、浅井は多磨駅で電車を降りる。ホームの柵ごしにふと、ロータリーを走る黄緑色の自転車が眼に留まる。あの色は、近隣でときどき見かけるレンタサイクルだ。前カゴに書類カバンを入れて、ロータリーを横切ってゆくスーツの男は、ひょっとして合田か――？

浅井は柵ごしに眼を見開き、硬直する。あの合田がどうしてこんなところにいる？　いや、人違いだろうか。いや、あの顔は合田で間違いない。いまごろレンタサイクルで何をしている？　あの方向へ向かったということは、いまは警察学校で教えている――いや、階級から考えて警大のほうだろうか？　どの推測もピンと来ないまま、しばし昨日からの息子のトラブルもかき消えて、時間を忘れる。

落ち着け。合田がどうしたというのだ？　浅井は慎重に自問する。先日、酔って小金井署に押しかけたときも、合田を出せと叫んでいたらしいから、自分のなかになにがしかのわだかまりがあるのは確かだが、あらためて考えても分からないところから見ると、ごく些細なことなのは間違いない。たまたま自分が警察を辞めるきっかけになった十二年前の特捜本部の捜査責任者だったから？　検事の反対を押し切って忍を住居侵入で逮捕した当人だったから？　あるいは、何やらシュッとした二枚目だから？　それにしても、あの合田が多摩川線をはさんだ霊園の反対側にいるというのは、何の因縁だろう――！

そうして是政行きの電車が出ていってしまったホームに残った浅井の後ろ姿は、もちろん改札側にいる小野の眼に留まる。昨日の昼前、険しい顔をして妙な時間に駅に戻ってきた男が、今日はまた何をしているのか、ひとりロータリーを見ている。そのとき、レンタサイクルの刑事の姿はすでになかったので、小野はただ奇妙なことが重なると思っただけだったが、名前も勤め先も知らないその乗客は、小野の脳裏でいつの間にか、昔親と一緒にレンタルビデオで観た逃亡者リチャード・キンブルになっている。謎めいた後ろ暗い過去を抱えて、多摩川線沿線のさびれた駅に流れ着いた和製キンブル。そして、それを執拗に探し続けている和製ジェラード保安官補の刑事。

一方、駅員の脳裏で勝手にジェラード保安官補に指名された合田は、駅のホームから浅井隆夫に見られていたことは知らない。いまは外大の前の歩道で自転車を停め、スマホを手に、特命班の長谷川からの転送ファイルに見入っている。『吉祥寺ＪＫを語ろう』――。

遠いチリ沖で起きた地震による津波が一日かけて太平洋を伝わってくるようにして、さざ波はついに小野雄太の足元にも届く。

日勤で勤務に就いた十日朝、午前中の授業に出る外大生の姿もまばらになり始めた十時四十七分の是政行きがホームを出てゆき、二十人ほどの学生たちが改札からはけてゆく。その流れが途切れるのを待って、中断していたホームの清掃に戻ると、箒の先に突然スニーカーの足が現れて、小野は顔を上げる。ひとりホームに残っていたその小柄な乗客は、生湯葉のような薄い皮膚を引きつらせてにっこりし、お久しぶり、と言う。

浅井？　浅井忍？　思わず声が嗄(しゃが)れる。

うん。小野は西武鉄道の社員か。いいなあ、体育会系は。軽い口調で喋りながら、浅井は昔と同じように右を向いたり左を向いたりで、身体のなかでもう一人の浅井がヒップホップのリズムでも刻んでいるかのようだ。

浅井はいま、何しているの。元気？

あまり元気じゃない。一昨日、会社クビになったし。俺が悪いんだけど。そうそう、親父がこの霊園に勤めているんだ。朝晩、この駅通るだろ？　あ、そっか、おまえ親父の顔知らないんだ。俺と似てないし。

小野は数秒、激しく頭を働かせる。霊園に勤めている――？

ええと――わりに上背があって、五分刈りで、茶色のクラッチバッグを持っている？

ああ、それそれ。あのダサいやつ！

浅井は高校生のような声を上げて笑いだし、またひょいと話は飛んでゆく。

小野はゲーム、してるの？

いまは頭文字Dが精一杯。TCGは苦手で。

みんな、元気かな。栂野真弓とか。

栂野は結婚してもうここにはいないよ。あ、俺、いま一応仕事中だし――。

あ、ごめん。素直に謝ったはいいが、すぐにその視線はあらぬ方向へ移ろい、あ、そうだ――と言いだす。あの特捜本部にいた合田警部、覚えてる？　いまは警大にいるみたいだから、この駅使っているかも。それともバスかな。なんか、昔の顔がちらついて頭がきりきりしてきたわ。

さよならも言い忘れて浅井は踵を返し、父親の勤める霊園とは反対方向へ歩き去ってしまう。いったい何だったんだ、あいつ――。

夢にしてはリアル過ぎ、現実にしては意味不明に過ぎる浅井忍の出現に、本人が消えたあとも小野はしばし立ちすくんだまま動けない。いまごろ浅井は何をしに来た？　十二年前自分をチクった犯人を捜しにきたのだろうか？　一昨日会社をクビになって野に放たれたとたん、別件逮捕やストーカーのレッテルの汚名返上に乗り出したのか？　いや、喋り方や落ち着きのない様子は昔と大差なかったし、そんな執念深い行動ができるとは思えないが、それにしても自分にとってはけっして歓迎できる事態ではない。知らぬ間に胃がぎゅっと縮まり、小野は助役に見られているのも気づかずに顔をしかめる。

顔色が悪いな。助役が声をかけてきて、いやちょっと胃が——とごまかすと、最近は男もマリッジブルーになるらしいよ、助役は言い、ひょっとしたら浅井への過剰反応はそれだろうかと、小野も考えてみる。冷静に考えてみれば、多摩川線沿線は浅井にとっても地元と言えなくもないし、会社を辞めて人生をリセットするのに、昔の同級生たちを訪ねるというのは、べつにおかしなことではない。それに何よりも、自分は浅井を警察に売った覚えはないし、いましがた会った浅井も腹に一物あるような表情はしていなかった。

そう思い直すと、今度は浅井のおかげで判明した三つの事実を反芻し、ちょっと感慨を覚える。いつも駅前の雑居ビルを通り抜けてゆくあの男はやはり霊園勤めだったこと。なんと浅井忍の父親だったこと。そして、あの刑事の名前がゴーダだということ。多磨駅があの野川事件の現場の最寄り駅ということはあるにしても、浅井が言い残していった通り、昔の顔がこうして交差し合うのは何かの運命のように感じられ、小野はまた知らぬ間に溜め息をついている。

一方、当の浅井忍も特段何かをしようというのではなかったし、自分が何をしたいのか分からないまま、あちこちをさまよい歩いていただけだ。多磨駅の自由地下通路をくぐってロータリーから朝日町通りへ出ると、しばらく外大のキャンパスをうろつき、そこからさらに南へ下りながら、俺、何をしに来たんだっけ？　自分に尋ねている。うわ、すっげえ要塞。これが警察大学校か。警察って、金あるんだ——。そうだ、合田はどこだ？

正門の警備員がじっと忍を見る。

刑事教養部の授業は、擬律判断を左右する初動捜査の捜査指揮の実務に進んでいる。

第一次捜査権をもつ警察の初動捜査の目的は、犯罪があると思料するときにその犯人の特定のために証拠を収集・保全することに尽きる。一方検察は、同じ事案について、公訴提起の要否の判断や手続きの遂行に必要な証拠を収集・保全するのであり、両者の視点は大きく異なっている。しかし、先行するのはあくまで警察の初動捜査であり、そこで生きてくるのは捜査員個々の豊富な経験と知識以外にないことを、合田は強調する。

こんなことがありました。あるマンションの下に頭から血を流した高齢の男性が倒れていて、自宅に遺書があったので当初は飛び降り自殺と見られました。ところが駆けつけた機捜の捜査員が、非常階段の踊り場に残されたズック痕を見て、事件性があると判断したのです。そのときのズック痕の写真です。このような歩様を〈蟻足間(ぎそくかん)〉と言います――。

そうして教室で喋っていた間、合田はもちろん、大学の正門まで浅井忍が来ていたことを知らない。半時間後、授業を終えて教室を出たところで庶務の女性職員に、忍の来訪を告げられ、びっくりして正門へ走ったが、忍はもうそこにいない。数分前までいたんですが、なにしろ名前を聞くだけで精一杯で――。警備員は首をすくめ、そうだろうなと合田は思う。先日は特命班からも、あまり昔と変わらないと聞いたところだったが、だとしたらじっと人を待っていることなど、到底できないに違いない。

どんな様子でした？　何か思いつめているとか、急いでいるとか、怯えているとか。

合田は警備員に尋ねてみたが、いや、耳にイヤホンを入れてふらふら踊っていましたがという返事で、それもまた何となく想像がついた。あまり肉のついていない小柄な手足を揺すりながら、右へ左へとふらふら傾くやじろべえは、警備のプロたちの眼にも人畜無害に映ったのだろうが、この一月あまり、自作のダイヤグラムを見つめながら、事件の関係者たちがどこかで破れてゆくのを当てもなく待っていた合田は、ひそかに手に汗を握る。

来たか。それともフライングか。因縁の捜査員の居場所をわざわざ探し当てて、忍は何をするつもりだった？　何か言いたいことがあったのか？

そうして足元に打ち寄せたさざ波は、思いのほか不穏な心地を運んできて、合田を一日じゅう余計な物思いに押しやり続ける。自分の勤務先を、忍はいったいどうやって調べた？　氏名も所属も保秘になっている警察官個人の勤務先を知るには、基本的に内部の人間に尋ねる以外にないが、誰に尋ねた？

実際には、十二年前の事件の数多の関係者の一人だった多磨駅の駅員の眼があり、たまたま駅を利用する元捜査員たちがおり、さらにはスマホのアラームが故障して浅井忍が勤め先をクビになったのに続いて、その父浅井隆夫が偶然にも駅で昔の捜査責任者の姿を見かけてそれを息子の忍に話し、その結果、元捜査責任者の合田が警大にいることを知った忍の脳内で、何かのスパークが生じたのだが、合田はそんなからくりは知る由もない。

それでも、あれこれ執拗に考え続けた結果、合田はいつぞや早朝に駅前で後ろ姿を見かけた男は、やはり浅井隆夫だったのではないかと考えるに至る。仮に浅井隆夫なら、近辺に勤め先があって毎日多磨駅を利用している以上、どこかで自分に気づいており、それを息子の忍に話していてもおかしくはない。否、浅井隆夫がほんとうにこの近辺にいるのであれば、霊園にしろ石材店にしろ勤め先を調べるのは簡単だが、そこでもまた〈なぜ〉と思わずにはいられない。なぜ多磨なのか。なぜ不運な因縁のある土地にわざわざ居続けているのか。否、個々の事情はあるにしても、いったい酔って昔の勤め先に押しかけたりする男の心身こそ大丈夫なのか。精神障害者保健福祉手帳2級の妻と3級の息子を抱えて、五十代の父親はどうやって生きている——？

そうして合田の足元を洗ったさざ波は、翌日には退き返して再び多磨駅の小野を襲う。午後、浅井忍がまたしても突然現れ、あのさァ、昨日せっかく会ったのに連絡先を聞くの、忘れてた、と言ってくる。

小野、ＬＩＮＥやってる？　やってない、小野は嘘をつく。じゃ、フェイスブックは？　うん、まあ——。とっさに言葉を濁したが、忍は早速スマホを突き出してきて、ほらと催促する。小野は事務室から自分のスマホを持ち出し、その場で言われるままにＱＲコードを交換した。それから忍はまた挨拶を忘れてそのまま自由地下通路へ消えてしまい、十分後には、警大の前でピースサインをしている自撮り写真が送られてくる。

26

特命班の刑事たちは十五歳の上田朱美のかすかな痕跡を探して、ＢＢＳの板『吉祥寺ＪＫを語ろう』で釣り上げた２３１と２３５の〈名無しのおじさん〉に会う。

２３１は、大手製薬会社の営業で都内の病院を回っている五十二歳のサラリーマンだった。いやあ、やっぱり見つかりましたか。どこかで予想していたというふうに苦笑いしてみせた男は、社会人たる良識や道徳をひそかに欠落させたまま、とくに自責の念に駆られることもない平板な社会生活を送っているのかもしれない。突然訪ねてきた刑事の目的が上池袋の事件ではなく、十二年も前の別件だと聞いて驚いたようだったが、それで口の滑らかさが減ったわけでもなかった。

仕事で病院を回っていますと、眼にするのはいわゆるナース服ばかりですから、女子高生の制服がひどく新鮮に見えたんでしょう。それでまあ、つい――。下着だけなら、売るほうも買うほうも気楽なもので、一緒にカラオケをしたり、食事を奢ったりして、最後に下着を脱いでもらうんですが、あの子だけは食事もカラオケも抜きだった。その分、現金でほしいって言ったんですよ。だからよく覚えています。背の高い、ひょろっとした子でしたよ。ちょっと思いつめた眼をしていて、援助交際をしている女の子たちのなかには、あまりいないタイプといいますか。個人的には、男の子のような妖しさが逆にそそられましたが。

その少女は、現金を多めにほしい理由をあなたに言いましたか?

いいや、ほとんど口をきかない子だったからなあ——。肘に絵の具をつけていたから拭いてやったら、近所で絵を習っているとか言うので、いまどき珍しいなと思いました。それもあるんでしょう、一回しか会ったことのない子なのに忘れられなくて、いまでもときどき妄想しますよ。だから、上池袋の事件のニュースを見たときも、すぐにあの子だと気づいたわけで。風俗店で働いていたというのが、ちょっと想像できないけども。

なぜですか。

だって、私の記憶のなかにいるのは、あくまで十五、六の少女ですから。分かります? 私は永遠に歳を取らない美少女を一人、ここに飼っているわけですわ。男は自分の額をつついて、満足そうに笑う。


235の〈名無しのおじさん〉は、四十三歳の柔道整復師で、十二年前は社会人野球でピッチャーをしていたという体格の良さが眼を引く男だった。

BBSでは、男は231の人物がロンロンの化粧室で少女から下着を買った件で、乱暴をしようとして清掃員に見つかった云々と書き込んでいる。そこで特命班はまず、目撃したのか、伝聞なのかを確認した。すると男は、もったいをつけた笑みを浮かべて、いまさらそんなとっぽいことを聞かないでくださいよとはぐらかし、質問に答えない。

刑事は質問を変える。じゃあ、ずばり尋ねますが、少女に乱暴したのはお宅？

だから乱暴はしていません、て。清掃員に見つかったんだから。

そういえばお宅、逃げたんでしたっけ。どのみち時効だから、詳しく話してくれませんか。

たまたま少女がどこかのおっさんに下着を売っているのを見かけたんですよ。下着を売ったということは、つまり穿いてないってことでしょ？　それでつい、勢いで。

相手の了解は取ったんですか？

そんなもの取るわけない。ああいうのは勢いですから。一気呵成に腕摑んで、トイレに引き込んで——と思ったら、こっちが回し蹴り食らって。カッとなって摑み合いになって、彼女の制服のブラウスの袖、破っちゃった。それで、二階のユニクロへ連れていって、二千円ぐらいのトレーナーを買ってやりました。ごめんなって謝りましたよ、一応。

何色のトレーナーでしたか。

紺色。

刑事たちは男の顔をじっと凝視する。男がかすかに眼を泳がせる。

彼女、処女でした？

え？　いやだなあ、刑事さんたち。いまさら何言わせるんですか——。

もう一度聞く。処女でした？

さあ。知りませんね。

十五歳だということは分かってました？

まあね。身体で分かるというか――。

少女に会ったのは、そのときだけ？

もちろん。さすがに二度目はないですよ。

男は最後まで眼の奥にたたえた卑しい笑みを消すことはなく、刑事たちは十五歳の上田朱美が目の当たりにしたのだろうそれを眼に焼き付けて、面談を終える。


特命班は、吉祥寺の商業施設で上田朱美が暴行に遇ったらしい二〇〇五年五月初めの近辺で、何か思いあたることがないか、上田亜沙子と栂野雪子にあらためて確認に行く。しかし雪子はとくに記憶に残っていることはなく、亜沙子のほうも、いつもながら記憶の出口が泥でふさがれているような、はっきりしない返事に終始した。

一方、雪子は刑事の訪問をダシにして、またちょっと駒沢公園そばの娘のマンションを訪ねてゆく。おちびさんは、その日もオーガニカリーのおくるみに包まれ、大人たちの眼に穴があくほど見つめられているのも知らずに、皺だらけの顔をゆるめて真弓の腕のなかで眠りかけているところだった。朝からお乳の出が悪くて、ミルクを上げてもあまり呑んでくれないし、ゲップもうまく出ないし、ほんとうに手のかかる困ったさん――誰に言うのでもない母の独り言が、赤ん坊の耳元で子守唄に代わる。

母体のホルモン分泌量の変化はそのうち落ち着いてくるが、初めての育児への不安には終わりがない。加えて、まだ生後三週間の新生児にはほぼ一、二時間おきのオムツ交換と授乳が必要で、細切れの時間を生きている母子を見ているだけで、愛しさと困惑となにかしらの遠慮を感じてしまい、雪子は自分でも可笑しいと思うほど妙に構えてしまう。いや、生来の不器用さはかたちを変えて真弓も受け継いでおり、すべて順調だと虚勢を張るその顔はずいぶん頬がこけていたりする。

何かママに出来ること、ある？　つい尋ねてしまう。大丈夫。世の中の女性がみんなやっていることだもの、私にできないわけがないわ。大丈夫、ママは心配しないで。真弓の笑顔も返事も、いつも同じだ。そして雪子は言葉の接ぎ穂を失う。

帰り際、雪子はようやく刑事が訪ねてきた話をする。高校一年の五月に吉祥寺で上田朱美さんに何かあったのではないかと聞かれたのだけど、あなた何か知らない？

真弓はその日もまた眼の端で一瞬、かすかな拒絶を示した後、高校一年の五月――？　しばらく間をおいて、知らない、と答える。

大事なお友だちのことよ、ほんとうに知らないの？　雪子は自分でもよく分からない衝動に駆られて畳みかけていたが、知らぬ間に強い口調になっていたのかもしれない。

ママ、頭おかしい。

真弓は一言吐き出し、顔をそむける。

あの事件の日に、十六歳の真弓に言われたのと同じ〈ママ、頭おかしい〉――。

近ごろの雪子は、自分はほんとうにおかしいのかもしれないと思うこともある。世間で言うほど初孫に入れあげることのできない自分も、実の娘に対する根も葉もない疑念を捨てきれないでいる自分も、どちらも受け入れているわけではないが、無理に取り繕う気もないのは、確かにふつうではないと思う。いや、それもこれも、独り身になって家族のくびきから逃れたとたん、母としての当たり前の感情すら薄まってしまったということだろう。いや、ほんとうは自分こそ酷薄な性格だったのだろうか。あるいは、何事であれ歳とともに拘るのが面倒になってゆくということなのだろうか。

そう思ってはみるが、薄すぎる味噌汁はどうやっても薄すぎるのであり、味噌でも塩でも足さずにはいられないのが人間というものだ。雪子は所在無さに駆られて、気がつくと上田亜沙子に電話をかけている。今度、武蔵小金井でお夕食ご一緒しません？　特段の意味も目的もない誘いであっても、もう少し言いようがあったのではないかと、言ってしまってから後悔したが、亜沙子もまた、なんだか誘われるのを待っていたかのように、いいですね、私もたまには外でと思っていたところなのと、ちょっと弾んだ声で応える。

そうして、それぞれ日勤と早番で仕事を終えた二人の女が、武蔵小金井駅前の雑居ビルの、大衆寿司屋のテーブル席に着く。ビールジョッキを傾けるサラリーマンたちの、賑やかな話し声のカーテンの蔭に隠れて、女二人は甘い梅酒をちびちび舐める。互いにそれほど話すことはなくても、どちらも人生のどん底をかろうじてやり過ごしたいま、黙っていても気持ちは通じ合う。先週また警察が来ましてね。うちも来ましたよ。そうですか――。そんな言葉を交わすだけで、どちらもその先へは踏み込まないが、それで十分なのだ。

亜沙子は刑事から、朱美は高校一年の五月に吉祥寺で性的暴行の被害に遇ったのではないかと尋ねられ、ある日朱美が制服のブラウスを破って帰ってきたことを忽然と思いだしたのだが、こころは不思議に静かだった。そして、いまさら知ったところで——という気分は雪子も同じだが、どちらの場合も、こころの奥底の不安はただ不活性化しただけで、けっして消滅したわけではない。

真弓は、半分開いていない眼で午前四時を指している時計の針を見る。あと少しで決壊しそうな百合の表情を気にしながらオムツを外し、お尻を拭き、手探りでバスケットから引っ張りだした新しいオムツを当てる。四時三分。待ってね、待ってね、いまお乳上げるから。声に出さずに唇だけで話しかけ、大急ぎで抱き上げて乳首をくわえさせると、たちまち真弓のほうの瞼が落ちる。数十秒おきに覚醒してはまた寝落ちし、また覚醒しては百合がお乳をちゃんと吸えているか確認し、ゲホッとむせる気配にはっとする。四時十一分。タオルを肩に当てて抱き上げ、背中をゆっくりさすりながら、またいつの間にかうつらうつらしていたかもしれない。再びぐずりだす百合の声にかすかに苛立ちながら、苛立ったことにも気づかないまま授乳に戻る。四時十五分。まだ捨てていない紙オムツの、甘いような薬っぽいような臭いが真弓の鼻孔を包む。

ほぼ数分単位の育児に追われる間、慢性的な寝不足と、単調な手作業の繰り返しのせいでときともなしに夢を見ていたり、うつつとの境目が分からなくなったりする。少し前までは、あの悪魔の赤ん坊を産むホラー映画の薄昏い場面が浮かんだり消えたりしていたが、陰気な眼で妊婦を見下ろす人びとのなかに母の姿があり、いつ来たの、そこで何をしているのと真弓は声を上げる。

高校一年の春、上田朱美ちゃんに何があったの。大事なお友だちでしょう、ほんとうに何も知らないの？　詰問する母の顔が近づいてくる。口紅も差していない薄い唇の隙間から鋭く尖った犬歯が覗いて、もう少しで叫びそうになる。

その母が消えると、今度は上田の小母さんが水彩画教室に現れる。ものすごくきれいな顔立ちの人なのに、いつもおろおろしていて見るからに侘しげな様子は、見ている真弓のほうがイラっとする。あのね真弓ちゃん、うちの朱美が家に帰ってこないの、学校にも行っていないの、どこにいるか知らない――？　そうだ、小母さんがそんなことを言ってきたのがあの春だっただろうか。

夢のなかに現れる朱美はいつも他愛ない顔をしている。朱美の画用紙には野川の土手に坐る真弓と、足元にアマガエルが一匹描いてある。これ、グリムの『カエルの王様』。真弓ちゃんが、わがまま姫。正直で、勇気があって、強いの。そういうの大好きよ、私。

27

浅井忍は三日連続してふらりと警大の正門前に現れ、警備員が見咎めると、スマホで自撮りをしたり、少し離れた路傍でスマホゲームをしたりで、またいつの間にか姿を消すということが続いた。次いで、なか二日おいてまた姿を現し、警備員を通してその様子が合田の耳にも届くと、さすがに何らかの行動を促されているような気分にもなる。友人の判事に注意されていたので、自身の携帯電話の番号を教えることはしなかったが、〈用事があるなら多磨駅で会おう〉と便箋一枚にメモ書きし、曜日と時刻を指定して守衛室に預けたのが、五月十八日のことだ。

しかし、それから忍はぱたりと姿を見せなくなり、合田は肩すかしを食らった恰好になったが、現場を離れて一年、当てもなく待つことには慣れている。忍が動きだすのを待ちながら、週末は矢切の野菜農家で春キャベツの最後の収穫を手伝い、ついでにそこの高校生の息子二人とアルバイトの大学生の四人でモンストをやる。高校生二人は最強キャラのクシナダの運極をつくる気満々で、だったらまずは、追憶の書庫から引っ張ったイザナミの運極からだと大学生が言い、本気か？〈超絶〉だぞ――合田は焦る。降臨クエストの周回パーティはクイバタ、ぬらりひょん、ヴェルダンディの運枠三体とテキーラ。限られた時間に出来るだけ多く周回するために、秒単位でゾンビを片づけ、ザコを片づけ、ゾンビループを突破してボス戦にもってゆく。配置を決め、攻撃の角度を決め、合田さん、そこ！　乱打、上のシールド！　高校生らに煽りまくられて、おじさんの頭は真っ白になる。

夢中で指を走らせながら、忍はもちろん、上田朱美も上池袋のアパートでこれをしていたのだと考えていることがある。忍はたしか『覇者の塔』だと特命班に聞いたが、朱美はどのクエストをやっていたのだろうか。スマホの液晶画面の上をすべる無心な指先を知らぬ間に思い浮かべると、いやでも胸が詰まるのを止められない。十五歳で行きずりの男に乱暴されて人生を断ち切られても、世界も時間も一時たりとも止まらず、自身の身体も成長をやめず、何も変えられず、どこへも出てゆけないが、それでもモンスターを引っ張ったり弾いたりする指だけは動くことができる。超絶・

爆絶クエストは次々にシリーズが更新され、朱美を放り出すことはない。

　野菜の収穫に出た日は、たいがい穫れたての春キャベツやそら豆やロメインレタスを担いで加納祐介のマンションへ行く。ついでに近くで旬のホタルイカやはしりのイサキでも買ってゆけば、昔から料理だけはうまい加納が魚を塩焼きにし、茹でたり炒めたりした山盛りの野菜を並べて、ワインなどを開ける。

　その日は合田のスマホに入っているBBSの『吉祥寺JKを語ろう』と、池袋のガールズバーのスナップ写真一枚が肴に加わり、いつもよりちょっと盛り上がる。加納の専門は行政と民事だが、元検事の頭はそれなりに全方位で、BBSの書き込みを一読しただけで、235はやってるな、こいつ——と見抜いてしまう。うん、たぶんな。合田も異論はない。

　ガールズバーのクリスマスパーティのスナップに写っている朱美の姿は、さらに友人の妄想を掻き立てたようで、いつになく多弁になる。裁判所という孤島に棲む判事たちは、ひとたび法衣を脱げば市井が腰を抜かすような趣味に走る者もいるらしいが、加納の場合は江戸の春画だの、マルキ・ド・サドだの、蓮實重彥や澁澤龍彥だの、高踏的な退廃がお気に入りだ。いいなあ、この娘！にこにこと朱美の姿を見つめながら、いったい何を想像したことやら。かと思えば、ここに写っている客には全員当たったのか？　ふいと捜査の状況を尋ねてきたりする。

　もちろん、客の男たちには特命班が当たっている。呑み過ぎて、ダイダラボッチになるような無防備な娘だし、同棲していた男に絵の具を見せたように、客の誰かに事件の話を仄めかしたかもしれない。とはいえ酔客は所詮、酔客。あやふやな記憶を無理に引き出すまでもないのが現実で、特命班の捜査自体がそろそろ終わりに近づいている感触もある。特命班の長谷川は直接口にはしないが、野川事件の再捜査については一課長が最近、上田朱美が持っていたという絵の具は殺害現場ではなく水彩画教室で拾ったものである可能性はないのかと言いだしたらしい。そんな話が聞こえてくるのは、再捜査の終わりが近いということかもしれない。

なあ、写真もう一度見せて。今夜の友人はまるでエロ爺さんだ。いいなあ、この娘！『愛の嵐』のころのシャーロット・ランプリングだ——。

体内に飼っているエイリアンは、今夜はすこぶる調子がいいらしい。

28

十日ぶりの本降りの雨が、走り梅雨の寒さを運んできた朝、多磨駅は色とりどりの傘の行列になる。垂れた水滴がホームのコンクリートを濡らし、乗降客の流れとともに靴のゴム底がひたひた、キュッキュッと鳴り続ける。乾燥しているよりは湿気のあるほうが小野の眼は楽で、久しぶりに眼帯を外したらちょっと視野が広くなった。

午前七時十一分の是政行きが警察学校や警大の教員たちを運んできたとき、小野はその眼で、ひと塊の灰色の集団のなかに久しぶりにあの刑事の姿があるのを見る。雨のせいでこのところのレンタサイクルをやめたのなら、引っ越しや転職などはしておらず、何か別の理由があって自転車を使っているということだろうか。一瞬考えるうちに、刑事から数人置いてあの浅井忍の父親と思しき男が改札を通り過ぎてゆき、あっと思ったら、男が先をゆく刑事に向かって片手を伸ばし、ゴーダさん！　名前を呼ぶ。刑事が振り返り、あっという顔をする。

和製キンブルとジェラード保安官補の邂逅に、小野は思わず改札から身を乗り出しており、男二人は、利用客の流れを避けて券売機のある階段の端に寄り、何か言葉を交わし始める。


浅井隆夫は、その瞬間まで自分から声をかけることになるとは思っておらず、相対したものの何を話したかったのかも分かってはいなかった。しかし合田のほうも、急いで頭を整理する必要があったのか、平静な表情の片隅にちょっと緊張が走ったのを浅井は見る。

前にもお見かけしたのですが、こんな近くにおいでとは。ひょっとして警大ですか？

はあ、現場は離れました。浅井さんはいまどちらにおられるんですか？

そこの霊園の管理事務所におります。

浅井はいよいよ言葉に詰まるが、先に合田のほうがこう切り出して、浅井をさらに驚かせる。

そういえば忍君は元気にしておられますか？　連休明けに何回かこの近辺に来ておられたようですが――。

この近辺、ですか？　ひょっとして合田さんに何かご迷惑をおかけしましたか――。

いいえ、警大へ私を訪ねてこられたのですが、授業中でお会いできずにそのままになっていまして。私のほうはいつでもお会いできますので、そう息子さんにお伝えください。

あまりのことに浅井は声も出ない。

浅井隆夫は合田と別れたあと、頭が火を噴くほど思いつめる。自分はいまなお世間を甘く見ているのかもしれない。事件から十二年も経ち、かつての捜査責任者もいまは一線を離れているというのに、いざ相対してみると、かつてと同じ冷徹な視線があり、いまなお丁寧な言葉遣いで容赦ない事実を突きつけてくる。警大にいても、その心身も迷宮入りの事件への眼差しも、けっして緩んではおらず、たまたま近づいてきたかつての参考人浅井忍の父親を、食虫植物が虫を捕食するようにして、すかさず捕まえている。

一方、捕らえられた虫は自分がいかにも無防備だったと反省してみるが、すでに遅い。忍がさいたま市の歯科技工所をクビになったあと、次の仕事を探すという言葉を信じた自分が甘かったのは確かだが、いまはそれ以上に、いったいどういうつもりなのか、かつての捜査関係者を探し出して付きまとっているらしいことに衝撃を受ける。社会生活のレールから一時的に脱線はしても、せいぜいシャドウバースに夢中になっている程度だと思っていたのは、おめでたい親の理解不足だったのか、それとも忍が親を騙したのか。

忍のＬＩＮＥはやはり反応がない。午後五時の終業を待って取るものも取りあえず北大宮のハイツに行ってみる。忍はいない。菓子パンの空き袋などから、部屋には帰っているらしいことを確認して、無理やり自分を安堵させ、浅井はそのまま息子の帰りを待つことにする。石になったその心身を、朝から降り続いている雨の音が圧し続ける。

そのころ、当の忍は最寄り駅の北大宮から北へ徒歩十分の住宅地にあるハイツに向かって歩き出しており、間もなく二階の部屋が見えてきたところで、窓に明かりがついているのに気づいて足を止める。反射的に溜め息を一つ吐き出し、くるりと踵を返して再び駅のほうへ歩きだす。

この半月ほど、とくに何をしていたというのでもない。仕事探しの必要は分かっているが、半時間もするとその思いを押しのけて、モンストやシャドウバースの各種イベントがせり出してくる。モンストは決められた日の決められた時間枠に行われる降臨クエストのスケジュールをチェックしていなければ、無課金のキャラを逃してしまうし、シャドバのほうも、公式・非公式を含めてほぼ毎日都内のどこかでやっている対戦を観戦しないのは、歯磨きを忘れて寝るようなものだ。

その日は高田馬場。昨日は八王子と中野。その前は秋葉原でそれぞれ非公式大会。明日二十七日と二十八日の土日は、公式戦のオンラインJCGシャドウバースオープンのセカンドシーズンがある。連日それらの会場へ足を運んでギャラリーになり、自身の弱点の克服とデッキの強化に取り組んでいるが、月初めの対戦で敗退したこと以外に理由があるわけではない。ゲームの開発会社に声をかけられるような一流ゲーマーになるとか、大会で優勝するとか、海外遠征に挑戦するといったことは考えたこともない。いや、実際には勝負に負けたことも、自分ではそれほど拘っているという意識はない。より正確に言うと、ゲームの公式サイトに躍る各種の案内の文字が、眼の奥の奥にある信号機のポイントを次々に切り替えて、今日はどこ、明日はどこと列車の行く先を自動的に決めているといった感じだろうか。

そうだ、あのスポーツバカの小野雄太が西武鉄道の社員だって？　ゲーセンで頭文字Ｄというのはいかにも小野らしいが、たまにはああいう運動神経だけのレースゲームも気晴らしになるかも。そんな脱線をしてすぐ、その運動神経が自分はダメなんじゃないかと思い直し、モンストの周回速度が最後のところで上がり切らないのもそれかもしれないと、また新たな思案へと逸れてゆく。攻略のための適正キャラやギミックの組み合わせは鉄壁なのに、ストライクのタイミングが合わなかったり、初心者みたいなミスをしたり。

忍は北大宮駅まで戻ったところで、ちょっと疲れを感じ、そりゃあそうだと思う。昨日からずっと対戦会場を転々としていて、仮眠を取るために入ったネットカフェでもまた、気がつくとドラクエビルダーズで延々と石を積んでいたんだから。おかげで、いつ寝たのかも分からないし、たぶん寝ていないのかもしれない。ああ、早く七月になってドラクエのⅪが出ないか。

そうして電車に乗り直して大宮駅に向かい、東口のネットカフェに転がり込んだときには、ふいに、自分はミッドレンジネクロのデッキで最強の対戦をするまで家に戻らない放浪の戦士だ、などと思いついて可笑しくなる。その頭からは、ハイツに来ているらしい父親のことはすでに抜け落ちており、もちろん警大にいる刑事など影もかたちもない。

息子のハイツでは寝ることもできず、浅井隆夫は雑誌とパソコンしかない仮住まいのような部屋で当てもなくスマホの画面をスクロールし続ける。午前零時の戸外は依然雨の音しかない。いつの間にか人間の暮らしの退いた住宅地はゾンビの潜む廃墟になり、瞼が落ちかけた眼の奥では、青白い液晶画面にオーブが飛び始めて何かの夢に誘われ、ハッとして眼をこする。

そうだ、どこかをほっつき歩いている忍に、親が来たことをそれとなく知らせるのも手か。やっと一つ思い至って、眼についたゴミや雑誌を片づけにかかり、しばらくしてクローゼットを開けてみたときだ。古着と思しき衣類を詰め込んだ紙袋の端から覗いていた古い携帯電話を引っ張りだしたとたん、アッと声が出る。

ｍｏｖａの５０６ｉ――。十年以上前に紛失した自分の携帯電話をいまごろ息子の部屋で発見するのは、驚きというより、ずっと前からあった悪い予感が的中したというところで、浅井は早鐘になりそうな心臓をそっとなだめる。忘れもしない、百三十万画素のメガピクセルカメラと赤外線通信などが付いていた二〇〇四年夏の最新モデルを買ってすぐ、どこかで無くしてしまい、懸命に探しまわったが出てこなかったのだ。忍のことだから深い理由はなく、たんに最新モデルという理由で手が伸びただけだろうが、では、そのころ持っていた彼自身のｍｏｖａは？　浅井はあらためてクローゼットを探してみたが、十年以上も昔の携帯電話は見当たらず、出てきたのはｉＰｈｏｎｅの３Ｇとｉ Ｐｈｏｎｅ４のみ。

浅井の頭には新たな疑念が充満する。忍が住居侵入で逮捕されたとき、携帯電話の通話記録やフォルダの写真は徹底的に調べられたはずだが、当時の国選弁護人からは、付きまといや住居侵入の証拠になるような不審な写真はなかったと聞いた。しかしそのとき、忍が実はもう一台、親の携帯電話を隠しもっていたとしたら——。

バッテリーは生きているだろうか。一緒に出てきた充電器に506iをつなぎ、しばらくして電源が入るのを確認した後、写真のフォルダを開いてみる。保存されているのは六百十三枚。すべて忍が撮ったものだ。その場で直ちに一枚ずつ点検し始めるやいなや、浅井は一気に十二年前の事件に呑み込まれるようにして時間を忘れる。


小平西高の門扉の一部。校庭の錆びたゴールポスト。電柱の貼り紙。ゲーセンのプリクラ。UFOキャッチャー。JRの高架下。凧。犬。通行人の後ろ姿。駐輪場の自転車。路地の縁台。ドラム缶。西武新宿線の電車。小平駅前のケンタッキーの看板。まるで忍の頭の中身のように、何を撮りたかったのか分からない散漫なスナップが次々に現れる。行きずりの事物に眼が留まると同時にカメラを向け、一体化しようとしてはじかれた先にはまた別の事物がある、その繰り返しだ。

女子高生の写真が増えてくる。数十メートルも離れたところから撮られた少女たちは、目鼻立ちも特定できず、ほとんど風景の一部でしかない。このなかに忍が付きまとっていた少女がいるのだろうか？　特捜本部に吸い上げられたその日に捜査を外された浅井は、事件の詳細はもちろん、栂野真弓の顔もはっきりとは知らないが、やがて同一人物と思しき少女の写真が一枚、また一枚と現れるにつれて、この子だろうと容易に見当はついた。

否、見当はついたが、性的興味ではなさそうな遠景ばかりで、それは吉祥寺の予備校周辺、駅前のロンロン、中央線のホーム、武蔵小金井駅前の京王バス乗り場などへ広がり、周囲に野川公園と武蔵野公園の広がる東八道路、近くの住宅地へと移動する。庭のある洋風の戸建て住宅。塀越しに見える一階の大きなガラス窓。ガラスの奥にイーゼルや額縁などが見える写真もある。画板を膝に載せて絵を描く数人の子ども。光線の具合で、携帯を掲げた忍自身の姿がガラスに映っている数枚には、忍の背後に近隣の住宅や道路が写っている。道路の先には野川公園の入り口があり、何枚かには人の姿も見える。

しかし、浅井はそこで点検を中止した。電源を切り、昂(たかぶ)った気持ちの鎮まるのを待つ。あの合田が、事件について忍が何かを知っている可能性があると見ていたのは結局正しかった——そう思うだけで、喉元まで反吐(へど)がこみ上げてきた。

29

雨は一日で上がり、土曜日の早朝、湿気を含んだ梅雨前の蒸し暑さが関東平野を包む。浅井隆夫は一睡もせずに北大宮の息子のハイツで夜明けを迎えた後、古い携帯電話一台と充電器をポケットに入れて、勤め先の多磨霊園へ出かけてゆく。何があっても仕事を疎(おろそ)かにしない生真面目さだけが、いまは男の感情の暴発をかろうじて食い止めている。

一方、息子の忍はネットカフェのブースにこもったまま、雨が上がったのも知らない。未明にいつの間にか寝落ちしたあとも額の裏ではドラクエが続いていて、攻略のスピードが速すぎたり、Ⅷ とⅩが入り混じっていたりするので夢と分かるが、それでもフィールドを駆け巡る主人公の足は止まらない。しかし浅い眠りの縁では、数分に一回、このままではどうにもならないと考えていたりもする。どうにかしなければならないことは、いやというほど分かっている。どこで道を誤ったかを振り返るのも、シャドバの対戦を振り返るよりはるかに簡単だ。始まりは、吉祥寺のロフトで見かけた栂野真弓――。それは間違いないが、待てよ、どんな顔だっけ。髪は？ くそ、どうして付きまとうことになったのか思いだせない。そんなに可愛かったのか？ いや、それより仕事を探さないと、冗談でなくヤバい――。

土曜は警大の授業はないが、合田は雨が上がったのを見計らって、レンタサイクルを駆る。いつものように上田朱美の住んでいた小金井市東町を通り抜け、西武多摩川線の土手をくぐって野川公園に出るころには、高校一年の浅井忍の眼になっている。

もう何度も訪れた多磨町の静まり返った住宅地を走る。事件から十二年経った栂野邸は、婿養子の孝一もすでに亡く、真弓も他家へ嫁いでいったいま、雪子が一人で住むには大きすぎるのかもしれない。手入れの行き届かない庭木は玄関のアプローチを覆ってしまうほど枝を張り、裏庭の物干しはサビつき、閉まったままの二階の雨戸は塗装が剝げかけていて、それこそドラクエⅧのトロデーン城になりかけている。

事件前の冬の日、浅井少年が塀の外に立って魔物の棲む廃墟の城を思い浮かべながら眺めたリビングのガラス窓のなかは、机や棚やイーゼルも残っていないがらんどうで、そこだけ穴が開いたように昏い。

合田はこれまで何度も同じ場所に立ち、ガラスに映る自分の姿と背後の道路とその並びの家、さらにその先の野川公園の西門のつくる一幅の風景を眼に焼き付けてきたが、いまはちょうどジョギングの男が一人、西門を入ってゆく姿がガラスに映っている。それに見入りながら、合田はその朝もまた、あらためて確信するのだ。事件前に忍はこうして見るつもりのなかった何かを見たのではないか、と。またさらに、栂野節子もリビングのなかからそれを見ていたのかもしれない。そして、真弓や上田朱美も。

もちろん、合田は十六歳の忍が二台目の携帯電話を隠しもっていたことは知らない。今朝、まさにその携帯を父隆夫が持ち去ったことも知らない。そうしてリビングに面した塀の外に自転車を停めて立っていた数分、合田は自分が不審者になっていることを忘れており、玄関が開く音にちょっとあわてる。

たぶん起き出したところだったのかもしれない、少しぼんやりした顔つきの栂野雪子がこちらを見、合田は会釈をして門扉の前まで移動する。朝からすみません、十二年前の特捜本部にいた合田と申します。もう現場は離れていますので、お声をおかけするつもりはなかったのですが。

雪子は数秒合田の顔を見つめ、刑事にしてはなかなかのこの面立ち――そういえば見たことがあると思いだす。それにしても警察ときたら、土曜の朝っぱらから独り暮らしの女の家を覗きに来るなんて。いや、この人はいま、現場を離れたと言ったかしら。刑事もまた、昔の事件を引きずって生きているということだろうか。雪子は少し意外な心地にもなるが、そういう男の眼がむしろ若々しくさえあることに、いくらかの気後れも感じる。自分のほうは現役の看護師なのに、寝坊はするわ、化粧はしないわ――。

刑事は立ち去る前、こう言い残してゆく。

奥さん、あの浅井忍という少年を覚えておられますか？　もう二十八になっていますが、最近多磨駅周辺で数回見かけられておりまして。けっして危険な青年ではないですが、行動に予測がつかないところがありますので、何かあったらすぐに警察にお知らせください。

雪子は予想外の知らせをどう受け止めたらよいのか分からない。つまり、事件が動いているということ――？

雨上がりの多磨駅の朝は、電車が入るたびにスポーツ少年たちやハイキング客、あるいは運転免許試験場へ行くのだろう急ぎ足の老若男女があふれだし、小野は眼の不調も忘れて切符の回収に、券売機の調整に、道案内にと忙しい時間を過ごす。人が何と言おうと駅員であることに過不足を感じない、余計なことも考えないひとときは、このところ続いている結婚式の準備の煩雑さへの嫌気をちょっと薄めてくれる。

昨日も、挙式での頼まれ仲人を、優子の勤める信金の支店長にするか、小野のほうの佐藤助役にするかで揉め、新郎と新婦各々二十五人ずつの招待客のリストで揉め、引き出物で揉め、もう全部君に任せると言ったらまた揉めた。明日は午後から、アミノバイタルフィールドで帝京と青山学院のアメフトの試合があるんだけど――。そう言いかけたとたん優子の眼がぴくっとつり上がり、ひょっとして君、月のもの？　バカなことを口走ったら、最後は座蒲団が飛んできた。どちらも、ちょっとマリッジブルーだ。

そうこうするうちに勤務終了になり、最後に九時二十三分の是政行きを送り出して改札を離れたとき、おはよう！　背中に聞き覚えのある声が飛んできて、一瞬にして背筋が凍りついた。振り向くと、先日会ったときより頬がこけたように見える浅井忍が、相変わらず場違いな笑みを浮かべて曰く、おまえ、栂野真弓の連絡先、知らない？

知らない。成人式の日に会ったきりだし。その答えはちょっと正確ではなかったが、ＬＩＮＥは？　フェイスブックは？　浅井はすかさず尋ねてきて、小野は首を横に振る。

おまえさあ、昔のこともあるし――。小野が口を濁すと、浅井はキツネにつままれたような顔をする。はあ？　その昔のことってやつが自分でもよく分からないから、本人に会えばはっきりするかなと思ってるんだけど。浅井は言い、今度は小野のほうが聞き返さずにはいられない。

なんだか知らないけど、栂野を探すのはマズいよ。最近、警察が野川事件の再捜査で動いているみたいだし。

うん、それは知ってる。まあいいか。検索かけたら済む話だし。

浅井は他人事のように言い、またふらりと改札を出ていってしまったが、その頭に、今日は土曜日で警大の授業がないことは入っていない。

小野は、同級生というだけの浅井忍から勝手に手荷物を押しつけられたような気分で考える。いまも何をするか分からない危うい感じがあるのは確かだが、だからと言って、おまえはまたあいつをチクるのか？　いや、べつに栂野真弓に義理はないが、あの上田朱美ならきっと、バカかおまえと浅井を一喝して、必殺回し蹴りを見舞っているのではないだろうか。

そうしてあれこれ迷った末に、小野は寄り道をして多磨町の栂野の家に立ち寄り、郵便ポストに手書きのメモを入れている。私は真弓さんの知人で、西武多摩川線多磨駅に勤務しています。今朝九時半ごろ、旧知の浅井忍が駅に現れ、真弓さんの連絡先を尋ねるので、知らないと答えました。とりあえずお知らせいたします、といった文面になった。

それから気分一新のつもりで、ＬＩＮＥで優子に〈昨日はごめん〉と書き送る。〈私も言い過ぎた〉の返事。〈アメフト、観に行っていい？〉〈誘ってよ〉〈誘う！〉

同じころ、警大正門の警備員は久しぶりに姿を現した浅井忍を見逃すことはなかった。今日は休みだと告げ、合田警視から預かっていた封筒を渡すと、忍は商店街のくじ引きで当たりを引き当てたような顔をした。

一方、栂野家の郵便受けに投じられたメモは、正午過ぎに夜勤に出る前の雪子の眼に留まり、すぐに特命班に内容が伝えられた。その際、合田が早朝に栂野邸に立ち寄って浅井が云々と注意を喚起していったことも一緒に伝えられたため、長谷川管理官は合田のスマホに電話を入れ、合田は自分の予感が当たったことを知って当惑した。もっとも、浅井の動きはいまのところ確信犯のそれではないと感じたし、長谷川にもそう伝える。

午後、特命班は早速、浅井忍の様子を尋ねるために小金井市東町の小野の実家を訪ねたが、そのころ小野はすでにアミノバイタルフィールドのスタンド席におり、優子が三軒茶屋で行列して買ってきたベーカーバウンスのハンバーガーにかぶりついているところだった。春季オープン戦でも、二部リーグ同士の試合は第一クォーターで早くも青山学院が六点先制する荒い試合運びだ。

小野は気づいていないが、がら空きのスタンドには合田の姿もある。レンタサイクルでの徘徊を中断して久々に関東大学リーグの試合を観に来たが、案の定、浅井の顔が浮かんだり消えたりで意識はフィールドの彼方へ飛んでしまっている。

30

浅井忍が思いがけない動きを見せたことで特命班の再捜査はしばし延命し、捜査は続けられる。それでも、いまや新たに掘り返せる鉱脈は限られており、たとえば十二年前には捜査が及ばなかった上田朱美の素行や人間関係についても、探せばそれなりにいろいろ出てくるものの、事件に結びつくような関係性は見いだせない。もしも朱美が同棲相手の男に絵の具の話をしていなかったら、事件との関連は絶対に浮かんでこなかったのと同じく、出てくるのはどれも、本来であれば誰にも掘り返されることなく忘れられ、埋もれていったはずの凡庸な不良少女の来歴に留まり、それ以上の広がりは見えてこない。裏を返せば事件は、十五歳の朱美とそれほど密接に結びつかないかたちで突発的に起きた可能性が高いということかもしれない。仮にそうだとしたら、朱美の鑑捜査がつねに壁にぶち当たる理由も納得がゆく。

一方、『栂野節子の人生と生活』と名付けられた事件のパズルも、もとより限られた人びとのごく小さな物語であって、ピースの数はごく少ないが、そこからさらに朱美と栂野孝一の二人が欠けてしまったいま、失われたピースを探し求める手段はますます乏しくなっている。

かくしてごく自然に、特命班の的は数少ない登場人物の生き残りである浅井忍と佐倉真弓、旧姓栂野真弓の二人に絞られることになったが、そこで特命班は協議の末に、一つの賭けに出る。

六月半ば、刑事たちは真弓の新生児が生後八週間になるのを待って、駒沢公園そばの真弓のマンションを訪問した。母親の栂野雪子から産後鬱の話は聞いており、なるべく刺激しないよう話の運びには十分に気を配ったが、少しずつ日光浴を始めたという母子は仕合わせを絵に描いたらこんなふうになるのではないかと思うおだやかなうつくしさで、刑事たちは少々戸惑ったものだ。

刑事たちは口火を切る。驚かれると思いますが、よく聞いてください。いまごろになって、警察がこうして事件当時のあなたと上田朱美さんの関係をお尋ねしているのは、朱美さんがあの日の事件現場にいた可能性が出てきたからです。

その一瞬、見開かれた真弓の眼には刑事たちが想像していたほどの驚愕の色はなかったが、驚かなかったのではなく、むしろ事の次第が理解できなかったのかもしれない。

朱美さんが事件現場にいたかもしれない、ということの意味はお分かりですか？

刑事たちは重ねて尋ね、真弓は鈍く首を横に振る。

朱美ちゃんが祖母を殺した――？

殺したかどうかは分かりませんが、お祖母さんが殺された野川の現場にはいたかもしれない。そう推定する状況があるのです。

そんな話――。

真弓の喉は嗄れ、続く言葉はない。刑事たちはさらに畳みかける。

仮に朱美さんが事件に関係していたとして、いまのところ動機はまったく分からないし、単独犯行だったかどうかも分かりませんが、朱美さんはお祖母さんに可愛がってもらっていた生徒だったのですから、面白半分の犯行だったとは思えません。どうでしょう、事件前にお祖母さんと朱美さん、あるいはあなたのご家族と朱美さんの間に何かトラブルがなかったか、思いだすことはありませんか？

朱美ちゃんが祖母を殺した――？　真弓は繰り返し、やはりそこで行き止まりになる。一方、刑事たちは慎重にその真弓の表情や口調を観察するが、朱美と事件の関係など露ほども想像していなかったという以外に窺えるものはない。

もっとも、これは警察が特例で開けた非常口であり、すぐに成果が出るとは刑事たちも期待していない。仮に真弓に思いだす何かがあったとしても、しばらく時間がかかるだろうし、その間に真弓の口から実家の母雪子へ、雪子から上田亜沙子へ、亜沙子から昔の朱美の同級生たちへと話が伝わり、そこでたとえば同級生の一人である小野雄太から浅井忍へと、朱美が重要参考人になっている話が伝わって、それを機にそれぞれの埋もれた記憶が甦ってゆけば、それだけで賭けは成功だ。

一方、想像もしていなかった話を聞かされたほうは、身に覚えのない荷物をいきなり押し付けられたようなものだ。それでも真弓は、自分でも意外なほど混乱はしていない。事件の日に携帯電話で聞いた朱美の声——眠たげで力が抜けたようにしょぼしょぼした声をくりかえし耳に甦らせては、むしろ不思議な心地に襲われ続ける。朱美ちゃん、あのとき嘘をついていたの？　何を言いたかったの？　どんな気持ちだったの？

いいえ、警察がいつも正しいとは限らない。真弓は慎重に自分に言い聞かせる。あの朱美ちゃんがお祖母ちゃんを殺すはずがないし、もしそんなことがほんとうにあったのなら、それはもう私の知っている朱美ちゃんではないということだ。だってあの日、電話の向こうで朱美ちゃんはすすり泣いていたし、そのおかげで薄情な私にもやっと悲しみらしいものが降りてきたのだから。実の祖母を失った私のほうが圧倒的に冷たい人間で、絵の先生を亡くして泣いていた朱美ちゃんの優しさが、逆にこたえたのだから。あの日の電話は、死ぬまで忘れはしない。

いいえ、警察は射るべき的を間違ってはいるが、いったいどこでそんな間違いが起きたのか。事件の前後の朱美ちゃんの行動？　朱美ちゃんとお祖母ちゃんの間に何かトラブルがあった？　事件の前の日に朱美ちゃんが水彩画教室をお休みしたのは、それのせい？　いいえ、十五歳の子どもと六十七歳の元教師の間に、どんなトラブルがあるというのだ。ひょっとして、誰かがありもしない話をでっち上げた？ もしくはそれこそ勘違いをした？ それがたまたま双方の耳に入った？ でも誰が？ いつ、どんな勘違いをしたというの？

いいえ、百歩譲ってそんな不幸な勘違いが起きたとしても、そもそも十五歳の子どもが六十七歳のお祖母ちゃんを殺そうと思うような話って何？ そんなものが朱美ちゃんにあるはずがないし、お祖母ちゃんにも殺されなければならないような事情などあるはずがない。

いいえ——、誰かの勘違いにしろ悪意にしろ、二人の間にささやかなトラブルが生まれたことまでは、ないとは言えないかもしれない。吉祥寺で未成年を買春していたお父さんの不品行は、お祖母ちゃんも早くから気づいていただろうし、お祖母ちゃんと両親の間でそれが諍いの種になったときに、お父さんの口から朱美ちゃんの援助交際の話が漏れた可能性もないことはない。いいえ、仮にそんなことがあったとしても、その程度の秘密を知られただけで人を殺すだろうか？

いいえ、それ以前に、この話のなかに私は入っていないの？ 父と母とお祖母ちゃんと、朱美ちゃんと私。あるいは浅井忍。事件の前後にあの家の周辺にいた人間の一人であるこの私は、ほんとうに何も知らないの——？

しかし特命班の予想に反して、真弓は上田朱美が重要参考人になっていることをすぐに周囲に話しはしなかった。

たとえば、刑事たちは日を置かずして、浅井忍の動きを口実に多磨町の梅野雪子を訪問したが、その口ぶりや表情からは娘から上田朱美の話を聞いた様子はうかがえず、何かあったのかと逆に尋ねられる始末だった。多磨駅の小野雄太も、栂野真弓の連絡先を尋ねてきたときの浅井の様子を刑事に話すときの表情にとくに変わったところはなかったし、近況伺いで訪ねてみた上田亜沙子も然り。最近は娘の死から少しずつ立ち直ってきている様子さえ見受けられた。

そして、これには刑事たちは大いに戸惑うことになった。ふつうなら、幼なじみが自分の祖母が殺された事件の重要参考人になっていると知った時点で、何をおいても母親には話しているだろうに。真弓はなぜ、こんなに重大な話を自分の胸にしまったままにしているのか。ひょっとして事件につながる何かを思いだした結果、逆に整理がつかなくなってしまったのか。そんな何かとは、亡父の孝一に関わることか？　被害者の節子自身に関わることか？　あるいは朱美と孝一、朱美と節子に関わることか？　いずれにしろ特命班としては、再度真弓に会って話を聞くほかはなく、そのためのタイミングをあらためて計ることになった。

一方、動きだしたかに見えた浅井忍も、多磨駅に現れたのを最後に、ぴたりとなりを潜めて十日が経つ。警大の守衛室に預けてあった手紙が浅井の手に渡って十日、合田はレンタサイクルでの徘徊を中断して、当てもなく多磨駅前に朝夕の十五分ずつ立っているが、それは駅員の小野の疑心暗鬼をつのらせ、さらには同じ駅を利用する忍の父親のほうの心証をも、無用に刺激する結果になったのかもしれない。ある朝、どちらの眼が先に動いたのか、合田は改札を出てきた浅井隆夫と三メートルの距離で相対したとたん、これまでとは違う怒声を浴びせられる。貴様、これ以上息子に近づいたら殺すぞ！　おい聞こえているか、殺してやるからな！

31

浅井忍は無職になったのを機に、反省の気持ちもあってコンサータの服用を自発的に再開したが、やはり呑むと眠れなくなるので、その日は睡眠薬のマイスリー十ミリグラムだけを呑んで久しぶりに二十時間も眠りこける。おかげで父親が自分のために昔の捜査責任者を相手に狂おしい怒声を発していることも知らず、さらに二度寝、三度寝を繰り返して眠気の泥に埋もれ続ける。

半月ほど前、ふいに無人のジェットコースターがゴトリと動き出すようにして栂野真弓の名前が額の奥で点滅し始めたのは覚えている。思い立って多磨駅まで足を運び、相変わらず脳味噌まで筋肉で出来ているような小野と相対して無駄な時間を過ごすうちに、短距離毒拡散弾を浴びて五万ダメージ。そのあと警大まで行ったら合田刑事の置き手紙が転がり込んできてちょっとダメージ回復したが、そのあとが砂嵐といった感じ。

そのうち職探しができない焦りが頭のなかで極大化して、大宮駅前の精神科のクリニックへ駆け込んだのが良かったのか、悪かったのかは分からない。簡単な問診だけですぐにコンサータを処方されたのは、それなりにヤバい感じになっていたということかもしれない。しかし、服用を始めると案の定眠れなくなってシャドバ人生に逆戻りしてしまったし、薬のせいで、これまであれもこれもとざわついていた懸案が、くっきりするやつ、どこかへ行ってしまったやつ、小声になるやつなどに分かれて、これがまだらボケというやつかと妙に感心するが、結果的には職を探せという声だけが大きくなった恰好で、たいして楽にならない。

しかも、薬がモグラたたきのように雑念を退治してくれるのはいいが、この間まで記憶の袋に入っていた大事な宝物をみなどこかで落としてしまい、あれもない、これもないとあらためてうろたえている自分がいる。いや、何かとても大事なものを失ったような気がするのだが、それが何なのか思いだせないのがひどく落ち着かない。そうだ、職探しはどこまで進んだ？　清掃会社は二社、落ちたっけ？　明日の分の履歴書は書いたか？　いや、なんで清掃会社なんだ？　そういえば警大で手紙をくれた人がいたような――いや、この俺に用があるような人間がいるのか？　それより十日前、俺は誰かに会いたいと思っていたのではなかったか？　そうだ、栂野真弓は見つかったんだっけ？　いや、それより今日明日にもバトルでルピを稼がないとデッキが組めない。バトルだ、バトル――。

半睡の淵で浮かんだり沈んだりしている間、一緒にミッドレンジネクロのデッキを構成する四十枚のカードが翻り翻りし、きらびやかなカードの城が築かれる。それを眺めながら、いまにも対戦の火ぶたが切って落とされる興奮に虚しく胸を熱くしていたかと思えば一枚、また一枚翻るカードがいつの間にかスナップ写真に代わっており、そうか、ずっと何か大事なものを失ったような気がし続けていたのはこれだったか、と自分に尋ねてみるが、答えははっきりしない。

そのまましばらくもやもやと行きつ戻りつし、ふいに雲が切れるようにしてシルバーのｍｏｖａの５０６ｉが額の裏に浮かび、あ、そうか、と思いだす。半月ほど前、シャドバの非公式戦などでしばらく家を空けていたときに、親父がやって来て家探しでもしたか、クローゼットに置いてあった５０６ｉが消えていた。元はと言えば二〇〇四年か五年に親父の新品の携帯電話を拝借してそのままになっていたのだから、怒っても始まらないし、コンサータが効いているせいか、全然腹は立たないのだが、あのころとしては破格の百三十万画素のメガピクセルカメラで手あたり次第に撮りまくった写真は、どれもこれもものすごくきれいだった——。いや、何を撮ったのか思いだせないのだから、ただそんな気がするだけだろうか。

忍はデッキのカードに見入るようにして、夢のなかの脳裏に並んだ数百枚のスナップ写真に眼を凝らす。小平西高の校門。道路。電柱。看板。ＪＲの電車。見覚えのあるものもないものもある。女子高生の後ろ姿。白のルーズソックス。カバン。女子高生。また女子高生。吉祥寺のロフト。また同じ女子高生。これ撮ったやつはマジ、ストーカーだわ、バカじゃねえの、おまえ。

次々に入れ替わる写真とともに自身の記憶を渡り歩くうちに、あらためて〈栂野真弓〉の名前が浮かび、そうか、吉祥寺で見かけてあとをつけたのはこの子だ、とぼんやり反芻しているが、強い感情などはやって来ない。ゲーセンで見かけただけの少女のどこが、どうだったのかも、ほとんど雲をつかむようだ。それでも、どこからこんな感情がやって来るのか、どの風景も懐かしい感じがし、幻想にしてもそこはかとなく仕合わせな時代だったのかもしれないと思うと、忍はいつになくやさしく満たされた心地になる。

期待に反して佐倉真弓、旧姓栂野真弓は動かず、ほぼ手が尽きた恰好の特命班は、六月末、最後に再び北大宮の浅井忍を訪ねてゆく。

忍は、思うところあっていまは薬の服用を再開しているという本人の言葉どおり、三月に会ったときに比べると別人のような鈍重な印象になっている。聞けば五月の連休明けに歯科技工所をクビになった後、先週には大宮区のゴミ収集を請け負う会社に再就職して、いまは週五日、念願だった収集トラックの助手席に乗っているというから、変われば変わるものだ。

前回、忍には浜田ミラや井上リナなど事件当時の高校生仲間の話や、その延長線上で上田朱美の印象などを聴いたが、事件そのものや事件前に多磨町の栂野邸の周辺で目撃したことまでは踏み込めなかった。ADHDの薬は総じて記憶や思考の活発すぎる展開を抑制するということなので、刑事たちは一抹の不安を抱きながら、事件前々日あるいは事件当日に栂野邸へ何をしに行ったのか、そこで誰に会い、何を見、何を聞いたのか、あらためて一つ一つ尋ねてゆく。

その間、忍はとくに刑事の質問を遮ることはなく、淡々と「覚えていない」「分からない」と繰り返したが、以前は持ち合わせていなかった忍耐の出動にも限界はあるようで、やがて眼に見えて注意力が散漫になってきたかと思うと、つまりあの家の周辺に犯人が隠れていたってこと？　それをぼくが見ていないかってこと？　と一気に短絡するに至る。無理、無理、薬のおかげで頭がきれいさっぱり掃除されちゃったから、もう何も残っていないし、何を聞かれても時間の無駄です、と。

しかし、その二秒後のことだ。忍の口から発せられた言葉に刑事たちは仰天することになる。忍はこう言ったのだ。

あ、そうだ。物理的な意味であの家の周辺ということなら、ケータイで撮った写真がたくさんあったけど、何が写っていたのかは思いだせない。五月の連休のあと、ぼくのいない間に父がここの家探しをしてケータイを持ち去ったみたいで、もう手元にはないし。

それは、事件のときに調べた君のケータイとは別のケータイ、ということか？

そう。無断拝借した父のケータイ。

君の親父さんが持っているのか――？

たぶん。処分していなければ。

最後の最後になってとんでもないブツが出てきたと、特命班が色めき立ったのは無理もない。忍が記憶していた携帯電話は二〇〇四年発売のｍｏｖａＮ５０６ｉで、色はシルバー。現段階で令状での家宅捜索までは出来なかったが、ともかく急ぎ係の捜査員をかき集め、浅井隆夫の帰宅時に合わせて小平のマンションへ押しかけてゆく。すると、事前に予想できたことながら、浅井隆夫は玄関先で捜査員を一瞥（いちべつ）するなり、ケータイは処分したと言い放ったものだ。

刑事たちは極力下手に出る。せっかく持ち帰ったのに、なぜ処分したんですか？

もともと私のケータイだ。忍を問い詰めようと思って持ち帰ったが、気が変わっただけだ。

保存されている写真は見ましたか。

見ていない。

しかし捜査員も、そう簡単に引き下がるわけにはゆかない。なんとかご協力いただけませんか。息子さんがホシでないことは分かっているわけですから——などと懇願しにかかると、処分したと言っているだろう！　信じられないんなら、家探しでも何でもしたらいい！　浅井はいきなり自分の手で玄関の靴箱をひっくり返し、続いて居間の押入れの荷物を外へ放り出し始める騒ぎになる。これには捜査員たちも白旗を掲げざるを得ず、日を置くほかないと判断して退散したが、もちろん諦めたわけではない。浅井は携帯電話を処分したと言うが証拠はなく、そこに保存されていた数百枚の幻の写真とともに、捜査はまた宙吊りになったというところだ。

浅井忍が事件当時隠し持っていたもう一台の携帯電話と、本人曰く六百枚ほど保存されていたというスナップ写真の話は、時を置かずして特命班の長谷川管理官から合田にも伝えられる。事件発生から十二年後にあらためて事件のダイヤグラムを作り、この二カ月ほどはレンタサイクルで現場周辺を巡りながら、ほぼ絞り込まれてきたと感じていた、その当の核心部分に近いものだったかもしれない写真たち——。そんなものがあったという事実に、合田は息が止まるほど衝撃を受ける。まさに、捜査責任者として事件現場周辺の不審者浅井忍の身辺を徹底的に洗わなかった失態が、十二年の月日を経てあらわになった恰好だった。

ともあれ、その同じ電話で長谷川は、浅井の携帯電話については冷却期間を置くほかなく、ここで再捜査をいったん打ち切る旨も告げていった。

かくして野川事件はまたしばしの幕間になる。

学校

32

季節は進む。盛夏の暑さが続いたかと思うと梅雨のような曇天に逆戻りする移り気な天気に、思わず空模様を仰ぐことの多い夏になった。六月下旬に都議会議員選挙の告示があり、武蔵野にも選挙カーの声がこだまして鉄道各線の駅前はしばし賑やかになったが、西武多摩川線沿線は武蔵境を除いてもとよりさほどでもなく、七月二日の投票日が過ぎると、人びとの暮らしはたまに襲いかかる短い驟雨(しゅうう)や季節外れの暑さに追い立てられながら、総じて平坦に過ぎてゆくばかりとなった。もちろん、我らが物語の登場人物たちも同様だ。

七月最後の土曜日はドラクエⅪの発売日だった。午前六時過ぎから都内各所の家電量販店の前に出来始めた行列のうち、池袋のビックカメラ前のそれには浅井忍の姿もあった。買ったのはＰＳ４版八千七百十五円だ。

同じ日、合田が通う矢切の野菜農家の息子たちも秋葉原で３ＤＳ版を買い、翌日曜日には畑の手伝いに来た合田も噂に聞いたⅪを眼にすることになった。夏の畑は黄色い花が咲き始めた落花生の追肥と中耕と土寄せで、畝(うね)の間に発酵鶏糞を手作業で撒いてゆく後ろから、耕運機で追いかけてくる息子たちが、Ⅺはなかなかいいよ、合田さん、絶対買いだと煽ってくる。だめだ、年寄りはモンストでもう手一杯だとあしらいながら、その実、合田はちょっと耳をそばだてずにはいられない。脳裏には、いまごろハイツにこもって新しいXIをプレーしているだろう浅井忍の顔が、ぽつりぽつり浮かんでは消える。

その想像どおり、浅井忍はかれこれ三十時間もコントローラーを握りしめており、ゲームはユグノア地方グロッタの町の仮面武闘会のバトルまで進んだ。しかし、メタル狩りで順調に主人公のレベルを上げてきたのに、ソードガードも思ったほど効かない。ずっと楽しみにしていた新作のわりに調子があまり上がらず、まだ序盤をうろうろしていてクエストもほとんどパスしている自分を、もう一人の自分が白けた顔で見ているのが分かる。ああいや、頭のなかが不気味に静かなのにも、もう慣れた、と思う。いや、慣れたというと言いすぎか。四月の予告映像で見た女武闘家――なぜ「姫」と呼ばれているのだろう――が出てきて、宙返りをしながらの見事な足払いを見せてくれ、あ、上田朱美――と思う。そうだ、この武闘家が上田。栂野がセーニャだ。

そして翌月曜日には、浅井忍は真っ赤な眼をして午前六時に会社へ出てゆき、それから数十分後にはその父浅井隆夫が今日も多磨駅に降り立って、勤め先の多磨霊園に向かう。実を言えば、六月初めに警大の合田へつい不用意な声をかけてしまって以来、ニアミスを避けるためにあえて少し早く出勤するようになっている。姿勢も若干うつむき加減で、駅員の小野の眼には和製キンブルがいよいよ追い詰められているように見えるが、和製ジェラード保安官補との間にあるらしい確執の中身まで想像が及ぶことはない。

一方、浅井忍もぱたりと姿を見せなくなり、栂野真弓の現住所を探し当てたのか否か、小野はちょっと考えてみることもあったが、所詮何日も考え続けるような話でもない。かくして多磨駅の日常は曜日に関係なく十二分間隔で行き来する電車と同じ平穏そのものに戻り、運行のトラブルや事故もない日々が続いた。落とし物もなし。券売機の故障もなし。酔っ払いすらいない。おかげでホームに立ち続ける小野の心身は、いつの間にか結婚にまつわる事柄に占領されることになり、うっかり交替の時刻を失念していて、ひそかに冷や汗を滲ませることもあった。そういうときは指差し呼称の声を張り上げてみたり、目薬を差し直してみたりして、急いで頭をリセットするが、なにかしらドッと疲れる。

すでに所帯をもっている者も多い幼なじみや同級生の連中はみな、どうやって暮らしているのだろうか。いくら好きな女性でも、一つ屋根の下で朝から晩まで一緒というのはどんな感じだろう。あらためて考え始めるとどんどん自信がなくなってゆく。ゲームは諦めるにしても、たとえば二人で一緒に観る映画をみな、どうやって決めているのだ？　一人になりたいときはどうしている？お袋が妊娠したとき、親父は十カ月間もどうしていたのだろう。風俗でも行っていた？

結婚式の招待状を送った高校時代の友人たちが、小野の結婚をダシにしてＬＩＮＥで遊んでいる。〈聞いた？　小野が結婚するって〉〈お相手は手堅く信金勤め〉〈胴長短足でも希望はあるということか〉〈誘うならいまのうちだ〉〈独身最後の記念にパアッと行く？〉〈バスケ部ＯＢでやる？〉〈真夏の闇鍋＆肝試し〉〈幹事は？〉

ホームに立つ小野の額に汗が光る。

真夏日の暑さになったお盆前、上田亜沙子は広すぎて人影もない小平霊園の道路に立っている。日傘の下でふと足が動かなくなった理由はとくにない。蟬の声を突き破って新青梅街道から届く車の音が、かろうじて亜沙子の身体を世界に引き留めているが、その眼には見渡す限り真っ直ぐに延びるアスファルトの道路も、両脇に広がる無数の墓石ももう見えてはいない。

都立霊園の永代供養権の今年の募集はすでに終わっているし、仮に来年応募しても倍率が高すぎるため、亜沙子は初めから民営霊園の永代供養墓を探しているが、それでもまだ迷いがあり、近くの霊園を一つ見学したついでにここまで足を運んできた。どうせ応募するのなら競争率は多磨霊園でも大差ないが、できれば小金井から一歩でも二歩でも遠いところがいい、と思う。近所の誰も知らない場所。母娘の二人だけの秘密の、ひっそりとした場所を探し歩いているが、民営霊園はどこも、合葬墓でも五十万円ぐらいはする。

ふと立ち寄ってみた小平霊園は、造りも風景も多磨霊園と地続きなのではないかと見紛う似通い方で、遠くへ来たという感じはまるでなかった分、ちょっとホッとしたのかもしれない。気が抜けたせいか頭が一回転して、亜沙子ははたと自問する。朱美をどこに眠らせてやっても、私が死んだあとはどうなる？　永代供養といっても、どこもたいがい三十三年で切れる契約になっていることを考えると、いっそ散骨したらどうだろう――。

新たな思いつきに背を押されて、亜沙子の足は再び動きだす。散骨といっても、どこがいいだろう？　朱美なら、どこへ撒いてほしいと言うだろう？　海？　山？　宇宙？

二時間後、亜沙子は真っ昼間の野川の岸辺に立っている。東八道路を横切るとき、栂野邸のすぐ近くだと一瞬考えたが、それもすぐに忘れて武蔵野公園のなかを野川へと急ぐ間、亜沙子は無意識に、いつか朱美が写生してきた川と道の風景を目指していた。正確には朱美がどこを描いたのか分からないが、子どものころから自転車で走り回っていた野川沿いのどこかではあるはずだ。夏休み前の真昼の岸辺にはザリガニを探す子どもの姿もなく、じりじりと降る日差しだけが草を燃え立たせる。この辺りだろうか。亜沙子はとくに根拠もなく岸辺を眺め、眼を細める。

亜沙子には、白いTシャツと短パン姿の朱美が見える。サンダルの足を草の斜面に投げ出し、栂野真弓と一緒にスケッチブックを膝に置いて写生をしている十五歳の朱美だ。近くには無造作に放り出された自転車もある。ちゃんとスタンドを立てないので、いつもスポークやハンドルが泥だらけの、可哀想な自転車。少女二人はお喋りに夢中で、ちゃんと岸辺の景色を見ているのかどうか、大いに怪しい。絵筆は勝手に右へ行ったり左へ行ったりし、キャハハ！　ヒャハハ！　二人は笑い声を噴き出させる。二人の眼の前の岸辺は、ドラクエの主人公たちがトットッと跳ねるように駆け回る冒険の道だ。行く手にはスライムやドラゴンや魔人たちが待ち構えており、メラだのギラだのイオラだの、二人は呪文を口々に唱えてはまた、キャハハ！　やった、クリア！

そこにあるのは野川の流れと、噎せるほどの草の匂いと夏空だけで、亜沙子はそこからほんの七、八百メートル東へ下った野川公園内の岸辺で栂野節子が殺されたことをちらりと思いだすこともない。昔から物騒な事件は苦手な亜沙子は、十二年前の野川事件についても勤め先で同僚から又聞きしたに過ぎず、犯行があった正確な場所などはもとより知らないし、知ろうとしたこともない。もちろん、高校生になった朱美が武蔵小金井や吉祥寺で遊び明かしたあと、ときどき自転車で野川公園を走り抜けていたことも知らないが、中学生のころの写生の淡い思い出を頼りに、遺灰はここに撒こうかと、亜沙子はぼんやり考えている。ねえ朱美、真弓ちゃんと一緒に声を上げて笑っていた夏の、この岸辺はどう？　ここなら虫も鳥もモンスターもいて、寂しくないでしょう？

同じころ、亜沙子のいる野川の岸辺からほんの四、五百メートルしか離れていない多磨町の自宅で、栂野雪子は長い間手つかずだった孝一の遺品の整理を進めている。お盆までに衣類だけでも片づけるつもりで始めたのに思ったほどはかどらず、本人が生きているときにはやって来なかった種々の思い出がぽつりぽつり過ってゆくたびに白々とし、ちょっと放心する。孝一とのさまざまな出来事から当時の意味や感情がみな抜けてしまってもなお、頑固なシミのように心身に張り付いて消えないのが、夫婦の記憶というものなのか。

雪子は、夫の身だしなみにはわりに気を遣っていたつもりだが、カシミヤのニットの裾がわずかに撚れていたり、ジャケットのボタンの糸が緩んでいたりするのを発見しては思いがけず気がふさぎ、何かを考えるともなく考え、ため息に溶かして排出する。そう、妻として夫の身だしなみに気を配るどころか、事実は逆だったというほうが真実に近いことを、もう否定する気もない。初めから愛情などはなかったことも。いまはただ、耐え難いほど寂しい人だったと思うだけだ。冷淡な妻のおかげで風俗通いに堕し、性病をもらってきては妻や姑に心底軽蔑され、家庭に居場所を失っても、外では真面目な家庭人を演じていた、そういう人の伴侶を演じていなければならなかった妻もまた、ろくでもない人間だったというだけのことだ。

合いのジャケットの内ポケットから、吉祥寺プラザの映画の半券が出てくる。『NANA』。二〇〇五年九月十日。主演中島美嘉、宮﨑あおい。当時、同僚の看護師たちが読んでいた少女漫画の映画化だったような記憶が甦る。孝一の趣味だったはずはないそんな映画を、誰と一緒に観に行ったの？　どこかの女子高生？　チケットを買ってあげたの？　雪子にもう腹立ちなどはない。ぞっとするほど寂しい人だと、あらためて思うだけだ。

眼を上げて、ふと我に返る。居間のガラス窓越しに野川公園の緑に染まった夏の日差しが照り輝き、蟬の声が滝になって雪子の眼と耳を覆う。白いレースのワンピースを着て、写生に飛んでゆく真弓の姿が見える。塀の外にはTシャツと短パン姿の上田朱美がいる。白いTシャツの胸に、たったいま膨らんだばかりのような小さなおっぱいの山が二つ。あらぁ、下着付けてこなかったの？　なんて自由な子！　雪子は思わず声を上げて笑う。


一・五キロ南の朝日町の警大では、合田が捜査実務その4、擬律判断の講義の下準備をしながら、少し影が長くなり始めた午後の夏日に眼をやる。午後一番に定期検診を受けにいった友人から、終わればメールが入ることになっているが、検査が増えたのか少し時間がかかっている。最近、そんな些細なことが気になると同時に薄雲がかかるようにして不安が湧きだし、広がってゆくようになっている。空には小型機の音もなく、蟬の声だけが響き続ける。

33

〈栂野がママになったよ〉〈おめでとう！〉〈やっと三カ月。新米ママはへろへろです〉〈お嬢ちゃん？　坊ちゃん？〉〈女の子。でも髪はまだ(・_・;)〉〈どこかで会わない？〉〈女子会はどう？〉〈栂野、出られる？〉〈出られます！〉

真弓は府中第二中時代の友人たちのＬＩＮＥで誘い出される。高校とも大学とも違う、地元中学ならではの素の感じが、久々に懐かしかったのかもしれない。あるいは、新生児に悪戦苦闘する日々でも、きっかけさえあればそれなりに開放的な気分になるのが夏の日差しや、アイスやスイカや素麵などの風物なのかもしれない。二つ返事の姑に子どもを預けての、出産以来の一人外出に、自分でも意外なほどこころが躍る。

吉祥寺の東急百貨店の先にあるリゴレットという小洒落たカフェに、中学時代のクラスの友人八人が集まり、ランチを取る。週日の昼に集まれるのだから全員主婦で、四人が子持ち、二人が妊活中、二人が子どもを持たない主義という内訳だが、ひとたび顔を合わせたが最後、みなしばし現実は遠のいて十三、四の少女に戻ってしまい、同級生や教師の誰それの話、授業の話、部活の話、買い食いの話、修学旅行の話と微に入り細を穿ち思い出が次々に爆発する。

それはやがて学校を離れて近隣へ、武蔵野の森公園へ、府中駅前の伊勢丹と広がり、あれが美味しい、これがイケている、あそこはイマイチと行ったり来たりしながら話に花が咲く。そのうち何かの拍子に一人が真弓に話しかけてきて、そういえば三年の冬に真弓ちゃん、インフルエンザで学校休んだの、覚えてる？　野川公園のそばのお家に学校のプリントを届けに行ったら、ちょうど水彩画教室の日で、東中の子が来ていたの。名前は知らないけど、バレーボールの試合で見たことがある子。ずっと忘れていたんだけど、この三月に上池袋で殺された女性の顔をテレビで観たとき、あの子だと思ったの。真弓ちゃん、誰だか覚えてる？

誰？　誰の話？　ほかの友人たちも顔を寄せてくる。三月に上池袋で同棲していた男に殺された女性がいたでしょう？　ああでも、別人かもしれない。真弓ちゃん、覚えていない？　ううーん、分からない。いろんな子がいたし――。真弓が言葉を濁すうちに、話題はもうデザートのほうへと飛んでゆく。

友人たちと別れたあと、真弓は吉祥寺駅へ向かう道すがら、ごく平凡な同級生たちがみな昔の出来事を事細かに記憶していることへの戸惑いに押しやられ続ける。ひるがえってほとんど何も覚えていない自分は、結局中学生活に興味がなかったということだろうか、それとも何かが記憶の出口をふさいでいるのだろうか。名前すら知らない他校の生徒の顔を覚えている子がいるのに、自分は中学三年のときにインフルエンザで学校を休んだことも覚えていないし、そのとき水彩画教室に朱美が来ていたことも覚えていない。当時の朱美なら、間違いなく私を見舞いに来たはずなのに。結局、私は朱美にさえ興味がなかったということだろうか――？

いや、そんなことはどうでもいい。朱美が事件現場にいたという警察の話がほんとうなら、私はもっと思いだすべきことがあるはずだ。朱美とお祖母ちゃんの関係。お教室のこと。吉祥寺での援助交際のこと。ミラやリナが父を恐喝していることを、いったい朱美は知っていたのか。吉祥寺で朱美は父を見たことがあるのか、などなど。記憶の出口をふさいでいるものを思いださなければ、私はこのまま鬼か悪魔になってしまう。

駅が近くなってくるにつれて、真弓の足は東口のほうへ逸れ、昔より明るくのっぺりとした商業施設の凹凸や看板の色に吸い込まれる。信号が変わると、オデヲン座の脇からいまにも父が現れそうな気がしたり、女子高生の二人連れがミラとリナに見えたりし、真弓自身も予備校をサボってゲーセンに急ぐ高校生の身体に戻って、前へ前へと足が出る。あのころも、自分はこうして父や朱美を探していたことがあったような記憶がかすかに甦る。ミラたちの思わせぶりな口調や視線に何かを感じ、それなりに勘を働かせアンテナを巡らせて、危険な裏通りを泳いでいた少女の緊張や快感や絶望をなんとなく思いだす。

そうだ、どこかで父を見かけたような気がするが、この東口ではない。吉祥寺ではない。では、どこで見た？　それとも見たというのも記憶違いだろうか？　朱美を見たのはロフトやロンロン、あるいはパルコのほかにどこかあったか――？　真弓はしばし帰宅する時刻も忘れ、赤ん坊のことも忘れて当てもなく駅前に立ち尽くす。突然、無性に朱美に会いたくなり、嗚咽（おえつ）が一つ溢れでる。

天候不順の夏が過ぎてゆく。

34

警大の午後の階段教室で、合田は捜査実務その4、擬律判断の講義を続ける。居並ぶ未来の捜査責任者たちは、各々の地元に帰任したあかつきには早速、個々の現場で犯罪成立の可否を判断し、適用すべき罰条を決めてゆくことになるが、実行行為とその結果の因果関係の見極めは、実際にはそれほど単純でも容易でもないことを合田は繰り返し強調する。

たとえば、足の悪い高齢女性が、人けのない冬の公園で歩行車から転げ落ちた状態で死亡していた例を見てみましょう。これは皆さんもご存じかもしれない、二〇〇五年に近くの野川公園で実際に発生した事件です。未だに犯人も動機も分かっていません。被害者はこめかみに挫滅創があり、歩行車に血痕が付着していたことからひとまず事件と判断されましたが、当然ながら自分で転倒した事故の可能性も除外されてはいません。ちなみに財布は手つかずで残されていました。さて、現場の公園には女性の死体が横たわっていたわけですが、そこで皆さんは何を考えますか？　構成要件に相当する実行行為と結果の関係次第で、殺人、殺人未遂、傷害致死、もしくはその未遂である傷害もしくは暴行のいずれのケースもあり得ることはお分かりですか？

そうしていくらかは自身の気持ちを整理する一方、動きかけたかに見えてまたぱたりとなりを潜めてしまった事件への無念や口惜しさが、ひたひたと打ち寄せてくるのを止められず、浅井忍はどうしているのかと、知らぬ間に思いを馳せている。いまはまだ、ドラクエⅪの完全攻略で忙しいのか。頭の騒音が消えたいま、もう昔の因縁の刑事など忘れてしまったのか。

翌八月十九日の土曜日も、合田は擬律判断のレポートの採点で午後を潰しながら、浅井忍を待つともなく待ち続け、もうそれほど長いというわけではない人生のいくらかを無駄にする。

夕刻、その視線の先で窓の外の空が急激に翳ってゆき、武蔵野はあっという間にしのつく雨の底に沈む。直線距離で北西に一キロ足らずの多磨霊園で浅井隆夫が走り、同じく猛烈なゲリラ豪雨になったさいたま市大宮区で浅井忍が走り、多磨駅では雨宿りの人びとが雨の滝を仰ぎ、小野雄太がずぶ濡れになって自在ホウキで側溝から溢れた汚水を掃きだす。事務室から顔をだした助役が、多摩川の花火大会中止だって、と言う。

多摩川の花火大会が雷雨で中止になった夜、予定変更を余儀なくされた数十万人のなかには、我らが登場人物たちも含まれる。合田と高裁判事の中高年二人連れは、しけこんだ駒沢の焼き鳥屋で変わり映えしない刑法談義をして雨の夜を潰す。当夜の肴は構成要件だ。犯罪成立の可否を判断する際に、犯罪類型とは別に構成要件の概念が必要になる理由をなかなか理解してもらえないと合田が愚痴をこぼすと、近代刑法の犯罪概念が精密すぎるか、おまえが真面目に説明しすぎるせいか、どっちかだなと加納は一蹴して笑う。いや、こうも言えるぞ。故意か過失か、責任を問えるか否かを問う前提として、一定の法益侵害を生じさせる行為の型を、あらかじめ構成要件として厳密に規定しておく必要がある——なんてことを考えるやつに、神は要らないということかも。加納はいきなり怪しげな飛躍をする。まったく、毛が三本足らないのは自分のほうか。ふだんより焼酎が進んでいるところを見ると、友人の身体の調子はまずまずなのかもしれない。

しかも加納は、自身の体調がよいときは人のことに気が回るらしく、おまえ、また何か抱え込んでる？　顔に〈くそったれ〉と書いてある、などと言いだす。この友人の眼はごまかせないので、まあな、と適当に答える。野川事件か？　まあな。俺にできることはある？　ない。相談も？　ない。愚痴は？　口にするだけでも気がへんになりそうだから言わない。合田は言い、だったら言うな、加納は返し、親爺さん、こいつに焼酎をロックでもう一杯、すかさず注文してくれる。

アルコールのせいで逆にふくらんだ失意や懸案を、さらにアルコールで溶かしだすことなど出来るわけもないが、そばに友人がいるおかげで、今夜は慚愧（ざんき）の念もほんの少し緩んでいるのかもしれない。胸のうちにへばりついて離れない失意の素を、合田は恐る恐るそっと引っ張りだしてみる。浅井忍が携帯電話をもう一台もっていたなんて。事件前後の栂野邸とその周辺を撮った写真が数百枚もあったなんて——。

何があっても、取り返しのつかないことは忘れるが勝ちだ。霞が関を見習え、厚顔無恥と健忘症で目指すは年金満額受給だ、そら！　友人にけしかけられて三杯目の焼酎で乾杯する。喉に流れ込むアルコールと一緒に、くそったれと自分に吐き捨てる。

夏が過ぎてゆく街に雨が降り続く。

浅井隆夫もまた、このところ持病の鬱がひどくなっている妻を連れだして花火見物に行くつもりだった足を挫かれてしまい、小平のマンションで独り、焼酎と、隠し持っていた携帯電話一台を手にしている。夫婦で出前の寿司を食ったあと、弘子は食卓を片づけもせずに寝間に引っ込んでしまい、もう物音もない。双極性障害やＡＤＨＤのせいで家事や片づけが苦手な弘子を追いつめ、ものを散らかさないよう座蒲団一枚もない空っぽの家にしてきたのは自分だったが、忍が独立したいまは、弘子にかわいそうなことをしたと思わないではない。しかしアルコールが入ると、辛いのは自分も同じだ、忍のＡＤＨＤはおまえの遺伝だという気持ちがどうしても前に出る。

浅井は昔の携帯電話に保存されている写真を眺め続ける。十二年前は特捜本部が立ってすぐに警察を辞めたので、事件の詳細は初めからほとんど知らないし、あえて知ろうとしたこともなかった。そういう自分には、事件前後に忍が撮った六百枚ものスナップのなかに、仮に事件の真相につながる何かが写っていたとしても分からないことは初めから承知している。それでも、数十回も繰り返し見ておれば、路傍の電柱や飲食店の看板一つも見覚えのある風景になってゆき、まるで自分がその場にいたような錯覚を覚えて、捉えどころのない十代の心象になっていたりする。

もちろん、被害者の孫娘にストーカー行為をしていた忍だから、野川公園前の住宅のスナップはおそらくその娘を狙ったのだろうと推測できるが、娘が写っていないものについては何を狙ったのか見当もつかない。あまり解像度のよくない画像のすみずみに眼を凝らし、このガラスに映っているのは向かいの家の住人だろうか、この角にある自転車は誰のだ、この公園の入り口の奥に見えるのは人影か、被害者の家のほうを見ているのか——などと、知らぬ間に見入っている。

いや。この俺こそ、いったい何をどうしたいというのだろう。こんな写真、撮影した当人だってとっくの昔に忘れているだろうに、警察が家探ししてまで手に入れたい理由は何なのだ？　何度も自問してみるが、警察への積年のわだかまりが邪魔をして一歩も先へ進めない。こんなもの、いっそ廃棄してやるか、それとも——。当てのない堂々巡りのまにまに忍の顔が浮かんだり沈んだりし続ける。


同じころ、ＪＲ国分寺駅に近い一軒のハイツでも、花火を諦めた小平西高の元バスケ部七人と小野雄太が転がり込んで、男ばかりの呑み会になっている。

おい、ビール！　焼酎、呑むやつ！　一人暮らしの男の部屋に各自が適当に持ち寄ったアルコールや総菜や袋菓子が広げられ、手から手へしばし紙コップや紙皿が飛び交う。それと一緒に小野のスマホが行き交い、優子のスナップにどっと男たちがどよめき、沸く。

お、美形じゃん！　壇蜜に似てなくね？　あ、似てる、似てる。小野にもったいねえよ、世の中、不公平すぎるわ。そもそも小野が結婚一番乗りなんて、ありえねえよな。いや、一番ありそうもないやつが一番をかっさらっていくのが世の中だろ。それにしたっておまえ、こんな美形どこで捕まえたんだ？　まあ真面目にコツコツと——かな。ヘッ、やっぱり大手に就職したやつは違うわ、生活安定しているものなあ。俺なんか、朝から晩まで数字、数字で。この夏は雨ばっかで外回りはきつかった、なあ？

唐揚げ、こっちへ回して！　ポテト、あるぞ。それにしたって、おまえこんな趣味だった？　いやまあ、成り行きというか――。なあみんな、昔の小野の趣味と全然違うよなあ。だって、こいつが追いかけてたの、あの宙返り女だぜ。うそつけ、追いかけてないって。おい待て、宙返り女って誰？　上田朱美。ああ、あの男みたいな。ああ思いだした、燃焼系〜燃焼系〜。上田って、池袋かどこかで殺されたやつ？　そう、その上田。キツいな、それ。

　そういえば、小金井北のバスケ部の主将だった玉置、覚えてる？　俺らの二つ上。俺らが一年のときに向こうは三年で、他校の女子までキャアキャア言ってたやつ。上田、あいつが好きだったんだ。え？　上田朱美が玉置を？　無理じゃん、あの燃焼系じゃあ。でも、吉祥寺で一緒に歩いているのを見たって話、有名だったぜ。それであのへんの女子どもが、上田にヤキを入れたとか何とか。そういや、玉置もいまは電通マンだって。ケッ、知るか。

　おい小野、何をぼんやりしている？　おまえさあ、壇蜜と週一ぐらいでやってるの？　それとも週二？　そんなヒマな鉄道マンがどこにいるか、アホ。

　小野は雑談の波打ち際で、ちょっと放心する。上田朱美と小金井北高の玉置――？

　アルコールの勢いを借りて思い返してみる。高校一年のころ、来る日も来る日も部活一筋で、クラスの友人たちや通学時の風景などほとんど眼に入っていなかったが、それでも朝はいつも眼で上田朱美の自転車を探していた記憶がある。関東予選やインターハイ予選の試合で、小金井北とは同じブロックになることも多かったので、玉置はよく知っているし、都立ではけっこういい線まで行くことの多かった小北の主将となれば、女子の声援がすごかったことも知っている。それでも、その風景のなかに上田朱美が入っていないのはなぜだろう。文字通り、幼なじみというだけで、それ以上の関心はなかったということだろうか。

高校時代、朱美は遠目にも不良少女だったし、吉祥寺で遊びまわっている話は聞いていたが、玉置と一緒だったというのはほんとうか？　他校のモテ男など関心もないし、いまさら真相を知ったところで何がどうということもないが、自分が知っていると思っていた世界は、実際には事実のほんの一部でしかなかったことに、小野は少し考え込まざるを得ない。自分の生きていた世界が狭かろうが広かろうが、その外側には必ず自分の知らない世界が広がっているのだとしたら、上田朱美も、栂野真弓も、浅井忍もみな、自分が知っているのとは若干違う人間だったのかもしれない。もちろん野上優子も――。

否、これもいくらかはマリッジブルーの延長だと思う一方、世の数多の未解決事件はこんなふうにして生まれるのではないかと、小野はもっともらしいことを考えずにはいられない。野川事件の犯人が分からなかったのは、たまたま自分を含めた周辺の人間たちの知らないことが多すぎ、結果的に真相解明に必要なピースが揃わなかったのかもしれない、と。あの浅井忍だって、モンストやドラクエでいっぱいの頭で行きずりの女子をストーカーするなんて、ちょっと考えただけでもヘンじゃないか。上田朱美が玉置とできていたというが、だったら同じ小北の生徒だった栂野真弓は知っていたのだろうか。みんな、それぞれ知らないことがいっぱいある世界で、チクったりチクられたり、気づかれたり気づかれなかったりしながら、自分たちはたまたま何とかうまく十代の橋を渡り切り、朱美は渡れなかったというのだろうか――。

35

しのつく雨が安普請のハイツの屋根を叩き続ける。耳から入ってくるその音に脳味噌を直に叩かれながら、浅井忍はベッドに沈み込んだまま動けない。こころを入れ替えてコンサータを欠かさず服用し始めたら、これだ。ドラクエⅪは初回クリア後、裏ボス攻略に備えてレベル上げをするつもりでイベントをいくつかこなしかけたが、どこかで手が止まってしまったのが昨日だったか、一昨日だったか。伸ばした手の届くところからコントローラーも消えてしまい、代わりに摑んだのが空のペットボトルだった。それを投げ捨て、両肘を支えにして三十センチ這い出し、また頭から脱落する。

いや、ひょっとして鬱が来ている——？　いや、それならまた薬を貰えばいいだけのことだ。おい起きろ、なんとか起き出してこの無間地獄みたいな怠惰にケリをつけなければ、また仕事を失ってしまう。あの積み木を崩すような職探しの徒労感はもういやだ。起きて顔ぐらい洗わなければ——。

そうして朝方まで焦りまくっていた声もいまはどこかへ退いてしまい、代わりに出るに出られない何かの思いが糞詰まりになっているような感じがし続ける。結局のところ、薬のおかげで頭の掃除はできたが、掃き出されたゴミは消えたのではなく、ただ見えなくなっただけなのだろう。脳の記憶装置には、あとで取り出せるか否かはべつにして、その人の経験のすべてが例外なく保存されると何かの本に書いてあった。それが事実なら、長年ごった煮をミキサーで攪拌しているようなものだったこの頭にも、山ほどの記憶がばらばらの断片になって、冷えた大鍋のどこかに埋もれているということだ。ドラクエで言えば大陸から大陸へ、町から町へと駆けまわる主人公や仲間やモンスターたちの賑やかな点滅の一つ一つが、砂粒に混じって残っているということだ。

しばらく薬を呑んでいなかった時代の、四六時中そこらじゅうで飛び跳ねていた閃きや思考や感情のいくつかが、枕のなかでダマになった詰め物のような感じでゴロゴロしながら、何かを訴えてきている。外へ出せ、自由にしろと囁き、うごめきながら、何かの触手を伸ばしてくる。そうだ、いまより好きに生きていたあの時代に戻ったら、気分が変わるかもしれない。あの時代？　新品のカメラ付きケータイを手に町から町へ、坂上から坂下へ、坂下から坂上へ、公園へ、住宅地へと飛び跳ねていた時代か？　そこには誰がいた？　栂野真弓と、呪われしゼシカと――。

佐倉真弓、旧姓栂野真弓は多摩川の花火からもゲリラ豪雨からも切り離されて、娘と二人、午睡からほんの短い覚醒へ、そこからまた夜の眠りへと境目もなく移ろい続ける。生後四カ月になった娘は少し首が据わり、眠る時間も定まってきてずいぶん楽になった。片時も眼を離せないことに変わりはないが、数カ月分の睡眠不足を取り戻すようにして、真弓もまた娘に負けじとよく眠る。

もっとも、娘の肌の匂いや弾力や産毛の肌触りなどが知らぬ間に誘う夢は、それほど和やかなものではなく、むしろ母子の平穏な時間に水を差すような陰鬱な記憶の断片であったりする。しかしその理由も、先日思い立って多磨町の実家のロフトに置いたままにしてあった中学高校時代の手帖や日記を持ち帰ってきたことからきているのは分かっており、真弓は必要以上に自分を訝ったりすることはない。実家で久しぶりに会った母にも、心配しないようできるだけ言葉を尽くして、いまの自分の気持ちを説明した。その際、祖母の殺害現場に上田朱美がいた可能性があるという警察の話も母に伝え、母はいまにも卒倒しそうだったが、真弓は冷静に応対した。でも朱美ちゃんが関係しているとは限らないし、朱美ちゃんとお祖母ちゃんのためにも、私は事件前後のことをもっと正確に思いだしたいのだ、と。これから百合を育ててゆくためにも、自分自身の気持ちを整理しておきたいの。それだけのことだから心配しないで。私、ずいぶん強くなったんだから。

いくらかはきれい事だったかもしれないが、真弓は実際、娘に触れるたびに自分の腰が据わってゆく実感もある。大丈夫、ママは大丈夫。寝入るとき、目覚めるとき、真弓は繰り返し娘の耳元で囁く。

いまね、ちょっと夢を見ていたわ——。昔のお友だちが夢に出てきたの。ママのお祖母ちゃんに絵を習っていて、お祖母ちゃんのお気に入りの生徒だった子よ。中学三年のとき、垂直跳びで五十八センチも跳んで、おまえ前世は男かって教師に言われたんだって。名前は朱美ちゃん。ママが真弓だから、ちょっと響きが似ているね——。そうして声にださずに娘の寝顔に語りかけながら、真弓は夢に出てきた十五歳の朱美の姿を見つめて放心する。その朱美がくぐもった声で尋ねてくる。真弓ちゃん、初体験は——？

あのころの朱美の声は、いつも寝起きのようにボソボソとして聴き取りにくかった、と真弓は思いだす。磨りガラスを一枚はさんで会っているかのようで、すぐ近くにいるのに近さが感じられない。いまにも輪郭が薄れて消えてゆきそうで、なんだかホログラムが喋っているようだった、と。いや、これは自分の記憶のなかの朱美で、ほんとうは違ったのかもしれない。それでもこうして夢のなかで会えるのは、電気仕掛けのピエロになったり、歌いながら宙返りをしたりの陽気な朱美ではなく、気がつけばよく理解できなくなっていた薄昏い朱美ばかりだ。

初体験は――？　朱美はなにかしらくすんだ眼でこちらを窺い、返事を待たずに、大人になるって面倒臭いね、自分のほうからそんな意味のことを言って薄笑いした。それは覚えているのだが、そのとき自分がどういう応対をしたのか思いだせない。だいいち、あれはいつのことだったのだろう。高校一年の春か、夏か、秋か。自分は男子との初キスさえ大学に入ってからだったので、朱美の初体験云々には相当な驚きや違和感があったはずだが、なぜ覚えていない？

真弓は腕のなかで乳を吸う娘に溜め息を吹きかけ、百合が寝たら今日こそ日記を確かめなくてはと思いながら、夢の続きを見る。母には偉そうなことを言ってわざわざ持ち帰ってきた日記だが、いざ開いてみると文字の一つにも気恥ずかしさを覚えて三秒で閉じたくなり、実際にはまだほとんど読めていない。まったく意気地がない。一方、夢のほうもあれこれ浮かんではくるが、不連続で脈絡がなく、思いださなければと思い詰めているはずの気持ちを裏切っては次々に脱線してゆく。いまも、目鼻立ちのはっきりしない数人の男子が小北のピロティにたむろしてこちらを見ているのだが、あれは誰？　いや、そもそもこちらを見ているというのが気のせいなのか。自意識過剰の十代の、なんとも面倒臭いこと。

ほんとうはね、ママは自分で思っているほどモテなかったの。堅いし、面白くない中途半端な優等生タイプ。恋に興味はあったけれど、とくに好きな男子もいなかったし。モテる男子は軽いって勝手に決めつけていたし。いやな女子ね。あ、でも——ちょっと気になっていた上級生がいたかもしれない。名前は忘れたけど、バスケ部の主将の——。


夜半には雨が上がり、むっとした湿気と沈黙が武蔵野を押し包む。例年なら風向きによって遠雷のように低く伝わってくる花火の音がなかった分、いつもより早く降りてしまった夜の帳（とばり）が、独り暮らしの女や男の時間を引き延ばし、所在無さをつのらせて、ときに有るか無しかの些細な不安や疑念をことさらにふくらませてゆく。そして、そういう物思いにはたいていアルコールが入っているものだが、多磨町の栂野雪子も、いつの間にか七二〇ミリリットルの瓶入りの梅酒が三分の二ほどに減っていて、身体もこころもダイニングテーブルごと地球にのめり込みかけている。

雪子はもう何度考えたかしれない。警察は根拠のない話では動かない。それなりの根拠があって上田朱美が事件現場にいたという結論に至ったのだろうし、だからこそ春先からしきりに十二年前の事件周辺の人間関係を尋ね回っていたのだろう。十五、六の少女が恩師に手をかけた理由など想像もつかないが、警察はそれもすでに摑んでいるのだろう。朱美はもう死んでいるので、早晩、母が殺された事件は被疑者死亡で書類送検されるのかもしれない。でも——、と思う。社会的にはそれで一区切りになっても、遺族の私や真弓、あるいは上田亜沙子の気持ちはどうなる。

いったい亜沙子さんはこのことを知っているの？　いや、たぶん警察は何かの深謀遠慮があって母親には娘が事件に関係していることを話していないに違いない。もし話していたら、あの人なら正気を失うか、電車にでも飛び込んでいるかだろう。私だって、仮に娘が殺人犯だと知らされたらどうなるか、想像することもできない。いや、でも――。

雪子は、ロフトから昔の日記などを持ち出していった真弓がいまごろ何を思い返そうというのか、さらに訝ってみる。当時から一瞬脳裏を過ることもあった娘への仄かな違和感が、舌に残ったかすかな苦みのように甦り、消える。ときどき感じてきたことだが、真弓は事件の前後の事情について何か大事なことを知っているのだろうか？　いやそれ以前に、そもそもあの朱美ちゃんがどうして人を殺すの。大事な絵の先生を殺す理由がどこにあるの――。そう自分に言い聞かせながら、雪子は腹の底が震えだしているのに気づいて放心する。これは母を殺した人間への怒りか？　いまさらいったい誰が、誰に怒っているというのだろう――。

そのとき栂野雪子がそれほど酔いつぶれていなければ、居間のガラス窓越しに表の道路に立っている浅井忍と、雨上がりの路傍に停められた黄緑色のレンタサイクルが見えたのかもしれない。しかし、どす黒い酩酊の底にはＬＩＮＥの着信音も届かず、ましてや家の外の無言の訪問者に気づくことはない。

その浅井忍は、どうしようもない気分が高じた末に、ついにドラクエⅪもゲーム機も放り出して北大宮のハイツを飛び出してきたが、薬の服用をやめていたときのように雑多な物思いが次々に混線して世界がぐるぐる捩(ねじ)れていたというのではない。いまや頭はがらんどうの廃校のように静かで、かつてあった雑念の山はどれ一つとして戻ってくる気配もない。久々に服用を再開した薬のおかげで、しばしドーパミンが正常に働くようになった結果の頭の無風状態と、それが新たに生みだした鬱だということは、昨日あたりまでは分かっていたはずだが、いまはひたすら気分が悪いばかりだ。

　さすがに何者かが脳味噌の一部を持ち去ったとまで言うつもりはないが、かつての心身の猥雑さ、多忙さ、賑やかさがある種の充実感にもなっていたことを懐かしく思いだす。あの何分の一かでも取り戻せないものだろうか。そんな思いが過ったと同時に、多磨町の栂野真弓の家の周辺を徘徊していたころの記憶がヒュンと過ってゆく。家々の戸口や門扉、道路の陰、野川公園の樹影の重なりの間からモンスターや魔物が飛び出してきて、ピコピコ、ヒュゥン、ヒュゥン、タラララッタッタァ、そのつど武器や呪文で応戦する。気がつくと知らない道に出ていたり、襲ったり襲われたり、やっつけたり、やっつけられたり。杖を振り回すあの魔女にはヒャダルコでやられたが、こっちもすかさずベホイミで回復する。ヒュゥン、ヒュゥン。そうだ、あの思いっきり自由だったころの名残だけでも取り戻せないだろうか。

　そうしてふらふらと武蔵野までやって来て、崖線下(がいせんした)へ落ち込んでゆく夜の坂道をだらだらと下り続けた末に見覚えのある家の外まで来たとき、まさにその場所でカメラ付きケータイを構え続けた記憶が、またちょっと新たになる。何を撮ったのかは思いだせないが、そのとき自分を突き動かしていた何かの思いがシャッターを押させたという確信と、そのとき撮った写真がいまは自分の手元にないという二つの事実が、世界をぐらりと歪ませる。

栂野邸の塀の外から明かりもないガラス窓を見つめる若い男の姿と黄緑色のレンタサイクルは、道路をはさんだ向かいの家の夫婦の眼に留まる。事件当時、同じようにして栂野邸の玄関前で栂野節子がどこかの少年を叱りつけているのを見ていた夫婦も、それから十二年経って後期高齢者になっているが、昔と似たような状況が衰えた記憶力を一気に呼び戻し、思わず二人で首を伸ばして窓の外を凝視する。

夫婦は道路の男をたんに不審者と見なしたに過ぎないが、かつて不幸な事件に遇った家のことでもあるし、速やかに一一〇番通報した。五分後、その無線指令を受けた多磨駐在所の警官は、ちょうど現場を離れようとしていたレンタサイクルの浅井忍を呼び止めて職務質問をし、通報者の夫婦は自宅の窓からそれを眺めながら、そういえば事件当日の夜も同じ光景があったのだと思いだす。ひょっとしたら、あのときの自転車の少年？　まさか。でも、なんとなく感じが似てるよ――。お向かいでそんなひそひそ話が交わされる一方、警官はべつに何もしていないという不審な男の精神障害者保健福祉手帳をあらため、型どおり無線で応援を要請する。そうして浅井忍の名前は雨上がりの水滴のように一滴、また一滴したたり落ち、広がって、たとえば小金井署刑事課の課長代理の耳に留まり、そこでさらにスマホのメールに変換されて駒沢の焼き鳥屋にいる合田のもとにも届くのだ。

ほら、いつか話したあの男が現場に舞い戻った――。合田は思わず漏らし、それで？　敏感な友人が微かに眉をひそめる。

しかし、栂野雪子は自宅の外でそんなことが起きているとはつゆ知らず、不審者になった浅井忍もまた、住人の雪子のことは脳裏に浮かびもしないまま多磨駐在所へ任意同行を求められて、警官とともにその場を立ち去る。そうして野川公園と近隣の家々の上にはたっぷりと雨水を含んだ重い夜気が垂れこめ、物音もなくなる。

36

夜半の多磨駐在所で浅井忍は事情を聴かれる。十二年前に住居侵入の現行犯で逮捕された前歴がある上、当時と同じ家を覗いていたとあっては、警察としても何もせずに放免するわけにはゆかない。住まいも仕事もあり、前科もないが、行動がちょっと怪しい〈精神障害者〉を相手に、近くにいた自動車警ら隊の警察官も加わって、緊張感もなければ中身もない、漫談のようなやり取りが交わされる。

お宅の言う頭の落とし物とは、つまり記憶のこと？　記憶というより思い出です、でも何の思い出なのかが分からないから、とりあえず来てみたというところですかね。ふうん、何の思い出か分からない？　あの家、もしくはあの家に住んでいる人の思い出ではないの？　それが分かれば苦労はしません。お宅があの家の近くまで来たのは十二年ぶりだって？　その思い出が行方不明になったのは、いつごろなの？　さあ――分かりません。クローゼットに入れっ放しのまま何年も忘れていたから。クローゼット？　思い出をクローゼットに入れていた？　そうです、紙袋に入れて。

　そんな受け答えの間、かつてのように思考が飛び跳ねたりはしない代わりに、十二年前に住居侵入で引っ張られたときの記憶がチューインガムのようにべたりと頭に張り付いてきて、忍は急激に気分を悪化させているが、警察官たちは気づかない。

　忍は、クローゼットの紙袋に入れていたものを具体的に説明するよう要求され、古い携帯電話と答える。しかしそう口にしてしまった端から、自分の探しているのは携帯電話でもそこに保存されていた写真でもないという気がし始めてひそかに困惑するが、警察官たちはやはり眼前の不審者の微細な反応の変化は見ていない。そして、ひとまず法的な違法性や危険性はないということで、二度と人の家を覗かないよう諭して忍を解放する。


　一方、忍は砂漠に一匹放たれたサソリのような心地で、ＪＲ東小金井駅に向かってレンタサイクルを駆る。俺ときたら、またやっちゃった。いや、立派な薬でまんまと制御された脳味噌のなすがままにしていたらよかったというのか？　いや、べたりと凪いだままの脳味噌に精いっぱい抗って、はるばる武蔵野まで来てみた結果がこれか？　いや、そもそも俺は何を探しにきたのだ？　そうだ、栂野真弓に会ったら何かのヒントになるだろうか？

　東小金井駅へ向かうレンタサイクルの一漕ぎ毎に、雑念とも呼べない記憶の切れ端が浮かんだり沈んだりし、何かに似ていると思う間もなく、どこからか二匹一組のぷよぷよがふわふわ落ちてきて、眼底あたりに積み上がってゆく。赤ぷよ。黄ぷよ。緑ぷよ。岩ぷよ。ゴミぷよ。お邪魔ぷよ。ゲームボーイの画面のなかでごちゃごちゃとひしめき合うぷよたちを、全消しするのに人生を懸けていたのは十五、六のころだったか。地元ではない町をよそ者がたびたび自転車で通っていた経緯や、それに伴うゴミぷよのようなくだらない出来事の数々よりも、甦ってくるのはやはりゲームだというのが、自分らしいといえば自分らしい。ああいや、おおかた思考の線路の、ポイントの切り替え装置が故障しているといったところか。停止したが最後、嘔吐しそうだと感じながら、忍はペダルを漕ぎ続ける。

いや、あのころ集中していたのはドラクエⅧで、多磨町のあの家の周りをうろついていたときは、ちょうどゼシカを探してどこかの町まで来たあたりを攻略中だったと思っていたが、ひょっとしたらやっていたのはぷよぷよだったのだろうか。いや、日替わりで両方やっていたのかもしれない。赤ぷよ。黄ぷよ。青ぷよ。緑ぷよ。GTRの先折り、後折り、三連結のL字、脳味噌のなかでさまざまな連鎖のかたちがスロットになってぴかぴか点滅していた時代だから――。いや、それよりコンサータをどうする？　仕事さえ何とか続けられるようなら、これ以上薬でこの脳味噌を手なずける必要があるだろうか――。赤ぷよ。黄ぷよ。青ぷよ。緑ぷよ。

やがて忍の眼の前に野球場かと思うがらんどうの駅前広場が広がる。そのとき、見覚えのある顔が一つ十メートル先に現れたかと思うと、見落としていたゴミぷよに火がついて、せっかく積み上げた連鎖がドカン。誤爆で消えてしまったと同時に忍の思考はまた一回転する。眼と鼻の先に、緑色のヤッケを着た男が棒のように突っ立っている。

あ、緑ぷよ。忍の喉から短い笑い声が噴き出し、片やバスケ部の呑み会帰りの小野雄太は、おい大丈夫か——笑顔をつくるのに失敗して顔を引きつらせる。小野は小野で、脳髄に染みわたったアルコールのせいか、レンタサイクルに乗った男が一瞬、十六歳の浅井忍に見えたのだ。

小野ってさあ、そんなヤッケ着てバッシュ履いてたら、ほんっと、高校のころと一緒！　あ、でも、ちょっと呑んでる？　浅井が言い、臭う？　バスケ部ＯＢの呑み会だったんだ、小野はどぎまぎしながらやっと作り笑いをする。

おまえのそれ、レンタサイクルだろ。どうしたの、こんなところで——。

なんかゲームにも飽きたし、花火も中止だし、やることないからなんとなく栂野の家の辺りまで出てきただけ。とくに理由はないけど、不思議に足が向くんだなあ。そしたら、お巡りに捕まって交番で説教食らって、いまはその帰り。あ、そういえばおまえ、運動神経いいのに、ぷよぷよ、下手だったよな、アハハ、いやいいんだ、こっちの話。くそ、警察の低能ども——。あ、警察で思いだした、おまえの駅を利用するあの刑事が——。

その言葉の続きは浅井の口の奥でくぐもり、小野の耳には聞き取れない。それから、以前多磨駅に現れたときと同じように、浅井の眼中からはいましがた相対していた小野も消えてしまったようで、赤ぷよ、黄ぷよ、緑ぷよなどと呟きながら、レンタサイクルの返却ポートのあるガード下の方向へ走り去ってしまうのだ。そして小野の眼のなかでは、その後ろ姿がまた、十二年前の冬の朝に見た十六歳の浅井になる。

それはしばらく残像をともなって網膜に張り付いていたが、それにしても野川公園の方向へ自転車で走り去る浅井の姿がこうも記憶に刻み込まれていることには、未だ自分が気づいていない何かの意味があるのではないだろうか、そんなことをふと考えている。優子がいつも気にしている、この胸の奥底にしまわれている十五歳のころのほんとうの気持ちとか、忘れてしまった何かの悪事とか、返し忘れている借金とか。未解決になった野川事件の周辺に置いてきたそれぞれの十代があるのかもしれない。現に今夜だって、いまごろ同級生たちの口から小金井北高の男子の名前が出てきたり、浅井忍がわざわざ栂野の家まで来てみたり、そのために昔と同じように警察に捕まったり。まるで死んだ上田朱美が今夜は見えない磁石になり、生きている自分たちを引き寄せ、方向感覚を狂わせて彷徨(さまよ)わせているかのようだ。せっかく多摩川の花火を見にきたのに、雨で中止になって行き場を失ったのは、朱美の魂も同様だったのだろうか。

小野は、浅井忍との遭遇のせいで中途半端に酔いが醒めてしまった身体に、予期せぬ物思いを入り込ませたまま、こうしていまごろまだ昔の出来事の周りをうろうろしている自分は、結局確信犯なのだと考えてみる。優子には、気の置けない男ばかりの酒宴で騒ぐのもこれが最後だ、独身最後の痛飲だと豪語して今夜は出てきたのに、結果的に思ったほど呑めず、前後不覚にもならずに俺はここで何をしている——？

そしてそう思う端から、小野は自宅まで二百メートルの路傍でいまもまた野川公園の方向へ眼を凝らしている。アルコールが入っているからか、それとも頭がどうかなっているのか、十二年前のクリスマスの朝、朝練のために東小金井駅へ向かう自分の脇をすり抜けていった浅井の自転車がそこに見える。ブリヂストンのふつうのアルベルト。色は紺。前カゴにいつものＯＵＴＤＯＯＲのリュック。毛糸の帽子とカーキ色のダウンジャケットを着た小柄な身体を前屈みにして浅井が寒風を切ってゆく。あいつ、どこへ行くんだ？　実際には、それを見送っていたのはほんの数秒だったはずだが、小野の時間はしばし停止し、浅井の後ろ姿もまた停止する、そして、記憶は繰り返し、繰り返し巻き戻され、同じところから再生され、また停止するうちに、これまで気づかなかった別の自転車が一台、野川公園のほうから駅の方向へ走ってきて、浅井の自転車とすれ違う。

あ、と声が出る。上田朱美――？

濃紺のウィンドブレーカーのフードを深く被っているその人間の顔はよく見えないが、水色のあさひのママチャリは朱美のだ。あいつ、こんな時間にどこから帰ってきたんだ？　浅井が野川公園の方向へ駆け去り、同じ方向から朱美が戻ってくる、その不思議な光景に小野は夢中で見入る。これまで浅井の姿しか呼び戻せず、同じ画面に収まっていた朱美が消えてしまっていた理由は分からない。いや、朱美がいたというのは記憶違いだろうか。アルコールのせいで、記憶が混線しているのだろうか。いや、優子には言えないが、何であれ上田朱美はやっぱり自分のなかに棲んでいるのだろう。初恋でさえない、外からは見えない脇の下のホクロのような朱美の思い出を、小野は独り、そっと抱きしめる。

それにしても、あのクリスマスの日の朝、朱美はどこかへ行っていたんだろうか――？　小野の脳裏に、新たな疑問が一つ据わる。

37

真弓は日記を繰る。二〇〇五年七月。高校の最初の期末テスト。〈数学76点！　なに、これ。これが私の実力？　死ね、真弓〉

いやだ、ママ、優等生ぶっていたのに、けっこう荒れていたね。片腕のなかで乳を吸う娘の頬に溜め息を吐きかけながら、さらにページを繰る。幼い娘には何も構える必要がないおかげで素の自分と向き合える。

〈H・Mがもう数学と英語の青本買ったらしい。恐い人。駿台の夏期講習、やっぱり行くべき？〉〈数学の青チャート、買った。S・Tには内緒。ぐずぐずしていても仕方ない〉〈お祖母ちゃんの歯が一本抜けた。最悪。ママのお尻の脂肪はまだ老いてはいない証拠？〉〈8月の全統高一模試、行く必要ある？　H・MのAランク志望なんて関係ないのに。大学受験まで2年半もあるのに、私たちみんな自己顕示欲の変態みたい〉〈水彩画教室。朱美ちゃんに会う。また背が伸びた〉〈岡部のカス。質問のフォローができないのなら教師をやめてほしい〉〈ぷよぷよ、やりたい！〉〈5月の全統模試の結果が返ってきた。数学91、英語98、国語112、3教科合計301点。幻滅にもう慣れた——。ママとパパが険悪。いつものことだけど〉

中学時代と違って、成績が思ったほど上位に来ない狼狽の先には、平凡すぎる教師や同級生への軽蔑があり、生活のストレスが顔に出ている親への反発があり、苔むした石像のような祖母への不快があり、それらが一つ一つ化学変化を起こして自分自身への苛立ちに変わってゆくさまが、日めくりカレンダーをめくるようにして伝わってくる。ところどころ意味不明の書きなぐりや、全く思いだせない出来事もある。

荒れているわねえ——。真弓は居心地の悪さを苦笑いで薄めながら、さらにページを繰り、朱美の名前が出てこないか探し続ける。朱美がひっそりとくぐもった声で、真弓ちゃん、初体験は——？　と話しかけてきたのは、いつだったのか。絶対どこかに書きつけているはずだと思ったのに、自意識過剰の中途半端な勉強一筋女子は、八月も夏期講習と全統模試でめいっぱいだ。毎土曜日の水彩画教室に、自分は出ていたのか、いなかったのか。朱美と話をするぐらいのことはしていたのか、いなかったのか。いったい朱美はどこにいった？　いつ、私の人生から消えてしまった？

二学期になると、日記のなかの鬱々とした女子高生は、通っていた予備校をサボることを覚えた。ロンロンでリップクリームではない口紅を買い、塾で知り合った他校の友人とロフトの地下でプリクラを撮って遊ぶ。浜田ミラや井上リナの名前が登場するのも、この時期だ。〈ミラもリナも悪ぶったガキでなければ何？　いいのは「いま」だけ。私はその「いま」を利用するだけ〉などと書いている私こそ何様？　十二年ぶりに読み返してみると冷や汗が止まらない。学校の成績は中の上ぐらいをやっとキープしているが、全統模試の偏差値では志望の早稲田の文学部はB判定で、薄氷を踏むようなきりきりした心理状態で日記に悪態を吐き散らす日々が続く。

〈このごろ視線を感じると思っていたら、口紅をサロメに見つかった。ママに言いつけたりしたら、十倍返ししてやる。ああ、うざい足音！〉〈中間テスト。数学72点。H・Mが92点でこれみよがしに悔しがっている。あの頭に雷落ちろ〉〈援交している中学時代の同級生を見た。小便臭い、侘しい感じの醒めた顔をした女の子。彼女と私を決定的に分けているものがあるとしたら、何だろう。これはとても重大な問題だという気がする〉〈今夜もパパとママの隠微な言い争い。お茶碗でも投げるほうがマシ。原因は私の成績ではない〉

しかし、ページを繰っても繰っても、日記には朱美の名前は出てこない。夏以降、吉祥寺でたびたび遭遇していたはずなのに、なぜ出てこない。ある時点でミラやリナから仄めかされていたはずの父のホテル通いも出てこない。父が誰かにもらってきたクラミジアの騒動も出てこない。結局のところ、夜寝る前に数行書いたり書かなかったりだったそれは、ほぼ憂さ晴らしのためにあっただけなのだろうか。ほんとうに大事なことは胸のうちにしまってしまい、人目に触れるかもしれない日記には、あえて書かなかったということなのだろうか。十代にしてはなんと薄昏い秘密主義か。

いや、違う。そうまでして呑み込まなければならないほど、深く傷つくことばかりだったということなのだろう。真弓は当時の自分と朱美の多難さ、底知れなさにあらためて身震いを覚えながらさらにページを繰り、やがてその手が止まる。

十月二十日の日付。たった一行、〈朱美×玉置〉。あ——自分のものとも思えない声が漏れ出る。

新婚生活は実家ではなく新居で始める。初めにそう決めたとおり、若い二人は九月に入って三鷹市の下連雀に広さ五十平米、築二十年の賃貸マンションを借り、それぞれ引っ越しの準備を始めたところだ。新居は物入れの容量が限られていることもあり、小野はこれを機に私物の大量処分を決めたが、処分どころか押入れから出した古雑誌や古着やガンプラ、ゲームソフト、フィギュアなどが部屋を埋め尽くしたまま日にちだけが過ぎてゆく。新婦に見つかったら困る〈元カノ〉の写真やプレゼントなどがあるわけではない。AVもない。学校時代のテスト用紙や成績表などは真っ先に処分した。作文や文集も。それでも、引っ張りだした古い体操着やバスケットシューズなどをつい手に取ったり、古雑誌を繰ったりして時間を浪費しては時間切れになるだけでなく、いざ捨てるとなるとなかなか決心がつかずにまた時間を食う。そんな自分の優柔不断にほとほと嫌気がさし、ますます片づけが進まなくなる。

いままた小野の膝には高校時代のバスケ部のアルバムがあり、慰みにぱらりとページを繰る手が知らぬ間に止まって、視線が一枚の写真に落ちている。二〇〇五年の東京都選手権大会。小野の小平西はDブロックだったが、Bブロックの二次予選が小金井北であって、部の先輩らと試合を観に行ったときに誰かが〈写ルンです〉で撮った一枚。カメラに向かってピースサインを送ってくる小金井北のバスケ部数人のなかで、主将の玉置がおどけてバカをやっている。

こんなやつだった――？　とくにセンサーの針は振れもしない、懐かしさも何もない、ただ知っているというだけのその顔にしばし見入る間、先日呑み会で聞いた朱美と玉置が云々という話が内耳の奥で響いていたのかもしれない。理由もなく苛立ってきてアルバムを閉じ、またしても片づけを中断して一階に降りると、居間で台風十八号のニュースを観ていた父母から、片づけは進んだ？と声がかかる。うん、ちょっと休憩。生返事をして家を出、近くのコンビニまで歩く。台風の進路次第では、明日は駅も朝から雨対策になる。優子からも〈片づけ、進んでる？〉ＬＩＮＥが入り、傘の下で〈ちょっと休憩〉と返して顔を上げたときだ。明かりを背に、コンビニを小走りに出てくる女と眼が合う。

あ――。

ほんの一瞬、声未満の声が上田亜沙子の喉から漏れたかもしれない。しかし、数メートルの距離があった小野にはどのみち聞き取れなかった。いつもなら「雄太君」と呼びかけてくる人だが、そのときはその手間を惜しんだのか、あるいは何かしらバツが悪かったのか、困ったような苦笑いだけを残してすぐにビニール傘を開き、サンダル履きの足で駆けだしてゆく。

その後ろ姿を見送りながら、小野は亜沙子のぶら下げていたレジ袋の中身が缶ビールとカップ酒だったことを反芻し、客が来るんだ、とぼんやり考える。たぶん、男の客だろう。もうずっと独り身だった人だし、多磨駅の向かいのスナックの女将を見れば、五十代などまだまだ女のうちなのは確かだから、驚きはしない。いや、若い自分にはちょっと想像できないというほうが正しいが、小母さんがどこかの男性と付き合っていてもべつに不思議はない。そうして二度、自分に言い聞かせた端から、小野はまた知らぬ間に亜沙子が走り去ったバス道に見入っている。優子と一緒にいやというほど眺めたブライダル雑誌の風景とは違う、男と女の身もふたもない現実を一つ垣間見たような気がし、いや自分たちはああはならないと思い直して、〈こっちは雨が上がりそうだ〉と優子に

ＬＩＮＥを送る。〈こっちも〉とすぐに返事がある。

雨に濡れたアスファルトの道路が、ときおり通りかかる車のヘッドライトに照らし出されて伸びる先にはＪＡの支所がある。十二年前のクリスマスの朝、浅井忍の自転車が走り去り、入れ違いに上田朱美の自転車が反対方向から走ってきた道路の行く手を、西武多摩川線の電車の明かりの帯が流れてゆく。多磨駅午後九時四十分発の武蔵境行き。引き続き新小金井を出た是政行きがまたすぐに通り過ぎてゆくが、浅井や朱美は電車を見たのだろうか。いや、どちらも何も見ていなかっただろうと小野は想像する。その記憶のなかを駆ける二人は、どちらも透明な壁で周囲から隔絶され、自分以外の誰もこの世に存在していないかのような集中と圧縮の時間をまとって繰り返し現れ、小野の網膜を焼き、消える。ほぼ同じ時間帯に栂野先生が死んで横たわった野川公園が、真っ黒な口を開けていまにも二人を呑み込もうとしている。

俺、どうかしているな――。何度目かの溜め息が漏れる。

38

亜沙子は休日だったその日の昼下がり、季節外れの冷たい雨に叩かれながら、朱美の遺灰の一部を野川に撒いた。あっけなかった。亜沙子自身がほとんど透明人間だったのか、人影もない草の土手で傘を差した中年女が一人、何をしているのかと訝る者すらいなかった。いや、川べりの草の影で痩せたザリガニが一匹、ハサミを挙げて亜沙子を見ており、娘を迎えにきてくれたような気がして、ありがとうね、と声をかけた。それだけだった。

それから多摩川線の多磨駅まで歩いて武蔵境行きの電車に乗った。もし近所の小野さんの息子に会ったら何をどう言おうかと思案しながら多磨駅に行ったのだが、今日は夜勤明けの休日だと聞いて拍子抜けした。いくら朱美の幼なじみでも、さすがに遺灰を川に撒いたとは言いにくい。いやそれ以上に、娘が死んで半年そこその母親が、セールで買った新しいワンピースを着こんで街へ出てゆく姿を見られたくない。雄太君が駅にいなかったのは、きっと天の恵みだと都合の良いことを考えた。

武蔵境駅で待ち合わせた勤め先の上司と、天文台通りのラーメン屋で八百八十円の特製ラーメンを食べた。豚骨ラーメンにはうるさいんだと無邪気に自慢する男の行きつけの店だということだったが、いくらこちらが職場のパートの小母さんだといっても、初デートが近場のラーメン屋とは、男の本音の軽さが見えすぎて可笑しい。亜沙子も初めから真剣な付き合いなど望んでいたわけではないが、それでも脱力しすぎて、食後のブレスケアも忘れてしまった。

ニンニクの臭いをぷんぷんさせながら、家に行っていい？　と尋ねてくる男を断らなかった理由は、たっぷり摂取した脂肪と炭水化物が燃えていたせいだろう。離婚して以来、一度も濡れたことのない身体がいきなり異性の匂いに蠢くわけもない。むしろ何かすかすかした寂寥感のようなものが押し寄せてきて、人恋しさを感じたに違いないが、それもべつに人である必要はなく、それこそザリガニでもよかったのかもしれない。いや、ホテル代をけちって〈家に行っていい?〉と臆面もなく甘えてくる男などザリガニ以下だと、また可笑しくなる。今日、娘の最後の名残を野川に捨てて、きれいさっぱりしたつもりが、ザリガニを引っかけて帰るなんて。

栂野雪子は、夜には一変する野川公園の真っ黒な樹影を背負い、前屈みになって深夜の東八道路を越えてゆく。午後十時過ぎの多摩川線の電車の光の帯の下をくぐり、小金井市東町の住宅街に出てさらに歩き続ける。

走ったわけでもないのに息が上がる。ひと塊の熱いゲル状の異物が気管支をふさいでいて、ひと呼吸毎に突沸して喉から噴き出しそうになる。自分が何をしているのか、家を出たときには分かっているつもりだったが、途中でもう分からなくなった。いや、私は何もしていない。怒りを抑えられないだけだ。アルコールのせい? そうかもしれない。上田朱美。上田亜沙子。私の母を殺し、何事もなかったように生きてきて、この春娘は死んだけれど、母親のほうはいまも何とか平穏に暮らしている。そう考えるだけで全身の血がふつふつしてきて、じっとしていられなくなる。こころも身体も十二年前に逆戻りしてしまったか、それ以上に悪い状態なのは確かで、こんなことになるとは予想もしていなかった。いったい、人殺しの母娘をどうしたものだろう。この眼の前で生きて歩いている上田亜沙子を、どうしたものだろう。

自分が混乱していることは雪子も重々分かっている。初めのころはなぜだと自問し続けたが、納得できる答えなど見つかるはずもなく、何かの運命だとしても残酷すぎる現実をただ突きつけられて為すすべもないのが苦しい。自分がここまで動揺するとは思いもしなかったが、荒れる気持ちをどうしても抑えることができない。事件当時ここまで狼狽しなかったのは、犯人も動機も分からないままで現実感がなかったということだろうし、もともと母に愛情を抱いていなかったこともあったかもしれない。それなのに、誰が犯人か知ったとたん、驚きも衝撃も動揺も、憎悪も後悔も懺悔もすべてがまた新しくなる。

これはたぶん、私への罰なのだろう。母を愛せなかった罰として、こんな残酷な巡り合わせが用意されたのだろう。だとしても、上田亜沙子の罰は？　恩師を手にかけるような娘を育てた母親の罰は、その娘を失ったこと？　でも、そうだとしてもその娘に母を殺された私の気持ちはどうなる？　朱美の友だちだった真弓の気持ちはどうなる？

でも——。亜沙子のハイツの前まで来た雪子は、窓の明かりを見上げて棒になる。

亜沙子はテレビでも観ているのだろうか。夕飯が遅くなって、洗いものがまだ残っているのだろうか。五十女の一人暮らしのハイツの明かりは、どのみちほんのわずかな想像しか誘わず、何かまとまったことを考えようとした雪子の思いはすぐに行き詰まる。そこにちょっとした空白が生まれ、荒れていた呼吸がしばし鎮まるにつれて、母の節子が自宅で開いていた水彩画教室の風景が甦り、その周りにあった物音や話し声がいきいきと響いてくる。そのなかに上田の母娘の声を聴き分けると、知らぬ間に胸を締めつけられて、路傍の雪子はさらに棒になっている。

あれは二〇〇三年の夏だったか、東中学の生徒だというノッポの少女が母親に連れられてやって来て、塀の外から教室が開かれている居間を覗いていたのだ。それに気づいた母が窓を開けて、入っていらっしゃい！　手招きをし、外の母子は照れたように顔を見合わせた。皆さん、東中学の上田朱美さん。バレーボールと前方宙返りと垂直跳びが得意なお嬢さんですが、絵はもっとお上手なの。来週から皆さんの仲間ですよ。はい、ご挨拶しましょう！　小学生の子どもたちの、こんにちは、こんにちは、こんにちは！　真弓が好奇心満々の眼をぱちぱちさせて、早速新入りの気を引こうとし、それに気づいた朱美が恥ずかしそうにニッと笑う。そうだ、そのとき終始気後れしたように玄関のすみに立っていた母親の亜沙子の、色落ちしたスカートや買い物袋を見たとき、とっさに自分たちとは違う暮らしを想像して、なるほど芸術は平等だものと妙に納得した記憶がある。そう、誰にも言わなかったが、『フランダースの犬』の貧乏な主人公をちらりと想像した自分がいる。

それでもお中元やお歳暮のお使い物はいつもそれなりに値の張るものを選び、娘がいつもお世話になってと心底嬉しそうに顔も声もほころばせていた、あの上田亜沙子のどこに、どんな悪意があったというのだ。その娘だって、いい子だと思わないことが一度でもあっただろうか――。

そうして雪子の時間はしばし止まっているが、亜沙子のほうの時間は動いており、終電を気にした男が亜沙子のハイツの部屋を出てゆく。雪子はとっさに通行人のふりをしてハイツの前を通り過ぎながら、新たな空白に陥っている。そうか、亜沙子は何も知らないのだ――。

娘の喉から、吐息の小さな塊が噴き出す。あと三秒で泣きだす前ぶれの、その気配と同時に真弓は起き出し、ベビーベッドからすばやく娘を抱き上げて、夜風のように寝室を出る。夏以降、夜泣きで夫を起こさないと決めたのは、仕事が忙しい夫のためというより、自分自身の大事な懸案のために、しばらくの間はできるだけ自分と娘の気配を消したいと思ったことに因る。結婚前の個人的な事柄に夫は関係ないし、自身の少女時代に片をつける作業は、絶対に一人でやらなければならない。上田朱美と自分の間にあった特別の時間を、誰にも覗かれたくない、変形させられたくないという真弓の意思は固い。

娘に乳を含ませながら、片手で日記の続きを開く。二〇〇五年十月二十日の〈朱美×玉置〉の一行は、あらためて調べ直しても、まるで自動書記のように記されているだけで、それに続く記述もなく、当時の自分の気持ちはまるで思いだせない。玉置が小北のバスケ部の主将だった先輩の名前だということも、その一行を見たときにやっと思いだしただけで、当時多少とも気になっていた男子だという記憶は少しも鮮明にならない。

しかし、仮に意中の男子などではなかったとしても、わざわざ〈朱美×玉置〉と書き記しながら、十六歳の自分はいったい何を考えていたのだろう。自意識過剰の鬱屈した心身を抱えて、モテ男と変人女子の恋人ごっこを冷めきった眼で見ていたのだろうか。いや、自分はそんなに強い精神の持ち主ではなかった。抱いたのはたぶん、嫉妬だ。未だはっきりしたかたちのない憎悪や反感や嫌悪を混ぜ込んだ、的外れの暴投の一行。ほんとうに大事なことは日記に書かなかった用心深い少女の心身から無意識に洩れでた本音の一行が、じゅくじゅくと膿んだ傷口のように見える。

真弓はページの続きを繰りながら、朱美に嫉妬をしている自分を思い浮かべる。それはいともなめらかに十六歳の心身と接続し、腕のなかの娘の重量も消えて、真弓はしばし小北の周辺、いや吉祥寺の東口周辺を浮遊している。でもなぜ吉祥寺なの？　一瞬戸惑い、そうだった、朱美と玉置が連れ立っていると噂になったのが吉祥寺だったのだと思いだしては、声にも言葉にもならない感情のうねりに呑み込まれている。ユ、ル、セ、ナ、イ。朱美なんか、死ねばいい。

39

台風が引き連れてきた前線の雨雲が去った朝、突然夏の蒸し暑さがじわりとぶり返したさいたま市の住宅街を、浅井忍を乗せたゴミ収集のパッカー車が走る。昨夜武蔵野から戻ったあと一睡もせずに朝を迎えたその眼はまるで熟れたザクロだが、目深に被ったキャップの庇に隠れて、ほかの作業員たちの誰も異変には気づかない。否、仮に忍の額にもう一つ眼が出現していたとしても同様だろう。その意味では、忍はなおもかろうじて、うまくやっていると言えるかもしれない。

ゴミ収集作業はロータリーの轟音とともに分刻みで回転してゆき、そこでは赤い眼をしてマスクの下で赤ぷよ、黄ぷよ、緑ぷよ〜と唄っている男も、走り回りながら下ネタで盛り上がっている男たちも、住宅街に満ちてゆく早朝の風景の一部だ。もっとも、それが忍にとって良かったのか悪かったのかは分からない。忍の額の奥では、いまは半分がぷよぷよ、半分が未明にグーグルで始めた栂野真弓探しのゲーム画面になっている。

同じ朝、まだ何も動き出す気配のない池袋の路地裏のガールズバーでは、酔いつぶれていた客の一人がのそりと起き上がる。着ているものといい髪型といい、台風でイベントがキャンセルになって近場で呑み歩くはめになった業界の人間かもしれない。テーブルに残ったグラスの水を呑み、大あくびをする、その眼球に壁に飾られた一枚の写真が映る。男は、昨夜は気づかなかったというふうに首を伸ばし、四つ切サイズのそれを覗き込む。

このボンデージの娘、誰？　カウンターで寝ていた店の女がちょっと頭を上げ、ああ朱美っていう娘、三月に男に殺された——半分眠ったまま言う。ふーん、いいねぇ、この感じ。イケてるじゃん。寝起きの腫れぼったい眼をしたまま男はスマホをいじり、すぐにグーグルで〈上田朱美〉の名前を見つけだす。それから、構え直したスマホで写真をカシャリ。その二分後には、〈台風のおかげで雰囲気のある娘に出逢ったよ。名前は上田朱美。もうこの世にいない。残念〉といったキャプションが付いて、写真は男のインスタグラムにアップされている。前日の昼、行列のできる人気店の豚骨ラーメンをアップしたときのように、だ。もっとも、一時間もしたら男はもう、写真の女のことは頭にないだろう。そして、これも台風の置き土産ではある。

日が高くなり、武蔵野も晴れ上がる。野球少年やサッカー少年たちが賑やかな声を響かせる祝日の多磨駅には、手土産のさゝまの松葉最中の菓子折を手にした野上優子が立っている。いよいよ結婚式まで一カ月を切り、式当日の媒酌人を務めてもらう佐藤助役に、最後の念押しというわけでもないが、挨拶をかねて手土産を持参した優子の周到さと金融機関仕込みの物腰には、人なれしている助役もかなわない。苦手な挨拶は優子に任せて、小野は電車の到着を口実に一足先にホームへ逃げ出す。まだまだ式の準備に忙しい優子は、それから間もなく武蔵境行きの電車で帰っていったが、あとにはちゃんと昼と夜の二食分の手作り弁当が置いてある。

昼前には気温が三十度を超えて、駅前の果物屋がビニールテントを張りだし、助役のお昼は久々に隣のコンビニエンスストアの冷やし中華になった。交替で昼の休憩を取る合間に、小野が駅前に打ち水をしていたとき、眼の前にふいに中年の女性が現れて、栂野雪子ですけど――と名乗り、心臓が跳ねる。

小野雄太さんというのはお宅？　この間、うちの郵便受けにメモを入れてくださった方？　お仕事中にお邪魔してごめんなさいね、ちょっとお尋ねしたいことがあったものだから。いま少しよろしいかしら？

早口にしゃべりかけてくる女性は、しばらく病気で臥せていたような青白い顔をして、眼だけが潤んだように燃えており、一目で何かしら思いつめているのが分かる。十二年前に日華斎場で見たはずの女性の顔はやはり思いだせないまま、その気迫に押されて小野は身構えるよりも狼狽する。それが相手に伝わり、雪子は地面にのめり込むような重い声になる。小野さん、上田朱美さんのお友だちだったのでしょう？　高校一年のころ彼女がうちの水彩画教室に通っていたことはご存じ？絵の話やお教室の話、聞いたことない？

しかし、そう言われても小野には答えられることなど何もない。いやそれ以上に、いまごろ栂野真弓の母親が上田朱美のことを尋ねてくるとは尋常ではない。何があったのだ。朱美がどうしたというのだ。小野はあえて核心を避けたまま、事件の日の朝に見た朱美の姿を呼び戻し、呼び戻し、茫々となる。背後で踏切の警報機の音が粒になって飛び散り、あらぬ声が頭のなかを駆け去る。

ひょっとして朱美が事件に関わっている――？

一瞬小野の頭をよぎった思いは、ほとんど足跡も残さずに消え去り、あとにはいつものように、一つの事件の余波が十二年経ってもこうして打ち寄せてくる重苦しさと、外野以上・関係者未満ならではの困惑だけがやって来る。ここへ来て被害者遺族たちにはまた何かしらの新たな波が押し寄せているというところまで具体的な想像が及ばないのは、いかにも小野らしいことだったが、それは日常を生きるという意味で、正しい反応だったということも出来る。

突然驚かれたでしょ、ごめんなさいね、忘れてくださいね。栂野雪子は口だけが勝手に回るというふうに何度も詫びて帰ってゆき、駅前には盛夏のような日差しだけが残る。

それから事務室で小野が優子の手作り弁当を開いたころ、さいたま市のゴミ収集会社の事務所では、昼の休憩に入った浅井忍の、コンビニ弁当を食う手が突然、止まっている。忍はその日の未明から、グーグルのほか、ハッシュタグをつけた栂野真弓と上田朱美の名前でフェイスブックやインスタグラムで検索をかけ続けているが、たったいま、片手のスマホでインスタの検索画面をスクロールさせていた親指が止まったその下に、見知らぬユーザーネームの投稿が一件表示される。

タップすると、ボンデージふうの黒いコルセットをつけた若い女の写真がホーム画面に現れる。誰だ、これ――。〈＃上田朱美〉を再度確認し、画面に眼を近づける。投稿はたった五時間前だ。

吹き出しをタップしてキャプションを読む。〈台風のおかげで雰囲気のある娘に出逢ったよ。名前は上田朱美。もうこの世にいない。残念〉。ユーザーのプロフィールは、〈トシちゃん25歳。面白おかしく人生を走り抜けたい男。独身〉。

忍は脳味噌がかき混ぜられるような心地で写真を二度見、三度見する。上池袋で上田朱美が殺されたとき、ネットに流れた顔写真にピンと来なかったのは、自分の記憶にある顔と重ならないからだったが、五時間前にどこかのチャラ男がアップした写真の女は、それ以上に、もうどこの誰だか分からない。これはほんとうに、いつもチャリンコをぶっ飛ばしていたあの朱美か？　栂野真弓と一緒に写生をしていた少女か？

忍は〈トシちゃん25歳〉なるユーザーをフォローする。ガールズバーの上田朱美の写真の前に男がアップしているのは白濁スープの豚骨ラーメン。その前は、仕事仲間らしい髭面と革ジャンのチャラ男。その前はタバコを吸うモデルっぽい女。牛乳を入れたグラノーラ。グレンソンのスエードのモカシン。そしてまたラーメン。今度は家系っぽい。男は東京のどこかで出逢った写真一枚にちょっと惹かれたらしいが、所詮豚骨ラーメンや朝食の食いかけのグラノーラと同じレベルか。男が写真につけたキャプションの、〈残念〉の一言の軽さに、忍は嘔吐を催しそうになる。

軽いのは自分の脳味噌だけでたくさんだと思っていたら、世間はもっと上なのかもしれない。会ったこともない女の写真に気分で〈いいね〉を付けて、五分後には忘れるのかもしれない。春先から十二年ぶりに浮かんだり沈んだりし始めた記憶の片々たちが、重複したり反転したり屈折したりしながらこの俺を包み込んでいることなど知りもしない人間どもを、どうしたら抹殺できるだろうか。

　ふいに殺意に近い異物が喉元までこみ上げてきて忍は食いかけのコンビニ弁当の上に嘔吐し、同僚たちが飛びのいて逃げる。

40

　一人の男が気まぐれにアップした朱美の写真は半日のうちに地球を数周し、日ごろから網をしかけていた人びとの眼に触れては口から口へ、ＳＮＳからＳＮＳへと広がって、その日のうちにフォロワーが百を超える。生前の朱美の周辺にいた者も、そうでない者もそこには含まれており、べつにそれで何かが起きるわけでもないが、何人かの胸に新たなさざ波を立てていったのは確かだ。

　そこにはたとえば木更津の老人保健施設に勤める井上リナや、いまは主婦になっている浜田ミラが含まれる。〈見た？〉〈いやな気分〉〈思いだしたくない〉二人は久々にＬＩＮＥでやり取りし、それは古い友人たちにも伝わってさまざまな呟きに変換されてゆく。さらには〈＃上田朱美〉に食いついた〈名無しのおじさん〉たちがおり、同じようにしばし2ちゃんねるの板を賑わしたほか、いったん捜査を中断している特命班の刑事たちも、見逃しはしない。そしてそれは合田にも伝わり、〈いいね〉を付けたフォロワーたちを一人ひとり潰し始めると、またいつの間にか日付が変わっているのだ。

そして真弓もまた、成人式の日以来疎遠になっていた井上リナからの、久々のＬＩＮＥでインスタの写真を知る。〈元気？　朱美ちゃんに会ったよ……〉という短いメッセージと一緒に貼りつけられていたそれは、真弓には二度見する必要もなかった。成人式の日に会ったのが最後だった朱美の面影が一気に甦り、そう、この顔よ、朱美ちゃん、昔と全然変わっていない――と思う。いや、人の目鼻立ちや全体の雰囲気は、変えたくても変えられないというべきだろうか。月日とともに暮らしや周囲の環境が様変わりしても、分かる者には分かる。これは朱美ちゃんだ。

仮装パーティだろうか。それとも小劇場か何かの舞台？　いや、そういえば殺されたときは池袋かどこかの風俗店で働いていたと聞いた、そこで撮られた写真だろうか。それにしても、なんて恰好をしているの。男性客と毎晩こんな感じだったの？　もう何も見えていないような眼をしているけれど、死ぬほど呑んでいるの？　それとも、倒れそうなほど疲れている？　横のだらしない男は誰？　どうして回し蹴りしないの――。真弓は眼球ごとのめり込むようにしてスマホの小さな画像に見入ったまま、眼を離すことができない。

ボンデージなど、とても正視に堪えないかと言えば、そうではないということに自分でも驚く。あさましい姿の朱美がひどくうつくしいことに、自分の眼を疑う。若い女がこんな恰好をして男性客にお酒を注いだり、一緒に踊ったり、身体を触らせたりもする、そういう世界を真弓は外国映画でしか見たことがないが、娼婦を演じる女優たちがみなうつくしいように、朱美もうつくしい。そのことに打ちのめされる。いや、これはたんに、自分とは違う世界は何でもうつくしく見えるというだけのことだろうか。自分の眼がおかしいのだろうか。真弓は自分の眼球をえぐるようにして、二十六歳の朱美の顔に見入り続ける。こんな乱れた生活をしているのに、なぜこんなにうつくしいの。ふつうの男なら絶対に惹かれるだろう、この特別な引力はどこから来るの。結局、滅びるもののうつくしさというやつ？　平凡な仕合わせを選んだ私にはない、自らの命を削って得られる特別なうつくしさだとでもいうの？　まるで人魚姫——。

嫉妬なのか憐れみなのか分からない感情に流されて、真弓は泣きそうになる。

何か心配事？　大丈夫？　朝から二度も同僚に声をかけられ、栂野雪子はトイレの鏡で自分の顔がひどいことになっているのを知る。このお婆さん、誰。他人事のように溜め息をついてみるが、眼をそむけるともうそんなことは頭から消えてしまう。入れ替わりにその脳裏では、上田朱美、上田朱美、と呟く自分の声がまた谺(こだま)し始め、そうよ、みんなあの子のせいよとそれに応じて、手術器具の洗浄に取りかかる。

その二時間後には、雪子は駒沢の佐倉のマンションに押しかけている。真弓は娘の百合を抱っこひもで前向き抱っこして、佐倉の義母とキッチンに立っていたときで、もうすぐ亭が帰宅する夕食どきのあわただしさは一目瞭然だったが、雪子はそんなことには気づきもしなかったし、真弓や佐倉の義母が眉をひそめたのも眼に入っていなかった。突然お邪魔してすみません、ちょっと娘に聞きたいことがあって来ただけですから、どうぞお構いなく。佐倉の義母に声をかけ、腰も下ろさずに居間の片隅で真弓をつかまえて言う。ねえ、この間の話、もっと正確に聞かせてちょうだい。朱美ちゃんのことで、警察は正確に何と言ったの？　事件に関わっていると言ったの？　容疑者だと言ったの？　ああ百合ちゃん、おめめ、覚めちゃった？　ごめんね、大人のお話はすぐ終わるからね。さあ真弓、知っていることをみな話してちょうだい。気になって気になって、あれから何も手につかないのよ。だってそうでしょう――。

雪子は眼の前で真弓の顔が歪んでゆくのを見るが、ふだんなら理解することも理解できないまま、ただじりじりとする。娘の唇が動く。ママ、大丈夫？　それ、いましなければならない話？　朱美ちゃんはあの日、事件現場にいた可能性がある。警察が言ったのはそれだけよ。ねえ、もうすぐ亨さんが帰ってくるから、今日はもう帰って。

上田朱美はあの日、事件現場にいた可能性がある。雪子は何度も反芻する。そう、事件現場にいたからといって母を殺したとは限らない。ただ通りかかっただけかもしれない。いつも夜遊びしていた子だから、朝帰りに近道をして公園内を通ってゆくのを、散歩の人に見られただけかもしれない。遊歩道を通って行っただけで、岸辺の遺体には気づかなかったのかもしれない。きっとそうに違いない――。

季節は進む。上田亜沙子は、何もすることがない夜にふと思い立って、食器棚の片隅にずっと置いてあった朱美のお茶碗と湯呑を取り出し、新聞紙に包んで捨てる。中学生のとき誕生日に銀座で買ってやった江戸八角の箸も、同じように捨てる。これまで、引き出しや押入れの奥に処分し忘れた朱美の衣類や櫛、ハサミ、ハンカチなどを見つけるたびに少しずつ捨ててきたが、お茶碗や湯呑を捨てられなかったことに特段の理由はない。ガラス戸越しに見える棚がからっぽになるのが、なんとなく寂しかったのかもしれない。

亜沙子は自分の娘の写真がいまごろになってSNSの一隅を賑わせていることなど知りもしない。しかし仮に知ったとしても、もうあまりこころが乱されることはなかっただろう。亜沙子のなかでは朱美が家を出ていったときが最初の別れで、どこかのバカ男に殺された娘を荼毘に付したのが二度目の別れ、遺灰を野川に撒いたのが三度目の別れとなり、それだけ繰り返せばもう、朱美が過去形になるのに十分ではあったからだ。そして、過去形になった朱美は徐々に思い出のなかへ後退し、たとえばアルバムの写真のなかに収まって静かにセピア色になっていってほしいし、ときどき昨日のことのように甦ってくる思い出も、あくまで自分の頭のなかだけで完結してほしい、といったことを亜沙子は考える。そう、他人から同情されたり、好奇の眼で見られたりするのが自分は一番こたえるし、もう他人に関わってほしくないのだ、と。

朱美ちゃん、お母さん引っ越してもいいかな？　あなたももう、帰ってくる家は要らないでしょう？　大好きな野川やハケの道があるから寂しくないでしょう？　お母さん、誰も私たちのことを知らない土地へ行ってもいい？　溜まりすぎた思い出を捨てて、ちょっと楽になってもいい？

ゴミ箱に捨てた食器がゴトンと音を立てる。結局、こうして自分はまた朱美を捨てるのかもしれない、と思う。朱美が家を出ていったときが最初で、山本とかいうバカ男に殺されるまで娘を連れ戻さなかったのが二度目、お墓さえ作ってやらなかったのが三度目で、ついに母親の自分までどこかへ行ってしまったら、これで四度目。産むつもりのなかった子を産んだときから、こうなる運命だったのかもしれない。初めてそんなことを思う。

41

職場ではスマホ、自宅ではパソコンの両刀使いで、浅井忍はシャドバとドラクエの合間に黙々と栂野真弓周辺の検索をかけ続ける。職場で弁当に嘔吐して、同僚には思いっきり軽蔑されたが、そんなことはいまの忍には屁でもない。

フェイスブックのタイムラインに出てくる〈栂野真弓〉の一番新しいネタは、吉祥寺のリゴレットというカフェの女子会。その内容から府中第二中学校の同級生たちが集まったことが分かる。その府中第二中とリゴレットで検索すると、インスタグラムにアップされたそのときのスナップが出てきて、〈etsuko〉という投稿者の氏名と二歳児の母親云々のプロフィールが分かる。そこで、SNSのヘビーユーザーらしい〈etsuko〉をフォローすると、産後鬱が云々というフェイスブックの投稿に真弓がコメントをしており、別の友達からのコメントには、世田谷区の前期離乳食講習会の記載もある。〈行ってみる？〉〈思案中〉といった会話があり、さらにフェイスブックではetsukoと真弓が〈来週、近くまで行く用事があるから、会わない？〉〈aditoでランチはどう？〉といったやり取りをしている。aditoでランチ。三秒で店の詳細をつかむ。なるほど、真弓は駒沢近辺に住んでいるのかもしれない。

真弓の子どもはゼロ歳児だから、定期的に健康診査や予防接種などのために医療機関を受診するはずで、探偵やストーカーなら片っ端から張り込むのかもしれない。浅井忍はそこまでヒマではないし、もとよりストーカーになる気もない。それでも、世田谷区のゼロ歳児検診にハッシュタグをつけて検索すると山ほど投稿が出てきて、乳児を抱く真弓の周りを確実に周回している手ごたえがある。町医者や病院にもいろいろあるもので、口さがないママたちにかかればたちどころに二重丸やバツがついてゆく。真弓が選びそうな診療所を絞り込むのは簡単だ。

そうして日々更新されてゆくSNSを適当にフォローしていると、やがて〈etsuko〉のフェイスブックにaditoのランチと、真っ白なベビー服に包まれた乳児を抱く真弓の写真がアップされる。〈お外ご飯が美味しい！〉〈同感。十月七日の打ち合わせもここでどう？〉〈OK〉といった真弓たちのやり取りがある。ビンゴ！

十月七日、adito。忍はスマホのスケジュール帳を開いて書き込み、それを閉じてPS4のコントローラーに持ち替え、やりかけのドラクエⅪの天空の古戦場に戻る。

あるプロのゲーマーのインタビュー記事に、飽きてもひたすら続けることがこの世界で勝ち残る唯一の道だ、とあった。妙にストンと腑に落ちるものがあり、以前は飛ばしていたクリア後のレベル上げやクエストも律儀にやるようになったら、それなりに頭が凪いで静かになってきた。いや、画面を追う眼もコントローラーの指も自動書記のように動く一方、頭の半分はどこかへ飛んでいるような感じもある。ａｄｉｔｏ？　十月七日にそこに現れた栂野真弓を家まで尾行するわけ？　またストーカーになるわけ？　そうしてメダルためて、新しい武器を装備して、レベル上げして――それより出た、メタルキング！

しかし十分後、忍はコントローラーを放り出してスマホ一台をポケットに入れ、さいたま市のハイツを出てＪＲ埼京線の電車に乗っている。新宿へ出て中央線に乗り換え、武蔵境からさらに西武多摩川線に乗り換えて多磨駅で下車するまで、足は勝手に進み、眼はスマホのモンスト画面に張り付いたまま、十日前に獣神化していたヤマトタケル廻の攻略を続ける。反射タイプ、貫通タイプの適正キャラをとっかえひっかえしてのボス戦だ。そして、多磨駅でそれをパタンと中断し、電車を降りて一つしかない改札口を出る。そのとき眼の端を小野のぬうぼうとした立ち姿が過ったが、ほとんど意識に上る間もなく流れ去ってしまい、忍は駅前の雑居ビルを通り抜けて石材店の並ぶ路地へ出る。

五分後、その姿は霊園の広い正門を入ってゆき、みたま堂横の管理事務所の前に立つと、ガラス戸のなかで浅井隆夫が弾かれたように事務机から立ち上がる。父子は眼だけで互いの意思が読めたか、忍はなかには入らず、隆夫のほうが外へ出てきて二人は事務所棟の外で相対する。そこで交わされた会話はごく短いものだ。隆夫がハイツから持ち去った古いケータイを返してほしいと忍は言い、もう処分したと隆夫は答え、二秒おいて、そう言うと思った、忍は無表情に返すと、そのままくるりと父に背を向けてその場をあとにする。父の怒声は耳をかすめて飛び去り、忍はまたスマホを開く。ボス第二戦、開始。

多磨駅の小野は、浅井忍が駅に戻ってくるのを一時間ほど待つともなく待ち、肩透かしにあう。忍が父親の勤める多磨霊園に行ったのであれば、十中八九帰路も多磨駅を利用するはずだと思ったが、何かの気まぐれで帰りは新小金井駅にでも出たか。霊園の裏門から出たのなら、それも有りだと思い直すと、改札を出ていった忍の、ゴムの仮面をかぶったような無表情を記憶の片隅に留めて、小野はいったん忍のことを頭から流し去る。

その忍は、小野の推理どおり、霊園の裏門を出たところでたまたまやってきた路線バスに乗り、JR武蔵小金井駅から別の路線バスで小平へ向かう。そうして午後三時前、実家のマンションの呼び鈴を鳴らして母親を驚かせ、なくしたケータイを探すからと告げるやいなや、玄関の三和土の靴箱からひっくり返し始めるのだ。

自分が理不尽なことをしているのは分かっているが、この神経の細い母にあれこれ説明しても無駄だし、そもそも自分自身を抑えられない以上、相手が誰であれ、この際説明も言い訳も無用だ。いまでも刑事の根性が抜けない父は、わざわざ息子のハイツを家探しして見つけたケータイを処分したりはしない。フォルダの写真はもともとゴミだし、ましてや霊園の契約社員にとっては無意味という名の毒物ですらあるはずだが、それでもあいつは絶対ケータイを隠し持っている。そういう自虐があいつには似合う。

そうして忍は、生活の気配がないほど片付いている部屋を移動し、次々に押入れや引き出しを開け、天井の点検口まで開けてみる。その周りで母はおろおろと行きつ戻りつし、ケータイはお父さんが捨てたのよ、警察が来たとき、お父さんが家探しでも何でもしろと言って、自分でその辺をひっくり返してみせたけれどケータイは無かったのよ、もう無いのよ、と繰り返す。

警察がどうした。ゴミでもダイヤモンドだと強弁して、捻じ曲げるのが警察じゃないか。いや、警察がケータイを探しにきたって？　あの写真が野川事件の捜査に必要だということか？　いったい世のなか、どうなっている。笑っちゃうよ、警察がどうした、この俺の海馬が写真を欲しがっているだけだ。ああいや、ほんとうにそうだろうか――？　最後は笑いだしながら、家じゅうをゴミ屋敷にして忍は実家をあとにする。

一方、多磨駅の小野は電車を一本送り出してすぐ、用を足すふりをしてトイレでスマホを開いている。昼の休憩のとき、夏に会った元バスケ部の同輩が〈10カ月前の上田朱美の写真〉という一文にインスタグラムのアドレスを付けたメールを送ってきていたのを、浅井の顔を見たせいでちょっと思い出したためだ。知らない男のインスタにアクセスして、あまり鮮明ではないスナップ写真を覗き込み、思わず時間を忘れそうになってすぐにログアウトし、トイレを出る。

ものすごいものを見た、というほどではないが、一瞬、朱美はほんとうに女優になったのだと思い、すぐに感嘆は別の何かへ横滑りしてゆく。浅井忍なら、さしずめ〈神化〉とか〈獣神化〉とか呼ぶのかもしれない。想像したこともなかった別世界の住人になった朱美の何がどう衝撃なのか、小野には言葉にすることはできなかったが、いまごろまだ朱美がこの世界のどこかに息づいていることに、何かしらの運命のようなものを感じ、数ヵ月あるいは数年遅れで更新された朱美の姿を、自分のなかのフォルダに保存する。

いや、いけない。このフォルダはどこかで空にしなければ、優子に余計な心配をさせることになる。忘れろ、忘れろ。そう自分に言い聞かせる端から、先日栂野雪子がいきなり訪ねてきて朱美が云々という話をしていったことが過ってゆく。そうして知らぬ間にまた数秒、なにごとか思いめぐらせたとき、背後では踏切の警報機が鳴りだし、小野は構内に入ってくる武蔵境行き電車のほうへ振り返る。乗り遅れまいと駅に駆け込んでくる乗客がおり、小野は改札へ眼を戻す。そのときだ、駅前の雑居ビルから出てきた男が、駅には入らずに向かって左方向の自由地下通路のほうへ駆け去ってゆき、小野はアッと思う。忍ではない、その父親の浅井隆夫が、いつぞやのように霊園の管理事務所がまだ開いている時間に大急ぎでどこかへ行こうとしている——。

小野は自動的に動く身体で午後三時二十八分発の武蔵境行きを送り出し、空いた線路と是政方面行きのホームの先のロータリーへ眼をやる。浅井隆夫の後ろ姿はロータリーから朝日町通りへ出てゆき、消える。あれはきっと警大のジェラード保安官補に会いに行くのだ。そんな想像をしてから、今日は土曜だから警大は空っぽなのに、と思う。

同じ午後、合田は小石川の後楽園で特命班の長谷川管理官に会っている。長谷川は孫のリトルリーグの練習試合があって後楽公園まで来たついでに、と言い、合田もまた警大は休みでも捜査の現況を聞くためなら外出も厭わず、後楽園の池の端が二人だけの密かな捜査会議の場になる。

特命班は、小金井署から引き揚げても野川事件の捜査から撤退したわけではなく、捜査員は日々気になる情報を拾い続けているが、最新のネタはやはり、先日の台風一過の朝にインスタにアップされた上田朱美の写真だ。合田もその写真は逃さなかったし、ヒマに任せてフォロワーを一人一人潰してきたが、特命班が公用照会で素性を割り出したフォロワーには、合田の知らない実名もいくつか含まれている。

なかでも、十二年前の朱美の元カレだと長谷川が教えてくれた一人は、〈トシちゃん25歳〉のタイムラインに残したコメントの内容から、合田も注意を払っていた男だった。〈コキタ〉というユーザーネームで登録されている男の本名は、玉置悠一。小金井北高校の出身で、栂野真弓の二年先輩にあたる。真弓が一年生当時、三年生だった玉置は他校の上田朱美と吉祥寺のゲーセンで一緒に遊ぶ姿がよく目撃され、周囲の噂になったが、ほとんど共通項のない二人が正確にどういう関係だったのかは、はっきりしない。

一方、いまは電通マンだという玉置は、三月に朱美が上池袋で殺されたときもＳＮＳで検索を繰り返していることから、特命班は九月末に本人に接触した。その結果、ベテラン刑事たちの感触はいわゆる〈マニア〉で、野川事件との直接の接点はないようだが、それでも何らかの特癖をもつ男が十二年前に朱美と交際していた事実は、けっして小さくはない。バスケ部の主将だったというモテ男の玉置が、どういうわけで他校の年下の女子を選んだのか。当の朱美の気持ちはどうだったのか。栂野真弓は知っていたのか否か。仮に知っていたとしたら、どう感じていたのか。特命班は今後も注視してゆくとのことだったが、これまで空白だった朱美の恋がこれなのか、ひそかな困惑を覚えたというのが合田の本音ではあった。

ちょうどそんな話をしていたとき、合田のスマホを鳴らしたのは警大の守衛室で、いましがた浅井隆夫なる人物が訪ねてきたが、少し様子が変だと告げる。

合田はとっさに午後四時前という時刻を確認する。浅井隆夫がわざわざ霊園の管理事務所を早退して警大まで来たところから察するに、また忍が何かトラブルを起こしたか。報告では、浅井は動揺した様子で、用件も告げないまますぐに立ち去ったということだ。

合田さんは浅井と因縁もあるし、うちの若い衆の話では被害者意識が相当強いようですから、ここは様子見されたほうがいい。必要なら、うちの者を行かせますから。長谷川管理官は言い、その場は合田もそうさせていただきますと応じたが、東京メトロの後楽園駅に立ったときには、気持ちが勝手に動いて池袋行きに乗ってしまい、高田馬場から拝島行きの西武新宿線で花小金井駅へ向かっていたのだった。特段こころに決していたことがあったわけではなく、野川事件の捜査に手を出すつもりもなかったが、それでも浅井への気持ちを抑えられない自分に、幾ばくかの不穏さを感じながら、だ。

そうして午後五時過ぎ、合田は駅からそう遠くない浅井のマンションの近くまで来る。エントランスの前に、地域課のパトロールの自転車が二台停めてある。たしか三階のあの辺りだと記憶している部屋を見上げると、開けっ放しの玄関の外に制服警官の姿があり、なかからはガシャン、ドタンと何かがぶつかる音も聞こえる。警官が動かないところを見るとケンカではないようだが、浅井の部屋では近隣住民が一一〇番通報するような騒ぎがあったのかもしれない。時間的には、浅井が警大に立ち寄ったその足で帰宅した直後だろうか。何が起きたのかすぐには見当がつかない一方、合田は十二年前に浅井から聞いた妻の某のことを思い浮かべる。精神状態は息子の忍より深刻で、双極性障害とＡＤＨＤとパニック障害と過換気症候群があるため、忍の逮捕は妻には絶対に話せないとかいうことだった。その妻が、あの部屋のなかにいるのだろうか。何かしらパニックを起こして浅井が止めに入っているのだろうか。

意味のない推測をした後、結局自分が物見高い野次馬にしかならなかったことを後悔して、合田はそのまま路地を引き返したが、そのときマンション三階の通路では、浅井が偶然部屋の玄関から顔を出している。その眼に下の路地を立ち去ってゆく自分の後ろ姿が留まったことを、合田はもちろん知らない。

42

日曜の朝、食卓でトーストにバターを塗りながら、君、歯ぎしりってしたっけ、夫の亨が言う。ごめんなさい、寝られなかった？　いや、珍しいなと思っただけ。それだけの何ということもないやり取りだったが、なめらかな皮膚に生じた小さなささくれのように感じられて、真弓はちょっと怯える。この人は夜中に妻の顔を見ているんだ――そう思うと、ふいにぞっとし、そんな感覚にとらわれた自分にやるせない違和感を覚える。

なにがしかの負の感情は、見えない磁力線で次々に同類を呼び集めるのかもしれない。その同じ食卓で自分のスマホにＬＩＮＥの着信があり、誰からか確かめる前に夫が新聞から顔を上げてこちらをちらりと見る、その眼にまた理由もなく苛立つと、それがＬＩＮＥをよこした相手にも伝染する。いや、正確に言えば、最近はＳＮＳでつながってくる友人知人の全部に苛立ち、気分が重くなる。親しい者もそれほど親しくない者も、誰もが呼んでいないのに呼び鈴を押し、尋ねてもいないのに話しかけてくる。しかも最近は〈トシちゃん25歳〉がアップしたインスタの写真のおかげで、ほとんどすべてがどこかで上田朱美につながり、否応なしに十二年前の有象無象へ流れ込んでゆくのだ。

いまも、ＬＩＮＥをよこしたのは井上リナで、曰く〈サツが朱美とＴの関係を聞きにきたよ。朱美に何かあった？〉。ぐでたまのスタンプは〈だりぃ〜…〉。朝っぱらから老健施設の職員が何をしていると思うが、真弓は〈分からない〉とだけ返す。もうあまり親密にする気もないが、こうしてときどき微妙な情報が入ってくるので、関係を切れないでいる。

Ｔの玉置悠一と朱美の関係に警察も関心を寄せている？　リナは警察に何を話した？　ハイ＆ローチェアで娘がくしゅくしゅ指を吸い、夫が朝刊を広げ、義母が小指を上げてジノリのイタリアンフルーツのティーカップで紅茶をすする朝の食卓の彼方へ、真弓の意識は飛んでゆく。自分もリナも、ひょっとしたら玉置も、こうしてそれぞれの現実生活の檻のなかから、なにがしかの欲望をまさぐるようにして朱美を見ている、と思う。リナはひたすら退屈なだけの日常、玉置は男盛りの御しがたい下半身、そして自分は自ら蓋をした記憶の向こうへ手を伸ばしながら、それぞれが苛立ち、何かを渇望している、と。

いまは亡い上田朱美とそのボーイフレンドの、ちょっと不穏な磁場は合田をも捕らえ続ける。同級生たちに比べれば精神的に幼かったと思われる十五歳の朱美と、ただの送りオオカミではなかったらしい十八歳の少年の関係はどういうものだったのか。元捜査員としての関心だけではない、もう少し切実な思いに背を押されるようにして合田は玉置悠一のフェイスブックやインスタグラムをフォローし続ける。男が耽溺しているのは会田誠の描く食用人造少女とか、切腹女子高生とか、群娘図とか。さもありなんと思いながら、合田は知らぬ間にじっと覗き込んでいるのだ。

一方、その様子に判事の友人は何かしら危うさを覚えたか、自身もサドの作品に供された会田の表紙絵がお気に入りのくせに、今回ばかりはふだん口にしない苦言を呈して、珍しくケンカになる。しかし、少し時間をおいてそれぞれ頭を冷やしてみると、どちらも確たる理由はない、なにがしかの熱病のような気分の伝染だったと気づいて逆に落ち着かない心地になったりもする。

また、多磨駅の小野も、元バスケ部の同輩が知らせてくれた知らない男のインスタを覗いたことで、結婚式の二十日前という時期に未来の伴侶とちょっとまずい事態になる。SNSに残した自分の足跡が、思いがけないところにつながってゆくことがあるのを小野も知らないわけではないが、いつの間にか〈玉置悠一〉が優子のフェイスブックの〈知り合いかも〉に表示され、そこからさらに玉置のＳＮＳをフォローした優子が〈トシちゃん25歳〉のインスタにたどり着くとは想像もしていなかった。しかも優子は、黙って自分のスマホに保存したボンデージ姿の朱美の写真を小野に見せ、私も削除するから、雄太さんも削除してねと一言いって、薄く笑ったのだ。結婚式の直前に、未来の夫への思いのうちの、二パーセントか三パーセントを自分は諦めたというふうだったその寂しげな笑みの、なんと強烈な一撃だったことか。

一人の男が思いつきでインスタにアップした朱美の写真は、当人にとってはすでに過去でも、不特定多数の眼に触れて次々に共有されながら、なおも一部の人びとの情動を誘い続ける。たとえばＢＢＳでは、吉祥寺ＪＫに入れ込んでいたのとはまた別の〈名無しのおじさん〉たちが、各種のサイバーパトロールなど想像したこともないのだろう厚顔無恥をさらけだしながら、もうこの世にいない〈上田朱美〉の新たな妄想を育んでいる。

いまは平凡な介護職員として木更津市で働く井上リナは、真弓の想像した通り、退屈な日常と外野の自由さからあらためて朱美の記憶を掘り返してみたに過ぎないが、その呟きは、朱美の名がさらに広範囲に拡散してゆくきっかけになる。その際、複数のアカウントで朱美は〈少女Ａ〉と記され、やがて誰かがそれにハッシュタグをつけてある種の記号のように引用したり、拡張したりするようになっていったが、そこにもはや、関係者たちの記憶にある朱美の影もなかったことは言うまでもない。

また浅井忍は、パッカー車の助手席でも食事中でも電車のなかでも、ほぼ自動的にスマホの液晶画面の上を滑り続ける親指のおかげで、やはりたびたび〈少女A〉とニアミスし、そのつど自分の記憶に残っている世界が自分の知らないところで書き換えられているような気持ち悪さを味わって、不機嫌になる。そういうときは、できるだけ速やかに眼の前のページから脱出することで、必要以上の混乱から自分を救いだすが、頭のすみに残った不快感は腫瘍のように少しずつ脹らんで、気がつくと、このところやけに上田朱美の顔がちらつくのはなぜだ、と考えている。

ひょっとしたら、コンサータのせいで消えてしまったあの事件前後の記憶のなかに、朱美の顔があったのだろうか？　ケータイの写真のなかにあいつが写っていたのか？　思いがけない自問をして、ますますわけが分からなくなり、またぞろ、そうだ、親父からケータイを取り返さなければ、と思う。

そして、その父浅井隆夫も、思わぬかたちで〈少女A〉に行き着いた一人だ。それは、勤め帰りに立ち寄った武蔵境駅北口の書店で、文庫本売り場に立つ合田の姿を偶然見かけたことに始まるが、浅井もまた見えない磁場に捕らわれていたのかもしれない。

わざわざ見るつもりもなかったのに、合田の二メートルほど斜め後ろを横切ったとき、たったいまその手のなかで閉じられた文庫本の濃い水色のカバーと、『青春と変態』という表題が眼をかすめたことが浅井の運命を決した。思わず二度見しそうになったのを抑えて書店を出、人目につかない駅構内の片隅で、いましがた眼に入った表題をスマホで検索する。そうして三分後には会田誠という現代画家の名前を割り出していたが、元警察官の勘は、裸の少女たちが乱舞する会田某の世界が合田の趣味ではないと直ちに判断する。ちなみに、個人の趣味でないものを刑事が手に取る理由は一つしかない。その会田某の作品、もしくはその関係者や愛好者が何かの事件とつながっているということだ。

かくして浅井もまた、〈会田誠〉や〈青春と変態〉にハッシュタグを付けてしばしSNSのサーフィンに没入し、一時間も経たないうちに〈少女A〉や、そのボンデージ姿の写真、さらには会田誠愛を自負する〈玉置悠一〉などに行き着いている。そして、野川事件の捜査の焦点がこの少女の周辺にあるらしいことを理解したと同時に、そういえば忍の部屋から回収したケータイの写真のなかに、この少女が写っていたかもしれないという微かな記憶も過ってゆく。

続いて、ならば忍もおそらくこの〈少女A〉の周辺をスマホで徘徊しているのではないかと思い至ったところで、浅井の物思いは大きく反転して合田へと立ち戻り、数分そこに固定していたのだが、浅井自身は無意識だったかもしれない。このとき、日ごろから合田を忍に近づけまいと腐心してきた経緯を一気に飛び越えて、自分がどこかあらぬ地平へ踏み出したことを、浅井はまだ自覚していない。

一方、書店にいた合田も、会田誠の文庫本を買った自分を、まるでもう一人の自分のように感じていたためか、ふだんの注意力が働いておらず、浅井隆夫に見られていたことに、今回もまた気づかない。これで二度目だ。

そしてさらに、SNSとは無縁の栂野雪子も、娘の真弓から黙って見せられたスマホの写真でついに〈少女A〉を知る。しかし、あれほどはらわたが煮えくりかえってきた上田朱美なのに、このときばかりは怒りより先に、わけもなく涙が滲んできて仕方がなかった。朱美ちゃん、きれいな娘さんになっていたのねえ――。

43

残暑のなかった九月が過ぎ、天候不順の肌寒い十月になる。我らが登場人物たちのある者は人生の節目を迎え、ある者は予期せぬ転機に遭遇し、ある者は身辺の変調に未だ気づいていないが、進んでゆく時間を巻き戻すことは誰にもできない。

十月七日、ａｄｉｔｏ。スマホのスケジュール帳が浅井忍に予定を知らせる。昨日の夜半から降り出した本降りの雨が明け方まで止まず、この天候では子連れのママ友のランチは中止かもしれないと案じたが、空が明るくなるころには曇り空になっていて、これは天のＧＯサインだなと忍は独り言ちる。

週日のゴミ収集で毛穴にまで染みついた臭いを、昨夜は風呂で念入りに洗い落とし、洗ったバッシュと洗ったジーパンを揃え、ヘリーハンセンのリュックにスマホの充電器と新品の『写ルンです』とニンテンドー３ＤＳ、ヘッドフォン、ハンカチとティッシュにマウスウォッシュ、精神障害者保健福祉手帳などを詰めた。そうして午前十時前にさいたま市の自宅ハイツを出たのは、薬の力でこの先数時間はとりあえず人並みの落ち着きを保っているだろう忍Aだ。もう一人の忍Bは、ときどきちらりと頭を出して辺りを見回しては、おまえ誰、去勢された犬みたいな面して、おめかししてどこへ行くんだ、などと茶々を入れるが、自分がこれからしようとしていることは、精勤なほうの忍Aにもよく分かっていなかったかもしれない。

渋谷に出て東急田園都市線で駒沢大学駅に向かい、そこからスマホのナビを頼りにわりに長い時間歩き、ガソリンスタンドのある五差路の角に辿り着く。インスタ映えする店の写真からこじゃれた住宅街を想像していたが、駒沢公園からはちょっと外れているからか、意外にありふれた国道沿いの風景だ、と思う。

用意してきたゲーム機でぷよぷよをしながら、忍はその駒沢通りを行ったり来たりする。栂野真弓が五本ある道路のどれを通ってやって来るのか知らないが、どのみち五差路の角にあるカフェの前に現れることになる。そう見当をつけたとおり、午前十一時二十分、ベビーカーを押した若い女が突然そこに現れる。

あれが栂野――のはずだが、どうも記憶がはっきりしない。あんな感じだった？　あれはほんとうに栂野か？　それとも別人か？　忍は、自分のぼやけた脳味噌を握りつぶしたい思いでそっと眼を見張る。薄い水色のワンピースと白いカーディガンに、白いパンプスと白いソックス。そのへんの女性誌から抜け出してきたような恰好だという以外、忍には思いつく物語はない。十二年経っても多磨駅の小野などは一目で分かるのに、栂野真弓の顔がはっきりしないのはなぜだろう。いや、インスタに流れた上田朱美の顔もよく分からなかったことを考えると、自分の脳はゲームやアニメのキャラクター以外の、人間の女の顔を識別する部分に欠陥があるのだろう。

　そんな自問自答をする間にもう一人、駒沢公園のほうから歩いてきたスキニーパンツの女が五差路に着き、二人の女は店の前で他愛ない笑みを弾けさせる。それを眼に収め、忍はとりあえず〈これでよし〉と思う。あのパンツのほうが、栂野とＳＮＳでやり取りしていた〈etsuko〉だ。

　二人の女は予約をしてあったようで、カフェの中二階のソファ席に坐る。お昼時の混雑に紛れてあとを追った忍は、いったん中二階まで上がったあと、一階に戻ってカウンターに席を取る。そんな位置関係だったので、赤ん坊連れの女二人はいったん視界から消え、彼女らが何を食べ、どんな話をしたのかも分からなかったが、それで不都合があったわけではない。一方、忍はメニューにあったアップルパイと黒豆の入ったパフェを注文してスマホで写真に撮り、べつに送る相手もいないので、いまごろ多磨駅のホームに立っているはずの小野のフェイスブックに送りつける。最後のそれも含めて、その姿は休日を利用して話題の店を食べ歩く、いまどきのスイーツ男子に見えたかもしれない。

　そうしてコンビニの菓子パンとは違う大量のバターとクリームの塊を胃袋に詰め込み、シャドウバース関係のＳＮＳをチェックしながら約一時間半を潰した後、中二階から降りてきた真弓たちから少し遅れて自分も席を立ち、支払いを済ませて店を出る。

　店の前でママ友と別れた栂野真弓のあとを追うが、尾行はあっという間に終わってしまう。真弓は店の西側の道路を駒沢公園通りの方向へ五、六十メートル進んだところで、道路の右側に建つタイル貼りのマンションに入ってしまったからだ。忍は人けのない道路から、ファミリータイプではない、見るからに高級なそうなマンションの外観とオートロックの玄関を眺め、『写ルンです』で二、三枚カシャカシャとそれらを写した後、その場を立ち去る。

雨上がりの午後、忍の予想に反して小野の姿は多磨駅にはない。

朝、小野は夜勤明けで駅を出た後、東町の実家に駆け戻って引っ越し業者のトラックを待ち、午前十一時から積み込みを始めて、正午にはトラックに同乗して実家をあとにした。その二十分後には三鷹市下連雀の新居に着き、そこで優子のほうの引っ越しトラックを待っていたときだ。道路が混んでいる云々の優子からのLINEに混じって、フェイスブックにも着信があり、開けてみるとアップルパイとパフェの写真が一枚ずつ。コメントもない送り主は案の定、浅井忍。誤送信かと呆れたが、そこへ優子のトラックが到着して小野の頭はひとまずリセットされる。忍が送ってきたパフェなどの写真が再び話題に上るのは、もう少し先のことになる。

とまれ、ほかに代替日はない新居への引っ越しが雨に当たらずに済んだことで、若い二人は傍目にも結婚間近のオーラをまき散らしながら、新生活の準備に取りかかる。小野の胸から上田朱美や野川事件の残滓がすぐに消えることはないが、「削除してね」と優子に言われたインスタの写真は削除したし、昨日からは健気にも浅草の今戸神社の招き猫をスマホの待ち受けにして、夫婦円満を肝に銘じている。

そうして若い二人が新居への引っ越し作業を始めたころ、近くの人見街道を別の引っ越しトラックが東へ走り去ってゆく。大きな家財といえば冷蔵庫と洗濯機ぐらいしかない単身者向けの安価な二トン車に乗っているのは上田亜沙子だ。二十八年住んでも余所者(よそもの)だった武蔵野を捨てて、新たに東京湾を越えた千葉の木更津へ向かう。一度東京湾アクアラインの海ほたるを見たかった、それだけの理由で決めた新天地だったが、見たがっていたのは朱美だったことを思いだして、昨夜からはまたぞろ悄然となったり、放心したりだ。

そして日が暮れるころには、勤め先から多磨町の自宅に戻った栂野雪子が、郵便受けに残された亜沙子の引っ越しの挨拶状と粗品を発見し、ふいにひとり取り残されたような心もとなさに襲われて立ち尽くしている。

また同じころ、そこから二キロほど東八道路を東へ行った深大寺の精神科病院には、うつむいて足早に玄関を出てくる浅井隆夫の姿がある。なるべく勤め先の霊園に近い病院を選んで、その日ついに妻の弘子を入院させたところだ。

44

例年より足早に秋が深まる。

十月十六日月曜日の午後、武蔵野は四日続きの雨で木々も家々も色落ちしたようにくすみ、ときおり高くなる雨音と、十二分間隔の西武多摩川線の電車の音のほかには聞こえるものもない。外大生たちの流れが一段落した多磨駅も、改札前の路地では通る人も絶え、雑居ビルの果物屋のビニールテントを雨が叩き続ける。

駅のホームには今日も、午前九時過ぎから勤務についた小野の姿がある。昨日は原宿の東郷記念館で一世一代の結婚式を挙げ、早朝から深夜まで、分刻みの移動と途中から入ったアルコールのおかげで終始、足が地球から三センチ浮いているような一日を過ごした。いざ新郎新婦の入場というとき、履きなれない自分の草履が滑って脱げてしまったこと以外、大きな失敗もなかったが、すべて終わってみると、白無垢の優子が上から下まで知らない女性に見えて焦ったことぐらいしか覚えていない。

とまれ、人生の大イベントを一つ終えたばかりの、新婚ほやほやの駅員がホームに立っていることは助役以外の誰も知らないし、当人も見た目は何も変わらない。否、朝はコーヒーの匂いで眼覚め、出かけるときには二食分の手づくり弁当がちゃんと用意してある、そんな新婚生活を始めた男の心身は、独身時代よりは確実に弾んでいる。

もっとも、その眼が定時の電車の運行状況を見ているだけでなく、いつもと違う人やモノの風景があれば直ちに見つけ出すのもこれまで通りではある。たとえばここ数日、あの浅井の父親が早朝と夕方に駅を利用する際に、これまでは真っ直ぐ通り抜けていた雑居ビルの通路の隅にしばらく留まり、改札のほうを見守るようになっている。そうして見張っているのは、たぶん警大に通うあのジェラード保安官補だ。現に、小野の視線の先で浅井の眼があの刑事を追うことが数回あり、二人の因縁がいよいよ煮詰まってきたといった想像もしてみる。しかも、浅井某の表情の硬さはただ事でないと思うのだが、所詮、一駅員には関係のない話だし、小野の見た限りではゴーダという刑事のほうは依然として、自分が見られていることに気づいていない。

そうこうするうちに、思い出したように鳴りだした踏切の警報機の音で我に返り、小野は思い過ごしだと雑念を振り払って一つ深呼吸する。


週明けの午後、警大では刑事教養部の合田の講義が続く。事故か事件か。殺人か傷害致死か。犯罪現場での擬律判断の実例は、その日も野川事件の被害者の写真と鑑識の作成した実況見分調書を使って説明が進む。

実際、当時は股関節に障害のある被害者が、遊歩道から下の川岸まで、何かの拍子に歩行車ごと転がり落ちた事故の可能性もないことはなかったほか、誰かに突き落とされたにしても、こめかみの挫滅創は転げ落ちたときに歩行車がぶつかったものか、あるいは倒れた被害者を犯人が歩行車で殴打したものか、一目瞭然というわけでもなかったのだ。

そのため、被害者と同じ体格のダミー人形を使って、遊歩道に置いた歩行車から突き落としたり、歩行車ごと転落させたりして、実際の挫滅創と一致するかどうかを慎重に検証し、最終的に何者かが遊歩道の歩行車ごと被害者を川岸に突き落とした上、倒れた被害者をさらに歩行車で殴った殺人の判断に至ったのだったが、そんな型どおりの作業を滞りなく行った一方で、捜査にはいくつもの見落としがあったことを、合田はその日もまた頭の片隅でぼんやり反芻している。被害者の鑑を徹底的に洗ったつもりで、実際にはほとんど洗えていなかった孫の真弓とその交友関係。そして、ほんとうはもう一台あったという浅井忍のケータイ——。

先日は、あの上田亜沙子もついに引っ越したと特命班から聞いたが、開店休業のまま剝げ落ちてゆく事件の看板の下に、自分が取り残されているような感じが、また一段と強くなっている、と思う。

さて、この被害者の死因は歩行車で殴られたことによる脳損傷ですが、受傷から死亡まではいくらか時間があったと考えられています。つまり、仮に発見が早ければ救命できた可能性もあったわけで、結果的に殺人ではあるが、強い殺意というには中途半端な印象もあったのです。いまとなっては後知恵ですが、この点をもう少し注視しておれば、事件の見立ても若干違ってきたのかもしれません。

そうして話しながら、合田はちょっと時計を見る。このあと定期検診に来ているはずの判事を迎えに病院へ行く予定だが、近ごろ体調がすぐれないのはステロイド剤の副作用ばかりではないのかもしれない。あれこれ考えだすと、気が散って授業に集中できない。


合田が警大を出て友人のいる病院へ向かったころ、多磨霊園では、浅井隆夫が妻の見舞いを理由に管理事務所を早退して霊園の正門を出る。しかし、吉祥寺病院へは裏門から東八道路へ出るべきところ、その足は反対方向の警大へと向かって歩き出しているのだ。

一方、その二時間ほど前には息子の忍も仕事を終えたその足で、さいたま市から小平へ向かっている。

先々週、忍は早々と栂野真弓の自宅をつきとめはしたが、十代のころのように直ちに行動を起こしたわけではなかった。処方薬のせいで重い頭以上に忍の衝動を抑えていたのは、子持ちの母になった栂野真弓にまったくこころが動かなかった想定外の事実だ。十二年前の記憶を喚起してくれそうにないのであれば、付きまとっても意味がない。多少得られるものがあるにしても、警察に通報されて捕まるリスクを秤（はかり）にかけると、もう少し別の手を探すべきかもしれない。しかし、そうは言っても新たな手が浮かんだわけではなく、結局、父親が隠しているはずのケータイを何とかして手に入れるというところへ、頭が何度も戻っていっただけだった。そして週明けのその日、再び実家のマンションへ家探しに行ったのだが、そこで忍はまた新たな事態に直面する。

　インターホンに応答がないので、合鍵でドアを開けようとしたが、開かない。何度試しても鍵が合わないので管理人に電話をし、そこで父親が先週のうちに鍵を交換したこと、母親が入院したことを知らされる。その瞬間、脳味噌の中心でブツッと血管が切れるような鈍い音がして世界がぐわんと波打ち、忍の身体は四方を留めていたペグが外れて舞い上がったテントになっている。

　何だと？　何が起きた？　お袋が入院した？　それはまあ、そうだろう。むしろ遅いぐらいだ。俺とおんなじ頭だもん。俺が小さいころはずっと病院にいたんだから、いまさら驚くほどのことではない。いや、リタリンかコンサータが効いていたんじゃなかったのか？　俺のせいか？　歯科技工士をクビになったから？　栂野の家の前でまた職質を食らったから？　そういえばこの間、ケータイを探すのに、俺が家じゅうをひっくり返したから？

　いったいどこの病院だって？　たいへんだ、薬漬けでまたお袋の頭がぶっ壊れてしまう。いや待て、俺は何をあわてているんだ？

　忍は軽い過呼吸を起こして浅く浅く息をしながら、しばし自分や母や父を罵倒し続ける。母親といっても、物心ついたころから入退院を繰り返し、自分と同じ精神障害者保健福祉手帳を持っている何者かと言ったほうが正しい。しかも、向こうは自分より重い2級で、料理は下手だし、掃除や洗濯もしない。そんなふうだから母親という感じはもったことがないし、もとよりいてもいなくても気にもならない。従って正確に言えば、そんな母親の入院がこころにこたえたはずはない一方、世界のなかの母の居場所が変わったことや、実家の鍵が開かなかったことは自分にとって小さなことではないのだ——忍はそう自分に確認する。そう、あるべきものがあるべきところにないのが悪いのだ、と。しかし、あわてることはない。お袋の頭はどのみちぶっ壊れているのだし、鍵なんかどうにでもなる。忍、分かったか？　大丈夫だ、世界の大枠は何も変わっていない。

　それより、俺は何をしに来たのだった？　そう、ケータイを探しに来たのだ。ケータイを取り戻して、何をする？　それはまだ分からないが、ケータイの写真は少なくともスカスカの海馬を埋めてくれはするだろう。先のことはそれから考えればよいし、いまは人の世界に手を突っ込んで、物事の配置を勝手に変える権利があると思っているやつに、引導を渡してやるのが先だ。

　そうして十分ほどで呼吸が落ち着くと、忍は一秒もじっとしていられずに、貧乏ゆすりをしながら路線バスを乗り継いで多磨霊園へ駆けつけ、東八道路に面した裏門から管理事務所まで走ったのだが、午後五時十五分の終業まで一時間もあるのに、三時過ぎに病院へ行くといって早退したという父の姿は、すでにそこにはない。

嘘だ、母親を厄介払いした親父が見舞いになど行くものか。とっさにそう思った一方、忍は数秒、ガラス越しに事務所の無人の机を見る。親父がケータイを隠しているのはあの引き出しか、ロッカーか。三秒考えた後、その足はくるりと反転して再び駆けだしており、次に忍が現れたのは多磨駅だ。その改札の前には、相変わらずどこに嵌めても間に合う汎用品のネジのような小野の顔がある。

親父を見なかった？　すかさず尋ねると、小野は驚いた様子もなく、まるで待ち構えていたふうに片手の指で自由地下通路のほうを指してみせる。そら、思ったとおりだ。

忍は多磨駅の自由地下通路を通って朝日町通りへ出、警大へ走る。父が霊園の管理事務所を出てから一時間以上経っていることを思えば、すでにそのへんにいない可能性のほうが高いことや、そもそも父が合田刑事といまごろ面会の約束をしているという可能性こそほとんどないことを、忍はすっかり失念しているが、自分の頭がまったく回っていないことにも気づいていない。

警大の正門まで来たところで、忍はいきなり浅井隆夫が来ましたかと警備員に尋ねて怪訝な顔をされ、あ、君は——警備員の一人が声を上げる。君は以前、ここの教員を訪ねてきた人だな？　部外者はここには入れないから、さあ帰った、帰った。そう言われて忍は、なるほど、部外者の親父がここで合田に会った可能性はやはりゼロだ、ざまあみろと思うやいなや、くるりと踵を返している。

そしてその十分後には、忍はそろそろ薄闇が降り始めた多磨駅前に再び現れ、雑居ビルをくぐって霊園のほうへ向かうその姿を小野に目撃される。そのとき小野は、声をかけるタイミングを逸したものの、父子ともどもこれまでとは違う思いつめた様子はちょっと記憶に残り、後々思いだすことになる。

一方、すでに午後五時半の閉門時刻を過ぎた霊園では、忍が正門の車止めの前に立つ。園内に入るのは簡単だが、わざわざ住居侵入になる時刻に入る必要はない。いざとなれば管理事務所が開いている時間に親父にケータイを出させればよい。拒否されたら、その場でお袋を精神科病院に放り込んだと叫んでやればよい。そう腹を固めていた一方で、忍はどこからか滲み出してくる寂寥感に押しやられ、旋回しながらばらばらにちぎれてゆく言葉の破片を拾い続ける。ケータイが無くなって、お袋が入院して、栂野真弓が母親になって、上田朱美が少女Aになって、俺は家がなくなった？　何なんだ、この世界は——。

それから、忍はまたしても正門前の交番の警官に職質を受けるはめになり、その際、俺ってまだ野川事件の容疑者扱いなわけ？　などと余計なことを口走ったおかげで、一報は府中署の刑事課から小金井署へ、さらには参考までにと特命班にも伝えられることとなった。そしてそれは間もなくメールになって合田にも送られたが、たまたま個人的な事情が重なり、合田は珍しくそれを等閑にしてしまう。

45

あるとき、いつもの職場、いつもの仕事、いつもの顔ぶれ、いつもの道などに流れていた時間がふいに途切れる。その瞬間、それまでの日常は消えてまったく新しい時間に放り込まれているという経験を、合田は過去に何度かしたことがある。その不可逆な場面転換をもたらすのは、いつも身近な者の病や死の知らせだったが、今回もまた同じだった。

夕刻に警大を出、あと十メートルで榊原記念病院に着くというときに、そこに定期検診に来ているはずの男がよこしたメールに〈築地の国立がんセンターに来ている。鮨桂太で会える?〉とあったのだ。国立がんセンターと、機会があったら近々行こうと話し合ったばかりだった築地の新しい寿司店の名前が並んだ短い文面が、液晶画面でふわりとたわんだ。それがよくよく迷った末のことなのか、いつもの天然なのか、もはやどちらであっても大差はない。もつれる指で〈すぐに行く〉とだけ返信して築地の寿司店へ飛んでゆくと、そこにはわりに清々した表情の当人がいて、どうも濾胞性リンパ腫とかいう病気だそうだ、でも悪性度は低いし、まだI期だから当面死ぬことはない、放射線治療はするが長い入院の必要もない、などと言う。ともかくこれで建設アスベスト訴訟を放り出さずにすむ、あれだけはやりたかったから、と。

口調は相変わらずだが、誰にも言わずにひとりで検査を受けたぐらいだから、ひとりで悶々としてはいたのだろう。そう思うと胸が詰まる一方、どこまでも自分の始末は自分でつけるというのではなく、身近な人間をひょいと頼ってくるこの友人と、そうして頼られている自分の間に、四十年近い年月がつくりあげたなにがしかの情合いがあるのをいまさらながらに発見しては、こいつも俺も真に孤独ではないということだろうと、合田は苦笑いを洩らしてもいる。否、体調不良の原因が判明したとはいえ、悪性リンパ腫には違いない以上、真新しい寿司店の晴れやかな空気のなかでは、刑事と判事の二人組はやはりちょっと孤独ではあったかもしれない。

とまれそんな事情で、合田はスマホに届いた浅井忍の情報を〈多磨霊園?〉という小さな違和感で流してしまい、たったいま忍とその父が陥っている隘路を想像することはなかったのだ。けっして野川事件が遠くなったわけではなかったが、人間の集中力はときに途切れることもある。

そして同じ夜、深大寺の吉祥寺病院へ妻の弘子を見舞った浅井隆夫もまた、集中力の切れた棒になって、開放病棟の四人部屋の妻のベッドの傍らに立っている。

病院へ来る途中、かつて合田の部下だった小金井署の刑事課長代理が、忍が多磨霊園の入り口で職質されたことをわざわざ電話で知らせてきて、思わず吐きそうになった。先方はたぶん、忍が何かを起こしてからでは遅いというアドバイスのつもりだったのかもしれないが、さほど深い意図があるはずもないそんな電話も、浅井には精神病院へ妻を見舞いに行く自分の惨めさに塩を塗るようなもので、ひとたびそうなると思考や感情の整理がつかなくなりがちになる。浅井は、忍のＡＤＨ

Dは弘子の遺伝だと思い込んでいるが、ほんとうは自身のほうがたぶんにその傾向があることに気づいていない。

　もっとも、病院の静けさは浅井の脳の興奮をちょっと鎮め、代わりに浅井は足が地球にのめり込むような疲労に襲われる。安定剤が効いている弘子は寝ているような、起きているようなで、ときどき眼球は動かすものの、夫が来ていることが分かっているのかどうかも分からない。一方、浅井ももう、弘子に対する愛情が自分に残っているという自信はない。警察官を拝命して間もなく、警察学校の教官だった人物に知り合いの娘を紹介され、名誉なことだと二つ返事で結婚してから、相手の精神科の通院歴を知った。それでも誰かを恨む代わりに我慢を選んで、自分なりに懸命に努力してきたつもりだったが、やはり白いカラスは黒くはならない。

　浅井は眠る妻を見つめる。表向きは、自分が不在の間に過呼吸を起こすと困るという理由で入院させたが、ほんとうは弘子に手を上げそうになる自分を物理的に引きはがすためだったし、一人になって気持ちを整理したかったのだが、いざ一人になってみると、自分がほんとうは何をしようとしていたのか分からなくなる。合田と相対して何を話す？　話してどうなる？　合田を恨んで、自分や家族の問題が解決するか？　否、これは家族の問題ですらない。俺自身の問題なのだ。俺は永久に忍の面倒を見てやれるわけではないし、薬の服用を続けさえすれば、忍も一人でなんとか生きてゆくだろう。実をいうと、俺はそろそろ子育てから卒業したいのだ――。

　その忍は疲労困憊して多磨霊園から帰り着くと、午後七時半という時刻を確認し、睡眠薬は服用せずにスマホ一台を手にベッドに転がる。夜は薬をやめてみるというのは、朝から決めていたことだったから実行したまでで、いまさらためらったり自分に確認したりする忍耐もなかったのが、よかったのか悪かったのかは分からない。いや、ごまかしても仕方がない。今日たまたま実家へ行ってすべての状況が変わったのが分かったいま、これは新たな地平へ出てゆくための一歩だし、もう迷っている時間はないのだ。

早朝、仕事に行く前に呑んだコンサータの成分はすでに血中には残っていない。眼には見えないが、ふだんと違う物質が脳内にあふれだしたり、逆にこれまで分泌されていた物質が分泌されなかったりし始めたときには、この頭と身体の全部で分かる。頭が高速で点滅しながら次々に入れ替わるテトリスやぷよぷよになり、熱をもってむずむずし始める足にはドラクエの主人公たちのようなバネが入る。寝ていても、いくつもの分身がトットットッとそこらじゅうを駆け回り、ドラゴンライダー、いや真っ白なクジラのケトスに乗って空を飛ぶ。

忍は眼を見開き、息を殺してそのときが来るのを待ち続ける。明確にそれと分かる指標があるわけではない。一番分かりやすいのは頭のなかにモンスターたちがあふれだし、動きだすことだろうか。モンストのクシナダ、ツクヨミ、ニライカナイ、オーディン、ベヒーモス。ドラクエのスライム系、ドラゴン系、獣系、ゾンビ系、怪人系。シャドバのアリサ、エリカ、イザベル、ローウェン、ルナ、イリス、ユリアスと、その最強デッキたち。ガキのころ、ポケモンマスターを目指す主人公の少年が、ゲットしたポケモンたちを〈俺の友だち〉と裏声で呼ぶのが気味悪かったが、いまはちょっと分かる、と思う。みんな出てこい。モンスターも、主人公たちも、ぷよぷよたちも出てこい。

俺の友だち――。

そうして忍は、やがて闇のなかから顔を出し始めたモンスターたちをかきわけ、かきわけ、イバラに覆われたトロデーン城へたどり着き、青白い魔女の形相をしてステッキを振り回す老女の姿を見る。そうか、俺はこれを探していたのだ――。

忍は一睡もせずに夜明けを迎え、コンサータを呑んで仕事に出る。

46

雨の多い秋、わずかな晴れ間を待って佐倉真弓は娘を連れて外へ出る。首が据わり、お座りも出来るようになった娘は、ベビーカーも抱っこ紐も好きで、車や人や街路樹など、何にでもよく反応して眼を動かし、機嫌がいい。ばい菌をもらったらどうすると姑はいやな顔をするが、週に二回は電車で一駅の桜新町へ出て新町児童館の乳幼児教室に行き、母親たちと子育ての仕合わせを楽しむこともする。土日は夫と娘の三人で駒沢公園や砧公園へ出かけ、雨の日には昔は興味のなかったデッサンをしたり、娘を写生したりして過ごすが、そうして穏やかに過ぎてゆく暮らしは、しかし真弓のすべてではない。

思考や記憶の回路に刻み込まれた事件の傷と、生来の疑り深い粘着性の性格が、あえて振り返る必要のない事柄をときともなしに振り返らせ、世間並みの幸福な時間から真弓を少しずつ逃走させる。それが周囲には原因の分からない不機嫌や苛立ちに囚われているように映り、夫や姑や実家の母雪子の隠微な不安をかきたてるのだが、いまの真弓はそのことに目配りするだけのこころの余裕もない。

桜新町のスーパーマーケットで、真弓のスマホの着信音が鳴る。すぐに買い物カートを押す手を止め、手提げバッグからスマホを取り出して誰からの着信か確認する。その短い所作の間、抱っこ紐のなかの娘も、数秒前に見ていたフルーツトマトや桃太郎トマトも意識からは消えているが、実は一カ月ほど前、フェイスブックの〈知り合いかも〉に玉置悠一が表示されてから、こんなことが続いている。玉置の名前は出身校のつながりかもしれないし、井上リナあたりのアドレスを引っ張ったときに一緒にくっついてきたのかもしれない。そして一昨日は、その玉置本人から友達申請の通知が届き、一晩考えて承認ボタンを押した。玉置個人に関心はないが、かつて上田朱美と噂になった人物なら何か話を聞けるかもしれない。いや、ほんとうにそういう理由だったのかどうか、真弓には確信はない。

いまの着信はたまたま別人だったが、ひょっとしたら自分は玉置からのメッセージを待っているのだろうか。そんな自問をしたと同時にもう何年も忘れていた微かな胸の動悸を覚え、誰かに見られなかったかと真弓は思わず辺りを見回している。

〈こんにちは。2006年小北卒の玉置悠一です。広告業界にいますが、流行に鈍感な体育会系で

す。小金井周辺でお薦めのスイーツ店はありますか？〉

〈こんにちは。２００８年卒の佐倉真弓（旧姓栂野）です。お薦めはポルシェ洋菓子店のシュークリーム。小平西高の前方宙返りが得意だったAさんを覚えておられますか？　彼女との思い出のケーキ屋さんです〉

〈私もAさんの友だちでした。ひょっとしてあなたは彼女が通っていた水彩画教室の栂野さんですか？　もしそうなら奇遇ですね！〉

〈先日、知らない人のインスタに載ったAさんの写真を見ました。ご存じですか？〉

〈私も見ました。高校卒業後は疎遠になっていたAさんに久々に会った気がして、それ以来よく彼女のことを思い出しています〉

〈私も同じです〉

日を置かずして始まった玉置とのメッセージのやり取りは、一日一回程度のゆっくりしたペースで行われる。どちらかが主導したというより、それぞれが慎重に相手の反応を確かめているのを感じ取った末の、探り合いのような言葉が続き、それがちょっとゲームのようで真弓は自分でも気づかぬうちに集中している。玉置の目的はグルメなどであるはずがない。ＳＮＳに載った朱美の煽情的な写真を見、そこにアクセスした者たちの足跡を手あたり次第にたどって真弓に辿り着いたのなら、それが水彩画教室の栂野だと知るのも難しくはないだろう。〈ひょっとして〉も〈奇遇〉も事実ではなく、上田朱美と吉祥寺でときどきつるんでいた小北の二年下の女子と知った上で、玉置は何かを探りだそうとしている？　しかし、いまごろ何を――？

〈玉置さんは確かバスケ部でしたね。Aさんとはスポーツつながり?〉

〈太鼓の達人つながり、でした。『上海ハニー』とか『クレヨンしんちゃん』の主題歌とか。真弓さんは、ゲームは?〉

〈私はぷよぷよと、ドラクエぐらいでした。Aさんとよく一緒に遊びました。玉置さんにとって、Aさんはどんな存在でしたか?〉

〈10代最後の爆発、ですかね。キザですが〉

キザというより、ほとんど変態――。そんなことを考えていると、真弓さん! 姑の不機嫌な声でちょっと我に返る。ベビーベッドでお腹を空かせた百合が泣きだしている。


直接面識のない人間とSNSのメッセージでつながるのは、専業主婦となった真弓にとって思いのほか刺激的な時間ではあるが、それ以上に、これまで忘れていた光景がときとして甦ってくるのに魅入られ、ちょっと我を忘れていることもある。現に、高校一年の初夏のころ、水彩画教室の外の道路に四、五人の男子が自転車を停めてこちらを覗いていたのを突然思いだしたときは、〈あ!〉と声が出た。見覚えのある顔はみな小北の上級生で、新入生の女子をからかいに来たのだと思ったが、そこにいた一番背の高い男子があの玉置だった。そうだ、玉置はあのとき、教室で自分と一緒に絵を描いていた他校の上田朱美を見初めたのかもしれない――。

そう、それから夏の午後、玉置は自宅とは方向の違う野川公園の北門の外に自転車を停めて、友人らとたむろしていたこともある。それを見たのも水彩画教室のある日だったが、玉置はなかなか会えない他校の朱美をつけ回していたのだろうか――。

そうして、あることないことを思い浮かべながら真弓は家族の眼を盗み、娘が寝ているのを見計らっては、日に一、二回のペースで玉置とのメッセージのやり取りを続けるのだ。

〈SNSの一部で、#少女Aが使われているのに倣って、私たちもAさんを少女Aと呼ぶことにしませんか〉

玉置はあるときそう提案してきて、真弓はいよいよ男の本音がのぞけるかもしれないと期待しつつ、〈それでは少女Aの思い出を聞かせてください〉と応じている。

〈私と少女Aの思い出の9割は、ゲーセンと太鼓の達人ですが、かまいませんか？〉

〈残りの1割は？〉

〈それはもちろんsexです。10代のカップルからそれを除いたら何が残るでしょう〉

〈ごめんなさい。私は彼女の思い出を一つ、二つお聞きしたいと思っただけなのです〉

〈こちらこそ、ご気分を害されたのなら謝ります。私も少女Aの思い出を集めたいだけです。画像コラージュのアプリを使って、彼女のスナップ写真を千枚、二千枚と貼り合わせた二次元のインスタレーションを目指しています。表題は《少女A》。真弓さんは彼女の昔のスナップをお持ちではありませんか？〉

そうしてときにけむに巻かれるが、結局これはストーカーの変形なのだろうか？

コラージュだのインスタレーションだの、広告業界にいる男の使う片仮名は、真弓には響かない。それよりも、十代のカップルにとって当たり前ではあっても、十五歳の朱美が上級生の玉置とセックスをしていたというのは、やはりそれだけで真弓の胸を締め付け、同時になぜという思いがますます膨らんでゆくのを止められない。

　周囲からは宙返り女子と呼ばれていても、ほんとうは芸術的なセンスに恵まれていた朱美と、下半身から先に生まれてきたような玉置は重なるところがどこにもない。しかも、その玉置の物言いの一つ一つに小野雄太などには覚えない違和感を覚え、その肌に刺さるような感じがどこから来るのか分からないまま、真弓はこれまであまり付き合いのなかった同窓の女友だちのＬＩＮＥのグループに入って、学校時代の思い出話のなかに玉置の話を差しはさんでみたりする。

〈へえ！　真弓が玉置に興味があったなんて初耳〉〈だって、ずいぶんモテていた人ですし〉〈でも、女の子の趣味がちょっと変わっていたという噂です〉〈どんなふうに？〉〈ふつうの美少女には興味がない、みたいな〉〈そうそう〉〈教室で会田誠の『青春と変態』を回し読みして担任に没収された人でした〉〈アーティスト気取り？〉〈秀才でも、私はちょっと苦手でした〉〈私も。彼を好きだという人の気持ちが分からなかったなあ〉〈同感です〉

　わりに常識的な同級生たちのやり取りはあまり深まらない一方、木更津の井上リナはフェイスブックのメッセージに〈いまだから話してあげる〉と書いてくる。

〈ｓｅｘなんて嘘。あいつ、ホテルで朱美に下着を脱がせて、それを眺めて興奮していただけ。一回五千円で〉

〈吉祥寺の東口のホテル？〉

〈そう、あのホテル。多いときは週一で〉

〈あのホテルで、彼女が私の父と遭遇したことはある？〉

〈あると思う。というか、ある。いつだったか、朱美から聞いたから。でも、もう済んだことよ〉

済んだことではあるが、以前からそうではないかと感じていた疑念にこうして一つ答えが出てみると、人間のやること為すことの、複雑でも何でもない、あまりの下らなさに真弓は涙が止まらない。

47

同じ夜、勤め先の病院からひとり暮らしの自宅に戻った栂野雪子を、珍しく留守電に残された二件のメッセージが迎える。
初めの一件。〈上田亜沙子です。私は木更津でもまたスーパーに勤めています。雪子さんはお変わりないですか？　ところで、千葉半立（はんだち）という落花生の新豆がびっくりするぐらい美味しいの。ほんの少しだけ送りますから、食べてみてくださいね。ではお元気で〉
ちょっと弾んだ細い声が子どものようで、思わず笑みがこぼれたその数秒、雪子は上田の母娘への怒りをふっと忘れている。
次の一件。〈真弓です。そちらは変わりない？　急な電話でごめんなさい。朱美ちゃんのことで

思い出したことがあるから、十時過ぎに私のスマホに電話をくれない？〉

わざわざご亭主が風呂に入っている時間に娘に電話をするのはどうかとも思ったが、朱美のことでという一言に負けた。真弓はすぐに電話に出て、息せき切って喋りだす。

あ、ママ。百合も寝たから大丈夫。ねえ、ＪＲの吉祥寺駅東口のオデヲン座の裏にあるホテルを覚えている？　昔、パパが利用していたラブホテル。今日、昔の知り合いから、あのホテルに朱美ちゃんも何度か行っていたという話を聞いたの。いいえ、相手はパパじゃない。小北の上級生の男子で、私が高校一年の春から夏にかけて、うちの水彩画教室を覗きに来たことがある子。お医者さんの息子でお金があるから、よく吉祥寺で遊んでいて、朱美ちゃんと付き合っていた子。ときどきうちの周辺に来ていたみたいだから、ママも見たことがあるかもしれない。それで私、ふと思ったんだけど、パパと朱美ちゃん、あの東口のホテルの周辺でばったり出会ったのかもしれない――。パパはお教室のある日はいつも家を逃げだしていたから、ひょっとしたら朱美ちゃんの顔をよく知らなかったかもしれないけど、朱美ちゃんはヤバいところをパパに見られて、ものすごくショックを受けたと思うの。パパが自分のことを私に話したり、絵の先生のお祖母ちゃんに話したりしたらどうしよう、そう思ったかもしれない。いまはまだ頭の整理ができないけど、ボタンの掛け違いが起きたのはこの辺りかもしれない。だからママも、パパから何か聞いたことがなかったか、思い出してみてくれない？　じゃあ、おやすみなさいね。

やっと娘の声が途切れて雪子は受話器を置く。

先日は雪子自身、朱美のことを考え出すと収拾がつかなくなって駒沢の娘の嫁ぎ先まで押しかけていったが、いまは真弓から昔の朱美の話を聞かされても、不思議にこころが動かない。吉祥寺の東口のラブホテル？　孝一が高校生を買春していたのなら、そのへんのホテルを利用してはいたのだろうが、具体的にどこのどんなホテルだったかなど、自分は知りもしない。そこにあの朱美ちゃんも行っていた？　小北の上級生の男子？　その子を真弓も当時から知っていたということ？　それでも、朱美ちゃんがその子と不純異性交遊をしていることは知らなかったというの？いや、なんとなく気づいてはいたのだろう。その上で、咎（とが）めるよりももっと隠微な感情に押されて、黙って横目で見ていたのかもしれない。嫉妬とか、優越感とか、悪意とか。

　そう、真弓は父親が買春をしていることもそれとなく気づいていただろうに、母親の私がそうだったのと同じく父親の行状に嫌悪こそすれ、面と向かって反抗したり断罪したりするだけの関心はなかったのだろう。おかげで誰にも止められないまま、孝一は父親として夫として、越えてはならない一線を越えてしまったのだろう。いや、家族への無関心は母節子も同罪だ。孝一の不始末にいつも苛立ちながら、だから初めから自分はこの結婚に反対だったのだというところに逃避して、けっして火中の栗は拾わなかった冷たい人。

　ともあれ、あのころはそうして誰もが見て見ぬふりをしていたのに、いまごろ何がどうしたというの？　吉祥寺のラブホテルの周辺で孝一と朱美ちゃんがニアミスした？　それで？　孝一は真弓が朱美ちゃん、朱美ちゃんと言うのを聞いていたはずだが、十中八九、顔など覚えていなかっただろう。そんな孝一が、自分からよその娘さんの行状をこんな醒めた妻に話すはずもないし、もちろん姑になど話すはずがないではないか——。そんなことは真弓も分かっているだろうに、いまごろあんなに勢い込んで電話をしてくる必要がどこにあるというの――。

　雪子はけっして愉快ではない昔の記憶の糸くずを払い、代わりに上田亜沙子が送ってくれるという落花生へ頭を切り替えてみたが、またふと〈でも――〉と立ち止まる。

　雪子は娘が電話で話していた〈小北の上級生の男子〉という一言を反芻する。事件があった年の一学期？　水彩画教室を覗きにきたことがある、あの浅井忍とは別の男子？　水彩画教室の開かれる土曜日も勤務に出ていることの多かった雪子には、そもそも思い出せる光景も限られていたし、浅井という少年にしても、真弓につきまとっている男子がいることは母から聞いていたものの、雪子自身がその名前や顔を知ったのは事件が起きたあとだったのだ。

　いまも、雪子は大きなガラス窓から日差しの降り注ぐ教室と、そこで絵を描く子どもたちや母と、それらを眩しい緑に染め上げていた野川公園の樹影を思い浮かべてみるが、そこに教室を覗きに来た男子の姿などはない。仮に一度ぐらい見ていたとしても、こちらにそれほど関心がなかったせいで記憶に残っていないのかもしれない。

　しかし、と雪子はさらに反芻する。その〈小北の上級生の男子〉が教室の近くに来ていたのなら、母の眼には留まったのではないだろうか。子どもを見咎めるのが習い性の元教師は、あれはどこの子かと真弓たちに尋ねたのではないだろうか。

　――そうだ。孝一が朱美ちゃんのホテル通いを話題にしなくとも、母が朱美ちゃんと〈小北の上級生の男子〉の関係を知ったとしたら、真弓が電話でほのめかしたようなことは起こりうるかもしれない。母が朱美ちゃんにその上級生との関係を問いただした瞬間、十五歳の多感な少女は尊敬する教師を自分が失望させたことを知るのかもしれない。教師にそんなつもりはなくとも、少女のほうは決定的に信頼を失ったと感じるかもしれない。

　そこまで思い至って、雪子は鈍い痛みを覚える。塾をサボって喫煙をしたり、ゲームセンターで遊んだりしていることを真弓に問いただしたとき、親も子も、二度と元には戻らない傷をうちに抱えたのだが、それでも、人間はそんなものだと呑み込んでゆくふてぶてしさが自分たち家族にはあった。しかし上田朱美はどうだろう――。あの骨の髄までやさしい亜沙子さんに育てられた子だから、大切な絵の先生に醜態を知られた絶望は、周囲が考えるよりずっと深かったのかもしれない。いや、でも――。幾度となく閊(つか)え、立ち止まる雪子の耳元で、野川公園に降り積もり始めた落ち葉がザザ、ザザと夜風に鳴る。

48

　足早な秋とともにそれぞれの人生は進む。浅井忍は早朝からパッカー車とともに住宅街を走り回る。助手席に飛び乗り、飛び降り、ときにステップ乗りをしたり、車両を誘導したりしながら、ゴミ収集所に積み上がった燃えるゴミを次々に荷台に放り投げる。その姿はもうすっかりゴミ収集の風景の一部になっているが、目深に被ったキャップの下の眼は、ときどき何かを捉えては〈いま何を見たのだ？〉と自問し、そんなことが二、三回続くと今日は萎びたシナプスがちょっと蘇生している、と思ったりする。

いまも児童公園の脇の収集所にパッカー車が横付けしたとき、男子高校生数人が公園の入り口にチャリンコを連ねて朝っぱらから野太い笑い声をあげているのが眼に留まり、いま何かを見た、と思う。見たのは、スポーツバッグを斜めがけにした高校一、二年の男子たちか。通学用のチャリンコか。背後の児童公園か。二秒考えて思考回路のスイッチを切り、唸りを上げる荷台にゴミ袋を投げ入れ始め、最後の一つを片づけてもう一度振り返る。すると、男子高校生たちの笑い声と野次の飛んでゆく道路の反対側に女子高生たちがおり、こちらも甲高い声をあげている。どこにでもいる、ちょっとワルの入っている高校生たち。その、どこがどうだというのか分からない風景を二秒眺めたときだ。女子高生の一人が突然、忍に向かって声を張り上げるのだ。やめてよね！　先週も見たでしょ！

はあ？　忍は豆鉄砲を食った鳩の体でパッカー車に飛び乗る。歯列矯正の金具を光らせた女子高生の口元が数回脳裏で点滅し、朝のコンサータを止めてみてもおおむね鈍いままの記憶の回路に溶け出してゆく。

一方、上田亜沙子は木更津の専門店で買った千葉半立の新豆をゆうパックの袋に入れて郵送し、合田は矢切の畑で収穫した落花生を二キロほど分けてもらって判事のマンションで塩茹でにする。三分の一を特命班の長谷川管理官に送り、三分の一を冷凍し、三分の一はそのまま食卓に載せて焼

酎をあける。茹でた新豆の美味さは、週明けに放射線治療が始まる男の鬱屈をあっさり吹き飛ばし、友人は生きている歓びなどと月並みなことを口走る。

また同じころ、新宿のデパ地下では小野雄太が手に取った落花生の新豆を、新妻がやんわり売り場に戻して言う。だめ、節約しなきゃ。

夜勤明けの栂野雪子の元に、ふくらんだゆうパックが届く。亜沙子は〈ほんの少し〉と言っていたのに素煎りの新豆の五百グラムの真空パックが二つも入っていて、あの人はいつもこうなんだから——と苦笑いが出る。お互い一人暮らしなのに、これでどれだけ酎ハイを呑めというのだろう。一瞬、一つは真弓に届けてやろうかとも思ったが、一昨日のように上田朱美や上級生の男子がどうこうといった話になると鬱陶しいと思い直す。

それから雪子は一人暮らしのキッチンで試しにパックを開けて一粒食べ、二粒食べ、昼間から缶入りの酎ハイを開けてさらに一粒食べ、二粒食べ、気がつけば皿に薄皮の山をつくっている。いけない、いけない。残りを密閉容器に入れて手元から遠ざけ、代わりに便箋を開いて亜沙子宛ての御礼状を書く。

真弓は朝、近ごろスマホばかりで家のことがうわの空と姑に言われたが、反省する代わりに娘を連れて自宅近くのａｄｉｔｏへ逃げ出し、中二階のソファ席でスマホ片手に落花生ではない、これも旬の焼き芋餡バターサンドをやけ食いする。離乳食はまだ薄い粥と野菜のピューレぐらいしか与えていない百合にも、お相伴で甘いきなこミルクをスプーン二杯。残りはもちろん真弓の胃袋へ行く。

そうして玉置悠一のフェイスブックのメッセージを待つともなく待ちながら、玉置がときどきインスタに載せている会田誠の作品や関連サイトをザッピングする。ママねえ、以前お友だちと六本木ヒルズに立ち寄ったときに、たまたま森美術館で会田の作品展をやっていたから入ってみたんだけど。青いスクール水着の女の子とか、ルーズソックスの女子高生とか、輪郭も色彩も少女雑誌の挿絵みたいに繊細でとても日本的なんだけど、それがみんなサイボーグのようで露悪的で――ああ、うまく言えない。朱美ちゃんが生きていたらちゃんと言葉にしてくれるのに。ママに現代アートは無理かもねえ。あ、来た――。

〈我らが少女Aをぷよぷよにしてみました〉

玉置が添付した動画を開くと、赤や緑や黄色に加工された朱美の顔が十二×六の碁盤上を飛び跳ね、積み上がり、崩れてはまた積み上がって踊り続ける。蛇に魅入られたようにそれを見つめながら、真弓は自分が日常を踏み外しかけていることに、半分は気づいており、半分は気づいていない。

警大では合田の刑事教養部の授業が続く。足利事件の再審無罪判決以来、とくに留意されるようになった捜査手続きの在り方について。自白の信用性の担保の仕方。ＤＮＡ鑑定などの科学捜査の活用方法。スマホなどの記録媒体の差押えの技術的課題。初動捜査と客観的証拠の収集指揮など。どれもこれも、話しているうちに野川事件での綱渡りが甦り、その日もまた実例は自身の失敗談になる。その傍らでは、今日東京高裁で控訴審判決が言い渡されるはずの建設アスベスト訴訟のことをふと思い浮かべていたりもする。加納は、口にはしないが、五年前に横浜地裁で退けられた国と建材メーカーの責任を、高裁で初めて認める原告逆転勝訴の判決を言い渡すのではないか。国に引導を渡してさっぱりしたところで入院するつもりではないか。もしそうなら、実に友人らしいことだと思う。

同じころ、深大寺の病院には霊園の管理事務所を抜け出してきた浅井隆夫の姿がある。会計窓口で妻の半月分の入院費十六万某かの支払いをし、主治医から今後の治療方針の説明を受けたのだが、何を言ってもほとんど頭に入っていない様子に、夫のこの人のほうこそ鬱病ではないかと主治医は疑い、急性期が過ぎたら自宅療養を勧めるつもりでいたのを、その場で取りやめている。まあ、抗不安薬を適切に使ってゆけば奥さんは十分ふつうの生活が送れるとは思いますが、旦那さんが負担を感じられるのであれば、このままもうしばらく入院していただくことにしましょうか。主治医は言い、はあ、年内にはなんとか片を付けますからと浅井はよく聞き取れない声で応じて、傍らで聞いていた看護師が、何かを直感したようにちょっと浅井の横顔を見る。

その後、浅井は妻の顔を見てゆくのも忘れて病院をあとにし、バスを乗り継いで霊園裏門まで戻る間、それにしても自分にはまだ、あのケータイという問題が一つ残っている、と考え続けている。忍に渡してやるか、それとも廃棄するか。どちらのほうが息子のためになるのか、なかなか答えが出ない。

一方、その息子はゴミ収集と処理施設の往復を繰り返した後に事務所でコンビニ弁当を食い、左手のスマホでインスタの投稿画像をザッピングする。そのうち一本の動画で突然、少女Ａの顔をしたぷよが踊り出して、忍は思わず〈変態、発見〉と独り言ちている。

少女Ａの生首が二つ、三つ、四つ、七つ、八つ。キョロキョロ眼だけ動かしながら一連鎖で〈えいっ！〉、二連鎖で〈ファイヤー〉。黄色い声で気合を入れながら、飛び跳ね、積み上がり、崩れてはまた積み上がって〈えいっ！〉。ぷよの顔が人間になっただけで肌がぞわぞわする、この感じはどこかで見たぞと忍は思い、インスタのユーザーを見ると案の定、〈コキタ〉とある。最近はよく〈＃少女Ａ〉を付けた投稿をしていて、ときどき会田誠の作品をアップしているやつ。この間は、よりにもよって裸の女の子を山ほどミキサーにぶち込んでジュースにする絵で、仮にこの頭が活発に噴火しまくっていたころでも、あの発想には白旗を掲げるほかないと思った。以来、この〈コキタ〉には二度と近づかないと決めていたのに、今日の自分は頭だけでなく指の動きまで鈍っている、と反省する。

そうして、ヒマに任せて履歴をざっと戻ってみるうちに、今度はふと一昨日の作業中に見た歯列矯正の金具のはまった少女の口を思い出して身震いし、さらにその背後に自転車を連ねてたむろしていた男子高校生らの姿をしばし注視しては、あれがどうかしたかと自分に尋ねている。知らない高校生たちの何がどうだというのだろう。何か気になることがあるのだろうか。いや、ひょっとしたら高校生たちそのものではなく、自転車を停めてたむろしているあの風景か。どこかで見たことのある風景なのだろうか――。

そのとき、忍は耳の奥でザザ、ザザと鳴る葉擦れの音を聞き、児童公園の入り口の車止めに腰を引っかけた男子高校生らと自転車がそれに重なったところで、ああ野川公園か、と思う。公園西側の北門、いや、自分の記憶にある風景なら、住宅街に隣接した西門だろう。そこの前に自転車を停め、鉄製のコの字の車止めに腰を引っかけていた高校生らがいたのか？　栂野の家のすぐ近くで？自分はそれを見たのか？　いや、偶然写真に撮っていたのか？　あの事件の前後に――？

そこまで思い出してみたが、いくらかは強制的につくった筋道でしかなく、自身の記憶はやはりほとんどもぬけの殻のままで、忍の意識の針はまたふとケータイを取り戻すことへと振れかける。かと思うと次の瞬間には、そういえば栂野真弓がピンと来ない、このぼやけた海馬をなんとかしなければと、ひょいと飛躍していたりするのだ。

49

建設アスベスト訴訟の控訴審で画期的な原告勝訴の判決を言い渡した加納判事は、週明けに予定通り入院し、合田が教壇に立つ警大の教室では、適正捜査のゼミが続く。

人間の意思が白黒をつける裁判はときに社会を変えてゆくが、警察は共同体の秩序を破った犯罪者を捕まえるだけで、その先のことは関知しない。人間が己の意思を発動する世界の手前で留まる警察の職務の、このコンピューター演算に似た機械性は、むしろＡＩの得意分野ではないだろうか。違法と適法を分ける要件を逐一精査しなければならない適正捜査の問題などは、ビッグデータ処理に長けたロボットが刑事になれば、一発で解決するのではないだろうか。頭の片隅ではそんな脱線をしながら、またふとその人間の意思もがん細胞には勝てないのだなあと思ったり、それにしてもこの間から何か忘れているような気がし続けたりで、半日が過ぎる。

それから、授業の合間にスマホの着信やメールをチェックし、特命班の長谷川管理官からのメールを開ける。すると先週送った落花生の新豆の御礼に続いて、〈浅井忍がまたストーカーを始めたようです〉とあり、何か忘れているような気がしていたのはこれか、と思う。二週間ほど前、忍が多磨霊園で職質を受けたという特命班からの一報が頭から飛んでしまったのには、友人のがん告知という事情もあったが、ＡＩならこんなミスはしない。

時間を見計らって長谷川管理官に電話をし、浅井忍の状況を聴く。長谷川によれば、昨日の日曜日の朝、真弓と夫と娘の三人で駒沢のマンションを出ようとしたとき、道路の向かい側の街路樹のそばに浅井忍が立っていたのだという。真弓がそれに気づき、一家はマンションを出ずに自宅に引き返して、夫が警察に通報した。近くの交番から警察官が駆け付けたとき、忍は耳にイヤホン、手にスマホでドラクエⅪをしており、何をしているのかと警官に尋ねられると、とくに構える様子もなく栂野真弓という人に会いに来たと答えたらしい。さらに真弓との関係については、友だちというほどでもないが、彼女が野川公園のそばに住んでいた高校生のころ、ときどき家まで会いに行った、などと説明し、そうこうするうち過去にその真弓の実家に侵入して逮捕された前歴が判明するに及んで、自動車警ら隊までやってくるはめになったということだ。

それにしても、いまにも忍の顔が瞼に浮かんできそうなエピソードであり、いつでもどこでも言葉が追いつかない本人のもどかしさが伝わってきて、合田もまたじりじりとする。


その後、浅井忍の事情聴取は一報を受けた特命班の刑事が引き継ぎ、玉川署の一室ではこんなやり取りが交わされた。刑事たちがほぼ四カ月ぶりに会った忍は、いかにも無理して社会人をやっているのが見え見えのぎこちなさと、いまではゲームにもあまりこころが躍らなくなっているらしい鈍さが合わさって、以前とはかなり違う印象になっており、刑事たちは軽い鬱も疑いながら、現在の精神状態と今後の見極めを含めて慎重に聞き取りは進められた。

聴取では、忍は開口一番、会社には言わないでくれますか、仕事をクビになったら困るし——と小さな声で言い、変われば変わるものだと刑事たちを驚かせた。それは君次第だという刑事の返事に、忍は精いっぱいの抗弁をして、いまは仕事をクビになりたくないからストーカーなんかするつもりはないし、実際していません、と言う。さらに真弓さんの現住所はどうやって調べたという問いには、SNSをザッピングして見つけた情報をとっかかりにして、近くのカフェに入るところを見つけて、あとをつけました、簡単でした、と答える。

それをストーカーと言うんだと刑事に言われると、忍は分かるような、分からないような困惑の表情になって曰く、現在の真弓さんは昔と全然違う人だし、いま関心があるのは彼女ではなくて、十二年前の野川事件の前後にあの家の周辺で見たもののほうです。それがぼくの記憶からすっぽり抜け落ちてしまって、真弓さんに会ったら一部でも思い出せるような気がしたから会いにきたんだ。ヤバいのは分かっているけど、ほかに方法がなかったし。このままだと、ぼくの頭のほうこそ冗談でなくヤバいし。何を見たのか、どうしても思い出さないと――。

刑事たちは慎重に聞き入る。野川事件の前後にこの青年――否、当時は十六歳の少年だった――が見たもの。それこそ再捜査の焦点の一つではあったし、上田朱美が元美術教師の桐野節子を殺害する動機の解明につながる可能性があったからこそ、こうして聴取を繰り返してきたのだが、当人にとっては失われた記憶の回復は、人生を再起動させるためのパスワードなのか。そんな切迫感がいまの忍には感じられ、刑事たちはちょっと逡巡する。

君が取り返したいという事件前後の記憶だが、だったら真弓さんに付きまとうより、親父さんが持っているケータイの写真のほうが確実ではないのか？　ケータイを返してくれるよう、もっと真剣に親父さんに頼んでみたらどうだ？　刑事たちが水を向けると、警察が行っても親父に追い返されたくせに、無理、無理、無理！　忍は即座に一蹴し、テーブルの脚を一発蹴りつけて、くるりと後ろを向く。

なるほど、仕事をクビになりたくないからストーカーはしないという弁とは裏腹に、二十八歳のいまもやはり不安定な心身が顔を出すこともあるようだったが、ＡＤＨＤではとくに驚くような話でもない。刑事たちは相手の昂った神経が鎮まるのを待って、あらためてストーカー規制法が改正されて各段に厳しくなったこと、被害者の申し出があればこのまま警告を出せること、その上で、もう一度付きまといをしたら今度は禁止命令で、それを破ったら逮捕になることを説明して聞かせる。分かったか？　だから二度と真弓さんにも、あのマンションにも近づくな。もう一度同じことをやったら、会社の人にも事情を聴くことになるぞ。分かったな？

もっとも、いくら言ってもこの男の耳にはたぶん届いておらず、近いうちにまたやる可能性は低くない。そのため刑事たちは、記憶を取り戻したければケータイを返してもらうのが先だ、親父さんに掛け合ってみろと、再三けしかけておくことにもなったが、忍がこのあとどういう行動に出るのか、いくらか不安の残る状況ではあった。

その後、特命班は真弓と夫を玉川署に呼んで、ストーカー被害の程度や浅井忍への処罰感情などを聴いたが、夫の佐倉亨は、幼い子どもがいるのに異常者に自宅の前で待ち伏せされて平気な家族がどこにいますかと、初めからけんもほろろだった。また、忍が真弓のフェイスブックやインスタグラムを通して現住所を割り出したようだと聞くと、だからあれほど注意するよう言ったのにと、今度は妻へ不満をぶつける。一方、当の真弓は、自分が狙われているわりには反応が鈍く、今日は疲れたので帰りたいと言い出してその日は聴取にならなかった。そのときの真弓の表情から、夫の前では話しにくいのかもしれないと刑事たちは推し量ったが、後日その推測は正しかったことが証明される。

二日置いた平日の午後、真弓はベビーカーを押して再び玉川署を訪れ、特命班の刑事たちと面談した。浅井忍がマンション前に現れた日の様子から、何かあると刑事たちが推測したとおり、真弓はひとまず意外な本音をもらした。主人が心配するのもよく分かりますし、主人には私の正直な気持ちはなかなか理解してもらえないですが、浅井忍という人はけっして危険な人間ではないと思うんです――と。

刑事たちはちょっと驚く。かつてストーカーだった男が危険な人間ではないというのは、いったいどういうことか。ふつうは気味悪がったり怖がったりするだろう忍の付きまとい行為にあまり危険を感じていないとすれば、その理由や心理状態には着目せざるをえない。見知らぬ男というわけではないとはいえ、高校時代から十二年も経ったいま、教えたつもりのない現住所を割りだされて自宅前まで見張られていることに、真弓がそれほどショックを受けていないのはなぜか。ほかに頭を占領していることがあって、十分に事情が理解できていないのだろうか。

真弓は言う。昔そうだったからといって、いまもそうだとは限らないのは分かっていますけど、でも昔もいまも、あの人は私に興味や関心があるんじゃない。野川公園のそばの栂野の家とか路地とかの風景がゲームと重なって、彼の頭のなかで一つの世界をつくっていただけだと思います。たまたまその世界に流れていた時間がとても充実していたか、楽しかったかで、何かの拍子に思い出して、考える前にトットッと、ゲームの主人公みたいに私のところへ駆けてきたんじゃないかな。そんな気がします。朱美ちゃんが生きていたら、彼女のところへも行っていたかもしれないし、お祖母ちゃんが生きていたら、いまもあの家の周りをうろついて、お祖母ちゃんに怒鳴られているかもしれない――。

浅井忍は確かに、その当時の記憶を取り戻したいということは言っていますが――。刑事が言うと、やっぱりそうですか、と真弓はわずかに前のめりになる。浅井君、どんなことを話していました？　水彩画教室を覗き見していたこととか、小北の——小金井北高の男子と鉢合わせして、ケンカになりそうになったこととか、話していました？

小金井北高の男子？　刑事たちは新たな人物の登場に、思わず耳をそばだてる。

初めて聞く話です。あの多磨町のご実家の前で、浅井忍と小金井北高の男子が鉢合わせしたというのは、いつごろですか？

たぶん十二月の半ばごろです。浅井君が初めて私のあとをつけて自宅前まで来た何日かあとだったと思います。

その小金井北高の男子は、前にも水彩画教室を覗きに来たことがあったのですか？

五月ごろに初めて現れて、夏休みにかけてときどき来ていました。お目当てはお教室に通っていた朱美ちゃんで、それから二人は付き合うようになったんですが、冬前には彼のほうが朱美ちゃんにフラれたみたいで——十二月になって、また朱美ちゃんとよりを戻したくてお教室まで来たんだと思います。そのとき浅井君がたまたま先に来ていて、おまえどこの学校だ、そっちこそどこの学校だ、といった感じになって、お祖母ちゃんが窓を開けて怒鳴ったんだそうです。静かにしないと学校に言いつけるって。その日は私も朱美ちゃんもお教室には出ていなかったから、あとでお祖母ちゃんに聞いた話ですけど。

その小金井北高の男子というのは、ひょっとして玉置悠一ですか？

刑事に名前を告げられて、真弓は一瞬驚いた顔をするが、驚きはすぐに苦笑いに覆われて見えなくなり、そりゃあ分かりますよね、ＳＮＳで少女Ａにハッシュタグをつけて投稿しまくっている人ですものね――とあきらめたように呟いてみせる。

お祖母さんは、玉置と朱美さんの関係を知っていたということですか？

夏に私がお祖母ちゃんに話しました。夏以降、朱美ちゃんがあまりお教室に出てこなくなったのは、私が玉置とのことをお祖母ちゃんに告げ口したからかも――いいえ、お祖母ちゃんは慎重な人だから、そのことで朱美ちゃんを問いただしたりはしなかったはずです。心配はしていたと思いますけど。

仮に、自分と玉置のことをお祖母さんに知られたことを朱美さんが知ったら、彼女はショックを受けたと思いますか？

思います。それはもう、ひどく――。

刑事たちはそのとき、上田朱美の暴発につながる一本の糸をつかんだかもしれないと直感したが、それはまだ、瞬きとともに消えてしまいそうなほどおぼろげで弱々しい糸でしかなかった。

50

週の半ば、特命班の長谷川からあらためてその後の展開を聞いたとき、合田もまた事件が動くかもしれないという微かな予感をもったが、それ以上に浅井忍や佐倉真弓の現況に危うさを感じたものだった。それは特命班も同様で、浅井の行動は予測がつかないから重々気をつけるよう真弓に念を押したが、真弓はと言えば、ＳＮＳでの少女Ａ関連の投稿の共有を通して、玉置悠一とフェイスブックでメッセージを交わす関係になっており、夫や姑も違和感を隠せないでいるらしい。しかもその玉置は、エリート広告マンの顔とは別に、過激な性的幻想を売りにするウェブアーティストの顔をもっており、実害はないにしても、間違いなく18禁の世界の住人ではある。

　とまれ二〇〇五年の十二月半ば、すなわち事件の十日ほど前にあの多磨町の栂野邸の前に現れたという玉置悠一については、すぐに特命班が連絡を取り、電通本社に近い地下鉄汐留駅近くの自宅マンションで話を聞いた。三十歳になる男の外面は超がつく仕事人間で、一日の睡眠時間は三時間、食事はカロリーメイトという本人の弁のとおり、マンションにはまったく生活感がない一方、時間がないから半時間ですませてほしいと言うわりには、非日常の警察の訪問になにがしかの生理的興奮を覚えたらしいぎらつきが眼の端に浮かんでいたりする、なかなか強い個性の持ち主ではあったということだ。

　その玉置との面談はＩＣレコーダーに録られ、合田はイヤホンでその声を聴いた。

へえ、野川事件って未解決だったのか——。ええ、事件の前にあの水彩画教室を覗きに行きましたよ。私、夏前から上田朱美さんを追いかけ回していましたから。好みのタイプというか——理屈ではない、生理的なマッチングです。十二月のあのときはそうですね——大学受験で煮詰まっていて脱線したのかな。浅井という名前は記憶にないですが、玄関の前に突っ立ってゲームボーイをカシャカシャやっているやつがいたのは覚えています。ストーカーには見えないし、どこの学校だと尋ねてもシカトするし、おいお前！　って怒鳴ったら、窓が開いて、あの絵の先生にこっちが怒鳴られた。まあ、夏前から近所をうろついていたから、顔を覚えられていたんでしょう。肝心の上田朱美は教室を休んでいたし、あの日はすぐに帰りました。なにしろ古い話ですし、お話しできるのはそれぐらいですかね。

とはいえ玉置は、特命班の刑事たちが上田朱美との関係を尋ねてくるとは予想していなかったのかもしれない。滑らかだった舌はやがてわずかに言いよどみ、敵意や用心を滲ませ始める。

朱美さんとどんな関係だったかって、それはまあ、下級生と付き合ったらいけないという法律はないですし。一線を越えなければいいわけで、そのへんはわりに自由にやっていましたよ。彼女に下着を脱いでもらったり――。そこはまあ、高校生同士のお遊びってことで。それに警察は重々ご承知だと思いますが、朱美さんとのことは何であれ、もう時効ですから。そうだ、時効といえば、十二月の事件前にあの家に行った帰り、栂野の親父さんとすれ違いましたよ。彼女にパターをもっていたから、練習場帰りかな。お盆前に吉祥寺で見かけたことがあって、そのときはどこの誰だか知らなかったんですが、あの家に入っていったので、栂野の親父さんだと分かった。それだけのことですが。

吉祥寺で見たというのは、オデヲン座の裏のホテルですか？　刑事がすかさず尋ねる。

ええ。入り口ですれ違っただけですが。

あなたは、上田朱美さんと一緒だった？

ええ、まあ。

そのとき、朱美さんは栂野さんに気づいた様子でしたか？

いま思えば、そうかも。彼女、あわてていましたから。当時はたんに人に見られたからだと思っていましたが、彼女は栂野の親父さんを知っていたのかもしれないですね。

栂野さんのほうはどんな様子でしたか？

うつむいていたし、こっちを見ていなかった。十二月に家の近くですれ違ったときも、私には気づいていなかった。私がわざわざ言うことでもないですが、吉祥寺で見たとき、栂野さんはどこかの女子高生と一緒でしたよ。あの家もいろいろあったんですね——。

合田は久々に自作のダイヤグラムを開き、八月に吉祥寺で上田朱美と栂野孝一が交差する運行線を、破線から実線に書き換える。さらに十二月の孝一の運行線に、新たに玉置悠一の運行線を書き入れて交差させる。

特命班は、玉置悠一に続いていま一度、浅井隆夫の小平のマンションを訪問する。失われた記憶を回復したいのなら親父さんにケータイを返してもらえと忍をけしかけた手前、その後の浅井父子の動きには注意していたが、浅井隆夫もまた息子と同じく、この数週間でひどく鈍重な印象へと変わっていて、刑事たちをちょっと刮目(かつもく)させた。

たとえば、息子の忍が十二年前に付きまとっていた女性の現住所を探し出してまたストーカーを始めたことを告げられても、浅井はその女性に何かあってからでは遅いから、逮捕でも何でもしてくださいといきなり短絡し、いや、忍君は相手に対する恋愛感情や所有欲で付きまとっているのではないようですが、と刑事のほうが話を引き戻さなければならない。すると浅井は、そんなことをしていたら、どのみち勤め先はまたクビだろうし、糸の切れた凧になる前に拘束したほうが本人のためだ、などと言う。

そうして刑事たちに突き出してみせたスマホには、忍が送りつけた〈ケータイ返せ〉のメールが一日で五百件。そろそろ受信拒否するつもりだと言うので、それでは忍君はますます追い込まれるのではないですかと刑事たちは畳みかけるが、浅井はなおも、知ったことかとにべもない。

息子さんにケータイを返すか、写真だけでも見せてあげることはできませんか。刑事たちはその場でさらに説得するが、浅井は鈍い表情のまま、もういいんだ、帰ってくれと刑事たちを玄関から押し出し、ドアを閉めてしまった。そのとき、これまで浅井の腹にわずかに残っていた熾火(おきび)がついに消えたのかもしれないと刑事たちは思ったが、長谷川管理官は合田への電話で、年齢や生活状況を考えると鬱かもしれませんなと指摘し、こう続けたものだった。ともかくうちとしては、父子ともども、このままでは済むまいと見ていますが、と。

その浅井は、確かにこれまでのように虚勢を張っていたのではなかった。〈もういいんだ〉が自分の本心だという確信はなかったが、それ以外の言葉も意思ももう自分のなかにはない、空っぽの財布に似た終わりの感覚があった。ここ数日自分の心身がやけに静かな理由など〈知ったことか〉だが、この二十八年思い浮かべなかった日はない忍の顔が嘘のように薄れているいま、これは確かに〈もういいんだ〉ということなのだ、と自分に言い聞かせる。
もういいんだ。しかし、何が？　何でもいい、何もかもだ。

こうして浅井隆夫の場合、ある状態から別の状態への相転移はとくに決定的なきっかけもないところで起こったが、いまは忍にも、それに近い変化が起きようとしている。

忍は、作業の合間にわずかな時間を見つけては父親にメールを送りつけながら、休みなく燃えるゴミや資源ゴミの収集に走り回る。動いている間だけは、警察に手足を縛られている不全感や、そのせいで何もできない焦燥感も少しは薄まる。生意気な中高生らに面を切られないよう目深に被ったキャップの下で、ドラクエの主人公になって想像のフィールドを駆けまわっていたころの心身の感触を思いだし、思いだし、少し離れたところからそれを眺めては、そろそろゲームも卒業だなと静かに思ったり、卒業して何をするんだ、したいことなんか何もないと自分で自分を否定したり、ゴミ箱を覗き込むようにしてかたちのない物思いの片々を探し続ける。

このところ急にゲームがつまらなくなっているのは事実で、シャドバの攻略速報やモンストの獣神化もしばらくチェックしていないし、ガチャも引いていない。SNSのザッピングも等閑にして、することがないから資源ゴミから適当に抜き取った雑誌をめくって時間を潰す。日によって『オレンジページ』だの『VERY』だの『MEN'S　EX』だの。『mono マガジン』はわりに気に入っている。雑誌を見ている時間だけ、自分とは完全に切れている世界の物や事どもが、頭に詰まっているガラクタと入れ替わるのだが、雑誌を閉じれば何一つ残っていない。そうしてしばし空白をやり過ごし、退屈に耐え、物言わぬサイボーグになっていまある居場所を死守しながら、ケータイが戻ってくる日をひたすら待つ。

それで、もしケータイが手に入ったらどうする？　その先はまるで予定表にないが、そのこと自体を失念しているのは、忍もまたここへ来てゆるやかに鬱状態へと落ち込みつつあったためだ。しかし本人はまだ、それを知らない。

一方、真弓は玉置悠一と一日一往復の、微妙にきわどいメッセージをやり取りし続けている。浅井忍の出現によって、思いがけず甦ってきた記憶の一端を離すまいという思いが半分、あと半分は自分でも分からない。上田朱美を弄（もてあそ）んだ男でも、十代のあの時期に確実につながっている糸の一本だと思うと、失意と切なさの見分けがつかない。

〈少女Aをぷよにするのは賛成できません〉

〈アートは常識との摩擦熱の産物です。でもあなたがお厭なら、削除しましょう〉

〈ありがとう〉

〈昨日は警察に、野川事件の前に私が栂野教室の近くに行ったときのことを尋ねられました。あなたが話したのですか？〉

〈当時、家の前で鉢合わせしたゲーム少年を覚えていますか？　彼のことで私も警察に事情を聴かれたので、そのとき話しました〉

〈警察は少女Aに関心があるのですか〉

〈そうなのですか？　私はゲーム少年のことを聴かれただけでした。ところで前から知りたいと思っていたことですが、あなたが少女Ａをふったの？　それとも逆？〉

〈どちらも正解です。私の場合、ある日彼女がとても精神的に幼いことに気づいたのです。純粋と言ってもいい。それが興味を失った理由でしょう。私はロリータ趣味はないので〉

〈彼女は、十歳までサンタクロースが実在すると信じていた女の子でした〉

〈あなたは？　大人びていたほうですか？〉

〈さあ、どうでしょう〉

　この短い一言を返すために真弓は半日逡巡していたりする。思いがけず〈あなたは？〉と質問を振られて、ふいに心臓がぴょんと跳ね、あ、この感じ——と十代の少女のような反応をして、ここころがあらぬところへ飛んでしまう。それから、ばかばかしいと自分で苦笑いし、しばらくベビージムで百合をあやして気分転換をしたあと、努めてさらりと返事をしてみるのだが、それでも気持ちのどこかに引っかかっていて、ちょっとうわのそらになっていたのは自覚している。

　おかげで西友に傘を置き忘れ、宅配便の再配達の連絡を忘れて、頼まれていた姑の荷物を受け取り損ねたのはまだしも、帰宅した夫が、せっかく十一月のどこかでミッドタウンのイルミネーションに行こうかと食卓で話しかけてきたとき、生返事をしたのかもしれない。誠意には直ちに感謝を伝えなければ傷つく人なのに、それすら忘れていたということだ。夫が見る間に険しい表情になってゆくのを目の当たりにしながらなお、そうして胸のうちを探っている自分に嫌気がさし、そんな眼で見ないで！　真弓は夫をなじる。

真弓は娘をベビーベッドに寝かせて、夫の亨と二人きりで向き合う。補修した塗料が剥がれ落ちて汚れた下地があらわになる、こんな日がいつか来ることは、ずいぶん前から分かっていた、と思う。問題はそれがいつになるか、だけだったのだ、と。もっとも、この程度の状況は、平均的な結婚生活にとっては危機ですらないというほうが正しいが、いまの真弓にはそんな判断をする余裕はない。

先にヒステリーを起こしたのは真弓だったが、夫が返してきたのは一言、君の考えていることが分からなくなってきた、だった。しかも、いつもなら食卓で日経新聞を開いたまま、あるいはノートパソコンに眼をやったまま、声がどこかを迂回して飛んでくるのに、今日は新聞もパソコンもなく、夕食の食卓でまっすぐに自分に向かってきた。理屈以前にそんなことが神経を直撃する。反応しているのは自分のなかで膨らんでいた後ろめたさだということは分かっているが、いったん起きてしまった化学変化は元へは戻らない。

毎日、百合の世話でたいへんなのは分かっているけど、このところスマホばかりいじっているし、ストーカーも眼に入っていないようだし、一緒にいてもうわの空でぼくの話なんか全然耳に入っていない。それに、何をしていてもちっとも楽しそうに見えない。いったいどういうことなのか、何か気になっていることでもあるのか、ぼくに理解できるよう説明してほしい——そう言う夫の正しさにはぐうの音も出ない。この隙のなさ、銀行の勘定と同じ正しさこそが耐えがたい。いや、それ以前に、正負どちらにもこころの針が振れないこの私自身が、やはり一番の問題だということだろうか。

心配かけてごめんなさい。あなたや百合には全然関係ない昔の話なの。野川公園で事件に遇った私のお祖母ちゃんのことで、ひょっとしたら犯人が分かるかもしれないというところまで来ているものだから。私自身がもう少し頭を切り替えればいいのだけど、なかなかうまくゆかなくて。ごめんなさい、もう少し時間を下さる——？　真弓はそう懇願しながら、自分の言葉がけっして正しくないこと、こうしてまた亀裂を取り繕っていることにちょっと絶望する。そして夫は案の定騙されたか、騙されたふりをし、一年半ぶりぐらいに妻の肩に腕を回して抱き寄せる。ここは夫婦どちらも忍耐の勝負だ。

51

今日も多磨駅に立つ小野雄太は、結婚生活が男の心身に起こす変化の小さくないことを日々思い知らされている。向かいの果物屋の女将さんには、色つやがいいねえとからかわれるし、これまで再発を繰り返して治らなかった角膜のヘルペスが寛解したのは朗報だが、一カ月でベルトがきつくなったのはマジでヤバい、と思う。ほかにも今朝は、ミッドタウンのイルミネーションに合わせてユニオンスクエア東京の予約を取る約束を忘れていて、小野がごめんと謝ると、言い訳の一つもしてよと優子は口を尖らせ、小野は相手が言ったことの意味すら分からなかった。なんとも面倒臭いことだ。

それでも業務は平穏だし、眼の調子がいいせいで世界のすみずみまで活き活きして見え、小さな変化もまた鮮やかに捉えられる。たとえば多磨霊園に勤めている浅井忍の父親は、このところ朝の電車がこれまでより遅い八時三十五分着の是政行きになり、以前のようにジェラード保安官補を眼で探すようなそぶりもなく、ずっと下を向いたまま改札を出てゆく。帰りも下を向いたままで、周囲が何も見えていないような様子はふつうではないと思うが、それ以上突っ込んで考える義理もないため、日々眼の前を流れてゆく風景以上のものにはならない。

一方、警大のジェラード保安官補はときどき和製キンブルを探すように眼を雑居ビルのほうへ遣るが、利用する電車の時間帯がずれてしまったことを知らないのだろう。こちらのほうは、とくに何かを思いつめているといった様子もなく、いつの間にかレンタサイクルもやめて、朝夕規則正しく小野の眼の前を通り過ぎる。そういえば、ビジネスバッグが新しくなった。始末屋の優子は絶対に買ってくれそうにない、濃紺と黒のツートンのステファノマーノのブリーフケース。カッコいいなあと思わず見とれている。

警大の職員の塊が流れ去り、次いで外大生がホームに溢れだす午前九時過ぎ、学生たちと逆に改札を入ってゆく栂野雪子の姿があり、惰性すれすれの小野の平坦な日常にちょっと豆電球が灯る。雪子は改札口に立っている小野に何か言いかけてやめ、会釈だけして武蔵境方面のホームに立つ。多磨町のあの家からだと新小金井駅のほうが近いのに、近辺で何か用事でもあったのだろうか。それにしても、彼女も何か考え込んでいる様子だ。

栂野雪子は夜勤明けの代休を利用して、木更津へ向かおうとしている。

先週から上田亜沙子のケータイがつながらなくなり、あれこれ想像するのにも疲れて、いっそ落花生の送り状にあった住所を訪ねてみようと思い立ち、家を出てきた。新豆が美味しいと長閑なことを言っていた亜沙子が急に連絡を絶つとしたら、事故か病気ぐらいしか理由が思いつかないし、もしそうなら、事件へのわだかまりはひとまずおいて、看護師の自分には何か出来ることがあるかもしれない。あまり時間もかけずにそんな結論を出していたが、せっかくの休日に、駒沢へ孫娘の顔を見に行くよりも上田亜沙子を優先している自分の気持ちがそれほど穏当なものであるはずはなかったし、事情によっては相手を逆に傷つけることになるのも承知の上で、自分を抑えられなかったというのが正しい。もしも上田亜沙子がこの世から消えてしまったら、事件も自分の気持ちも永遠に行き場を失ってしまう。この先まだ二十年は残っている人生を、出口のない恨みを抱えて生きることになる。そんなばかなことがあってはたまらない。

東京駅から高速バスに乗る。一時間ほどかかるが、それでも電車を乗り継ぐより早い。湾岸の長いトンネルを抜けると車窓に東京湾が広がり、バスはアクアブリッジに入ってゆく。雪子は、そういえば初めて通るのだと気づき、亜沙子も引っ越しのときここを通っていったのだろうかと想像する。糸の切れた凧のようなところのある人だけれど、武蔵野の次は木更津という選択を彼女にさせたのは、ひょっとしたら単純に海ほたるを見たかったからかもしれない。自分も亜沙子も、もう若い人のように身軽ではないが、美味しいものや流行りのもののためならいつでもミーハーになるし、それをためらうこともしない。

ゆうパックの送り状にあった木更津の朝日という地名から、勤め先のスーパーはすぐ近くのイオンタウン木更津朝日だろうと見当をつけて木更津駅から出ている送迎バスに乗る。十五分ほどで、だだっ広いばかりの畑地のなかに建つ郊外型のショッピングセンターが現れる。もう首都圏の空気はなく、武蔵野にはない微かな潮の匂いが感じられるそこで、亜沙子が働いているのはおそらくフードスクエアだろうとさらに見当をつけ、五分後には賑やかな店内の片隅で、副店長の名札を付けた男性に会っている。


一時間後、雪子は木更津市内の君津中央病院にいる。看護師にとっては県随一の三次救急病院の威容は、さまざまな傷病の程度が軽いものではないことの証でもあり、知らぬ間に眉根に皺を寄せながら、あれこれ忙しく頭を巡らせた末に、看護学校時代の同期の友人が看護局にいることを思い出し、西病棟五階のナースステーションへ本人を訪ねる。

あらまあ、何年ぶり？　少し痩せた？　それほどでもないわ。いまも桜町病院？

気の置けない旧友同士の挨拶もそこそこに、一週間前に卵巣がんの疑いで検査入院した上田亜沙子の容体を尋ねる。主治医の診断はⅢA２期。後腹膜リンパ節転移と骨盤外にも播種がある可能性が高いため、まずは標準治療で卵巣、卵管、子宮、大網の摘出と、場合によっては腸管部分切除、後腹膜リンパ節郭清などが必要だという。開腹してみないと分からない部分もあるが、この内容なら、手術後の化学療法がきちんと行われた場合、五分五分ぐらいの確率で助かるのではないだろうか。さらに手術は今週の金曜日だと聞き、スムースに手術ができるのは容体が安定している証拠だと自分に言い聞かせて、雪子の眉根の皺はやっと少しほどける。

初めはメモ書きだけ届けてもらって面会は後日にと心づもりしていたが、開腹手術と聞けば術後のたいへんさがすぐに脳裏をよぎり、そうも言っていられないと思い直した。そのまま、ろくに見舞いの言葉ももたずに教えられた四人部屋を訪ね、幽霊でも見たような亜沙子のびっくり顔に出会い、しばらくでしたね、しんどくなかったらデイルームに行きましょうか？　雪子はやっとそれだけ言って、二人でデイルームの椅子に坐る。

探しに来てくれたんですね——。ついこの間まで呑気に落花生を齧っていたのだろう亜沙子が、恥じ入るように小さな声で言う。

ここの看護師長さんが同期で、話は聞きました。金曜日の手術は心配しないで。麻酔から醒めるころ私がそばにいますから。いろいろ辛かったですね——。雪子もそう口にしながら、これは自分の本心なのだと自分に言い聞かせる。それから二人の女は言葉もなく、しばらく手を取り合って涙ぐむのだ。

そして、帰宅の人波も少し落ち着いた午後九時前の多磨駅に、雪子は帰ってくる。改札口で小野が何か言いかけ、雪子のほうから口を開く。

朱美ちゃんのお母さん、ご病気でね——。

同じ空の下では、国立がんセンター中央病院へ友人の加納を見舞った帰り、ふと思い立って都営大江戸線の六本木駅で下車した合田がいる。その足はそのままミッドタウンの方角へ進み、急に人波が増えてゆく外苑東通りの先に今日から始まった年末のイルミネーションが見えてくる。そんなものを突然見たくなったのは、少し前に加納と会っていたとき、この男も自分も間違いなく恵まれた人生を送っていると感じたせいかもしれない。

加納の濾胞性リンパ腫は、正確にはB細胞性非ホジキンリンパ腫に分類され、悪性度が低いわりに難治性で知られる。初発時の治療にはいくつか選択肢があるが、検査入院をしてリンパ腫浸潤の有無などを詳しく調べた末に友人が選んだのは、分子標的薬の抗ＣＤ20モノクローナル抗体の投与で、とりあえず週一回の静脈注射を四回打ち、結果次第で化学療法との併用に移るということだったから、実際には限局期ではなく、いくらか進行期に入っていたのかもしれない。

それでも、化学療法との併用でも半年ほどの治療で済むし、抗がん剤に慣れてくれば入院の必要もない。再発をしたときはＣＤ20抗体の画期的な新薬もあり、そのつど金さえかければ先端医療の恩恵を受けられる状況にある。がん細胞のコントロールを含め、経済状況や健康状態などの諸条件をうまく整えることで、ひとまず病気を抱えて生きる人生へ余裕をもって移行することができた友人は、実に恵まれた病人ではあるのだ。

一方で、合田は木更津で入院したという上田亜沙子のことを思い浮かべる。特命班は病名までは言わなかったが、話を聞いたときは、五十過ぎの女盛りに入院することになった女性にちょっと自分の亡母が重なり、胸が詰まった。事件当時、参考人の一人だった上田朱美は被害者の葬儀の場で見かけたが、その母親にまでは会う機会がなかったので、合田はいまも亜沙子という女性を知らない。三月に朱美が殺されて以降、たびたび相対してきた特命班の話では、朱美が捜査線上に上がっていることを亜沙子に告げる日が来るかどうか、微妙なところらしい。そんなことを考えているうちに合田の足は止まっており、華やいだイルミネーションに少しも感応しない自分が可笑しくなって、おじさんの来るところじゃないなと、不在の友人に呟いている。

52

浅井忍のベタ凪の頭には、昼の休憩時間がとてつもなく長く感じられる。同僚たちとはわざわざする話もない。回収したゴミから抜き取った雑誌は十五分で飽きてしまう。朝からずっと作業ズボンの尻ポケットで温まっていたスマホを取り出し、インスタをちょっとザッピングしてみるが、とくにフォローしたいユーザーやトピックもない。上田朱美の顔がぷよになる世界なんて。

スマホをポケットに戻し、代わりに誰も観ていない休憩室のテレビを見つめる。ミッドタウンかどこかで始まった年末のイルミネーションが云々。近年のLED電球の普及で、あちこちの公園や街路樹がピカピカ光るようになったと思ったら、光の量が年々増大して都市じゅうが遊園地化しているのは、ポケモンGOのためか？　まったくこころが動かないまま、リモコンでチャンネルを変える。顔しか知らない芸人がラーメンを食いながら何か叫んでいる。あの〈トシちゃん25歳〉も、いまごろどこかのラーメン店で首に巻いたスヌードを汚しているのだろう。大丈夫だ。ケータイやスマホのなかった親父たちの世代が、現に退屈に殺されもせずに図太く生きていたことを思えば、何ということはない。万死に値するくだらない人生でも、親父たちがそうしてきたように、バラエティ番組のバカ笑いで眼と耳を潰しておれば、時間は経つ。

しかし、その日はちょっと横やりが入り、忍は休憩室に顔をだした職場の係長に、突然声をかけられる。おい浅井、今朝、三橋一丁目で何かあったのか、と。ほら、あの大平公園の向かいの空き地——。

何かって、何すか？

女子高生にガンつけただろ？　いつもお前に見られるのがストーカーみたいで気持ち悪いって、親が清掃事務所に電話してきた。

俺が、ガンつけた——？　忍はとっさに何を言われたのか分からないまま、頭と口のギアが突然砂を噛んだように重くなる。俺、何も見てないっす。ガンつけてきたのは向こうのほうだし。あいつ、ぜってぇ頭おかしい。歯列矯正の金具をつけた歯が、オコゼみたいだし——。

無理に口を動かしてみるが、次第に自分で自分の言っていることが分からなくなる。係長が何か言うが、それも口のお化けがフガフガ、モゴモゴ喋っているように聞こえる。出た、口が二つあるデスピサロ。

忍は、雇用主からの一方的な解雇通告は法令違反であるとか、労基局に駆け込むといった発想は持ちようもなかったが、かといっておとなしく頭を垂れたわけでもない。会社をあとにするとき、休憩室のロッカーを二つ三つ、同僚の私物のバットでボコボコにし、ついでにガラスも叩き割って、数分後には自分が解雇されたという事実も自分が放った最後っ屁も、明確なかたちを失っている。その一方で、今度仕事を失ったら神経がもたないと思っていたのに、実際にクビになってみるとそうでもないことに拍子抜けもする。こんなに簡単なことなら、びくびくして身の丈に合わない苦役に耐える必要はなかったということだ。この間のように、勤め先に言わないでくれと警察に懇願する必要もなかったということだ。しかも見ろ、なんだか身軽になったように感じるし、コンサータが効いているのに妙に頭が回転していて、飛び跳ねたいほどだ——。

そんな躁状態の身体のまま忍は足の向くまま電車に乗る。ＩＣ乗車券のおかげでいちいち行き先を決める必要もなく、乗っては降り、降りては乗りしてどこかへ運ばれてゆく間、耳の縁ではスマホの話中音がプーッププーッと数秒鳴り続けてプツッと切れ、またプーップーッ、プツッ。

そのうちゴトンと電車が停車してホームに降りたとき、少し薄暗くなり始めた空を小型機が低く横切ってゆくのが見えてちょっと我に返る。ホームの駅名標に《多磨》とあり、改札のそばで見覚えのある駅員が〈何をしに来たんだ〉という顔をしている。そういえば、俺は何をしに来たんだっけ。手のなかのスマホには〈通話中もしくは通信中です〉の表示が一行。

あ、そうか。この間から親父のスマホが着信拒否してやがってさ。だから——いや、違うかな。そうだ、俺さあ、今日は会社クビになったんだ。何か知らないけど、明日から来なくていいってさ。

あ、小野は元気？

何だか知らないけど、そんな明日からなんてクビは無効だろ。労基局へ相談しろよ。それから、親父さんならさっき帰られたけど。

帰った？　へえ、べつにいいけど――。

忍は父親に何か用があったという認識もなかったので、そのまま武蔵境行きのホームのベンチに坐り込む。そうして忍の軽い躁はほんの数時間で終わってしまい、その視界にはもう小野雄太もスマホも何もないのだ。


その後、忍はどうやって自宅へ帰ったのか覚えていない。それから数時間、あるいは十数時間というもの、枕の上に落ちたまま一ミリも動かない頭から、融けた脳味噌が格納容器の壁を突き破って枕やマットレスへ、床板へ、地面へと落ちて下水に呑み込まれ続けており、何かを考えようとしても言葉の切れ端を拾い上げるだけの気力もない。

ベッドに転がっている身体も同様にぴくりとも動けないが、海馬の周辺ではもう一人の自分が、区域毎、曜日毎に燃えるゴミ、資源ゴミ、燃えないゴミ、粗大ゴミ、有害危険ゴミの収集に走り回っているときのまま、パッカー車から飛び降りたり、集積所にかがんだり、ゴミ袋を抱えたり投げ込んだりし続けている。止まったら最後、死んでしまうマグロみたいなこいつは誰だ？　眼に映る街の風景も聞こえる物音も、走り回る身体とともに流れていて、収集が終わるとフィルムは巻き戻り、また同じところから始まって作業は永遠に繰り返されるのだが、炉心の一部が融けだしていつもの収集順路が狂い出し、見えるはずの風景が見えなかったり、通ったばかりの道が再度現れたりする。三橋一丁目？　あそこの燃えるゴミは火曜か金曜だが、収集に回ったのは今日？　昨日？　大平公園の向かい？

下水に落ちてゆく融けた記憶のなかに、自転車が一つ二つ浮かんでいる。そうだ、大平公園の入り口の、車止めのそばだ。前カゴにぺしゃんこの学生カバンを入れて、近所の男子高校生が数人、自転車や車止めに腰を引っかけてだべっていたのはいつだ？　いや、あれは確かに大平公園だったか？　いや、それ以前に俺はそんなガキどもをほんとうに見たのか？　そんなどうでもいいことを覚えているのは、そのとき何かを考えたということか？　三橋一丁目――？

そうして行きつ戻りつするうちに、自転車も高校生らもさらに融けだしてかたちがなくなる。代わりにしばし黒々とした樹影がザザ、ザザと鳴りながらのしかかってきて、ここは野川公園かと思い、またすぐにそんなはずはないと思い直す。それから、歯列矯正のブラケットとワイヤーをつけたオコゼがケケケと笑いだしてデスピサロになり、その口が何か言う。明日から来なくていいから、とか何とか。待てよ、それってクビってこと？　俺、クビになったわけ？　マジで？

早朝、浅井忍はハイツを訪ねてきた大宮署の刑事に、器物損壊でゴミ収集会社から訴え出があったからと告げられ、任意同行を求められる。急いでコンサータを服用し、署に着くころには頭の芯に鉛が入って、それからは頭の上を飛び交う他人のやり取りをひたすら聞き流しながら、置き物になる。

話しているのが会社の係長のデスピサロと、刑事課の年配の刑事だということぐらいは分かっている。刑事は、理由が何であれ、そもそも「明日から来なくていい」という解雇通告自体が労基法違反でしょうと言い、デスピサロはそんなことは言ってませんよ、いまどき簡単にクビを切れないことぐらい百も承知していますよと白を切り、だったらこの人、どうして暴れたのと刑事は突っ込む。そうして曰く、ゴミ収集の作業中にこの人が女子高生をガン見して、親が市の清掃事務所に文句を言ってきたという話だけど、うちの者が本人に事情を聴いてもそんな事実は確認できなかったですしね、何にしても現状で解雇を言うほうが無茶ですよ云々。

忍の頭越しに話は続く。デスピサロ曰く、《手帳》をもっている人だし、障害者の法定雇用率もありますから解雇なんて言いませんが、弁償はしてもらわないと困る云々。そうして忍の眼の前には請求書が置かれる。スチール製ロッカー三個組三万二千円、網入り型板ガラス三万八千円、木製バット一万円、計八万円なり。バットが一万円ねえ――刑事が苦笑いする。まあ、会社のほうも、根拠に乏しい話で従業員を責めた非はあるし、バットの一万円は引いてあげたらどうですか？

頭の上をそんな言葉が飛んでいる間、忍はふと、この場に父親の姿がない違和感に押しやられ、数秒無意識に眼で探している。その自分の眼が十六歳のそれになり、長テーブルとパイプ椅子とホワイトボードしかない会議室が十二年前の府中署のそれになり、バタバタとドタ靴の靴底を鳴らして駆け込んできた父親の姿を一瞬、幻視する。借りてきたみたいな量販店のスーツが全然似合っていない。ふだんは綿パンのくせに何の記念日だ？　次いで瞬きとともに父の姿は消え、代わりにこれまであまり意識したことのなかったうすら寒い疎外感が忍び寄ってくるのを感じながら、忍は頭のなかで言葉を探す。寂しい感じ。見捨てられた感じ。スカスカする感じ――。

いや違う。見捨てられた、だと？　それがどうした。これだけ裏切ってきたら、親でも愛想はつかすだろうよ。これで上等。愛想をつかして離れてお互いセーフだ。そうでないと、それこそバットの出番になる。

そう自分に言い聞かせる端から、忍は十二年前に栂野の家の周辺でかき集めた記憶の塊が、またぞろ暗がりからせり上がってくるのを見つめる。父親の顔はその塊の傍らに張り付いており、忿怒とも無力感ともつかない不定形の感情がその上で次々に入れ替わる。大きな捜査本部が立った大事な夜に、よりにもよって自分の息子がパクられた衝撃が小さくないのは分かるが、それ以上に自分で自分を追い込んでは行き詰まる父親のいつものパターンで、いまにも自爆しそうに見える。

そうだ、いつか親父が言っていた。ああいう捜査本部に出てくる本庁の捜査一課の捜査員たちは警部補だらけで、巡査部長の父親はただでさえ言いたいことを言えないストレスと窮屈さで血圧が跳ね上がるのだ、と。しかも、そこへ息子の逮捕だ。自分は自分なりに親父の血管が切れないよう懸命に言葉を探したが、栂野の家へ何をしに行ったのか、何度聴かれても十分に答えられなかったのは、そもそも答えるほどのかたちがなかったからだ。栂野の庭に入ったのは事実だが、入った理由は自分でも分からない。結果的に栂野真弓をストーカーした恰好になったが、自分にそんな認識はない。ドラクエⅧをしていたこと以外に覚えていることもない。逮捕された事実は分かっていたけども実感は乏しく、たまたまあの家の年寄りが被害者になった事件のおかげで、とにかく何もかもが薄昏く、重苦しく、ぐじゃぐじゃだったのだ。

そういえば翌々日に釈放されて帰宅するとき、バイクを押して先をゆく親父は一度も振り返らず、一言も口をきかなかったが、そうだ、あのときも、眼の前の背中を追いかけながら、何か寂しい感じ、スカスカした感じがしていたのではなかったか――？

忍の頭上で、弁済だの示談だのといったやり取りがようやく終わる。それではバット代を引いて計七万円ということで、浅井さんもいいですね？　一方、これでクビがつながった実感もないまま忍は署をあとにし、下を向いて歩きだしながら、やっぱりあのときの記憶を取り戻さないと、と考え続ける。

53

浅井隆夫は半月毎の入院費の支払いに深大寺の吉祥寺病院を訪ねたついでに、開放病棟に入ったままの妻弘子に会っている。入院当初に処方されていたスルピリドやパキシルなどの一般的な抗鬱薬が効かず、素人目にも日に日に秋が深まってゆくような薄昏さだと思っていたら、いつの間にか薬の名前が変わっていて、いまはルボックスだのジプレキサだの。否、ほんとうのところは担当医からその都度受けていた説明が、浅井の頭にほとんど入っていなかっただけのことではある。

まあ、入院して環境の変わったことが病状悪化の引き金になることもありますから。そう言う担当医は、入院時にはなかった思考阻害や妄想が見られるようになったのは、病院のせいではないと念を押したのかもしれない。それで、回復の見込みはあるのか。どのくらいの期間が必要なのか。浅井はひととおり尋ねてみるが、担当医から返ってきた答えもまた耳から耳へ素通りしてゆく。そういう浅井の耳目には、眼の前の妻もまたほとんど入っていない。

あのなあ、忍がまた仕事先でトラブルを起こしたらしい。今朝、大宮署が知らせてきた。会社のロッカーか何かをぶっ壊したんだと。忍も忍だが、訴えるほうも訴えるほうだ。でも、もういい。歯科技工所のときは弁償してやったが、もういい。俺は警察には行かないことに決めた。あいつももう二十八なんだから、自分の始末は自分でつけたらいい。それより、なあ弘子、俺も年内いっぱいで仕事を辞めようと思うんだが——。

しかし、多剤投与が続く妻の意識にももう、夫の姿や声はほとんど届いていないのだ。

同じころ、木更津には五時間の開腹手術を終えた上田亜沙子がおり、フェンタニルの静脈注射の管や硬膜外麻酔のカテーテルや導尿チューブにつながれた棒になって横たわるその傍らには、仕事を休んで付き添いを決めた栂野雪子がいる。手術では卵巣や卵管、子宮などの摘出と、S字結腸の部分削除、目視できる限りの腹膜播種巣の切除とリンパ節の郭清が行われ、閉腹された。現時点で出来る限りの外科的処置をひとまず無事にクリアしたことを安堵する以外に、亜沙子も雪子もいまは考えることなどない。明日は明日。昨日までのことはもういい。雪子が握った手を亜沙子が握り返してくる。どちらも言葉はない。

真弓は娘を乳房に吸い付かせたまま、片手のスマホのインスタグラムに見入るうちに、今日もまたちょっと時間が経つのを忘れている。どこかのアートスペースで行われたインスタレーションのスナップが、タイムラインの上でコラージュになって重なり合い、朝ご飯とか洗濯とか掃除といった自身の日常の外に、三・五次元の異世界を開いて見せる。そこに頻繁に〈いいね！〉を付け、コメントを残し、フォロワー同士でアートを語る言葉を投げ合う人びとの意識の高さには全然ついてゆけないのに、飽きずにアート系のハッシュタグを追うのはそこに玉置悠一がいるからかもしれない。死んだ朱美をぷよにするような神経に辟易しているくせに、家族や友人との間にはない非日常の緊張感が、ある種のスリルになっているのかもしれない。

真弓は、そう自覚する程度には冷静だが、未だ一歳にならない娘を抱えて日々育児に追われながら、ほかの母親のようにはそこに完璧な充足を感じることのできない自分への不安や違和感は尽きない。それも一因なのだろう、事件の真相や上田朱美への関心というより、朱美を鏡にした自身への執拗な詮索は止まらず、玉置と他愛ないメッセージのやり取りをしながら、そのつど自分を断罪しているような自虐の気分が続く。

そこへ、珍しく実家の母からのＬＩＮＥが割り込んできて、あの上田亜沙子が昨日、木更津の君津中央病院で卵巣がんの手術をしたと告げてゆくのだ。自分の母親を殺したかもしれない上田朱美の母親をはるばる千葉まで見舞いに行ったらしい母の行動に、思いがけず新たな違和感を覚えて真弓はさらに孤独になる。生前、あれほど実母と折り合いの悪かった母が、いったいどういう心変わりを経て他人の病身を案じることができるようになったのか、まったく理解が及ばない。これも何かの代償行為なのだろうか。あるいは母も、いまや娘の与かり知らない別の人生へ踏み出したということなのだろうか。

真弓はスマホをタップする指を止める。陰惨な事件のせいというより、もともと自分こそ父母には愛情より反発を感じることが多かった娘で、それもあってさっさと結婚して実家を離れたのだったが、今日ここに至って、捨てたはずの母に捨てられたような心地になって、真弓はちょっと放心する。

〈お見舞いの葉書を出したら？〉

〈そうする〉

真弓はひとまず母に返信し、予定外の荷物を預かったような気の重さに溜め息をつく。

人を殺した娘の親が病気になり、家族を殺された側の人間が見舞いの言葉を送る。そんな欺瞞も、母にとってはもはや欺瞞ではないらしいが、この自分の気持ちはどうか。許すも許さないもない、どこにも着地できない宙吊りの状態をここまで続けてきた、その延長線上にお見舞いもある、と考えればいいのだろうか。看護師の母が見舞いに飛んでゆくぐらいだから、上田の小母さんはもうそれほど長くないのかもしれない。そんな人に事件の真実など意味はないけれども、一方でまだ長い人生を生きなければならない者には、事件はけっして過去にならない。口先でお見舞いを並べながら、こうして悶々とし続けるほかないのは、いったい何かの罰だろうか。

ひるがえって上田の小母さんのがんは、朱美ちゃんの真実を知らないまま人生を終えられるよう天が与えた病気ではないだろうか。あるいは、罪を償わずに逝ってしまった娘の代わりの受苦なのだろうか。真弓は、自分の父親ががんになったとき、一瞬、児童買春をしてクラミジアをもらってくるような薄昏い人生にふさわしい結末だと思ったことを脳裏に過らせ、ふいに氷に触れたようにぞっとして、手のなかで温まっていたスマホを置く。ベビージムで遊んでいる娘を抱き上げ、頬ずりし、軽く揺すってまた頬ずりし、抱きしめる。娘がくしゅくしゅ、声を上げて笑い、真弓は涙が出そうになる。あのね——いつも話している朱美ちゃんのお母さんがご病気なの。世のなかにはどうしようもなく不幸な人がいるの。何も悪いことはしていないのに、ほんとうに仕合わせ薄い人がいるのよ——。

そうして寝入りかけた娘を抱っこしたまま、ちょっと居間を行きつ戻りつし始めたときだ。窓の外の街路樹越しの路傍に見覚えのある若い男が立っているのが見え、思わずアッと声が出る。自分の眼がおかしいのかと思う。週日なのに仕事はどうしたの。この間、あれだけ警察でしぼられたのに、どうして同じことをするの——。

今日は手にスマホもなく、クスノキの下でぼんやりマンションのほうを見上げている浅井忍と眼が合う。真弓には恐怖はない。真弓の脳裏を過ったのは、たった一つのことだ。義母に見つかったら、また面倒が起きる——。

真弓はとっさに眼下の浅井忍に向かって手と指で通りの東方向を指し示している。先般警察で忍はインスタのａｄｉｔｏのスナップから現住所を探し当てたと聞かされた、そのａｄｉｔｏのある五差路の方向を指して、〈あっちへ行って〉と伝える。三秒続けると、忍が同じ方向を指して〈こっち?〉と言う。真弓はうなずく。

数秒前まで考えてもいなかった事態が眼の前にあり、考えてもいなかった行動に出ている自分がいると一瞬自分で驚いたのも束の間、義母に見られなかったかと後ろを振り返り、百合ちゃん、お外へ行くよ! そうささやきかけるやいなや、真弓は玄関に走って自分と娘の身支度をする。お義母さん、買い物に行ってきますね! どこかにいる義母に声をかけ、おむつなどの必需品の入ったいつものマザーズバッグとエアバギーを手に、家を出る。私、何をしてる? 大丈夫? 自分に尋ねたが、答えを出す前にエレベーターは動きだしている。

玄関から通りに出ると、五十メートル先の五差路に浅井忍が立ってこちらを見ている。指示された通りに動いてみたあと、次の指示を待っている子どものようだと思う。子どものころ、学校行事などの場に必ず一人か二人はいた、ちょっと鈍い子。そうして真弓は自分がしていることの意味をさらに見失い、五差路に歩いてゆくのだ。先日は自分の眼で見ることのなかった十二年ぶりの浅井忍の顔が一歩ずつ近づいてくる。部屋から遠目に見たときにはすぐに忍だと分かったのに、近くで見ると、こんな目鼻立ちだったかしらと戸惑い、記憶の縁が溶け出してよく分からなくなり、知らぬ間に苦笑いが出る。すると忍も、ちょっと困ったような顔をする。

突然すみません。ちょっといろいろあって、あの――aditoでお茶をおごりますから、少しだけ時間をくれませんか?

時間をくれって――。それよりここへ来たらだめでしょう。今度警察に通報されたら逮捕されるよ。警察にそう言われなかった?

言われたけど――。要を得ない相手に、いいわ、少しだけよと応じて先に立って店に入ってゆくとき、真弓はいつの間にか十二年前の女子高生になっていたのかもしれない。

54

中二階の奥まったソファ席で、真弓は黒豆きなこ牛乳、浅井忍はココア牛乳を取る。テーブルをはさんで相対すると、忍は犬のようにこちらの顔を凝視しては落ち着かなくなって眼を逸らし、ベビーバギーの乳児をちらちら眺めてはまた眼を逸らす。ＡＤＨＤがいまはどうなっているのか、真弓には分からないが、十二年前に自分に付きまとっていたころも、実際にはこんなふうに閉まりの悪い蓋のようだっただけかもしれないという気がしてくる。きちんと蓋が閉まらないだけで、壊れているというほどではなかったのかもしれない。いまも、社会人らしい言葉遣いをするのに精一杯で、可愛い赤ちゃんですねといったお世辞までは意識が回らないらしいのが、ちょっと可笑しくさえある。

それで、私に何か用事があるんですか？

ええ――と、俺の頭からあの事件の前後の記憶が消えてしまったんで、何でもいいから真弓さんが覚えていることを話してくれますか――。忍は突然そんなことを言いだす。警察でもそういう話をしたと聞いたが、記憶を取り戻したいというのは本気かもしれない。

何でもいいと言われても——。言葉を濁しながら、真弓は思わず気持ちが動いている。事件の話をしたいのはこちらも同じだ。自分も知りたいことがある。事件の前後に多磨町の実家の周辺を徘徊していた忍なら、ひょっとしたら上田朱美を見かけているかもしれない。気持ちが先走り、こんなところで元ストーカーとお茶をしている自分の奇行も忘れて、もう少し具体的に言ってくれないかしら、と真弓は自分から水を向ける。

ええ——と、事件の前の前の日だったと思うけど、俺があの多磨町の家まで行ったら栂野節子さんが出てきて——忍は、外国語を話すように一つ一つ言葉を絞り出す。いや正確に言うと、あのとき俺はドラクエをやっていて、野川公園を抜けたらトロデーン城に着いてしまって、あの呪われしゼシカが杖を振り回しながら現れたんだけど——。

あのね、いまはドラクエの話は無し。真弓はさえぎり、あ、そうですね、すみません、あのころの俺の頭がそんなふうだっただけだから、と忍はあわてて引きさがる。

それで私の祖母と会って、それからどうしたの？　真弓は続きを催促し、忍は言葉を探す。真弓と忍はいま、ほとんど同志だ。

真顔の忍は、ゆっくり言葉を紡ぐ。

ええ——と、栂野節子さんは俺にステッキを突きつけて、すぐに立ち去らないと警察に通報するとか言ったんだけど、あのとき節子さんがものすごくイライラしていたのは、どうしてですか？

あの日、私は冬期講習で家にはいなかったから、祖母の様子などは分かりません。でも祖母がイライラしていたというのなら、あなたのせいではないの？

半分は俺のせいかもしれないけど、半分は違うと思う。栂野さんはうわの空で、俺の頭越しに公園のほうをチラチラ見ていたから、誰かそこにいたのかもしれない。

公園のほうって、うちの家から見える西門のこと？　そこに誰かがいたかもしれない？　真弓は思わず聞き返しながら、すぐに我に返る。仮にそれが事実だとしても、そんなことがこの人に何の関係がある。いいえ、それ以前にいまごろそんなことを知ってどうしようというのだ。

私は家にいなかったし、ふだんから祖母とはほとんど話をしなかったから、そんな話は分かりません。それに玄関前で祖母があなたの頭越しに見ていたというのは、公園ではなくて、お向かいの角地の家のほうかもしれない。老夫婦がお住まいで、うちの祖母とあまり折り合いがよくなかったお宅だから、祖母が気にしていたのかも。

そう応じながら真弓はちょっと失望し、その分冷静になって、あらためて居心地の悪さに襲われる。こんなことをしていて大丈夫だろうか。危険はある、ない、ある、ない——。いや、あの玉置とのSNSでのやり取りよりはマシなはずだ、と思い直す。当の忍は自分の推測を否定されて予定が狂ったのか、落ち着きなく眼を泳がせたり、貧乏ゆすりをしたりで、危うい感じがないと言えば嘘になるが、とにかく自分こそ事件について何でもいいから知りたいのだとさらに思い直して、真弓は話の接ぎ穂を探す。

ねえ、あなたが事件の前後の記憶を取り戻したい理由は何なの？

だって、自分の一部分が欠けていたら気持ち悪いし。あと、あの日俺が警察に逮捕されて、親父やお袋にちょっと悪いことをしたという気持ちかな――。そう言いながら、ふいに日が翳るようにして忍の舌と気持ちの回転数が落ち、しっかりして、と真弓は思わず叱咤する。

その浅井忍は眼の前の真弓の顔を凝視する。自分の相対しているのが十二年前のあの女子高生だという実感はやはりないが、気が強くて男をリードする優等生タイプの女子は小平西高にもいたし、違和感があるというほどでもない。ＡＤＨＤを前にして居心地悪そうにするわけでもなく、まっすぐにこちらを見て、しっかりしてとはっぱをかけてくるなんて。忍もまたいつの間にか十六歳に戻って、すげえ女、と思う。

しっかりして。また警察に通報されるかもしれないのに、それでも危険を承知で私に会いにきたんでしょう？　私も出来るだけ思いだすから、浅井君もよく思いだして。その日、公園のほうに誰かいたというのはほんとう？

真弓は言い、忍は急に重くなってゆく頭と舌をけんめいに回転させようとする。

嘘じゃないです。俺が二度目に栂野さんの家に行った日。事件のあった二十五日の日曜日の、前の週の土曜日――十七日だ、たぶん。忍はスマホのカレンダーを覗きながら、日付を言う。

その十七日は、他校の大柄な男子がチャリンコであの家の前に来ていて、鉢合わせになって、向こうがガンつけてきたから、こっちはシカトして、なんかうるさいなと思っていたら、家の窓が開いて栂野節子さんが、そこで何をしているんですか！　とか怒鳴ったんだけど。栂野さんは事件の前々日の二十三日も、あのときと同じ顔だった。ものすごくイライラしていて、俺のことなんか眼中にない顔。でも、二十三日にはあの男子はいなかったんだ。だから、栂野さんが何にイラついていたのか、気になって仕方がないんだけど。

その男子、ひょっとして小北の玉置悠一？

名前は知らない。吉祥寺のゲーセンで上田朱美と『太鼓の達人』をやっていたやつ。

浅井君、二人を見たの？

見た。

いつごろ見たの？

あの年の夏休み。あ、あいつのお目当て、水彩画教室の上田朱美だったのかな――。

ねえ浅井君。あなた、事件の日に野川公園の近くで朱美ちゃんを見なかった？

朝早く東町で会った。ＪＡの前で。

その話、もう少し詳しく聞かせて！

俺は栂野さんの家に行く途中で、公園のほうから彼女がチャリンコで走ってきたんだ。

それは朝の何時ごろ？

七時ごろ。俺は結局、栂野さんの家には行かずに、西武線のガードの前で引き返したけど。あのときＪＡの前で小野雄太にも会ったから、小野も上田を見ているはずだよ。

忍と真弓は、ａｄｉｔｏの奥まったソファ席で、それぞれの脳裏に十二年前のクリスマスの朝の上田朱美の姿を思い浮かべて放心する。忍は、真弓の口ぶりから上田朱美が事件の要なのかもしれないことに初めて気づいた驚き。一方の真弓は、朱美にかかっている容疑の大半は警察の思い違いだと思ってきたのが根底から揺らいだ驚き。どちらも鈍く重い衝撃波になって二人に襲いかかり、十五歳の朱美の幻に薄昏い紗をかける。

真弓は、前日のイブの夜、井上リナからメールが来たことを思いだす。〈プラカプにいるから出てきなよ。朱美もいるよ〉

真弓は結局出かけなかったが、事件前日の夜、朱美が悪友たちとロフト地下のゲーセンにいたのは確かだ。それに、その前の週の土曜日——すなわち浅井忍が水彩画教室にやって来て玉置悠一と鉢合わせした日の夜には、真弓が冬期講習から帰宅すると、祖母がこめかみに青筋を立てて詰問してきたのだ。今日の午後、どこかの男子高校生が上田朱美さんはいるかって お教室を訪ねてきたんだけど、いったい何者なの、と。

そう、あのころ朱美にふられた玉置は朱美をつかまえようと水彩画教室までたびたび足を運び、朱美はそれを見越して教室には寄り付かず、吉祥寺の雑踏やゲーセンや漫画喫茶を転々としていたのだった。そうしてイブの夜はプラサカプコンかディンドンかZESTあたりで過ごし、夜明けの始発電車で東小金井に帰ってきて駅前の駐輪場で自転車を回収し、すぐに家に帰る気分ではなかったので、足の向くままに野川公園へ走る。たぶん、いつもの紺色のウィンドブレーカーを着てフードを目深にかぶり、足元はエアジョーダンのスニーカー。前カゴに放り込んだスポーツバッグがガサガサ音をたて、油を差していないスポークやタイヤがキィキィ鳴る。

そう、あの朝は氷点下の冷え込みだったから、野川から湧き出した霧が公園一帯を覆っていて、

樹木も遊歩道も橋も消えた乳白色の霧の海を、朱美の自転車の音だけが移動していたのだろう。いや、スケッチに集中していた祖母にはそれも聞こえなかったかもしれない——。

しかしそこで真弓の想像は飛び、自転車を漕ぐ朱美の姿は東町に移動する。西武多摩川線のガードをくぐって自宅のハイツの方向へ進んでゆくそれは、真弓の網膜の上で朝練に行く高校生にしては昏すぎる鉛色の塊になる。フードの下の顔は、首のない幽霊のように眼を凝らしても見えない。

そうして真弓が見入った朱美の姿は、ほぼそのまま浅井忍の記憶にあるクリスマスの朝の朱美の姿でもある。

忍がＪＡの支所の前ですれ違ったそれには、顔はあったがフードで上半分が隠れており、モンストで言えばドゥームやエクリプスの雰囲気で、近寄るとヤバい感じがした。いや待て、ウィンドブレーカーとジーンズですぐに上田と分かったのはなぜだ？　忍は慎重に振り返り、そうか、自分は以前、何度か同じ恰好の上田を見かけていたのだと思いだす。吉祥寺や東小金井駅ではない、東町あるいは多磨町の栂野の家の近くで。ウィンドブレーカーだから季節は同じ冬。より正確には、自分が栂野真弓のストーカーを始めた十二月十日から、クリスマスまでの間のいつか。場所は東町から野川公園へ行く途中のどこか、もしくは栂野の家の前。もしあの家の前なら、自分が居間の見える塀の外に立っていたときか？

忍は脳味噌を絞るようにして、栂野の家の外に立っていた自分の身体と眼や耳へと記憶を遡る。手にはＤＳ、ときどきケータイ。そうしてほんとうに真弓の帰宅を待っていたのかどうか、いまとなっては確信はないが、そのときの心身の活発に脈動していた感じは思いだせる。塀越しに見える居間の大きなガラス窓のなかの、イーゼルや画板やバケツ一杯の絵筆などの見たことのない風景をカメラ付きケータイでカシャ、カシャ。太陽の位置によっては窓ガラスが鏡になって、そこに野川公園を出入りする人びとが映り、それをまたカシャ、カシャ。

そのうち、見たことのあるやつがガラスに映っているのに気づいて振り返ると、西門の車止めに腰かけて栂野の家のほうを見ている上田朱美がいる。そうだ、水彩画教室ではない日の、日の落ちかけた冬の夕方、紺色のウィンドブレーカーとジーンズのあの恰好で、所在なげに貧乏ゆすりをしていた上田の写真は、確かにあのケータイのフォルダのなかにある。いったい、あれはいつだったのか。二十三日？　それとも前の週？

そうして忍も真弓も、それぞれ当時の記憶が思いがけない輪郭を伴って立ち現れてくる傍らでちょっと時間を忘れ、さらにそこが真弓の自宅のすぐ近くのカフェであることを失念した結果、二人は偶然、真弓のマンションの住人に目撃されることになる。

55

長雨の続いた夏から初秋にかけての天候不順から一変して、晴れて穏やかな晩秋になる。

一方、一年も残り少なくなった日数を数えるようにして、我らが登場人物たちの暮らしにはそれぞれに変化の兆しが現れ、慌てたり戸惑ったりしながら誰もが心なしか生き急ぎ、新たに交差する者、退場する者、思いがけない地点へ吹き寄せられてゆく者などがいる。

たとえば十一月二十二日、勤労感謝の日の前日のこと、浅井忍はコンビニの現金自動預け払い機で現金を下ろそうとして、残高が二千円少々しかないことに気づき、パニックになる。少し経って、その前の週に会社にロッカー代など七万円を弁償したことを思いだしたが、あと二日待てば給与が振り込まれることには思い至らず、家賃やスマホ代などの支払いのために、翌日は早朝から多磨霊園にいる父親に金を借りに行く。そのとき、当の父親がスマホの着信拒否をして息子との縁を切っていることも忘れていたのは、それほど気持ちが急いていたためだ。栂野真弓との再会以来、昔の記憶がいくらか戻ってきそうな実感があり、気持ちが弾んで仕方がない。

そして、多磨駅でまた小野雄太を驚かせた後に霊園の管理事務所へ直行すると、そこに父親はおらず、先週末で退職したと聞いて新たに茫然自失する。それから、裏門からバスを乗り継いで小平のマンションへ行くと、やはり父は不在で、郵便受けにガムテープが貼ってある。管理人室で十一月末まで夫婦で旅行だと聞き、お袋は入院しているんじゃないのかと騙された気分になって混乱し、そうだった、少し前に自分は捨てられていたのだとやっと思い至ると、さすがに自分のバカさ加減に笑い出さずにはいられなかった。そうしてすきっ腹を抱えてさいたまのハイツへ戻り、飯も食わずに倍量の睡眠剤を呑んでベッドに潜り込むのだ。

一方、最近浅井隆夫の姿が見えないことが気にかかっているのは合田も同じで、二十二日の昼休みには忍と同じようにして霊園の管理事務所に足を運び、次いで警大の授業を終えた夕方には深大寺の病院へ足を延ばして、浅井の妻が先週末に一時退院したこと、夫婦で妻の出身地である福島へ旅行に行くと言っていたことなどを確認し、師走の近いこんな季節に――と、違和感をもつ。

否、還暦にはまだ間のある働き盛りの男が、仕事をやめて病気の妻と旅行に出るというのも、必ずしもあり得ない話ではない。一昔前なら考えも及ばなかったのは確かだが、いまは人生そのものに倦んだ男の気持ちを、自分もちょっと想像することができると、合田は思う。実際、この三十年というもの、年末年始を人並みにゆっくり過ごしたこともなければ、旅行に出たことすらなかったのに、先日来ふいにどこかへ脱出したくなって、行きずりの書店で旅行雑誌を手に取っていた自分がいる。来春にはおそらくまた捜査部門に異動になるだろうから、小旅行をするのならこの冬が最後の機会だし、これを逃したら仕事と病気を抱えて多忙な友人との旅行も、もういつ行けるか分からない。否、ひょっとしたらこうした骨休めの気分も、数年のうちには社会の一線から退いてゆくための、ちょっとした予行演習なのだろうか。

そうして帰りの電車のなかで合田が旅行雑誌を開いたころ、真弓は勤め先から帰宅した夫の亨から、君と百合はしばらく栂野の家に身を寄せたらどうかと切り出される。突然――ではない、そんな予兆はあったので真弓は驚かない。あのストーカーがまだマンションの近くに出没していると義母が言いだしたとき、ａｄｉｔｏでの密会をご近所の誰かに見られたと思ったし、夫に自分のスマホのＳＮＳを覗き見されたことにも気づいたが、それでも二人はそれには触れず、出した結論が実家へのしばしの里帰りだ。駒沢から離れてしまえば浅井忍も接触はできまいという夫と義母の見当違いの気遣いには、心苦しさよりも、夫婦で腹を割って話し合えない苛立ちや諦めを覚える。そのため考えるより先に、そうさせていただきますと返事をしていたのだが、多磨町の実家に身を寄せるのは、野川事件の記憶により近づけるという意味では渡りに船というのが正直なところでもあった。

そして同じころ、帰宅の人波が一段落した夜の多磨駅には、是政行きの電車からふいに新妻が降りてきて、小野雄太を驚かせる。馴染みの地元の乗客や助役や、店じまいをしている向かいの果物屋の眼を気にしながら、急いで改札横の化粧室に優子を引き入れると、夜勤明けを待てなかったと言いながら、優子が急いで耳元に口を寄せてくる。

あのね——。私たちの赤ちゃん、六週目です！

優子のあの弾んだ声は、二日経っても小野の耳から消えない。よくよく日数を数えてみるまでもなく、挙式前のどこかで避妊に失敗したということだし、新婚早々、生活設計が予定通りにいかなくなったということだったが、これだけは結果オーライでもう何でも来い、だ。いや、ほんとうのところは恐ろしさ半分で、夫婦水入らずの時間があっという間に終わってしまったあとにやって来る子育ての時間や、子をもつ親の時間がいったいどんなものになるのか、想像もつかない。それでもひとたび職場に立てば、顔に〈吉〉と出ているのか、たちまち助役や周囲の人びとに「できたの？」「やったね！」と冷やかされ、照れ笑いの下で臓腑という臓腑がぶわっと膨らむような歓びを感じる。

そんな祭日明けの日勤の日の午後、何かの符合のように栂野真弓がベビーバギーの子どもと一緒に踏切を渡ってきて改札前に現れる。小野は案の定、もう首が据わってしっかり表情もある七ヵ月の女児に真っ先に眼が行って、思わず〈すげえ〉と洩らしている。すると真弓はさすがに目敏く、ひょっとして小野君のところも赤ちゃん――？　と微笑み、いやぁ、まだ六週目です、あらぁ、おめでとうございます！　お定まりのやり取りになって、小野の臓腑はまたさらに膨らむ。

真弓曰く、長く実家に顔を見せていなかったし、上田朱美ちゃんのお母さんが入院なさっているでしょう？　それでうちの母がお見舞いで家を空けることが多いものだから、留守番がてらに帰っているの、というふうなことだ。そういえばこの間、浅井忍君に偶然会ってね、事件の日の朝、東町のＪＡの支所の前で野川公園の方向から走ってくる朱美ちゃんの自転車とすれ違ったという話が出て、浅井君はそのとき小野君にも会ったと言っていたんだけど、覚えている？

この人は、ほんとうはこんなことを尋ねに来たのだろうか。小野は、母親になってもなお、家族が殺された事件から解放されていないらしい真弓の現状に若干の不安を覚えながら、覚えているけど、それが何か――と言葉を濁し、ひょっとして上田朱美が事件に関わっているのかという核心には触れずにおく。そうして、俺も女の子が欲しいなあ、小野は速やかに話題を逸らせ、真弓もあわててつくり笑いをする。

三月のお彼岸から八ヵ月も帰省していなかった実家に足を踏み入れたとき、真弓はカビの臭いにちょっとした衝撃を受け、幼い娘のためにもまずは家じゅうの窓を開けて空気を入れ替えなければならなかった。母が勤務で不在だったこともあり、ざっと家のなかを見て回ると、キッチンはあまり料理をしていない様子がありありで、代わりに食品庫にはレトルト食品が積んであり、分別用のゴミ箱にはチューハイの空き缶があふれ、梅酒の空き瓶まである。夫と死別し、娘も家を出て独りになったあと、母の暮らし方が変わったのは明らかで、生活感が薄れた五十女の一人暮らしに、入れ替わりにカビが忍び込んできたということだが、上田亜沙子の暮らしもおおかた似たような感じだったのかもしれない。

母はただでさえ勤務先のシフトがきついのに、亜沙子の容体次第では木更津の君津中央病院に泊まり込むこともある。どちらかといえば人と交わるのが好きではなかった母が、いったいどういう心境の変化でそこまで亜沙子に尽くすのか、真弓には依然として理解できなかったが、母は昔より穏やかで満たされた顔をしており、これはたんに孤独を埋めているのではない、もっと積極的な自己投企なのではないかと考えてみることもある。年齢とともに、人の生き方が変わることはあってもいいではないか、と。

そうして、真弓も家の留守番をしながら久々に掃除に精を出し、ご飯をつくり、母と自分の弁当を作って暖かい日には野川公園へ娘を連れて出る。玉置悠一のメッセージに返信するのをやめて、母と他愛ない世間話をし、昔は観なかったテレビを観て笑い合う。

そんなときにふと、死んだ祖母と父の存在だけがなおも遠いままであることに気づいて我に返り、真弓は自分の記憶からはじき出されている二人を呼び戻そうとしてみたこともある。しかし、まとまった姿はほとんど何も浮かんでは来ず、もはや家族と呼ぶのも気が引ける、いびつで不完全で寒々としたかつての栂野の暮らしについて、世のなかにはこんな家族もあるというところに静かに着地するのだ。

それにしても、祖母が上田朱美に特別に眼をかけていたのはなぜだろう。あるいは、眼をかけていたというのはこちらの思い込みに過ぎないのだろうか。あえて祖母のことを思い出してみるついでに、真弓は初めてそんなことも考えている。

卵巣がんの術後に始まった化学療法の、タキサン製剤と白金製剤の併用は、副作用がけっして軽くはないのだが、亜沙子は手足のしびれが強くなっても、口内炎で食事が取れなくても、あまり苦しそうな様子を見せない。見舞いに訪れるたびに雪子は亜沙子が必要以上の我慢をしないよう、リンパ浮腫や排尿の具合はどうか、痛み止めはもらっているかなど、出来るかぎりの気を配りはするが、当の亜沙子はそれをかわして、しきりに他愛ない世間話をしたがる。それがまるで、洋服を着せようとしても、まとわりついたりふざけたりして、なかなか着せられない幼児を相手にしているようで、だめですよ、ちゃんと聞いてと思わず怒っていたりする。

亜沙子のそばにいる時間の大半は、同年輩の女同士の滑らかなお喋りで過ぎてゆく。たとえば雪子が、いま真弓が孫と一緒に里帰りして羽を伸ばしているという話をすると、物分かりのいい旦那さんねえと亜沙子は率直に応じ、いいえ全然、と雪子も率直に返す。実は、真弓の高校時代の知り合いがストーカーまがいのことを始めていて、念のため実家に身を寄せているのよ。そんなことでもなければ、実家になんか帰ってくるものですか。

　また、年内の退院は無理だろうから、お墓の掃除ぐらいなら代わりにしますよという話から、実は私、朱美のお墓をつくらなかったのと亜沙子が告白したこともある。いろいろ考えたけども、お墓を守るにしても私しかいないし、ずいぶんお金もかかるし。だから朱美の遺灰は、あの子が好きだった野川に撒いたの。ひどい親でしょう——。

　そんなことないわ、というのは雪子の本心だ。私だって、栂野のお墓は多磨霊園にあるけど、お彼岸とお盆と年末にお参りするだけよ。ほんとうにかたちだけ。真弓も佐倉のほうのお墓に入ることになるんだろうから、私もいずれは墓じまいをしなければ。

　そうですねえ、それが長生きをした者の最後の仕事なんでしょうねえ。亜沙子は言い、そういえばと続けて曰く、お母さまの節子さんはずいぶん朱美のことを眼にかけてくださったでしょう、それで思いだしたんですけど、節子さんからお聞きしましたよ、高校時代に仲の良かった親友がいて、その方がうちの朱美によく似ていらしたんですって——。

　雪子はそんな話を初めて耳にする。

　母親の少女時代を思い浮かべようとしても、雪子にはサロメにセーラー服を着せるような違和感しかやって来ないが、そのことに驚きはない。もとより母の人生を真剣に振り返ったこともなければ、人並みにあったはずの学生時代や、恋や就職や結婚生活のあれこれについて思いをめぐらせたこともなかったが、それも人さまに何と言われようと知ったことではない。記憶にある母の顔の大半が険しい教育ママのそれだし、ほかには孝一との結婚に不満を漏らし続けた顔や、教師を辞めた後に水彩画会の理事になれなかった不満の顔や、娘夫婦のケンカに辟易している疲れた顔しかないが、それもいまとなっては後悔するようなことではない。よその母娘と比べる必要もないし、いまさら欠落を埋めたいとも思わない。いいえ、それでも——と、雪子は思うのだ。亜沙子から聞いた母の高校時代の親友が云々という話は、石のような自分の心身を静かに揺さぶったのかもしれない、と。

もちろん、上田朱美に面影が似ている親友といっても、隣に母の顔を置くだけで頭が停止してしまい、やはり何一つ想像できなかったが、想像してみようとしただけでも上出来だ。いまさらあの母に愛情を感じることもないが、これまでのような憎しみが影をひそめているのは、それだけで上出来だ。雪子はそうして自分を慰め、あらためて不思議な心地もしながら、母の高校時代の親友とやらの話を、自分の感慨も交えて真弓にも聞かせる。あの人のことだから、きっとその親友と不本意な別れ方をしたか、何かで思い残すことでもあったのかしらね。それとも年月とともに思い出に尾ひれがついて、思い入れが強くなっていたか。いいえ、そんな意地悪い話ではなくて、ただ懐かしかっただけかしら、と。

一方、真弓もまた祖母の高校時代の親友というのをほとんど想像できなかったが、事件の前に祖母が苛立っていた理由の一つにはなるかもしれないと、初めて考えてみる。ただでさえ曲がったことの嫌いな人だったし、大切な青春の思い出と重なる朱美が、どこかの感じの悪い男子と付き合っているというだけで苛立つのは分かる気がする、と。——そうよ、朱美ちゃんが玉置のような男子に汚されたら、私だっていやだもの。そう、あんな意識高い系のアートかぶれのヘンタイに。

56

その意識高い系の玉置悠一からの、一日一回の定期便はなおも続く。大脳皮質のごく表層で半ば流れ作業で処理されてゆくような、深みのない言葉たちが、やはり真弓の大脳皮質の浅いところを右から左へと流れ去る。

〈真弓さん、何か取り込んでいる？〉〈音信不通は気になります。いや正確には、そそります〉〈ひょっとして逃走ですか？〉〈逃げられると、追いかけたくなるのが男です〉〈逃がした獲物は大きい、ってね（冗談です）〉

真弓は、自分のスマホを覗き見した夫への当てつけが半分、上田朱美の情報欲しさが半分で、フェイスブックではあえて玉置のブロックはしていない。一方、意識は高くないが面倒臭い浅井忍からも、ほぼ一日一回のペースでメッセージが届く。忍の文面はいつも同じ〈何か新しい情報はありますか〉で、真弓は〈ありません〉と返すが、朱美が祖母の高校時代の親友に似ており、その朱美が玉置と付き合っているという話を祖母がどこからか聞き及んだらしいという話は伝えた。もっとも、そうした微妙な感情の話が、どこまで忍に理解できたかは分からない。

その忍は、栂野真弓と会ったことでわずかに開きかけた記憶の入り口を見失うまいとして、日曜日毎に東小金井から東町を経て栂野家周辺へレンタサイクルを走らせる。真弓の里帰りは知らなかったが、十二月三日のよく晴れた朝、真弓のほうが自宅二階の窓からその姿を発見し、忍はスマホに届いた真弓のメッセージでそれを知る。そして、半時間後には乳児を連れた真弓と、野川公園の芝生に坐っていて、忍はこの数日間に取り戻した記憶——と言っても、多くは些細なことだ——を報告する。たとえば事件前の十二月二十三日午後に忍が栂野の家の前に立ったとき、居間のガラス窓に映っている公園の西門にいたのは朱美だったこと。自分はそれをカメラ付きケータイで写したこと。そのあと呪われしゼシカが出てきたこと。

同じころ、駒沢公園そばの真弓のマンション前に、ジョギング姿の男が一人、現れる。ほら、誰かいる——。母親に言われて真弓の夫、佐倉亨が窓の外へ眼をやる。マンションの玄関前のクスノキの下に、スマホ片手に下を向いている若い男がいるが、顔は見えない。派手な色のランニングタイツとパーカーはジョギングの途中のようだが、スマホで何をしている。三分ほどしてもう一度覗くと、男はまだ同じ場所にいて亨の頭はふいに回転し、あのストーカーだという結論に至っている。そしてすぐに一一〇番通報をする間に不審者は走り去ってしまったのだが、その一報は、少々鈍い動きながらまたしても玉川署を走らせることになる。

一方、昼近くなった野川公園には、高くなった日差しの下でなおも熱心に話し込む真弓と忍の姿がある。そのへんのフリーターか学生のような忍の外見のせいで、傍らのベビーバギーと合わせても親子連れには見えない、ちょっと不思議な光景だが、本人たちは気づいていない。忍はいま、野川公園や栂野家周辺に立つたびにかつてそこで見たものが一つずつ甦ってくる実感に夢中で、真弓も同様に、上田朱美が事件前に実家の前まで来ていた事実から再出発してこの不透明な世界に決着をつけることしか頭にない。

実際、事件の前に浅井忍が栂野節子に怒鳴られ、ステッキで追っ払われた事実はさんざん語られてきたが、二度目の叱責となった十二月二十三日のそのとき、近くに朱美が来ていたことは、今日まで誰も知らなかったのだ。朱美はいったい何をしに来たのか。どんな様子だったのか。近くまで来ていたのになぜ、真弓に声をかけていかなかったのか。少しずつ甦ってくる忍の記憶によれば、西門の車止めに腰を引っかけて栂野の家のほうを見ていた朱美は、目深にウィンドブレーカーのフードを被り、ジーンズにエア ジョーダンのスニーカーというかつもの恰好で貧乏ゆすりをしており、傍らに自転車が放り出してあったということだ。クリスマス前の、みんなが華やいでいるそんな時期に、朱美はきっと何か話したいことがあって近くまで来たのだと真弓は確信する。自分、あるいは祖母に玉置のことで何か話があったのだ、と。

そうして語りあう二人の頭上に、家族連れや子どもらの声が鳥のさえずりのように降り続けた午後が過ぎる。やがてさいたま市へ戻った忍を待っていたのは警察だ。

先日、ゴミ収集会社の備品を壊したときと同じ大宮署の刑事がハイツに現れて言う。警視庁の玉川署からの一報で、ちょっと話を聴きに来たんだけど。今日のお昼前、お宅どこにいた？

忍は、野川公園と答え、駒沢公園じゃないの？　刑事たちは聞き返し、互いに嚙み合わないやり取りがしばらく続いた後、駒沢公園そばの佐倉のマンション前にいたのは忍ではないという結論になったが、話はそこで終わらない。というのも、忍が野川公園で会っていたのは、先般ストーカー騒ぎで玉川署が動くはめになった当の佐倉真弓で、かたちの上では忍はまたしても野川公園そばの実家に里帰りしている真弓を追いかけて、付きまとったことになるからだ。

加えて、十二年前の前歴もあったことから大宮署は玉川署に処理を任せ、玉川署は実家にいる真弓に電話で事情を確認したところ、たまたま公園に来ていた忍に声をかけたのは自分のほうだ、お天気もよかったから公園で昔の話をしていただけだという真弓の証言だ。そのため忍はひとまず放免されたが、自分がどこの誰と取り違えられたのか、いま一つ事情が理解できないまま、ハイツの部屋に戻ったあと、壁に二つ、三つ穴をあけている。

そして、周辺のすったもんだはさらに続く。真弓のフェイスブックには、ちょうど夫と義母がマンションの外の不審者を見ていた時間帯に〈近くを通りかかりました〉という玉置悠一のメッセージが届いていたことから、不審者は玉置だという結論に至った真弓は、電話で夫の亨と大ゲンカをする。身長も体格も全然違う人物をどうして見間違えるの、何を考えているのと真弓が責めれば、亨は亨で、夫が妻子の心配をするのは当たり前だ、君が玉置のような男と友だちを続けている気持ちが理解できない、玉置とはいったいどういう関係なのだと言いだす。

そうなるともう売り言葉に買い言葉で、夫でも妻のスマホを盗み見る権利はない、私には私の世界がある、浅井君はストーカーじゃない、高校時代の友だちと話をして何が悪い、などなど、真弓は次第に自分でも何を言っているのか分からなくなり、最後はスマホにわめき散らしている。そんな娘を、雪子は為すすべもなく眺めながら、一つの事件が自分たち遺族に残した傷の深さに、いまさらのように悄然となる。

57

それでも、生きている人びとの人生はそれぞれに回転し続ける。浅井忍は目深に被ったキャップの下でひたすら地面を睨み、処方薬とストーカー騒ぎのせいでひたすら不愉快な心身を抱えて働き続ける。仕事中にすれ違っただけで名前も知らない女子高生に言いがかりをつけられたり、道端に立っているだけでストーカー扱いされたりする世間に背を向けて鎧（よろい）をまとうすべを覚えたのは、生きてゆくためには一歩前進だったが、一方で、その意識がいまや過去の一点にしか向いていないことを案じる者は周りにいない。

ひるがえって、同じようにもうこの世にいない死者に固執している真弓には、それを心底案じる人びとがいる。母の雪子は娘の神経が壊れかけているのではないかと恐れながら、意を決して娘に駒沢へ戻るよう言い渡し、なんだかんだ言っても根がやさしい夫は多磨町まで妻子を車で迎えに来る。そうしてひとまず元通りの暮らしが再開した一方で、玉置悠一が新たに真弓に付きまとい始めたのではないかという懸念については、真弓も夫もしばし失念していたのだ。

そして、人びとの意識からこぼれ落ちていたのは、妻を連れて旅行に出たという浅井隆夫の不在も同様だ。息子の忍を除くと、何かしらの異変を感じて数日おきに小平のマンションを覗きに行っていたのは、師走のあわただしい時期でもあり、結果的に合田ただ一人だった。十二月に入って最初の休日明けの月曜夕方、そうして警大の帰りにマンションに立ち寄り、郵便受けの封印がそのままなのを確認してエレベーターホールに引き返したとき、合田はなんと浅井忍と鉢合わせする。

忍もあっという顔をし、ビンゴ！　と小さく洩らして子どものように照れ笑いすると、片手に持っていた封筒をみせて曰く、親父のスマホが着信拒否で、手紙しか連絡手段がないんだ。ケータイ返せって、用事はそれだけなんだけど。

よかったら少し話をしないか？　合田は軽く誘ってみる。

事件の話なら無理。忍も軽く応える。

そんな野暮は言わない。何か困っていることがあったら相談に乗るよ。

じゃあ、南口のミスドでいい？

封筒を玄関ドアの下に滑り込ませた忍を連れて、合田はマンションを出る。

甘い匂いのただよう花小金井駅南口のドーナツ店で、忍は慣れた様子で注文をする。一分後にトレイに載ったのは、マダガスカルバニラなるシェイクと、ピンク色のチョコレートがけとクリーム入りのドーナツで、計五百六十円。合田が自分のコーヒーと合わせてレジに出した千円札を押しのけて、忍はさらっとスマホで支払ってしまい、大丈夫、ポイント溜まっているから、と言う。これには、大人になったなぁと妙な感慨を覚えながら、合田はひとまず若者に礼を言う。

あれから君は専門学校へ行って、歯科技工士の免許を取ったと聞いたけど、そっちのほうの仕事はしないの？

昔の俺、知っているでしょう？　あの超高速のモグラたたきみたいな頭。いまは薬で抑えているけど、根は変わらないし、根気や忍耐のいる作業は向かないんだ。

ゲームも根気だと思うけど。

最近は、ゲームもしていない。

そう言いながら、ピンク色のドーナツを美味そうに平らげる忍に、ひょっとして甘党？　思わず尋ねると、落ち着くんだ、と返してくる。スイーツばかりだと身体を壊すって、昨日も栂野真弓に言われたところだけど、と。

へえ、彼女に会ったんだ。

偶然、野川公園で。そうしたら何かややこしい手違いで、またストーカー扱いされたんだけど。前歴があるし、まあ仕方ないか。

仕方なくはないが。そういえば昔、上田朱美さんが言っていたな、ストーカーみたいな忍耐のいることが君にできるわけない、って。

それ、当たっている。いまごろ栂野に会うのはマズイと思わないこともないけど、彼女と会っているとあのころの記憶が少しずつ戻ってくるんだ。それに彼女も、上田朱美のことを知りたがっているし。

朱美さんの何を。

事件との関係。事件の前、彼女に小北の男子が付きまとっていて、それをあの絵の先生が心配していて、それで俺も同類に思われて怒鳴られたんだけど。栂野はたぶん、十二月二十三日のそのときも、事件があった二十五日朝も、あの家の近辺に朱美がいたことが気になっているんだと思う。

君、朱美さんを見たの？

見たよ。忍は二つ目のドーナツにかぶりつき、口元に白いクリームがあふれだす。

忍の話を聴きながら、合田は自分の作成した十二月二十三日と二十五日のダイヤグラムに、上田朱美の運行線を頭のなかでそっと引き直している。しかしその場ではあえてそれ以上は尋ねず、家族のことへ話題を移す。

ご両親、福島へ旅行だって？　お母さんのご実家はどこだったっけ。

会津美里町。実家はもうないけど。周りは三百六十度、田んぼ。小さいときに一回だけ行ったことがある。ザリガニ釣った。

ご両親、温泉めぐりでもされているのかな。

たぶん。お袋、観光地はだめだから、人のいない湯治宿とか、山小屋とか。あ、親父とお袋は若いころ、登山していたんだ。

へえ、私も学生時代は登山をした。福島なら磐梯山、飯豊山、三本槍――。でも、ちょっと心配だな。もう一週間になるだろう？

仕事辞めて、息子を勘当して、一週間で人生をリセットできたら世話ないや。

君、勘当されたの？

まあね。仏の顔も三度までってやつ。だから毎日働いているんだ。クビになったら即ホームレスだし、マジでストーカーなんかしているヒマない。そうだ、警察にそう言っておいてくれるとありがたいな。

拍子抜けするほどふつうで、生真面目ですらあるが、両親への関心や理解だけはいまひとつ。それが現時点での忍の印象であり、栂野真弓が忍に危険を感じていないらしいのも一理ある、というところではあった。この若者より、あの玉置某などのほうがよほど危うい感じがするし、ひょっとしたら栂野節子は教師の直感で玉置の異常性を感じ取っていたのではないかと、合田は初めて考えてみることもした。事件前、節子が尋常でないほど苛立っていた理由はそれかもしれない、と。

何かあったらいつでも相談に乗るから。別れ際、そう念を押して忍に名刺を渡すと、それをていねいにＩＣ乗車券のケースにしまったのが印象に残った。

その後、合田は浅井忍と偶然会って話をしたこと、玉置の再聴取の必要を感じたこと、浅井隆夫と妻の行方が気になることの三点を、速やかに特命班の長谷川管理官にメールで伝えながら、結局これも自責の念なのだろうと自省していたことだ。必ずしも必要でなかった忍の逮捕で本人と家族の人生を狂わせた刑事が、自分の古傷を慰撫しているだけなのだ、と。

58

季節は進み、駅舎に落ちる日差しが日に日に弱くなってゆくにつれて、小野は毎冬訪れる心身の変調を感じるようになる。電車の運行も改札の風景も何ひとつ春や夏と変わらないのに、冬日とともに判で押したように気分が翳ってくるのだ。新婚早々の今冬はさすがに変調はないだろうと思っていたが、鬱はやはりそっと忍び足で近づいてきて、本人の気づかぬうちに理由のない物思いで頭と胸を詰まらせては、新妻に怪訝な顔をされて我に返ることが二度、三度と続き、ああ今年もかと思う。それでも去年までとは違い、師走の新宿の人出に埋もれて夫婦でクリスマスの買い物をし、優子の手を引き、荷物を持ち、もらったばかりの母子手帳の話に耳を傾けながら、子どもが生まれてくるのを機に心機一転、車掌試験を受けようとひそかに心に決めており、その顔はいつもの年よりは薄明るい。

一方、駒沢公園そばのマンションでは、八カ月になった佐倉の乳児が突然ハイハイを始めて、真弓はアッと声を上げる。その瞬間額の奥にすうっと風が通り、妊娠中からずっと張り付いていた薄昏い膜があとかたもなく剝がれ落ちて、知らぬ間に高らかな笑い声がこぼれだしている。見て、お義母さん、見て！　百合がハイハイしている！　小さい両手をもみじに開いてパッタパッタと勢いよくラグを叩きながら、ぐふぐふ喉を鳴らしながら、自慢げな眼を大人たちに向けながら、四つん這いの膝と手を交互にエッサエッサ運んでいる私のお姫さま！　おいで、こっちへおいで。すぐにスマホで動画を撮って夫のスマホへ送ると、百合ちゃん、パパですよぉ、夫が相好を崩して、おいで、おいでと手招きする自撮りの動画がすぐに返ってくる。

　そうしてひとたび雲が晴れてみれば、世界はばかばかしいほどくっきりとして鮮やかに見え、出産前からこのかた自分が何に囚われていたのか、あの昏い夢は何だったのか、もはや思いだすのも難しい。昔の日記を読み返しては、いまごろ十代の怒りや焦りや嫉妬を掘り返していた理由も分からなくなって、それと同時に上田朱美の顔も玉置悠一のメッセージも速やかに遠のいている。代わりにしばらくは、SNSでママ友たちに娘のハイハイを報告することや、娘のためのクリスマスツリーの準備や、ボーネルンドでプレゼントを選ぶことなどで頭をいっぱいにするのだ。


　そして翌日には、真弓はふと思いだしたついでに、ほとんど迷うこともなくフェイスブックから玉置悠一をブロックし、相手はその日のうちに自分が遮断されたことを知る。すると次の日には、そのインスタグラムに真弓の高校時代の顔写真をぷよにした画像がアップされるのだが、真弓自身は知る由もない。

〈美少女ぷよ第二弾〉なるそれは、第一弾の上田朱美のぷよとセットで落下したり、消えたり、飛び跳ねたりしながら二連鎖、三連鎖をつくり、眼が右を向いたり左を向いたり、少女の生きた生首が踊っているような気味悪い面白さで、たちまちフォロワーが数百を超える。

その玉置のインスタは日を置かずして合田の眼にも留まり、そこに男の露骨な怒りを感じ取る。ほかにも、アップされている前後の写真数十枚をチェックした末に、見覚えのある駒沢通りや、そこからほど近い高級マンションが写っているスナップを発見し、玉置がここへきて真弓のストーカーに変貌したか、もしくはあえてストーカーを演じているかだという結論に至って、その場で特命班の長谷川管理官に一報を入れている。この男はエスカレートする可能性がある、と。

もっとも、SNSのチェックは日々時間のあるときに自分に課しているノルマの一つに過ぎなかったし、そうでなければ気持ちも身体も動いていなかったかもしれない。合田もまた友人に悪性リンパ腫が見つかって以来、眼に見えない鬱の手がそっと伸びてきたり引っ込んだりし、そのつど気分がゆるやかに上下する繰り返しだ。そのとき、SNSのチェックをしていたのは新宿駅東口のびゅうプラザで、年末旅行のために予約した切符を受け取るために行列に並んでいたのだが、友人のたっての希望でやっと琵琶湖畔の宿も取れ、とりあえず少しは華やいだ心地になってもおかしくないときに、逆にうっすらと薄墨を流すようにして気分が翳ってくる理由が分からない。分子標的薬の投与の傍ら、やり残した案件があるとかでぎりぎりまで裁判にかかりきりだった男に、そこはかとない不安を覚えるのだろうか？　かと思えば、その当人からLINEが来て〈トレッキングシューズに青カビ。サドルソープを急ぎ所望する〉。やっとデスクを離れ、旅行に備えて靴箱を覗いてみたかと、ほんの少しホッとする。

夕闇をかき混ぜるようにして新宿にネオンが溢れだすころ、同じJRの新宿駅では、ホームを出てゆく中央線青梅行き快速の、混雑した車窓のなかに福島から二週間ぶりに帰京した浅井隆夫の顔がある。妻を連れて福島の公共の宿を転々とした末に、妻の妹の嫁ぎ先に三日間だけ妻を預けて、マンションの片づけのために一人で戻ってきたところだ。十二年勤めた霊園を辞めて旅に出てみたのは、鬱がこれ以上どうにもなりそうになかったからだと自分では思っていたが、いま思えば真相は逆で、あの一時期、ほんとうは躁転していたのかもしれない。もっとも、何か新しい地平が開けそうなそのときの気分は長くは続かず、あっという間に泥が詰まったような心身に戻ってしまうと、保養どころかしきりに心中する夢想に囚われ、気がつくと妻を宿に残して失踪しそうになっていた自分がいる。

こっちにも病院はあるし、仕事も土木関連だら求人はあっから、戻ってぎだらどうが。

妻の親戚らが言うとおり、震災の被災地を抱えた東北はどこも人手不足で、生きてゆくだけなら何とかなる。そう自分に言い聞かせ、福島にアパートも借りてきたが、半月ぶりに新宿のネオンに包まれてみると、あらためて腹が煮え立つような失意に襲われる。いったい自分は何を失ってしまったのか、もう一つ一つ数え上げることもできない。否、ひょっとしたらこれは、初めから失うようなものを持っていなかった失意だろうか。否、ともかく三日間の約束だし、マンションの片づけに帰らなければと思う端から、帰りたくないと逡巡するうちに電車は中野駅に近づいている。そして、その数秒後には駅前の雑居ビルの明かりが誘い水になってホームへ飛びだしているのだが、こうなるともう、数時間後には北口の呑み屋街で酔いつぶれているのは必至だ。

そして同じころ、浅井が戻るはずだった小平のマンションには息子の忍の姿があり、〈ケータイ返せ〉の置手紙だけ玄関ドアの下に差し入れて、花小金井駅へ引き返してゆく。特別に何かがあるわけではなくとも、ふとした拍子に額に垂れこめてくる鬱を退治するために、南口のミスドで儀式のようにドーナツ二つとチョコファジを注文する。真弓のフェイスブックに〈何か新しい情報はありますか〉と送り、返信を待つ。忍は、ここへ来て真弓の関心がちょっと離れてしまったことを知らない。

特命班は、玉置悠一のインスタグラムにアップされた画像に佐倉真弓のマンション付近を写したスナップが含まれていることや、野川事件の直前に玉置が栂野家の近くに足を運んだのが一回ではなかったらしいことなどから、いま一度本人との接触を試みるが、相手は日ごろから超のつく多忙さの電通マンだ。抱えている案件やクライアントによってはほとんど土日もなく、会社に泊まり込むことも少なくない状況を考えると、いまのところ参考人未満の一般人に無理強いもできない。

フェイスブックのメッセンジャーでいつなら時間を取れるか、再三やり取りを重ねていたその日の夕方、たまたま新宿で一時間の空きが出来たからと玉置からのメッセージが入り、クライアント待ちだというハイアットリージェンシー東京で刑事たちは玉置に会う。

ディナータイムになった午後七時のカフェでは、ブリーフバッグやB４サイズの書類ケースを手にしたダークスーツの玉置も、ビジネスコートの刑事二人も、いかにも場違いな風情だったが、玉置は居心地の悪さを楽しんでいるような笑みを見せ、なるほど、これは仕組まれたなと刑事たちは思う。もっとも、広々とした店内は話し声も目立たず、照明を落とした空間に馴染んでしまえば、とくにドブネズミ三匹に注意を払う客もいない。

そうしてその夜、特命班が確認したのは主に二点だ。一つ、土日もないほど仕事に追われているのに、港区の自宅からは遠い駒沢公園周辺までジョギングに行っているのは、何か特別な目的があるのか。一つ、前回は、野川事件の直前に栂野家まで足を運んだのは十二月半ばの一回だけという話だったが、それは事実と違うのではないか。

玉置の返事はこうだ。この前、お話ししなかったですかね、昔もいまも私は逃げられると追いかけたくなる質(たち)で、ほとんど病気なのは分かっています。ただし、駒沢公園そばの真弓さんのマンションの前まで二、三回は行きましたが、本人には会っていません。だからストーカーではない。十二年前も一緒です。日時ははっきり覚えていませんが、確かに二、三回はあの家の近くまで行きました。でも上田朱美さんには会っていないし、連絡も取らなかったから、私はストーカーではない。ただの失恋男ですよ、あのときもいまも。

玉置悠一は、今夜もまた虚実の境目がはっきりしない独特の話し方をし、刑事たちは注意深く耳を傾け続ける。

バスケ部の主将だったころはずいぶん女生徒にもてたとお聞きしていますが、上田朱美さんにフラれた理由は何なんですか。

そこが難しいんですよ。表面的な付き合いではモテるほうですが、私が本気になると、相手が退く。相手に退かれると、私はさらに本気になる。相手は逃げる。この繰り返しです。私が本気になると、ふだんは表に出てこない本態が覗くんでしょう。自分では変態だとは思いませんが、独特の生理的感覚があるのは認めます。それが女性には受けないのかも。アートにしたらＯＫでも、生身の人間関係では無理、というやつですかね。

そう自己分析をしてみせる玉置は、ふざけているようには見えない。実際、その分析はおそらく的を射ており、ある意味突き抜けた感覚の持ち主である玉置と平凡な女性たちの間には、確かに越えるのが難しい溝があるのかもしれない。そして、それを承知で逃げる女に欲情する自身の性癖を隠しもしないのが玉置という男で、変態とまでは言わずとも、ふつうの女性にとってはかなり厳しいだろうと刑事たちは思う。

佐倉真弓さんにも、それでフラれたんですか。

そのようですね。いつものパターンです。

向こうに拒否されたら追いかけるパターンですか？　ジョギングを装って駒沢公園まで出かけていって、わざわざ真弓さんの自宅前に立ったりするのは嫌がらせですか、それともちょっとした脅しですか。

どちらでもないです。真弓さんにはもともとそれほど興味はなかったし、上田朱美さんつながりで接触してみただけですが、拒否されたとたん、例によってちょっとこころが動いたというところですかね。

上田朱美さんにはいまでも個人的に執着があるということですか？

そう尋ねられると、玉置は少し遠い眼をして言うのだ。何か特別だったんですよ、あの子――、と。自分でもよく分かりませんが、マジで恋をしていたんですかね。この私が珍しく本気だった。

だから受験前なのに勉強をサボってわざわざ野川公園まで行ったりして、あの絵の先生に怒鳴られて、それでもまた出かけていって——。

特命班は、上田朱美に恋をしていたという玉置の表情に一定の真実味を見て取る一方、この手のトラブルを起こす男にありがちな思考回路の身勝手さに、大いなる既視感も覚える。子どもなら説教もできるが、三十にもなって自身の性癖を矯正する気もなく、巧妙に犯罪にならない安全圏に留まっている男を前に、刑事たちは自然に表情が険しくなる。

玉置さん。事件前のことをお聞きします。前回、十二月半ばにあの水彩画教室に上田朱美さんが来ていないか見に行ったという話をされましたね。そのとき、他校の男子が先に来ていて、家のなかから顔をだした栂野先生に一緒に怒鳴られたのだ、と。栂野節子さんと顔を合わせたのは、そのときが初めてだったんですか？

初めてではない。夏から秋にかけて、ちょくちょくあの家の周辺を徘徊していたとき、眼が合えばこっちから会釈ぐらいはしていましたから。向こうは無視でしたけど。でも怒鳴られたのは、あのときが初めてでした。

あなたが会釈しても栂野さんが無視することを、どう理解していたんですか？

それはもう、私が朱美さんを追い回している話が耳に入っているんだなと思いました。真弓さんが話したのか、別の教え子のタレこみか、それは知りませんが。

それでも栂野さんがいると分かっているあの家に繰り返し行ったのは、朱美さんにそれほど会いたかったということですか？

半分は先生への当てつけですかね。何と思われようとこっちは平気だったし、中学校の元美術教師なんて端からバカにしていたし。先生が家のなかから首を伸ばしてこっちを窺っているのが滑稽だったというか――。

あの家の周りをうろついたのは、先生をからかっていたということですか？

そうです。猛烈に不愉快でしたから。

不愉快というと？

だってあの先生、大事な教え子が年上の男子高校生に追い回されているのが腹に据えかねると顔に書いてあったし。こっちこそ、ふざけるなというところでしたよ。

先生が上田朱美さんをとてもかわいがっていたことは知っておられたんですか？

朱美さんから聞いてはいましたが、こっちは男と女の、好いた惚れたの話なんだ。絵の先生の出る幕じゃない。

好いた惚れたの話、ですか。ということは、ホテルで朱美さんに下着を脱いでもらって、それをあなたが眺めるといった趣味の世界には留まらなかった、ということですか？

趣味の世界って――警察もすごいことを言うなあ。ともかく私は恋をしている男の眼をしていたと思うし、朱美さんも自分がいま特別なエロスの磁場にいることを感じ取っていた。だからこそ怖くなったんでしょう。

つまり、いくらかは双方の合意の上の行為だったと仰りたいんですか？

まあ、そうですね。ただの小遣い目当ての子どもではない、自分に男を挑発する魅力があることに気づき始めた少女Ａ――。男にはきわめて危険な存在、というやつですよ。

刑事たちは、あえて肯定も否定もしない。同年代には体育会系の宙返り女子でしかなかった少女が、見る者によっては男を魅了する特別なエロスを放っていたということはあるかもしれない。しかし、そのことと朱美本人の認識は別だし、初めは小遣い稼ぎで誘いに乗ったものの、身体の危険を感じて逃げたというほうが、はるかに十五歳らしいだろう。

あなたが朱美さんに恋をしていたというのは分かりました。だとすると、栂野先生もそれを感じていたということですかね？

そうでしょうね。十二月半ばに初めて窓を開けて私を怒鳴りつけたときの先生の顔は、はっきり覚えています。蛇でも見るような顔というか、犬の糞でも踏んづけたような顔というか――。もし先生が殺されていなかったら、絶対私が復讐していますよ。市井の男子高校生一人をあそこまで毛嫌いしてくれた罰で。私の恋をあんな眼で見てくれた罰で。といっても悲しいことに、現実にはせいぜい、ぷよにしてやるぐらいですけど。ほら、こんな感じで――。

そうして玉置は、自分のスマホのインスタの画面で踊る朱美と真弓の美少女ぷよを刑事たちに見せるのだ。

同じころ、花小金井駅南口のミスドでは、空になった浅井忍の皿とカップが乾き始めている。片手に握りしめたスマホに真弓の返信はない。大丈夫――。一言自分に呟いてスマホをポケットに入れ、忍は席を立つ。

そして、その父浅井隆夫も、中野駅そばの呑み屋街で四杯目の焼酎を空けながら、大丈夫、大丈夫と独り呟き続けている。

59

玉置悠一というピースの出現により、膠着状態だった事件のパズルは一歩先へ進む。浅井忍が再三証言してきた事件の前々日の栂野節子の、猛烈な不機嫌の理由は、以前から不品行を繰り返していた栂野孝一よりも、上田朱美をつけ回す玉置の出没だったのかもしれない。その可能性が高くなったいま、さらに裏を取るために特命班の刑事たちは早々に栂野雪子にも会う。

六月以来となる面会は、刑事たちが事前に予想したより抵抗が少なく、よくよく聞いてみると、最近になって玉置悠一については娘の真弓からもそれとなく聞かされていたとのことだ。もっとも雪子自身は、当時何度か自宅周辺に姿を現していた玉置に一度も会っていない。また、娘に付きまとっていた浅井忍については母から聞き及んでいたが、上田朱美に付きまとっている別の男子高校生がいるという話を母から聞いた記憶はない、という。

刑事たちは、栂野節子が朱美と玉置の関係を孫の真弓から聞かされて、ひどく心配していたふしがあること、そして事件前には自宅前に現れた玉置を実際に怒鳴りつけていること、それが尋常でない雰囲気だったことなどを説明した上で、雪子にこんな質問をする。節子さんは孝一さんの不品行も早くから察していたそうですが、もともと男性のある種の嗜好に敏感、もしくはそれを生理的に受けつけない人でしたか、と。

雪子はとっさには何を尋ねられたのか分からなかった様子で、個人的な好き嫌いはものすごくはっきりしていましたけれど——と口ごもり、少し置いて複雑な苦笑いとともに言ったものだ。教師の性なんでしょうが、人の本性を見抜く眼はあったと思います、いやらしいぐらいに、と。

雪子は、自分が結婚相手に選んだ男を母親が当初から嫌っていたことを、思いださずにはいられなかったのかもしれない。そして、こう続けたのだった。昔はひどい母だと思いましたけど、振り返ってみれば結局母が正しかった。その玉置とかいう男子も、母が嫌っていたのなら嫌う理由があったということでしょう。教師の責任感で、その男子を朱美ちゃんに近づけてはならないと身構えていたのかもしれません。

結局、母を殺したのは上田朱美なのか、違うのか。雪子は、自分が肝心のことを刑事に尋ねなかったことにあとから気づいたが、とくに後悔もなかった。犯人が分かったところで何かの区切りになるわけではなく、宙吊りのままでは何も前に進まないということもないとなれば、分かっても分からなくても大差ないということだ。そう納得し、夜勤明けの休日にはまた木更津の病院までそそくさと出かけてゆく。動けない病人の代わりにアパートの家賃や公共料金の支払いもあるし、先週はがん保険の請求手続きもした。預金通帳と判子を預けられることには抵抗もあったが、誰かに頼られていることが自身のエネルギーになっている実感もないことはない。

上田亜沙子の卵巣がんは、もともと化学療法がよく効く漿液性腺がんだが、二クール終えた時点で腫瘍マーカーの数値は落ち着いており、雪子の見舞いの足取りは軽い。亜沙子の好きな舟和の芋ようかんや原宿はちみつプリンを持参して病室を訪ねると、亜沙子は先日から編み始めた靴下の片方を掲げて見せてくれる。薄いブルーの小さな靴下は、真弓の娘が来年の春にはけるようベビー用のオーガニックコットンの糸で編まれている。朱美が小さかったころ、安い無地のブラウスを買って襟や袖に女の子らしい手編みの飾りをつけてあげたのに、結局男の子みたいな育ち方しかしなかったと笑いながら、お揃いのお姫さまみたいなベビー用ボンネットも編みますから待っていてね、と亜沙子は言う。

二百万円足らずの預貯金のなかからきちんと家賃を払うのも、人へのプレゼントのために編み物をするのも生きる意思の表れではあるが、亜沙子の気分はいつも浮草のようで、風のひと吹きでどこへ流されてゆくか分からない。この間、ちらっとお話ししましたでしょう。私の元夫、不器用なだけで悪い人じゃないんです。だから、年が明ける前に朱美のお墓にお線香ぐらいあげたいに違いないし、手紙で知らせてやろうかと思うんですけど。あなたの娘は野川でザリガニやカエルたちと楽しく遊んでいます、って。

これは、自分が死んだあと元夫に娘を頼むという意味だろうか。雪子は真意を読み取れずに当惑する一方、ふいにかすかな嫉妬を覚えてもいる。自分は真弓の出産さえ孝一の墓前に報告しなかったのに、この人は——。

今年も残すところ半月となり、特命班の長谷川が久しぶりに一杯やりましょうかと合田に声をかけてきたのは、野川事件の再捜査も年内で区切りをつけたいということでもあっただろう。

合田さんの見立てのとおり、栂野節子の身辺に突発的な暴力につながるなにがしかの緊張状態があったとすると、一番蓋然性が高いのは上田朱美と玉置悠一と栂野節子の間の、三者三様の疑心暗鬼や感情の行き違いでしょう。その点は、うちの若い衆の意見も一致しています。婿養子の孝一の買春や性病は、節子にとって不愉快には違いないが、初めからそういう男だと見抜いていたわけだし、いまさら大きな問題ではなかったと考えるのが自然だからです。

では、朱美と玉置と節子の三者間に、具体的に何があったかですが、客観的に確認できるのは、いまのところ三つだけです。一つ、夏ごろ、朱美は玉置とホテルを出るところで栂野孝一と鉢合わせしたこと。一つ、節子は朱美と玉置の関係を同じ夏ごろ、真弓から聞いていたこと。一つ、十二月半ば、節子が自宅周辺に現れた玉置を怒鳴りつけたこと。

一方、重要参考人として浮上している上田朱美については、同棲相手の山本晴也が朱美に見せられたという、事件現場で拾った水彩絵の具と、事件当日の朝、現場に近い小金井市東町で公園のほうから自転車でやって来るのを見たという浅井忍と小野雄太の証言の二つがあるわけですが——。

そこまで慎重に整理して長谷川は言葉を切り、苦笑いとともに肩で息をつく。合田はその長谷川の猪口に酒を注ぎ、同じく苦笑いとともに、分かります、と短く応じる。

たとえば、水彩画教室の日ではなかった事件の前々日に、朱美が栂野家の近くまで来ていたという浅井忍の話をもう一つ付け加えても、朱美を節子殺しの犯人とみなすだけの状況証拠さえない事実に変わりはない。また仮に、忍が周辺で撮っていたというケータイの写真がすべて入手できたとしても、犯行時の現場の画像でない以上、状況は同じだろう。

否、それ以前に、大人になった朱美がある日古い絵の具を手にして何を思ったにしろ、そもそもその絵の具がほんとうに事件現場で拾ったものなのか、いまとなってはもう誰にも分からない話なのだ。

内輪の私的な場であっても、刑事同士はけっして、これ以上捜査の進展は望めないという言い方をしない。捜査のどこに不足やミスがあったかについて、それぞれ十分に分かってはいても、それも多くの場合、口にすることはない。そうして特命班の再捜査は暗黙の了解で開店休業になり、元捜査責任者の合田も黙って引き下がったのだが、個人的な自問自答が終わるわけではなかった。それはいま、後悔や未練とは少し違うかたちで、合田をこれまでとは違う人間存在の理解へと連れ出してゆく。

たとえば、野川事件の被害者の鑑のうち、水彩画教室の生徒や孫娘の学友たちが射程に入らなかったのは結果的に決定的なミスではあったが、一面では捜査段階で射程に入れる理由が見当たらなかったから入れなかったに過ぎない。そう考えると、仮に節子や真弓の周辺にくまなく網をかけていたとしても、朱美が捜査線上に浮上していた可能性はそれほど高くなかっただろう。現に、たまたま同棲相手が思いだした水彩絵の具一つから突然、朱美の名前が浮上して九カ月、特命班の再捜査で、十二年前には分からなかった被害者周辺の少年少女の姿が次々に明らかになったが、朱美が本ボシである客観的証拠はもちろん、状況証拠さえ依然揃ってはいない。

警大で取り上げることはないが、世のなかには、目撃者がいるか、もしくはホシが自首するかしなければ誰も真相を知りようがない事件というのがある。はっきりした動機はなく、突発的に起こり、愉快犯でもなく、後にも先にもその一回きりで終わる。目撃者はなく、有力な遺留品もなく、ゲソ痕や凶器などはあっても犯人の絞り込みにはつながらず、DNA鑑定にかけられる微物や指紋なども採取できない。もちろん、どんなに悪条件が重なろうと、どこかに犯人がいる以上、それを追わないという選択肢は警察にはないが、どんなに細大洩らさず捜査を尽くしても、神でもAIでもない警察の捜査はときに限界に突き当たることはある。良いも悪いもない、世界はそんなふうに出来ているということなのだ。そしてさらに言えば、迷宮入りの原因は個々の捜査の未熟やミスにあるにしても、それもまた人間が携わる警察捜査ののり代(しろ)であり、そののり代で、刑事は人間の犯罪を理解するのではないだろうか——。

そんなことを初めて考えたその夜の合田は、ちょっと孤独だ。

いや、それでも——。帰路に就くころには、人並みの未練がまたひたひたと寄せてきて、合田はちょっと唇をかみしめてもいる。事件当時、現場と遺体の状況に感じた殺意の中途半端さや、偶然が多すぎる発生状況から、被害者の近いところにいる人間による突発的な暴力を想像した、あの直感はいまも揺らいではいないし、もう出るものは出尽くしたかと言えば、必ずしもそうではないのだ。一つは、玉置悠一。一つはやはり、あの浅井忍のケータイ——。

そうして、少し前まで人間が携わる捜査の限界について思いめぐらせていたのとは裏腹に、またぞろ自作のダイヤグラムを思い浮かべたりしているが、金曜日の宵の口には、私用のＬＩＮＥを送ってくる友人知人たちもいる。一人は判事。曰く〈獺祭もらった。来る?〉。一人は農家の大将の奥さん。曰く〈明日、今年最後の芋ほりとＢＢＱ。来てね〉。また一人はその息子。曰く〈年末年始のガチャと特別降臨クエスト、忘れずに〉。急いでしばらくご無沙汰だったモンストを立ち上げ、クリスマスのイベントを確認してみたりする。

同じころ、さいたま市のハイツでは浅井忍も、クリスマス限定イベントで降臨クエストの復刻キャラを引っ張っている。以前のように夢中にはなれないが、指のほうが勝手にスマホの画面を走り、攻略はあっという間だ。その夜はＡＧＢのオルガ。これはイザナミの運枠用に。明日はスケジュールによればＡＧＢ＋ＡＷのメリィ。これはクシナダ零の運枠用に。そのうちクリスマスガチャが始まれば、それも気分次第で引いてみるかもしれないし、引かないかもしれない。

数分でクエストを一つ終えてしまうと、続けてこれも久しぶりにシャドバの最新情報をチェックする。この年末に発売される新たなカードパックの告知がすでに出ているが、見ると〈ネメシス〉なる新クラスに新リーダー、さらにデッキ構築のフォーマットも新しくなるようで、すぐには追いつけそうにない。どうする？　勘を取り戻すため、明日土曜日にひとまずユーザー登録しているＪＣＧの大会を見に行き、日曜に予選敗退を覚悟でエントリーしてみるか？　だったら、とにかくデッキを用意しなければ。頭を空にしたくて始めたゲームだが、心身にわずかに熱が入ってくる。佐倉真弓からの返信はない。

60

ハイハイを始めた幼い娘も、それを眺める真弓もその夫も義母も、自転車のギアが一段軽くなるようにして、それぞれ世界がふと違って見えるようになったクリスマス前、時間の流れ方が変わり、関心の向かう方向が変わり、感情の動き方さえ変わって、閑静な住宅街の高級マンションに暮らす仕合わせな家族の風景は一段と賑やかになる。

真弓はふだんから家事も行事もわりにのんびり取り組むほうだが、急にあれもこれもと急かされるように、これまでは興味もなかったクリスマスツリーの飾りつけや、ママ友たちとのカード交換や、サンタのデコパン作りを始めたりし、おかげでここ数日はフェイスブックやインスタのチェックもほとんどしていない。実際、一週間前には浅井忍と古い同志のようにつながっていたことも念頭になく、新しい情報はないかと毎日来ていたメッセージへの返信を忘れていることにも気づかないまま、事件も少女Aもしばし遠くなっているが、ほんとうは無意識のうちにあえて回避していたというのが正しいかもしれない。

毎冬、野川事件の日が近づくにつれて、必要以上に動き回ったり陽気になったりしてその日をやり過ごしてきたのは雪子も同じだ。夫や真弓がいたころは伊豆や箱根へ逃げ、一人になった去年は夜勤とはとバスと椿山荘で潰した。今年も夜勤を入れ、あとは木更津で上田亜沙子と一緒に編み物をしながら女同士のお喋りができればいい。そんな心づもりをしながら、それでも自分でも気づかないうちにカレンダーから眼を逸らせている。

小野雄太は、年末年始の人出が落ち着いて勤務に余裕ができる正月明けに、やっと一週間の休みを取ってオーストラリアへ新婚旅行に行く。それまでは臨時シフトの連続で、優子とカレンダーを睨みながら、ちょっとしたクリスマスの外出や、双方の実家への正月の挨拶、年末年始の買い物などの予定を決めるだけで大仕事だ。お腹がふくらんでくるまでまだ間があるとはいえ、そんなに体調が万全でもないらしい妻を気遣いながらカレンダーと格闘していると、ふいに二十五日の日付がせりだしてきて数秒放心し、急いで眼を逃がしていたりする。そのとき自分の瞼にいたのが上田朱美だということを、小野は半分知っており、半分知らないが、そういえば毎年こうだったなと、しばらくして思いだす。

浅井隆夫はマンションの片付けに手をつけたものの、二日で片付ける予定が三日になり、三日で福島へ戻る約束が四日になり、妻を預かってもらっている義妹夫婦の家に電話をしなければとスマホを手に取りながら、ふと壁のカレンダーに眼が行く。

とくに見るつもりもなかった十二月二十五日の日付が眼を射るのは、この時期の恒例ではあり、ここ数年はちょっと頭を空にして深呼吸をする程度だったが、いよいよ東京から引き揚げるところまで来た今年は、むしろ意識して自分のほうから眼に留めたのかもしれない、と思う。早朝、野川公園でどこかの老女が一人殺され、夕方遅くにはその孫娘に執心していた息子が逮捕され、同じ夜に自分は警察を辞め、夜中に妻がパニック障害で入院して、或る三人家族の人生がひっくり返った運命の日。否、月日が経ってみれば劇的なことは何もなかったという意味では、或る三人家族という小さなコップのなかで嵐が起きた日というほうが正しいのだろう。まるで風が吹けば桶屋がもうかる式に、どこから来たのか分からない乱気流に一家そろって弾き飛ばされていた日。

積み上げられた段ボールや衣装ケースに埋まって、浅井はちょっと住み慣れた部屋を見回してみる。あの日の朝の出勤直前、一斉指令が入ったときに自分の頭を過ったばかばかしい期待を、いまはやっと振り返ることができる。野川公園で殺し。緊急配備。帳場が立てば、自分もひょっとしたら――。三秒で脳裏を巡った予想に従って、三分で綿パンとジャンパーの普段着をスーツに着替えて飛び出したこと。思いだすと薄笑いが出る。

十数年ぶりの特捜本部では、本庁や機捜の刑事たちと顔を見たこともない幹部たちの殺気に気圧されて、実のところ目と鼻の先で高性能のマシンのように繰り出されてゆく種々の報告や説明や注意事項などの大半が頭に入っていなかった。もし忍の一件がなければ、現場で早晩青くなっていたに違いないが、自分の頭が空っぽなのに気づく前に、本庁の捜査責任者からメモを渡されていたのだ。〈急用。五分後に会議室へ。合田〉、と。

そうして急転した無残な一日の名残はしかし、もうどこにもない。レジ袋のなかに取り置いた息子の十二通もの置手紙と、くだんの古いケータイ一台を除いて。

浅井隆夫は、引っ越し荷物と紛れないようキッチンのテーブルに取り置いたスーパーのレジ袋を見つめる。これまで何かあるたびに尻拭いをしてもらってきた父親に、ついにマンションの鍵を替えられ、スマホは着信拒否をされて、忍がどんな気持ちになったか、いまさら想像することもしなかった代わりに、浅井はふと、自分自身の父親のしょぼくれた五十代の顔をレジ袋の向こうに見ていたりする。

父が早くに母に逃げられた理由などは知らない。建設会社の現場監督をしながら男の子三人を男手一つで育てた父は、子どもが起き出すころにはもう家にはおらず、台所のテーブルに弁当の入ったレジ袋だけが置いてあった。自分の分を含めた四人分の弁当のおかずは、着色料べったりの赤いウィンナーとゆで卵と佃煮と決まっていて、弟たちは菓子パンを買う友だちを羨ましがったが、ある日その父が工事現場の事故で死に、毎朝の弁当のレジ袋が消えた。その後、労災や保険金などを目当てにすり寄ってきた親戚たちを追い払って、地元の底辺校の札付きだった浅井が仕方なく父親代わりになったとき、自分と弟たちの毎日の弁当のおかずはやっぱり赤いウィンナーとゆで卵と佃煮になり、レジ袋に入れて毎朝台所のテーブルに置いたのだ。

それにしても、大事なものも、そうでないものも、俺は気がつくとレジ袋に入れているな――。浅井は苦笑いを一つ洩らし、その端から洩らすつもりのなかった呟きが同時に洩れ出ている。このまま忍を捨てたら、俺はあのクソ親父以下ということだ、と。

そうして浅井は片付けを中断し、ケータイと充電器と、置手紙の代わりに転居先の住所を記したメモ一枚を入れたレジ袋一つを手に、さいたま市の忍のハイツへ向かったのだが、午後五時過ぎに到着したときには忍は不在だった。そこで電気のメーターが動いていることだけ確認して、浅井はレジ袋を郵便受けに押し込み、ハイツをあとにしたが、そのとき浅井は重荷だったケータイを手放してちょっと気が緩んでいたせいで、忍が実は部屋にいることに気づかなかったのだった。

一方、忍もまた、午後四時に配信が始まったシャドバの非公式大会の中継に集中していたために、インターホンにも郵便受けに何かが入れられた物音にも気づかなかったのだ。何の因果か、この父子はどこまでもすれ違う。

そのときシャドバのオンライン大会の中継に見入っていたのは浅井忍だけではない。矢切の野菜農家の忘年会を兼ねたＢＢＱの席で、合田もまた高校生の息子たちが外へ持ち出したタブレットを覗き込み、初めて見るカードゲームの試合に眼を奪われる。来週の世界大会は高田馬場まで観戦に行くという息子が、盤上に並ぶカードの数字や記号の見方を解説してくれるが、対戦のスピードは五ターン、六ターンで決着がつくほど速い。対戦のたびに手駒のカードが次々に入れ替わり、攻撃力や体力の数字が増減し、進化してはカードが増え、蹴散らされては消え去り、また次のカードが繰り出される流れについてゆけない。

エルフ、ロイヤル、ウィッチ、ドラゴン、ネクロマンサー、ヴァンパイア、ビショップなどのクラスがあり、それぞれのリーダーが多彩な能力をもつ部下を揃えたデッキを構成して対戦するのだが、いまでは千枚近い数になるというカードの絵柄は精巧でリアルな分、中高年の眼には十三インチのタブレットでもちょっと見づらい。それもあってゲームの展開はほとんど理解できなかったが、それでも飽きずに見入り続けたのはもちろん、これがあの浅井忍の没入していた世界の一つだったからだ。画面上で晴れやかに飛び交うカードの向こうにひるがえる忍の顔は、しかし、かつてのように鮮明ではない。花小金井のドーナツ店で会ったときの、去勢されて一層小さくなったような忍は、もはや警察の知らない何者かなのではないだろうか——。農家の庭先で、合田はビール片手にそんな思いをめぐらせる。

一方、当の忍はこの数時間というもの、オンライン対戦の中継画面を受けとる自身の網膜とその先の視神経だけの生きものになり、ほかの思考はほとんど停止して、呼吸もしばし必要最低限の出力に落ちていたのだが、以前なら選手毎にデッキを一つずつメモして観戦し、カード間の相性や組み合わせによる効果などを、眼を皿にして追いかけたのに、ブランクのせいか、脳味噌の感度が下がったのか、今日は初めからその必要も感じなかった。そうして長い時間をかけて、これはもう自分の居場所ではない、さよならを言うときだと自分に言い聞かせたのだ。来週の世界大会の観戦にも、もう行く必要はない、と。午後十一時前、忍は決勝戦の終了を見届けてログアウトし、軽く深呼吸をする。

61

忍は朝から何も食べていない。冷蔵庫は空っぽだ。そのまま寝てしまいたかったが、七時間もゲームを見続けたせいで眼が冴えてしまい、歩いて五分の距離にあるコンビニに菓子パンを買いに出る。週刊ファミ通の最新号を立ち読みして日付が変わるころにハイツに戻り、そのとき初めて郵便受けのレジ袋に気づく。袋を覗くと、シルバーの丸っこいｍｏｖａ５０６ｉ、充電器、父親の字で福島県会津若松市の住所が記されたメモ用紙一枚、入っていたのはそれだけだ。ずっと返してもらいたかったケータイが突然自分の手元に戻ってきたことの驚きはやって来ず、なんだか近所の住人が落とし物を届けてくれたみたいな感じだ、と思う。あるいは子どものころ、隣家の小母さんが母親の病気を心配して、ときどき晩御飯のおかずをレジ袋に入れて玄関のドアノブにかけておいてくれた、あの感じ。

つまり、親父が来たってことか？　いつ？　二秒自問してみるが思い出せることはなく、とにかく旅行から戻って置手紙を見たということだと思いめぐらせた端から、メモ書きの住所の意味は抜け落ちてしまい、用紙ごとレジ袋と一緒にゴミ箱行きになる。

ケータイと充電器をテーブルに置く。スマホでモンストの年末年始イベントを確認しながら、買ってきたイチゴチョコロールとはちみつ&ベリーマフィンを食い、シャワーを浴びて歯を磨く。それから、午前一時前に部屋の電気を消し、テーブルのケータイに眼をやる。それを手に取るのに数秒の間があいたのは、今日が日曜なのをいま一度念には念を入れて自分に確認したためだ。父親の本心に関係なく、すでに一人で生きるモードに入っている忍は、仕事に支障の出る夜更かしや脱線は、もうするつもりはない。

そうして忍は充電器につないだケータイを開く。電波のアンテナ表示の代わりに〈圏外〉とあるが、メニュー画面はちゃんと立ち上がる。スマホとは違う親指の動きを親指自身が覚えており、何も考えずにマイピクチャを開いて、サムネイルで写真を表示する。月毎に作成したフォルダ〈01〉の記念すべき最初の写真〈20041006/0001〉は小平西高の正門。そのころ忍はまだ小平三中の三年だったが、よくチャリンコで西高近くまで来ていたのだ。そして二枚目〈20041006/0002〉はその脇に立つ自分の足元の、汚れたバッシュ。

二・四インチの液晶画面に並んだ写真の三枚目は、校庭のフェンス。四枚目は再び正門のしょぼいレンガ。自分のチャリンコ。続いて敷地の南側の玉川上水の遊歩道。その先を右折して北門に向かう敷地西側の住宅地の生活道路。信号。そして民家の裏木戸のような小さな北門。日付を見れば、どれも同じ日に続けて撮られた九枚だと分かる。

二〇〇四年十月に父親のカバンからケータイを失敬したのは、何より百三十万画素のCCDカメラの性能と、自分のケータイにはないｉショットなどの最新機能に惹かれたからだったが、結局画像をやり取りする相手もいなかったし、父親が早々にドコモとの契約を解約したために、デジモンやグンペイに手を出すこともなかった。そうして、あとはひたすらシャッターを押し続けただけになったのだが、それにしても野川事件の一年以上前に、初めて手にした506iで取りあえず撮ってみたらしい小平西高の風景に、忍はひとまず予想もしなかった発見をしている。

それは七枚目の〈20041006/0007〉の、高校西側の住宅地の道路の写真を見たときだ。もともと周辺は、街道沿いを除けばだだっ広い農地の間に住宅が点在するだけの、武蔵野の田舎そのままという土地柄だが、ふと強烈な既視感に襲われて二度見してしまったのは、一瞬、あの野川公園西側の栂野邸の周辺と錯覚したためだ。日付を確認し、そんなはずはないと直ちに思い直したが、九〇年前後に建ったか、もしくは建て替わったらしい戸建て住宅の風情といい、畑地の入り混じり具合といい、ゴミ焼却場の煙突を除いて高い建物がない空の広さといい、行く手に見える送電線の鉄塔といい、ほとんどあの多磨町二丁目ではないか——。

忍はのっけから思いがけない不思議な心地に陥り、これはつまりどういうことかと考えた末に、慎重に一つ答えをだしている。すなわち二〇〇五年十二月に、吉祥寺で見かけた栂野真弓のあとをつけて多磨町二丁目までやってきたのはまったくの偶然だが、その後繰り返しあの家の周辺へ舞い戻り、いままた当時の記憶に固執しているのは、ひょっとしたら小平西高周辺と多磨町を瞬間移動しているような感覚が下地にあったのではないだろうか。まるで『スタートレック』の転送装置で送られるホログラムになった気分で、楽しかったのではないだろうか、と。

マイピクチャを開けて十五分、忍はとくに身構えることもなく、いつの間にか父親のケータイを手にした十五歳の身体になっている。母親が入退院を繰り返していたこともあり、頼むから高校は都立に行ってくれと父親に言われていた中三の二学期の、意味不明のガラクタが詰まったガチャガチャのような身体。ハンドルを回したら何が出てくるか分からない。ハガレンもエヴァもオレンジレンジも遠い、ちょっと不穏な硬い身体。それを近所の路地から路地へ、セブン-イレブンへ、東大和市駅前のセガワールドへ、花小金井駅南口のミスドへと運び、カメラ付きケータイを休みなく構え続ける。地底の穴から初めて地上に出てきた熊になって、いや、自分が探しているもの自体を知らない透明人間になって、もちろん学校もサボって、憑かれたように歩き回る。いや、正確には十一月に発売されたドラクエⅧに一日の半分を潰していたから、歩いていたのは昼間の数時間だったはずだ。

液晶画面に次々に並んでゆく写真たちのなかには、夜勤明けでマンションに帰ってくる親父をベランダから撮った一枚もある。あのダサいクラッチバッグ、あのころから持っていやがったか。その同じベランダに出て、珍しく洗濯物を干しているお袋もいる。ティム・バートンのお化けみたいに痩せている。それから安売りのチラシがべたべた貼りだされた西友の入り口。そこに置いた自分のチャリンコ。エスカレーター。屋上遊園地の赤い鳥居。ミスドのキャラメルマフィン。セガワールドのガチャガチャ。いや、これはキャロムのほうか。そう、あのころはまだ処方薬だけは呑んでいたし、これでもそれなりにまとまった生活だったと言える。生活し、食い、移動してゆく十五歳の身体がここに確かにあった証拠でもある、それら一枚一枚が自分の〈いま〉をかすかに揺さぶり、細胞を振動させ覚醒させるのを忍は感じる。

写真は続き、再び小平西高の正門が現れる。制服の生徒たちが手ぶらのところを見ると、入学式か。玉川上水端の桜。あの多磨町そっくりの住宅街。そして次に、新宿のビックカメラのゲーム売り場——。そうだ、二〇〇五年春に発売された『タッチ！ カービィ』にはまって、カメラは夏までお休みになったのだ。ここまでで約三百枚。自分がべたべたと付けて回った足跡のような写真たち。

二〇〇五年の高校一年の夏、カメラ付きケータイを手にした忍の徘徊は再開される。その行動範囲と視界はそれまでより広がり、液晶画面に並んでゆくのはみな自分が撮った写真なのに、ここはどこだ？ これ誰？ なんだこれ？ なんで先公が写っているんだ？ たびたび自分の眼がどこについているのか分からなくなり、そのつど頭も親指も固まっている。移動する自分の心身とともに写真は撮られてゆき、一枚また一枚連なってゆくが、どう考えても脈絡も意味もない。ときどきに自分の耳目や身体が何に反応し、何に興味を引かれたのか、いまはもう想像するのも難しい道端の看板、どこかの店先のピンク電話、猫、知らないおっさん、どこか分からない児童公園、ベンチなどなど。どれもこれもガラクタ、ガラクタ、ゴミ、ゴミ、ガラクタ、ゴミ、ガラクタ、ゴミ、ゴミ、ゴミ！ 飽きずに一枚一枚眺めては唾棄してゆく写真のほとんどに見覚えがない。おい、ここどこだ？ いったいどこへ行く気だ？ え？ これは空？ 小型機——ということは調布の飛行場？ こんなところまで何しに来たんだ、おまえ。

しかし、その答えはすぐに出る。くそ暑い七月の昼間にわざわざ調布まで来ていたとすれば多摩川の花火大会しかないと思ったとおり、人であふれ返った河川敷や是政橋のスナップが何枚か続く。白い吊り橋は、いまは二本並んでいる主塔がまだ一本しか立っていない。遊歩道をゆく浴衣を着た中学生ぐらいの女子の、下駄の足。別の女子の同じく下駄の足。スニーカーのなま足もある。べつに足フェチでもないのにマジか、おまえ。こんな写真を撮っていたら、あのオコゼの女子高生が行きずりのゴミ収集車の作業員に嚙みつきたい気分になったのも分かる、というものだ。

それにしてもいっぱしに花火を観に行こうなんて、あのころはそんなふうに前向きな気持ちになることもあったということか？　いったいどんな感じだったんだ？　うきうきするというほどではなくても、何かしら自分を鼓舞してみたい気分だったとか。ゲームで頭が煮詰まって、ちょっと出て行きたかったとか――。それで、ドラクエとぷよぷよとマリオとカービィがぐるぐる回っている回転ドアから外へ出てみたら、花火と中学生の足があったって？　ああいや、せっかく花火を観に来ても、いつもの癖でずっと下を向いていたんだな、おまえは。

画像は進む。だだっ広い河川敷の黒ずんだ夕焼けの下に、シートを広げて賑やかに飲み食いする人びとの頭、頭、頭が波打つ一枚。遊歩道脇の草はらにかざした自分の白い腕と、そこに留まるバッタが一匹。まだ花火は上がらない。日が暮れて気温は少し下がっても、盛夏の水辺の湿度が皮膚に張り付いてちりちりする感じを忍はちょっと呼び戻し、それとともに確かにあの場所にいた十六歳の身体がなまなまと蘇ってきて、知らぬ間に手に汗を握る。苦手だったはずの人ごみに押されながら、カメラ付きケータイを手にひとり花火が上がるのを待っている間の抜けた身体の、所在ないような、じりじりするような、熱いのか冷たいのか分からない熱だまりに、何やってんだ、おまえと軽く悪態をついてみる。

十六歳の忍は答えない。花火が上がるのを待っているのかと思ったら、続く写真に肝心の花火のそれはなく、結局忍耐が続かずに帰ってしまったらしいことが分かって、アホかと吐き捨て、声もなく笑いだしながら、少し涙もあふれる。べつに何も可笑しくはないし、悲しいのでもない。強いて何かぴったりする言葉を一つ選ぶとしたら、〈ビンゴ！〉だろうか。ほんとうのところは特段ゲームオタクというわけでもなかった、落ち着きのないハンパな男子が一人、あの夏、あのへんで確かに生きていた証という意味のビンゴ。実は同じ七月二十三日のその日、栂野真弓や上田朱美、あるいは小野雄太も花火を見にきていたことを、忍は知らない。

夏休みの終わりごろ、吉祥寺で撮られた写真が多くなる。そう、これだけはよく覚えている。何かの拍子に親父の頭がブチ切れて、日本発のクロスバイク、五万円もするジャイアントのエスケープR3を買ってくれたからだ。もちろん24段変速で速い、速い。小平の自宅から吉祥寺駅まで四十分かからない。そうして遠出するようになった結果が、液晶画面に次々に並ぶ。パルコの前。サンロードの道端のママチャリ。ユザワヤのSL模型の、ゼロが五個並ぶ値札。たぶん同じユザワヤのガンプラ。JRの高架下。ロフトの黄色い看板。自転車置き場。ゲーセンへ降りる階段。ガチャ。プリクラ。女子高生の足——また、足だ。いや、下を向いて生きていたんだから、仕方がないか。

そして、それとは別の女子三人の後ろ姿。

これ、栂野か——？

いまのスマホとは違う、全体に薄い靄をかけたようなゆるい解像度に加えて、サイズも半分以下の小さな画像のなかの、さらに小さな後ろ姿一つに、忍は眼を凝らす。しかし、夏の女子たちは学校の制服ではない、スカートやジーンズの私服で、かろうじてセミロングの髪型が栂野真弓に似ているような気がする、というだけだ。

諦めて次へ進む。駅周辺の路地。食いもの屋や呑み屋の看板。店先の煤けたビニールテント。チャリンコ。スケボーの男。女子高生。ゲーセンのガチャ。ココナッツディスク。GRAPEVINEの新しいCD。金がなくて買えなかったやつ。吉祥寺プラザの『NANA』の看板。これ、少女漫画じゃなかった？　隣のサイクルショップ。店先に現れた高校生のエスケープR3を、店員が盗難車じゃないのかという眼で見やがった店。あのころの吉祥寺は、文化も流行りも関係ない多摩の田舎の十六歳にとって、さほど背伸びしないでいられる街だったのかもしれない。ゲーセンとユザワヤと本屋とミスドがあればひとまず一日をやり過ごせたADHDの身体が、あのGRAPEVINEの『放浪フリーク』――いや、親父の十八番だった中森明菜の『アルマージ』とかいうシングルの、大人っぽい倦怠の味を覚えた街――なんちゃって。

そんな街で、相変わらずざわざわとうるさい脳味噌が、二学期の始まった秋口にはまた女子高生たちのハイソックスの足に目覚める。ロンロンの前に立つ太い大根。細い大根。後ろ姿もある。潰したスクバ。持ち手にぶら下がったキティとスヌーピーとシナモン。ロフトのプラサカプコン。クレーンゲームの前の女子高生たちの足。ここはアーケードゲームのデパートか。溢れる音と色に脳味噌が興奮したのがよく分かる写真たちが続く。そう、しょっちゅう筐体の配置が変わるんだ、ここ。画像の一つに半分だけ写っている『太鼓の達人』。画面の正面に《7》の文字。画面下で鬼が踊っている。右側の太鼓を叩く背の高いガキ――違う、これ上田朱美だ――。

忍はしばらくその小さな写真に見入った後、栂野真弓にフェイスブックのメッセージを送っている。先日から真弓の返信がないことも忘れて夢中で指を走らせる。〈ケータイ入手。いま写真を見ているところ。上田朱美がゲーセンで太鼓を叩いている〉

62

忍のメッセージは真弓のスマホに届き、サイドテーブルの上のそれをチリリと鳴らす。その小さな音は、真弓の耳とその奥の体内時計を軽く揺すって目覚めを促し、真弓は薄眼を開けてスマホの時計を見る。冬至に近づいてゆく空はまだ暗いが、時刻はとうに午前六時を過ぎていると知って、枕の上で夫に背を向けてフェイスブックの着信を見る。昨日、浅井忍のメッセージを見落としたことに気づいてから、どうしたものかと迷っていたことも背中を押したのかもしれない。
あのケータイを入手した？　上田朱美の写真を見ている？　いっぺんに眼が覚め、急いで返信する。〈おはよう。あの年の写真？　ほんとうに朱美ちゃん？〉
〈少女Aではない、本もの。なんか胸が詰まってきた。ほかの写真も探します〉
〈ファイルの送信はできますか〉

〈ミニSDカードに移して、カードリーダーで読み取ればスマホに転送できるはず〉

そして真弓は少しためらった後、矢も楯もたまらずこう返信しているのだ。〈一緒に観たい。今日、会えますか?〉

一方、そんなメッセージを送られた忍のほうは、もとより世間一般の常識に頭を煩わすいわれもなく、今日が日曜日だということだけ再三自分に確認してOKと応じ、五時間後の正午には二人の姿はaditoの中二階のソファ席にある。ただし、向かいには真弓の夫と百合の姿もあり、妻に丸め込まれた体の夫は子守りとランチがてら、自分もスマホを手に、ゴルフ専門チャンネルの番組を観て時間を潰す恰好になる。

しかし、テーブルに置いたスマホを覗き込む忍と真弓はいま、そんな周囲はもう眼に入っていない。忍が大宮のビックカメラで買ってきたスマホに直差しできるカードリーダーには、ケータイから画像データを移したミニSDカードが入っており、忍は二〇〇五年九月にロフトのプラサカプコンで『太鼓の達人7』を叩いていた上田朱美のスナップから開いてみせる。

うわっ、朱美ちゃん! のっけから中高生のような声を洩らして真弓はそれを覗き込み、そのまま液晶画面の薄っすらとぼやけた画像に眼を釘付けにする。あ、このリラックマのTシャツ、覚えてる。朱美ちゃん、こんなに髪短かったんだ。凄い、周りがみんな朱美ちゃんを見ている——。憑かれたように真弓の舌は回る。

たまたま通行人が写り込んだようなケータイの写真一枚でも、真弓も忍も思いだせることは山ほどある。たとえば忍がそのゲーセンの写真を撮ったとき、あまり混んでいないフロアで、朱美の叩く『太鼓の達人』の周りにぱらぱらと客が集まってきたこと。ねえ、曲は何だった？　そう真弓に尋ねられると、聞いたことのある音楽がすぐに忍の耳の端で鳴りだす。ほら、オレンジレンジのアレ——。『上海ハニー』？　うん、それ。そうして二人の耳ではアップテンポの音が飛び跳ね、瞼には赤と水色の丸で表示される楽譜が次から次へと送り出され、太鼓のどんちゃんの〈フルコンボだドン！〉の掛け声が躍る。

朱美ちゃん、凄かったんだよ。いつもたたけた率百パーセントで、周りに人だかりが出来るの。真弓が言えば、忍もそれに応じる。そういえば、この写真撮ったときも周りが歓声上げていたな、と。するとさらに、真弓がそれを受けて言う。朱美ちゃん、TRAIN-TRAINが好きだったの、知ってる？　それに忍が答える。見えない自由が欲しくて〜っていうアレ？　俺もわりに好きだった。忍は、いつになく人と話を合わせている自分にちょっと戸惑う。いや、ほんとうは父親のシングルで中森明菜を聴いていたなどと言っても意味がないし、ブルーハーツは嫌いではない。リンダリンダ〜リンダリンダリンダ〜、忍は小さく口ずさんでみせ、真弓が軽く声を上げて笑う。ほんとに？　ほんと。あのころチャリンコを漕ぎながら叫んでいたのがリンダリンダ。忍が言うと、朱美ちゃんも同じことを言っていた！　真弓の声が一段と高くなる。いやなことがあったら、野川公園を自転車で突っ走りながら、大声で歌うんだって。リンダリンダ〜って。

写真は進む。真弓は忍に、行きずりの女子高生たちに手当たり次第にカメラを向けた理由を尋ねてみる。忍の返事は、理由はとくにない、だ。何かあるのかもしれないけど自分では分からない。

何か探していたんだとは思うけど――忍は意外に真面目なことを言い、真弓もまるで学生のような相槌を打つ。そうねえ、人は皆、説明できないことの説明を探して生きているのかもしれないねえ、と。それから、一枚の写真に眼が釘付けになり、アッと声が出る。

これ、私――？　ここ、プレイロット？　一緒にいるのはリナ――？

たぶん、あの日華斎場に来ていた子だよ。忍が言い、え？　何、何？　夫の亨も向かいの席から首を突き出してきて、真弓は仕方なくスマホの写真を見せる。これが昔の君？　へえ、ちょっと昔のザ・女子高生って感じだね。いつもながら想像力に乏しい夫を、このころの私、ワルだったのと一蹴してスマホを取り戻し、真弓は逃げるようにまたすぐに写真の時代に滑り込む。

ゲーセンのフロアに、ピンク色のおもちゃ箱をぶちまけたようなプリ機が並ぶ。ミンナの気持ち、僕らの詩。女子高生たちが次から次へ仕切りのなかへ潜りこんでは、ベンチに坐ったり立ったり。大騒ぎして撮った写真に囲みフレームを付け、らくがきのスタンプを選んで、思いっきりデコった写真を手にまた叫んだり笑ったり。十六歳の真弓はそんな一人だ。その耳にまだピアスはないが、ウェスト部分を折り畳んで穿いていたチェックのプリーツスカートはしっかりミニ丈だし、写真の日付の十月ごろはもう、隠れて口紅を引いていたかもしれない。

私が写っている写真はこれが最初？　真弓はそれだけ確認したが、なぜ自分を撮ったのか、自分の何が眼に留まったのか、忍に尋ねることはしない。仮に尋ねても、〈そこにいたから〉と答えられそうだし、逆に、忍にとってこの自分が吉祥寺の風景のひとかけらでなかったとしたら、そちらのほうが困惑する。

あ、この店でよくＵＦＯキャッチャーをした――。吉祥寺駅南口近くのビルの地下にあるゲーセンの一枚。薄暗いフロアを埋めつくすクレーンゲームの光と効果音に包まれて、黒のセーターとジーパン姿の少年のような上田朱美が行き、一歩遅れて真弓が行く。まるで異世界へ分け入るマルティナとセーニャ。少し離れて井上リナと浜田ミラの姿もある。しばし息をするのも忘れて、いままさに、その写真のなかに自分の身体があるような感覚に陥ってゆく真弓がいる。

このときは俺、駅で上田を見かけて、ひまだったからあとをつけたら、南口のマックの前で上田が真弓さんたちと出くわしてさ、それから君らは一緒にすぐそばのゲームグースに入って行って、俺も覗いてみたら、クレーンゲームだらけでびっくりした。いまもあるのかな、あの店――。のんびりした忍の声を少し遠く聞き流しながら、真弓はそのマクドナルドの前で朱美と出くわしたときの互いの声や表情や、空気感や身体の感じなどをじわりと呼び戻しては放心する。

へえ、朱美ちゃん、こういうところへ来るんだ――。あのとき、とっさに自分から先にそう声をかけていたのは、無意識の先制攻撃だったかもしれない。朱美が夏前から吉祥寺で遊び歩いていることはリナたちから聞いていたが、実際に遭遇したのはそのときが初めてだったから、こちらも朱美の脱線は知らなかったふりをする一方、自身の脱線を朱美に見られたことの困惑を隠そうとしたのかもしれない。すると朱美はちょっと面倒臭そうに――そう、自分はそんなふうに取り繕ったりする気分じゃないというふうに、そこでゲームしない？　と一言いったのだ。

そのときの朱美の、土曜日の水彩画教室で会う朱美とは全然違う、大人びたけだるい声が、いまそこで聞いたばかりのように真弓の耳に甦る。ゲームしない？　たいして楽しそうでも嬉しそうでもない、平たい声。するとリナかミラが、朱美は音ゲーじゃん、太鼓とかＤＤＲとか――などと言い、朱美は何か応えたのだが、それは覚えていない。クレーンゲームはけっこうお金がかかるのに、そんな気を回すのもとりあえず面倒だったのかもしれない、ほんの少し投げやりな感じもする表情で朱美は先に立って店に入ってゆき、真弓はちょっと身体を固くしながらあとを追う。

そうだ、あの瞬間、自分たちがもうあとには戻れない新しい関係へと踏み出してしまったことを、自分は直感していたか。水彩画教室の友だちではない、互いに知らない部分を抱えて暗黙の了解で黙っている関係には、リナやミラには感じない緊張があり、苦いのか甘いのか分からない複雑な味がしたが、そういえばこのとき自分はまだ、朱美と玉置悠一の関係を正確には知らなかったのだ。噂だけ聞いて、知らないうちに嫉妬で顔を歪めながら、必死につくり笑いをしていたか。

そうして思わず手繰り寄せた苦い記憶の傍らを、さらに一段と苦い思いが駆け抜ける。いいえ、玉置なんかどうでもいい。これは朱美ちゃんと私の問題なのだ。いったい私は彼女をどのくらい大事に思っていたか。どのくらい信じていたか。彼女に対してどのくらい正直だったか。朱美ちゃん、こういうところへ来るんだ――？　そう、彼女の脱線を知っていて、そんな白々しい台詞を吐いた私を見たときの、朱美ちゃんの面倒臭そうな倦んだ眼が全部の答えではあっただろう。

いいえ、私だけが悪いのではない。彼女だってほんとうに大事なことは何も私に話さなかったではないか。初体験のこと。援交のこと。お金のこと。いいえ、運命の偶然というやつはもっと厳しい顔をしている。もしもあのとき、あの南口のマックの前で出くわしていなかったら、自分と朱美はあのまま互いに何も知らないふりをして、うんと平穏な関係でいられたのに。もしも水彩画教室だけの関係で終始していたなら、どちらもあんなに残酷なほど気を回したり、余計な憶測をしたりすることもなく、もっとふつうに笑い合って生きてゆけたのに――。真弓は記憶の袋を絞り出すようにして考える。

一方、忍は眼の前の真弓の表情になにがしかの変化を読み取るが、その頭にはもとより肝心の変化がどこから来たかを理解するための回路がない。それでも何かしらの不具合が起きたことを察して、ええ――と、大丈夫ですか？　いかにも間の抜けた声をかける。すると、真弓は突然ドアをノックされたといった顔をし、それから見えない紗を振り払うように長く細く笑い続けた末に、一言応じるのだ。大丈夫、と。そして真弓はそれ以上語らず、忍も尋ねることはない。実際、真弓の心身を襲った自省はほんの数秒のことで、夫の亨は気づいた様子もない。

真弓と忍はさらに写真を眺め続ける。十月の一時期、忍が気の向くままにカメラ付きケータイを向け続けた対象はしばしば吉祥寺を離れ、自分が通っていた小平西高やその周辺、最寄りの西武線東大和市駅周辺へ移る。聞けば、夏に買ってもらった自慢のクロスバイクが盗難にあったためで、忍曰く、おかげで頭が粉砕骨折になって学校も行かなくなって、薬もやめて、ドラクエとぷよで生きていたんだよな、あのころ。

でも、これ、朱美ちゃんじゃない？

真弓は小平西高の最寄りらしい、どこかのバス停に立っている朱美の写真を見つける。忍君、頭が粉砕骨折しても、ちゃんと朱美ちゃんを撮っていたんだ。真弓がからかうと、忍は生真面目に返してくる。めったに学校に来ないやつが出てきていたから撮ったんだと思うけど、と。そうか、朱美ちゃん、二学期はもう学校へ行っていなかったんだね——。真弓も相槌をうつ。なんの変哲もない制服姿の、こんなひょろ長い電信柱のどこに玉置が執着したのか、まったく想像もつかない。いや、このころはもう玉置と朱美は破局していて、朱美は玉置から逃げていたはずだ。こんなにぼんやりした様子は、そのせいだろうか。

そうして真弓は、朱美と吉祥寺で遭遇した苦い記憶さえ等閑にして全統模試の偏差値に一喜一憂しながら、一方で脱線を加速させていた秋の、薄昏い身体をまたぞろ呼び戻し、忍のほうは、待てよ、あのころの俺、宙返り女にカメラを向ける余裕なんてあったか？　ふいに根本的な疑問に突き当たっている。

忍には、真弓のようになまなまと呼び戻すことのできる身体はない。代わりにそのとき自分を捉えていた事物や物音で測ることのできる空間があるだけで、それは案の定ドラクエⅧの世界になり、島から島へ、町から町へ、トロデーン城であれば入り口から二階のテラスへ、宝箱のまほうのカギへ、一階の図書室へと、ひらりひらりひるがえってゆく。いや、そのとき浮かんだのはトロデーン城の手前のパルミドの町で、忍はそこから女盗賊のアジトを訪ねてゆく道中にいたりする。たぶん、バス停の写真を撮ったその日に、プレステでやっていたのがそのシーンだったのかもしれない。主人公たちが移動する緑のフィールドには、もちろんガチャコッコとかコングヘッドなど次々にモンスターが現れ、そのつどバトルをしながら、だ。そして目指すアジトで対面した女盗賊が、ゼシカよりタイプだと思ったのか思わなかったのか、ちょっと気になっているうちに、たまたま見かけた上田朱美と重なっていたような気がする。

いや、ひょっとしてそれ以前から上田が気になっていたとか――。まさか俺、上田に気があったのか？　栂野でなくて、上田？　忍は思いがけない自問に頭がフリーズし、どうかした？　今度は真弓に声をかけられている。

大丈夫。また頭がドラクエに飛びそうになっただけ。

忍は応じ、真弓もそれ以上は尋ねない。そして三秒後には、あ、これ小野雄太君でしょう！　ほんとだ、バス停でマイケル・ジョーダンのシュートフォームを真似しているアホ。小野君、来年の夏にはパパになるそうよ。そういえばあいつも上田が好きだったんだ、知ってる？　ああやっぱり。あの二人、幼なじみだったから――。

そうして個人的にはそれぞれ深刻な物思いを喚起されることはあっても、おおむね他愛ない思い出話でやり過ごして一緒に百枚ほどの写真を眺めた後、真弓のスマホにも写真のデータをコピーして、二人は別れる。そしてａｄｉｔｏを出た真弓はそのまま夫と娘の三人で夕飯の買い物に出かける若い妻に戻り、忍はスマホ片手に写真のザッピングを続ける無名の青年に戻るのだが、それはどちらも見かけだけのことで、十二年前の写真が運んできた人や街や雑多な事物の空気に侵食された皮膚の下の身体は、もはや元のそれと同一ではありえない。現に、真弓は家族で買い物をしながらも、時間を見つけて写真の続きを見ることを考えていたし、忍はなおも日付順に並んだ写真を行ったり来たりしながら、自分が惹かれていたのは上田朱美なのかという、ちょっと手に余る疑問の周りを回り続けている、といった具合だ。

63

写真をめぐる余話は、小野雄太と優子の夫婦にもある。二人は、いずれ生まれてくる子どものために家族のフォトブックを作ろうとしていて、まずは前史として各々の昔の写真を集めているところだが、優子は昨日、夫の学生時代の写真が部活のスナップと集合写真しかないのが信じられないと言いだした。そのとき小野は、男子はそんなものだと言い訳をする一方、妻に見せたくない写真を結婚前に処分したことは言わなかったが、日曜日の今日、多磨駅で勤務に就きながら、気がつくと、いまはもう存在しないそれらの写真を一枚また一枚、脳裏に並べている。

中学三年から高校一年にかけて、小野が父親のお下がりのキヤノンのＩＸＹ ＤＩＧＩＴＡＬ30を向けたのは、東町の通学路や放課後の部活や体育祭など、ありがちな学校生活の風景だったが、それらのどれもが、写真が手元にあったときより鮮明に感じられるのは、すでに失われてしまったものだからだろうか。

デジカメで撮った中学生活の写真には、撮った本人が覚えているよりずっと頻繁に上田朱美が登場する。朝の通学路を行く東中の生徒たちの群れから頭一つ飛び出している朱美。校庭を走っている体操着の朱美。東小金井駅前の駐輪場や栗山公園の朱美。ハケの道をチャリンコで走る朱美。野川の土手に立つ朱美。ムジナ坂の石段で休む朱美。表情は笑っていたり、真顔だったり、得意の変顔だったり。家が近所で、幼稚園のときから一緒に遊んでいた間柄だから、写真に写っていてもとくに不思議はないが、なにかと難しい年ごろになっても朱美だけは気軽に被写体になってくれたことも大きかった、と小野は思いだす。それに、女優志望だからと言ってはカメラの前でさっとポーズを取ってみせたりする女子だったことも、登場回数が増えた一因だったかもしれない。

一方、中学生の自分はデジカメを使いたかっただけで特別な意図はなかったと思っていたが、この朱美の登場回数を見れば、ほんとうにそうだったのかどうか。いや、結婚前に写真を整理するときまで忘れていたのだから、どのみち大した意味はなかったはずだが、それでも新妻には見られたくないという思いが働いて、SDカードはみな処分したのだった。そうして心機一転、結婚へとジャンプしたつもりだったのに、いままた処分した当の思い出を呼び戻している自分がいる。

いや、毎年十二月二十五日の接近とともにやってくる気鬱と今年のそれは少し違う感じもあり、小野は、そりゃあそうだ、来年は父親になる男が昔をしみじみ振り返るのは、一にも二にもこころの余裕の為せる業だといった着地をしてみるが、実際にはそのとき、もっとべつの何かがその心身に起ころうとしていたのだ。

小野！　気合だ――！　朱美の笑い声がふいに側頭葉のあたりで弾ける。振り向くと、部活でランニングしている自分のわきを、短パンにサンダルの朱美が自転車で駆け抜けてゆく。夏休みの、ハケの道の緑が躍り、小野は眼を見開く。視力が二・〇だったころの、鮮やかにエッジの立った世界が広がる。踏切の警報機が鳴り、眼前のホームに電車が入ってくる。しかしそれも、いま現在のそれではない。一〇一系のまだ真新しい白の車体は、中学三年の自分が多磨霊園に家族と墓参に行った帰りに見たものだ。

そうして多磨駅の小野雄太が二〇〇四年ごろの身体に呼び戻されていたとき、浅井忍もまた506iのなかの上田朱美の写真を探し続けている。ゲーセンで太鼓を叩く朱美。小平西高近くのバス停の朱美。真弓やその連れと一緒にクレーンゲームをする朱美。東大和市駅のホームでケータイを覗き込んでいる朱美。カメラに気づいてこちらを見る朱美。三秒後には回し蹴りが飛んできた、その直前の、どちらかといえば幼いといっていい空白の顔。いや、よく見ると、眼の力が強すぎてものすごくバランスの悪い顔だったし、女優志望というのは絶対冗談だった、と忍は思う。だから何と言われたら困るが、あいつ、ほんとうは何になりたかったのだろう——。

十一月に入ってまた吉祥寺のスナップが増えるのは、盗まれたクロスバイクの代わりに中古のブリヂストンのママチャリを買い与えられたためだ。頭の中身は相変わらずユザワヤとゲーセンを行き来するしか能のない、ハンパなオタクだが、なおも上田朱美が頻繁に登場するのは、無意識にせよ自分が朱美を尾行していたことを意味する。

一方、当の朱美は、あのリナとかミラとかいうアニメっぽい名前の女子たちと一緒に、旧近鉄裏のラブホの前に立っていたり、近くにサラリーマンふうの男が写っていたり、だ。朱美も自分も学校へ行かずに吉祥寺を徘徊していたのだから遭遇する確率は低くなかったにしても、そのつどあとを尾けて写真に収めていた自分が、なんだか自分ではない別人のようで、忍はちょっと味わったことのない感覚に囚われる。巷に聞く援助交際の話が、二次元のゲームやアニメではない、もう少し現実味のある像を結んでゆくのが妙に新鮮であったりする。

いや、正確には、もともと身体の欲求が皆無だった石膏の張りぼてに、遅ればせながら微かに血が通うような感じ。さらに言えば、予防注射の痕がわずかに熱をもって疼くような感じだったのだが、自身の身体に呼び起こされた生理的な反応を正しく認識する言葉は忍にはない。あるのは、ケータイに撮りためた写真があらためて喚起する記憶の周辺の、驚くほどの豊かさへの感嘆と、長年思い込んでいたのとは違う事実が次々にあらわになる驚きだけだが、そうして忍もまた、二十八歳の現在時ではなく、いつの間にか十六歳の男子高校生になって朱美や真弓たちの姿を追っているのだ。

そして同じ日曜の午後、木更津の君津中央病院では、上田亜沙子と栂野雪子もまた一枚の写真を手に、思いがけない記憶のさざ波に襲われている。きっかけは、雪子の孫のためにボンネットを編む亜沙子の、枕元に置かれた裁縫箱に入っていた一枚の古い写真に、雪子の眼が留まったことによる。

インスタントカメラのチェキで撮られたそれは、印画紙がすでに色が飛んで薄い粉を被ったようになっていて、そこに誕生日ケーキを囲む子どもたちが写っている。真ん中に上田朱美がおり、隣に中学生の真弓がおり、さらには見覚えのある男の子の顔もある。この子、多磨駅にいるあの小野雄太さん？　これ、朱美ちゃんのお誕生日の会でしたわね？　うちの真弓、中学二年だったかしら。

たしか武蔵小金井のポルシェとかいうケーキ屋さんでしたね？　そう、思いだしたわ、ものすごく美味しいケーキだったたって真弓が話していましたよ――。

雪子に話しかけられて、亜沙子は内心どう応じたらよいのか分からない。それまで娘の誕生会をしてやったことがなかったのに、あの年はどういう風の吹き回しだったんでしょうね――。おまけに私、ふだんから写真を撮るという習慣がなくてカメラも持っていかなかったら、お店の人がチェキで撮ってくださったの、それがこの一枚だったんですけど。

そんな記念の一枚を亜沙子が裁縫箱に紛れ込ませている理由も、家族のアルバムのようなものの有無も雪子には分からないが、なまじ思いだすと辛いのかもしれないと慮って、それ以上は尋ねない。雪子自身、いつのころからか家族のアルバムを開くことをしなくなり、気がつくと一緒に昔の写真を眺める家族もいなくなっていたのだが、思いがけないところで出逢う昔の写真は、アルバムのそれとは別ものなのかもしれない。いつもの気の重さもなく、行きずりのショーウィンドーを覗くようにして、ねえ見て、と亜沙子を写真に誘う。朱美ちゃんて、髪をセミロングにしているときもあったのねえ。ええまあ、でも、ろくに手入れをしないからグシャグシャでしたけど。真弓ちゃんとは大違い。

そうして二人の女は、いまではたしかに自分たちの娘だったという実感もない無味無臭の画像に見入り、それぞれ何事かに思いを馳せながら、しばし現在時と切断される。

同じ日曜の夜、真弓はベッドに入ってからも、写真のデータを移したスマホを手に知らぬ間に夜更かしをする。日付順に並んだ数百枚もの写真は、強いてタイトルをつけるとしたら、《一人の高校生の眼に映った二〇〇五年武蔵野》といったところだろうか。学校周辺から吉祥寺まで、退屈と好奇心と嫌悪と愛着をないまぜにして日々移動してゆく浅井忍の眼の記憶そのものだが、当時は知り合いですらなかった他人の記憶からこうして眼を離せない理由を、真弓はよく自覚している。というのも、忍がカメラ付きケータイを手に徘徊していた二〇〇五年当時、自分を含めた栂野の家族にとって、忍はどこまでも闖入者であり、覗き見をする者であった一方、その眼は自分たち家族の現実を映してみせる残酷な鏡でもあったからだ。

スカートを短くして髪を肩に垂らし、薄く口紅を引いてロンロンやロフトやゲーセンに立つ女子高生の姿は、そのまま買春相手を物色する大人たちの視線の対象になり、写り込んだ行きずりのサラリーマンの薄昏い表情はそのまま父孝一と重なる。肩で風を切って歩く井上リナや浜田ミラの、ザ・不良といった風情は、カモにされた父たちの苦汁の裏返しと一つになる。またさらに、ホテル街の怪しげな店の前にひとり立つ朱美の姿に滲む寂しさは、朱美の援交を黙過していた真弓自身の冷酷さを直撃する。いや、それだけでなく、忍の眼に告発されているような気がしてくる。

そう、本人は気づいていなかったにせよ、忍の心身を摑んでいたのは朱美であって、自分ではなかったのだが、当時の自分の荒れ方を思えば、それも当然かもしれない。朱美のように援交こそしなかったけれども、家族を軽蔑し、学校や世間を憎悪し、世界が明日終わればよいのにと本気で思っていた女子など、犬でもよけて通るだろう。そうだ、十二月の初旬に忍が何かの偶然で予備校帰りの自分を尾行して野川公園まで来たのは、自分の背後に朱美が見えていたからに違いない。

そうして、その十二月初旬の忍の尾行に該当する写真をあらためて探しながら、真弓は親や祖母に隠れてスカートを短くし、口紅を引いていた十六歳に戻っており、寂しさとも憎悪とも自己嫌悪ともつかない無名の感情に押しやられて枕の上で眉根に皺を刻む。みんな、朱美ちゃんばっかり見ている——！

64

浅井忍は、前日の徹夜のせいで日曜の夜は帰宅したとたん、５０６ｉを手にしたまま寝落ちしていたが、翌朝はふだんどおり午前五時に起きだして半時間後には会社に出勤し、さらに半時間後には大宮区内の契約事業所のゴミ回収に走り回っている。その後、一般家庭ゴミの収集作業へ移り、さらに市内とゴミ処理施設を往復して昼前に会社へ戻るまで、回し車のハムスターになって勤勉に動き続けるが、その身体から幽体離脱したもう一人の忍は、『スタートレック／ヴォイジャー』のボーグ・ドローンになって十二年の時空を飛び越え、デルタ宇宙域の武蔵野上空を北へ南へと飛びまわるのだ。

小平の自宅マンションのベランダで、豆しばのチロが吠える。お袋がチロの首にリードをつけると、チロがふざけて走り出す。ダイニングテーブルの椅子の脚にリードがからまり、椅子が倒れる。

一緒にゴミ箱が倒れ、中身が溢れだして親父が怒鳴る。お袋が叫ぶ。チロが吠える。朝一番の我が家のピタゴラスイッチ。忍は逃げ出す。チャリンコをぶっ飛ばす。リンダリンダリンダ――！

ロンロンのエキサイツ館一階の新星堂の前に飛ぶ。予備校の土曜日のクラスをサボった栂野真弓と悪友二人の姿を、ドローンの眼と506iのカメラが捉える。うまくゆけば、こいつらの行き先には上田朱美がいるかもしれない。ちょうど音ゲーで飛び跳ねたい気分だったから、ビンゴ！と思ったら、真弓は友人らと別れて駅の南口へ走り出す。どこへ行く？スカートをひるがえして走る足をカシャ。真弓は、あのマックのある路地からさらに井の頭通りへ小走りに出てゆく。丸井の前のバス停に、ちょうど小田急バスが近づいてくる。真弓が飛び乗る。反射的に、バス正面の《境92》の表示をカシャ、カシャ。その直後、逡巡もなく忍も飛び乗り、その一瞬、駐輪場に置いてきたチャリンコを思いだしたが、あんな中古品、まったく惜しくもない。

行き先も定かでないバスのなかで、今度は見知らぬ土地へ出てゆくドラクエの主人公になってその場で足踏みしながら、いつもと違う車窓の風景に向かってカシャ、カシャ、カシャ。いや、武蔵野の風景はどこも似たり寄ったりだから知らない土地にいるという感じはない。それどころか、真弓を追いかけている最中だという意識もほとんどない。

武蔵野の郊外を走り続けるバスは、停留所から停留所へ走っては止まり、また走っては止まり。栂野真弓はずっとケータイに見入ったまま動かず、忍も動かない。主人公の道中に現れる人物やモンスターたちが、いつも数秒ばかみたいに突っ立って静止している、あの微妙に時空が止まった感じだが、ゲームのような吹き出しの説明はない。

ふいに画面が再び動きだす。二枚橋〜二枚橋〜。停留所のアナウンスとともにバスが停車し、真弓が降りる。少し間を置いて忍も降りる。片側二車線のだだっ広い道路があり、赤白の縞模様に塗り分けられた巨大煙突が二本立っており、その下に大きな森が広がる。ワオ！　ふしぎな泉があるい、い、い、西の森に来た！　トットッと駆け出しそうになりながら、先を行く真弓を追う。大きな道路からすぐに左へ折れると家並みが現れ、そこで忍はまた眼を見開く。え？　どこだ？　小平西高の西側へワープした？　二度見、三度見し、西の森がなければ家並みの見分けがつかないぐらいそっくりな風景に感嘆し、小躍りする。トランスワープ転送、成功！

ケータイに眼を落としたまま歩いてゆく真弓の足は遅い。住宅街に入ってすぐのところに大きな二階建ての洋館がある。茂った庭木と葉を落とした蔦の絡む塀は、道化師ドルマゲスに呪いをかけられたトロデーン王国の城だ。門を入ってゆくのはトロデ王の娘ミーティア、そのあとを行くのは主人公の家臣シノブ。頭に赤いバンダナ。背中に剣。姫が入っていった家の前を通り過ぎる。塀越しに見える大きなガラス窓のなかに絵を描く子どもたちがいる。杖をついた魔女もいる。数秒、頭が忙しく回転する。なるほど、いつか上田朱美が言っていた水彩画教室はここか。あらためて周囲をぐるりと見渡し、西武多摩川線の鉄塔とゴミ処理場の煙突と、大きな森と背後の幹線道路から、ここは野川公園のそばだ、と思う。ということは上田の家や、あのバスケ部の小野の家もすぐ近くか。今日はなんだか発見の多い日だ！

そうして、朝方から興奮気味の忍の身体にさらにエネルギーが満ちてゆく。早々と日が翳り始めた冬空の下を、低い爆音の尾を引いて小型機が飛んで行くのが見える。ふいに《翼を持つ者の場所》というドラクエⅧのキーワードの一つが頭に浮かび、そうだ、神鳥の巣を攻略しなければと思い立つやいなや、シノブはトットットッと走り出す。今日は二〇〇五年十二月十日土曜日だ。

浅井忍が初めて多磨町の栂野家まで来た日の写真たちは、その日尾行された当人の眼を釘付けにした後、さらにその真弓の手で母雪子のスマホに転送され、雪子もまた勤め先の病院でしばし呆然となる。

自宅の塀の外から撮られた一枚には、水彩画教室で教える母節子の姿が写っており、その画像一枚でまたふいに心身のジャイロスコープが狂いだして、自分がどこにいるのか、いまは何年なのかも分からなくなってゆく。ママ、写真見た？　お祖母ちゃんの写真、ほかにもありそうだから、見つかったらまた送るわね。娘の電話の声までが一瞬、十六歳の真弓のそれに聞こえ、思いがけず臓腑がざわざわする。一人娘の優等生の顔が何かしら作りものに見える、そういう自分自身に違和感をおぼえてどうしようもない居心地の悪さに陥っていたころの感じ。同時に自分自身も四十過ぎの心身に巻き戻されて、いやだ、母さんたら、またあの絵の具だらけのスカートを穿いてる——写真に向かって呟いているのだ。

その写真が撮られた日の朝、栂野家の洗面所の片隅で洗濯機が回っている。雪子さん、だめですよ、そんなに眉間に皺を寄せていては——。母の声が廊下を通りすぎる。まるで他人事のようないつもの物言いで、肝心の不機嫌の理由を娘に尋ねることもしない。こっちは、絵の具で汚れた衣類を洗濯機に入れないでとあれほど言っているのに、今朝もまた腕カバーと上っ張りが入っていた。芸術家には洗濯など些細なことでも、洗濯をするほうの身にもなってほしい。だからといって、汚れたままの服をそのまま着ていたりするのは当てつけのつもり？　それとも、生徒さんたちの前で恥ずかしい思いをするのも些細なこと？　そうかもしれない。でも人間の日々の暮らしから些細なことを除いたら、何が残るだろう。

そうして洗濯機を回しながら、こっちだって仕事があるのにと雪子は苛立ち、時計へ眼をやると、今度はその眼の端をゴルフの打ちっ放しへゆく孝一の後ろ姿が横切ってゆく。その瞬間、真弓よりあの人の後ろ暗さのほうが難題だったと思い至って勢い込むのだが、いざ何か解決の方策をと思うと現時点では何一つないという現実に引き戻されて、こんな家族、もう要らない！　雪子は洗面所の小窓に向かって小さく叫んでいる。磨りガラスの外に、きんと冷えた冬の朝が広がる。

浅井忍がカメラ付きケータイを向けた人やモノや場所はひと続きの時間になり、欠けていた記憶を呼び戻し、埋め戻しながら、見る者を二〇〇五年十二月の武蔵野へと誘い続ける。

忍は初めて多磨町まで足を延ばした翌十一日の日曜日にも、今度は自転車を駆ってＪＲ武蔵境駅や東小金井駅周辺に出没し、駐輪場で小野雄太に遭遇したり、地元のゲーセンにいる上田朱美を写真に収めたりしているが、どれも行きずりに出会ったのではない。前後の写真から判断するに、忍は十二月に入って吉祥寺から姿を消した朱美を探して、週末は東小金井駅周辺など朱美の自宅近くのゲーセンへ、週日は小平西高の最寄り駅周辺へと渡り歩いていたのは確かで、たとえば真弓は、朱美のシマが武蔵境へ移ったことを浅井忍に教えてやったという話を、井上リナから電話で聞いたことを思いだしている。ほら、ダイヤ街とかレンガ通りとか、いつもチャリンコに乗ってケータイをカシャカシャやってるおそ松くんみたいな子、いるじゃん。あいつさあ、いまさっきもグースとかプラカプとか何時間も行ったり来たりしてるから、ひょっとして宙返り女を探してる？　て話しかけてやったら、耳まで真っ赤にして、いやべつに、だってさ。図星だよ、あれ！

リナはどうでもいい無駄話をして暴力的に笑い、真弓も当時はまだ誰の話か分からないまま、虚しく笑った。それがその十一日のことで、たまたま家を出そびれたその日は多磨町の自宅で友だちの電話を聞き流し、おそ松くんとやらが探しているという朱美のことを、ひまに任せてちょっと考えたのだった。小北の玉置悠一と鉢合わせにならないよう吉祥寺に行かなくなった朱美が、代わりに武蔵境のイトーヨーカドーや駅近くのゲーセンにいたことを、当時はもちろん知る由もなかったが、同じ日に忍が506iで写真に焼き付けた朱美は、地元の子どもらがたむろする店内でひとり太鼓を叩き、ポップンのボタンを押し続けている。シャッタースピードが追いつかない速さの連打で点数が積み上がってゆく間も、その後ろ姿はいつも以上に独りに見える。

いや違う、あのとき自分が朱美のことを考えたのはわずかな時間で、実際にはべつの憂鬱で頭がいっぱいだったのだ。そう振り返る真弓の脳裏に、二階の窓の外にあった野川公園の冬の灰色が広がる。

ふだん日曜日はほとんど勤務に就いている母が、今日は家にいる。それがなんだか不吉だと思う自分の神経がふつうでないのは、真弓も分かっている。それでも初めに予感した通り、父と母は朝ご飯の席で早くも一触即発の空気になったので、早々に自分のトーストとコーヒーをもって二階の自室に避難した。それが午前八時前。祖母は毎度のことながら午前六時過ぎにはもう野川公園へ写生に行ってしまったから、父母の剣呑な顔は見ていないが、仮に同席していたとしても、逃げ足はいつも真弓よりも速い。

予備校の宿題を開きながら、階下からかすかに聞こえてくる諍いの声に聞き耳を立てる。聞きたいわけではないのに、まるで勉強が手につかない理由を探すようにして耳をすますのがもう習慣になっている。今日の諍いのネタは何？　母が朝一番に父につっかかった理由は、昨日大学の同窓会に行った父が午前様で帰ってきたことぐらいしか、思い当たらない。あの父なら、昨夜は調子に乗って旧近鉄裏のランジェリーパブあたりへ行ったのかもしれないし、キャバ嬢の匂いを上着につけて帰ってきたのかもしれない。看護師の母も祖母も、栂野の女の鼻は犬並みだから、どうしたって嘘のつきようがないのに、何年経ってもそれが分からない父は、下半身に関する限り頭が鈍すぎる。リナやミラたちが物欲しげなサラリーマンたちを見る眼がどんなものか、一度教えてやろうか。ああ、自分の父だから見ているだけで余計にイライラする。

父だけではない、母だってそうだ。生来人間が陰気に出来ているところへ、四六時中病人から負のエネルギーを注入されるせいで、非生産的な後ろ向きの生き方しかできないまま四十を超えてしまった中年女性。父と十八年も夫婦をやってきて、まだ何か諦められないことがあるとでもいうのだろうか。よっぽど職場でストレスが溜まっている？　それにしても大人の人生の何という薄昏さだろう――。

そうして参考書を開いたまま、真弓は遅々として勉強が進まない言い訳に身辺の憂鬱の種をかき集めてみるが、その端からまた頭はあらぬところへ飛ぶ。ほら、父がゴルフバッグを手に家を逃げだしてゆく。父も母も家庭の泥をかき混ぜるだけかき混ぜて、結局今日も元の木阿弥。あ、歩行車の魔女が公園から戻ってくる――。

真弓はこのところずっと土曜日の水彩画教室をサボっているので、祖母とはほとんどまともに口もきいていない。考えてみれば、久しぶりに祖母の姿を見た気がする。公園にスケッチに行くだけなのに、今日も襟にブローチを付けた重いツイードのコートを着込んで、いつも絶対にダウンジャケットなんか着たりしない人。機能や快適さより、見栄と外見。そうして祖母は母のダウンがみっともないと言い、母は母で、絵の具で汚した祖母のコートのクリーニング代がバカにならないと言い、父は開いた新聞の陰に身を隠す。そう、いまも父は入れ違いに戻ってきた祖母に気づかないフリをして逃げだし、祖母はそれを睨みつける、その視線は凶悪なほどだ。あんな眼で見られて、父はよく生きていられるものだと感心する。

母もいま、家のなかから祖母が帰ってくるのを察して、ちょっと眉をひそめている。朝から父と言い合っていたので、午前中に片づけるはずだった洗濯や掃除が何も出来ていない。昼ごはんは冷凍のピラフでもチンすればいいが、キッチンの洗い物は？　どうせ勉強は手につかないし、ちょっと手伝ってあげようかと思ったものの、見えない鎖に縛られているように真弓の身体はすぐには動かない。子どものころから、祖母の存在は家のなかに気難しい教師が一人同居しているようなものだったが、最近は自分のほうに後ろめたいことがいくつもあるせいで、苦手意識に拍車がかかっているのを感じる。たとえば、恐ろしいほど鼻の利く祖母が、孫娘の喫煙に気づいていないわけがないのに何も言わないこと。上田朱美と玉置悠一の話を祖母にチクったのは夏なのに、やはり祖母からは特段の反応がないこと。いや、最近あまりお教室に出てこない朱美のことを気にしているのは間違いないのに、自分に何も言ってこないこと。

考えだすと苦しくなり、真弓は結局自室を出てキッチンへ降り、昼ごはんの手伝いをする。ダイニングに現れない祖母を眼で探すと、居間でスケッチの道具を片づけながら、しきりにガラス戸の外を覗いている祖母がいる。外に誰かいるの？　母に尋ねると、公園の入り口にどこかの男子高校生が来ていたんですって、母は興味ないという口調で答える。ほら——やっぱりお祖母ちゃんは朱美ちゃんと玉置のことを気にしているんだ——。腹の底の熾火にぼっと火がつく。

お酒臭い！

食卓につくなり祖母は一言呟き、昨日は孝一さんが呑んで帰ってきましたから——などと母はどうでもいい言い訳をするが、祖母の耳には届いていない。朝から自分のことで手一杯で、娘のしかめっ面も、祖母の腹に一物ある顔も眼に入っていない母の鈍重さがひたすら鬱陶しい。

そうして祖母と母娘の女三人で、冷凍ピラフと缶詰のミネストローネの昼ごはんを食べた食卓の、吐きそうなほど息苦しい空気がいまも真弓の身体に甦り、ちりちりと煮詰まり続ける。祖母は公園で見かけたらしい男子高校生——絶対、玉置悠一だ——のことは一言も言わない。いくら成績優秀でも、大学受験のラストスパートの時期にこんなところまで他校の女子を探しにくる男子がまともなはずはないのに、感想の一つもないのか。居間から何度も外を窺っていたくせに、言うことは何もないのか。上田朱美と玉置のことを話した当人が眼の前にいるのにあえて黙っている六十七歳の懐の、底知れなさにぞっとしながら真弓は虚しく自問し続ける。祖母は機を見て玉置に何か言うつもりでいるのだろうか。それとも朱美に説教をするつもりか。いや、もうどこかで話をしたのだろうか。祖母は二人をいったいどうするつもりなのだろう――。

そうだ、玉置はいったいどんな顔をして朱美を追いかけているのだろう。これはやっぱり恋なのか？　玉置はほんとうに朱美が好きだということなのか？　いますぐ外へ出て玉置悠一の顔を見たい衝動に駆られる端から、後悔がじわじわと膨らんでゆく。いったい自分は何のために二人のことを祖母に話したのだろう。素行を心配しているふりをして、ほんとうは朱美を貶めたかった？　朱美に眼をかけている祖母をがっかりさせたかった？　ほんとうに最低の人間。

――そうか、私が家族と冷凍ピラフを食べながら薄昏い自問自答をしていたあのとき、朱美ちゃんは武蔵境でひとり、太鼓を叩いていたんだね――。

早く寝なさいと夫に声をかけられ、真弓はうんと小さく答えてスマホを置き、ひそかに水のような涙で眼を滲ませる。

同じ夜、多磨町の家で雪子もひとり、娘がスマホに送ってきた母の写真を見続ける。あれは嘘だったのよ。クリーニング代なんて、べつに大したことではなかったのに――。

65

学校。学校。遅刻だ！　宿題も授業もてんでやる気がないくせに、いくつもある信号のなかの《学校》とか《宿題》とかの信号は、今朝もしばし点滅するだけは点滅する。学校だ、学校だ、急げ。先に出勤した父が用意していった食卓の菓子パンと牛乳パックを摑み、玄関を飛び出しかけると、今度は《お袋》という信号が光る。学校へ行く前に母親を起こしてリタリンを呑ませなければならない。親の寝室へ取って返し、蒲団のなかの芋虫を揺する。起きろ、起きろ。母さん、起きろ。しかし、そういう忍のほうの忍耐も時間切れで、また《学校》《遅刻》《宿題》などが頭を埋めてしまい、ケータイと506iとDSしか入っていないカバンを手に家を飛び出す。

チャリンコをぶっ飛ばす冬の朝、キィキィ鳴る車輪の音と一緒に、ぷよぷよの連鎖ボイスが〈ファイヤー〉〈そりゃ〉〈とうっ〉、ドラクエⅧの序曲がジャンジャジャーン！　学校、学校、遅刻だ、急げ、瞬間移動の呪文は何だっけ？　あ、電車が来た！　点滅するいくつもの信号と一緒に花小金井駅で拝島行きの電車に飛び乗る。

浅井、お前なあ、これ以上授業を休んだら進級出来ないという学校からの手紙、親御さんに渡した？　先週渡した手紙だよ。忘れた？　学校からの手紙！　茶封筒に入れた担任の手紙！　手紙。

手紙。手紙。新たな信号の点滅が何かに似ていると思ったら、上海ハニーのビートが赤と青の丸印になって躍りだす。赤でドン、青でカッ、ド・ド・ドン、カ・カ・カッ、ドン・ドン、カッ・カッ！　どんちゃんがフルコンボだドン！

そうだ、上田朱美はどこだ？　数分後には学校じゅうを走り回り、半時間後には花小金井駅に戻ってチャリンコを回収し、さらに一時間後には狙いをつけた通り、武蔵境駅近くのゲーセンで太鼓を叩く上田朱美を発見する。ビンゴ！　愛用の506iでカシャ。上田が振り返って笑う。鮮やかに開いた唇のなかに白い歯が整列している。カシャ、カシャ。またおまえか。やめてよね、ヘンタイ。それって、メモリの無駄だし。そう言う上田をまたカシャ。上田はお昼、食べた？　お腹空いてない。ミスド、行こうか。お金ない。それだけ言って上田は太鼓からポップンミュージックへ移ってしまい、たちまち四色のポップ君が雪崩になってレーンに落下し始める。

学校。学校。手紙。手紙。手紙？　いや、今日は土曜日だ。今朝はお袋も薬を呑んだ。ファイヤー！　そりゃあ！　ぷよが二連鎖、三連鎖をつくり、脳味噌の信号と一緒に飛び跳ねる。土曜日。土曜日。そうだ、トロデーン城の水彩画教室の日だ。昨日は城の一階ではぐれメタル狩りに成功した。雷光一閃突きでレベル30。いざ、再びトロデーンへ！　忍のチャリンコは小平市鈴木町の自宅マンションから小金井市を南北に突っ切り、真っすぐな坂道、蛇行する坂道を次から次へ下りに下って野川公園を目指す。冬枯れの木々の灰色が眼のなかで紫色の霧に変わり始める。呪われし城は近い。急げ、急げ。霧が濃くなるにつれて、イバラの呪いをかけられた王国の重苦しさが、ふと、昨日会った上田朱美の顔に翳をつくる。ひょっとしてあれはつくり笑いだった？　あいつ、何か心配事でもあるということ？　あ、おまえはいま、おまえの頭で考えようとしても無理なことを考えている？　土曜日のせいだ。もしもぼくがいつか君と出会い〜は無理だな。愛じゃなくても恋じゃなくても君を離しはしない〜も無理か。リンダリンダリンダリンダリンダ——！

野川公園西側に隣接する住宅地の端の一軒家の前まで来る。一週間前に見たのと同じ庭木と蔦と大きなガラス窓がある。画板を膝に載せて絵筆を動かしている子どもたちと、骸骨みたいな魔女がいる。自動的に506iでカシャ。栂野と上田の姿は見えない。いや、どこかに隠れているのかもしれない。手にしたDSでゲームの続きを立ち上げ、荒れた城をあちこち探索する主人公になって、階段を上へ下へ移動し、扉を開け、歩き回る。背後で声がする。おい、おまえ！　え？　誰に呼ばれた？　振り返ると、五十センチ後ろにいばらドラゴンみたいな長身の若い男がいて、また反射的にカシャ。男が怒鳴る。ふざけんな、この野郎！　おまえ、どこの学校だ、おい！　そっちこそ邪魔だ！　忍も全身に力をためる。ベギラマ！　攻撃呪文を唱えたそのときだ、家のほうから女の怒号が飛んできて、思わず動きが止まった。

そこの二人！　学校に言いつけますよ！　すぐに立ち去りなさい！　水彩画教室のガラス窓から首を突き出している魔女をカシャ。入れ歯落ちるぞ、糞ばばあ。いばらドラゴンが笑い、先にチャリンコで駆けだす。忍も駆けだす。脱出の呪文を唱える。リレミト！

真弓は、忍が撮りためた写真たちの一枚一枚に見入っては驚き、呆れ、知らぬ間に噴き出していたりもしながら、十二年前の水彩画教室の点景に適当なキャプションを付けて、順次母のスマホにも送る。

たとえば《ママも私も家を空けていた12月17日土曜日のドタバタ》なる数枚は、平穏な教室の風景に始まる。ガラス窓のなかの祖母は、先週と同じツィードのスカートを穿いており、片手にはステッキ。それから突然、玉置悠一のアップの顔が現れる。眉を吊り上げ、眼をひんむいてカメラに食ってかかる玉置の怒鳴り声がいまにも聞こえてきそうだ。おまえ、どこの学校だ、やめろ、何を撮ってやがる、この野郎、エトセトラ。次いで、教室の窓から身を乗り出している祖母。片手のステッキを振りかざして、キィキィ声を張り上げている。そこの二人！　学校に言いつけますよ！　すぐに立ち去りなさい！

しかし祖母は、窓を開けて塀の外の二人を怒鳴りつけたとき、玉置のほかにもう一人見たことのない男子がいて、ほんとうは一瞬困惑したに違いない。真弓から聞いた問題児は小北の三年生一人だったのに、もう一人の小さい子は誰？　あれも朱美さんのストーカー？　それともあの子の狙いは真弓？　あれはカメラ付きケータイ？　何を撮っているの、あの子――！　祖母の六十七歳の脳味噌はしばしパニックを起こしていたのかもしれない、そんな表情でこちらを凝視している。

その母の写真を、雪子もまたひとり凝視する。そう、あれは夜遅く勤め先から帰宅してすぐ、待ち構えていた母に呼び止められた日だ――。今日、お教室の外に小北の男子生徒が現れて、別の男子ともう少しで摑み合いになるところだったのよ――母は何やら切迫した表情で口火を切る。その小北の男子は夏ごろからうちの周辺をうろついている不良だけども、真弓さんも最近は化粧品やタバコの臭いがしますよ。あなた、真弓さんが予備校の帰りに外で何をしているか、知っているんですか？

小北の男子だの、真弓の臭いだの、にわかには何の話か分からないまま、雪子は、母さんこそ急に何なんですかとひとまずはねつけた一方、眼前の母の顔に何とも言えない異様なざわつきを覚えて臓腑が震えだしたことを思いだす。

いつもと違う不穏さがやって来たのは、たんに母の言う男子高校生たちと真弓たち年ごろの女子高生が直面している不純異性交遊の危機のせいではなかったかもしれない。何となくそうではないかと気づいていた真弓の脱線は、真綿に小石を落としたように音もなく腹に沈み込んだが、本来なら十分すぎるほど決定的な打撃になるはずのそれを押しのけて、不満、もしくは憤懣という名の霧が自身の心身のすみずみに満ちてゆくのが分かった。吉祥寺で女子高生とホテルに行っているらしい夫への憤懣。親をだましている娘への憤懣。眼の前の母への憤懣。そして何より、そういう家族を抱えている自分への憤懣の全部。

そう、あの日の午後、勤め先の病院にどこかの女子高生二人が現れ、受付で雪子を呼び出しておきながら、行ってみるともうそこにはいなかった。そして玄関ホールの外を見ると、当人たちらしい二人組が遠くからこちらを窺ってからかうように笑ったのだが、こちらの名前や勤め先まで知っている彼女たちは、ひょっとして孝一が買った女子高生か？　そう思うだけで膝が崩れそうになった自分の気持ちは家族の誰にも話せない。それどころか、その夜の母の言いぐさはこうだ。看護師というのは、自分の娘の素行一つにも眼を配れないほど忙しい職業なの？　だから私は最初から反対だったのに！

そう、これもずっと昔から母に聞かされてきたことだ。私は娘を看護師にするために育てたつもりはありません。どうしても看護学校へ行くのなら、地元ではない学校にしてちょうだい云々。年月が経っても、こんな言葉を吐いた母への怒りは消えない一方、眼の前にいるのは見るからに老いて汚くなり、歯は部分入れ歯になってときどき臭いがし、股関節症を悪化させて杖がなければまともに歩行もできない老女に過ぎない。いいえ、そんな母を抱えてこれからも暮らしてゆかなければならない自分の憤懣があるように、母には母の憤懣があっただろう。加齢による大脳の白質病変や身体機能の低下に加えて、軽い被害妄想もあったかもしれない。家族がみな敵に見え、日に日に孤独が深まって心身の休まるときがなかったのかもしれない。

そうしてあの日の母の、醜く歪んだ顔をあらためて思い浮かべてみる端から、母の怒りは分厚い無念や孤独の色を帯びてゆき、雪子は立ちすくむ。

66

小野雄太のフェイスブックにも、忍の撮った十二年前の写真の一枚が栂野真弓を通して転送されてくる。〈2005年12月の私たち。撮影者は浅井忍君です。彼と共有した写真を小野君にも一枚送りますね〉というメッセージが付いたそれには、制服を着て小平西高の正門近くに立っている上田朱美と、その二メートルほど後ろでこちらへ振り返っている小野自身の姿が写っている。その小野も、近くに写っているほかの生徒もみなカバンはもっていない、終業式の日だ。

小野はその一枚に見入る。事件の日のほんの三、四日前——。そうだ、期末考査の成績がボロボロでさすがに冬休みの部活も身に入らない気分だった終業式のあと、珍しく上田朱美が出てきていて、思わず振り返った、あのときだと思いだす。朱美の前には浅井忍がいて、浅井が朱美に何か言ったか、あるいはその逆だったか、朱美がいきなり回し蹴りを繰り出し、跳びのいた浅井が直後にカメラ付きケータイでカシャリと朱美を撮ったのだ、と。だから、朱美はちょっと怒った顔をしている。回し蹴りの原因が何だったのか、小野には分からなかったが、そのあと鷹の台駅行きのバスを待っているときに、またちょっと朱美と一緒になった。雄太、ちゃんと学校へ出てくるの、偉いね。慰みに道端の小石を蹴るようにして、ふいと朱美は言い、落第寸前の成績でもめげずに通っている自分への嫌味かと思いながら、まあな、と小野は応じた。そのあと、少しおいて朱美が言ったのはこうだった。あのさ——絵の教室の栂野先生に、話があるから来いって手紙をもらったんだけど、なんか鬱陶しいな——。

まったく話の筋が分からないまま、それって先生の呼び出し？　小野は尋ね、まあね、今度は朱美が言葉を濁した。このところ遊び回っているし、ちょっとヤバいんだ——と。話したのはそれだけだったが、うつむき加減でそんなことを呟いた朱美の、大人びた薄昏い顔にぐっと来て、肝心の朱美の言った言葉自体はどこかへ飛んでしまったのが、十五歳の悲しい現実だ。そしてその十分後にはもう、バスケ部の同輩たちと、二十四日から始まる高校バスケの全国選抜大会の話で盛り上がっていたのだが、そういえば朱美は事件の日までに栂野先生の手紙に応じて会いに行ったのだろうか――。事件の日の朝に見た朱美の姿が、また幻のように脳裏に浮かんでくる。

何？　枕の上で優子が顔を寄せてきてささやく。うん、これがあの十二年前の上田朱美で、後ろが俺。もうすぐ事件から十三年目だから、幼なじみの間でちょっと昔の写真が飛び交っているんだ――。小野はスマホの写真を優子に見せて言う。優子は結婚前とは違うおだやかな顔で写真を見つめる。この子、怒っている？　うん、写真を撮ったやつに回し蹴りをしたところ。へえ、男子みたいね。そうだな、ほとんど男子だったよ。

同じ夜、真弓の寝間でも夫の亨が枕の上で顔を寄せてくる。また浅井の写真？　うん、事件の三日前の私たち。これがあの上田朱美ちゃん。後ろが多磨駅の小野雄太君。撮ったのが浅井君。小平西高の前よ。へえ、事件の三日前か。みんな若いなあ――。

そこへ小野雄太からの着信がある。〈写真を見ました。もうすぐ13年目ですね。ところであの終業式の日、上田朱美さんが栂野先生から手紙で呼び出されていると言っていたのを思いだしました。上田さんは事件前、先生に会いに行ったのでしょうか〉

祖母が朱美ちゃんを呼び出していた？　真弓は、祖母の手紙という抜き差しならない事実を反芻し、すぐに返信する。〈それは初耳です。これ以降の写真を確かめてみます。どうぞ奥さまとお腹の赤ちゃんをおいといくださいね〉。それはすぐに小野のスマホに届き、小野はほらと優子に見せる。優子は満足そうに微笑んであくびを洩らし、眼を閉じる。

そして、その数分後にはさいたま市の浅井忍も真弓からメッセージを受け取っている。〈あなたが朱美ちゃんから回し蹴りを食らった終業式の日の写真を見ています。この日、朱美ちゃんはうちの祖母から手紙で呼び出されているという話を小野君にしたそうです。手紙の話は聞いたことがありますか？〉

手紙？　忍の記憶の回路にある〈手紙〉は、ちょうどその終業式の日にも担任から言われた、進級できないかもしれないという保護者への手紙で、ちょっと混乱する。それでもフォルダの写真をあらためて眺め直したのは、手紙に関連する何かがかすかに記憶にある気がしたからだ。あの魔女が上田を手紙で呼び出していたって？　二十二日の終業式に上田がまだ呼び出しに応じていなかったのなら、上田が魔女に会いに行ったのは二十三日？　二十四日？　二十五日？

事件の前、あのトロデーン城の近くで上田朱美を見た、というかすかな記憶の痕跡を探して、忍は十二月二十三日以降の写真を慎重に並べてみる。紺色のウィンドブレーカーのフードを目深にかぶり、エアジョーダンのスニーカーを履いて、何かに腰を引っかけている上田がすぐ後ろにいるような気配がし、ハッとして振り返ったりしながら、また十二年前の時間へ潜り込み、没入し、混乱し続ける。手紙。手紙。手紙。出席日数を数え間違えたか。期末テストをサボったのが致命的だったか。それにしても上田朱美も手紙で呼び出されていたって？　教師というやつは、どいつもこいつも——。

一方、多磨町の栂野雪子も、事件前に母が上田朱美に渡したという手紙の話を娘から電話で知らされた一人だが、そのとき雪子は、娘が言ったのとはまったく別の、一通のハガキを忽然と思いだす。あの年の十二月初め、日本水彩画会の有志の写生旅行の案内ハガキがゴミ箱に捨てられていたことがあり、それを見つけたとき、毎冬参加していた母が今年は行っていないことに初めて気づいたのだ、と。母がその年だけ参加しなかった理由など知らないし、旅行自体を忘れていたほど家族にとっては些末な話だったが、それがいまごろ甦ってくることに雪子は虚脱する。

そう、母が旅行に行かなかったことに大した理由はない。あのころ、日に日に進んでいた怒りっぽさの症状——認知症の一種の前頭側頭葉変性症だったに違いない——が、母にハガキを破り捨てさせたに過ぎないが、一方で、毎冬楽しみにしていた写生旅行に行けなかったことが、母の不機嫌や焦燥に拍車をかけていたのだろうか。もちろん、そのことに家族の誰も気づかない寂しさもあっただろう。

それにしても、母が朱美ちゃんを手紙で呼び出していた？　いいえ、それだって教師が教え子を呼び出さなければならないような、深刻な理由があったはずもない。母の萎縮した脳の短絡で、感情的に書いてしまった手紙だったに違いないが、呼び出されたほうはきっと困惑しただろう。あのころ朱美ちゃんはもう、お教室に来たり来なかったりだったはずだが、母は手紙を東町の自宅に郵送したのだろうか。そうだとしたら、遊び歩いていて不在がちだった朱美ちゃんより先に、上田亜沙子が手紙を見たのではないだろうか。

雪子は、君津中央病院にいる亜沙子のスマホを鳴らす。ＬＩＮＥもフェイスブックも苦手らしい亜沙子には、電話が一番優しい。

調子はどうですか？　次回の抗がん剤の開始はクリスマスのあとでしたわね？　ええ、おかげさまで。お孫さんのボンネットももうすぐ編み上がりますよ。そんな当たり障りないやり取りの後、母の命日が近づくと、やはりいろいろ思いだしましてね、と雪子は話を振る。つい先日も、母が亡くなる直前に朱美ちゃんに手紙を書いていたという話を真弓から聞いたんですが、母はまた何か余計なことを朱美ちゃんに言ったんでしょうね。あのころの母は、実は少し認知症が始まっていて、いつもイライラしていましたから。

電話から返ってきた亜沙子の最初の反応には、かすかな戸惑いが感じられる。栂野先生が認知症だなんて――。手紙の話はそういえば朱美から聞いたような、聞いていないような――。以前、あの子が家を出てゆくとき、身の回りのものも宝ものも一切合切捨てていったとお話ししましたでしょう？　あのとき私、学校の文集とかノートとか、一枚一枚ゴミ箱から拾って皺をのばして――。そのなかに栂野先生の手紙が一通、混じっていたかしら。内容はもう覚えていませんけれど。

そうして栂野節子の手紙をめぐる女二人の会話は表面上、どこにも着地しないまま流れ去ったが、雪子の耳には亜沙子の声のちょっとした揺らぎが軽いしこりのように残る。

また亜沙子のほうも、長らく記憶の底に押し込めてきた一通の手紙が突如、日差しの下に引っ張り出されたことに何か運命のようなものを直感して、心身の深いところで動揺する。何がどうと具体的には言い当てられないものの、とっさに手紙の内容を覚えていないと嘘をついていたことを含めて、ぼんやりとした不安の傍らに十五歳の朱美の顔が浮かんでくるのを亜沙子は見つめる。
いったい、この不安は自分のものなのか、それともあのころの朱美の不安が甦ってくるのだろうか。栂野節子の手紙を無断で開封したことで、娘にカバンを投げつけられたのは十二月半ばごろだったか。このごろお教室は欠席続きですね、一度あなたとお話ししたいことがあります、クリスマスまでにうちにいらっしゃい——手紙に書いてあったのはそれだけなのに、朱美はなぜあんなに怒り、いままた自分はなぜ覚えていないと嘘をつくのだろう——。

67

二〇〇五年十二月二十三日も、浅井忍の朝は賑やかこの上ないピタゴラスイッチで始まる。まずはケータイの目覚まし代わりの着うたが、B'zの『愛のバクダン』を叫びだし、ゴミ袋をくわえてバカ犬が走り、バカ親がそれを追いかけ回す。隣の住人が玄関ドアを叩いてうるさいと怒鳴り、沸騰した湯沸かしポットが蒸気を噴き出し、上の階の住人がベランダに干した蒲団を超高速で叩く。ガタン、バタン、シュ——ッ、バンバンバン。母さん、薬！ 今日も天気は晴れ。気温氷点下四度。宙返り女が、栂野につきまとうな、だって。どこかの小母さん、おはようございます！ 今朝はめちゃくちゃ寒いぞ！ めげるな、主人公。

菓子パン一つ腹に詰め込み、ＤＳとケータイと５０６ｉを入れたＯＵＴＤＯＯＲのリュック一つを背に朝っぱらからチャリンコをぶっ飛ばす。武蔵小金井から武蔵境にかけて、マックやデニーズやネットカフェを覗いて回る。何はともあれ上田朱美を探して、自分は栂野につきまとっていないことをはっきりさせないと一日が始まらない。急げ、急げ。そのうち、この広い野原いっぱい〜という誰かの歌の、細部のはっきりしない歌詞が脳裏で浮かんだり消えたりし始め、この広い武蔵野で女子一人を探し回るのはバカみたいだと気づいたときには、もう昼前だ。

ひょっとしたら朝帰りで家に帰ったのかも。そう思い、あらためて東小金井駅から東町へ向かおうとしたとき、駐輪場から出てくる部活帰りの小野雄太に遇う。あれ、ここで何してるんだ？　当たり前に聞いてくるので、宙返り女を探してるんだと忍も当たり前に答えると、さっきそこで会った、吉祥寺へ行ったよ、とか言いだす。こっちは朝からずっと探していたのに。思いがけず40前後のダメージ。仕方なく回復の呪文を唱えて晴れた空を仰ぐと、小型機が細い爆音の尾を引いて飛んでゆく。すると忍の眼のなかで、それはたちまち神鳥レティスになり、頭はドラクエ攻略の続きへ飛んで、忍は小型機の飛び去った方向へ新たにチャリンコを駆る。この前倒せなかったレティスを今度は倒してやる。主人公も仲間もレベルは平均35、6。十分だ。そうして忍が駆ける東町の平坦な風景は、主人公が駆ける闇のレティシアのモノクロの大地になり、野川公園に抜ける西武多摩川線のガードはレティスの止まり木の石の門になる。

主人公はそのガードをくぐり抜ける。しかし、あるはずのモノクロの丘は消え、代わりに野川公園の冬枯れの木々が壁になって視界を覆ってくるのは、道を間違えたか。ここは西の森か？　目指していたはずの闇のレティシアの、かなり手前まで戻ってしまったということで、忍はちょっと混乱する。いや、先週も栂野のあとを尾けてここまで来たのだし、これも何かの必然だと思い直して再びチャリンコを漕ぎだす。トロデーン城はすぐそこだ。

先週見たのと同じ庭木と蔦の絡まった塀と、大きなガラス窓がある。今日は絵を描く子どもたちの姿はないが、それはそれで呪いをかけられて荒れ果てた城にふさわしい。取り出した506iで早速カシャ、カシャ。ガラスに映る外の木々の枝がイバラのように見え、またカシャ、カシャ。城を探索する主人公の視線とともに次々に風景が変わり、見え方が変わってゆくのと同じように、カメラを構える角度を変えるたびにガラス窓に向かいの家が映ったり、野川公園の入り口が映ったりし、忍はしばし夢中になる。そうして次々にシャッターを押し続けながら一瞬二度見したガラス窓に、いつ現れたのか野川公園の入り口の車止めに腰を引っかけている誰かが映っている。フードを目深に被ったウィンドブレーカーは上田朱美? 吉祥寺から戻ってきたのか?

そうしてとっさに振り返ろうとしたときだ、突然家の玄関が開いて、あの痩せた魔女がつんのめるようにして出てきて、門扉のほうへ向かってくる。それもカシャ。いや待て、こめかみに青筋を浮かべて眼をぎりりと歪め、長いスカートを翻してやって来るのは魔女というより、呪われしゼシカじゃないか。登場する場所が違うが、まあいいか。門扉まで来たゼシカは杖を振りかざして、その男子! 忍は怒鳴られながらカシャ、カシャ。

先週も言ったでしょう! 学校はどこ? すぐに立ち去らないと今度は警察を呼びますよ! 早く行きなさい、早く! 脳天から突き抜けるような細い声でわめきながら、ゼシカの眼は落ち着きなく右へ左へ揺れ、忍の頭越しに背後の何かを探すように首を長く伸ばす。また先週のいばらドラゴンかと忍も振り返るが、道路には誰もいない。いましがた野川公園の入り口にいた上田の姿もない。

そしてまた、ゼシカがわめきだす。警察を呼ぶと言ったでしょう！　早く行きなさい！

〈12月23日の写真を見ているところです……〉。真弓は忍にメッセージを送る。

殺される二日前の祖母がそこにいる。家の外に現れた名前も知らない男子に向かって、何か怒鳴っている。眉を吊り上げた形相といい、振り上げたステッキといい、忍の言うとおり、それはまったく呪われしゼシカそのままで、真弓は思わず見入ってしまう。眼の前に現れたのは朱美に付きまとっている玉置ではないのに、怒髪天を衝くといったこの形相はいったい何だったのだろう。白内障が進んで視力が落ちていた眼には、とっさに浅井が玉置に見えたのだろうか。近くまできて別人だと気づいたものの、不審者には違いなかったし、困惑も手伝って怒鳴り散らすことになったのだろうか。

しかしまた、続く数枚の写真では、祖母の顔は少し顎が上がって、眼の前の男子の頭越しに何かを見ているような上目遣いになっているのだが、そんな顔になった理由は、少し前に撮られた居間のガラス窓の写真に答えがある。光の加減でガラス窓に映った公園入り口の車止めに、上田朱美が腰を引っかけている。おそらく朱美は、忍が家の前に現れたのとほぼ同時刻に現れ、祖母は家のなかでそれに気づいたが、そこへ忍の邪魔が入ったのだろう。そして玄関を出てきたときには、朱美はやはり気が変わったのか、いち早く姿を消してしまい、祖母は忍を怒鳴りつけながら、近くにまだ朱美がいないか、眼で探していたのかもしれない。私は上田朱美さんに話があったのに。手紙を書いたのに。せっかく彼女が来てくれたのに。そこの男子、邪魔しないで！　声にならない祖母の叫びが聞こえる。

真弓は朱美が写っている写真一枚を添えて、小野雄太にも追加のメッセージを送る。〈朱美ちゃんは23日午後に私の自宅近くまで来ていたのですが、タイミングが合わず祖母には会えなかったようです〉

そして栂野雪子も、娘から転送された亡母の新たな写真に見入る。これで髪でも振り乱していたら、ほとんど鬼だ。家族と暮らしているのに誰にも気遣われず、ひとりで問題を抱え込み、ひとりで苛立ち、ひとりで怒りを爆発させている淋しい鬼。教え子の健やかな成長を願って気遣いをしているだけなのに、それさえすれ違う、ぞっとするような孤独が刻まれた母の老いが雪子の眼をえぐる。

68

二〇〇五年十二月二十四日、我らが登場人物たちはそれぞれのクリスマスイブを迎える。浅井忍が506iで撮ったその日の一枚目の写真は、バカ犬が嚙みちぎった蒲団からあふれた羽毛のボタン雪。そして、出勤前に必死で掃除機をかける父親を隠し撮りしたのが二枚目。盗んだケータイが父親に見つかったらドツボなのに、思わずシャッターを押していたのは、この騒動で母親が過呼吸を起こし、いつもより絶望的な状況だったからだ。

しかしその直後、状況は一変する。蒲団を始末した父が突然、忍に三千円を渡して、今夜クリスマスケーキを買ってこいと言い渡したのだ。うひゃあ、何が起きたんだ？　キリストが生まれたのは地球を半周したシナイ半島の話なのに、クリスマスケーキだって！　もとより家族の体をなしていない家族に、思いつきで配線を間違えた過電流が流れて火を噴いた結果のクリスマスごっこだ。おかげで忍はその日もまた額で勢いよく点滅する《ケーキ》と《手紙》と《上田朱美》の信号に追われて吉祥寺をチャリンコで走り回り、その506iには不二家やレモンドロップやパステルといった地元のケーキ屋のショーケースや、行きずりのクリスマスツリーやサンタクロースの写真が何枚か加わる。

そして、昼前にロンロンの前にいた忍の姿は、たまたま近くを通りかかった井上リナと浜田ミラに目撃され、数分後には〈いま、おそ松くん見っけ〉というリナのメールになって、多磨町の自宅にいる栂野真弓のケータイに届く。

真弓は冬期講習をサボって朝から机に宿題を広げているが、クリスマスや正月といった家族のイベントが運んでくる真綿のような憂鬱を言い訳にして、少しも集中できない。しかし家の外でも、二年後の大学受験に着実に備え続けている生徒と、そうではない生徒の分かれ目が見えてくる高一の冬の、微妙なぬるま湯に苛立っている自分が孤立しているのを感じ、すぐにリナのメールに応じることもしない。聞こえるのは、水彩画教室の子どもたちの屈託ない声と、相変わらず威圧的な祖母の声、公園の冬鳥の声だけで何の変化もないのに、世界じゅうがクリスマス、クリスマス。いや、そんなものは関係ないという顔をした人間がもう一人。朝、教室が開く前にゴルフの打ちっ放しに出て行った父が帰ってくるのが見える。ほとんど腐りかけた魚だと思う。

〈いま、おそ松くん見っけ〉。半時間も経ってから、真弓はあらためてリナのメールを眺める。あの浅井とかいうゲームオタクも、クリスマスイブは吉祥寺のゲーセンで過ごすのだろうか。朝、朱美ちゃんが自転車で家の前までやって来たので、久しぶりにお教室に出るのかと思ったら、ちょっと塀の外からなかの様子を窺っただけで、帰ってしまった。朱美ちゃんもやはり吉祥寺へ行ったのだろうか。私は二階の自室にいたのだから、すぐに声をかけることもできたのに——。私が祖母に玉置とのことを告げ口したのを、朱美ちゃんはきっと気づいているだろう。あんなこと、言わなければよかった！

考えだすとイライラに火がつきそうで、真弓はケータイを開いて井上リナとお喋りを始める。出来るだけ何気ないふうを装い、退屈しているだけといった口調で、このごろ朱美ちゃんと玉置はどんな感じ、と。切れたままだよ、リナはあっさり応える。

朱美ったら、このところ玉置と遭遇したくないから吉祥寺へもあんまり来られないし、金欠だとか言ってさあ、ついさっきもカモを引っかけるとか言って、グースで声かけてきたおじさんを連れだしていったのはいいけど、何かムカつくとか言ってさ、外へ出たとたん回し蹴りだよ、それでいまのおじさんが警察に駆け込んだらヤバいから、一緒に逃げてとか言いだして、一緒に逃げてきたところ。そういうわけで、いまはプラカプ。

じゃあ、朱美ちゃんそこにいるの？　いるよ、太鼓叩いてる。へえ、太鼓を叩く元気にあるんだ。だったらいいけど——。

一方、同じ昼過ぎには浅井忍の姿は、西武新宿線小平駅の南口に近いゲーセンにある。学校の数少ないゲーム仲間から〈対戦相手募集〉のメールが届いて頭のスイッチが切り替わってしまい、吉祥寺から四十分もかけて指定されたゲーセンに着くと、待っていたのは魏だの蜀だの漢字だらけの『三国志大戦』のカードバトルだ。それをパスしてそのまま音ゲーに回ったとき、その頭には父親から渡された三千円もクリスマスケーキも、もうかけらも残っていなかったが、開いた穴を埋める新たな刺激には事欠かない。そうしてひとまず下手な太鼓を叩いて飛び跳ねていると、ぷよやドラクエのスライムたちが一緒に飛び跳ね、忍はちょっと時間を忘れる。

うちの子なんか、高校生になったとたん、もうクリスマスなんて関係ないという顔をしているしね。うちもそうよ。そのくせケーキは絶対ピエール・エルメにして、だって。そうそう、ミクニギンザとかペルティエとかね。クリスマスイブに早番で仕事を終える同僚たちはひとしきりケーキの話に花を咲かせ、うちは娘や主人は何も言わないけど、年寄りが口うるさいのよ、栂野雪子も適当に話を合わせて、足早に病院を出る。

そう、ご近所の挨拶の仕方一つにも目くじらを立てる文句の多い母と、不良少女を買春して性病をもらってくるような夫と、親を騙してゲームセンターに出入りしているらしい娘と、そこそこ恵まれた家族を演じて、今年もまたクリスマスにお正月に――。考えだすと何もかも投げ出したくなるので、あえて考えない。代わりに手と足を動かしてＪＲで吉祥寺に出、東急百貨店のローゼンハイムでローストビーフやキッシュやサラダを買い、ワインコーナーで赤ワインまで買った後、さらにレモンドロップへケーキを見に行く。その途中、孝一から〈いま新宿。ケーキを買った〉というメールが来て肩透かしを食らい、ふいに感情の針がどこを指したらよいのか分からなくなる。朝はゴルフで、昼からは新宿で映画でも観た？　いい気なものよ。

そして二時間後、多磨町の栂野家にはダイニングテーブルを囲む家族四人の顔がある。朝はいつも母が公園に行ってしまうので、一日で初めて家族が揃う夕食の場が雪子には最大のストレスになるが、それでもクリスマスだからと自分を鼓舞して、あれこれ家族の会話を試みる。お昼は何を食べたの？　今日のお教室はどうでした？　孝一さんは何の映画を観たの？

同じころ、東町では小野雄太がチャリンコで家路を急いでいる。朝、今夜はフライドチキンだから早く帰ってこいと母親に言われたのに、友だちと高校バスケの試合を観に行って盛り上がり、すっかり遅くなった。ヤバいぞ、いまごろ女ラスボスが火を噴いている！

また同じころ、浅井忍はと言えば、ゲーセンで一緒だった同級生やその友だち、さらにその友だちの友だちといった顔ぶれに混じって、西武新宿線小平駅に近い住宅地のマンションの一室に上がり込んでいる。名前も知らない友だちの友だちの家には大人の姿はなく、そこらじゅう漫画とゲーム機とファミ通、そして袋菓子とジュースの山だ。

うひゃあ、ここは天国か！　塵一つ落ちていない空っぽの自宅と違って、歩くたびに漫画につまずき、菓子クズを踏み潰し、手を伸ばせばゲーム機がある天国。ちょっと古いファミコンも含めてゲームキューブ、プレステ2にＸｂｏｘにゲームボーイアドバンス、ＤＳはポケモンの限定エディションまである。そこで各自が好きなゲーム機を手に取り、菓子を食い、コーラやジュースをがぶ呑みする。ここの親は歯科医だというから笑ってしまう。天国だ――！　そうして忍はゲーム機に埋もれて腰を下ろしたが最後、前の晩の続きでドラクエのラスボス戦に備えたレベル上げと回復系・タンバリン系などの武器を揃えるのに夢中になり、時間は溶け出してゆく。天国だ――！

一方、野川公園そばの栂野家のクリスマスディナーの時間は、相変わらず滞ったままだ。お母さん、今日のお教室はどうでした？　冬休みは公園で騒ぐ声がうるさくて嫌。お向かいの犬もうるさいし。母はユーモアのかけらもない返事をする。一方、雪子は母が毎朝写生に行く冬の野川こそ、陰気臭くて嫌だというのが昔からの本音だ。孝一さんは何の映画を観たの？『男たちの大和』という孝一の返事だが、ほんとうかどうか。ほんとうだとしても、クリスマスに戦争映画なんてこの人らしい。新宿は混んでいた？　雪子は尋ね、クリスマスだしな、孝一の返事はまた一言で途切れる。みんな、このサラダのお味はどう？

上田亜沙子は東町のハイツでひとり、娘の帰りを待っている。勤め先のスーパーで買ってきた骨付きチキンは明日に回してもいいし、初めから今年のクリスマスイブは例年のようにはゆかないという予感があったので、亜沙子に落胆などはない。それよりも、栂野先生の呼び出しの手紙に朱美は応じたのだろうか。先生に会いに行ったのだろうか。クリスマスまでにうちにいらっしゃいだなんて、まるで体のいい脅しではないか。期限までにいかなかったらどうだというのかしら。子どもには子どもの事情もあるのに——。

このとき、武蔵野から遠く離れた港区六本木の交差点周辺もクリスマス一色になっている。赤信号で人波が滞るたびに、酔っ払いの嬌声や客引きやケンカの怒声が塊になって湧きだし、クラッカーの弾ける音や飲食店から流れだす大音量のクリスマスソングが渦巻く。ひっきりなしに警棒を手にした警官が走り、外苑東通りや六本木通りのあちこちで救急車やＰＣのサイレンが噴きだす。

その交差点の交番では、近くのクラブでケンカに巻き込まれたシンガポール国籍の男が血だらけのハンカチを額に当てた恰好で事情を聴かれており、合田はかれこれ半時間、地域課の聴取が終わるのをぼんやり待っている。

男は、一年前に管内で起きた殺人事件の、被害者の鑑の一人で、いまさら新しい展開が期待できるわけでもないが、組対の一報を受けて麻布署の捜査本部から当直の主任と一緒に出向いてきた。丸一年というもの、大きな箱から雑居ビルの小さなバーまで、外国人の出入りする店をしらみつぶしにしてきて、未だに犯行の動機も絞り切れていない惨状だが、交番の外を眺めていると、このネオンと喧噪と外国語のはざまに沈んだまま、永久に抜け出せないような気がしてきて息が詰まる。

オーマイガー！　突然事情を聴かれていた男が叫ぶ。ケンカのどさくさに紛れて財布をなくした、いや掏られた、盗ったのは某だ、いや某の隣にいたやつだなどとわめきだして聴取はまた振り出しに戻り、四十五歳の合田の耳目に疲労と焦燥の霧がかかる。

一方、すでに会話も尽きた栂野家のテーブルには、孝一が新宿の伊勢丹で買ってきたルコントのガトー・フランボワーズが載っている。父が奮発したルビー色の高級なホールケーキなのに、そこにもう、甘いものが苦手な祖母の姿はない。父もお腹がいっぱいだといってコーヒーしか呑まず、母は八分の一をさらに半分にカットしたものを一切れ、真弓だけが八分の一を意地で平らげる。そうして娘の好物を選んできた父の気持ちに応えたものの、すぐに胃が苦しくなって早々に自分の部屋に引き揚げ、ベッドでケータイを開く。午後からずっとリナたちから吉祥寺へ出てくるよう誘うメールが来ていたが、新しい着信ではリナたちはプラカプを出て、いまは南口のカラオケ館にいるらしい。たぶん、ポケットに援交で稼いだお金を入れて。

〈やっと家族の儀式終了〉。真弓はリナにメールを入れる。すぐに返信の代わりに電話がかかってくる。その第一声は、お疲れ——！　アハハ、家族ごっこもたいへんだね、同情するよ、ほんと。半分小馬鹿にするような、半分羨むような、ちょっと面倒な感じの声の調子には、リナの正直さが覗いている。自分と違って、突っ張っていても嘘のつけない子。

朱美ちゃんもまだいるの？

いるよ。途中で合流した子らとオレンジレンジで盛り上がったら、音痴がバレてさ、アハハ、ぶち切れて踊ってるよ。あいつ、何かあった？　ほんとヤバいよ、今夜は。真弓も来たらいいのに、楽しいよ！　あ、ヤバ。ミラが吐いた！　ジュース呑みすぎ！　アハハ、アハハ、パンチラ、パンパン、みんなイっちゃってるよ、どうしよう、アハハ、アハハ。笑い転げるリナの声に調子っぱずれのオレンジレンジのロコモーションが重なる。刺激が欲しけりゃバカニナレ、アァ、アァ！

楽しそうだね。じゃあ、また明日ね。真弓は電話を切る。

こちら側とあちら側を隔てる夜の砂漠のような野川公園の静けさが戻る。奥の部屋を歩き回る祖母の、コツ、コツというステッキの音が響く。ふだんはもう寝ている時刻なのに、今夜はなぜ起きている。あんな年寄りでも、寝られない夜があるのだろうか。いや、寝ようが寝まいが祖母は夜明けと同時に写生に出てゆくだろうし、その物音で眼が覚めた母がまた顔をぎりぎり歪めるのだろう。それが我が家のクリスマスの朝だ。みんな、消えてなくなればいいのに――。

小平駅近くの、友だちの友だちのマンションの部屋で、浅井忍はプレステのコントローラーを手にしたまま寝落ちしている。瞼が落ちる直前までぷよぷよフィーバー2で盛り上がり、どんぐりガエルやこづれフランケンを倒したあたりで夢の淵に落ちた。一連鎖でエイ！　二連鎖でヤア！　ぷよの代わりに《手紙》や《ケーキ》や《上田朱美》の信号がぴょんぴょん飛び跳ねる。手紙。手紙。二連鎖でヤア！　ケーキ。ケーキ？　なんだそれ、ぷよで勝負だ、エイッ！

そして東町の小野雄太は、ケンタッキーフライドチキンを五ピースと、サーティワンアイスクリームのホールケーキを四分の一も平らげて、末はマイケル・ジョーダンか大食いファイターかと悩む仕合わせな夢を見る。

69

武蔵野に二〇〇五年十二月二十五日の夜明けが来る。気温は氷点下五度。放射冷却で強く冷え込んだ大地を、野川とその周辺の湧水地の霧が押し包む。

上田亜沙子は結局、イブの骨付きチキンなどを食卓に並べたまま、こたつの座椅子で短い眠りに落ち、そのまま目覚めて鈍い頭痛とともに白々とし始めた窓の外を見る。昨日から考え続けた栂野先生の手紙がいったい何だというのか、蠟燭が溶け落ちるようにしてかたちがなくなっているのを感じ、仕方ないわ、こっちは平均すれすれの知能指数なんだものと自分に呟いて、のろのろと腰を上げる。

栂野雪子は、まるで大脳皮質のどこかが待ち構えていたかのように、階段を降りてゆく母の足音を聞きつけて目覚め、毛布をひっかぶってぎゅっと身を固くする。やっぱり、クリスマスの朝まで家族への当てつけで写生に出てゆく。なんていやな人！　しかし、実際には節子の足音はうるさいというほどの大きさではなく、若い真弓や、昨夜呑みすぎた孝一の眠りを妨げることはない。

ジリリジリリ、脳天を叩くような目覚ましの音にも反応しないつわものがもう一人、西武多摩川線をはさんだ東町にいる。早く起きなさい！　朝練に行くんでしょ！　母親に蒲団をはがされて小野雄太はやっと起きだし、洗面所で歯ブラシを口に突っ込む。昨夜の食べ過ぎで気持ちが悪い。

また浅井忍は、夜明け前に忽然と眼覚める。知らない部屋の知らない男子たちの雑魚寝のなかから、這うようにして外へ転がり出たが、ちりぢりの記憶は案の定、壊れた磁石にしかならない。手紙。ケーキ。手紙？　ケーキ？　何かものすごくヤバいような、そうでもないような鈍い気分で自転車を漕ぎ出すと、いましがた脳裏にちらついていた記憶の破片すら行方不明になり、代わりに突然、そうか、ヤバいのはストーカーに間違えられたからだと短絡している。そうだ、俺はストーカーじゃない。今日こそ栂野にはっきり言っておかないと、またあの魔女に怒鳴られる。目指せ、トロデーン城！

そして、吐く息が凍るほどの寒い朝、東町の自宅から東小金井駅の方角へ走りだす小野の自転車と、駅のほうからやってくる忍の自転車がすれ違う。互いにアッと思うが、寒すぎて口を開けられず、挨拶はパスする。

時刻は午前七時半を回る。武蔵野の上空は快晴だが、地上には朝霧が半透明の薄い光の膜になって残り、野川の岸辺に沈んだものはドライアイスのような煙幕を張って流れ続ける。

例年になく冷え込んだ朝、東八道路をはさんだ野川公園の南側には、六時台に二人、七時台に三人、ジョギングや犬の散歩の人影が霧の海に現れ、消え去った。一方、野川が流れる北側の遊歩道は、七時過ぎに南側の大芝生を横切ってきた自転車が一台通り抜けていったあと、しばし時間が止まっている。

その自転車は午前七時二十分ごろ、猛烈なスピードで公園の北門を出て西武多摩川線のガードをくぐり抜け、東町の住宅地を北へ直進する途中で幼なじみの小野雄太や同級生の浅井忍とすれ違った。そのとき、自転車の背後には野川の岸辺から連れてきた強い冷気が渦巻き、尾を引いてたなびいていたが、それは小野と浅井の二人には見えなかったかもしれない。しかしそのほんの数秒の遭遇は、そのまま二人の海馬に刻みつけられ、十二年も経ってから甦ることになる。

一方、当の自転車の主は小野たちに気づくことすらなかった。眼は開いているが、見慣れた道路も家並みも名前を失い、ただの凹凸と化してDSの画面のなかのマリオの世界になってゆく。ガタが来ている軀体のすみずみをキィキィ鳴らして自転車を漕ぎ続ける足に感覚はなく、疲れも痛みもない。眼の前の凹凸の間をひたすら走り回るその姿は、朝練に向かう冬休みの中高生らに幾度も目撃されたが、小野たちがそうだったように、みんな氷点下の冷え込みに首をすくめる端から忘れてしまい、とくに異様な印象を残すことはなかった。そうして二十分ほど周辺を徘徊したところで足の筋肉のほうがこれ以上は動けないと言い、降りた自転車をのろのろと押して東町四丁目の自宅ハイツに少女は帰り着く。

ちょうどゴミを出していたハイツの住人が、十メートルほど離れたところから、朱美ちゃんと声をかけたが、それも少女の耳には届かず、返事はなかった。しかし住人はとくに気にもしない。また今日も朝帰りの不良。昔はかわいい子だったのに。いったい親は何をしている——。

そのとき、住人がもう少し近くでウィンドブレーカーの下の少女の顔を見ていたなら、その異様な顔色や表情に驚いたことだろう。

東町のバス道で上田朱美の自転車と遭遇した小野雄太も、あいつ朝帰りかと一瞬思ったが、数秒後には遅刻しそうだと気づいて幼なじみの姿は背後に飛び去ってしまった。また浅井忍も、ウィンドブレーカーのフードを目深に被った朱美とすれ違った瞬間、耳元で『太鼓の達人』の赤と青の音符がちょっと飛び跳ねたが、それはトロデーン城へ急ぐ足に速やかに蹴散らされてしまい、代わりにステッキを振り回す魔女が再び瞼に降りてきたのだった。もっともその数分後、忍は西武多摩川線のトンネルの手前まで来たところで、凍結した路面でスリップして転倒し、氷の刃の一撃を肘や肩に食らって思わぬダメージを受けた。それが回復しないまま、いったん敗退したので、結局野川公園には行かずじまいになったのだ。

そのトロデーン城では、起きだした栂野雪子が勝手口の外にゴミ袋をだし、氷の膜かと思うほどの濃霧に身震いしている。夜が明けて新しい一日が始まると、前日までの個々の焦燥や懸案はどれもかたちを失い、ひと塊の漬物石になってのしかかっているだけだ。その重い心身で最初に考えたのは、昨夜のケーキを朝ご飯にすることであり、ケーキならカフェオレかしら、牛乳は足りるかしら、いいえ、私は紅茶でいいわ、などと散漫な思案は続く。そして半時間後には、写生に出ていった節子を除く家族三人で、クリスマスケーキの残りとカフェオレが載った食卓に着き、さらに半時間後には雪子は家族よりひと足先に勤め先の病院へ出かけてゆく。

同じころ、薄い朝日が透過して半透明のシフォンのようになった霧のなかを、上田亜沙子もまた、娘の朝ご飯だけ用意して東町のハイツを出、勤め先へ急ぐ。二人の女は通る道も乗るバスも違うので、出会うことはない。

それからさらに午前八時前には、多磨町の栂野孝一がゴルフの打ちっ放しに出かけてゆき、前後して真弓も、予備校の冬期講習のために家を出、霧の川と化した東八道路から吉祥寺行きのバスに乗る。そのバス停から距離にして百メートルほどのところに、野川公園内の祖母の写生場所があるが、真弓はそんなことは知らないし、端から興味もない。少し重い額の奥では、昨夜吉祥寺で踊り狂っていたという朱美の影絵が跳ねており、野川公園の薄昏い樹影を仰いで意味不明のため息を吐いている。

その野川公園で元美術教師栂野節子が事切れ、不思議なことが起こる。

一つの死が、全生命を含めたこの宇宙の、ごく微細なエネルギーの放出や干渉や伝播を引き起こし、死者に近しい人もそれほどでもない人も、ほとんどそうと意識しないままふと何かを感じたり、考えたりするのだ。それは、あるときは虫の知らせになり、あるときは神秘体験になり、多くの場合は何かが脳裏を過ったこと自体、速やかに忘れてしまうが、その日のその時刻へ時間を巻き戻すことができたなら、実に多くの人びとが栂野節子、もしくは彼女にまつわる出来事の片々が傍らを過ってゆくのに気づき、いまのはいったい何かと一瞬まばたきしたことだろう。

午前七時半から八時前にかけて、たとえば栂野家の向かいに住む老夫婦は二人して節子の怒鳴り声を聞き、朝っぱらからまた男子高校生らが来たのかと外を覗いたところ、空耳と分かって顔を見合わせた。

また、水彩画会の会友たちの数名も、突然節子の顔が浮かんだり、声を聴いたりしている。ある者は、会友の間で節子をのけ者にした自身の小さな悪意に臓腑をちくりと刺されてため息をつき、ある者は写生旅行に来なかった節子はひょっとしたら癌でも患っているのではないかとふと想像しては、それが自分のひそかな願望かもしれないと気づいてぞっとする。

またさらに、東中学のかつての同僚は、珍しく節子と文化祭の飾りつけをしたときの夢を見、また別の同僚は夢のなかの職員会議で、節子を前に美術担任ももう少し学校行事の負担をすべきだと訴えており、いまごろ何なのだと自分を訝っている。

またあるいは、ひたすら退屈な美術の時間を忽然と思い出した元教え子たちがおり、そういえば今日は、いつも夜明けに歩行車を押して野川公園へ入ってゆく老人を見たっけ？　大して意味のない自問をしている牛乳販売店の配達員がいる。

そして、武蔵野から遠く離れたアメリカの東海岸のある街では、高校時代に節子の親友だったことのある一人の老女が、これも何十年かぶりに節子の夢を見て現地時間の深夜に眼が覚め、何かいやなことでも思いだしたのかと隣の伴侶に声をかけられる。いいえ大丈夫。昔、ボーイフレンドのことで大げんかして別れた友だちがいたの。とても絵の上手な子だったのよ——。

70

それから十二年、二〇一七年のクリスマスが近づいてくる。かつて事件の日に合わせるように死者のことを思い浮かべて不思議な心地になった人びとのうち、何人かはまたふと栂野節子が遭遇した悲劇的な事件、あるいは彼女の顔や声や、美術教室を歩く姿などをほんの慰みに思いだしている。もちろん、その多くは当時よりさらにぼんやりした輪郭しかもたず、とくに感情も伴わない意識のゆらぎのような記憶の名残たちに過ぎない。

また、野川公園に集うジョギングや犬の散歩の人びと、さらに隣接する府中市多磨町や三鷹市大沢、小金井市東町などの住人のなかにも、事件当日の騒動をちらりと思いだす人びとはいる。ただし、ほんの二、三の例外を除くと、そうした幾重にも重なり合う記憶の集合のなかに、あの朝ウィンドブレーカーのフードを目深に被って自転車で駆け去った一人の少女――男子に見えたかもしれない――は含まれていない。いや、そもそも何年も前に地元から姿を消した末に、この三月に上池袋で同棲相手に殺された少女のことは、これも数少ない幼なじみと栂野家周辺のほかには、もう誰の記憶にも残っていないと言うほうが正しいだろう。

一方、被害者遺族やその周辺、さらには警察を含めた事件の関係者たちは、濃淡の差はあれ、今年もまたさまざまに心身がざわつくのを止められず、行き先をふさがれたカゴのなかの虫のように右往左往する。

十二月二十日水曜日、栂野雪子は上田亜沙子からのゆうパックを受け取る。入っていたのは、かねてから雪子の孫娘のために亜沙子が編んでいたベビー用靴下とボンネットのクリスマスプレゼントで、病院の売店で買ったクリスマスカードが一枚添えてある。それはそれで、ごく自然な季節のやり取りではあったのだが、雪子は数日前、夜勤明けの二十四日日曜日に見舞いに行くので、少し早いけれど一緒にクリスマスケーキを食べましょうと話したところだったのだ。孫へのプレゼントはそのときに渡してくれれば間に合うのに、なぜ早めに郵送してきたのか、詮索し始めると止めどがない。雪子はもう見舞いに来ないでほしいということだろうか。あるいは容体がいまひとつなのか。いや、別れた亭主と何かあったのか。何にしろ、女同士の友情は幻想だったということだろうか——。

上田亜沙子は雪子との約束を忘れていたわけではない。自身の病気や引っ越しなど、身辺の変化の大きい年だったせいか、雪子が知る由もない隘路に自分で自分を追い詰めてしまい、電話もかけそびれて、プレゼントだけ郵送するに至ったというのが真相だ。ほんとうは、栂野先生の手紙の件で雪子に嘘をついたことを謝罪したいと思い、何度か手紙を書こうとしたのだが、どうしてもうまくゆかない。もともとまとまった文章を書くのが苦手だということもあるが、書いては消し、書いては消し、するうちに自分が何をしているのか分からなくなり、いつの間にか雪子への謝罪よりも自分自身についてきた嘘があるような気がし始めて、あてもなく考え込む日が続いている。いや、正確には、目的地も乗るべき列車も分からないまま、駅のホームに立ち続けているといったところだろうか。

駅のホームは、十二年前のあの栂野節子の手紙であり、列車は十二年前と今日をつなぐ亜沙子の記憶だ。このごろお教室は欠席続きですね、一度あなたとお話ししたいことがあります、クリスマスまでにうちにいらっしゃい。手紙には、年配の元教師らしいうつくしいペン字でたった三行、そう記してあった。習い事をサボりがちになっている生徒を案じて、一度話をしましょうと水を向けているだけの手紙の何が、こんなに長くこころに引っかかっているのか、亜沙子は考えれば考えるほど分からなくなる。いくら当たり障りのない手紙ではあっても、当の子どもは穏やかな心地ではいられなかっただろうし、結局クリスマスまでには行かずじまいだったのだが、そうだとしても、それだけのご縁だったということだろう。それに、何よりもう死んでしまった子ではないか。それなのに、雪子から尋ねられたときにとっさに嘘をついていたのは、なぜ？　私はいったい何を隠そうとした——？

しかし、亜沙子はこの先も、その問いの答えを得ることはないだろう。というのも、駅に向かっていた列車は駅の手前でポイントを切り替えられてしまっており、永遠に到着することはないからだ。そう、記憶の遮断は、あの日朝帰りした娘のジーンズに付いていた泥汚れに、かすかな血の臭いを嗅いだ母の、無意識の防御反応だったのだが、亜沙子はポイントを切り替えたのが自分自身だったことも、切り替えた理由も知らない。

雪子は翌二十一日木曜日の午前中、出勤する前に時間をつくって駒沢公園そばの娘と孫に上田亜沙子のプレゼントを届けにゆく。細手のオーガニックコットンで丁寧に編まれたベビー用靴下とボンネットは、編んだ人間の思いが編み目の一つ一つに絡みついているようで、あまり長く手元に置いておきたくなかったからだが、ではどんな思いが絡みついているのかと自問しても分からない。亜沙子に深い意図などあるはずはない。ちょっと過ぎた優しさのほかには何もないのは分かっているのに、いまごろ余計な気を回している自分は、どうしようもなく人づきあいが下手だと思う。でも、これも母親譲りなのだ。

一方、百合と一緒に初めてのクリスマスを迎える真弓の家は、玄関を入ったところから大小のリースやガーランドで飾られ、棚やテーブルは、ツリーやキャンドル、サンタにスノーマン、賑やかなアドベントカレンダーなどの山だ。亜沙子のプレゼントもそこに並べられ、まあ可愛いこと！真弓も佐倉の姑も嘘ではない感嘆の声を上げる。

それにしても、母の節子が嫌ったのと、自分もあまり興味がなかったのとで、多磨町の家では一度もこんなクリスマスの飾りつけをしたことはなかったのに、真弓のどこにこんな趣味が眠っていたのかと雪子は驚き、またちょっと落ち着かない心地になる。声を上げてよく笑い、活発にハイハイをする男の子のような百合も、線の細い子だった真弓とはまったく似ていない。あらまあ、いい子ねえ、仕合わせなのねえ、よかったわねえ——。雪子にはそんな言葉しかなく、その先を続けることができないまま、しばらくして結局、例の手紙の話へ逃げている。ほら、あのときの母さんの手紙だけど、亜沙子さんの口ぶりでは結局、朱美ちゃんは母さんに会いに行かなかったみたいね。母さんはいったい朱美ちゃんに何を話すつもりだったのかしら。

きっと、小北の男子と付き合うのを止めなさいという話よ。それしかないもの。真弓はあっさり断言するが、事情を知らない雪子は腑に落ちるも落ちたいもない。朱美ちゃんはその男子のことが好きだったの？　雪子は的はずれなことを尋ね、さあ——真弓もあえてはぐらかし、ほんとうは大人たちが考えていたよりずっと危険で残酷で、狂おしくてひりひりした話だったことは言わない。

真弓は、クリスマスツリーと娘の遊ぶプレイマットの傍らで、結婚して二度目の年賀状書きに勤しむ。初めてのときは専業主婦ならではの過分な幸福感が強かったが、今年は浅井忍の写真や、祖母が朱美に宛てて書いたという手紙へと気持ちが流れ、集中できずにずいぶん時間を空費している。せっかく百合の写真を入れた賀状を用意したのに。

そうして一枚書いてはぼんやりし、次の一枚を手に取ると、そのまま意識はあのクリスマスイブへと流れて、筆を持つ手は知らぬ間に止まっている。眼を閉じると、カラオケ館でハイになったリナたちの声が聞こえてくる。壊れたカタカタみたいにケラケラ、きゃあきゃあ笑い転げる声のカーテンをくぐる。こめかみパンチング、パンチラ、パンパン。調子っ外れのオレンジレンジを歌う朱美がいる。ショートカットの髪から汗を飛び散らせて踊る朱美がいる。知らない男子たちとふざけ合う朱美がいる。疲れて放心する朱美がいる。空っぽの胃に入っているのはビール？　シンナーはやっていないよね？

午前六時ごろか、あるいはもう少し遅い時刻か、まだ昏いクリスマスの朝の吉祥寺を朱美の自転車が走る。眼は冴えていても頭の芯まで疲れ切った十五歳の身体は、誰かの指の一押しで砕け散りそうだ。親でもない元美術教師の手紙など、もうかけらもない。あるいは、仮に記憶のどこかに引っかかってはいても、もうその意味を理解することはない。いやそれ以前に、善意だろうが何だろうが、そもそも六十七歳が十五歳の少女に届けられる言葉などあるだろうか。そう、朱美は祖母に会いに行くことはしなかったし、その必要も感じなかった。そして、そのまま東町の自宅へ戻るべく自転車を走らせたのだ。賑やかな夜が過ぎたあとの恐ろしい空白を抱いて。完全に独りで。たぶん、絶望しながら。

しかし、その朝の朱美の姿は、忍の写真には含まれておらず、どこまでも真弓の想像でしかない。そういえば忍のファイルにある朱美の姿は、十二月二十三日に水彩画教室のガラスに公園の入り口と一緒に写り込んでいた写真が最後だ。忍は二十五日の早朝、東町で朱美とすれ違っているのに、その日に限って写真に撮らなかったのはなぜ？　新たに思い立つやいなや、真弓は年賀状書きを脇におき、スマホを手に取っている。

クリスマスだろうが正月だろうが、人間は糞をするようにゴミをだす。街角という街角でゴミ収集は続き、浅井忍は今日もパッカー車と一緒にさいたま市内を走り続ける。ポケットのスマホは、午前中に栂野真弓からの着信が一件あったが、返信は昼休みに回して電源は切った。以前、ゲーム関連の速報や情報交換やガチャを引きに行っていたときには気にならなかったが、ゲームにあまりこころが躍らなくなったとたん、エロゲだらけのゲームアプリとポイントサイトと健康サプリの広告しか入らない自分のスマホが、迷惑メールの吹き溜まりになっていることに気づいた。ほとんど生ゴミ集積所。だからといって反吐が出るわけでもないが、楽しくもない。こころが動いていない。身体はひとまず動き回っているだ、頭が死んでいる。いや、これが大人の時間だし、自分はこうして一日一日、親父の人生に近づいているのだ、と思う。

ゴミ処理場と市内を何度も往復して昼過ぎにいったん事務所へ戻る。すると、総務の女性が片手を突き出して、忘年会の会費四千円、と言う。そんなの聞いてないし、呑めないし、金ないし。そう言ってみるが、給料日でしょと一蹴され、結局四千円取られた。週明けの二十五日月曜日の午後六時から、大宮駅近くで海鮮鍋。カイセンと聞いてなぜか痒くなったが、もう抗弁はしない。それよりこの自分が、頭にネクタイを巻いて裸踊りをするおっさんたちと忘年会――すげえな、と思う。脱力感と自嘲の傍らに小さな安堵感があるのは、脳味噌のエラーか。

弁当を開きながら、やっとスマホの電源を入れ、栂野のメッセージを開く。〈写真、全部見ました。どれもこれも、私たちの10代の大切なページだと思いました。ところで25日朝に朱美ちゃんの自転車とすれ違ったときは、写真を撮らなかったの?〉

〈前の日に友だちの家にケータイを忘れて、手元に戻ってきたのが正月明け。だから撮れなかった。少し早いけど、Merry Christmas!〉

忍はそう返信し、スマホをしまう。ケータイに入っていた六百枚の写真が十代の記憶を修復した結果、分かったのは、四方八方に火花を散らして疾走していたあのマリオカートのような日々は、すでにないということだけだ。栂野は十代の大切なページだと言うが、大切かどうか、忍は考えても分からない。

少し早いけど、Merry Christmas!

真弓は、忍の返信に添えられた一行に思わず見入り、微笑み、傍らの娘にスマホを見せている。百合ちゃん、見て。ママのお友だちが、メリークリスマスって。そしてふと思い立つと、書きかけの年賀状をそのままにして、友人たちにフェイスブックやＬＩＮＥのメッセージを送り始めているのだ。居間の壁に飾ったクリスマスリースとその下のベビー靴下とボンネットの写真を添えて、まずは忍に〈Merry Christmas!〉。続けてリナやミラ、中学と高校の同級生たち、ママ友たち、小野雄太、そしておまけで実家の母に宛てて〈少し早いけれど、Merry Christmas!〉。

そして、それを受け取った者たちもまた、それぞれの場所で少し早く届いたメッセージにちょっと驚き、ささやかな仕合わせを感じてこころを緩ませる。多磨駅の小野雄太は、短い昼食休憩の間に自分も早速真似をして新妻にメッセージを送っている。〈少し早いけれど、大事な優子へ Merry Christmas!〉。もちろん優子からもすぐに返信がある。〈私の大事な旦那さまへ Merry Christmas!〉。そして、勤務の合間を見て連絡先のリストに入っている知り合いたちに一斉メールで〈少し早いけどMerry Christmas!〉と送り、それは浅井忍にも届いて、三分後には有名ケーキ店の写真付きでこんな返信になる。〈俺のクリスマスは会社の忘年会です。少し早いけど、Merry Christmas!〉。これ、浅井？　小野はキツネにつままれた心地で差出人の名前を二度見している。あいつが会社の忘年会だって――。

また、栂野雪子は勤め先で勤務の合間に娘からのメッセージを見、腹を決めて上田亜沙子にメッセージと添付の写真を送っている。〈24日に美味しいケーキを買って行きますね。少し早いけどMerry Christmas!〉。

そして半時間ほどして、亜沙子もそれに返信をする。〈ありがとう。お腹空かせておきますね。Merry Christmas!〉。クリスマスカードと違って、スマホのメッセージに涙の跡はつかない。

とまれ、クリスマスイブには二日早い十二月二十二日金曜日、我が登場人物たちはかくして東京の片隅のそれぞれの場所で、瞼に顔の浮かぶ友人知人たちにその横文字の一語を送ったり、送られたりして手元のスマホの液晶画面に見入ることになったが、そこには警大の合田も含まれる。

警大の授業はカレンダー通りながら、年末にはちょっと消化試合に近くなり、里心のついた受講生の顔を眺めながら、外から法医学の専門家を講師に呼んだり、刑訴法の補習をしたりして規定の履修時間を埋めてゆく。一方、この時期は世間並みに忘年会が目白押しで、二十三日・二十四日は帰省しない遠方の受講生たちの呑み会に顔をだし、二十六日は刑事教養部と生安・組対の各教養部の教授たちの忘年会で、それらの合間にはモンストのクリスマスガチャも引く。それから二十七日は特捜幹部研修所の知り合いの呑み会で、二十八日は警大の刑事教養部長の訓示を聞いて、やっと二十九日に旅行に出る。状況は半病人の判事も同じで、やれシジミが効かない、ウコンが効かないと泣きを入れながら、高裁の上司たちにお酌をして回る日々だ。

そんな二十二日金曜日の午後、レポートの採点を終えてスマホを開くと、浅井忍からＢＣＣのメールが届いていてちょっとびっくりする。先日渡した名刺のメールアドレスを、忍が連絡先のリストに入れているとは予想もしなかった。

〈俺のクリスマスは会社の忘年会です。少し早いけど、Merry Christmas!〉

ＬＥＭＯＮ ＤＲＯＰと書かれた黄色い楕円の看板と、背後のガラスのなかのショーケースに並んだ白や赤のクリスマスケーキたちの写真が一枚、添付されている。クリスマスだからケーキ。ドーナツ店でクリームたっぷりのドーナツをほおばっていた男らしい選択だと思う端から何かが引っかかり、小さな写真に老眼を近づけて覗き込む。どこのケーキ屋？　花小金井駅周辺ではない。では、いま住んでいるさいたま市のハイツの近くか。いや、どこかでこの看板は見たことがある。吉祥寺？　いや、どこだろう――。

ケーキ店などまったく縁がない自分の記憶を当てにするより、検索したほうが早いと気づき、一分後には吉祥寺駅北口近くの老舗ケーキ店だと判明していたが、脳裏に引っかかっているのは店の所在地でもなさそうだった。そこでズーム機能をオンにして写真を拡大し、さらに数秒見入ったところでやっと画素数だと気づく。これは最近のデジカメやスマホで撮った写真ではない、十年以上前の携帯電話についていたせいぜい二百万画素程度のカメラで撮った写真だ、と。

スマホの画面の、少し色が飛んで光が粗い粒子になっている写真を前に、合田の頭はかねてから特命班の懸案だった「もう一台のケータイ」へと一気に飛んでゆく。父親の浅井隆夫が持ち去って以来、忍はもちろん、特命班も喉から手が出るほど欲しがっていたあのケータイが、ついに忍の手に戻ってきたのだろうか？　このケーキ屋の写真は十六歳の忍が吉祥寺を徘徊していたときに、くだんのケータイで撮った一枚で、本体のフォルダかSDカードに入っていたものなのか？

半信半疑のまま合田は警大を飛び出し、四十分後には吉祥寺駅北口の当のケーキ店の前に立っている。黄色い楕円の立て看板はいまも同じだが、ガラス張りの外壁の上のファサード看板の色がいまは白、写真は青っぽい。クリスマス一色の店内は、写真と同じようにヒイラギの飾りを載せたイチゴのクリスマスケーキが並び、引きも切らない客が次々に黄色い化粧箱に入れられたそれを買ってゆく。

ここだ。合田はその場で黄色い楕円の看板を入れた店の外観を写真に撮り、それにメッセージを添えて浅井忍のスマホに送信する。

〈これは本日のLEMON DROPです。君の写真は2005年のクリスマスですか？〉

五分ほどして忍から返信がある。

〈あのケータイ、親父が置いてゆきました。写真データはスマホに保存したので、本体もSDカードも俺は不要です。要りますか？〉

〈もちろんです。担当の刑事が直接受け取りに伺います。日時を指定してください〉

〈本日18：00 大宮駅びゅうプラザの前〉

かくして、その場で特命班の長谷川管理官と電話でやり取りした後、合田はLEMON DROPで定番だというレモンパイやバナナクリームパイ、チーズケーキなどを買い、忍に渡してくれるよう、現地に出向く刑事に新宿駅で託した。あれほど入手に奔走してきたケータイがこうしてひょいと転がり込んでくる、これもまた捜査の日々というものだったが、事件から十三年目となるクリスマス直前の展開には、さすがに感慨を覚えざるを得なかった。

そんな気分も手伝って、そのまま神保町の岩波ホールで以前から観たいと思っていた『女の一生』を観て頭を空にし、深夜自宅に戻ると、パソコンにケータイの写真データが転送されている。まさに忍からのクリスマスのプレゼントだと、合田はしみじみする。

71

天皇誕生日の土曜日も、浅井忍の姿は早朝からパッカー車の助手席にある。さいたま市のゴミ処理施設が午前中は開いているため、市内の事業所数軒から委託された事業ゴミを回収して回り、それが終わるとこれもスポットで産廃数件の回収に走る。とくに個人の予定があるわけでもないし、休日出勤の手当てで買いたいものもないが、懐が温かいと精神的にちょっと安定する。そこにバナナクリームパイの余韻が加わって、あまり経験のない幸福感に満ちた朝の時間が過ぎてゆく。

武蔵野の栂野雪子は、朝から吉祥寺の東急百貨店のボーネルンドで真弓からプレゼントはこれがいいとおねだりされた積み木を買い、駒沢公園そばのマンションを訪ねてゆく。夫も姑も家にいるのが気重だったが、ちょっと孫娘の顔を見て大人たちと昼食代わりのシュトーレンを頂き、そのまま勤め先へ向かう。病院では、同じく夜勤の同僚たちと今年はどこのケーキが人気だという話で盛り上がり、頭はふと明日病院へ訪ねてゆく予定の上田亜沙子へと飛んでいるが、事件の記憶へと通じる回路は、二日前に真弓と母の手紙の話をしたのを最後に遮断されたままだ。

西武多摩川線は、味の素スタジアムで自転車のロードレースをやっており、輪行袋を担いだ乗客が早朝から引きも切らない。競艇場もボートピア市原カップ三日目で、是政行きは朝からちょっとした混雑になっている。午前八時半に勤務に就いた小野は、駅前の果物屋の大将がひとしきり奥さんとやり合うのを眺め、その大将もいつの間にか無事に是政行きに駆け込んでゆく。

一方、午後の真弓はクリスマス用の丸鶏の下ごしらえに悪戦苦闘し、君津中央病院の上田亜沙子は明日の雪子の見舞いをちょっと心待ちにしながら、『毛糸だま』の冬号をゆったりめくり続けている。

また同じころ、浅井忍の六百枚の写真を入手した特命班は、一枚一枚をなめるように精査し、これまでに作成した関係者の動線・場所・日時・目的などの一覧表に加筆修正する作業を進めている。忍からは、事件直前に上田朱美が被害者栂野節子から手紙で呼び出されていたという新たな事実も聞いており、刑事たちはこれまでにない手ごたえを感じながら、その日のうちにひとまず真弓、雪子、小野のそれぞれに話を聴きにゆく予定にしている。

合田もその日は夕方まで自宅を一歩も出ず、予定していたモンストのガチャも引かずに、浅井忍の写真に没頭した。全六百枚のうち、二〇〇五年秋から十二月の事件までの写真は約二百五十枚。一方、前年十月に父親のケータイを無断拝借して撮り始めた前半の三百五十枚は、そのまま忍の小平の生活圏と吉祥寺の街の風景を写したもので、どれもひたすら無邪気で活発でバラバラで、ADHDの子どもの脳内はこんなふうなのかと、それはそれで感慨深かった。

その忍の心身が少し変化し始めるのが二〇〇五年十月で、どこかのゲーセンで太鼓を叩く上田朱美の姿が初めて写真に収められている。さらに、予備校をサボって脱線していた栂野真弓は井上リナ、浜田ミラらとプリクラやクレーンゲームをし、十一月には上田朱美とリナ、ミラの姿は吉祥寺のうらぶれたホテル街にある。忍は、実際には栂野真弓より上田朱美を尾け回していたようだが、それにしてもどの少女も、かつて野川事件の一件書類にたびたび名前を記されたAやBではない、もっと漠として年月に漂白された無名の少女たちに還っており、言うなれば、もはや誰も手を出せないその遠さに、写真を見る者は臍（ほぞ）を噬（か）むほかないといったところだった。

十二月十日、忍は吉祥寺で見かけた真弓を追ってバスに乗り、初めて多磨町の自宅まで行っている。事件当時の供述で「ドラクエⅧのトロデーン城が現れた」と繰り返していたときの忍の脳内の風景が、野川公園や栂野邸の庭の樹木の写真になっているのを目の当たりにして、元捜査責任者はあらためて言葉を失う。あのころもう少し真剣にゲームの話に付き合っておれば、もっともっと迷宮の奥へ分け入ることができただろうと確信する端から、涙が滲んでくる。

そして、これまでの特命班の捜査で判明していたとおり、忍は十二月十七日、その脳内でドラクエの世界とシンクロした栂野邸へ再び出かけてゆき、門扉の前で玉置悠一と鉢合わせた。その瞬間の、十八歳のイケメンのぎょっとした顔。玉置と忍の声を聞きつけてリビングの窓を開けた栂野節子の、いままさに二人を怒鳴りつけようとしている顔――。節子は実にスナップ写真の少ない人物だったが、生きていたときの被害者に、いま初めて会ったような気がして、合田はあらためて悄然とする。

浅井忍の写真は、そうして元捜査責任者の記憶や感情を個々に揺さぶり続けただけではない。昨夜、写真のファイルに添えられていた特命班のメールによれば、写真はすでに栂野真弓と共有されているほか、数枚は真弓によって小野雄太や母親の雪子にも送られているとのことだった。そうして、それぞれの記憶がまた少し新たになった結果、たとえば小野雄太は十二月二十二日の小平西高の終業式の日、上田朱美が栂野節子に手紙で呼び出されているという話をしていたのを思い出したのだが、まさにそんな話が出た終業式の日のバス停を写した一枚があり、バスケ少年らしいひょろりとした小野雄太と、ふくれっ面をした上田朱美が一緒に立っている。

さらに、事件二日前の二十三日の写真には、家の前に現れた忍に向かってステッキを振り回す栂野節子の姿が捉えられており、忍の供述はけっして誇張ではなかったのだと、逆に驚かされることにもなった。そしてその同じ日、忍がケータイを向けた栂野邸のリビングのガラス窓には、斜め向かいの野川公園西口の車止めに腰を引っかけている上田朱美が写り込んでいる。手紙で呼び出されていた栂野節子に会いに来たのかもしれないが、実際に会ったかどうかは分からない。またこれまでの捜査で、翌二十四日土曜日も、朱美は水彩画教室の近くまで行くだけは行ったことが分かっているが、忍が栂野邸周辺で撮った朱美の写真は、二十三日のそれが最後だ。

そして二十四日は、羽毛蒲団を食い散らかす小型犬、掃除機を手にした浅井隆夫、ベランダの下に横付けされた救急車などのスナップに続いて、あのLEMON DROPを含めたケーキ店の写真が何枚も並んでおり、ファイルの写真はなぜか、そこで終わっている。その日、忍は同級生数名と小平駅近くのゲーセンやドンキに行き、さらに同級生の友人のマンションで一晩を過ごしたはずだが、それらの写真が撮られなかった理由は分からない。

とまれ浅井忍の写真が、こうして栂野節子が事件直前に上田朱美を手紙で呼び出していたという、事件の重大なピースの発見につながったのは合田にとってまさに衝撃ではあった。しかしそれ以上に、この少年少女たちの日常と非日常を分けることになった事件の無慈悲さにあらためて胸が締めつけられたのは、年齢のせいだけでもなかっただろう。

午後七時、合田はいったん頭を空にして武蔵境の居酒屋へ足を運び、野暮用ができたと詫びて警大の教え子たちの呑み会に幾らか資金をカンパし、すぐに引き揚げた。一方、宵のうちに特命班の刑事たちは佐倉真弓、栂野雪子、小野雄太にそれぞれ短い訪問をして栂野節子の手紙の件などを確認し、一つの結論に達している。そして、長谷川管理官は合田のスマホを鳴らし、週明けにうちの若い衆を上田亜沙子に会いに行かせます——と切り出す。

曰く、栂野雪子の話では、亜沙子はくだんの手紙について、朱美が家を出ていったときに出したゴミのなかにあったのを覚えているが、中身は記憶にないと雪子に話した。しかし、雪子のほうはそのとき、亜沙子はたぶん手紙の内容も、娘が呼び出しに応じなかったことも知っていて、それをずっと気にしていたに違いないと感じたという。実際、節子の手紙が東町のハイツに郵送されたのなら、不在がちだった朱美より、亜沙子のほうが先に手紙を見た可能性は高い。また亜沙子は、手紙の中身までは知らなかったとしても、当の節子が殺され、自分の娘が朝帰りだったとなれば、親として、少なくとも手紙について娘を問いただすことぐらいはしただろう。であれば、特命班としては最低限、そのときの朱美の反応を知りたいし、うまくゆけばもう少し先へ踏み出せるかもしれない。ただし、亜沙子が手紙についてはほんとうに何も知らない可能性も、もちろんある。その確認も含めて、早急な面会の必要があると判断した——。長谷川の要旨はそんなところだった。

特命班はいま、上田亜沙子がほんとうは娘の犯行に気づいていたのではないかと疑っているのかもしれない。そんな前のめりの空気を感じながら、合田は思いがけない狼狽に陥る。自分が現役なら同じ判断をしているだろうし、とくに亜沙子との面会を先延ばしする理由もないが、そうだとしても、いったいどういうことになる。もし、亜沙子が娘の犯行に気づいていたとしたら。否、気づくまでは行かずとも、かすかに疑ってみたことがあるとしたら——。秘密を抱えた母と娘の十二年や、真弓や雪子たち被害者遺族の十二年、浅井忍や小野雄太の十二年は、いったいどういうことになる——。

寝静まった病棟に浮かぶナースステーションの明かりのなかで、雪子はひとり石になっている。上田亜沙子がほんとうは手紙のことをずっと気にしていたというのは、自分の憶測にすぎない。電話で聞いた声の感じに、ふと違和感を覚えたにすぎないのに、何の裏付けもないことを今夜はまたどうして警察に話してしまったのかと自分に問い続ける。脅されたわけでもないのに、気がつくと舌が回っていて、まるで知らない人間が話しているようだった。ひょっとしたら自分は、無意識のうちに亜沙子に復讐していたのだろうか。自分のなかにそんな思いが潜んでいるのだろうか。もういや！　いや！　いや！

　同じ夜、そうして雪子が蒼白な顔をして幽霊のように自分を苛(さいな)んでいるとき、その娘もこれまで経験したことのない恐ろしさが迫ってくるのを感じて、ふと、おさなごを寝かしつける手を止めている。今夜訪ねてきた刑事たちは、真弓が事件当時はまだ、祖母が上田朱美を手紙で呼び出していたとは知らなかったこと、つい先日浅井忍とシェアした写真をきっかけに、小野雄太経由で手紙の話を知ったことの二点を確認した上で、上田朱美の母親から手紙の話を聞いたことはないかと尋ねてきて、真弓はないと答えた。それ以上の展開があったわけではないが、感情をうかがい知ることのできないゴム面のような刑事たちの表情のせいだろう、玄関先での五分ほどの立ち話の間、どこからか見えない冷気が忍び寄ってくるのを止められなかった。

　いったいどうしてこうなる。恐ろしいのは、そんなに重大な内容だったはずもない祖母の手紙一つが、いまごろこうして不気味な姿になって甦ってきたことだろうか。それとも、どこに焦点があるのかいま一つ分からない警察の捜査線上に、いまごろ朱美の母親の名前が挙がってくることだろうか。いいえ、十二年も真相の分からなかった事件のヴェールがここへ来て突然剝がれ落ち、何かが現れること、そのことが恐ろしいのだろうと真弓は気づく。小説や映画で、名探偵が得々として真犯人はおまえだと言い放つのとは違って、本ものの事件が暴く事実の一つひとつ、現実の一つひとつが自分たち身近な人間の皮膚を剝ぎ、臓腑をえぐる。何か新しい事実が分かっても、少しも嬉しくない。真相など分からないほうがいい。

助けて――。隣の真弓にしがみつかれて、何も知らない夫はどきっとする。家族で一日早いクリスマスイブのご馳走を食べ、野菜ケーキをほおばってご機嫌の娘をいっぱい動画に収めて、仕合わせな心地で親子三人、川の字になったところなのに。ああいや、そういえば宵のうちにまた警察が訪ねてきて、五分ほど水を差されたのだ。何かいやなことでもあったのか？　夫は囁きかけ、ううん、事件のことを思い出すとちょっと怖くなるの、いつものことだから気にしないで――、真弓は必ずしも正確ではない言葉でとりつくろう。ねえ、ずっとそばにいてね。離さないでね。真弓は囁き、なんだか分からないまま夫は、そばにいるよ、離さないよとオウム返しにして、ほんのりとした幸福感に浸る。

多磨駅は、午後十一時五十八分発の武蔵境行きと是政行きがたったいま出ていった。双方向の場内信号機が青に変わり、電車の明かりがそれぞれ遠ざかってゆくのを指差確認した後、ふだんなら零時二十分の是政行きの終電までの間に、ホームの清掃や落とし物の点検や窓口を閉める準備などをするが、小野は寒風が吹きつけるホームに突っ立ったまま動かず、窓口の助役が思わず声をかけている。おい、大丈夫か？　警察が何だって？

今夜は八時前に久々に刑事が小野を訪ねてきて五分ほど話をしていった。助役は、警察も鉄道と一緒で暮れの押し迫った時期だろうが関係ないのだなあと思ったぐらいで、具体的な用件までは知らなかったし、小野も事件の話をしたことはなかったのだが、何かのタイミングで歯車がちらりとかみ合うことがある。すみません、ちょっと考え事をしていたので。小野は苦笑いし、こう続けている。

二〇〇五年のクリスマスに東中の美術の先生だった人が野川公園で殺された事件、覚えておられます？　警察は私ら教え子が何か知っていると思っているらしいけど、テレビドラマと違って、本ものの事件は話の一つ一つがリアルすぎるというか、マジで怖いっすよ。同級生の誰それが、いつどこで何をしたとか、何を言っていたとか。チクったり、チクられたりするうちに自分の世界が変形してしまっていて、元には戻らないんです――。小野は初めて上司に事情を打ち明け、長く腹にためていた秘密を吐き出して、ほんの少し気持ちを楽にする。

72

それでもクリスマスイブの朝は来る。栂野雪子は一晩悩み抜いた末に腹を決めると、気を取り直して少し化粧をし、夜勤明けの病院を出る。上田亜沙子が手紙のことで嘘をついたとしても、その理由を詮索したり追及したりして得るものは自分にはない。相手へのわだかまりと許したい思いの間で揺れている自分に必要なのは、事実を覗き込むことではなくて蓋をすること、余計なことは考えないこと。それが雪子の当面の結論だ。そうして午前十時ごろ、その姿は品川駅の駅ビルにあり、ふだんは覗くだけのディーン&デルーカのデリカをあれこれ、ダロワイヨのオペラとマカロン、スターバックスのドリップバッグを買い揃えて高速バスに乗る。バッグには以前から揃えてあった毛糸と編針も入っている。

そして、昼前には木更津の君津中央病院に着き、西病棟五階のデイルームで雪子は上田亜沙子と二人だけのクリスマスランチ&ティーをする。亜沙子は病室からもってきた紙袋のなかから、こっそりスポーツ紙を出してみせ、今日の有馬記念、内緒で看護師さんに千円で馬券買ってもらったのと囁く。へえ、馬は何？　そりゃあもちろん、キタサンブラックよ。昔から一度買ってみたかったらしい。見ると、隣のテーブルの男性がやはり競馬新聞を覗き込んでいて、二人で忍び笑いする。

それから五十過ぎの女二人、こじゃれたデリカの一つ一つに、うわぁ、きれい、美味しそう、押し殺した歓声をあげ、お腹いっぱいと言いながら、コーヒーを淹れてケーキとマカロンを食べ、腹ごなしに、十玉千五百円のセールの極太毛糸を五玉ずつ使って、競争でそれぞれ鹿の子編みでスヌードを編む。くちくなった二つの胃袋と無心に棒針を動かす四本の手の間で、女二人の時間はしばし止まっている。否、二人が自分で時間を止めたのだ。

少し時計を巻き戻すと、多磨駅では朝、夜勤明けとなった小野が迎えにきた優子と一緒に武蔵境行きの電車に乗り、午前十一時過ぎには二人は吉祥寺駅北口のＬＥＭＯＮ ＤＲＯＰで真っ白なレモンパイを食べている。昨晩、いつになく優子と一緒にいたい気持ちが募り、高校生みたいに、ケーキを食べようとＬＩＮＥで誘った。いつもの年なら絶対に有馬記念か、味の素スタジアムの府中ダービーへ行っているが、今日はこれから優子とクリスマスの買い物をすると決めている。

晴れた冬空の下、その味の素スタジアムには、娘を姑に預けて出てきた真弓夫婦の姿がある。大学時代にラグビーをやっていた夫に付き合って、今年最後のラグビーのトップリーグの試合を観に来た。地元府中の強豪同士、サントリーと東芝がぶつかる第13節で、八千人近い観客が入ったスタンドは、午後一時のキックオフ直後から東芝の積極的なアタックが続いて、沸きに沸く。真弓はとくにラグビーファンでもないが、フェーズのたびに拳を握り、スクラムからボールが抜けだせば歓声を上げ、トライやコンバージョンでベンチから飛び上がる夫の隣で自分も大学時代の心身に戻ってゆく、この時間が好きだ。いつの間にか東芝が二つ目のトライを決めて、スタジアムの底が割れるかと思う歓声に、夫と二人で呑み込まれるこの一体感も。

その同じ歓声の下には、合田と友人の判事の姿もある。合田は毎年、年の瀬には秩父宮か味の素のどちらかへ足を運ぶが、今年はぎりぎりまで仕事と忘年会で忙殺されている半病人を、半ば強引に引っ張ってきた。それでも、サントリーが2点ビハインドで前半が終了するころには、判事はひまがあれば秩父宮へ通っていた学生時代の気分に還っており、合田のほうが逆に、特命班が週明けにも上田亜沙子を訪ねてゆくと言っていたことを思いだしては、せっかくの大一番の試合もちょっと意識から遠のいているのだ。

同じ日、そこから二十五キロ離れたさいたま市では、浅井忍が午前中に近くの理髪店で散髪をし、コインランドリーでシーツや蒲団カバーをまとめて洗濯した後、ミスドは素通りしてコンビニで鶏そぼろ弁当を買う。ハイツに戻ってそれを食い、干した蒲団を取り込んで掃除機をかけていると、思いがけず父親からゆうパックが届いて、調子が狂う。パックの中身は、福島の柏屋薄皮饅頭の十五個入りが二箱と喜多方ラーメンの五食セットで、父親の手紙が添えられている。

元気で暮らしていますか？　父は会津美里町で軽貨物のドライバーになりました。母さんは高田厚生病院に入院していますが、正月には一時帰宅させる予定です。柏屋の饅頭二箱は勤め先へ持ってゆくように。ラーメンは箱のなかに作り方が書いてあります。こちらは小さな借家ですが、よければ正月に帰ってきなさい。風邪をひかないように。

正直なところ、〈父〉を自称するこれは何者だ？　嵩張るだけのときや、あれば便利なときがあり、無くてもものすごく困るということはない、このプチプチみたいな何か——。忍はゆうパックに入っていた緩衝材を手に、ちょっと考えてみる。それから、父のスマホの着信拒否が解除になっていることを確認して、久々にSMSでメールを送る。

〈荷物着きました。いろいろありがとう。正月のことは考えます。Merry Christmas!〉

そうして忍が父宛てのメールを送ったころ、五十キロ南東の中山競馬場では十万人のどよめきに包まれて第11レースの有馬記念が発走する。号砲と同時に十六頭の首の横一列が崩れ、たった五秒で2番の白いキャップがふわりと飛び出してゆく。キタサンブラック、キタサンブラックと実況中継が叫ぶ。

会津美里町を走る二トン車の運転席では、浅井隆夫がラジオの中継に耳を奪われていて、ポケットのスマホの着信音にも気づかない。引っ越しや妻の入院で物入りだった今年は馬券代を節約したが、個人的な予想ではジャパンカップを獲ったシュヴァルグランだ。田んぼの広がる田舎道が、いまは中山の芝二千五百メートルの緑のターフになってうねる。

一方、木更津の君津中央病院西病棟のデイルームでも、入院患者や勤務中の看護師や医師たちがテレビの前にときならぬ人垣をつくり、そこには編み物の手を止めて身を乗り出した上田亜沙子と栂野雪子の姿もある。あらぁ、ずっと先頭よ、見て、見て！

また新宿では、小野雄太と優子の夫婦も駅の東口広場を埋めた数千人の人出に呑み込まれてアルタの大型ビジョンを見上げている。3コーナーを回ってゆく集団の先頭を、キタサンブラックがゆうゆうと逃げる、逃げる。後方の集団がなかなか仕掛けられないスローペースのまま、十六頭が4コーナーを回る。ゴール前直線を先頭の白のキャップが滑空するように駆け抜け、少し遅れて黒と黄色、さらに大外からオレンジが一気に伸びてきてゴールに雪崩込む。シュヴァルグランはハナ差で二着か三着。都心のあちこちで大型ビジョンが一斉にキタサンブラック優勝のテロップを流し、福島では浅井隆夫がトラックのハンドルをがつんと殴りつけている。

そしてその二時間後には、合田が顔をだした警大の呑み会でも、学生らがひとしきり有馬記念の話に花を咲かせる。

73

二〇一七年十二月二十五日の朝が訪れる。多磨町の栂野雪子は出勤前の午前七時、例年通り、ようやく薄明るくなり始めたクリスマスの朝の多磨霊園へ亡母の墓参に行く。今日で事件から丸十二年といった特別な感慨はない。病気や老衰ではない不条理な最期についてことさらに追及することさえしなければ、何かと折り合いの悪かった母節子がいなくなったあとの自分の人生がむしろ穏やかだったこと、いやそれどころか、自分の生き方を自分で選んでいるささやかな充実感があることを、今年もまた一人でしみじみと思い返すだけだ。もっとも、そんなことは娘にも言わないし、墓石の下の亡夫に言うこともない。

事件のあった年ほどの冷え込みはない、冬の空気の透明さのせいだろうか、雪子は野川公園の事件現場へ立ってみようと思い立つ。霊園の裏門から公園の北門まで歩く間、あえて物思いを退け、真弓が幼稚園のころ、遅刻しそうになってバス停まで手を引いて走ったことなどを思い浮かべているが、それももう実感などはない。それから、事件の日以来、近づいたこともなかった公園の北門から野川沿いの遊歩道へ歩き出すが、二つ目の橋まで進んだところで雪子の足はそれ以上進まなくなる。人影もない冬枯れの水辺が細々と続く風景の、いったい何がそんなに母を惹きつけたのだろう。ふとそんなことを思ったり、そういえば母の死んだ場所をいまも正確には知らないのだと気づいて放心したりした、そのときだ。二十メートルほど先の岸辺に男が一人立っているのに気づき、顔までは見えなかったが、いつか自宅の前に立っていた刑事ではないかと思う。ひょっとしたら、母が死んだのはあの辺り――？　しかし雪子は直後に踵を返しており、もうそれ以上考えることはしない。

一方、警大に赴任した去年に続いて現場に足を運んだ合田は、事件の残滓をかき混ぜた末に不確かな期待――否、畏れかもしれない――だけが膨らみ続けたこの十カ月弱を総括できないまま、鬱の淵に半身が沈みそうになっている。今日にも特命班の訪問を受けるだろう上田亜沙子が何を話すにしろ、じっとしていたら二度と動けなくなりそうで、無理をして早朝から野川公園へ出てきた。その頭上には、事件の日の朝よりはだいぶん薄明るい冬空があり、調布飛行場を飛び立った新島行きの始発の小型機が横切ってゆく。

午前八時過ぎ、多磨駅は一年も残り少なくなった月曜日の通勤客がいつものように武蔵境行きに吸い込まれてゆき、ホームで指差喚呼をする小野がおり、改札に立つ助役がおり、開店準備を始めた駅前の商店主たちがいる。おはよう！　やあ、おはよう！　昨日の競艇の市原カップはまた万舟券が出たらしい。外大はもう授業はないが、大学に出てくる学生たちはおり、一本前の是政行きには、春に上田朱美に似ていると思った女子学生が乗っていて、小野はちょっと眼を留めた。とくに何を考えたわけでもないが、その女子学生、あるいは上田朱美の顔をまた少し頭の片隅に浮かべたまま改札に立つ、その頭上を小型機の低い爆音が流れてゆく。

浅井忍はパッカー車と伴走しては飛び乗り、飛び降り、また飛び乗って、燃えるゴミの回収に精を出す。朝一番に事務所に福島の饅頭を持ってゆくと、髪切った？　事務員の小母さんに声をかけられ、おそ松さんのアホ毛のないのがチョロ松だっけ？　クソ松じゃねえの？　同僚たちが笑い、忍は一緒にへらへら笑ってみせる。何とでも言いやがれ。今日の天気は快晴。夜は忘年会だ。


君津中央病院のデイルームには高くなった日差しが満ちているばかりで、木更津の海風の音も届かず、時計がなければ時間も止まっているように感じられる。同様に、東京から訪ねてきた特命班の刑事二人の姿も声も、瞬きするたびに蒸発しそうな遠さで、上田亜沙子は手術直後に硬膜外鎮痛の処置を受けていたときの非現実感を思いだす。いや、それよりも、少し前から濡れた畳が左肩にのしかかっているような圧迫感が続いていて、ひどく息苦しい。

眼の前の刑事たちは、あの栂野節子の手紙を見たのはいつか、中身は見なかったのかと執拗に尋ねてくる。亜沙子は、家を出てゆく朱美が捨てていったゴミのなかに手紙があったのを覚えているだけだと繰り返す。それ以上のことは何も知らない、と。そうよ、朱美は遊び歩いていたけれど、人殺しじゃない。待って――ちょっと息ができない。左肩にのしかかる畳が心臓まで押し潰しそう――この間からときどきこんな感じになるのだけれど。亜沙子は、刻々と薄れてゆく刑事たちの影に向かってやっと喉を絞る。ともかく朱美は栂野先生を殺してはいません。あの子は先生が大好きだったんです。

午後、合田は長谷川管理官からの電話で上田亜沙子の聴取の結果を聞く。今日は予想以上に相手の体調が悪く、十分な聴取はできなかったらしいが、亜沙子は自分が栂野節子の手紙を見たのは二〇〇八年の三月だと繰り返すに留まった。もっとも、亜沙子はいずれかの時点で娘の犯行を疑うに至ったのではないかというのが、現時点での特命班の心象だ。

何はともあれ、お疲れさまでした。どうぞよいお年を。スマホで年末の挨拶をした後、合田は年内最後の心臓の定期検診に出てきた判事を榊原記念病院に迎えにゆき、昨日に続いて今日もおまえと同行二人か、まったく雹が降るな、半病人が何を言うか、などと悪態をつきあう。次いで、雹のついでにケーキでも食おうか？　合田は思い付きの提案をしており、判事は槍が降ると呆れ顔になったが、一時間後には結局、二人の男は吉祥寺駅北口のＬＥＭＯＮ ＤＲＯＰにいる。

早々と日が落ちた宵の口、浅井忍はＪＲ大宮駅にほど近い居酒屋の座敷で、海鮮鍋の湯気と会社の上司や同僚たちの笑い声と、眼の前を行き交うビールやチューハイのグラスに埋もれて、壊れたパッカー車になっている。あっちを向いてへらへら、こっちを向いてアハハ、アハハ。へえ、そうっすかあ、すげえっすねえ。あれ？　俺のジュース――。課長さん、ビールですか？　お姐さん、ビールください！　忍の眼の前で取り皿や小鉢や箸、茶色の液体、無色の液体、黄色っぽい液体に空いたグラスやジョッキ、すべてが賑やかにとっ散らかったツムツムになる。茶色、茶色、茶色。無色、無色、無色。眼のなかでつなげては消し、つなげては消す。ぷよで鍛えた腕を見よ。え？

そうっすかあ、そうでもないっすよ、アハハ、アハハ。手元のオレンジジュースがいつの間にかグレープフルーツ味に変わり、レモン味に変わり、薬っぽい味に変わる。カイセンはちっとも痒くない。シイタケ投入！　ネギも投入！　大丈夫、俺、酔ってません！　降り積もるツムたちが脳天をぐるぐる回る。いやぁ、会社楽しいっすよ！

午後十時過ぎ、桜町病院のナースステーションで栂野雪子のスマホが鳴る。君津中央病院の看護師長の名前を見た瞬間、心臓がちりりと震える。上田亜沙子さんがさっき心停止になってね、いまＣＣＵ（冠疾患集中治療室）でペーシングと心肺補助と――。

ＣＣＵと聞けば、雪子は即座に患者の状態を想像できる。しかし、そこに至った経緯のほうは頭が受けつけようとしない。旧友の話では、亜沙子は消灯前に胸痛を訴え、心電図検査でＡＭＩ（急性心筋梗塞）と診断されたため、バルーンで再灌流の処置を始めた直後にポンプ失調でショック状態になった。その間わずか二十分。塩酸ドプタミンの投与を続けているが、収縮期血圧は50㎜Hgで回復しない。ＪＣＳ（意識レベル）は３００。徐呼吸。体温35・3度。冠動脈の詰まりは取れても、抹消循環不全の状態が続くと、危ない。

看護師生活三十三年の心身は、動揺はしない。孝一のときもそうだった。胃がんが肝臓や腹膜に転移して手の施しようがなくなってゆく日々を見つめていたのは、半分は妻ではない看護師の雪子だ。そのとき、看護の一方で生命の終末と向き合う厳しい時間を埋めていたのは、モルヒネが効いてよく眠っている夫はいま一番楽しい夢を見ているのだという夢想だった。同じように、いまは上田亜沙子も一番見たかった夢を見ている、野川で朱美ちゃんと遊んでいる、と思う。男の子みたいなTシャツと短パンの朱美ちゃんと、ザリガニと、自転車と、画板と水彩絵の具と——。

そして、十二月二十六日の夜明けがくる。さいたま市大宮区には、自宅ハイツからよろめき出てくる浅井忍の姿がある。ひと晩じゅう吐きまくり、せっかく調髪した髪も爆発したまま、それでもなんとか起き出してきた。まったく、安酒で泥酔してくだを巻き、最後はだらしない寝相をさらしていた親父の気持ちが初めて分かったというところだ。いよっ、二十八歳のおっさん！　這ってでも勤めに出てゆくのがおっさんだ。頑張れ、忍！

まだ日差しはない冬の路地を、忍は自転車でふらふらと走りだす。朝練に行く近所の中高生らとすれ違うのが、まるで十二年前のあの冬の朝のようだ。ここはどこだ？　瞬きする端から上田朱美の自転車とすれ違い、思わず振り返る。冬のウィンドブレーカーではない、Tシャツと短パンの宙返り女が叫ぶ。未来の女優の写真撮りたい？　だったらどんちゃんで勝負だ！　忍も叫ぶ。そんなぺちゃパイ、誰が撮るか。撮ってほしかったら、ぷよで勝負だ！　くそ、小平西のマイケル・ジョーダンが笑ってら。みんな、ご機嫌だあ！

あ、空——。

※

今年は桜が長く咲き続けているせいか、西武多摩川線沿線の人出はいつもの年より多めで、小さな鉄道はちょっと活況を呈している。外大の新学期や子どもたちのスポーツシーズンも始まり、平日も休日も同じダイヤで走る四両編成の一〇一系に明るい声を響かせる。多磨駅の場内やホームとそこに立つ駅員たち、乗り降りする利用客の風景も遠目には何も変わらない、いつもの春だ。

もっとも、よく眺めると、午前七時台から八時台のラッシュ時に駅に降り立つ利用客のうち、とくに警大関係者の顔ぶれの半数ほどが入れ替わっていたりもする。つい先月まで小野がほぼ毎日見かけていたあのジェラード保安官補もその一人だが、小野は男が桜田門の本庁へ異動したことは知らない。一方、和製キンブルのほうは去年の十一月末を最後に駅に現れなくなっていたし、息子の浅井忍は暮れの二十六日早朝、交通事故で死んだ。栂野真弓がＬＩＮＥで知らせてきたのは午前七時過ぎだったが、小野がスマホを見たのは、券売機のトラブルでほんの三十秒ほど事務室に入ったときで、改札に戻るとちょうど午前八時四十五分発の神津島行きの小型機がホームの上を横切ってゆくところだった。

いまも同じ神津島行きが低い爆音を引いて南から北へ飛び立ってゆくのを、小野は眼を細めて見送る。今日は北風だ。それから身体は五十一分着の武蔵境行きに備えて自動的に動き、場内信号や踏切、ホームの状況を視界に収める。駅前雑居ビルでは店主たちが店のシャッターを上げる音、ビニールテントをはたく音、水を撒く音などが引きも切らない。

電車が入ってくる。二十人ほどが降り、七、八十人が順次乗り込んで小さなホームが空になり、小野が挙げた白手袋の合図とともに電車は出てゆく。その七分後、今度は踏切の警報機の音に迎えられて逆方向の是政行きが駅に入ってくる。朝早く降り立つ外大生たちの多くは新入生だが、なかには馴染みの顔もいくつか混じっており、今朝はあのアガットのピアスの女子大生を見かけた。相変わらずモデルっぽいラフな姿を眼で追った数秒、自分はまたちょっと上田朱美を見ていたのかもしれない、と思う。その朱美も上田の小母さんももういないが、二人は一緒に野川で遊んでいるの、と栂野真弓が言っていた。

小野雄太は、夏には父になる。

謝辞

本作は、毎日新聞朝刊の連載時から単行本の上梓まで、ブックデザイナーの故多田和博氏をはじめ、多くの皆さまの惜しみないご協力を賜りました。新聞連載時、毎日挿画家を変えるという多田氏の前代未聞の挑戦的取り組みの下、尽力してくださった挿画家の佐藤邦雄氏、西口司郎氏、星襄一氏、山田博之氏、ヤマモトマサアキ氏、赤勘兵衛氏、西川真以子氏、鈴木理子氏、阪梨哲郎氏、安藤克昌氏、瀬戸照氏、高井雅子氏、agoera氏、船津真琴氏、服部幸平氏、高杉千明氏、ヒロミチイト氏、伊津野雄二氏、黒川雅子氏、間宮吉彦氏の皆さまには、作家のほうも日々大きな力をいただきました。

また、警察捜査について連載時に毎回欠かさず目を通した上でご教示くださった石川輝行氏と隈元浩彦氏、つねに第一読者となって励まし続けてくださった広岩近広氏、専門の歯科分野だけでなくＳＮＳの反応に細かく目配りをしてくださった植木佳代子氏、そして多田氏の急逝の後、そのあとを引き継いで、挿画のやりくりと単行本化の一切を担ってくださった（有）フィールドワークの田中和枝氏と岡田ひと實氏、さらに単行本化にあたってご尽力くださった毎日新聞出版の永上敬氏と柳悠美氏に、こころから御礼申し上げます。

題字　多田和博
装画　間宮吉彦
装幀　岡田ひと實（フィールドワーク）
地図作製　千秋社
本文デザイン　田中和枝（フィールドワーク）
本文挿画　西口司郎　p16・p37
赤勘兵衛　p60
鈴木理子　p103・p397
西川真以子　p137・p486
高杉千明　p177
ヤマモトマサアキ　p219
agoera　p255
瀬戸照　p351
高井雅子　p440
星襄一　p538

初出「毎日新聞」二〇一七年八月一日〜二〇一八年七月三十一日

我らが少女A

印刷　2019年7月15日
発行　2019年7月30日

著者　髙村薫

発行人　黒川昭良
発行所　毎日新聞出版
〒102-0074
東京都千代田区九段南1-6-17　千代田会館5階
営業本部：03(6265)6941
図書第一編集部：03(6265)6745

印刷　精興社
製本　大口製本

ISBN978-4-620-10842-1